ullstein

Das Buch

Als der Rechtsanwalt Robert Knight entdeckt, dass seine neue Ehefrau Erin ihn offenbar anlügt, gerät er in Panik. Schon einmal wurde er in seinem Leben betrogen, schon einmal hat er alles verloren, woran er glaubte. So macht er sich auf die Suche nach der wahren Erin, er will herausfinden, woher sie stammt und ob sie wirklich die Mutter der 13-jährigen Ruby ist. Doch je tiefer er gräbt, desto rätselhafter werden die Hinweise auf Erins Vergangenheit. Robert stößt auf zwei dramatische Ereignisse, die schon viele Jahre zurückliegen: Ein Baby verschwand spurlos, einer jungen Frau wurde ihr Kind weggenommen. Was Robert nicht ahnt: Wenn er die Fäden verbindet, könnte er eine tödliche Katastrophe auslösen.

Die Autorin

Sam Hayes ist im englischen Coventry geboren. Nach dem Schulabschluss wollte sie Pilotin werden und lernte fliegen, war dann aber in anderen Berufen, u. a. als Privatdetektivin, Buchhalterin und Kellnerin, tätig. Sie lebte in Australien und den USA und kehrte schließlich mit ihrem australischen Ehemann und den drei Kindern in ihre westenglische Heimat zurück. Für ihre Kurzgeschichten hat sie mehrere Preise erhalten, *Blutskinder* ist ihr erster Roman.

SAM HAYES

BLUTS KINDER

PSYCHOTHRILLER

Aus dem Englischen von
Carola Kasperek

Ullstein

Besuchen Sie uns im Internet:
www.ullstein-taschenbuch.de

Umwelthinweis:
Dieses Buch wurde auf chlor- und säurefreiem Papier gedruckt.

Deutsche Erstausgabe im Ullstein Taschenbuch
1. Auflage Februar 2008
2. Auflage 2008

Titel der englischen Originalausgabe:
Blood Ties (Headline Publishing Group, London)
Umschlaggestaltung: HildenDesign, München
Titelabbildung: © mauritius images / Nonstock
Satz: Pinkuin Satz und Datentechnik, Berlin
Gesetzt aus der Bembo PostScript (InDesign)
Druck und Bindearbeiten: CPI – Ebner & Spiegel, Ulm
Printed in Germany
ISBN 978-3-548-26764-7

Für Terry, Ben, Polly und Lucy in Liebe
Haltet weiter fest zusammen.

1

Dreißig Sekunden, nachdem ich bemerkt hatte, dass mein Baby weg war, tropfte mir Milch aus den Brüsten. Ich weiß noch, wie mir der blöde Gedanke durch den Kopf schoss, dass ich jetzt meinen Pflichtbesuch bei den Schwiegereltern mit feuchten Flecken auf der Bluse absolvieren musste. Ich hatte nur kurz am Supermarkt gehalten, um einen Kuchen zu kaufen. Einen von der Sorte, die aussieht wie selbst gebacken – ich hoffte, Sheila weismachen zu können, dass ich ihn gerade frisch aus dem Ofen geholt hatte. Sogar einen passenden Teller und ein Tortendeckchen hatte ich dafür besorgt. Meine Natasha, die fast den ganzen Weg über geschrien hatte, schlief endlich tief und fest. Ich war nur zwei winzige Minütchen weg gewesen, doch als ich zum Wagen zurückkam, war der Babysitz auf der Rückbank leer. Wo Natasha gelegen hatte, befand sich eine Delle im Kissen und auf der Steppdecke war ein kleiner ovaler Fleck – geronnene Milch, die Folge eines Bäuerchens.

Ich ließ den Kuchen auf den frostharten Boden fallen und suchte hektisch den ganzen Wagen ab. Mir schossen die blödsinnigsten Ideen durch den Kopf. Hatte ich sie doch mit in den Supermarkt genommen und im Einkaufswagen vergessen? Oder hatte sich eine nette alte Dame in Natashas niedliches Gesichtchen verguckt? War mein Baby womöglich ein Wunderkind, das mit acht Wochen schon allein losgelaufen war? Konnte es sein, dass Andy auf der Suche nach mir meinen Wagen entdeckt und die Kleine herausgeholt hatte, um ein bisschen mit ihr zu schmusen? Er durfte das, schließlich war er der Vater.

Ich hatte das Auto ganz bestimmt abgeschlossen.

Beim Aussteigen stieß ich mir den Kopf. Natasha war fort. Kostbare Sekunden verstrichen. Und dann fing meine Milch an zu tropfen. Das Brennen in meinen Brüsten sagte mir, dass ich unbedingt stillen musste. Doch mein Baby war nicht mehr da.

Die Augen gegen die niedrig stehende Wintersonne zusammengekniffen, ließ ich den Blick panisch über den Parkplatz schweifen. Was wäre es für eine Erleichterung gewesen, wenn mich meine Natasha jetzt über Andys Schulter hinweg angeschaut hätte! Wie sehr wünschte ich mir, dass mein Baby in Sicherheit wäre! Dann hätten sich meine schlimmsten Befürchtungen mit einem Schlag verflüchtigt, und die Welt wäre wieder in Ordnung gewesen. Seltsamerweise waren in dem Moment kaum Leute in der Nähe, nur ein älteres Paar, das seine Einkäufe im Kofferraum verstaute.

»Andy!«, wollte ich rufen, doch es kam nur ein Krächzen. Die Kehle war mir wie zugeschnürt, und mein Atem ging stoßweise und keuchend. Fieberhaft starrte ich in jeden Winkel des Parkplatzes, bis mir alles vor den Augen verschwamm und es in meinen Ohren rauschte. Da drehte ich völlig durch.

»Tasha!« Diesmal war meine Stimme laut und durchdringend. Es klang wie ein Urschrei. Mit gespreizten Beinen stand ich da, die Fäuste geballt, die Schultern hochgezogen. Doch schon im nächsten Moment stürmte ich los, durch die Reihen der parkenden Wagen, und schrie immer wieder den Namen meines Babys. Als ich mich den beiden älteren Leuten näherte, hoben sie abwehrend die Hände, als hätten sie Angst, ich wollte sie überfallen.

»Haben Sie mein Baby gesehen?« Sie gaben keine Antwort. Wahrscheinlich hatten sie meine panisch hervorgestoßenen Worte gar nicht verstanden. Mir war klar, dass jetzt jede Sekunde zählte. Ich rannte weiter und schrie dabei Natashas Namen, bis mir die Stimme versagte, taumelte zwischen den Autos hindurch, stieß mich schmerzhaft mal rechts, mal links. Schließlich rutschte ich auf einer vereisten Stelle aus und fiel hin.

Jemand legte mir die Hand auf die Schulter. Ich blickte hoch, sah eine leuchtend gelbe Plastikjacke. Im selben Augenblick hörte ich ein Baby schreien.

Ich sprang auf, stellte mich auf die Zehenspitzen und lauschte angestrengt. Irgendwo in einem Auto jaulte ein Hund. Ich hörte das Summen und Pfeifen eines Gabelstaplers, der Paletten mit Lebensmitteln von einem Lieferwagen hob, das Rattern von Einkaufswagen, die ein junger Bursche auf dem Parkplatz einsammelte und zusammenschob. Meine Sinne waren zum Zerreißen gespannt.

Und da war es wieder – *das Schreien eines Babys.*

Durch die Geräuschkulisse ringsum drang das Wimmern, das Brüllen, das Kreischen eines verlassenen Säuglings. Natasha! Das unablässige Geschrei hallte schmerzhaft in meinem Schädel wider, bis er zum Zerspringen pochte. Ich wusste nicht, in welche Richtung ich laufen sollte.

Ich stieg auf einen Poller und von dort aus auf die Motorhaube eines blauen Ford Kombi. Es war ein ganz neues Modell und flüchtig durchzuckte mich die Angst, dass ich das Blech verbeulen könnte. Ich sehe den Wagen noch heute vor mir, sogar die Handschuhe auf dem Armaturenbrett und den kleinen, wie einen Baum geformten Lufterfrischer, der am Rückspiegel baumelte. Ich kletterte auf das Autodach. Von dort oben konnte ich den gesamten Parkplatz überblicken.

»Miss«, sagte der Mann in der gelben Jacke. »Beruhigen Sie sich doch, Miss!« Er starrte mich mit aufgerissenen dunklen Augen an, und ich wusste, dass er mich für verrückt hielt.

»Seien Sie doch still!«, rief ich und horchte verzweifelt auf das Schreien. Es war von jener Seite des Parkplatzes gekommen, die an der Hauptstraße lag. Ich blinzelte gegen die Sonne und nach ein paar Sekunden, die mir wie eine Ewigkeit vorkamen, sah ich jemanden rennen.

Da rannte jemand mit einem Baby auf dem Arm über den Parkplatz.

»Natasha!«, brüllte ich wieder. Als hätte sie mir antworten können! Ich sprang vom Autodach, knickte mit dem Knöchel um. Trotz des stechenden Schmerzes rannte ich in Richtung Hauptstraße. Ich bin ziemlich groß, dennoch war es fast unmöglich, die fliehende Person zwischen den Köpfen der Kunden auszumachen, die ihre Samstagseinkäufe erledigten. Rücksichtslos – eine verzweifelte Mutter mit Panik im Blick – bahnte ich mir einen Weg bis an den Rand des Parkplatzes, von wo aus ich die Straße überblicken konnte.

Da stand ich nun, völlig außer Atem, meine milchschweren Brüste hoben und senkten sich unter dem Wintermantel im Takt meiner keuchenden Atemzüge, der Schweiß kribbelte mir auf dem Rücken. Während ich in beide Richtungen die Straße entlangspähte, schien sich das gewohnte Bild plötzlich zu verändern. Die Geschäfte, in denen ich mein Leben lang eingekauft hatte, waren mir auf einmal seltsam unvertraut. Die ganze Stadt erschien mir fremd und unbekannt. Ich kam mir vor wie eine Touristin, die sich in einem Land verlaufen hatte, dessen Sprache sie nicht verstand.

Dann sah ich sie wieder, die rennende Gestalt. Mit Schal und Mütze gegen die Januarkälte geschützt, bog sie gerade in die kleine Holt's Alley ein. Ihre behandschuhte Hand stützte das winzige Köpfchen eines schreienden Babys. Ich raste hinterher, zwischen den hupenden Autos hindurch, hinein in das schmale Gässchen. Jetzt im Nachhinein weiß ich, dass die Person, die ich verfolgte, wohl nicht mehr als fünfzehn bis zwanzig Sekunden Vorsprung hatte. Jetzt im Nachhinein ist mir klar, dass ich damals völlig konfus war.

In der Holt's Alley roch es ständig nach Frittenfett, Bier und Pisse. An einem Ende des kleinen Durchgangs lungerte normalerweise ein Grüppchen Jugendlicher herum, und an diesem 4. Januar 1992 war es nicht anders. Ein-, zweimal, als mich während der Schwangerschaft beim Einkaufen plötzlich Heißhungerattacken überfielen, hatte ich mich verstohlen in Al's Imbissbude gedrückt. Jedes Mal bekam ich von den Kids ein paar freche Sprüche zu hören, so nach dem Motto, ob ich nicht wüsste, dass man von zu vielen Würstchen fett wird. Um die Bande nicht zu reizen, lächelte ich immer nur höflich, ging hinein und verschlang eine Portion Pommes. Dabei hatte ich so ein schlechtes Gewissen, als hätte ich während der Schwangerschaft geraucht. Aber da ich sonst alles – fast alles – richtig gemacht hatte, ging ich davon aus, dass ein paar Pommes und der Pissegeruch in dem Gässchen meinem Baby schon nicht schaden würden.

Jetzt stürmte ich auf die Jugendlichen los und schlug einem von ihnen die Pepsidose aus der Hand.

»Ey ...!«

»Habt ihr jemanden hier langrennen sehen? Mit einem Baby?« Meine Worte kamen keuchend und abgehackt, aber das war mir egal. »Ist hier gerade einer durchgelaufen?« Ich beugte mich vor und stützte die Hände auf die Knie. Zum Glück trug ich die schwarze Kordsamthose mit dem Gummizug, das einzige einigermaßen präsentable Kleidungsstück, in das ich noch hineinpasste.

»Nö.«

»*Bitte!* Mein Kind ist weg.«

Aber diese pickeligen Typen gaben sich ganz cool, und ich bekam nichts aus ihnen heraus. Immerhin machte einer von ihnen ein paar Wochen später eine Aussage bei der Polizei, nachdem er die Vermisstenplakate gesehen hatte.

Ich rannte weiter durch die Straßen, doch von der Person oder von Natasha war nichts mehr zu sehen.

Auf dem Rückweg zu meinem Wagen redete ich mir ein, Natasha läge wohlbehalten in ihrem Babysitz. Vielleicht hatte ich sie in meiner Panik nur übersehen. Womöglich litt ich ja an Baby-Blindheit, obwohl ich von solch einem Leiden noch nie gehört hatte. Da entdeckte ich plötzlich mitten auf der Straße einen kleinen weißen Babyschuh. Er sah aus wie selbst gestrickt. Ich hob ihn auf.

Das kann durchaus Tashs Schühchen sein, dachte ich. Was hatte Sheila nicht alles für das Baby gestrickt! Mir erschien es als ein gutes Omen, dass ich ein Kleidungsstück meines Kindes gefunden hatte. Jemand wollte mir damit ein Zeichen geben; ich war nur zu dumm, um die Bedeutung zu verstehen.

Liebe Natasha,
herzlichen Glückwunsch, mein Liebling. Jetzt ist meine kleine Tash schon ein Teenager …

Nein, so geht das nicht. Das klingt ja, als wäre sie noch ein Baby. Ich knülle den Brief zusammen und fange noch einmal von vorne an. Aber für mich *ist* sie eben noch ein Baby.

Liebe Tash, *(das ist schon viel lockerer)*
ich weiß nicht so recht, wie ich anfangen soll, nach all den Jahren. Du wirst dich wahrscheinlich fragen, warum ich Dir bisher noch nie geschrieben habe. Um ehrlich zu sein, ich hatte zu viel Angst. Ich zucke schon zusammen, wenn ich den Namen Natasha im Fernsehen höre. Du musst wissen, dass ich Dich noch immer genau so liebe wie in den wenigen Wochen, die ich Dich bei mir haben durfte. Und wenn man das, was man liebt, nicht bei sich haben darf, na ja, dann tut das sehr weh …

Wieder knülle ich das Papier zusammen. So ein Blödsinn! Sie wird mich auslachen.

Als ich auf dem Rückweg von der Holt's Alley wieder in Laufschritt fiel, schwappte es in meinem Magen, als hätte ich einen ganzen Liter Orangensaft getrunken. So kurz nach der

Geburt hätte ich meinen Körper noch nicht überanstrengen dürfen.

Natasha lag nicht im Wagen. Auch der Mann in der gelben Jacke und das ältere Paar oder andere Kunden waren nicht mehr da. Ich sehnte mich nach einem vertrauten Gesicht, nach einer Hand, die mich stützte, und einer Stimme, die mir »alles wird wieder gut« ins Ohr flüsterte. Die Hintertür meines Autos stand noch offen, hatte im Lack des Nachbarwagens Schrammen hinterlassen. Und auch der Kuchen lag noch genau da, wo ich ihn hatte fallen lassen.

Plötzlich wusste ich, was ich zu tun hatte. Es war, als könnte ich nach der Verfolgungsjagd wieder klar denken. Ich musste im Supermarkt Hilfe holen und Andy anrufen. Er war bestimmt noch bei der Arbeit.

Wir hatten vorgehabt, uns bei seinen Eltern, Sheila und Don, zu treffen. Sheila würde wahrscheinlich über das kalt gewordene Essen meckern, aber darauf konnte ich jetzt keine Rücksicht nehmen. Bestimmt würde mir der Manager des Supermarkts eine Tasse Tee anbieten. Das war genau das, was ich in dieser neuen, fremden Welt brauchte, wo es weder Farben noch Geräusche, weder Zeit noch Gefühle gab und aus der ich nie wieder hinaus in ein normales Leben finden würde.

Ich hob den Kuchen auf und wischte die Packung ab. Ob die Leute im Laden wohl denken würden, ich hätte ihn gestohlen, weil er nicht in einer Einkaufstüte steckte? Als ich den Supermarkt betrat, hatte ich die flüchtige Hoffnung, dass ich gleich aus diesem Albtraum aufwachen würde. Ich brauchte Menschen, freundliche, mitfühlende Menschen.

Liebe Natasha, *(doch lieber etwas förmlicher. Schließlich ist es schon eine Weile her)*
Du sollst wissen, dass ich in den vergangenen dreizehn Jahren jeden einzelnen Tag an Dich gedacht habe. Jedes Mal sah

ich Dich ein wenig älter und größer vor mir. Und jetzt bist Du schon beinahe eine Frau. Ich schaue mir meine eigenen Jugendfotos an und versuche mir vorzustellen, wie Du wohl aussehen magst. Damals haben alle gesagt, Du wärst mir wie aus dem Gesicht geschnitten – die gleichen Grübchen, die gleichen Wimpern. Sind Deine Augen immer noch blau? Hast Du schon Deine Periode? Bist Du tot und verwest?

Auch dieser Brief wandert in den Papierkorb. Es regnet; genau genommen ist es sogar ein Graupelschauer. Schon jetzt, um vier Uhr nachmittags, brennen die Straßenlaternen und tauchen das Pflaster in ein pfirsichgelbes Licht. Bei der Beleuchtung wirken die kahlen Bäume selbst an diesem trüben Novembernachmittag fast frühlingshaft.

Ich habe den elektrischen Kamin eingeschaltet und der Fernseher läuft – irgendeine kitschige Quizshow, wo glückliche Familien Kühlschränke und Autos gewinnen können. Ich habe mir eine Tasse Tee gemacht. Später werde ich mir eine Flasche Gin oder Wodka zu Gemüte führen, je nachdem, was es gerade im Sonderangebot gab. Ich kuschele mich mit einem Briefblock und einem Füller unter meine weiche Sofadecke und halte Natashas Babyschuh in der Hand. Den ich damals auf der Hauptstraße gefunden habe und den mir die Polizei in einer kleinen Plastiktüte aushändigte – später, nachdem man die Suche nach ihr aufgegeben hatte.

Das tue ich an jedem Samstag im Januar, dem Monat, in dem Natasha verschwand, und immer am 6. November, ihrem Geburtstag. Ansonsten versuche ich, ein normales Leben zu führen. Keiner weiß, dass ich mal ein Baby hatte.

Liebe Natasha Jane Varney, *(jetzt, da sie schon groß ist, rede ich sie besser mit ihrem vollen Namen an)*
ich kann Dir die erfreuliche Mitteilung machen, dass es Deiner Mutter, Mrs Cheryl Susan Varney, gut geht. Sie ist

noch am Leben und wünscht, Du wärst es auch. Sie hofft, dass euer beider Seelen gerettet werden. Sie ist sehr traurig, weil sie Dich niemals auf einer Schaukel anschubsen durfte oder Dir eine Geburtstagsfeier ausrichten oder Dir Würstchen mit Bohnen kochen …

So geht das nicht. Ich knülle auch dieses Blatt zu einer kleinen Kugel zusammen und werfe sie zu den anderen in den Papierkorb. Im Fernsehen läuft jetzt ein Werbespot. Ich mag keine Werbung. Die wollen uns nicht einfach ein Produkt verkaufen, sondern uns vorschreiben, wie wir zu leben haben. Wer sagt denn, dass wir unbedingt in einem Badezimmer duschen müssen, durch dessen Glastür man auf einen weißen Strand blickt, wo ewig die Sonne scheint? Und dann wollen sie uns auch noch weismachen, dass wir nur dieses tolle neue Shampoo zu benutzen brauchen, und schon ist unser Haar so lang und glänzend wie bei dem dürren, halb nackten Model auf dem Bildschirm. Vielleicht sollte ich es ja doch mal mit diesem Shampoo versuchen. Vielleicht verwandelt sich mein feuchtes, schimmeliges Bad dann in einen Strand auf den Bermudas. Vielleicht ist dann mein ganzes bisheriges Leben wie weggewischt, und ich bekomme meine Natasha zurück. Und kann noch mal ganz von vorn anfangen.

Ich weiß genau, dass die Wagentür abgeschlossen war.

Solange die Werbung läuft, suche ich in der Küche nach Alkohol. Es nervt mich, dass ich keinen vernünftigen Brief an meine Tochter zustande bringe. Andere Mütter schaffen das doch auch.

Ich finde nur den Kochsherry. Ich verstecke die klebrige Flasche unter meinem abgetragenen Pullover und schleiche auf Zehenspitzen zurück ins Wohnzimmer. Dann stelle ich mich vor das Fenster, wo man mich mit Sicherheit sehen kann, und nehme einen hastigen Zug.

Es ist nämlich so, dass ich die ganze Zeit über beobachtet

werde. Das kann verschiedene Gründe haben. Vielleicht hat Gott ja Mitleid mit mir und breitet seine Flügel über mich wie über all die anderen vergessenen, nutzlosen Kreaturen auf der Welt. Es könnte aber auch mein Schutzengel sein. In diesem Fall ist es bestimmt Natasha, denn der Engel kennt mich offenbar ziemlich gut. Vielleicht aber – und das ist am wahrscheinlichsten – bin ich zurzeit nur ein bisschen angespannt und nicht ganz auf der Höhe. Manche würden es Schuld nennen, ich nenne es mein Leben.

Also stelle ich mich beim Trinken ans Fenster und hoffe, dass mich jemand dabei sieht. Dann hätte ich wenigstens einen Grund, mich beobachtet zu fühlen.

Da! Eine Frau führt in der trüben Dämmerung ihren Hund aus. Sie starrt direkt in mein gemütliches Zimmer und ertappt mich beim Picheln. Ich ziehe selten die Vorhänge zu; so können die Passanten einen Blick auf mein Leben werfen, und ich kann raten, wohin sie wohl unterwegs sind. Manche gehen immer zur gleichen Zeit an meinem schmalen Reihenhäuschen vorüber. Ich habe mir Namen und Eigenschaften, ja sogar ein ganzes Leben für sie ausgedacht. Es sind meine unbekannten Freunde.

Marjory geht morgens immer die Zeitung holen. Einmal hat sie versucht, ein bisschen zu joggen, und sich dazu einen Jogginganzug aus rosa Samt angezogen. Doch auf dem Rückweg ging sie schon wieder langsam. Sie schwitzte und war ganz rot im Gesicht. Wenn keine Ferien sind, kommen morgens um acht Uhr fünfundzwanzig und nachmittags um zehn vor vier die Schulkinder vorbei. Jetzt, da Natasha auch schon ein Teenager ist, sehe ich es nicht mehr so gern, wenn die Jugendlichen vor meinem Gartentor herumlungern. Dann ist mein handtuchgroßer Vorgarten immer mit Coladosen, Chipstüten und Zigarettenkippen übersät. Wenn Frederick vorbeigeht, klopfe ich ans Fenster und lächele ihm zu. Er kauft sich jeden Tag Zungenwurst für sein Frühstücksbrot. Früher war er einer meiner Stammkunden, doch jetzt habe ich ihn schon seit ein paar Monaten nicht mehr gesehen. Vor vier Jahren ist seine Frau gestorben, und er hört dauernd Klopfgeräusche in seinem Haus.

Im Supermarkt war ich unschlüssig, ob ich mich an einer der langen Schlangen vor den Kassen anstellen oder direkt zur Informationstheke gehen sollte, die an jenem Samstag ebenfalls von Kunden umlagert war. Schließlich stellte ich mich an der Schnellkasse an, die für Kunden mit weniger als zehn Teilen gedacht war. Die Frau vor mir hatte allerdings deutlich mehr Waren in ihrem Einkaufswagen.

Nach wie vor erschien mir alles ringsum farblos, gleichsam ausgeblichen. So als hätte man die Welt zu heiß gewaschen. Alles war flach, zweidimensional, wie eines dieser Spielzeug-Puppentheater aus Pappe. Ich glaube, ich hätte bloß kräftig zu pusten brauchen, dann wäre der ganze Laden wie ein Kartenhaus eingestürzt.

Meine kopflose Panik hatte sich gelegt. Jetzt wollte ich nur noch, dass sich jemand um mich kümmerte. Das Mädchen an der Kasse würde bestimmt Mitleid mit mir haben, wenn sie hörte, dass mein Baby verschwunden war. Mit kleinen Schritten schob ich mich vorwärts, in der Hand noch immer den Schokoladenkuchen, auf dessen Oberfläche meine Daumen Dellen hinterlassen hatten. Ich legte den Kuchen auf das Laufband, damit er nicht noch stärker ramponiert wurde.

Endlich war die Frau vor mir an der Reihe. Sie brauchte eine Ewigkeit, um die Waren in ihrer Einkaufstasche zu verstauen, zu bezahlen und das Wechselgeld in ihre Geldbörse aus Krokoimitat gleiten zu lassen. Meine Sinne waren überwach, jede winzige Kleinigkeit prägte sich mir ein, so als könnte ich damit die Wirklichkeit ausblenden. Damals merkte ich es nicht, aber meine Nerven waren zum Zerreißen gespannt. Jetzt im Nachhinein glaube ich, dass Natasha ganz in der Nähe war. Jetzt im Nachhinein ist mir klar, dass ich es völlig falsch angefangen habe.

Der ganze Körper tat mir weh. Ich machte noch einen kleinen Schritt, dann stand ich vor der gleichgültigen Kassiererin, die schon die Hand nach meinem Kuchen ausstreckte.

»Ich wollte eigentlich nichts kaufen. Ich dachte bloß, ob mir jemand …« Zu spät. Sie hatte den Kuchen schon über den Scanner gezogen.

»Zwei neunundneunzig, bitte. Ich lasse Ihnen einen anderen holen; der hier ist ja ganz eingedrückt.« Sie neigte sich zum Mikrofon und schloss beim Sprechen die Augen. Wie beim Karaoke. »Sandra, bitte an Kasse drei. Kasse drei, bitte. Die Kundin wartet.«

»Aber ich habe doch schon …« Ich brachte keine Erklärung zustande. Stattdessen kramte ich in meiner Geldbörse, die überhaupt nicht mehr wie meine Geldbörse aussah. Auch die Hände, die sich an der Schnalle meiner Handtasche zu schaffen machten, kamen mir fremd vor, ebenso wie meine Stimme. Ich war nicht mehr Cheryl.

Mit zitternden Händen reichte ich dem Mädchen meine Kreditkarte. Mein letztes Bargeld hatte ich ausgegeben, als ich den Kuchen das erste Mal kaufte.

»Bitte hier unterschreiben.«

Sandra kam mit dem Ersatzkuchen. Mir fiel sofort das Verfallsdatum ins Auge. Der Kuchen hier war einen Tag älter als der, den ich ausgesucht hatte.

Ich weiß noch, wie ich dachte: Wenn du dich mit solchen Lappalien abgeben kannst, ist dein Baby bestimmt gar nicht weg. Wenn Natasha wirklich verschwunden wäre, würde ich doch nicht hier in diesem Laden stehen und denselben Kuchen ein zweites Mal bezahlen! Ich würde schreien, nach der Polizei rufen, weinen, heulen, von einem Kunden zum anderen rennen und alle verzweifelt um Hilfe anflehen!

Ich unterschrieb den Zettel und fing an zu lachen. Ich lachte vor lauter Erleichterung, weil Natasha ganz bestimmt nicht entführt worden war. Ich hatte sie einfach im Auto gelassen. Ich war auf dem Weg zu Sheila und Don, wo ich Andy treffen wollte. Wir würden gemeinsam den Nachmittag verbringen, uns über Babys unterhalten, Tee trinken und den Schokoladenkuchen essen, den ich soeben erstanden hatte.

Über Babys wusste Sheila bestens Bescheid. Immerhin hatte sie drei Kinder geboren. Sie strickte wie eine Wilde und gab mir bei jedem Besuch unzählige Tipps für die Aufzucht und Haltung meines Kindes, so als wäre Natasha ein exotisches Haustier.

»Wenn das Baby genug getrunken hat, schieb ihm deinen kleinen Finger in den Mundwinkel, damit es zu saugen aufhört. Sonst bekommst du entzündete Brustwarzen«, hatte Sheila einmal gesagt, als wir über das Stillen sprachen. »Und wenn du die Windeln wechselst, lass das Baby eine halbe Stunde lang nackt herumstrampeln. Unser kleines Schätzchen soll doch nicht wund werden! Es gibt übrigens nichts Gesünderes für Babys als ein Mittagsschläfchen im Freien, ob im Sommer oder Winter. Aber denk daran, ein Katzennetz über den Wagen zu spannen.« Was Säuglinge anging, war diese Frau ein Born des Wissens, der ungefragt alle möglichen Tipps hervorsprudelte.

»Sie dachten bloß, ob jemand … was?« Die Kassiererin lächelte mich an. »Sie wollten doch etwas sagen.«

»Ach, nichts.« Ebenfalls lächelnd packte ich den Kuchen in eine Tragetasche. Dann verließ ich schleunigst diese Pappkulisse von Laden. Ich rannte durch den Schwall warmer Luft aus dem Gebläse am Eingang und über den kalten Parkplatz zu meinem Renault.

Was war ich dumm! Eine verrückte, verantwortungslose, überspannte, nervöse junge Mutter. Wie konnte ich mir nur einbilden, dass mein Baby weg wäre? Offensichtlich hatten mir meine Sinne einen Streich gespielt. Die Gesundheitsberaterin hatte mich ja vor Schlafmangel gewarnt. Natasha war manchmal eine richtige kleine Zicke. Sie schrie jede Nacht durch und holte sich dafür ihren Schönheitsschlaf tagsüber. Mit diesem Spielchen hatte sie mich so weit gebracht, dass ich nicht mehr richtig sehen und auch nicht mehr vernünftig denken konnte. Ich hoffte bloß, dass ich auf Sheila und Don keinen allzu wirren Eindruck machen würde.

Doch als ich zu meinem Wagen kam, war er leer.

Jemand hatte Natasha entführt, da gab es keinen Zweifel.

Ich pinkelte mir in die Hose und stieß einen verzweifelten Schrei aus. Dann sank ich ohnmächtig zu Boden.

Liebe Natasha,

als Du acht Wochen alt warst, hat man Dich mir weggenommen. Ich war so dumm, Dich im Auto zu lassen, als ich kurz einkaufen ging. Wir waren auf dem Weg zu Oma Sheila. Daddy wollte auch dorthin kommen und wir wollten mit Oma und Opa Kuchen essen. Ich habe nach Dir gesucht, aber nur Deinen kleinen Schuh auf der Straße gefunden. Dann kam die Polizei. Monatelang bemühten sie sich, Dich zu finden, überprüften alle vorbestraften Kriminellen und hängten Plakate auf und brachten einen Aufruf im Fernsehen. Doch dann hörten sie auf zu suchen. Sie legten Deine Akte auf den Stapel mit den hoffnungslosen Fällen, gaben mir Dein Schühchen zurück und sagten, sie würden weiterhin ihr Möglichstes tun.

Du sollst wissen, Natasha, dass ich niemals aufgehört habe, Dich zu lieben. Und ich werde Dich immer lieben. Es gibt Tage, da glaube ich, dass Du am Leben und glücklich bist und bei einer netten Familie lebst, die Dich liebt wie ihr eigenes Kind. Sie ertragen Deine Wutanfälle und Deine Motorrad fahrenden Freunde und streiten sich mit Dir, weil Du Dir den Bauchnabel piercen lassen willst. An anderen Tagen jedoch trifft mich die Wahrheit mit solch schmerzhafter Wucht wie an dem Tag, als Du aus meinem Leben verschwandest.

Ich frage mich, was Du in deiner letzten Sekunde gesehen hast. Hast Du Deinem Mörder ins Gesicht gestarrt, bevor er Dich erstickte? Hast Du ihn genauso lieb angesehen wie mich, wenn Du beim Stillen entspannt in meinen Armen lagst? War Dir ein friedlicher Hungertod vergönnt? Durftest Du sanft aus dem Leben gleiten oder hast du diese Welt nach nur acht Wochen mit Rachegelüsten im Herzen verlassen?

Wo Du auch bist, ob tot oder lebendig, ich kann Dich spüren. Ich möchte Dich wiederhaben.

Du bist ein ganz besonderes Mädchen, Natasha. Es tut mir so leid. Ich liebe Dich.

Mummy

Mir ist klar, dass ich sie heute nicht mehr finden werde – Grund genug, den Rest des Kochsherrys wegzuputzen. Danach bin ich so hinüber, dass ich meine Lieblings-Quizshow verpasse.

2

Robert blickte zu seiner Frau hinüber, während sie auf die Ergebnisse warteten. Sie sollte ihn anschauen, damit er ihr aufmunternd zulächeln konnte! Ihre Nervosität war fast mit Händen zu greifen.

Doch sie drehte sich nicht um, sondern hielt den Blick starr auf die Direktorin der Privatschule gerichtet. Steif und aufrecht saß Erin da, in ihrem grauen Flanellkostüm, das blonde Haar sorgfältig frisiert. Sie hielt die Hände krampfhaft im Schoß gefaltet und machte sich offensichtlich auf eine Enttäuschung gefasst.

Während die Direktorin in den Unterlagen und Berichten blätterte, erlaubte sich Robert einen kurzen Blick auf Erins Beine. Sie hielt die Knie eng zusammengepresst, was bei einer Frau, die sich in Jeans und Stiefeln viel wohler fühlte, irgendwie gekünstelt wirkte. Er wusste, es war alles nur Show, um einen guten Eindruck auf die Dame hinter dem Schreibtisch zu machen. Robert betrachtete es als gutes Omen, dass er den Spitzenrand von Erins Strumpf unter ihrem Rock hervorlugen sah. Nun wusste er, dass alles gut gehen würde.

»Offen gestanden, Mr und Mrs Knight, ich wünschte, wir hätten mehr Mädchen wie Ruby.« Miss Aucott nahm die Brille ab und blickte mit leicht zusammengekniffenen Augen zu dem Flügel am anderen Ende der langen, eichengetäfelten Bibliothek hinüber. Robert hatte beinahe vergessen, dass Ruby auch anwesend war, obgleich ihre Musik noch immer wie ein Schwarm Schmetterlinge in dem riesigen Raum zu schweben schien.

»Komm, setz dich zu uns, Ruby.« Als Miss Aucott lächelte,

überzog ein Netz feiner Fältchen ihr gepudertes Gesicht. Das Mädchen rutschte vom Klavierhocker und machte sich auf den langen Weg zum Schreibtisch der Schulleiterin. Robert sah, wie die Schultern seiner Frau ein wenig nach vorn sackten. Ihre Anspannung ließ offenbar nach. Er hätte am liebsten laut gejubelt, Ruby in die Arme genommen und Erin an sich gedrückt, aber das ging nicht. Nicht bevor die Direktorin offiziell gesagt hatte, dass Ruby aufgenommen war.

Seine Stieftochter ging ein wenig unbeholfen über das polierte Parkett. Einer ihrer Schuhe mit den Kreppsohlen quietschte beim Laufen. Für alles, was sie durchgemacht hatte, hielt sie sich ganz gut, dachte er.

Ruby ließ sich auf der äußersten Kante des Stuhls nieder. Jetzt, da sie nicht mehr am Klavier saß, wirkte sie wegen ihrer linkischen Haltung, der leicht glänzenden Nase und den vereinzelten Pickeln auf der Stirn wie irgendein beliebiger Teenager. Robert betrachtete sie mit liebevollem Blick.

Er war so stolz auf sie, auf ihre Tapferkeit, ihre Selbstbeherrschung, die sie an diesem Morgen aller Aufregung zum Trotz aufgebracht hatte! Ruby hatte ihre wilde schwarze Mähne ordentlich gekämmt und trug, ebenso wie ihre Mutter, ein klassisches, etwas langweiliges Kostüm. Doch abgesehen von der Kleidung hatten die beiden erstaunlich wenig Ähnlichkeit. Robert machte Ruby diskret ein Zeichen, dass sie sich eine lose Haarsträhne hinter das Ohr streichen sollte, und frohlockte innerlich. Er war jetzt ganz zuversichtlich, dass alles gut ausgehen würde. Nichts wünschte er sich mehr, als dass seine Familie glücklich war.

»Ruby, du bekommst einen Platz hier am Greywood College. Normalerweise nehmen wir mitten im Schuljahr keine neuen Schüler auf, aber in deinem Fall machen wir eine Ausnahme.« Miss Aucotts Worte klangen ein wenig triumphierend, so als habe sie einen seltenen Fang gemacht. Sie setzte ihre Brille wieder auf und las aus der Akte vor: »Über siebenundneunzig Prozent bei allen drei Tests. Eine erstaunliche Leistung, junge Dame.«

Errötend senkte Ruby den Kopf. Robert bemerkte ihr flüchtiges Lächeln, und sah, wie sich ihre Brust hob und senkte, als sie erleichtert aufatmete. Für einen winzigen Augenblick wurden ihre Augen dunkler. Er hätte sie am liebsten in die Arme genommen. Mit ihren dreizehn Jahren ließ sie das noch zu.

»In erster Linie geht es natürlich um dein musikalisches Talent.« Miss Aucott beugte sich ein wenig über den Rosenholzschreibtisch und faltete die Hände auf der Tischplatte. Sie sprach jetzt leiser, als habe sie Angst, die Beute zu verscheuchen, die sie sich unbedingt für ihr College sichern wollte. Als sei Ruby ein faszinierendes wildes Tier, das behutsam gezähmt werden wollte. »Viele unserer jungen Damen haben Talent.« Die Direktorin verstummte, als habe sie ihre Stimme nicht mehr ganz in der Gewalt. Vielleicht hatte auch Rubys Klavierspiel für einen Augenblick das wahre Wesen der verkniffenen, strengen Schulleiterin zum Vorschein gebracht.

»Wir wissen, dass Ruby etwas Besonderes ist«, unterbrach Erin sie. »Nicht nur wegen ihrer Musik …« Sie zögerte kurz und ergriff Rubys Hand. »Sie ist einfach etwas Besonderes.«

Robert warf ihr einen leicht tadelnden Blick zu und bedeutete Miss Aucott mit einem Nicken, fortzufahren.

»Du wirst mit acht anderen Mädchen in eine Klasse gehen, Ruby. Sie alle haben musikalisches Talent. Wir stellen unsere Klassen gern nach Begabungen zusammen. Der Unterricht beginnt um halb neun und endet um vier.« Miss Aucott holte tief Luft und nahm ihre Brille wieder ab. »Sie haben unseren Prospekt gelesen und den Rundgang durch das Gebäude gemacht. Haben Sie noch Fragen?«

Robert erwartete, dass Erin die Schulleiterin mit besorgten Fragen bombardieren würde, doch seine Frau hob mit einem verneinenden Kopfschütteln die Schultern.

»Es ist alles ganz wunderbar«, sagte sie. »Greywood ist genau das Richtige für Ruby. Hier kann sie einen neuen Anfang machen.«

»Ja«, erwiderte Miss Aucott gedehnt. Mit plötzlichem Herzklopfen beobachtete Robert, dass sie sich die Brille wieder auf die Nase schob und in ihren Unterlagen blätterte. »Deine Mutter hat recht, Ruby. Dem Bericht deiner jetzigen Gesamtschule nach zu urteilen wäre ein neuer Anfang wirklich von Vorteil. Bist du bereit, dich von ganzem Herzen für Greywood einzusetzen?«

»Hundertprozentig«, antwortete Ruby, und ihre dunklen Augen leuchteten vor Begeisterung. »Was auf meiner anderen Schule passiert ist, war nicht meine Schuld«, setzte sie in flehendem Ton hinzu. Dabei zuckten ihre Lider verdächtig.

Wenn sie doch bloß still wäre, bevor sie alles verdirbt, dachte Robert. Womöglich überlegte es sich Miss Aucott noch anders und nahm Ruby doch nicht in Greywood auf. Aber die Direktorin langte über den Schreibtisch und ergriff Rubys Hand.

Ein wenig verlegen, aber auch erleichtert lächelte Ruby, wobei ihr wieder ein paar vorwitzige Haarsträhnen ins Gesicht fielen. Sie schluckte hörbar und rückte auf einen Wink von Miss Aucott näher an den Schreibtisch heran.

»Greywood wird dein Lebensinhalt werden«, sagte die Schulleiterin leise. »Da bleibt dir gar keine Zeit für Dummheiten.«

Robert hätte Ruby gern in Schutz genommen. Er war drauf und dran, Einspruch zu erheben, als müsste er einen Angeklagten vor Gericht verteidigen. Er würde beweisen, dass sie nichts dafür konnte und die Schuld bei den anderen lag. Doch gerade als er zum Sprechen ansetzte, fing er Erins warnenden Blick auf. Also sagte er nichts und wartete nur ängstlich gespannt auf Rubys Reaktion. Ihre Wangen waren jetzt flammend rot, und ihre schwarzen Augen funkelten. Doch sie versprach mit einem liebenswerten Lächeln: »Ich werde ganz bestimmt brav sein.« Robert und Erin atmeten auf.

»Das hätten wir also geklärt. Dann bis nächsten Montag, Ruby.« Erin zuckte ein wenig zusammen, als Miss Aucott sie ansprach. »Sie haben eine Woche Zeit, um eine Schuluniform zu besorgen, Mrs Knight. Füllen Sie bitte noch das Anmeldeformular aus und reichen es uns zusammen mit Rubys Impfausweis und der Geburtsurkunde ein. Es wäre schön, wenn das Sekretariat die Unterlagen hätte, bevor Ihre Tochter bei uns anfängt.« Dann wandte sich die Direktorin an Robert. »Sie bekommen von uns eine Rechnung für den Rest des Schuljahres, Mr Knight. Bitte sorgen Sie dafür, dass das Schulgeld pünktlich überwiesen wird.«

»Selbstverständlich.« Robert hielt das Gespräch für beendet, stand auf und schüttelte der Schulleiterin die Hand. »Ruby wird Sie bestimmt nicht enttäuschen.« Er hielt Miss Aucotts knochige Finger einen Augenblick zu lange fest. Dann streckte die Schulleiterin Erin die Hand hin. Doch Robert stellte erstaunt fest, dass seine Frau die Geste gar nicht beachtete. »Erin?«, sagte er. »Es ist Zeit zu gehen.«

Erin rührte sich nicht. Alle Farbe war aus ihrem Gesicht gewichen, und in ihren Augen schimmerten Tränen. So erschüttert hatte Robert sie erst einmal gesehen – als er sie nach der Hochzeit mit Flitterwochen auf Barbados überrascht hatte. Wegen Erins krankhafter Flugangst war aus der Reise leider nichts geworden.

»Bist du so weit, Erin?« Robert legte seiner Frau eine Hand auf die Schulter, um sie aus ihrer Trance zu wecken. Anscheinend hatte ihr die gute Nachricht einen Schock versetzt. »Wir müssen gehen, Schatz.«

Erin fuhr zusammen, als wäre sie aus einem bösen Traum erwacht. »Tut mir leid«, murmelte sie. »Ich war nur …« Sie ignorierte weiterhin die Hand, die Miss Aucott ihr zum Abschied reichte, erhob sich und eilte mit raschen Schritten zur Tür.

Mit gerunzelter Stirn ging Robert Knight seiner Familie voraus. Für ihn war klar, dass Ruby am folgenden Montag in Schuluniform, mit sorgfältig gepackter Tasche und ordentlich zurückgekämmtem Haar hier erscheinen würde. Bereit für einen Neuanfang. Er trat aus der Eingangshalle mit dem Marmorboden hinaus in den sonnigen Nachmittag. Der Sommersmog hing wie eine Glocke über der Stadt. Robert blieb stehen und wandte sich den beiden Menschen zu, die ihm das Wichtigste auf der Welt waren.

»Du warst einfach fantastisch«, sagte er und umarmte Ruby. »Kommt, gehen wir zur Feier des Tages etwas Kaltes trinken.« Sein Gesicht, das im Gerichtssaal stets wie eine undurchdringliche Maske wirkte, war wie verwandelt. In seinem Lächeln spiegelten sich Stolz und Erleichterung. Doch Erin schien seine Begeisterung nicht zu teilen. Teilnahmslos ließ sie sich von ihm umarmen, als sei ihr gar nicht bewusst, was für ein Glück sie hatten. Ihre Tochter hatte einen Platz in einer der besten Privatschulen Londons ergattert. Jetzt war sie in Sicherheit. Doch Erin schien sich nicht im Geringsten darüber zu freuen. Besorgt ließ Robert sie los, legte ihr einen Finger unter das Kinn und blickte ihr prüfend ins Gesicht.

»Ich habe Kopfschmerzen, Robert. Ich brauche einen Drink.« Erin blinzelte gegen die Sonne und legte sich die Fingerspitzen an die Schläfen. »Da drüben ist eine Bar.« Noch bevor Robert etwas erwidern konnte, drängte sie sich zwischen den Autos hindurch und zog Ruby an der Hand hinter sich her.

»Das ist bestimmt nicht das Richtige für deinen Kopf!«, hätte Robert ihr am liebsten nachgerufen. Doch in ihrer augenblicklichen Stimmung hätte sie sowieso nicht auf ihn gehört. Aus einem plötzlichen Impuls heraus kaufte er an einem Straßenstand einen Strauß Blumen, zog sein hellgraues Jackett aus und eilte hinter den beiden her. Er konnte nicht verhindern, dass ein breites Grinsen über sein Gesicht ging. Zum Glück sieht es niemand, dachte er.

Als er die Bar betrat, waren sein Hals und sein Gesicht von einem dünnen Schweißfilm überzogen. Im Vergleich zu der drückenden, abgasgeschwängerten Luft draußen war es in dem klimatisierten Raum angenehm kühl. Es roch ganz leicht nach Bier und Zigarettenrauch. Robert warf sein Jackett über einen Hocker an der Bar und legte die Blumen vorsichtig darauf ab. Erin und Ruby hatten bereits in einer ruhigen Nische Platz genommen. Nachdem er die Getränke bestellt hatte, blickte er nachdenklich auf seine Familie, die so plötzlich und wie aus dem Nichts in sein Leben getreten war.

Ruby wirkte fröhlich, ihre Bewegungen waren lebhaft. Ganz offensichtlich hatte ihr die Aussicht, nach Greywood gehen zu dürfen, neuen Auftrieb gegeben. Wieder einmal empfand Robert leichte Gewissensbisse, weil er sie nicht eher an einer guten Schule angemeldet hatte, obwohl sie doch so außergewöhnlich musikalisch war und in ihrer derzeitigen Schule große Probleme hatte. Aber schließlich war sie nicht seine leibliche Tochter, sagte er sich. Außerdem kannte er sie erst seit sechs Monaten und war erst seit acht Wochen offiziell ihr Stiefvater. Deshalb hatte er bisher kein Recht gehabt, sich in Rubys Erziehung einzumischen.

Während Robert dem Barkeeper einen Zwanziger reichte, betrachtete er Ruby in der Spiegelwand hinter der Theke. Selbst wenn sie sein eigen Fleisch und Blut gewesen wäre, hätte sie ihm nicht mehr bedeuten können. Sie war wirklich etwas Besonderes und wie alle Kinder eine Meisterin in der Kunst, das Herz ihrer Eltern im Sturm zu erobern. Und Ruby brauchte so dringend einen Vater!

Robert steckte das Wechselgeld ein, klemmte sich den Blumenstrauß unter den Arm und trug die Getränke zum Tisch.

Mit den Worten »Für ein kluges Mädchen« überreichte er seiner lächelnden Stieftochter die Blumen. Dann gab er ihr das Glas mit dem Fruchtcocktail. »Auf Ruby und ihre Zukunft«, prostete er ihr so laut zu, dass sich ein paar Köpfe nach ihnen umdrehten. Er wollte auch mit Erin anstoßen, doch sie beachtete ihn gar nicht. Mit zwei Zügen kippte sie ihren Drink hinunter, dann entschuldigte sie sich knapp und zwängte sich aus der Bank.

Sie ging zur Theke und bestellte sich noch einen doppelten Jack Daniel's. Einen Fuß auf die Stange gestützt, stürzte sie den Whisky wie lauwarmen Kaffee hinunter. Dabei fuhr sie sich nervös mit den Fingern durch das blonde Haar.

Robert fand das Verhalten seiner Frau befremdlich, sagte jedoch nichts, um Ruby nicht den Tag zu verderben. Er hielt ihre Hand und spielte mit ihren Fingern, während das Mädchen aufgeregt über ihre neue Schule plapperte. Gleichzeitig fragte er sich, worüber sich seine Frau wohl so aufregte. Als er sah, dass sie sich einen weiteren Drink bestellte, unterbrach er Rubys Redeschwall und trat zu Erin an die Bar. Er legte ihr den Arm um die Taille und flüsterte ihr etwas ins Ohr. Ohne sich um ihn zu kümmern, kippte Erin den Whisky hinunter, dann wandte sie den Kopf und schaute ihren Mann an.

»Ach, Scheiße«, sagte sie nur.

Robert wich ein wenig zurück, als ihm ihr Whiskyatem ins Gesicht wehte.

»Alles Scheiße.« Sie starrte ihm in die Augen. »Manchmal – nur manchmal – möchte ich am liebsten die Brocken hinschmeißen.« Sie wand sich aus Roberts Armen, rief quer durch den Raum: »Ruby, wir gehen!«, und verließ im Eilschritt das Lokal.

Erin stand schon auf dem Gehsteig, als Robert ihr mit Ruby nachkam. Er ergriff Erins Arm, und sie hielten im dichten Feierabendverkehr nach einem Taxi Ausschau. Schließlich gelang es Ruby, eines heranzuwinken. Den Blumenstrauß fest in ihrer Hand, kletterte das junge Mädchen als Letzte in den Wagen. Sie warf einen kurzen Blick auf ihre Mutter, dann starrte sie ausdruckslos in die Ferne. Robert kam es so vor, als wäre sie am liebsten woanders.

3

Es schneit. Nur noch vier Tage bis Weihnachten. Vielleicht ist das ja Jesus, da in meinem Leib. Ich werde ihn Noel nennen. Ich drehe mich auf die Seite, weil mich das Pulsieren meiner Aorta stört, wenn das Baby darauf drückt. Das habe ich in Biologie gelernt. Aorta. Die Hauptschlagader, die das sauerstoffreiche Blut vom Herzen wegtransportiert. Als wir im Unterricht die Fortpflanzung durchgenommen haben, habe ich bestimmt gefehlt. Und jetzt bin ich schwanger. Heißt das nun, dass ich gut oder schlecht in Sexualkunde bin? Das Baby tritt. Ich ziehe meinen Pullover hoch und sehe, wie kleine Wellen über die straff gespannte, fast durchsichtige Haut an meinem Bauch laufen. Ich liebe das Baby.

Der Schnee sammelt sich auf dem Fenstersims. Draußen ist es dunkel. Ich stehe jetzt am Fenster, die Ellbogen auf die Fensterbank gestützt, die Nase dicht an der Scheibe, und folge mit den Augen wie hypnotisiert den fallenden Schneeflocken. Dem Baby ist bestimmt schwindlig, weil ich zu schnell aufgestanden bin. Es versetzt mir ein paar schmerzhafte Boxhiebe.

Da klopft es an meine Tür. Zweimal. Ich warte, bis ich sicher sein kann, dass sie wieder weg ist. Oder er. Ach ja, es ist ja Freitag, Bridgeabend. Sie ist also nicht zu Hause. Ich öffne die Tür und sehe das Tablett auf dem Treppenabsatz. Schon wieder Kotelett und dazu Kartoffelbrei und Möhren und ein winziges bisschen Sauce, so als hätte sie für mich den Topf ausgekratzt.

»Essen, Noel.« Probeweise sage ich seinen Namen. Ich hole das Tablett herein, setze mich aufs Bett und esse das Kotelett. Das ist etwas schwierig, weil auf meinem Schoß kein Platz für das Tablett ist. Also stelle ich es aufs Bett und beuge mich beim

Essen darüber. Ich versuche, keinen Fleck auf meinen Pullover zu machen, aber natürlich passiert es doch. Ich kleckere Sauce auf Noel, und als ich sie abwische, tritt er mich wieder.

Seit fast drei Monaten bin ich in diesem Zimmer. Sie haben mir netterweise einen Fernseher hineingestellt, und dann gibt es ja auch noch meine Bücher. Einmal in der Woche bringt Mutter mir Blumen, gewöhnlich am Freitag, und wenn ich Glück habe und brav bin, darf ich eine Runde im Garten spazieren gehen. Mutter und Vater wissen es nicht, aber wenn sie nicht zu Hause sind, schleiche ich mich hinunter und stibitze ein paar Leckereien. Letzte Woche habe ich mir eine ganze Schachtel schon leicht angestaubte Pralinen geholt und sie alle still und heimlich und mit Heißhunger aufgegessen.

Natürlich habe ich darüber nachgedacht, aus dem Fenster zu klettern, in den Garten hinunterzuspringen und wegzulaufen. Aber dabei würde ich Noel verletzen und außerdem – wo sollte ich denn hingehen?

In zwei Wochen wird mein Baby auf der Welt sein. Es kommt mir so vor, als wäre damit meine Zukunft zu Ende. Als wenn danach nichts mehr käme, nur eine einzige große Leere. Ich weiß nichts über Babys. Ich habe noch nie eines im Arm gehalten. Mutter hat mir ein Buch über die Geburt gegeben und ein paar altmodische Babysachen aus einer Kleidersammlung. Sie riechen ein wenig nach Schimmel und Erbrochenem.

Atmen ist wichtig, heißt es in dem Buch. Daher übe ich es manchmal. Ein ganzes Kapitel handelt von schmerzstillenden Maßnahmen, aber ich glaube kaum, dass ich mehr als eine Aspirin bekomme. Ich werde mein Kind zu Hause zur Welt bringen. Mutter wird neben mir sitzen und mich damit nerven, dass sie mir einen nassen Lappen auf die Stirn presst. Vater wird auf dem Treppenabsatz hin und her laufen, um nur ja nicht seine Tochter sehen zu müssen, die heulend und mit gespreizten Beinen daliegt. Ich würde das alles lieber nicht durchmachen, aber, ehrlich gesagt, habe ich etwa die Wahl?

Ich stelle das leere Tablett auf den Treppenabsatz und schüttele die Kissen auf meinem Bett auf. Wirklich bequem ist es nie. Ich lege mich hin, um ein bisschen fernzusehen, und Noel fängt wieder an zu treten, als wollte er schon raus.

»War das Kotelett nichts für dich, mein Schätzchen?«, frage ich und reibe mir kräftig den Bauch, bis er sich wieder beruhigt hat. Ich werde eine gute Mutter sein, auch wenn ich erst fünfzehn bin.

4

Robert ließ sich auf das Sofa mit dem Leinenüberzug fallen. Er legte den Kopf auf das weiche Kissen, bedeckte die Augen mit den Händen und unterdrückte ein Stöhnen. Unversehens war eine Erinnerung in ihm aufgestiegen.

»Ich weiß nur zwei Dinge genau, Robert. Nämlich, dass du neurotisch bist und dass ich blöd bin.« Mit diesen Worten hatte sich Jenna ihre Autoschlüssel geschnappt, war aus dem Haus gerannt und hatte die Tür hinter sich zugeschlagen. Gleich darauf hatte er gehört, wie ihr Wagen mit heulendem Motor in der Nacht verschwand.

Gefangen in diesen Gedanken an die Vergangenheit, entfuhr Robert unwillkürlich ein gequältes Stöhnen. Doch schon im nächsten Augenblick hätte er seine Frau am liebsten mit Beschimpfungen überhäuft. Stattdessen sagte er bloß: »Du willst mich auf den Arm nehmen, nicht wahr?« Er war selbst erstaunt, dass er so ruhig bleiben konnte. Das machte sein Beruf. Er starrte Erin ungläubig an, bevor er seinen Kopf wieder auf das Kissen sinken ließ. Offensichtlich meinte seine Frau es ernst.

»Wir dürfen nicht zulassen, dass sie vor ihren Problemen davonläuft.« Erin schluckte so laut, dass Robert es hören konnte.

Langsam richtete er sich auf und erhob sich vom Sofa. Er war noch nicht angezogen und trug nur Boxershorts und einen bis zur Taille offenen Morgenmantel. Sein dichtes, dunkles Haar, das er normalerweise unauffällig frisiert trug, stand ihm strubbelig vom Kopf ab. Robert fuhr sich mit den Händen über das Gesicht, rieb sich die Augen, massierte seine Schläfen. Seit ein paar Tagen schlief er nicht gut, was vor allem am Bowman-Fall lag. Es setzte ihm hart zu, dass man zwei unschuldige Kinder ihrer Mutter wegnehmen wollte.

»Aber sie fängt morgen dort an! Was zum Teufel denkst du dir bloß dabei?« Robert stand neben seiner Frau und blickte auf ihren blonden Kopf hinab. Er hatte Lust, ihr mit den Fingern durch das feine Haar zu streichen, doch zugleich hätte er sie am liebsten so lange in den Schrank gesperrt, bis Ruby ihren Abschluss auf dem Greywood College gemacht hatte.

»Ich habe die verdammten Gebühren bezahlt, und sie hat auch schon die Uniform.« Gereizt tigerte Robert vor Erin auf und ab.

Zum ersten Mal hatte sie es um sechs Uhr morgens erwähnt. Er hatte geglaubt, noch zu träumen, als Erin ihm die fatalen Worte ins Ohr geflüstert hatte – Worte, die ihre Tochter vernichtet hätten, wenn sie ihr zu Ohren gekommen wären: »Ruby geht nicht nach Greywood. Ich erlaube es nicht.«

Das konnte doch bloß ein schlechter Traum sein. Robert schlief wieder ein, doch zwei Stunden später wurde er erneut von diesen Worten geweckt. Erin hatte sich über ihn gebeugt; ihr T-Shirt war hochgerutscht, die warme Haut roch nach Schlaf.

»Ich kann nicht zulassen, dass sie vor ihren Problemen davonläuft.«

»Ich wüsste nicht, was sie sonst tun sollte«, antwortete Robert und reckte sich. Noch halb benommen vom Schlaf, war er überzeugt, dass er seine Frau umstimmen konnte.

»Meine Entscheidung steht fest«, sagte sie. »Ich werde es Ruby nachher sagen.« Dabei blickte sie Robert nicht an.

Es gelang ihm nicht, sie umzustimmen, obwohl die Gründe für ihren plötzlichen Meinungsumschwung – dass man vor seinen Problemen nicht weglaufen dürfe – wenig überzeugend klangen.

Seit er die beiden sechs Monate zuvor kennengelernt hatte,

wusste Robert, was Ruby in der Schule durchmachen musste. Es hatte ganz harmlos angefangen, mit ein paar Spottnamen, höhnischen Bemerkungen und Streichen auf dem Schulhof, doch dann kamen unangenehme Telefonanrufe dazu, und Ruby wurden in der Schule Sachen gestohlen. Der Direktor tat Rubys Beschwerden als übertrieben ab, zumal das Mädchen wegen seines musikalischen Talents ohnehin als etwas absonderlich galt. Schwerwiegendere Vorfälle wurden zwar halbherzig untersucht, doch da sich Ruby weigerte, Namen zu nennen, gab man die Nachforschungen bald wieder auf.

Robert ging in die Küche und goss sich eine Tasse starken Kaffee ein. Er schaute durch die Doppeltür zu seiner Frau hinüber. Mit hängenden Armen stand Erin auf dem kleinen Teppich, wie ein einsamer junger Baum auf einer Insel. Langsam hob sie den Kopf und schaute ihm in die Augen. Sie öffnete den Mund, schloss ihn aber sofort wieder, und ihre Schultern sackten noch ein wenig tiefer. Dann ließ sie sich zu Boden sinken und begann zu schluchzen.

Nie war sie Robert begehrenswerter erschienen. Er ging ins Wohnzimmer, stellte seine Tasse auf einem Tischchen ab und schloss Erins schmalen, zarten Körper in die Arme. Er hob sie auf und trug sie zum Sofa hinüber. Als er ihr übers Haar strich, sah er die große Qual in ihrem Gesicht.

»Ich lasse es nicht zu«, sagte er. »Soll sie doch vor alldem weglaufen. Würdest du das an ihrer Stelle nicht auch tun?« Er war hin- und hergerissen zwischen dem Impuls, Erin wegen ihrer Unvernunft von sich zu stoßen, und dem Wunsch, sie in die Arme zu nehmen und zärtlich zu küssen, seine Hände über ihren zierlichen Körper gleiten zu lassen und sie zurück ins Bett zu tragen. Stattdessen blieb er einfach ruhig sitzen.

»Ja, ich würde auch weglaufen. Gerade deshalb will ich nicht, dass Ruby es tut.« Erin wischte sich mit dem Ärmel ihres T-Shirts die Tränen von den Wangen. »Auf die Dauer bringt das nichts, das kannst du mir glauben.«

Für einen Moment kam es Robert so vor, als spräche Erin aus eigener Erfahrung. Aber wenn sie selbst etwas Derartiges in der Schule erlebt hatte, würde sie es Ruby doch bestimmt nicht zumuten wollen! Robert wurde nicht schlau aus der Sache.

»Denk noch mal darüber nach und sprich noch nicht mit Ruby«, bat er. »Vielleicht änderst du ja deine Meinung wieder.«

»Bestimmt nicht.« Erin stand auf. »Ich habe mich entschieden. Ruby kann auf keinen Fall aufs Greywood College gehen.«

Sie verharrte zögernd, als wartete sie darauf, dass Robert ein Machtwort sprach. Als er sie dort stehen sah – in seinem alten T-Shirt, mit dem Rücken zu ihm, die Beine leicht gespreizt und entschlossen aufgerichtet –, hatte Robert das Gefühl, als sei sie nicht mehr dieselbe Frau, die er vor acht Wochen geheiratet hatte. Er fühlte sich betrogen. Ohne ein weiteres Wort verließ er den Raum, um sich anzuziehen.

Das war kein Squashball, sondern ein Geschoss. Als es an seiner Brille entlangschrammte, ließ Den den Schläger fallen und rieb sich den Nasenrücken. Dann inspizierte er mit zusammengekniffenen Augen die Brillengläser.

»Setz sie doch ab!«, fuhr Robert ihn an. Auch sein nächster Aufschlag war unhaltbar. Er holte einen Ball nach dem anderen aus der Tasche und bombardierte seinen Freund mit wütenden Angriffen, bis ihm die Bälle ausgingen und er keine Kraft mehr hatte. Den zog sich an den Rand des Platzes zurück und putzte sich die Brille mit einem Zipfel seines T-Shirts. Er konnte sich Roberts seltsames Verhalten nicht erklären.

»Lässt du gerade deine Wut an mir aus?«, fragte er schließlich. »Oder hast du gestern Abend nicht bekommen, was du wolltest? Wie dem auch sei, mein Lieber, wenn du so weiterspielen willst, brauchst du auf mich nicht mehr zu zählen.«

Robert zog sein Sporthemd aus und wischte sich damit den Schweiß von Gesicht und Hals. Sein Versuch, sich beim Squash abzureagieren, hatte nichts gebracht. Jetzt tat es ihm leid, dass er eine Dreiviertelstunde lang wie wild auf den Ball eingedroschen hatte, als wäre Den gar nicht vorhanden. Normalerweise genoss er diese Squashpartien am Wochenende.

»Ich gebe dir ein Bier aus, und dann erzählst du mir, was los ist.« Den suchte seine Sachen zusammen und hielt Robert, der sich gerade das Hemd wieder überzog, die Tür auf. »Aber nur, wenn du friedlich bleibst.«

Mit versteinertem Gesicht und zusammengebissenen Zähnen ging Robert an ihm vorbei. Er umklammerte krampfhaft seinen Schläger, und seine dunklen Augen starrten ins Leere.

Auch im Umkleideraum sprach Robert kein Wort. Er ließ seine Sachen auf die Bank fallen und trat unter die Dusche. Er war sich bewusst, dass Den ihn beobachtete, dass er auf eine Erklärung für sein Benehmen wartete. Doch wenn Robert ihm jetzt von Erins Entscheidung erzählte, machte das die ganze Geschichte nur noch realer, und das konnte er im Moment einfach nicht ertragen.

Robert hatte Ruby nicht gesehen, bevor er früher als nötig zu seiner sonntäglichen Squashpartie mit Den aufgebrochen war. Er fuhr wie ein Verrückter, verfehlte nur knapp ein paar Jogger und wäre um ein Haar bei Rot über eine Ampel gebraust. Schließlich blieb er an einer Bushaltestelle stehen und grübelte über das Benehmen seiner Frau nach, bis es Zeit war, zum Sportclub zu fahren.

Beim gleichmäßigen Summen des Motors und dem leisen monotonen Geplapper aus dem Autoradio hatte Robert Rubys junges Gesicht vor sich gesehen, noch ganz warm und rosig vom Schlaf. Er stellte sich vor, wie sie in ihrem verwaschenen geblümten Nachthemd auf bloßen Füßen in die Küche tappte, Fruchtsaft direkt aus dem Karton trank, sich Frühstücksflocken mit Schokolade in eine Schale schüttete und sich mit untergeschlagenen Beinen vor dem Fernseher niederließ. Er sah ihr dichtes schwarzes Haar, zu einem unordentlichen Pferdeschwanz gebunden, und die verschmierten Reste des Augen-Make-ups, das sie am Abend zuvor ausprobiert und vor dem Schlafengehen nicht abgewaschen hatte. Sie würde sich durch die Programme zappen und über ihre Zukunft nachdenken, die morgen beginnen sollte. Sie würde lächeln, denn endlich, nach vielen Jahren, war sie in Sicherheit.

Und dann würde ihre Mutter ihr mitteilen, dass sie doch nicht aufs Greywood College gehen durfte, sondern wieder in ihre alte Schule zurückmusste, wo man sie so gequält hatte. Den vollen Löffel in der Hand würde Ruby aufblicken und mit einem unsicheren Lächeln »Guter Witz, Mum« sagen. Doch wenn sie Erins ernste Miene bemerkte und die harten Linien um ihren Mund, würde Ruby erkennen, dass ihre Mutter keinen Spaß gemacht hatte. Und wenn Erin ihre Worte wiederholte, würde Ruby aufstehen, mit einer fremden Stimme und in ungläubigem Tonfall »Mum?« sagen, zu Erin hinübergehen und halb trotzig, halb ungläubig schnauben. Und dann würde das Gezeter losgehen.

»Ruby geht nicht nach Greywood!«, schrie Robert Den über das Rauschen des Wassers hinweg zu. Er war von Kopf bis Fuß eingeseift, als der Duschvorhang aufgerissen wurde. »Was hast du gesagt?«, fragte Den, der sich gerade die Ohren abtrocknete. Robert spülte die Seife ab und band sich ein Handtuch um die Taille.

»Es wird nichts mit Greywood«, wiederholte er mit einem schiefen Lächeln. Die beiden Männer zogen sich schweigend an. Den wollte mit weiteren Fragen warten, bis sie beide ein Bier vor sich stehen hatten. Zehn Minuten später saßen sie an einem Tisch in der Clubbar.

»Hat Ruby kalte Füße bekommen?« Den ließ den Blick durch den Raum schweifen und nickte einigen Leuten zu. So war das immer mit ihm – man genoss nur selten seine volle

Aufmerksamkeit. Dabei brauchte Robert jemanden, mit dem er wirklich reden, ein richtiges Gespräch führen konnte.

»Wir finden, dass Weglaufen feige ist. Wir wollen noch mal mit dem Direktor der alten Schule reden. Vielleicht schaffen wir es, dass er endlich mal ein paar Leuten in den Hintern tritt.« Robert leerte sein Bierglas in drei Zügen.

»Das machst du ja doch nicht.« Wieder wanderte Dens Blick umher. Zwei attraktive junge Frauen Anfang zwanzig gingen dicht an ihrem Tisch vorbei, die kurzen Röcke auf Augenhöhe der beiden Männer. »Hast du die gesehen?« Den holte tief Luft. »Super.«

»Aber Erin. Sie wird schon dafür sorgen.« Robert rieb sich mit den Händen übers Gesicht, und Den wusste Bescheid.

»Es ist also *Erin*, die nicht will, dass Ruby auf diese neue Schule geht.« Es fiel Den nicht schwer, sich alles zusammenzureimen. Schließlich war er schon seit dem Jurastudium mit Robert befreundet und kannte ihn durch und durch. »Wovor hat sie denn Angst? Du bezahlst doch das Schulgeld.«

Robert seufzte. Jetzt musste er doch noch mehr erzählen. »Wir sind uns nicht mehr sicher, ob es eine Privatschule sein muss. Du weißt schon, Ruby soll sich nicht für etwas Besseres halten.« Um das Gespräch zu beenden, schlug er die Hände zusammen und fragte: »Nehmen wir noch eins?«

Aber Den war schon aufgestanden. Er ergriff die Gläser und ging damit zur Theke.

Andererseits, dachte Robert, soll Ruby etwa glauben, sie sei weniger wert als andere Kinder?

Wenn er wollte, konnte er den ganzen Nachmittag mit Den hierbleiben und sich bei ein paar Gläsern Bier die Sorgen von der Seele reden. Sie würden über alte Zeiten plaudern und anstehende Fälle besprechen. Robert lehnte sich in seinem Ledersessel zurück. Er hatte ein schlechtes Gewissen. Als guter Vater hätte er Ruby beistehen müssen, wenn Erin ihr die schlechten Neuigkeiten mitteilte, aber dazu war er zu feige. Stattdessen verkroch er sich hier mit Den, bis sich zu Hause der Sturm verzogen hatte. Dann würde er versuchen, den Schaden wiedergutzumachen.

Er überlegte, ob er Ruby für ein paar Tage mit in die Kanzlei nehmen sollte. Dann hätte sie ein wenig Zeit, um über die Enttäuschung hinwegzukommen. Sie könnte privat Unterricht bei einem Nachhilfelehrer nehmen und Tanya vielleicht bei der Aktenablage zur Hand gehen. Er würde ihr Geld geben, damit sie sich etwas Schönes kaufen konnte. Erin brauchte nichts davon zu wissen. Auf keinen Fall durfte Ruby wieder auf diese Gesamtschule gehen.

Den kam mit den neuen Getränken zurück. »Wie geht's unserem Freund Jed Bowman?«, fragte er grinsend. Dabei überzog ein Netz feiner Fältchen sein gebräuntes Gesicht. Mit seinem modisch gestylten, leicht angegrauten schwarzen Haar und der Designerkleidung wirkte er wie ein Ladykiller. Und ein gefragter Lebemann war Den in der Tat. Einer, der nichts anbrennen ließ und immer für ein gutes Angebot zu haben war.

»Er gibt nicht auf«, erwiderte Robert. »Aber wechsle jetzt nicht das Thema.« Er hatte nicht die geringste Lust, über den Bowman-Fall zu sprechen. Sein Bedarf an gescheiterten Zukunftsplänen war für heute gedeckt.

Den musterte das Sandwichangebot auf der Speisekarte. »Hunger?«, fragte er.

»Kommt drauf an, ob wir uns noch einen genehmigen.« Allmählich fühlte sich Robert besser. Wenn er mit Den zusammen war, kam es ihm immer vor, als säße er in einer Höhle unter der Erde – geborgen, aber kurz vor dem Ersticken. Als Seniorpartner bei Mason & Knight hatte Den sowohl innerhalb als auch außerhalb der Kanzlei alles unter Kontrolle.

Jetzt schaute er auf die Uhr. »Ehrlich gesagt, ich würde gern noch ein bisschen hierbleiben«, sagte er. »Tula hat ihre Mädchen da.«

Bei dem Gedanken zuckte Robert innerlich zusammen. Tula Mason und ihre »Mädchen« waren eine Gruppe Frauen über vierzig, die nach körperlicher Vollkommenheit strebten. Er hatte einmal den Fehler begangen, mit hineinzugehen, als er Erin zu einem von Tulas Frauentreffen brachte – obwohl Erin noch so jung war, dass ihr Aussehen keine Kunstgriffe nötig hatte. Noch bevor man die Drinks und Canapés servierte, wurde er schon mit Angeboten für Collagenbehandlungen und Botoxspritzen bestürmt. Mit einem Lächeln hatte er seine Frau ihrem Schicksal überlassen und sich davongemacht. Es war erstaunlich, wie jung Erin mit vierunddreißig noch aussah. Sie konnte glatt für Ende zwanzig durchgehen.

»Na, dann können wir ja einen draufmachen«, sagte Robert grinsend.

Während sie sich im Squashclub aufgehalten hatten, war eine Regenfront aufgezogen. Der Juni war bisher ungewöhnlich warm und trocken gewesen, doch nun zeigte sich der Himmel trüb und grau, und die ersten lauwarmen Tropfen fielen. Das Wetter passte zu Roberts Stimmung Er saß schweigend mit Den im Taxi und sah zu, wie der mittlerweile heftige Regen gegen die Scheiben schlug. Sie hatten im Club alle Themen abgehakt.

Robert stieg als Erster aus und ging leicht schwankend die regennassen Stufen zur Haustür hinauf. Ihm war schwindlig und ein wenig übel. Dafür, dass es erst früher Nachmittag war, hatte er zu viel Alkohol getrunken. Robert hatte seinen Wagen am Sportclub stehen lassen und dem Portier zwanzig Pfund und die Autoschlüssel in die Hand gedrückt, damit er ihm das Auto später nach Hause brachte. Das war einer der Vorteile, wenn man Mitglied in einem exklusiven Club war und Dennis Mason zum Geschäftspartner hatte.

Robert betrat die dämmrige Diele. Sein Haus war aus der viktorianischen Zeit, und der Eingangsbereich machte durchaus etwas her, doch die meisten anderen Zimmer waren schlicht und schmucklos. Bevor Erin und Ruby sechs Monate zuvor bei ihm eingezogen waren, hatte er sich nicht besonders für die Einrichtung seines Heims interessiert, doch allmählich wirkte es wohnlicher, wie das Zuhause einer Familie. Das hatte sich Robert immer gewünscht.

Unwillkürlich kam ihm Jenna in den Sinn. Er stellte sich vor, sie stünde mit rosigen Wangen oben auf der Treppe, ein weißes Handtuch um die Hüften geschlungen, und lächelte ihm zur Begrüßung zu. Wie damals, als sie noch am Leben war und sie miteinander ein glückliches Leben führten. Doch dann gab es Jenna nicht mehr, und er verbannte die schmerzliche Erinnerung an sie aus seinem Bewusstsein. Warum nur drängte sie sich jetzt immer wieder in sein neues Leben?

Er ließ die Sporttasche fallen und schüttelte sein nasses Haar, als wolle er dadurch das unwillkommene Bild vertreiben. Es war einfach zu dumm. Jenna hatte nie in diesem Haus gelebt, für die Erinnerung an sie war hier kein Platz.

Plötzlich vernahm er ein Geräusch – ein anhaltendes tiefes Brummen, wie das Stöhnen eines verletzten Tieres. Es schien von nirgendwoher zu kommen und erfüllte doch das ganze Haus. Robert betrat die Küche und sah, dass die Arbeitsflächen mit schmutzigem Geschirr vollgestellt waren. Die frisch gewaschene Wäsche in einem Korb duftete süß. Aus dem eingeschalteten Radio drang ein leises Summen. Vielleicht war dies das Geräusch gewesen? Er schaltete das Gerät ab, doch das Stöhnen hielt an.

»Erin?«, rief er. Keine Antwort. Er goss sich ein Glas Wasser ein und ging ins Wohnzimmer. Es war leer. Vielleicht fühlte er sich ja wegen seiner klammen Kleider so unbehaglich. Oder das ungewohnte Bier war daran schuld, dass er sich Geräusche einbildete.

Er ging nach oben, um sich umzuziehen. Doch hier war das Brummen so laut, dass plötzlich sein ganzer Körper vibrierte.

Es kam aus Rubys Zimmer. Robert klopfte einmal kurz an und trat ein.

Er brauchte einen Augenblick, um zu erfassen, was er sah. Die Luft im Zimmer war schal und abgestanden. Die Vorhänge waren zugezogen, und es brannte keine Lampe. Doch als sich Roberts Augen an das Dämmerlicht gewöhnt hatten, entdeckte er Ruby. Splitternackt saß sie in einer Ecke und stöhnte unablässig. Das schwarze Haar fiel ihr in verschwitzten Strähnen über die Schultern und ihr ganzer Körper zitterte, als würde er vom Vibrieren ihrer eigenen Stimme erschüttert. Sie nahm Robert gar nicht wahr.

»Ruby?« Robert ging langsam auf sie zu. »Hör auf damit, Ruby!« Er streckte eine Hand nach ihr aus, besann sich dann aber und griff nach ihrem Morgenmantel, der an einem Haken an der Tür hing. Er hielt ihn ihr hin, doch sie reagierte nicht. Nur das Stöhnen und Wehklagen ging weiter.

Robert legte ihr den Morgenmantel um die Schultern, doch er rutschte wieder hinunter. Als Robert sich bückte, um ihn aufzuheben, bemerkte er, dass Ruby Gänsehaut hatte. Im selben Augenblick stieg ihm ein eigenartiger metallischer Geruch in die Nase, und da sah er auch schon das Blut an der Innenseite ihrer Oberschenkel.

»Ruby, du blutest ja!«, sagte Robert, ging vor dem Mädchen in die Hocke und schaute ihm eindringlich ins Gesicht. Ihre Augen glänzten wie Glas, und die Pupillen waren riesengroß. Plötzlich erschien es ihm gleichgültig, dass sie nackt und blutverschmiert war. Rasch hob er sie hoch und legte sie aufs Bett. Wie erstarrt lag sie da; das unheimliche Stöhnen war in ein stetiges leises Wimmern übergegangen. Wie so oft, hielt sie den Blick in eine unbestimmte Ferne gerichtet, auf den Ort ihrer Träume.

5

Den ganzen Abend saß Robert allein im Wohnzimmer, seinen Laptop auf den Knien und die Akte eines Mandanten aufgeschlagen vor sich auf dem Tisch. Er versuchte zu arbeiten, doch er konnte an nichts anderes denken als an seine verzweifelte Stieftochter und natürlich an Erin – die Frau, die an dieser Verzweiflung schuld war.

Über den Fernsehbildschirm flackerten Bilder ohne Ton und warfen bunte Lichtreflexe auf die Wände. Robert starrte mit leeren Augen auf die blassgelb gestrichene Wand, warf hin und wieder einen Blick auf die herzzerreißenden Briefe, die die Frau seines Mandanten geschrieben hatte, und wartete mit wachsender Ungeduld darauf, dass Erin nach Hause kam.

Er hatte sie auf ihrem Mobiltelefon angerufen, doch nur die Mailbox erreicht. Sie hielt sich bei keiner ihrer Freundinnen auf, und falls sie in ihrem Laden war, würde sie nicht ans Telefon gehen. Als Ruby endlich wieder in der Lage gewesen war zu sprechen, konnte sie ihm auch nicht sagen, wohin ihre Mutter gegangen war.

Erst als der verregnete Nachmittag in den Abend überging, hatte sich das Mädchen einigermaßen erholt. Die ganze Zeit über war Robert nicht von ihrer Seite gewichen. Er hatte ihr über den steifen Rücken gerubbelt, sie in eine warme Decke eingepackt und ihr einen Becher heißen Tee an die Lippen gehalten. Er hatte nicht zu fragen brauchen, was los war. Das wusste er auch so.

Robert zog die Schuhe aus und legte die Beine aufs Sofa. Er fühlte sich erschöpft – von seinem wilden, rücksichtslosen Squashspiel, dem Trinken am frühen Nachmittag, von

Erins unverhofftem Sinneswandel, aber vor allem von seinem schlechten Gewissen. Er hätte bei Ruby bleiben müssen.

Er deckte sich mit einer Felldecke zu. Normalerweise war er durchaus fit und stolz auf seinen ansehnlichen, sportlichen Körper, dem man die achtunddreißig Jahre nicht ansah. Besonders freute er sich über Erins anerkennende Blicke, wenn er sich abends auszog. Heute jedoch fühlte er sich zehn Jahre älter.

Immer wieder stellte er sich Rubys Gesicht vor, in dem Moment, als ihre Mutter ihr sagte, dass sie nicht aufs Greywood College gehen dürfe. Er liebte Ruby ebenso sehr wie Erin, in Augenblicken wie diesem sogar noch mehr. Es war so schwer, Ruby ein Vater zu sein und dabei zu wissen, dass er eben doch nicht ihr richtiger Vater war! Wenn sie seine leibliche Tochter gewesen wäre, hätte er dem Unfug längst ein Ende gemacht. Dann hätte sich Erin fügen müssen. Robert hätte gern gewusst, ob er wohl eines Tages Rubys richtiger Vater sein würde – mit allen Rechten und Pflichten.

Er musste eingenickt sein, doch als die Haustür aufgeschlossen wurde, schreckte er hoch, fuhr sich mit den Fingern durchs Haar und versuchte, seine Gedanken zu ordnen. Erin stand in der Wohnzimmertür. Selbst im Halbdunkel des Zimmers erkannte Robert, dass sie vollkommen durchnässt war. Als sie das Licht einschaltete, sah er, dass sie achtlos einen Blumenstrauß in der Hand hielt. Die vielfarbigen Blüten baumelten neben ihrem Knie.

»Für Ruby«, sagte sie mit ausdrucksloser Stimme und hob die Hand.

»Das wird ihr bestimmt ein großer Trost sein«, erwiderte Robert sarkastisch und stand auf. Er ging in die Küche und knallte den Deckel des Wasserkessels auf die Arbeitsplatte. »Kaffee? Das ist *dir* bestimmt ein großer Trost.« Erin war Robert in die Küche gefolgt und stand jetzt hinter ihm. Er roch ihr regenfeuchtes Haar und den schwachen Duft der Sommerblumen.

»Ich hab's ihr nicht gesagt«, sagte Erin.

Die Kaffeedose in der Hand drehte sich Robert langsam um und starrte seine Frau an. Ihr blondes Haar war dunkel vor Nässe, und die verlaufene Wimperntusche bildete schwarze Ränder unter ihren Augen. Sie hatte geweint. Er löffelte den löslichen Kaffee in zwei Becher und goss ihn mit dem Wasser auf, noch bevor es richtig kochte.

»Ich habe es ihr nicht gesagt, weil sie es schon wusste«, fügte Erin hinzu.

Robert setzte sich Erin am Küchentisch gegenüber. Sie hatte den Kopf in die Hände gestützt und die Füße hinter den Stuhlbeinen verhakt. Obgleich sie die Bewegung zu unterdrücken versuchte, bemerkte er das Beben ihrer Schultern. Er wartete darauf, dass sie weitersprach.

»Sie hat unser Gespräch heute Morgen mitbekommen.« Erin seufzte und fuhr mit dem Finger an einem Sprung in ihrem Becher entlang. »Es war ein schwerer Tag für sie.«

Robert schnaubte nur und schüttelte den Kopf. »Weißt du überhaupt, dass sie heute zum ersten Mal ihre Periode bekommen hat?«

Erin vergrub das Gesicht in den Händen. »Und ich war nicht bei ihr …«

Das Gleiche hätte Robert sagen können, doch das wollte er Erin gegenüber nicht eingestehen. Außerdem spürte er, dass sie noch etwas auf dem Herzen hatte. Obwohl er als Anwalt daran gewöhnt war, nur Fakten gelten zu lassen, konnte er seinem Gefühl normalerweise trauen.

Erin war seine Frau. Bei ihrer Hochzeit im April hatten sie sich Treue und Aufrichtigkeit geschworen. Sie war doch sonst so vernünftig und praktisch veranlagt. Warum tat sie ihrer Tochter so etwas an? Für Ruby war die Musik das Wichtigste im Leben. Nur wenn sie aufs Greywood College ging, konnte sie ihrer Neigung folgen und gleichzeitig ihren dummen Klassenkameraden entkommen. Das Klavierspiel gehörte ebenso zu ihr wie die Farbe ihres Haares oder die leicht schräg stehenden Augen. Und jetzt hatte ihre Mutter all ihre Hoffnungen zerstört. Robert konnte diese Vorstellung nur schwer ertragen.

Wieder seufzte Erin, senkte erneut den Kopf. »Heute Morgen kam sie zu mir und sagte: ›Ich weiß, dass ich nicht nach Greywood gehen darf.‹ Einfach so. Ich wollte mit ihr darüber reden, aber sie machte einen ganz normalen Eindruck. Sie ist sogar für mich in den Laden gegangen. Ich konnte ja nicht ahnen, dass sie …« Erin schluchzte leise und schuldbewusst. Wie auch immer es weitergehen mochte, für ihre Tochter hatte ein neuer Lebensabschnitt begonnen.

Wütend sah Robert zu, wie seine Frau die Küche aufräumte, als wollte sie jedem weiteren Gespräch über Ruby aus dem Weg gehen. Offenbar war es ihr wichtiger, die Wäsche ordentlich zu falten und die Sockenpaare zusammenzusuchen, als sich um ihre Tochter zu kümmern, die sich oben in ihrem Zimmer in den Schlaf weinte.

Um halb zwei gingen Robert und Erin schlafen. Nachdem er im Bad gewesen war, schaute Robert noch einmal nach Ruby. Sie lag auf der Seite, einen alten, abgenutzten Stoffhasen im Arm, und schnaufte ein wenig im Traum. Robert wünschte, er könnte ihr den Albdruck nehmen und ihr alle Wünsche erfüllen. Er hauchte einen leichten Kuss auf ihre Wange und ging ins Bett.

Nach einem kurzen, unruhigen Schlaf sah Robert nur zu bald, wie die Morgendämmerung den Himmel orangerosa färbte. Ihm wurde das Herz schwer, als ihm einfiel, dass Montagmorgen war.

»Schick sie bitte heute noch nicht wieder in die alte Schule.« Robert rieb sich mit beiden Händen das Gesicht. Es fiel ihm schwer, jemanden um etwas zu bitten. Er drehte sich zu Erin um und fuhr fort: »Ruby kann erst mal mit mir in die Kanzlei kommen.«

Zu seiner Überraschung nickte Erin. »Ich rufe in Greywood an und erkläre ihnen die Situation.«

»Das erledige ich schon. Ich werde vom Büro aus anrufen.« Erin widersprach nicht. Sie war offenbar nur allzu froh, dass er das Gespräch mit der Schulleiterin übernehmen wollte.

Bevor Robert aufstand, starrte er für eine Weile an die Decke. Konnte er sich jetzt zum ersten Mal als richtiger Vater beweisen? Er schaute zu Erin hinüber, die sich gerade einen cremefarbenen seidenen Morgenrock überzog, und dachte: Oder beweise ich so zum ersten Mal Misstrauen?

Eine halbe Stunde später kam Ruby zu Robert und Erin in die Küche. Sie trug ihre alte Schuluniform, hatte sich mit Make-up, Wimpertusche und Lipgloss geschminkt und sich das Haar mit einem blauen Tuch zu einem Pferdeschwanz gebunden. Zu Roberts Erstaunen lächelte sie.

»Morgen«, sagte sie, ließ ihre Schultasche fallen, riss die Kühlschranktür auf und holte Saft und Eier heraus. »Ich hab einen Riesenhunger«, setzte sie hinzu. »Ihr braucht mich heute nicht zu fahren. Ich bin früh genug dran für den Bus.«

Robert beobachtete sie genau. War das Lächeln wirklich echt? Klang ihre Stimme nicht ein wenig verhalten? Sie schluckte mehrfach – vor lauter Angst? Und blinzelte sie vielleicht aufsteigende Tränen fort? Er ging zu ihr hinüber und wollte sie tröstend in die Arme nehmen.

Ruby duckte sich und wich ihm aus. Sie holte eine Pfanne aus dem Schrank, schlug drei Eier auf und ließ sie in die Pfanne gleiten. Robert musste sich zusammennehmen, um sich nicht anmerken zu lassen, wie sehr ihre Zurückweisung seinen Stolz verletzte. Es war geradezu lachhaft, dass ihn dieses Mädchen so zu kränken vermochte.

Während er zusah, wie Ruby die Eierschalen in den Abfalleimer warf, dachte er: Womöglich möchte sie in Wahrheit am liebsten weiter auf ihre alte Schule gehen. Vielleicht hatte Erin recht damit, dass Weglaufen am Ende nur neue Probleme brachte. Was wusste er schon? Er war noch nie zuvor mit Erziehungsproblemen konfrontiert gewesen. Allerdings hatte er die bittere Erfahrung gemacht, dass seine Ängste nur noch größer wurden, wenn er sich ihnen stellte, bis sie am Ende so übermächtig waren, dass sie das Liebste, was er besaß, zerstörten.

Seufzend drehte sich Robert um, lehnte sich ans Spülbecken und schaute in den Garten hinaus. Er war auf der Suche nach Argumenten, mit denen er Erin noch umstimmen konnte, doch gegen seinen Willen gingen seine Gedanken immer wieder zu Jenna zurück. Er sah ihr Bild draußen in seinem Garten, zart und flüchtig wie ein Chiffontuch im Wind. Mit wehendem Haar und einem strahlenden Lächeln stand sie dort unter der Weide. Dann bückte sie sich und zupfte ein Unkrauthälmchen aus.

Was willst du?, fragte er sie in Gedanken. *Du gehörst nicht hierher.*

Er hasste Jenna, weil sie ihm das antat. Und er hasste sich selbst noch mehr, weil er es zuließ. War seine Trauer denn noch immer so groß? Hatte er sich vor lauter Schuldgefühlen noch immer nicht mit dem Verlust abgefunden?

Der Montagmorgen nahm seinen gewohnten Verlauf, als wenn nichts geschehen wäre. Der Wasserkessel dampfte, Robert blätterte die Zeitung durch, und in der Diele fiel raschelnd die Post auf die Fußmatte. Ruby machte sich ihr Frühstück und fluchte leise, als ein Eigelb in der Pfanne zerlief. Erin sagte gar nichts. Mit leicht geöffnetem Mund und halb geschlossenen Augen stand sie da und beobachtete, wie ihre Tochter das Essen in sich hineinschaufelte. Sie sah aus wie das personifizierte schlechte Gewissen. Jetzt könntest du noch alles wiedergutmachen, dachte Robert. Aber Erin rührte sich nicht.

Da stieß Robert einen tiefen Seufzer aus und sagte: »Ich gehe duschen. Und danach muss ich zur Arbeit.« Während er nach oben lief und dabei immer zwei Treppenstufen auf einmal nahm, tauchte so plötzlich ein beunruhigendes Bild vor seinem inneren Auge auf, dass er stolperte und sich am Geländer festhalten musste. Als wären die ständigen unwillkommenen Erinnerungen an seine erste Frau nicht schon schlimm genug, sah er auf einmal vor sich, wie zwei schluchzende Kinder aus den Armen ihrer Mutter gerissen wurden. Der Bowman-Fall.

Im ersten Gang steuerte Robert den Wagen durch den dichten Verkehr und trommelte dabei mit den Fingern aufs Lenkrad. Ruby neben ihm wirkte vollkommen ruhig und gefasst.

»Deine Mutter wird wütend sein«, sagte er. Doch als er den schelmischen Blick bemerkte, den Ruby ihm von der Seite zuwarf, und sah, wie ihre Augen vor Freude und Aufregung funkelten, wusste er, dass er das Richtige tat. Ruby nickte schweigend, und ein leises Lächeln umspielte ihre Lippen.

Ursprünglich hatte sie darauf bestanden, mit dem Bus zur Schule zu fahren, auch wenn das bedeutete, dass sie sich zwanzig Minuten lang von den anderen Kindern anpöbeln lassen musste, noch bevor der langweilige Schultag richtig losging und überforderte junge Lehrkräfte versuchten, mit renitenten Klassen zurechtzukommen. Doch nach vielem Hin und Her war Ruby einverstanden gewesen, dass Robert sie in seinem Wagen mitnahm. Allerdings nur unter der Bedingung, dass er sie außer Sichtweite der Schule absetzte. Wenn die anderen sahen, dass sie in einem nagelneuen Mercedes-Cabrio zur Schule gebracht wurde, hätte sie nur noch mehr Ärger bekommen.

Als sich Robert vorstellte, dass sich Rubys Mitschüler wie knurrende Bestien auf sie stürzen würden, war sein Entschluss gefasst. Heimlich packte er Rubys neue Schuluniform in den Kofferraum, dazu ihre Sportsachen und noch ein paar andere Dinge, die sie in der neuen Schule vielleicht brauchen konnte.

Robert machte eine Vollbremsung. »Himmel!«, rief er. »Das war knapp.«

»Du brauchst keinen Unfall zu bauen, um mich von der Schule fernzuhalten. Mum sagt schließlich, wir dürfen nicht länger weglaufen.« Ruby zwinkerte ihm zu. Zum Glück hatte sie ihren Sinn für Humor nicht verloren.

»Aber das ist doch nicht *deine* Meinung, oder?« Robert streichelte Rubys Hand. Er wollte, dass sie ihm vertraute und sich auf ihn verließ. Die Autoschlange setzte sich erneut in Bewegung. »Wenn deine Mutter uns auf die Schliche kommt, nehme ich die Schuld auf mich.«

Ruby nickte und schluckte schwer. »Sie wird ausflippen. Ganz bestimmt. Wenn Mum nein sagt, dann heißt das auch nein. Egal, ob sie gute Gründe dafür hat oder nicht.«

Genau das ist der springende Punkt, dachte Robert. Sie hat eben keinen guten Grund. Er hielt an einer Tankstelle. »Du ziehst dich hier besser schnell um. Schließlich willst du doch nicht schon am ersten Tag zu spät kommen.« Sie lächelten einander zu wie zwei Verschwörer – Vater und Tochter.

Robert begleitete Ruby bis zur Tür der Damentoilette und trug dabei die Tasche mit der neuen Uniform. Während sie sich umzog, tankte er und kaufte eine von den Taschenlampen, die es gerade im Sonderangebot gab. Abfällig betrachtete er die traurigen überteuerten Chrysanthemensträuße, die in Eimern mit viel zu wenig Wasser vor sich hin welkten. In Erins Geschäft gab es nur schöne frische, geschmackvoll gebundene Schnittblumen und nicht solch ein tristes Zeug. Er strich leicht mit den Fingern über die schlappen, farblosen Blütenblätter. Kurz darauf kam Ruby bereits aus dem Toilettenraum. Sie war ein völlig neues Mädchen.

»Komm mal her«, sagte Robert lachend, »du hast noch das Preisschild am Kragen.« Er zupfte das Schildchen von dem grau und grün gemusterten Pullover und bürstete ihr mit der Hand ein paar Flusen von der Schulter. »Verdammt schick«, sagte er und warf der Verkäuferin, die sie anglotzte und dabei mit offenem Mund Kaugummi kaute, einen unfreundlichen Blick zu.

»Aber Dad«, kicherte Ruby, »du sollst doch nicht fluchen.«

Jedes Mal, wenn Ruby ihn Dad nannte – was selten vorkam –, wurde ihm ganz warm ums Herz. Meistens sagte sie Robert zu ihm. Wenn ihm seine Frau doch auch ein wenig mehr vertrauen würde …

Robert scheuchte Ruby ins Auto, und sie schoben sich durch den dichten Verkehr bis zum Greywood College. Als sie vor dem eindrucksvollen Gebäude hielten, sagte er: »Heute Abend habe ich eine tolle Überraschung für dich und deine Mutter. Etwas, worüber ihr euch bestimmt riesig freut.« Er würde sich schon etwas einfallen lassen.

»Ach, *Daaad*«, antwortete Ruby gedehnt und grinste. Sie schlug die Wagentür zu und hüpfte die Treppe zu der prächtigen Eingangstür hinauf. Mit einem dicken Kloß im Hals blickte Robert ihr nach und fragte sich gleichzeitig, wie er seiner Frau beibringen sollte, dass er sich über ihren Willen hinweggesetzt hatte. Und dann musste er sich auch noch eine Überraschung ausdenken.

6

Es ist seltsam, aber ich weiß wirklich nicht, wie ich schwanger werden konnte. Ich könnte es tatsächlich nicht sagen. Natürlich weiß ich, wie man es *normalerweise* macht, wenn man ein Baby bekommen will, aber ich kann doch nicht einfach behaupten, dass ein Junge sein Ding in mich hineingesteckt hat. Mutter glaubt, dass es Jimmy war, der etwas beschränkte Junge, der am Ende unserer Straße wohnt. Vater hat alle Jungen an meiner Schule in Verdacht. Außerdem hat er einen wütenden Brief an die Zeitung geschrieben, in dem er jeden einzelnen jungen Burschen in der Nachbarschaft beschuldigt.

Zum ersten Mal schwante mir etwas, als ich den Rock meiner Schuluniform nicht mehr zubekam. Mein Bauch war so aufgedunsen, dass ich Sorge hatte, ich würde langsam ein Dickerchen. Mutter schimpfte deswegen mit mir. Völlerei sei eine Sünde, sagte sie und brachte mich zu Dr. Brigson, damit er mir Diätpillen verschrieb. Doch ich kannte die Wahrheit schon. Schweigend ging ich neben ihr her und hoffte nur, dass der Arzt es nicht merken würde.

Dr. Brigson sagte, ich solle mich auf die Untersuchungsliege legen. Vorher wechselte er wohlgemerkt nicht die Papierauflage, die vom letzten Patienten ganz zerknittert war. Er schob meinen Pullover hoch und drückte seine Fingerspitzen so fest in meinen Bauch, dass ich fast aufgeschrien hätte. Doch ich biss die Zähne zusammen und sagte nichts, weil er mir sonst wahrscheinlich eine geklebt hätte. Er stellte mir ein paar Fragen, die ich nicht beantwortete. Dann schickte er mich aus dem winzigen, übel riechenden Sprechzimmer und flüsterte meiner

Mutter ins Ohr, dass ich ein Baby bekäme. Als wir wieder zu Hause waren, gab sie mir eine Ohrfeige. Mein Vater schaute mich einen Monat lang nicht an.

Heute ist Heiligabend. Der ganze Schnee ist geschmolzen. Ein paar Kinder aus meiner Schule stehen auf dem Gehweg unter meinem Fenster. Ich kann ihre Gesichter erkennen, die im Licht der Straßenlampen ganz orange aussehen. Sie ziehen von Haus zu Haus und singen Weihnachtslieder und klappern mit ihrer Sammelbüchse. Sie haben sicher schon ein Kribbeln im Bauch, weil Heiligabend ist. In meinem Bauch rumort es auch, aber nicht wegen Weihnachten.

Eigentlich müssten sie jetzt an unserer Tür singen, aber das werden sie nicht tun. Beim Haus der Wystrachs trauen sie sich das nicht. Stattdessen lungern sie unter meinem Fenster herum und hoffen, einen Blick auf mich werfen zu können. Auf die schwangere Minderjährige. Das Mädchen, das für den größten Skandal verantwortlich ist, den die Biggin-End-Schule seit zehn Jahren erlebt hat. Das Mädchen aus der zehnten Klasse, das herumgebumst hat.

Ich ziehe die Gardinen zu, damit ich sie nicht mehr sehen und an ihr fröhliches Weihnachtsfest denken muss. Dann lege ich mich schlafen. Dabei vergeht wenigstens die Zeit.

Manchmal träume ich davon, wie es passiert ist, und dann wache ich keuchend und schweißgebadet auf. Wenn ich etwas Leckeres nach oben schmuggeln konnte, Ovomaltine beispielsweise oder Puderzucker, dann hole ich es unter meinem Bett hervor, tauche den Finger in das süße Pulver und lecke ihn ab. Dabei denke ich an etwas Schönes, zum Beispiel an die Osterparade in der Schule – mit den Plakaten, die die unteren Klassen gemalt haben, und mit den lustigen Hüten, den Hühnern aus Papier und den schiefen Schokoladeneiern der Hauswirtschaftsklasse. Frühling lag in der Luft, und alle freuten sich über das neu erwachte Leben.

Vielleicht ist es ja bei dieser Gelegenheit passiert. Ich war am Stand mit den lachenden Eiern. Auf einem Papptablett mit Stroh lagen frische Eier. Einige von ihnen hatten auf der Unterseite ein lachendes Gesicht aufgemalt. Wenn man ein Ei umdrehte und es hatte eins dieser Gesichter, bekam man als Preis einen Korb mit einem gestrickten Hühnchen und Süßigkeiten darin. »Sucht das lachende Ei!«, rief ich. »Nur einen Penny pro Suche!« Später, als die Lehrer aufräumten und alle Besucher gegangen waren, schlichen wir uns zu mehreren in den Heizungsraum – darunter auch Jimmy mit dem schiefen Gang und dem blöden Grinsen, der manchmal so sabberte. Wir wussten, wo der Hausmeister seinen Schnaps versteckt hatte.

Oder es war während der Schuldisko. Mr Driver schaute mich immerzu an und fragte mich, ob ich schon einen Freund hätte. So ein hübsches Mädchen wollen doch bestimmt alle Jungs küssen, sagte er. Dann fragte er: »Hast du schon mal einen Jungen geküsst?« Dabei hing ein Spucketröpfchen in seinem Mundwinkel. Ich bekam so ein komisches Gefühl da unten, als hätte ich mich in einen heißen Kirschkuchen gesetzt. Aber ich kümmerte mich nicht weiter darum und ging weg. Er starrte mich dann den ganzen Abend an.

Ich dachte an Toilettenbrillen, oder dass ich im Schwimmbad zu dicht an einem Jungen vorbeigeschwommen bin. Oder vielleicht hat mich Gott für eine unbefleckte Empfängnis auserwählt. Oder ich habe Noel von Außerirdischen bekommen, oder Chip, unser Labrador, ist mit seinem Ding irgendwie an meine Hose gekommen. Ich wünschte, bei einer von all diesen Gelegenheiten wäre es passiert, obwohl es jetzt eigentlich egal ist. Für mich ist es sowieso zu spät. Ich tue einfach weiterhin so, als wüsste ich es nicht.

7

Dreimal wählte Robert Louisas Nummer, und jedes Mal legte er schnell wieder auf, bevor jemand abnehmen konnte.

... Lass uns in Verbindung bleiben, Rob. Wenn du irgendwann mal Hilfe brauchst ...

Noch immer klangen ihm die Worte in den Ohren, die sie vor fast einem Jahr zum Abschied gesagt hatte. Gestern in der Bar des Sportclubs hatte Den erwähnt, dass sie zur Hochzeit einer Cousine wieder nach England gekommen war. Robert musste an Louisas handfeste, aufrichtige Wesensart denken. Vielleicht konnte sie ihm ja helfen.

»Hallo.« Es war noch dieselbe klare Stimme, dieselbe Louisa. »Hallo, wer ist da?«

Robert legte auf. Hier in der Tiefgarage war der Empfang sowieso schlecht, und außerdem war sie vermutlich viel zu beschäftigt, um sich mit ihm zu treffen. Das Mobiltelefon fest in der Hand, als sei es seine einzige Verbindung zu einer vernunftbegabten Welt, fuhr er mit dem Fahrstuhl in den vierten Stock, wo sich die Büros von Mason & Knight befanden. Mit ihrer nüchternen Art und ihrem gesunden Menschenverstand hatte Louisa ihm viel gegeben. Sie hatte ihn Liebe und Vertrauen gelehrt und ihm beigebracht, das Leben zu nehmen, wie es kam, und sich nicht vorab den Kopf über zukünftige Probleme zu zerbrechen. Und das alles auf eine sehr liebenswerte Art und Weise, dachte er und verstaute das Handy in der Innentasche seines Jacketts. So war Louisa eben.

Robert schätzte, dass ihm noch eine Viertelstunde blieb, bevor Jed Bowman aufkreuzen würde – falls er sich überhaupt bequemte, aus dem Bett aufzustehen. Es war keine angenehme Aussicht, diesem einsachtzig großen Schlägertypen erklären zu müssen, dass bei der ersten Anhörung möglicherweise nicht alles nach seinen Wünschen gehen würde. Und heute hatte Robert schon gar keine Lust dazu. Die Anhörung war erst nächsten Woche, doch er wollte Jed rechtzeitig eintrichtern, dass er im Gerichtssaal weder fluchen noch rauchen durfte und dass er einen Anzug tragen musste. Es war wichtig, dass Jed kapierte, was für ihn auf dem Spiel stand. Schließlich wollte er nicht nur seiner angeblich drogenabhängigen Frau eins auswischen, sondern das Sorgerecht für seine Kinder erhalten.

Robert musste laut lachen, als er sich Bowman im Anzug vorstellte. Er konnte es direkt vor sich sehen: die schmuddeligen, nikotinfleckigen Hände, die aus zu kurzen, ausgefransten Manschetten hervorsahen, und den altmodischen schmalen Schlips mit dem schief gebundenen lockeren Knoten. Aber er war diesem Faulenzer und Tunichtgut von Amts wegen als Anwalt beigestellt worden und hatte den Fall daher übernehmen müssen. In letzter Zeit fielen ihm in ihrer Zwei-Mann-Kanzlei immer die undankbaren Aufgaben zu.

Robert konnte Jed Bowman schon riechen, bevor er ihn sah. Tanya, die Sekretärin von Mason & Knight, rümpfte ebenfalls die Nase und deutete mit einer Kopfbewegung auf die Glastür zum Wartezimmer, hinter der eine große Gestalt auf und ab tigerte. Bei jedem Schritt verbreitete Jed den Mief von ungelüfteten Kleidern, Bier und Zigarettenrauch. Als er Roberts Stimme hörte, drehte er sich um und starrte ihn mit finsterem Blick an.

»Wurde auch verdammt Zeit«, knurrte er und ließ seine Kippe in eine halbleere Teetasse fallen. »Sie sind hier nämlich nicht der Einzige, der zu tun hat.«

Robert entschuldigte sich höflich, während er innerlich über das dumme Gemeckere seines Mandanten fluchte, und sagte dann: »Kommen Sie bitte mit in mein Büro.«

»Ich hab nicht viel Zeit, wissen Sie. Muss zurück auf die Baustelle.« Jed hinterließ auf dem Teppich eine helle Schlammspur – vermutlich Zement – und verströmte aus allen Poren Aggressivität.

»Baustelle? Haben Sie denn einen Job?« Falls Jed eine feste Arbeit vorweisen und damit zeigen konnte, dass er bereit war, Ordnung in sein Leben zu bringen, würde das seiner Sache ungemein nutzen.

»Nicht direkt«, antwortete Jed rasch. Er kratzte sich mit seinen plumpen Fingern das stoppelige Kinn und machte ein Gesicht, als hätte er schon zu viel gesagt.

»Natürlich nicht.« Wie könntest du auch einen bezahlten Job haben, wo du doch die Sozialhilfe einstreichst, fügte Robert in Gedanken hinzu. Dieser Mann hatte nicht das geringste Interesse daran, die Verantwortung für seine Kinder zu übernehmen. Ihm ging es, seit er seine Frau mit seinem Bruder im Bett überrascht hatte, einzig und allein darum, ihr zu schaden. Robert hatte die schmutzige Geschichte schon mehrfach gehört, auch wenn sein wütender Mandant sie jedes Mal ein wenig anders ausschmückte. Jed Bowman war ein aufbrausender Mensch.

»Wann haben Sie Ihre Kinder das letzte Mal gesehen, Jed?« Robert stellte seine Aktentasche unter den lederbezogenen Schreibtisch und zog das Jackett aus. Als er das Handy in der Jackentasche fühlte, musste er für einen Augenblick erneut an Louisa denken. Es drängte ihn danach, Bowman rasch loszuwerden und sie noch einmal anzurufen.

»Ist schon ein paar Wochen her. Sie lässt mich nicht zu ihnen.« Jed zog eine Schachtel Zigaretten aus der Tasche seines fleckigen Hemdes.

»Hier ist ein Nichtraucherbüro. Aber wir sind bald fertig. Könnten Sie so lange warten?«

Jed zog ein Gesicht. »Muss ich ja wohl. Ich will nur meine Kids aus dem Haus da holen. Sie hat jetzt einen Mann mit ’nem Tuntenauto und einem tollen Job.«

»Wissen Sie das genau?«

»Das haben mir meine Nachbarn erzählt. Meine ehemaligen Nachbarn«, verbesserte er sich.

Robert sah mit Erstaunen, wie eingefallen Jed Bowmans sonnenverbranntes Gesicht wirkte. An Hals und Wangen warf die stoppelige Haut Falten, was ihm das Aussehen einer alten, zahnlosen Bulldogge verlieh.

»Ich hab sie wirklich geliebt, Mann. Ganz ehrlich.«

Aus einem Impuls, den er sich selbst nicht erklären konnte, öffnete Robert ein Fach seines Schreibtisches und holte einen Aschenbecher aus Kristallglas heraus. Er hatte ihn nicht mehr benutzt, seit er sich nach seiner Hochzeit mit Erin das Rauchen abgewöhnt hatte. Auch während des turbulenten letzten Wochenendes hatte er kein Bedürfnis nach Nikotin verspürt, doch als er jetzt sah, wie Jeds Gesicht beim Anblick des Aschenbechers etwas von seiner alten Festigkeit zurückgewann, hätte er seinen Mandanten am liebsten um eine Zigarette gebeten.

Oder hatte es etwas mit Louisas klarer, heller Stimme zu tun?

Robert ging mit seinem Mandanten die Unterlagen durch, auch wenn er daran zweifelte, dass sich Jed wirklich bewusst war, was eine Niederlage für ihn bedeuten würde. Seine Zeugen waren wenig vertrauenswürdig, und alle bis auf einen hatten mit Alkohol und Drogen zu tun. Roberts Fähigkeiten als Anwalt waren aufs Äußerste gefordert, wenn er beweisen wollte, dass Mary Bowman als Mutter ihrer beiden Kinder ungeeignet war, wo doch der Vater mit solch zwielichtigen Gestalten verkehrte.

Bestenfalls würde man die Kinder in eine Pflegefamilie geben. Schlimmstenfalls jedoch ... Robert musste sich eingestehen, dass ein Zusammenleben mit ihrem Vater wohl die schlechteste Lösung wäre, obgleich er Mary Bowman nicht kannte und ihre Qualitäten als Mutter daher nicht beurteilen konnte. Bisher hatte er nur durch Jed von ihr gehört, der kein gutes Haar an seiner Frau ließ.

»Also, Punkt neun Uhr. Und bitte rasiert und in einem ordentlichen Anzug.« Robert erhob sich, beugte sich in der blauen Wolke aus Zigarettenqualm über den Schreibtisch und wollte seinem Mandanten aus purer Gewohnheit die Hand reichen. Doch als er Jeds schmutzige Hände und Fingernägel sah, verzichtete er darauf.

»Ich werd mir einen borgen müssen.« Übel gelaunt angesichts dieses Aufwandes verließ Jed die Kanzlei.

Robert zwang sich, nicht gleich wieder zum Telefon zu greifen, und ging stattdessen mit Tanya einige Akten durch, bis sie ihn darauf aufmerksam machte, dass sie dieselben Fälle bereits in der Woche zuvor besprochen hatten.

Dann unterbrach Robert eine Telefonkonferenz in Dens Büro. Schließlich begab er sich in sein eigenes rauchgeschwängertes Zimmer und schenkte sich eine Tasse Kaffee ein. Nachdem er sein Handy eingeschaltet hatte, wurde ihm eine Nachricht auf seiner Mailbox angezeigt. Er hörte sie ab.

»Robert, ich glaub es nicht! Deine Nummer wurde angezeigt, aber ich konnte dich nicht hören. Wahrscheinlich war die Verbindung schlecht. Egal, wie geht's dir? Wir haben so lange nichts voneinander gehört! Weißt du, dass ich wieder für eine Weile in England bin? Ruf mich doch zurück, und dann verabreden wir uns. Das heißt, nur falls du willst. Vielleicht hast du ja auch keine Lust dazu oder kannst nicht oder sonstwas. Du weißt schon. Ach, ruf mich doch einfach an.«

Das war Louisa – klar und deutlich wie immer.

Er drückte die Rückruftaste und verbrannte sich in dem Augenblick, als er ihre Stimme hörte, den Mund am heißen Kaffee.

»Rob?«

»Ja, ich bin's«, antwortete er und musste trotz der schmerzenden Lippen grinsen. »Ist dort etwa Miss Forrest?« Dann bemerkte er sein Versehen.

»Da müssen Sie sich verwählt haben«, hörte er ihre ironische Stimme.

»Was macht denn das Eheleben, Mrs ...« Er schluckte. Es fiel ihm schwer, den Namen auszusprechen. »Mrs van Holten?«

»Nun, danke der Nachfrage, mein lieber Mr Knight, das Eheleben ist einfach herrlich!« Dann hörte er ihr Kichern, und mit ihm kamen tausend verschiedene Erinnerungen. Es war nicht das alberne Kichern eines Teenagers oder einer koketten jungen Frau, sondern das leise, selbstsichere Lachen einer Frau, die genau weiß, was sie vom Leben erwartet. Ob sie es auch bekommen hatte, wusste Robert nicht. »Und darf ich Sie das Gleiche fragen?«

»Mein Leben ist ebenfalls ganz herrlich, Mrs van ... van Holten. Genau, wie Sie es mir versprochen haben.« Robert erinnerte sich noch an die winzige Spur von Traurigkeit in Louisas Blick, sorgsam hinter einem Lächeln verborgen, als er ihr Erin vorgestellt hatte.

»Wirklich? Das freut mich sehr für dich, Robert! Du hast es verdient, nach allem, was du durchgemacht hast.« Er glaubte, einen kaum vernehmlichen Seufzer zu hören. Vielleicht war es aber auch nur ein Knistern in der Leitung gewesen.

»Du auch.« Plötzlich merkte Robert, dass ihre Unterhaltung dabei war, in Gefühlsduselei abzugleiten. Das konnte nicht lange gutgehen. »Bist du in London?« Gespannt hielt er den Atem an.

»Leider nein, sonst würde ich gleich bei dir anklopfen und dich zum Essen abholen.«

Robert schloss für eine Sekunde die Augen, froh, dass Louisa es nicht sehen konnte.

»Ich bin über das Wochenende in Somerset zur Hochzeit meiner Cousine eingeladen. Und danach fahre ich ein bisschen durchs Land und besuche ein paar ältere Verwandte.« Ihre Stimme klang müde.

»Wann musst du nach Amsterdam zurück?« Den hatte ihm schon gesagt, dass sie mehrere Wochen in England bleiben wollte. Er wusste es von einem Geschäftspartner, der Louisa engagiert hatte, oder so ähnlich. Robert konnte sich nicht mehr genau erinnern – immerhin hatte er da schon fünf Bier intus gehabt.

»Du kennst mich doch. Ich konnte der Versuchung nicht widerstehen und habe ein paar Aufträge für eine holländische Agentur angenommen. Daher kann es sein, dass ich nur eine Woche bleibe, vielleicht aber auch vier.«

»Wir sollten uns treffen.« Robert hielt den Atem an. Er dachte an Erin und wünschte, er hätte nicht angerufen.

»Ja, gern. Was hast du am nächsten Wochenende vor?«

Robert zögerte ein wenig mit der Antwort. Louisa hatte doch gerade von dieser Hochzeit erzählt! Wollte sie ihn etwa nach Somerset einladen? Und Erin und Ruby vielleicht auch? Er lächelte bei dem Gedanken. Ein paar Tage auszuspannen würde ihnen allen wahrscheinlich guttun.

»Nichts Besonderes, aber das hängt von Erin ab. Gut möglich, dass sie kurzfristig eine Dinnerparty arrangiert.« Er lachte ein wenig, damit seine Lüge glaubwürdiger klang. Erin stand im Augenblick gewiss nicht der Sinn nach Partys. »Was hast du dir denn vorgestellt?«

»Warum packst du nicht deine Familie ins Auto und kommst übers Wochenende aufs Land? Willem fliegt auch zur Hochzeit her, und dann könnten wir uns alle, na ja, mal wiedersehen.«

Robert versprach, sie anzurufen, sobald er mit Erin gesprochen hatte. Er hoffte, dass sich seine Frau für die Idee begeistern konnte. Sie hatte Louisa bisher nur einmal getroffen, vor ihrer Hochzeit, kurz bevor Louisa das Land verließ, um einen Holländer zu heiraten. Sicher, er und Louisa hatten sich sehr nahe gestanden, aber das gehörte der Vergangenheit an.

Außerdem war ein Ausflug aufs Land durchaus die geeignete Überraschung, die er Ruby versprochen hatte. Und wer weiß? Womöglich würde dieser Plan auch Erins Zorn darüber beschwichtigen, dass er Ruby zum Greywood College gebracht hatte.

Nachdem Erin geduscht und sich umgezogen hatte, kam sie die Treppe herunter und trat wie ein Frühlingshauch in die Küche. Doch trotz ihres frischen Aussehens wirkte sie erschöpft und begann sofort, von ihrem anstrengenden Tag im Geschäft zu berichten. Robert reichte ihr ein kühles Glas Wein. Der Abend war für Anfang Juni ungewöhnlich schwül und windstill.

»Und heute ist sie erst um elf Uhr aufgekreuzt«, sagte Erin gerade. »Der habe ich aber was erzählt! Du bist gefeuert, mein Fräulein, habe ich zu ihr gesagt.« Erin nahm den Wein und lächelte Robert zu. »Du bist einfach wunderbar. Was hast du vor?« Sie betrachtete die vielen Zutaten auf der Arbeitsplatte und schnupperte die ungewohnten Düfte.

»Ach, nichts Besonderes. Ich hatte nur mal Lust zu kochen.« Robert legte die Arme um Erin, drückte sie an sich und atmete den Duft ihres frisch gewaschenen Haares ein. Er kochte höchst selten und wollte sich in Wahrheit nur bei seiner Frau einschmeicheln, bevor er ihr die Sache mit dem College beichtete. Hoffentlich klappte alles! Er hatte Tanya gebeten, ihm ein Rezept aus dem Internet zu suchen und die erforderlichen Zutaten zu besorgen.

»Ruby ist heute ausgesprochen munter«, sagte Erin. »Danke, dass sie nach der Schule in die Kanzlei kommen durfte. Das ist für sie mal eine Abwechslung vom Laden.«

»Kein Problem«, erwiderte Robert und überlegte kurz, ob jetzt wohl der richtige Moment war, ihr alles zu erzählen. Er gab das geschnittene Hähnchenfilet in den heißen Wok, worauf sich die Küche mit Rauch füllte.

»Ob du es glaubst oder nicht, sie macht doch tatsächlich gerade Hausaufgaben.« Als Erin die steile Falte auf Roberts Stirn bemerkte, blickte sie ihn scharf an. »Ist irgendwas nicht in Ordnung? Du freust dich anscheinend gar nicht, dass Ruby heute in der Schule nicht belästigt wurde.«

»Doch, natürlich.« Robert legte den Pfannenwender ab, drehte das Gas herunter und wandte sich zu seiner Frau um. Als er ihr die Hände auf die Schultern legte, ging ihm unvermittelt durch den Kopf, wie zerbrechlich sie doch wirkte. Dann setzte er zum Sprechen an. »Hör mal, ich muss dir …«

»Dad, ich brauche deine Hilfe. Die anderen Mädchen beschäftigen sich schon seit Wochen mit diesem Projekt, und Miss Draper sagt, ich soll versuchen, bis zum Ende des Schuljahres aufzuholen, und …«

»Deine Mutter und ich wollten gerade etwas besprechen, Ruby. Ich komme gleich hoch und helfe dir.«

Ruby blickte erst ihre Mutter, dann Robert an. Als sie begriff, liefen ihre Wangen rot an. »Oh«, sagte sie nur und zog sich rasch wieder zurück.

»Wer ist Miss Draper?« Erin schüttelte Roberts Hände ab. »Und bei welchem Projekt soll Ruby aufholen?« Sie nahm einen großen Schluck Wein. »Rob?«

Robert drehte den Herd ganz ab und schob Erin einen Stuhl hin. Ohne die Augen von ihm zu wenden, setzte sie sich ihm gegenüber an den Tisch. Robert wich ihrem Blick aus und schaute stattdessen auf ihre schlanken Hände, die sie nervös knetete.

»Ich habe Ruby heute nach Greywood College gebracht, Erin. Sie konnte einfach nicht weiter in ihre alte Schule gehen.« Endlich blickte er auf. Die Spannung zwischen ihnen war beinahe mit Händen zu greifen. Wie vertraut ihm dieses Gefühl von Enttäuschung und Misstrauen war – nur dass *er* diesmal den Grund dafür geliefert hatte.

»Wie konntest du nur?« Erin stand auf, ging zur Spüle hinüber und starrte durch die Fensterscheibe hinaus in den kleinen Garten mit dem Weidenbaum, unter dem sie sich einmal geliebt hatten. Die Gefahr, entdeckt zu werden, hatte es besonders aufregend gemacht.

»Ich weiß, dass Ruby *deine* Tochter ist, aber durch unsere Heirat habe auch ich einen Teil der Verantwortung für sie übernommen. Wir sind doch jetzt eine Familie, und wenn ich glaube, dass es das Beste für Ruby ist …«

»Was du sagst, wird also gemacht, ja?« Erin fuhr herum und starrte ihn mit harten, kalten Augen und schmalen Lippen an. »Worum es dabei in Wahrheit geht, ist dir ganz gleich.«

»Es geht darum, dass Ruby glücklich ist. Als ich sie heute Nachmittag abholte, strahlte sie über das ganze Gesicht.« Robert hatte zwar weder Lust zum Kochen noch Appetit, doch um ihrem Streit die Spitze zu nehmen, schaltete er den Herd wieder ein und goss die vorbereitete Sauce auf die Fleischstücke. Wahrscheinlich würde außer Ruby niemand etwas davon essen …

Als Ruby herunterkam, verließ Erin die Küche. Das Mädchen schaute Robert fragend an.

»Deine Mutter ist nicht besonders begeistert darüber, Liebes«, sagte er und gab ihr ein wenig Sauce zum Kosten.

»Scharf, aber lecker«, sagte sie nur. »Muss ich jetzt doch wieder in meine alte Schule gehen?«

»Auf gar keinen Fall. Mach dir deswegen keine Sorgen.« Jetzt warf auch Robert einen Blick aus dem Fenster. Beim Anblick der Weide musste er daran denken, wie leidenschaftlich sich Erin ihm hingegeben hatte. Er wollte sie doch nur von ganzem Herzen lieben dürfen. »Und eine Überraschung habe ich auch für euch.«

Kaum hatte er dies gesagt, hellte sich Rubys Miene auf und sie rannte hinaus, um ihre Mutter zu holen.

Das Essen schmeckte recht gut, auch wenn es etwas zu scharf gewürzt war für diesen drückend heißen Abend. Ein einfacher

Salat hätte besser gepasst. Ruby, die der aufregende Tag hungrig gemacht hatte, aß ihre Portion auf, doch Erin schob das Essen auf dem Teller hin und her, wie ein Kind, das keinen Appetit hat.

Sie sprachen kaum etwas, und als Ruby einmal ihre neue Schule erwähnte, brachte Robert sie mit einem warnenden Blick zum Schweigen. Erin war noch immer schlecht gelaunt wegen der Probleme im Geschäft und murmelte etwas von unzuverlässigen Angestellten. Sie war noch dabei, sich einen Kundenstamm aufzubauen, denn der Vorbesitzer hatte keinen blassen Schimmer davon gehabt, wie ein Blumenladen geführt werden musste. Robert hatte Erin das Geschäft zur Hochzeit geschenkt und war überzeugt, dass sie damit Erfolg haben würde. Sie war tüchtig, wusste alles über den Blumenhandel, und zudem befand sich der Laden in einer der besten Lagen an der Haupteinkaufsstraße.

»Ich habe es ihr schon hundertmal gesagt, aber sie hat einfach keine Lust zum Arbeiten.« Erin schien laut zu denken. »Ich muss mich nach jemand anderem umsehen.« Sie stützte die Ellbogen auf den Tisch und legte den Kopf in die Hände. »Ich kann gar nicht glauben, dass ich sie diesmal wirklich rausgeschmissen habe.«

Robert streichelte ihre Schulter. »Vielleicht solltest du ihr noch eine Chance geben. Ruf sie einfach an und bitte sie, wiederzukommen. Wenigstens am nächsten Samstag.« Er warf Ruby einen Blick zu. »Ich glaube, deine Mutter könnte ein bisschen Erholung vertragen.«

»Wovon um alles in der Welt redest du, Robert?« Immer noch verärgert, erhob sich Erin und begann, das Geschirr abzuräumen. Doch Robert unterbrach sie.

»Setz dich bitte noch mal her. Wie wäre es mit einem Wochenende in einem romantischen Hotel auf dem Land? Es gibt dort ein Schwimmbad und einen Wellnessbereich, und man kann reiten und Golf oder Tennis spielen. Und anschließend kannst du dich massieren lassen oder zur Kosmetikerin gehen.«

Louisa hatte Robert den Namen des Hotels genannt, in dem die Hochzeit stattfinden sollte. Daraufhin hatte er sich die Website angeschaut und sich erkundigt, ob es für das Wochenende noch freie Zimmer gab. »Ich habe Ruby eine Überraschung versprochen und ich dachte, ein Wochenendtrip würde uns allen guttun.«

Erin nahm die Ankündigung mit unbewegter Miene auf. Ganz still saß sie da, die Hände auf der Tischplatte gefaltet, und verriet mit keinem Blick, was sie von dem Vorschlag hielt. Ruby dagegen sprang auf und fiel Robert um den Hals. Wenigstens bei einem Mitglied der Familie habe ich einen Treffer gelandet, dachte Robert.

»Darf ich da reiten, Dad?«

Sie hatte schon wieder Dad gesagt. Ihm wurde ganz wohlig zumute. Er nickte und drückte Rubys Hand, die trotz der Hitze eiskalt war.

»Wie wäre es, wenn du diese Briefe holen würdest, die du in der Schule bekommen hast? Du hast doch gesagt, ein paar davon sind wichtig.«

Ruby nickte und lief los, um ihre Schultasche zu holen.

»Das gefällt mir nicht, Rob.« Erin blickte ihrem Mann fest in die Augen. »Ganz und gar nicht.«

Zumindest hatte sie ihn wieder eines Blickes gewürdigt. Das war zumindest ein Anfang. »Es ist doch nur für ein Wochenende.«

»Ich meine nicht das Wochenende. Das ist …« Sie zögerte und nahm Roberts Hand. »Das ist eine nette Idee. Ich wollte sagen, dass mir die Sache mit Greywood nicht gefällt. Wegen dem Weglaufen vor Problemen«, setzte sie hinzu, als müsste sie ihn an ihre Beweggründe erinnern.

Kurz darauf kehrte Ruby mit einem ganzen Stapel Papier zurück, und Robert blätterte ihn durch. »Dafür brauchst du ja eine Sekretärin, Ruby! Hoffentlich ist es nur so viel, weil du in dieser Schule neu bist.« Er überflog die Briefe. »Um das hier musst du dich kümmern, Erin. Du weißt ja, sie brauchen eine Kopie von Rubys Geburtsurkunde und von ihrem Impfausweis. Ich erledige das mit dem dicken Scheck.« Robert lächelte, nach wie vor nur allzu bereit, alle Kosten für Rubys Schulausbildung zu tragen.

»Ich dachte, du hättest das Schulgeld schon bezahlt.«

»Hab ich auch. Das hier ist für die Klassenfahrt nach Wien, im August. Das Ganze wurde schon vor ein paar Monaten organisiert, aber weil Ruby neu ist, müssen wir jetzt gleich alle Formulare ausfüllen, damit sie mitfahren kann.« Robert war klar, dass Ruby bei allen Schulaktivitäten mitmachen musste, wenn sie dort ein Bein auf den Boden bekommen wollte.

»Wien?« Erins Stimme klang ganz dünn. Sie kniff ungläubig die Augen zusammen.

Ruby hüpfte vor Aufregung von einem Bein aufs andere. »Wir bekommen Unterricht am Wiener Konservatorium, und ich darf im Opernhaus Klavier spielen! Dann schauen wir uns noch alle möglichen Sachen an, und eine Disko gibt es auch und …«

»Wien – das ist doch in Österreich.« Erins leise Worte unterbrachen den begeisterten Redeschwall ihrer Tochter.

»Ich fliege mit dem Flugzeug, Mum. Endlich mal!«

Erin saß steif und bewegungslos da, nur ihr leicht zitterndes Kinn verriet ihre innere Anspannung.

»Es ist eine tolle Gelegenheit für Ruby. Übrigens, wir könnten in der Zeit auch für ein paar Tage wegfahren!« Robert legte Erin die Hand aufs Bein, doch sie zuckte zurück. »Mein Gott, ich dachte, du würdest dich freuen!«

Er stand auf und stellte die Teller zusammen. Er vermochte sich Erins Verhalten in den letzten Tagen einfach nicht zu erklären. Die Aussicht, dass ihre Tochter in eine Stadt mit einem derart regen kulturellen Leben wie Wien reisen würde, hätte

Erin normalerweise in helle Begeisterung versetzt. Schließlich hatten Rubys Bedürfnisse für sie Vorrang vor allem anderen. Das war ein Zug, den Robert an seiner Frau besonders bewunderte.

Mit viel Geklapper stellte er das Geschirr in die Spülmaschine.

»Es ist ja nicht so, dass ich mich nicht für sie freue …«, begann Erin, doch dann versagte ihr die Stimme, und sie blickte Robert mit schmerzerfüllten Augen an. »Es ist nur …« Sie senkte den Kopf. »Sie *kann* eben nicht mitfahren.«

»Ach, Unfug«, erwiderte Robert. Er wollte sich diese Mätzchen nicht länger bieten lassen. Ruby würde mit nach Wien fliegen, und wenn er sie selbst dorthin begleiten musste. »Ruby ist alt genug, um ein Wörtchen mitzureden. Das Mädchen ist ja schließlich nicht dein Eigentum.« Er registrierte das Zucken um Erins Mund, ihren plötzlich ausdruckslosen Blick, und sprach dennoch weiter. »Vergiss nicht, auch die anderen Formulare auszufüllen und Rubys Papiere rauszusuchen. Das ist wichtig.«

Robert trocknete sich die Hände ab. Er hatte sich schon wieder ein wenig beruhigt. Wenn Erin Bedenken wegen der Reise nach Wien hatte, würde er Verständnis zeigen und dann versuchen, sie zu ihrer Einwilligung zu überreden. Das Wochenende in Somerset war dafür bestimmt der richtige Zeitpunkt. Jetzt brauchte er ihr bloß noch beizubringen, dass auch Louisa da sein würde.

8

Die M3 war frei und auch auf der A303 Richtung Martock herrschte wenig Verkehr. Robert, der es nicht ausstehen konnte, im Stau zu stehen, war hervorragender Laune, trotz der merkwürdigen Neuigkeiten, die er am Morgen von Tanya erfahren hatte. Mit undurchdringlicher Miene saß Erin neben ihm. Ihr Haar flatterte im Wind. Robert hatte vorgeschlagen, das Verdeck hochzuklappen, doch Erin und Ruby fanden es schön, sich vom Wind durchpusten zu lassen. Sobald London hinter ihnen lag, schienen alle drei gleich besserer Stimmung zu sein.

»Bevor du fragst, Ruby: noch ungefähr eine Dreiviertelstunde.« Robert grinste in den Rückspiegel. Bis zum frühen Nachmittag hatte er seine dringendsten Arbeiten erledigt, sodass er Ruby rechtzeitig von der Schule abholen konnte. Sie hatte ihre erste Woche in der neuen Schule hinter sich. Dann waren sie zusammen zu »Floristik taufrisch«, Erins Blumenladen, gefahren. Robert hatte seiner Frau bereits mehrmals versichert, dass Tanya durchaus in der Lage sei, am Samstag im Geschäft die Stellung zu halten.

»Bist du wirklich sicher, dass Tanya vertrauenswürdig ist?«, fragte Erin erneut, als sie von der Schnellstraße auf eine Landstraße abbogen. Sie strich sich das Haar glatt und band sich ein kirschrotes Tuch um den Kopf. Offenbar wollte sie bei ihrer Ankunft nicht allzu zerzaust wirken.

»Tanya arbeitet schon seit Jahren für mich. Ich habe sie gut erzogen.« Robert grinste abermals und warf seiner Frau einen kurzen Blick zu, bevor er die Augen wieder auf die Straße richtete. »Entspann dich einfach und genieße das Wochenende.« Als ihm Tanyas sonderbare Worte vom Morgen wieder in den Sinn kamen, packte er unwillkürlich das Lenkrad fester. Es musste eine ganz normale Erklärung dafür geben. Er wollte sich jedenfalls nicht das Wochenende verderben lassen und beschloss, Erin erst darauf anzusprechen, wenn sie wieder zu Hause waren.

Das Maples Country House Hotel war ein großes imposantes Gebäude direkt neben der Kirche. Die Mauern aus dem für die Gegend typischen gelblichen Stein leuchteten im Licht der untergehenden Sonne orangefarben, und das Laub der nahen Bäume malte ein Spitzenmuster auf die Fassade.

»Sehr hübsch«, bemerkte Erin zurückhaltend, während sie das Gebäude und die Grüppchen von Gästen in der Einfahrt betrachtete. »Ich könnte mir vorstellen, dass sich Louisa sehr freuen wird, dich wiederzusehen.«

Robert seufzte angesichts der Spur von Bitterkeit in Erins Worten. »Sie ist in erster Linie wegen der Hochzeit ihrer Cousine hier. Und wir sind zur Erholung hier.« Er stieg aus und schloss die Wagentür. Bevor er das Gepäck aus dem Kofferraum holte, legte er Erin die Hände auf die Schultern und küsste sie zärtlich auf den Mund. Das Letzte, was er wollte, war, dass sich Erin unbehaglich fühlte. »Ja, es wird nett sein, Louisa mal wieder zu treffen. Ich bin sicher, dass ihr Mann, dieser Willem Soundso, keinerlei Probleme damit haben wird.«

Die Augen gegen die tief stehende Sonne zusammengekniffen, blinzelte Erin zu ihm hoch. »Warum nennst du seinen Namen dann in solch einem … säuerlichen Ton?«

Nicht säuerlicher als der Ton, in dem du Louisa erwähnt hast, dachte Robert, sagte jedoch nichts, um das Wochenende nicht von vornherein zu verderben.

»O Dad, hier sieht es traumhaft schön aus!«, rief Ruby und rutschte vom Rücksitz. »Und schau mal da, Pferde!« Sie zeigte auf ein Gespann mit zwei gescheckten Tieren, das gemächlich durchs Dorf zockelte. »Kommt, wir suchen unsere Zimmer!«

Nein, an diesem Wochenende durfte einfach nichts schiefgehen, dachte Robert und blickte Ruby nach, die mit ihrem etwas schlaksigen Gang im Eingang zum Hotel verschwand. Auch wenn sie allmählich eine junge Frau wurde, hatte sie ihre Kindlichkeit noch nicht völlig verloren. Er hob die beiden Reisetaschen aus dem Kofferraum und folgte ihr mit raschen Schritten.

An der Anmeldung dauerte es lange, doch Robert machte es nichts aus zu warten. Wegen der Hochzeitsgesellschaft war das Hotel ausgebucht. Sie hatten Glück gehabt, kurzfristig noch zwei Zimmer zu bekommen. Robert ließ seine Blicke durch die Eingangshalle wandern und tat so, als bewundere er die Landschaftsgemälde, die Bilder mit Jagdszenen und die antiken Möbel. Doch in Wahrheit suchte er in der Menge der Hochzeitsgäste Louisas Gesicht. Er hatte ihr oft gesagt, dass es einem dank der jadegrünen Augen und des rotbraunen Haars sofort ins Auge fiel. Was in ihrem Beruf eher hinderlich war, dachte Robert.

Plötzlich glaubte er, Louisa für einen kurzen Augenblick entdeckt zu haben, wie sie am anderen Ende der Halle in der Damentoilette verschwand. Es war nur das flüchtige Bild eines aufgesteckten roten Haarschopfes über einem blassen, schlanken Hals, dazu die hochgewachsene Gestalt und der elegante Gang …

»Wonach hältst du denn Ausschau?« Erin spähte in dieselbe Richtung wie Robert und zuckte dann die Achseln. »Schau mal, wir sind dran.« Sie stupste Robert an und drängte ihn zur Rezeption. Jetzt, da Erin so dicht bei ihm stand und sogar den Arm um seine Taille geschlungen hatte, mochte er sich nicht nach Louisas Zimmernummer erkundigen.

Nachdem er das Anmeldeformular ausgefüllt hatte, ging Robert seiner Frau und Ruby voraus zum Fahrstuhl. Dabei huschten seine Blicke immer wieder zur Tür der Damentoilette hinüber. Als die Fahrstuhltür aufging, traten sie einen

Schritt zurück, weil ein älteres Ehepaar sich damit abmühte, einen riesigen Koffer aus der engen Kabine zu zerren. Dann hüpfte Ruby in den Aufzug und drückte den Knopf, der die Türen offen hielt. Erin folgte ihr und zuletzt kam Robert mit den beiden Reisetaschen.

»Robert?« Die Stimme war unverkennbar. Er schob einen Fuß zwischen die sich schließenden Türen, die daraufhin wieder auseinanderglitten. Das Erste, was er sah, war ihr breites Lächeln und die hübschen grünen Augen hinter einer nüchternen, schwarz gefassten Brille. »Ich habe mir schon gedacht, dass du bereits hier bist«, sagte Robert und erwiderte ihr Lächeln. Er stellte sich mit dem ganzen Körper zwischen die Aufzugtüren, die mit leisem Klicken immer auf- und zugingen. »Die ist hübsch«, sagte er, wobei er jedoch keine Hand frei hatte, um zu zeigen, dass er Louisas neue Brille meinte.

»Dad, du machst noch den Aufzug kaputt!«

Für ein paar lange Sekunden schauten sie einander schweigend an. Robert wusste nicht, ob er den Fahrstuhl verlassen oder mit den Worten »Wir sehen uns dann später« nach oben fahren sollte. Louisa löste das Problem für ihn.

»Wir treffen uns mit ein paar anderen um sieben in der Bar. Kommt doch auch dazu«, sagte sie mit einem Blick, der Erin und Ruby in die Einladung mit einschloss.

»Also dann, bis nachher«, antwortete Robert und gab die Tür frei. Sie schloss sich zischend.

Die Hotelzimmer waren klein, doch ansprechend möbliert, in dem ländlichen Stil, den Erin so mochte.

Behutsam, um die Steppdecke nicht völlig in Unordnung zu bringen, streckte sie sich auf dem Bett aus.

»Ich lasse dir ein heißes Bad ein«, sagte Robert. »Und im Kühlschrank ist Wein.« Es war schon beinahe halb sieben. Bis Erin ein langes Bad genommen hatte und dann fertig angezogen war … Robert zog mit einem Plopp den Korken aus der Weinflasche. Er wollte unbedingt ein paar Minuten mit Louisa allein sein und sie um Rat fragen. Danach würde er voller Stolz seine Familie präsentieren.

»Sollen wir uns wirklich mit Louisa und ihren Bekannten treffen?«, fragte Erin. »Ich hatte mich eigentlich auf ein ruhiges Abendessen im Hotelrestaurant gefreut. Wir könnten Ruby etwas zu essen ins Zimmer bringen lassen – im Fernsehen gibt es bestimmt genug Programme, um sie für eine Weile zu beschäftigen.« Erin stand vom Bett auf.

»Es ist doch nur auf ein Glas. Wir können es ja kurz machen und bald zum Essen gehen. Aber ich denke, Ruby sollte nicht allein in ihrem Zimmer bleiben.« Robert reichte Erin ein Glas Wein und schob sie mit sanftem Nachdruck ins Badezimmer.

Während der ersten zehn Minuten stand Robert an der Bar, seinen Whisky noch unberührt in der Hand, und schaute müßig zu der Band hinüber, die neben der Tanzfläche ihre Instrumente auspackte. Dabei warf er hin und wieder einen Blick auf das halbe Dutzend Männer, die sich um Louisa geschart hatten, und überlegte, wer von ihnen wohl Willem sein mochte, ihr Ehemann. Robert hielt sich in der Nähe der Gruppe auf, aber dennoch weit genug entfernt, um nicht zu Louisas Hofstaat gezählt zu werden.

»Rob!« Das war keineswegs ein Hilferuf – Louisa war nicht die Frau, die man vor dem Ansturm ihrer Verehrer retten musste.

»Hallo«, antwortete er gelassen, rührte sich jedoch nicht vom Fleck. Mit gespielt verzweifeltem Augenaufschlag löste sich Louisa aus der Gruppe der Bewunderer. Ihr Mann war offenbar nicht darunter. Robert fragte sich, wer von den Männern wohl zu gegebener Zeit die ersten Annäherungsversuche gemacht hätte.

»Das Wasser steht dir bis zum Hals, was?«, sagte Robert.

»Nun, zum Glück kann ich schwimmen! Und wenn ihre Frauen herunterkommen, verziehen sie sich sowieso.« Als

Louisa lächelte, bemerkte Robert die feinen Fältchen in ihren Augenwinkeln, die hinter den Brillengläsern noch deutlicher sichtbar waren.

Sie hielt Robert ihr leeres Glas hin. »Ich habe Durst«, klagte sie, »und ich hasse Hochzeiten.«

Robert hätte ihr am liebsten seinen eigenen Drink angeboten, um mit der Bestellung nicht noch mehr kostbare Zeit zu vergeuden.

»Aber du hast doch selbst gerade erst geheiratet«, sagte er, während er versuchte, die Aufmerksamkeit des Barkeepers auf sich zu lenken.

Sie lachte. »Ich hasse Hochzeiten trotzdem.«

Als Robert schließlich Louisas Drink in Empfang genommen und bezahlt hatte, saß sie bereits an einem der kleinen Hochglanztischchen auf einem ebenso glänzenden Ledersofa. Er ließ sich neben ihr in den quietschenden Ledersessel sinken. Louisa spielte mit einer Haarsträhne, die ihr über die Wange fiel, und seufzte.

»Eine Hochzeit hat mehr mit Besitzergreifung als mit Liebe zu tun. Finde ich wenigstens«, sagte sie.

»Probleme?« Robert war versucht, ihr über die Schulter zu streicheln. Ihr bedauernder Tonfall machte ihn traurig. Er musste daran denken, wie sie beide am Telefon mit ihren glücklichen Ehen geprahlt hatten. Als sie zustimmend nickte, wollte er nicht weiter darauf eingehen, doch Louisa blieb beim Thema.

»Und du? Genießt du die Freuden des Ehelebens?« Ihre Blicke trafen sich.

»Es ist wirklich schön«, erwiderte er und wunderte sich, warum die Worte in seinen Ohren wie eine Lüge klangen. »Obwohl es nicht leicht ist, gleich eine ganze Familie frei Haus geliefert zu bekommen. Also inklusive einem Kind.«

»Sieht sie ihren Vater oft?« Louisas klare Stimme klang angenehm beruhigend in seinen Ohren.

»Das ist ja das Seltsame. Es gibt keinen Vater. Ruby ist ein nettes Mädchen, auch wenn sie Probleme mit ihren Mitschülern hatte. Aber davon will ich jetzt nicht anfangen.« Kaum hatte er die Worte gesagt, hätte sich Robert am liebsten selbst geohrfeigt. Jetzt war genau der richtige Zeitpunkt, Louisa von Tanyas Information zu erzählen und sie um Rat zu fragen! Schließlich konnte er ihr voll und ganz vertrauen.

»Es sollte wohl nicht sein, was?« Louisa wandte die Augen ab, als bedauerte sie ihre Worte sogleich.

Robert brauchte einen Augenblick, um zu verstehen, was sie gemeint hatte. »Nein«, antwortete er dann mit einem Auflachen, um nicht zu zeigen, wie sehr ihn ihre Bemerkung erschüttert hatte. Er trank einen großen Schluck.

»Zuerst heiratest du, dann ich, dann wieder du und jetzt ich auch noch einmal. Das könnte man schlechtes Timing nennen, nicht?« Sie griff nach Roberts Hand, doch er zog sie zurück. Auf keinen Fall wollte er Erin verärgern. Was er einmal für Louisa empfunden hatte, lag gut verborgen in seiner Erinnerung.

»Für jemanden, der Hochzeiten hasst, bist du ganz schön eifrig dabei gewesen.« Robert nahm noch einen Schluck Whisky.

»Wenn wir beide daran beteiligt gewesen wären, hätte es mich nicht gestört.« Angesichts ihrer offenen Worte verstummten beide.

Robert wollte gerade mit einer Bemerkung über Ruby das Schweigen brechen, als er sah, wie sich Louisas Körper versteifte. »Willem«, sagte sie in munterem Ton und stand auf. Ihr gemeinsamer Augenblick war vorüber. »Das ist mein alter Freund, Rob Knight. Er ist Anwalt, und ich habe früher im Auftrag seiner Kanzlei Nachforschungen durchgeführt.«

Willem war jünger, als Robert ihn sich vorgestellt hatte. Er trat einen Schritt näher und streckte Robert die Hand hin. »Nett, Sie kennenzulernen.« Offenbar machte es ihm nicht das

Geringste aus, dass seine schöne Frau mit einem Mann zusammensaß, den er nicht kannte. Willem sprach mit einem angenehmen Akzent, und Robert konnte auf Anhieb nichts Unsympathisches an dem Mann finden.

»Die anderen warten in der Lobby auf uns. Wir müssen gehen.«

Louisa wandte sich an Robert. »Wir sind zum Essen mit meiner Cousine und ihrem zukünftigen Mann verabredet. Ich soll als Erste Brautjungfer fungieren, deshalb müssen wir noch einiges besprechen.«

»Du kannst ihr ja von den Freuden des Ehelebens berichten.« Roberts Ton verriet nichts vom Hintersinn seiner Bemerkung, den zwar Louisa erfassen würde, nicht jedoch Willem, der mit den Feinheiten der englischen Sprache ohnehin nicht so vertraut war. »Vielleicht sehen wir uns ja morgen früh. Ich werde nämlich eine Runde joggen.« Robert erinnerte sich noch gut daran, wie sehr Louisa ihr Jogging am Morgen liebte. Louisa lächelte ihm zu und ging am Arm ihres Mannes davon.

Vielleicht lag es ja an den beiden Gläsern Whisky, die er getrunken hatte, während er auf Erin und Ruby wartete. Oder es wäre sowieso geschehen. Im Nachhinein sollte es Robert jedenfalls bitter bereuen, dass er am ersten Abend ihres Wochenendausflugs Erin gegenüber erwähnte, was er von Tanya erfahren hatte.

»Es ist, als würde es Ruby gar nicht geben«, sagte er und trank einen Schluck Wein. Sie saßen im Speisesaal beim Essen, und Robert warf hin und wieder einen Blick in die Bar, um zu sehen, ob Louisa und ihre Freunde schon wieder zurück waren. Er schob den Teller ein wenig von sich.

»Sie ist doch nur kurz zur Toilette gegangen«, antwortete Erin und zerlegte ihr Lachsfilet. Sie blickte erst auf, als ihr Roberts eigenartige Wortwahl bewusst wurde. »Du meinst, so wie den Weihnachtsmann oder die Heinzelmännchen?« Vergeblich versuchte sie, die plötzlich bedrückende Atmosphäre mit einem Scherz zu klären.

»Nein, so nicht. Ich meinte …« Er zögerte, linste erneut zur Bar hinüber, trank noch etwas Wein. »Ich meinte damit, dass Tanya nirgendwo einen Nachweis für Rubys Geburt finden konnte.«

Wieder diese unbehagliche Stille. Dann sagte Erin: »Und ich soll mich erholen, während dieses Mädchen meinen Laden hütet?« Sie zupfte weiter an ihrem Fisch herum, ohne einen Bissen zu essen.

»Sie wird es schon schaffen, einen Tag lang Blumen zu verkaufen.«

»Aber sie schafft es nicht, einfache Dokumente aufzutreiben, obwohl das doch wohl zu ihrer täglichen Arbeit gehört.« Erin lächelte ihrer Tochter zu, die gerade wieder ihren Platz am Tisch einnahm.

»Kann ich ein Dessert bekommen?«, fragte Ruby Robert, scheinbar in der Hoffnung, dass er es eher erlauben würde als ihre Mutter.

»Sicher«, antwortete er abwesend. An Erin gewandt, sagte er: »Es ist nicht Tanyas Schuld.« Er hatte die Stimme gesenkt, denn er wollte die Angelegenheit nicht in Rubys Gegenwart besprechen. Dennoch konnte er sich nicht verkneifen hinzuzufügen: »Wie ich schon sagte, es gibt keine entsprechenden Unterlagen beim Standesamt.«

Ruby wurde hellhörig. »Geht es um meinen Pass, damit ich nach Wien fahren kann?« Sie rutschte auf dem Stuhl hin und her und griff nach der Dessertkarte.

Robert nickte. »Keine Sorge, ich kriege das schon hin.«

»Ja, mein Schatz. Er hat den Fall schon seiner Super-Sekretärin übergeben.« Erin wischte sich den Mund mit der Serviette ab und erhob sich. »Du kannst ihr sagen, sie braucht sich keine Mühe zu machen, Robert. Ruby fährt nicht nach Wien.«

Erin verließ abrupt den Raum. Robert schaute ihr mit starrem Blick nach, um nicht Rubys enttäuschte Miene sehen zu müssen.

»Wie wäre es mit einem großen Schokoladeneis?«, fragte er schließlich, wohl wissend, dass es für Ruby nicht der geringste Trost sein würde.

Erin saß gegen die Kissen gelehnt im Bett und las in einem Buch. Im Zimmer roch es leicht nach Gesichtscreme und Kräutertee. Robert warf seine Schlüssel und die Brieftasche auf die Frisierkommode und streifte die Schuhe ab. »Sie ist im Bett«, sagte er.

Erin legte das Buch mit dem Rücken nach oben neben sich. Robert warf einen Blick auf den roten, geprägten Einband – es war die hoteleigene Bibel.

»Liest sich's gut?«

»Spannend. Du solltest sie auch mal lesen.« Erin löschte die Nachttischlampe und kuschelte sich unter das Federbett, obwohl die Luft im Zimmer feuchtwarm war.

»Ich sagte, sie ist im Bett. Falls es dich interessiert.« Robert zog sein Hemd aus und ging ins Bad. Er putzte sich die Zähne, spritzte sich ein wenig kaltes Wasser ins Gesicht und sah in den Spiegel. Seine Züge wirkten angespannt – vielleicht kam es vom kalten Wasser, vielleicht lag es aber auch an dem wachsenden Argwohn, der an ihm nagte.

»Danke.« Ihre Stimme klang gedämpft unter der Decke hervor. Robert verstand Erins Verhalten nicht. Sonst gab sie Ruby doch immer einen Gutenachtkuss! Er trat ans Bett und zog die Decke weg. Seine Frau lag zusammengerollt wie ein Embryo da. Trotz ihres Schlafanzugs konnte er sehen, wie verkrampft ihr ganzer Körper war.

»Was machst du nur mit dem Mädchen?«, fragte er. »Gerade hat sie die erste Woche in einer neuen Schule hinter sich, was übrigens nicht dein Verdienst ist, und jetzt legst du ihr in Bezug auf die Fahrt nach Wien schon wieder Steine in den Weg.«

Robert wandte sich ab. »Du weißt doch, dass ich für die Reise aufkomme, falls es das ist, was dir Sorgen macht.«

Die Stille lag schwer im Raum. Nur von ferne, vom anderen Ende des Hotels, hörte man das leise Stimmengewirr der Gäste, die sich noch in der Bar aufhielten. Wie eine schwere Daunendecke lastete die warme Nachtluft auf Erin und Robert. Mit einem Seufzer setzte er sich auf den Bettrand und versuchte, Erin wieder zuzudecken, doch sie stieß die Decke mit den Füßen fort. Sie schien mit ihren Gedanken ganz woanders zu sein.

»Soll ich dich mal daran erinnern, worum es hier geht?« Robert kramte in der Reisetasche nach seinem iPod, den er für seine morgendliche Joggingrunde mitgebracht hatte. In Louisas Leben gab es wohl kaum einen Tag, an dem sie nicht vor dem Frühstück gelaufen war, ging es ihm durch den Kopf. Er tippte sich durch das Menü und steckte dann Erin die Kopfhörer ins Ohr. Als Rubys Klavierspiel erklang, begannen ihre Lippen zu zittern. Sie schloss die Augen.

Robert kannte das Stück in- und auswendig. Ruby hatte ihm den Titel »Flucht« gegeben. Robert würde niemals vergessen, wie Ruby ihm voller Stolz von ihrer Komposition erzählt hatte. Das Stück, so hatte sie ihm erklärt, handelte vom Weglaufen und davon, dass man alles stehen und liegen ließ und sein altes Leben einfach aufgab. Es war eine außergewöhnliche Musik. So außergewöhnlich wie sie selbst.

Jetzt beobachtete er Erin. Sie lag unbeweglich da und lauschte der Musik. Eine Träne hing in ihrem Augenwinkel. Robert wusste, dass Erin daran dachte, wie Ruby das Stück komponiert hatte. Stunde um Stunde hatte sie sich über den Stutzflügel gebeugt, den sie mit Mühe und Not im Wohnzimmer untergebracht hatten. Das Ergebnis war eine Reihe von Liedern gewesen, die Robert professionell mischen und auf CD aufnehmen ließ. Ruby hatte sich wie eine richtige Komponistin gefühlt.

Erin war nur unter der Bedingung bereit gewesen, bei ihm einzuziehen, dass der Flügel auch mitkam. Sie und Ruby und das Klavier gab es nur im Dreierpack. Ohne Zögern war Robert einverstanden gewesen. Er liebte Rubys Klavierspiel und außerdem erschien es ihm, als sei sein Leben durch Erin und Ruby fröhlicher und emotionaler geworden.

»So.« Robert stellte die Musik leiser. »Erinnerst du dich jetzt wieder, warum wir sie unbedingt nach Greywood schicken wollten?«

Erin nickte. Sie wirkte auf einmal ganz klein, zart wie eine Motte, die vergeblich versucht, dem faszinierenden Lichtkreis zu entkommen.

»Das mit der fehlenden Geburtsurkunde verstehe ich nicht«, fügte Robert leise hinzu, wobei er ihr sanft über den Kopf strich.

Erin setzte sich auf und wischte sich die Träne ab. »Da hat wohl jemand einen Fehler gemacht«, sagte sie mit einem kleinen zweifelnden Lächeln. Sie erhob sich und tappte ins Badezimmer. »Irgendwo ist sicher etwas schiefgelaufen!«, rief sie durch die angelehnte Tür.

Robert verharrte unbeweglich vor der Badezimmertür. »Wahrscheinlich hast du recht«, sagte er seufzend. Er wollte Erin nicht noch mehr aufregen. »Es ist etwas schiefgelaufen. Irgendwo …« Dann zog er sachte die Tür ins Schloss.

Bereits um sieben Uhr morgens war die Luft drückend. Es duftete süß nach taufeuchten Rosen und den letzten Blüten des Geißblatts. Während sie nebeneinander die Landstraße entlangliefen, blickte Robert unwillkürlich auf die winzigen Schweißperlen an Louisa Hals.

»Schon 'ne Weile nicht mehr trainiert, was?« Sie lachte. Robert bedachte sie mit einem schiefen Grinsen. Sie liefen schon seit einer Viertelstunde, und Louisa schien nicht im Geringsten außer Atem zu sein. Bei dem Gedanken, dass er jetzt an Erin geschmiegt im Bett hätte liegen können, verzog Robert missmutig das Gesicht.

»Sonntags spiele ich meistens Squash und gehe ins Fitnessstudio, sooft ich es schaffe.« Robert blieb stehen und stützte die Hände auf die Knie, doch Louisa lief unbeirrt weiter. Ihre schlanken Beine hoben und senkten sich in gleichmäßigem Rhythmus. Nach wenigen Sekunden schaute sie sich nach ihm um und blieb dann stehen – eine weiße Gestalt vor dem blauen Himmel.

»Und wie geht's unserem lieben Den?«, rief sie und setzte hinzu: »Nun mach schon! Mit dieser schlechten Kondition wirst du nicht mal vierzig.« Sie kam zurückgelaufen, hakte sich bei Robert unter und zog ihn mit sich. Beide brachen in Lachen aus, und es war ihnen klar, dass Robert niemals die geplante Strecke schaffen würde.

»Den ist immer noch der Alte«, sagte Robert. »Die Kanzlei läuft gut.«

»Und wer besorgt jetzt für euch die Schnüffelei?« Louisa band die Schleife am Bund ihrer grauen Jogginghose neu.

»Brian Hook. Er ist so unauffällig wie ein Clown auf einer Beerdigung.«

Robert berührte mit der Hand Louisas vor und zurück schwingenden Ellbogen. »Zu schade, dass du nicht mehr für uns arbeitest.«

Sie trabten an den letzten Häuschen aus gelbem Sandstein vorüber. Hier, am Ende des Dorfes, wurde die Landstraße so schmal und gewunden, dass sie zur Sicherheit hintereinander laufen mussten.

»Sollen wir uns ein bisschen die Gegend anschauen?« Robert blieb an einem Weidegatter stehen, und als sich Louisa umdrehte, bedeutete er ihr, anzuhalten. »So können wir uns doch nicht unterhalten«, keuchte er.

»Ich dachte, wie wollten laufen.« Sie kam zurück und lehnte sich neben ihn an das hölzerne Tor. Sie schauten auf den Flickenteppich aus grünen und goldenen Feldern dahinter. Für eine Weile sprach keiner ein Wort. Sie warteten, bis Atem und Herzschlag ruhiger gingen und die Morgensonne den Schweiß auf ihrer Haut getrocknet hatte. Es war ein seltener, vollkommener Augenblick. Robert ging so viel durch den Kopf, dass er gar nicht wusste, wo er anfangen sollte. Spontan zog er in Erwägung, gar nichts zu sagen, um den friedlichen Morgen nicht zu zerstören.

»Du und Erin – seid ihr wirklich glücklich miteinander?«, fragte Louisa schließlich und schaute Robert direkt ins Gesicht. »Das klang mir gestern Abend nicht besonders überzeugend.« Ihr Atem ging wieder ganz ruhig, nur noch eine schwache Röte auf Wangen und Hals zeugte von der Anstrengung. Robert hatte den Verdacht, dass ihre Frage nur die Einleitung zu dem Thema sein sollte, über das sie wirklich reden wollte: ihre eigene Ehe.

»Erin und ich kommen gut miteinander aus.« Robert spürte ein leichtes Ziehen in den Bauchmuskeln. »Wir lieben uns sehr. Und Ruby ist wirklich ein braves Mädchen. Sie spielt hervorragend Klavier.«

»Aber seid ihr tatsächlich *glücklich*?«

Bei jedem Atemzug taten Robert die Rippen weh. »Sicher«, sagte er.

»Warum fällt es mir so schwer, dir zu glauben?« Louisa stieß mit der Spitze ihres Schuhs gegen einen der Torpfosten und schirmte ihre Augen mit der Hand gegen die Sonne ab.

Robert zuckte mit den Schultern. »Wir haben natürlich auch unsere Probleme, so wie jedes andere Ehepaar.« Da Louisa schwieg, fuhr er fort: »Wenn man heiratet, vor allem zum zweiten Mal, ist es ja nicht so, als würde man in einen See aus kristallklarem Wasser eintauchen.«

»Nein«, antwortete Louisa nachdenklich. Dann lachte sie auf. »Es ist mehr wie ein schlammiger Tümpel.«

»Genau. Über kurz oder lang merkt man, dass auf dem

Grund etwas haust. Und dann möchte man herausfinden, was es ist.« Robert trommelte nervös mit den Fingern auf das Holz, bevor er unvermutet hervorstieß: »Irgendwas stimmt nicht mit Erin, Lou. Sie benimmt sich komisch. Als ob sie etwas zu verbergen hätte.«

Sie schwiegen. Eine Schar Enten flog über ihre Köpfe hinweg. Auf der Straße rumpelte ein Lastwagen vorüber und hinterließ eine schwache Abgaswolke.

»Nicht schon wieder, Robert.« Louisa stöhnte auf. »Mein Gott, nicht schon wieder.«

Robert versetzte dem alten Gatter einen so heftigen Stoß, dass Louisas Fuß vom untersten Querbalken abrutschte. »Glaubst du vielleicht, ich hätte nichts dazugelernt?«, rief er und fuchtelte mit einem Arm in der Luft herum.

»Nein, es ist nur …«

»Es gibt etwas, was ich dir nach Jennas Tod nie erzählt habe.« Roberts für gewöhnlich volle, tiefe Stimme war nur noch ein dünnes Wispern.

Louisa sagte nichts, sondern wartete darauf, dass er weitersprach. Sie wusste, dass ihm dieses Gespräch schwerer fiel als jeder Zehn-Kilometer-Lauf.

»Es gab eine Nachricht auf ihrer Mailbox. Von einem Mann. Er sagte, dass er ihren gemeinsamen Nachmittag im Hotel kaum noch erwarten könne.«

Louisa legte Robert die Hand auf den Arm. »War dir danach besser zumute?«

»Warum? Weil ich mit meinem Verdacht, sie hätte eine Affäre, richtig gelegen hatte? Weil es mir im Nachhinein die Berechtigung gab, sie Tag und Nacht verfolgen zu lassen und wie besessen in ihrer Post, ihren E-Mails und Anrufen herumzuschnüffeln?« Atemlos stieß Robert die Worte hervor. »Sollte ich mich besser fühlen, weil ich ein krankhaft eifersüchtiger Ehemann war, der seine Frau derart in Wut gebracht hatte, dass sie sich nach unserem letzten Streit ins Auto setzte, obwohl sie eine Flasche Wein getrunken hatte, und so weit wegfuhr wie nur irgend möglich, um mich endlich loszuwerden?«

Obgleich der Tag so heiß zu werden versprach wie der vorige, bekam Louisa eine Gänsehaut. Sie hatte die Geschichte schon oft gehört und war doch immer wieder erschüttert.

Jenna … zusammengesunken über dem Lenkrad … mit gebrochenem Genick … ihr lebloser grauweißer Körper … nur ein kleiner Blutfleck an ihrer rechten Schläfe …

»Ich sehe sie immer noch ständig vor mir.« Robert sprach jetzt so gefasst und sachlich, als stünde er im Gerichtssaal. »Oben an der Treppe. Unter dem Baum im Garten. Für mich ist sie noch so wirklich …« Erwartungsvoll sah er Louisa an.

»Es ist noch kein Jahr her, Rob. Meiner Meinung nach ging bei dir anschließend sowieso alles zu schnell.« Louisa tupfte sich mit dem Saum ihres Shirts den Hals ab. »Da ist es kein Wunder, wenn du Gespenster siehst.«

»Bei mir ging also alles zu schnell? Das ist nicht schlecht, Louisa. Das ist wirklich nicht schlecht.« Robert trat noch einmal gegen das Tor, ging zornig ein paar Schritte weiter und kam wieder zurück. »Meine Frau verunglückt im April. Zwei Monate nachdem du diesen William Soundso geheiratet hast, den du erst ein paar Wochen vorher auf einer Weihnachtsfeier kennengelernt hattest …«

»Willem!«, unterbrach Louisa ihn mit schneidender Stimme. »Der Name meines Mannes ist Willem van Holten. Und richtig, wir haben uns auf einer Weihnachtsfeier kennengelernt und acht Wochen später geheiratet. Und ebenso richtig, zwei Monate später war Jenna tot …« Louisa holte tief Luft. »Es ist eine Tatsache, dass wir beide niemals zusammenkommen werden, weil immer einer von uns verheiratet ist.« Sie sprintete plötzlich los wie ein nervöses Rennpferd, wohl wissend, dass Robert keinen Versuch unternehmen würde, ihr zu folgen.

Er starrte noch weitere zwanzig Minuten über das Gatter hinweg in die Ferne, bevor er sich auf den Rückweg nach

Martock machte. Wir werden nie zusammenkommen, dachte er und fragte sich, was Louisa, die es normalerweise an heiterer Gelassenheit mit einem buddhistischen Mönch aufnehmen konnte, so aus der Fassung gebracht hatte.

Erin und Ruby befanden sich im Speisesaal. Ruby bediente sich gerade am reichhaltigen Frühstücksbüfett, während Erin gedankenverloren an ihrem schwarzen Kaffee nippte. Selbst als Ruby Robert freudig begrüßte, hob Erin den Blick nicht von der gestärkten weißen Tischdecke.

»Hallo.« Robert gab seiner Frau einen Kuss auf den Kopf. Er hatte rasch geduscht und Jeans sowie ein grün gestreiftes Hemd angezogen. Sein dunkles Haar war noch feucht und glänzte im gedämpften Lampenlicht. »Isst du nichts?«, fragte er. Er hatte für den Tag einen Ausflug nach Sherborne Castle geplant, da er nicht die geringste Lust verspürte, die Hochzeitsfeier von Louisas Cousine mitzuerleben. Zwar war Louisa nicht die Braut, doch er fürchtete, es nicht einmal ertragen zu können, sie als Erste Brautjungfer zu sehen. Er nahm zwischen Mutter und Tochter Platz.

»Hat das Laufen Spaß gemacht?« Erins Stimme klang so bitter wie ihr schwarzer Kaffee.

»Ja, danke.« Robert entfaltete seine Serviette, während die Kellnerin die Bestellung aufnahm.

»Du bist mit Louisa gelaufen.«

»Dad, können wir zu dem Schloss fahren, von dem du uns erzählt hast?« Als Ruby ihr Würstchen durchschnitt, rutschte ein Stück über den Tellerrand auf den Tisch.

»Du hättest wenigstens fragen können, ob ich mitkommen will.« Erin legte verneinend die Hand auf ihre Tasse, als die Kellnerin ihr noch einen Kaffee anbot.

»Ich wusste nicht, dass du gerne joggst.«

»Magst *du* es denn etwa?« Erin stand auf und begab sich mit energischen Schritten zum Ausgang des Speisesaals.

»Sicher können wir zu dem Schloss fahren, Ruby«, sagte Robert und rührte in seiner Tasse. Im gleichen Augenblick bemerkte er, wie Louisa und Erin in der Tür aneinander vorbeiliefen. Sie taten, als würden sie sich nicht kennen.

9 Als ich wach werde, bin ich ganz nass. Das Laken, meine Beine, mein flauschiger Schlafanzug – alles ist durchweicht von etwas, das nach warmem, feuchtem Tier riecht. Mutter wird wütend sein, wenn sie sieht, was ich angerichtet habe. Ich habe doch schon seit Jahren nicht mehr ins Bett gemacht. Als ich die Nachttischlampe einschalte, sehe ich, dass es nicht nur Pipi ist. Es ist auch Blut dabei. Ich stehe auf, um meinen Morgenmantel zu holen, und pinkele dabei immer weiter. Bei jedem Schritt läuft mir warme Flüssigkeit die Beine hinunter. Ich kann sie einfach nicht einhalten.

Ich jammere leise, als ich daran denke, dass ich für diese Bescherung eine ordentliche Tracht Prügel bekommen werde. Ich schiebe die Schlafanzughose hinunter, die ganz durchnässt und voller Blutflecke ist. Ich ziehe sie ganz aus und verstecke sie unter dem Bett. Dann hole ich meinen Eimer und hocke mich darauf. Wenn das so weitergeht, wird er in ein paar Minuten voll sein. Sie haben ihn gestern nicht geleert, und ich überlege, ob ich es aus dem Fenster kippen soll.

Ich schaue auf die Uhr. Noch zwanzig Minuten bis Mitternacht. Das neue Jahr hat schon fast angefangen. Mutter hat gesagt, dass sie heute Nacht auf einer Party bei Onkel Gustaw und Tante Anna sind. Sie werden leckere *pierogi, cwibak* und *piernik*-Honigkuchen essen und den Kindern erlauben, am süßen *miod pitny* zu nippen. Er wird immer in den kleinen Keramikschälchen serviert, die wie Fische aussehen und nach Tante Annas muffigem Schrank riechen. Wie im letzten Jahr wird Onkel Gustaw um Mitternacht das Waldhorn blasen. Das hat er, seit ich denken kann, an jedem Silvester getan.

Mutter blickte mir scharf in die Augen, als sie mir von der Feier erzählte. Sie hielt den Atem an, gespannt, ob ich sagen würde, dass ich mitkommen will. Ich musste daran denken, wie sie alle beisammensitzen würden und lachen, tanzen, singen, essen und trinken, bis das neue Jahr beginnt. Meine Cousins würden lärmend herumtoben, den Erwachsenen Streiche spielen und heimlich ein bisschen Alkohol trinken. Als mir klar wurde, dass ich überhaupt nicht eingeladen war, schlug ich schnell die Augen nieder, weil ich die Genugtuung in Mutters Gesicht nicht sehen wollte, ihre verkniffenen Lippen und den hämischen Blick ihrer trüben, wässrigen Augen.

Mutter kam es gar nicht in den Sinn, dass ich mich viel zu sehr schämte, um sie begleiten zu wollen. Außerdem hatte ich viel zu viel Angst. Mit ausdruckslosem, abgewandten Gesicht stand ich da, um nicht den Anschein zu erwecken, als wäre ich enttäuscht. Da fiel mir etwas Schreckliches ein.

Was wäre, wenn *er* herkommen und nach mir suchen würde?

In den frühen Morgenstunden werden meine Eltern Hand in Hand nach Hause gehen, mit frischen, kühlen Wangen, ein bisschen beschwipst, und sich wieder jung fühlen und aufgeregt und wie von innen gewärmt. Die ganze Wystrach-Familie, meine Onkel und ihre Frauen und Schwestern, Cousins, Tanten, Mütter und meine *babka* begrüßen das neue Jahr auf ihre Art und Weise – unter den wachsamen Augen meiner Mutter und ihrer Schwägerin, meiner Tante Anna. Es ist die einzige Nacht des Jahres, in der sich alle mal ein bisschen gehen lassen.

Ich krümme mich vor Schmerz zusammen und lasse mich aufs Bett fallen. Es tut so weh! Ich habe Bauchkrämpfe. Vielleicht war das Essen schlecht, oder ich habe zu wenig gegessen. Ich presse mein Gesicht ins Kissen und beiße die Zähne zusammen, und mit einem Mal vergeht der Schmerz so schnell, wie er gekommen ist. Zitternd stehe ich wieder auf. Mir läuft noch mehr Pipi über die Beine. Also werfe ich mir nur den Morgenmantel über und lege mich erneut ins Bett. Am Morgen wird alles ganz anders aussehen. Das hat Mutter immer zu mir gesagt, als sie mich noch mochte. Ich schlafe ein.

Ich träume vom Weihnachtstag, als sie mir mehr als sonst zu essen gegeben und mir einen Knallbonbon aufs Tablett gelegt haben. Mit wem sollte ich ihn denn knallen lassen? In meinem Traum verwandelte sich der Knallbonbon in ein langes Tranchiermesser. Und als sie kamen, um das Tablett zu holen, stieß ich es ihnen in den Bauch. Weil das Knallbonbonmesser so scharf war, drang es ganz leicht in ihr Fleisch. Auf einmal ist der Schmerz in meinem Bauch wieder da. Ich bäume mich auf und schreie. Mit beiden Händen umklammere ich die Eisenstangen am Kopfteil meines Bettes, so fest, dass meine Knöchel ganz weiß werden. Ich schreie abermals. Der Schrei kommt von so tief unten, dass ich gar nicht glauben kann, dass ich es bin, die da schreit.

Als ich aufzustehen versuche, sinke ich zu Boden und schlage mir den Kopf an. Ich spüre es kaum. Doch den Schmerz, der meinen Leib umklammert hält und an meinem Rückgrat auf- und niederfährt, den kann ich kaum noch ertragen. In den kurzen Pausen zwischen den Krampfanfällen dämmert mir, dass mein Baby jetzt kommt. Wo ist Mutter? Immer wenn ich zwischen den Schmerzen genug Luft bekomme, rufe ich nach ihr.

Ich ziehe mein Kissen vom Bett und döse ein wenig auf dem Fußboden. Unter dem Bett entdecke ich einige alte Spielsachen – die Puppe Patricia, ein schmuddeliges rosa Kaninchen, einen Stapel Enid-Blyton-Bücher und das Brettspiel »Schlangen und Leitern«, das *er* mir vor zwei Jahren zum Geburtstag geschenkt hat. Es sollte mich an unsere Spielchen erinnern, hat er gesagt. Er hatte die Schachtel in Silberfolie eingewickelt und die Schleife von einer Pralinenschachtel darumgebunden. Und dann sagte er, ich solle es einfach vergessen. Was? Dass er mir das Spiel geschenkt hat? Nein, das andere, sagte er und lachte mich aus.

Ich ziehe die Knie an den Bauch, aber das hilft auch nichts. Mein Gesicht verzerrt sich, weil eine neue Welle von Schmerz durch meinen Leib rast.

»Mutter …!«

Irgendwie schaffe ich es, auf die Beine zu kommen. Ich beuge mich vornüber, stütze mich mit den Armen auf dem Bett ab und schwanke bei jedem neuen Schmerz hin und her.

Ich verdrehe die Augen und keuche und japse, bis mir ganz schwindlig ist. Dann wird mir schlecht. Ich erbreche wässrige Flüssigkeit auf die Tagesdecke. Ich kann nicht länger stehen und falle auf die Knie.

»Helft mir doch! Mutter …«

Dann schlafe ich wieder ein, den Kopf auf den Bodendielen, meinen gewölbten Bauch zwischen den Knien. Ich träume von *ihm*, und als die nächste Schmerzwelle mich weckt, bin ich schweißgebadet. Ich keuche vor Angst, weil der Traum so wirklich war, dass ich denke, er ist bei mir im Zimmer. Ich schaue mich um. Er ist nicht da.

Plötzlich spüre ich den Drang zu pressen. Mit angehaltenem Atem kauere ich mich wie ein Hund auf den Boden. Dann fange ich an zu schreien, weil es da unten wie Feuer brennt. Ich schreie und schreie, bis ich keine Luft mehr kriege. Warum kommt denn keiner und hilft mir? Ich bin ganz allein im Haus.

Erschöpft lasse ich die Stirn auf den Fußboden sinken und sehe wieder die Schachtel mit dem Spiel. Die Packung ist noch wie neu. Ich greife unter das Bett und ziehe die Schachtel durch den Staub zu mir her. Ein Spiel für zwei oder mehr Spieler. Ich öffne den Deckel und nehme das Spielbrett heraus. Mit gelben Leitern, grünen und roten Schlangen. Ein Plastiktütchen mit Spielsteinen und zwei Würfel. Ich reiße das Tütchen auf, würfle und schiebe einen der Spielsteine fünf Felder weiter.

Doch dann kommt der Schmerz wieder. Ich bäume mich auf und kralle meine Hände in den Metallrahmen des Bettes und heule wie ein Wolf und spanne alle Muskeln an und presse. Als es mir wie ein glühendes Eisen durch den Leib fährt, weiß ich, dass ich gleich sterben muss.

Ich bin auf einer Leiter gelandet, die mich direkt bis Feld 34 bringt. Hurra! Ich würfle eine Sechs und dann eine Drei und komme wieder auf eine Leiter. Mit einer Zwei wäre ich auf der kleinen Schlange gelandet. Ihr Gesicht erinnert mich an *ihn*. Dieses ölige, lederartige Gesicht mit Lidern, die zu schwer für seine schwarzen Knopfaugen sind. So lang und schwer wie die Gardinen in unserem Wohnzimmer.

Schon wieder der Schmerz. Ich beiße in den Bettrahmen und breche mir dabei ein Stück vom Zahn ab. Ich suche Kühle, weil ich innerlich verbrenne. Ich glühe wie eine Raumkapsel beim Eintritt in die Erdatmosphäre. Ich lege einen zweiten Spielstein auf Start, für ihn. Dann kann ich so tun, als würde er mitspielen. Ich will ihn besiegen. Damit es schneller geht, nehme ich beide Würfel. Ich würfle wie besessen, immer abwechselnd für mich und ihn, und die Spielsteine klettern hoch und rutschen wieder runter, immer weiter, bis ganz nach oben. Trotz meines Vorsprungs holt er auf. Sprosse für Sprosse nimmt er. Immer näher kommt seine Glatze mit den Muttermalen. Jetzt bin ich nur noch eine Stufe über ihm, zusammengekauert auf Feld siebenundfünfzig. Wenn er jetzt eine Hand ausstreckt, kann er meinen Fußknöchel packen.

Ich fasse mir zwischen die Beine. Da ist etwas. Etwas Rundes drückt sich heraus, wie ein nasses kleines Tier. Ich breche in kreischendes Lachen aus. Es geht in ein seltsames Geheul über, das mir selbst fremd in den Ohren gellt. Der Drang zu pressen wird übermächtig. Ich glaube, wenn ich jetzt nicht weiterpresse, sterbe ich. Ich brenne und brenne. Ich schreie nach meiner *babka*. Sie wird mir helfen. Aber sie weiß ja noch nicht einmal, dass ich ein Baby bekomme. Drei Uhr sechsunddreißig. Wo bleiben sie bloß? Ich kann wieder leichter atmen. Eine Atempause. Ich lasse den Würfel rollen. Er wird mich einholen, ganz bestimmt. Er ist nur noch drei Felder hinter mir.

Instinktiv ziehe ich das Kissen näher zu mir heran. Dann zerre ich die Steppdecke vom Bett und mache mir daraus ein Nest. Dabei stoße ich kleine, wimmernde Tierlaute aus. Aus meinem Inneren kommt ein warmer Milchgeruch. Jetzt ist es so weit. Halb sitzend, halb liegend stütze ich mich auf die Ellbogen und spreize die Beine, so weit, wie es geht. Es quillt aus mir heraus. Für einen Augenblick wird alles schwarz und still – das Auge des Sturms. Dann durchfährt mich ein schneidender Schmerz, der mir jedoch nach dem Schlangen-und-Leitern-Spiel mit *ihm* geradezu erträglich erscheint.

Groß und drohend steht er über mir und schaut auf mich herab. Ein bisschen Spucke sammelt sich in den Winkeln seines breiten, hungrigen Mundes, er lacht, weil es mich jetzt zerreißt. Mit der Spitze seines glänzenden Stiefels stupst er gegen meine Hüfte. Seine Finger kriechen über meinen Körper. Jetzt ist der Kopf draußen. Eine kleine Weile ohne Schmerz. Ein winziges blinzelndes Gesichtchen zwischen meinen Beinen, während mein eigener Kopf rot und erschöpft nach hinten gesunken ist. Es stößt ein leises Piepsen aus. Gleichzeitig spüre ich, wie sein kleiner Körper in mir erzittert. Dann, mit einem letzten stechenden Krampf, rutscht es ganz aus mir heraus und liegt inmitten von Schleim und Blut auf der Steppdecke. Hastig greife ich nach meinem Baby, damit *er* es nicht in die Finger bekommt. Ohne einen Blick auf den kleinen Körper zu werfen, presse ich es an mich, um es vor der Gestalt zu verbergen, die jetzt neben mir kniet. Er drückt mich auf die Decke, seine schmalen Lippen suchen meinen Mund, seine glatten, feuchten Hände fahren über meinen eingefallenen Bauch.

Als ich den Mund des Babys an meine Brustwarze drücke, strampelt es ungehalten mit den Beinen. Da sehe ich, dass ich ein kleines Mädchen habe, geboren am ersten Tag des neuen Jahres.

Auf einmal rutscht noch etwas Dickes, Warmes aus mir heraus, das nach roher Leber riecht. Ich lasse es zwischen meinen Beinen liegen. Die Gestalt legt einen Finger auf ihren Mund und gebietet mir damit, für alle Zeit zu schweigen. Dann löst sie sich in Luft auf. Zurück bleibt nur ein leichter Nikotingeschmack auf meinem Mund.

Ich rolle mich zusammen und presse mein Baby dicht an mich, um es warm zu halten. Ich zittere und bete, dass er nicht zurückkommt. Die Steppdecke ist triefend nass, trotzdem lege ich sie mir um die Schultern. Ich bin todmüde, und als ich schon fast eingeschlafen bin, fällt mir ein, dass wegen Onkel Gustaw meine Tochter zugleich auch meine Cousine ist.

10

Jed Bowman war nicht begeistert, als Robert ihn bat, in einer halben Stunde wiederzukommen. Sein ohnehin schon gerötetes Gesicht wurde noch eine Spur dunkler, und seine kalten Augen musterten Robert von oben bis unten, als überlegte er, wohin er am besten schlagen sollte. Robert schloss die Eingangstür hinter Jed ab, damit er und Tanya ungestört waren. Den war den ganzen Morgen auf einer Sitzung, und Alison, seine Sekretärin, hatte sich krank gemeldet. Sie beide hatten also die Kanzlei für sich allein.

»Gut. Und jetzt gehen Sie ans Telefon.« Ein wenig schuldbewusst stellte Robert fest, dass er mit Tanya sprach wie ein Lehrer mit einem unfolgsamen Kind. Doch auch wenn sie Erins Laden am vergangenen Samstag noch so gut gehütet hatte, konnte sie hier ihre Sachen packen, wenn es ihr nicht gelang, Rubys Geburtsurkunde aufzutreiben.

»Stellen Sie auf ›Lautsprecher‹«, sagte er.

»Hier Standesamt Northampton, guten Morgen. Womit kann ich Ihnen helfen?«

»Hallo«, sagte Tanya. »Ich rufe wegen der Kopie einer Geburtsurkunde an.«

»Bleiben Sie bitte dran, ich versuche, Sie durchzustellen.«

»Die sind ständig beschäftigt«, beklagte sich Tanya mit einer Hand auf dem Telefonhörer. Ihr Chef starrte missmutig auf sie herab. Als sie ihn so sah – mit steifem Rücken, die Arme über der breiten Brust verschränkt –, wusste Tanya, dass er sich nicht abwimmeln lassen würde. Dabei hatte sie ihn in all den Jahren als seine Assistentin immer für einen vernünftigen Mann gehalten …

Eine Bandansage teilte ihr mit, dass sie die Fünfte in der Warteschleife war. Während sie warteten, las Robert noch einmal das Schreiben vom Standesamt: »... leider nicht möglich, aufgrund Ihrer Angaben eine Kopie der betreffenden Geburtsurkunde auszustellen ... fanden sich keine Unterlagen zu Ruby Alice Lucas, geboren 1. 1. 1992 ...« Die Angaben stimmten. Vielleicht lautete Rubys zweiter Vorname ja anders oder Ruby war überhaupt nur ein Spitzname. Er würde Erin danach fragen. Er brauchte korrekte Angaben.

Während sie auf die Verbindung zu einem Sachbearbeiter warteten, zog Robert in Erwägung, dass Erin ihrer Tochter nach der Trennung von ihrem Mann möglicherweise ihren eigenen Mädchennamen gegeben hatte. Vielleicht war es eine Art Trotzreaktion gewesen, mit der sie sich endgültig von dem Mann lösen wollte, den sie nicht mehr liebte. Ein solches Verhalten war Erin durchaus zuzutrauen – stolz und auf ihre Unabhängigkeit bedacht, wie sie nun einmal war. Ruby war jedoch vermutlich unter dem Familiennamen ihres Vaters registriert worden. Das würde erklären, warum ihre Geburtsurkunde unter Ruby Lucas nicht aufzutreiben war.

Verständlicherweise hatte Erin nie von Rubys Vater gesprochen, und Robert war auch nicht sonderlich auf Einzelheiten erpicht gewesen. Er hatte allerdings angenommen, dass Lucas der Name ihres ersten Ehemannes gewesen war. Robert hatte sie nie danach gefragt, zum einen, weil es ihm nicht wichtig erschien, und zum anderen, weil er aus bitterer Erfahrung wusste, wohin es führen konnte, wenn man zu tief im Privatleben eines anderen Menschen herumwühlte. Um seine Beziehung zu Erin nicht zu strapazieren, hatte er sich daher mit ihren spärlichen, unverbindlichen Auskünften zufriedengegeben. Dass ihn diese Art von Selbstschutz frustrierte, mochte er sich nicht eingestehen.

»Standesamt, Urkundenstelle. Was kann ich für Sie tun?«

Tanya wollte gerade etwas sagen, da riss Robert ihr den Hörer aus der Hand. Er wollte nicht, dass die Frau auf dem Standesamt schon wieder alles vermasselte. Die Zeit wurde langsam knapp.

»Hallo … ja … Vor etwa einer Woche habe ich dringend darum gebeten, dass Sie mir von der Geburtsurkunde meiner Stieftochter eine Kopie zuschicken. Daraufhin haben Sie mir geschrieben, dass Sie die Urkunde nicht finden könnten. Würden Sie bitte noch einmal nachschauen? Schließlich gibt es meine Stieftochter ja, ich habe sie immerhin heute Morgen noch gesehen.« Ein humorvoller Ton schien Robert angeraten, um die Sachbearbeiterin bei Laune zu halten. Sie konnte die Sache sonst endlos kompliziert machen.

»Haben Sie zufällig die Betreffnummer unseres Schreibens?«

Robert las die Nummer langsam vor, während die Angestellte sie in ihren Computer eintippte.

»Nein, tut mir leid. Da steht, dass es keine Unterlagen …«

»Das ist mir schon klar. Ich habe den Brief ja hier. Ich möchte aber wissen, *warum* es keine Unterlagen gibt.«

Robert, der inzwischen auf der Kante von Tanyas Schreibtisch saß, nannte noch einmal Rubys vollen Namen und ihr Geburtsdatum, doch die Frau unterbrach ihn. Offensichtlich dachte sie an die anderen Leute in der Warteschleife.

»Ihre Angaben auf dem Antrag waren völlig ausreichend. Ich kann es mir nur so erklären, dass der Name des Kindes nicht stimmt oder, was wahrscheinlicher ist, dass die Geburt nicht hier bei uns gemeldet wurde. Ansonsten weiß ich nicht, warum wir keine Eintragung finden. Vielleicht gehen Sie die Angaben noch einmal genau mit der Mutter des Kindes durch. Nur um sicherzustellen, dass Sie sich alles richtig gemerkt haben.«

»Ich denke, dass ich den Namen meiner Stieftochter korrekt nennen kann«, erwiderte Robert ungehalten. »Könnten Sie nicht mal alle Eintragungen für das entsprechende Geburtsdatum überprüfen lassen?«

»Tut mir leid, Sir, aber für so etwas haben wir weder das Personal noch die Zeit. Wenn wir …«

»Danke für Ihre Hilfe.« Robert legte abrupt den Hörer auf und biss sich auf die Lippen. So kam er nicht weiter. Er goss sich einen Kaffee ein und hätte fast vergessen, Tanya zu fragen, ob sie auch eine Tasse wollte. Sie nickte, als er ihr eine anbot, und eine Zeitlang tranken sie schweigend, jeder mit seinen eigenen Gedanken beschäftigt.

Er musste sich bei Rubys Geburtsdatum geirrt haben, dachte Robert. Wenn er Erin danach fragte, würde sie wahrscheinlich reagieren wie jede Frau, deren Mann ein wichtiges Datum vergessen hatte und unter fadenscheinigen Ausreden zu spät mit einem Geschenk ankam.

»Erster Januar neunzehnhundertzweiundneunzig«, murmelte er versonnen, und dann: »Einunddreißigster Dezember einundneunzig.« Es war mit Sicherheit der erste Januar, dachte er. Aber vielleicht einundneunzig?

Das Einzige, was er zu seiner Entschuldigung vorbringen konnte, war, dass er keine Erfahrung als Vater hatte. Bevor er sich in Erin verliebt hatte, hätte er sich niemals träumen lassen, einen Teenager zu adoptieren. Aber Ruby gehörte nun einmal dazu. Vater sein war eine schwere und zuweilen undankbare Aufgabe, doch sie drei gehörten für immer zusammen. Er wählte Erins Nummer.

»Floristik taufrisch, Erin am Apparat.«

Als Robert die Stimme seiner Frau hörte, fiel die Anspannung von ihm ab. Nach allem, was er mit Jenna durchgemacht hatte, war es wohl ganz normal, dass er misstrauisch war. Er musste zugeben, dass Louisa recht gehabt hatte. Es war wirklich alles zu schnell gegangen. Obwohl … wenn er damals nicht umgekehrt wäre, um seinen Schirm zu holen, und Erin angesprochen hätte …

»Hallo, mein Schatz. Hast du einen Augenblick Zeit?«

»Ja, im Moment ist niemand im Laden. Was gibt's denn?«

»Sag mir doch noch mal Rubys Geburtsdatum und den Geburtsort. Die Leute auf dem Standesamt können den Eintrag nach wie vor nicht finden, und sie braucht doch für Wien einen Reisepass.« Robert zog Tanyas Schreibtischschublade auf und nahm einen Stift heraus. Er klemmte den Hörer zwischen Schulter und Kinn und war bereit zu schreiben. »Erin?«

»Fang nicht schon wieder damit an, Robert. Wir wollten doch nicht mehr von dieser Klassenfahrt reden.«

Robert lächelte Tanya zu. Er hätte nicht so unfreundlich zu ihr sein sollen. Schließlich war sie eine loyale Mitarbeiterin und immer sehr bemüht, ihm alles recht zu machen. Sie lächelte zurück und tippte weiter am Computer.

»Was meinst du damit, Erin?« Robert zwang sich, die Stimme zu dämpfen. »Wie kannst du das so einfach abtun, wenn es doch um deine Tochter geht?«

»Eben«, erwiderte sie prompt. »Es ist *meine* Tochter.«

Robert seufzte. Darüber wollte er sich in Tanyas Gegenwart nicht streiten. »Könntest du mir bitte wenigstens bestätigen, dass ihre Geburt unter dem Namen Lucas beim Standesamt von Northampton registriert wurde? Du hast doch gesagt, sie ist dort geboren, nicht? Mal ganz abgesehen von der Klassenfahrt braucht sie auf jeden Fall einen Pass. Es sei denn, du willst nie wieder in Urlaub fahren.«

»Ich muss jetzt Schluss machen, Robert. Ich habe einen Kunden. Tschüss.« Erin hauchte einen Kuss in den Hörer, bevor sie auflegte.

Jed Bowman tauchte nicht wieder auf. Die Zeit, die er für ihn eingeplant hatte, nutzte Robert, um noch einmal die ganzen schmutzigen Einzelheiten in der Akte durchzugehen. Der Fall zog sich hin; er hätte längst abgeschlossen sein sollen. Eigentlich war es ein Fall wie tausend andere, nur mit vertauschten Rollen.

Der Mann will das alleinige Sorgerecht für seine beiden

Kinder. Die Frau ist Alkoholikerin, drogensüchtig und misshandelt die Kinder, die bislang noch nicht einmal gefragt wurden, bei wem sie leben wollen. Der Mann hat jetzt eine eigene Wohnung und einen Job. Ende der Geschichte.

»Tja, schön und gut«, murmelte Robert vor sich hin und lehnte sich in seinem Schreibtischsessel zurück. »Wenn es bloß nicht um diesen verdammten Jed Bowman ginge.« Als er den Blick hob und Tanya in der Tür stehen sah, schämte er sich ein wenig, dass er mit sich selbst geredet hatte.

»Da ist jemand, der Sie sprechen möchte, Mr Knight. Mary Bowman.«

Rasch kam Robert hinter dem Schreibtisch hervor und schloss die Tür.

»Mary Bowman – etwa Jeds zukünftige Exfrau?«

»Genau die.« Tanya wirkte ganz aufgekratzt. Solche unerwarteten Ereignisse machten ihr einen diebischen Spaß.

»Hat sie gesagt, was sie will?«

»Nur, dass sie mit Ihnen sprechen muss. Soll ich sie reinführen?«

Robert zögerte einen Augenblick lang. Als Jeds Anwalt durfte er sich eigentlich nicht mit der gegnerischen Partei unterhalten, aber Den war noch nicht von seiner Sitzung zurück, und Tanya würde in ihrem eigenen Interesse so klug sein, den Mund zu halten. Außerdem hatte Robert den Eindruck, dass bei diesem Fall irgendetwas nicht stimmte. Und da die Zukunft und das Glück von Kindern auf dem Spiel standen, fühlte er sich verpflichtet, Mary Bowman wenigstens anzuhören. Flüchtig kam ihm Ruby in den Sinn.

»Bringen Sie sie herein.«

Mary war klein, vermutlich noch nicht einmal einen Meter sechzig. Die Mittdreißigerin trug ein altmodisches, beige und blau gemustertes Polyesterkleid, in dem sie zwanzig Jahre älter aussah. Robert konnte sich erinnern, dass seine Mutter ein ähnliches Kleid besessen hatte.

Marys schmales Gesicht war zum großen Teil hinter einer gleichfalls unmodischen, riesigen Sonnenbrille verborgen; ihre mausbraunen Haare hingen glatt und schlecht geschnitten bis auf die Schultern. Offensichtlich hatte sie versucht, sich für den Anlass hübsch zu machen, wirkte jedoch wie eine Frau mit wenig Geld, wenig Selbstachtung und ohne Hoffnung. Robert war überrascht, dass sie es überhaupt fertiggebracht hatte, in die Kanzlei zu kommen. Auf ihn machte Mary Bowman den Eindruck eines Menschen, der sich nur noch mit einem Finger ans Leben klammerte.

Als Robert ihr die Hand schüttelte, bemerkte er, dass ihre Finger eiskalt waren und leicht zitterten. Sie trug keinen Ring. Er schickte Tanya, die offensichtlich gern dageblieben wäre, aus dem Zimmer und bat die Besucherin, Platz zu nehmen.

Zögernd ließ sich Mary Bowman auf der Kante des Besuchersessels nieder und wartete reglos und mit gesenktem Kopf, bis sich Robert seinen Schreibtischsessel herangezogen und ihr gegenübergesetzt hatte. Dann sah sie langsam auf und nahm die Sonnenbrille ab. Ihre Bewegungen waren so mühsam und schwerfällig, als hingen Bleigewichte an ihren Armen. Mit ausdrucksloser Miene blickte sie an Robert vorbei ins Leere. Als Robert ihr Gesicht sah, wusste er alles über den Fall Bowman gegen Bowman. Marys Nase war gebrochen – ein dicker geschwollener Wulst zog sich über den Nasenrücken, und die zarte Haut um ihre Augen hatte die Farbe überreifer Pflaumen, was durch ein zu dunkles Make-up nur unzureichend verdeckt wurde.

Unwillkürlich zog Robert scharf die Luft ein. Seitdem er seine Ausbildung beendet hatte, war er als Anwalt für Familienrecht tätig und hatte in dieser Zeit einige schwere Fälle erlebt. Doch nun, da Mary Bowman – sozusagen als lebender Beweis – vor ihm saß, kamen ihm erhebliche Zweifel, ob er Jed Bowman weiter vertreten sollte. Dabei ging es nicht nur darum, dass es sich hier um eine Vertretung im Rahmen der gesetzlichen Rechtshilfe handelte. In der Vergangenheit hatte es Robert mit ähnlich unappetitlichen Fällen zu tun gehabt, wo Männer, die Autos für hunderttausend Euro fuhren, ihre Frauen prügelten. Seltsamerweise war ihm so etwas früher nicht derart nahe gegangen.

»Womit kann ich Ihnen helfen?« Wie blödsinnig seine Frage klang! Wer konnte dieser Frau schon helfen?

»Ich wollte Ihnen nur sagen, dass ich aufgebe.« Mary Bowman faltete die Hände im Schoß, als wollte sie ihren Worten dadurch Nachdruck verleihen. »Ich bin eine unfähige Mutter und will meine Kinder nicht behalten.« Sie fuhr sich mit der Hand durchs Gesicht und verschmierte dabei ihren Lippenstift.

Robert war wie vor den Kopf geschlagen. Damit hatte er nicht gerechnet. Gewiss, ihre Entscheidung würde dafür sorgen, dass die Akte endlich von seinem Schreibtisch verschwand, doch nachdem er Mary Bowmans verwüstetes Gesicht gesehen hatte, erschien ihm das so grausam, als würde er Ruby wieder auf ihre alte Schule schicken.

»Das hat das Gericht zu entscheiden«, sagte er. »Ihr Anwalt wird Sie nach besten Kräften vertreten und der Beauftragte der Fürsorge wird sicherstellen, dass die Rechte Ihrer Kinder gewahrt werden. Am Ende wird der Richter festlegen, was für die Kinder das Beste ist. Als Rechtsbeistand Ihres Mannes habe ich die Pflicht …« Robert zögerte. Angesichts der Frau, die dort vor ihm saß, verlor seine Pflicht gegenüber Jed Bowman beträchtlich an Bedeutung.

Durch die Anwesenheit der Beklagten hier in seinem eigenen, vierzig Quadratmeter großen Büro mit dem schiefergrauen Teppichboden, dem Mahagonischreibtisch und den Aquarellen an den eichengetäfelten Wänden, bekam der Fall ein menschliches Gesicht. Robert holte tief Luft, bevor er weitersprach: »… die Pflicht, Ihren Mann vor Gericht zu vertreten. Und da es Beweise gibt, dass die Kinder vernachlässigt wurden, und Ihr Verhalten, zum Beispiel der Ehebruch …«

»Hier sind die Beweise für Jeds Verhalten.« Mary strich sich das Haar aus dem Gesicht und drehte ihr Gesicht zum Fenster. Die Verletzungen waren beträchtlich. »Ich gebe auf, weil ich einfach nicht mehr kann. Selbst wenn ich die Kinder zugesprochen bekomme, wird er mich niemals in Ruhe lassen. Eure ganzen dummen Gesetze können ihn nicht von mir fernhalten, nachdem er mich mit seinem Bruder erwischt hat. Das hat ihm mehr zugesetzt als alles andere.« Sie wandte sich wieder zu Robert um. »Da ist in seinem Gehirn was ausgehakt.« Sie zog ein Päckchen Zigaretten aus der Handtasche und steckte sich eine an, ohne Robert zu fragen. »Ich werde immer das Eigentum dieses Mannes sein, egal, wie der Richter entscheidet. Ich hoffe, Sie können bei dem Gedanken gut schlafen.«

»Einen Augenblick mal.« Wie viel Mitleid er auch mit dieser misshandelten Frau haben mochte, in seiner Berufsehre ließ sich Robert nicht kränken. »Was zwischen Ihnen und Jed vorgeht, ist nicht meine Sache. Wenn es Jed einfällt, Sie für den Rest Ihres Lebens jeden Tag zu verprügeln, dann geht mich das nichts an.« Ob es nun am Kaffee oder am Zigarettenqualm lag oder an seinem schlechten Gewissen – Robert hatte einen bitteren Geschmack im Mund, der sich hartnäckig hielt, sooft er auch schluckte. »Meine Sache ist es, im Auftrag Ihres Mannes die Scheidung einzureichen und das alleinige Sorgerecht für die Kinder zu beantragen. Für zwei hilflose Kinder, die mitansehen müssen, wie ihr Vater ihre Mutter verprügelt, und die zu hören bekommen, dass ihre Mutter mit ihrem Onkel geschlafen hat. Ganz zu schweigen von den Drogen und dem Alkohol und davon, dass die Kinder nur unregelmäßig zur Schule gehen.« Robert verstummte und rief sich selbst zur Ordnung. Er befand sich hier schließlich nicht im Gerichtssaal und Mary war schon gestraft genug.

Mary schnaubte, wobei eine Wolke Tabaksqualm aus ihren Nasenlöchern quoll. »Hat er Ihnen das erzählt? Dass ich Alkoholikerin bin und Drogen nehme?«

Robert ging zum Fenster und öffnete es. Mit der feuchtwarmen Luft drangen der Verkehrslärm und der Gestank nach Autoabgasen ins Zimmer. Er starrte hinunter auf das Heer der Einkaufenden, auf die Frauen mit den Kinderwagen, die Büroangestellten, Autos, Taxis ... Sie alle konnten ihren Geschäften nachgehen, ohne bedroht und eingeschüchtert zu werden. Als er an Jenna und Ruby dachte, die beide unter Nachstellungen und Schikanen gelitten hatten, schnürte ihm das schlechte Gewissen beinahe die Kehle zu. Er drehte sich um, ging zu Mary hinüber und zog seinen Sessel noch dichter an sie heran. Nachdem er sorgsam die Bügelfalten seiner maßgeschneiderten Hose hochgezogen hatte, setzte er sich und nahm ihre Hand. Dabei klingelten alle Alarmglocken in seinem Kopf. Er konnte geradezu hören, wie sich Den aufregen würde, wenn er von der Dummheit seines Partners erfuhr. Er sah sich selbst, wie er seine Habseligkeiten zusammenpackte und sein Büro räumte – die vornehme, kostspielige Zimmerflucht, die er und Den sich nur mit Mühe leisten konnten. Doch dann tauchte Ruby in ihrer alten Schuluniform vor seinem inneren Auge auf, wie sie von den Nachwuchs-Jed-Bowmans dieser Welt drangsaliert wurde. Genau wie Mary war auch sie ein Opfer gewesen, bis er die Sache in die Hand genommen und sie zu einer anderen Schule gebracht hatte. Und dann Jenna, die er so lange mit seinem Misstrauen und seiner Eifersucht verfolgt hatte, bis sie es nicht mehr aushielt. Dabei spielte es gar keine Rolle, dass sein Verdacht begründet gewesen war. Noch bevor sie die geringste Chance gehabt hatte, sich zu verteidigen, hatte er Jenna zum Tode verurteilt. Er hatte sich zum Richter über Leben und Tod aufgeschwungen. Robert schüttelte den Kopf, um die quälenden Gedanken loszuwerden, die jetzt und hier nichts zu suchen hatten.

»Erzählen Sie mir alles, Mary. Von Anfang an.«

Mary senkte den Kopf. Bevor sie begann, bat sie um ein Glas Wasser.

11

Robert verließ früh das Büro. Seit Mary Bowman einige Stunden zuvor gegangen war, hatte er sich nicht mehr richtig konzentrieren können. Ihr Besuch hatte tief in seinem Innern gewisse Dinge wieder aufgewühlt, die er so gern vergessen wollte.

Als er aus der Tiefgarage fuhr, blendete ihn die Sonne. Bevor er sich in den fließenden Verkehr einfädelte, tastete er im Handschuhfach nach seiner Sonnenbrille. Der schwülwarme Nachmittag war nicht dazu angetan, seine Laune zu heben. Auf seinem Gesicht und den Unterarmen, wo die Haut noch kühl war von der klimatisierten Büroluft, bildete sich sofort ein Schweißfilm. Der Verkehr geriet ins Stocken. Robert durchsuchte mehrere Radioprogramme, fand jedoch keine Musik, die zu seiner Stimmung passte. Mit einem Knopfdruck schloss er das Verdeck seines Mercedes. Ihm war danach, sich einzuigeln.

»Zuhause«, blaffte er in seine Telefonanlage. Er hörte, wie gewählt wurde, dann ertönte immer wieder das Freizeichen. Erin hatte vergessen, den Anrufbeantworter einzuschalten. Nun, da er wusste, dass niemand zu Hause war, konnte Robert in Ruhe seinen Plan ausführen. Aus diesem Grund hatte er das Büro so früh verlassen – und natürlich, um Den aus dem Weg zu gehen. Sein gerissener Partner hätte bestimmt spitzgekriegt, dass sich Robert mit der gegnerischen Partei unterhalten hatte.

Robert machte sich immer noch Gedanken wegen Rubys Geburtsurkunde. Unter normalen Umständen hätte er dieses Unbehagen verdrängt, doch die Tatsache, dass sich Erin so hartnäckig weigerte, Ruby einen Pass ausstellen zu lassen, hatte seinen Argwohn erst richtig angefacht. Warum war Erin von Anfang an gegen Rubys Klassenfahrt gewesen? Hatte sie Angst um ihre Tochter? Hielt sie Ruby mit ihren dreizehn Jahren für zu jung, um ohne Eltern ins Ausland zu reisen? War ihre eigene Flugangst der Grund? Oder was steckte sonst dahinter?

Vielleicht fürchtete Erin unliebsame Erinnerungen an ihren Verflossenen, wenn sie seinen Namen auf der Urkunde sah. Es konnte durchaus sein, dass Ruby gar nicht wusste, wer ihr Vater war – schließlich hatte Erin ihn nie erwähnt – und dass Lucas nicht ihr richtiger Name war. Erins Verhalten konnte viele Gründe haben, doch eines war sicher: Robert musste unbedingt die Wahrheit herausfinden. Nicht noch einmal wollte er eine Ehe durch sein krankhaftes Misstrauen aufs Spiel setzen. Sobald er wusste, woran er war, bestand keine Gefahr mehr, dass der Argwohn, der unablässig unter der Oberfläche brodelte, wie ein Vulkan ausbrach und alles zerstörte. Doch wie er die Wahrheit herausfinden sollte, ohne dass Erin es merkte, war eine andere Frage.

Um zehn nach drei hielt Robert vor seinem Haus. Im Sonnenlicht wirkte das dreistöckige Gebäude ein wenig schäbig. An manchen Stellen blätterte die schwarze Farbe von den Fensterrahmen ab, und hier und da hatten undichte Rohrleitungen feuchte Flecken auf dem ursprünglich cremeweißen Mauerwerk hinterlassen.

Robert schloss den Mercedes ab und schaute noch einmal auf die Uhr. Ruby würde in ungefähr einer halben Stunde nach Hause kommen und vergnügt die Schultasche im Flur fallen lassen, bevor sie sich über den Kühlschrank hermachte. Dann würde sie Klavier spielen oder in ihr Zimmer gehen und Hausaufgaben machen. Sie hatten Ruby mittlerweile für den Schulbus angemeldet, mit dem etliche Schüler aus der Nachbarschaft nach Hause gebracht wurden. Erin würde kaum vor sechs nach Hause kommen, aber er musste auf jeden Fall vorsichtig sein.

»Ruby? Erin?«, rief er sicherheitshalber, während er die Wohnungstür aufschloss und seine Aktentasche abstellte. Als er den schweren, süßen Duft der Freesien roch, die auf dem Marmortisch im Flur standen, blieb er für einen Augenblick stehen. Er musste daran denken, mit welcher Sorgfalt Erin die Blumen am Morgen arrangiert hatte. Blumen waren ihre Leidenschaft, besonders schlichte Bauernblumen in Weiß und Crème. Der Blumenladen war ihr ganzer Stolz und sie führte ihn mit großem Erfolg. Erin war sehr fleißig und zielstrebig in allem, was sie anpackte. Robert war erstaunt gewesen, als er hörte, dass sie keine akademische Ausbildung besaß. Wenn sie einmal eine Meinungsverschiedenheit hatten, neckte er sie mit der Bemerkung, was für eine hartgesottene Anwältin sie doch abgeben würde.

Trotz der ungewohnten Stunde nahm Robert im Wohnzimmer eine Flasche aus dem Barfach und schenkte sich einen großzügig bemessenen Whisky ein. Er hatte sowieso ein derart schlechtes Gewissen, dass er sich körperlich unwohl fühlte. Da war es wirklich gleichgültig, ob er sich ganz allein am hellichten Tag einen Drink genehmigte.

»Du lieber Himmel«, sagte er zu sich selbst, »es ist doch bloß ein Drink. Und es ist ja nicht so, als ob Erin eine Affäre hätte.« Robert kippte den Whisky hinunter und schenkte sich gleich noch einen ein. Dann stand er einen Augenblick lang einfach da und drehte das Glas in den Fingern. Das geschliffene Kristall war ein Hochzeitsgeschenk von Jennas Eltern gewesen. Als hätten seine Erinnerungen sie zum Leben erweckt, glaubte er plötzlich, durch das Erkerfenster Jennas Gesicht zu sehen. Das Bild war unscharf wie ein verwaschenes Aquarell. Doch als er genauer hinschaute, war es fort. Nur ein paar Sonnenstrahlen fielen fächerförmig ins Zimmer. Ärgerlich über sich selbst zuckte er mit den Schultern und stieg die Treppe hinauf. Für Geister aus der Vergangenheit war jetzt keine Zeit.

Vor kurzem hatten sie die beiden ehemaligen Speicherräume in Arbeitszimmer umgewandelt. Hier erledigte Erin ihren Papierkram für den Laden, und Robert arbeitete in seinem Zimmer oft Akten durch, die er aus der Kanzlei mitbrachte.

In Erins Büro schaltete er ihren Computer ein und wartete ungeduldig, bis sich das Gerät hochgefahren hatte.

»Endlich«, seufzte Robert mit einem erneuten Blick auf seine Uhr. Er öffnete das Inhaltsverzeichnis der Festplatte und warf einen Blick auf Erins Datensätze und Softwareprogramme. Unschlüssig klickte er sich durch übersichtlich organisierte Ordner und Buchhaltungsdateien, ohne zu wissen, wonach er genau suchte.

Dann öffnete er Outlook Express und ordnete Erins Mails nach dem Absender. So konnte er feststellen, ob sie mit jemandem besonders viele Mails ausgetauscht hatte. Immer wenn der Absender ein Mann war, überflog Robert die Nachricht. Meist ging es um den Großeinkauf von Blumen oder darum, dass eine Lieferung nicht rechtzeitig eingetroffen war. In einer Mail kündigte der Vermieter des Ladens eine Mieterhöhung an; andere Nachrichten hatten Erin und Ruby einander zum Spaß geschickt. In einer von ihnen sprach Ruby so begeistert davon, was für ein liebevoller Vater Robert sei, dass ihm vor lauter schlechtem Gewissen ganz elend zumute wurde. Aber Ruby und seiner Ehe zuliebe musste er Gewissheit haben.

In Erins E-Mails fanden sich keine interessanten Hinweise in Bezug auf sein Problem, doch sie zeigten Robert, wie hart seine Frau für ihren Laden arbeitete. Es war nicht leicht, ganz allein ein Geschäft zu führen, doch Erin meisterte alles mit ihrer gewohnten Tüchtigkeit. Robert gab sich noch immer nicht zufrieden. Er durchsuchte jede einzelne Datei auf Erins Computer und überprüfte die Liste mit den Internetadressen, die Erin in letzter Zeit angeklickt hatte. Hin und wieder nippte er an seinem Whisky und lockerte seine Krawatte. Hier unter dem Dach war es heiß und stickig, daher nahm er sich die Zeit, um ein Kippfenster zu öffnen. In dem Moment erstarrte er. Jemand kam die Treppe herauf. Erschrocken blickte Robert auf die Uhr, bevor er in Panik alle Stecker aus den Steckdosen zog. Mit einem Pfeifen schaltete sich der Computer aus und der Bildschirm wurde schwarz. Im gleichen Augenblick trat Ruby ins Zimmer.

»Oh«, sagte sie von der Tür her, »ich dachte, du wärst Mum. Ich habe jemanden hier oben gehört.« Sie blickte ihn stirnrunzelnd an. Offensichtlich war sie irritiert, dass sich Robert im Arbeitszimmer ihrer Mutter aufhielt. Robert mochte sich gar nicht ausmalen, was Erin erst dazu sagen würde.

»Ich bin's nur.« Beim Ausatmen roch Robert seine Whiskyfahne.

»Und was machst du hier?«, fragte Ruby herausfordernd. Sie hörte sich beinahe an wie Erin, dachte Robert. Wenn er verhindern wollte, dass Ruby ihrer Mutter etwas erzählte, musste er sich auf der Stelle eine plausible Erklärung einfallen lassen.

»Ich suche nach deiner Geburtsurkunde.« In seinem Beruf hatte Robert gelernt, rasch zu denken. »Ich brauche sie, um dir einen Pass machen zu lassen. Du willst doch mit nach Wien fahren, oder?«

»Na klar!« Rubys Gesichtszüge entspannten sich und nahmen wieder den üblichen arglosen Ausdruck an.

»Hattest du schon jemals einen Pass, Ruby?« Robert erhob sich vom Schreibtischstuhl, ging zu seiner Stieftochter hinüber und drückte sie kurz an sich.

»Ich weiß nicht«, antwortete sie achselzuckend. »Auf jeden Fall bin ich noch nie geflogen.«

»Du bist heute aber früh zu Hause!« Robert versuchte, sich seine Enttäuschung über die Störung nicht anmerken zu lassen.

»Das Tennisturnier wurde abgesagt. Die von der anderen Schule konnten nicht, und deshalb durften wir früher gehen, um für die Abschlussklausuren am Ende des Schuljahres zu üben. Ich bin mit dem Minibus gekommen.«

Sie trat unbehaglich von einem Bein aufs andere. Offensichtlich erwartete sie, dass er mit ihr schimpfen würde, weil sie den öffentlichen Bus genommen hatte. Wenn er ihr das durchgehen ließ, würde sie ihm umso bereitwilliger helfen, dachte Robert. »Weißt du, wo deine Geburtsurkunde ist, Ruby?«

»Ich habe noch nie eine gesehen, aber ich weiß, dass Mum solche Sachen hier drin versteckt.« Ruby ging zu Erins Schreibtisch, der wie ein antiker französischer Sekretär aussah, in Wahrheit aber als moderner Computerarbeitsplatz konstruiert war. Zu Roberts Verblüffung zog sie zielstrebig die mittlere Schublade ganz heraus. Dann kniete sie sich hin, tastete in dem leeren Raum herum und zog schließlich stolz eine abgenutzte schwarze Geldkassette hervor. Ruby stellte sie auf den runden Teppich, der einen Teil der farbig gestrichenen Dielen bedeckte, zog einen kleinen Schlüssel unter dem Teppich hervor und schloss die Kassette auf. »Du erzählst doch Mum nichts davon, oder?« Mit gerunzelter Stirn blickte sie kurz zu Robert hoch, bevor sie den Deckel anhob. »Ich habe mal gesehen, wie sie die Kiste herausholte und etwas hineinlegte. Sie hat nicht gemerkt, dass ich sie beobachtet habe, und wäre bestimmt sauer, wenn sie es wüsste.« Robert bemerkte ein leichtes Zucken unter ihrem linken Auge. »Aber ich habe nicht reingeschaut. So etwas würde ich nie tun.«

Robert kauerte sich neben seine Stieftochter. Wie gebannt starrte er auf die Metallkassette, als sei sie ein Schatz aus einem Pharaonengrab. Er tätschelte Ruby den Rücken. »Keine Angst, Ruby. Das bleibt unser Geheimnis.«

Ruby hob den Deckel hoch. »Siehst du? Ich hatte recht. Da sind alle möglichen Papiere drin. Und schau nur, Mum hat einen Pass. Also darf ich ja wohl auch einen haben.«

Ruby zog einen Schmollmund und wedelte mit dem Pass über ihrem Kopf herum. Sie fand es ungerecht von ihrer Mutter, dass sie sie nicht mit auf Klassenfahrt gehen lassen wollte!

»Na, das ist ja immerhin etwas.« Robert versuchte, sich seine

Aufregung nicht anmerken zu lassen. Er nahm Ruby den Pass aus der Hand und schlug ihn auf der Seite mit dem Foto auf. Er stellte fest, dass er noch nicht lange abgelaufen war.

Beim Weiterblättern sah er, dass das Dokument selten benutzt worden war. Nur ein paar verblichene Marken zeugten von lange vergangenen Reisen nach Spanien und Griechenland. Wahrscheinlich Urlaubsreisen, dachte er und schaute sich noch einmal Erins Bild an. Mit einem leisen Lächeln studierte er ihre Züge. Mit ungefähr Anfang oder Mitte zwanzig war sie ein ziemlich unscheinbares junges Ding gewesen, das so mürrisch dreinblickte, als sei es eine unerträgliche Zumutung, für ein Foto zu posieren.

Seit er Erin kannte, hatte sie ihr Haar noch nie lang oder mit einem Pony getragen. Sie ging regelmäßig zum Friseur, um sich ihre modische Kurzhaarfrisur nachschneiden und die aschblonde Tönung auffrischen zu lassen. Auch Pausbacken und das auffällige Make-up gehörten eindeutig der Vergangenheit an. Heute war Erin mindestens sechs bis sieben Kilo leichter und fast immer ungeschminkt.

Robert musste daran denken, wie sehr sich sein eigenes Passbild von seinem gegenwärtigen Aussehen unterschied. Mit einem Lachen klappte er den Pass zu und legte ihn wieder in die Kassette. Damit konnte er nichts anfangen. »Was haben wir denn hier sonst noch?«, fragte er betont beiläufig. In Wahrheit fürchtete er immer noch, dass Ruby ihrer Mutter alles erzählen könnte. Oder dass Erin ebenfalls vorzeitig auftauchte und ihn auf frischer Tat ertappte. Rubys Geburtsurkunde fand er nicht. Er beschloss, die Nachforschungen ein andermal fortzusetzen, wenn er allein im Haus war.

Die Nachforschungen fortsetzen, sagte er in Gedanken vor sich hin. Er dachte an Louisa und ihre Joggingrunde am vergangenen Wochenende. Vielleicht sollte er sie anrufen und sich bei ihr entschuldigen. Aber was würde das nutzen? In ihrer Beziehung gab es keinen Platz für Reue und Entschuldigungen.

Sie sahen sich so selten, dass bei jedem Treffen die Probleme und Fragen vom letzten Mal schon wieder vergessen waren. So machten sie immer wieder reinen Tisch. Er überlegte, ob Louisa ihm wohl helfen konnte, eine Geburtsurkunde für Ruby zu besorgen. Immerhin war sie Detektivin und hatte viele Verbindungen.

Robert sah zu, wie Ruby die Kassette abschloss, den Schlüssel wieder unter den Teppich legte und die kleine Kiste behutsam in den Raum hinter der Schublade zurückstellte. Ihm war nicht wohl bei dem Gedanken, dass er sich später noch einmal in dieses Zimmer schleichen und sich Erins Papiere genauer ansehen wollte. Schließlich hatte er sich ja bereits davon überzeugt, dass keine Geburtsurkunde von Ruby dabei war. Die anderen Dokumente waren offensichtlich privat, sonst hätte Erin sie nicht so gut versteckt.

»Wie wäre es, wenn wir zu Luigi was Kaltes trinken und ein Stück Kuchen essen gehen? Ich lade dich ein.« Beim Sprechen starrte Robert an die Decke. Er verachtete sich selbst.

Doch Ruby lächelte fröhlich. Sie liefen zusammen die Treppe hinunter und verließen das Haus. Luigis Café war nur ein paar Häuser weiter, und Rubys Hausaufgaben konnten warten.

Robert fand einen freien Tisch vor dem Lokal. Er bestellte Erdbeershakes und Plundergebäck. Er war sich bewusst, dass er immer noch eine Whiskyfahne hatte, auch wenn es Ruby anscheinend nicht aufgefallen war.

Robert fühlte sich elend. Seine Schuldgefühle und dazu die noch immer glühende Sonne, die durch die Smogschichten drang, verursachten ihm bohrende Kopfschmerzen. Sein Plan, heimlich in Erins privaten Papieren zu schnüffeln, erinnerte ihn fatal daran, wie beim letzten Mal alles begonnen hatte. Was würde Louisa wohl zu seinem Vorhaben sagen? Bestimmt würde es ihre Freundschaft auf eine harte Probe stellen, wenn er es ihr erzählte. Robert blinzelte heftig und nippte an seinem Erdbeershake.

»Weißt du was?«, fragte Ruby. Sie hockte auf der Kante ihres Bistrostuhls, rührte mit dem Strohhalm in ihrem Glas und hielt die Augen gesenkt.

»Was denn?« Robert brachte ein Lächeln zustande, obgleich der Schmerz immer stärker hinter seinen Schläfen pochte.

»Ein Junge an meiner Schule findet mich nett. Er will sich mit mir treffen.«

Robert wusste, dass ihr dieses Geständnis ebenso schwerfiel wie ihm, Erin seine Schnüffelei zu beichten.

»Das ist ja toll, Liebes! Wie heißt er denn?« Er schlug einen erfreuten Ton an, auch wenn ihm klar war, dass die ganze Geschichte in ein paar Monaten mit Liebeskummer enden würde. Während er Ruby die Hand tätschelte, musste er an seine eigenen ersten, unbeholfenen Annäherungsversuche als Teenager denken. Außerdem schoss ihm wieder einmal die Frage durch den Kopf, wer wohl Rubys Vater war und was er sagen würde, wenn er seine große Tochter jetzt sehen könnte.

»Er heißt Art und ist zwei Klassen über mir«, antwortete Ruby. »Er spielt in einer Rockband.« Mit lautem Geschlürfe saugte Ruby die letzten Reste aus ihrem hohen Glas. »Art hat ein Stipendium, weil er wirklich klug ist. Sein Dad könnte sich Greywood sonst nicht leisten.«

Robert bemerkte, dass sich Rubys Wangen röteten. Wie schön für sie, dachte er. Wie wunderbar. Dass jemand Ruby mochte, freute ihn so sehr, dass er sich alle väterlichen Ermahnungen verkniff. Er machte weder eine warnende Bemerkung über zu langes Wegbleiben noch über Küssen oder Schlimmeres. Außerdem konnte ja Erin mit ihrer Tochter über Jungs und Dates reden und ihr die notwendigen Ratschläge mit auf den Weg geben. Also ermunterte er Ruby nur, ihm mehr über Art zu erzählen.

»Art – das ist ein seltsamer Name. Woher stammt der Junge?«

»Der Name ist nicht seltsam. Er hat mir gesagt, es ist Gälisch und bedeutet Stein.« Das Sonnenlicht verlor sich in Rubys unergründlichen Augen und ließ ihr langes, dunkel kastanienbraunes Haar glänzen. Mit einer angefeuchteten Fingerspitze las sie die Kuchenkrümel von ihrem Teller auf und ließ sie auf den Gehsteig fallen. Sofort kamen einige Tauben herbeigehüpft und begannen, sich um die Krumen zu balgen.

Als es immer mehr Vögel wurden, verscheuchte Robert sie mit der Spitze seines Schuhs. Dann tupfte er sich die Stirn mit einer Papierserviette ab. Seine Kopfschmerzen wurden immer schlimmer. Er spannte den Sonnenschirm über ihrem Tisch auf.

»Aus welchem Teil von London kommt er denn?«

»Er stammt eigentlich aus Wales.«

»Oh, wie schön. Von der Küste oder aus dem Landesinneren?« Robert war kurz davor, das Thema »Art« fallenzulassen, da Ruby nur wenig mitteilsam schien.

»Seine Familie waren fahrende Leute. Aber sie sind sesshaft geworden, als Art das Musikstipendium bekam. Sein Dad ist davon überzeugt, dass Art mal berühmt wird.«

Als Robert sich erneut den Schweiß von der Stirn wischen wollte, stieß er an seinen Teller mit der Kuchengabel. Beides fiel klirrend zu Boden, worauf der ganze Schwarm Tauben, der zwischen den Tischen herumpickte, erschreckt aufflatterte. Robert wich das Blut aus dem Kopf, und ihm wurde übel. Alles erschien ihm plötzlich so unwirklich, selbst die Stimme, die in seinem Kopf dröhnte: fahrendes Volk, Hippies, Zigeuner – alles ganz wunderbar, überhaupt kein Problem.

»Fahrende Leute, sagst du?« Robert bemühte sich um einen gelassenen Ton.

»Ja, so richtig mit Wohnwagen und Anhängern. Aber die haben sie in Wales gelassen, solange Art hier zur Schule geht. Jetzt wohnen sie in einem besetzten Haus.«

»Was?« Roberts Mund war wie ausgetrocknet. Er brauchte unbedingt ein Glas eiskaltes Wasser.

»Art sagt, es ist wirklich toll. Sie haben sogar Strom und alles. Er hat mich zur Sonnwendfeier eingeladen. Da geben seine Leute eine Party.«

»So, eine Party.« Robert winkte der Kellnerin und zahlte. Dann machte er sich mit Ruby auf den Heimweg. Ihrem Geplapper über Art hörte er nur noch mit halbem Ohr zu. Er hatte schon mehr als genug erfahren.

Erin ging ihm aus dem Weg. Die einzigen Zeichen für ihre Anwesenheit waren ihr metallic-blauer Mazda vor dem Haus und ein Bund orangefarbener Gerbera, die auf dem Tisch im Flur lagen. Als Robert hörte, wie die Haustür zufiel, hatte er ihr vom Wohnzimmer aus einen Gruß zugerufen, der aber vielleicht in den Tönen von Rubys neuester Komposition untergegangen war.

Er drückte die Esszimmertür zu, um die Klaviermusik ein wenig zu dämpfen, und stieg müde die Treppe hinauf. Aus dem Bad hörte er Wasser in die Wanne rauschen, und auf dem Fußboden im Schlafzimmer lag ein Häufchen abgelegter Kleider, die Erins Duft verströmten. Robert beschloss, seine Frau nicht beim Baden zu stören, und stieg noch eine Treppe höher zu seinem Arbeitszimmer. Nach wie vor war die Luft hier oben heiß und abgestanden. Er blieb auf dem Treppenabsatz stehen und warf einen Blick in Erins Büro. Sie war schon oben gewesen und hatte ihre Aktentasche neben den Schreibtisch gestellt. Außerdem hatte sie den Computer eingeschaltet, weil sie nach dem Essen offenbar noch arbeiten wollte. Hoffentlich hatte sie nichts gemerkt. Nur gut, dass er daran gedacht hatte, das Computerkabel wieder in die Steckdose zu stecken.

Robert seufzte, als ihm auffiel, wie lange es her war, dass sie einen unbeschwerten Abend zusammen verbracht hatten – ohne Sorgen wegen Terminen oder Unterlagen oder Rubys Schulproblemen. Sie waren erst ein paar Monate verheiratet, doch ihr Leben schien nur noch aus Routine und Verantwortung zu bestehen.

Gegen seinen Willen musste Robert an Jenna denken. Sie beide hatten gar nicht genug Zeit gehabt, um in Alltagstrott zu geraten. Vielleicht, so ging ihm durch den Kopf, hätte eine gewisse Routine ihrer Ehe gutgetan. Vielleicht wäre mit dem täglichen Einerlei das Vertrauen gewachsen und Jenna wäre heute noch am Leben.

Robert spürte, wie sich jenes alte, krankhafte Misstrauen wieder in sein Leben schlich, das seine Ehe mit Jenna vergiftet hatte. Er versuchte, dagegen anzugehen, doch die leise, bohrende Stimme ließ sich nicht zum Schweigen bringen. Unablässig flüsterte sie ihm zu, dass Erin ihm etwas verheimlichte. Die Ungewissheit machte ihn wahnsinnig.

Robert ging in sein Büro, stieß das Kippfenster auf und hakte den Hebel ein. Mit wütendem Gebrumm schossen zwei Wespen zum Fenster hinaus und surrten über die Dächer davon. Erschöpft ließ er sich in seinen Sessel fallen. Ihm war klar, dass er keine Arbeit erledigt bekam, solange ihm diese Gedanken im Kopf herumspukten.

»Frag sie doch einfach«, murmelte er. »Du kannst sie doch, verdammt noch mal, einfach fragen!« Robert schlug mit der Faust so fest auf die Kante seines Schreibtisches, dass die Computertastatur klapperte. Die Beziehung zu Jenna hatte er derart gründlich kurz und klein geschlagen, dass ihre Ehe auf jeden Fall am Ende gewesen wäre, selbst wenn Jenna den Unfall überlebt hätte.

Vielleicht lag es ja an seinem Beruf, dass er so argwöhnisch und misstrauisch war. Im Laufe seiner Karriere war er vielen zweifelhaften Charakteren begegnet, sodass er eigentlich ein untrügliches Gespür dafür entwickelt haben sollte, ob seine Frau ihm gegenüber aufrichtig war oder nicht. Zumal Erin nicht annähernd den unangenehmen Mandanten glich, mit denen er es normalerweise zu tun hatte. Und außerdem galt auch für Erin der Grundsatz, dass ein Verdächtiger so lange als unschuldig galt, bis seine Schuld bewiesen war. Wenn da nur nicht dieses komische Gefühl gewesen wäre, das er einfach nicht loswurde! Er beschloss, noch am selben Abend Louisa anzurufen.

Robert öffnete den Aktenschrank und langte nach der Flasche Scotch, die er für Notfälle dort gelagert hatte.

Zum allerersten Mal kam es ihm so vor, als würden sich sein Privatleben und sein Beruf vermischen. Bisher war es ihm gelungen, beides sorgfältig voneinander zu trennen, auch wenn er sich oft Arbeit mit nach Hause brachte. Diesmal aber färbte seine Einstellung – diese berufsmäßige Skepsis – auf sein Privatleben ab. Dabei hatte er sich fest vorgenommen, dass seine zweite Ehe von Vertrauen und Respekt geprägt sein sollte. Doch allmählich spürte er, wie dieser Entschluss ins Wanken geriet. Und nicht zuletzt hatten die ethischen Grundsätze, auf denen der gute Ruf von Mason & Knight ruhte, durch Mary Bowmans Bericht einen empfindlichen Schlag erlitten. Robert spürte mit Entsetzen, dass sein Leben ihm abermals zu entgleiten drohte. Es war genau wie beim letzten Mal.

Erin war mit dem Baden fertig und rief ihm zu, dass sie schnell ein paar Kleinigkeiten einkaufen gehen wolle. Sie hatten sich immer noch nicht gesehen, seit sie nach Hause gekommen war. Rubys Musik drang bis in das oberste Stockwerk. Sie komponierte ein Lied für Art und war offensichtlich mit Feuereifer bei der Sache.

Mit Unbehagen dachte Robert daran, was Ruby ihm erzählt hatte. Wie sollte er Erin nur beibringen, dass ihre Tochter auf eine Party in einem besetzten Haus gehen wollte? Das würde sie nie erlauben. Plötzlich fiel ihm ein, dass er jetzt die Gelegenheit hatte, sich noch einmal diese Kassette anzuschauen. Doch er musste sich beeilen, da das Lebensmittelgeschäft nicht weit entfernt war.

Ihm dröhnte noch immer der Schädel von den Nachwirkungen der Hitze und des zweiten Scotch, der sich nicht besonders mit dem Erdbeershake vertrug. Als er in Erins Arbeitszimmer hinüberging, schwor er sich, dass es wirklich das allerletzte Mal sein sollte. Ein kleiner Ausrutscher in einer ansonsten makellosen Beziehung, in der es sicher auch für die fehlende Geburtsurkunde eine vernünftige Erklärung gab.

Nach einem flüchtigen, prüfenden Blick über die Schulter kniete sich Robert vor den Schreibtisch. Arbeit und Zuhause, Vergangenheit und Gegenwart – alles schien ineinanderzufließen. Vor Gericht war es gang und gäbe, dass ein Anwalt die Taten seines Mandanten mit geschickten Worten beschönigte. Dabei führte er häufig die schweren Lebensumstände des Angeklagten als Entschuldigung an. Und nun saß Robert hier und versuchte, sich selbst weiszumachen, dass er das Recht habe, in den persönlichen Dingen seiner Frau herumzuschnüffeln, sofern sich dadurch ein Beweis finden ließ. Ein Beweis wofür eigentlich?

Während er geschickt und zielstrebig zu Werke ging, wuchs seine Aufregung immer mehr. Es war wie früher – ein Gefühl, das ihm nur allzu vertraut war. Ihm trat der Schweiß auf die Stirn. Aber nicht aus Scham oder Angst, dass Erin ihn ertappen könnte. Er wusste, dieses körperliche Symptom war ein Zeichen dafür, dass seine Vernunft und sein Instinkt miteinander rangen.

Wie Ruby wenige Stunden zuvor tastete Robert nach der Kassette und zog sie heraus. Einen Augenblick lang lauschte er aufmerksam, bevor er den Schlüssel unter dem kleinen Teppich hervorholte und das Metallkästchen aufschloss. Sein Herz schlug hart im Rhythmus der Melodie, die Ruby gerade spielte.

Behutsam nahm er den ganzen Stapel Unterlagen aus der Kassette. Er musste unbedingt darauf achten, sie in derselben Reihenfolge wieder zurückzulegen. Er dachte kurz an Erin. Sie war jetzt bestimmt im Laden und kaufte eine Flasche Wein, schwarze Oliven und einen Kopf Salat. Vermutlich blieben ihm noch zehn bis zwölf Minuten.

Der Papierstapel bestand aus alten Geburtstagskarten, ein paar Prüfungsurkunden, die Ruby im Klavierunterricht bekommen hatte, einigen Fotos von Ruby am Strand. Auf einem war sie etwa drei Jahre alt, doch er erkannte sie an den unverwechselbaren schokoladenbraunen Augen und dem Grübchen am Kinn.

Robert warf einen flüchtigen Blick auf Schulzeugnisse und einen unvollendeten Brief, den Erin dem Datum nach zu urteilen vor mehr als zehn Jahren geschrieben hatte. Seltsamerweise trug er die Anrede »Liebe Erin …«. Soweit Robert erkennen konnte, hatte sie sich darin Kummer von der Seele geschrieben. Doch die meisten Wörter waren unleserlich und wirkten unzusammenhängend. Schließlich löste er das rote Band, mit dem ein dickes Bündel Briefe zusammengebunden waren. Er konnte sich nicht recht entscheiden, was er in der kurzen Zeit zuerst öffnen sollte, und wählte aufs Geratewohl den Umschlag einer Geburtstagskarte.

»Meiner lieben kleinen Ruby zu ihrem fünften Geburtstag. Ich werde Dich immer liebhaben. Deine Mummy.«

Lächelnd schlug Robert die nächste Karte auf. Diesmal war es ein Glückwunsch zu Rubys siebtem Geburtstag, wieder unterschrieben mit »Mummy«.

Kein Daddy?, dachte Robert verwundert und schob die Karten wieder sorgfältig in die Umschläge. Er konnte sich keinen Reim darauf machen. Wann sich Erin ihren eigenen Worten nach von Rubys Vater getrennt hatte, wusste er nicht mehr, und er wollte es auch gar nicht so genau wissen. Aber er hatte allmählich den Eindruck, als sei Ruby zu dem Zeitpunkt noch sehr klein gewesen.

Er blätterte die anderen Briefe und Postkarten durch. Die meisten trugen die Londoner Adresse, wo Erin gewohnt hatte, als sie sich kennenlernten, doch etwa ein halbes Dutzend war an »Floristik taufrisch« adressiert. Es waren sowohl Postkarten mit wenigen Worten darunter als auch mehrere Seiten lange Briefe. Alle trugen als Unterschrift nur die verschnörkelten Buchstaben »BK«, in roter oder grüner Kugelschreiberschrift. Die Handschrift war kaum zu entziffern. Bei einem Brief, den Robert aus dem Umschlag nahm, hatte der Schreiber sogar über den gedruckten Briefkopf hinweggekritzelt.

Mit Mühe entzifferte er den Absender: King's Blumen, Market Street, Brighton, und las, was BK zu sagen hatte.

Meine liebste Erin,
ich vermisse Dich ganz schrecklich. Jeder fragt mich, wo Du bist. Ich freue mich, dass Du diesmal in der großen Stadt zurechtkommst. Hüte Dich vor den ganzen garstigen Männern! Schließlich bin ich nicht mehr da, um Dich zu beschützen. Kann sein, dass ich in ein, zwei Monaten in die Stadt komme. Ich rufe Dich aber vorher an, damit Du schon mal das Bett herrichten kannst, mein Schatz.
Die Blumen lassen die Köpfe hängen, seit Du nicht mehr da bist.
Für immer in Liebe,
Dein B. K.

Robert krampfte sich der Magen zusammen. Für immer in Liebe – dafür war er doch jetzt zuständig! Er legte den Brief auf den Stapel und nahm einen anderen zur Hand. Wieder ging es um einen Besuch und darum, wie sehr Erin in Brighton vermisst wurde. Ein paar Mal wurde erwähnt, was für ein braves Kind Ruby doch sei. Einer der Briefe trug die Unterschrift »Onkel Baxter«.

Wenn der Absender aller Briefe Erins Onkel war, dann konnte sie wohl kaum eine Affäre mit ihm haben. Aber es war seltsam, dass sie nie einen Onkel erwähnt hatte. Bald nachdem sie sich kennengelernt hatten, hatte Erin ihm erzählt, dass ihre

Eltern tot seien und sie weder Geschwister noch andere Verwandte besitze. Daraufhin hatte sich Robert nie wieder nach ihrer Familie erkundigt. Es gab eben keine, nur sie und Ruby. Vielleicht handelte es sich ja um einen Nennonkel und keinen richtigen Verwandten.

Das Bündel enthielt auch zwei Briefe, die Erin als Antwort an Baxter geschrieben, jedoch nie abgeschickt hatte. Sie erzählte von ihrem neuen Leben in London und davon, wie schwer es ihr gefallen sei, nach dem Brand aus Brighton wegzugehen. Sie schrieb, wie dankbar sie ihm für all das sei, was er für sie getan habe. Sie habe sich sehr über seinen Besuch am vergangenen Wochenende gefreut. Dann erzählte sie, wie es Ruby in der neuen Schule ging und dass sie selbst einen Job gefunden habe, bei dem sie Brautsträuße binden durfte. Das musste der Blumenladen sein, in dem Erin gearbeitet hatte, als sie und Robert sich kennenlernten.

Vor Roberts innerem Auge tauchte Erin so auf, wie sie bei ihrer ersten Begegnung ausgesehen hatte, doch er schob das Bild energisch beiseite. Jetzt war nicht der richtige Zeitpunkt für glückliche Erinnerungen. Er ließ den Brief sinken und starrte an die Decke. Blinzelnd versuchte er, die Tränen zurückzuhalten, die ihm plötzlich in den Augen stachen. Er hatte nicht einmal gewusst, dass Erin in Brighton gelebt hatte. Und einen ehemaligen Liebhaber oder ein Feuer hatte sie auch nie erwähnt. Robert war immer davon ausgegangen, dass es für sie seit der Trennung von Rubys Vater keinen anderen Mann gegeben hatte. Das hatte er zumindest glauben wollen – weil es am wenigsten beunruhigend war, musste sich Robert eingestehen.

Vielleicht hatte sich Erin ja gerade deswegen in eine Affäre gestürzt, weil er so wenig Interesse an ihrem Vorleben gezeigt und den Gedanken an mögliche frühere Liebhaber immer verdrängt hatte! So war es ja auch Jennas Jugendliebe gewesen, die den entscheidenden Keil zwischen Robert und sie getrieben hatte. Er wusste tatsächlich erstaunlich wenig über Erins Vergangenheit, vermutlich weil er gar nichts wissen *wollte*. Doch das sollte sich in Zukunft gründlich ändern.

Er überflog verschiedene weitere Briefe und blieb abermals an einem hängen, der mit »Liebe Erin« begann. Allerdings war das Gekritzel auch hier wieder so unleserlich, dass er es in der kurzen Zeit, die ihm blieb, nicht entziffern konnte. Im selben Augenblick dämmerte Robert die Wahrheit. Dieser Baxter King war nicht etwa ein Teil von Erins Vergangenheit – er war noch immer ihr Liebhaber. Offenbar traf sie sich noch immer mit ihm.

Am liebsten hätte Robert unter Wutgeheul den Brief zerfetzt und wäre Erin in den Laden nachgerannt, um sie zur Rede zu stellen. Doch bevor er sich zu derart unüberlegten Handlungen hinreißen ließ, gewann sein nüchterner Anwaltsverstand die Oberhand. Mit kühlem Blick las er weitere Briefe. Darin war vom Austausch von E-Mail-Adressen die Rede und davon, dass Erin von einem Internetcafé aus Kontakt zu Baxter aufnehmen wollte. Kein Wunder, dass er keine belastenden Mails auf Erins Computer gefunden hatte. Dazu hatte sie es zu schlau angestellt. Da nicht alle Briefe datiert waren, konnte er sie zeitlich nicht genau einordnen. Doch weil in einigen Rubys Schulprobleme erwähnt wurden und manche Briefe an die Adresse von »Floristik taufrisch« gegangen waren, musste er davon ausgehen, dass die Beziehung zu Baxter seit ihrer Heirat unverändert fortbestand.

Ihm blieben nur noch etwa fünf Minuten. Robert speicherte die Adresse in Brighton in seinem Gedächtnis, als wären es die Daten eines Mandanten. Dann brachte er die Karten und Briefe wieder in die ursprüngliche Reihenfolge, legte sie in die Kassette und warf noch einen langen Blick auf diese Andenken, die Erin offenbar so teuer waren. Kurzentschlossen zog er irgendeinen der Briefe aus dem Bündel. Als Anwalt konnte er derart wichtige Beweisstücke nicht übergehen. Kaum hatte er den Deckel zugemacht und das Kästchen wieder in das Versteck hinter der Schublade gestellt, rief auch schon Erin von unten, dass sie wieder da sei.

Eilig ging er hinüber in sein eigenes Arbeitszimmer, schob den gestohlenen Brief zwischen ein paar Akten und öffnete willkürlich eine Datei auf dem Laptop.

»Ich dachte, das könnte dir gefallen.« Unversehens stand Erin hinter ihm, reichte ihm ein Glas Wein und begann, mit ihren langen, kräftigen Fingern seine Schultern durchzukneten. Robert war hin- und hergerissen. Er hasste Erin dafür, dass sie ihn hinterging, dennoch genoss sein Körper ihre Berührungen. »Komm doch runter zum Essen. Es gibt Lachs.«

Widerstrebend überließ er sich der wohltuenden Massage, unter der sich seine verspannten Muskeln lockerten. Je mehr er sich entspannte, desto mehr zweifelte er zugleich an seiner eigenen Urteilsfähigkeit. Mein Gott, es war doch seine Erin, die er liebte, ja geradezu anbetete! Sie würde ihn doch nie und nimmer betrügen! Oder? Die Tatsache, dass er ihr nicht mehr vertraute, machte es ihm unmöglich, ihre Berührungen ohne Gewissensbisse zu genießen. Erin war eine gute Frau, die sich als alleinerziehende Mutter tapfer durchgeschlagen hatte. Und jetzt tat sie alles, um ein florierendes Geschäft aufzubauen und ihre Tochter so gut wie nur möglich zu erziehen. Er seufzte. Bestimmt war alles nur ein Missverständnis. Robert rief sich ins Gedächtnis, was er sich nach Jennas Tod geschworen hatte. So etwas durfte nie wieder geschehen.

Er drehte sich um und zog Erins Kopf zu sich herab. »Kann der Lachs noch ein bisschen warten?«

Sie küssten sich so leidenschaftlich und innig wie schon lange nicht mehr. Erins Mund schmeckte nach Wein und einem Hauch Zahnpasta, ihr Haar duftete nach Kräutershampoo. Sie setzte sich auf seinen Schoß. Doch als ihr Gesicht immer näher kam, verschwammen ihre Züge plötzlich und Jenna sah ihn an.

»Du bist ja ganz verschwitzt.« Lächelnd knöpfte sie sein Hemd auf. »Soll ich dich unter die Dusche begleiten?«

Robert erwiderte ihr Lächeln nur flüchtig. Er bemühte sich krampfhaft, den Gedanken zu verdrängen, dass Erin ihn betrog, und als er ihr tief in die hellblauen Augen blickte, wäre es ihm beinahe gelungen. Sein Körper verlangte nach ihr, doch statt seinem Verlangen nachzugeben, schob Robert Erin brüsk von seinen Knien und stand auf. Wie ein Alkoholiker, der nicht von der Flasche loskam, konnte sich Robert nicht von seinem Verdacht befreien. Immerhin hatte er einen Beweis für ihre Untreue.

»Ich muss noch an einem komplizierten Fall arbeiten«, sagte er und wandte sich ab, um Erins Blick zu entgehen. »Tut mir leid.« Geschäftig kramte er in den Papieren auf seinem Schreibtisch, bis Erin hinausgegangen war. Sie knallte die Tür so fest zu, dass der Boden unter seinen Füßen erzitterte. Die Erschütterung ging ihm bis ins Herz.

Er ließ sich wieder in seinen Sessel sinken und nahm den Brief zur Hand, den er aus Erins Kassette entwendet hatte. Angestrengt versuchte er, aus dem wüsten Gekrakel schlau zu werden. Der Bogen trug keine Adresse. Anscheinend war es überhaupt kein Brief, sondern nur ein paar unzusammenhängende Satzfetzen, die Erin in aller Eile aufs Papier geworfen hatte.

»… Wenn du wüsstest … endlich in Sicherheit … so schrecklich … mein Baby wieder …«

»Ach, Erin«, seufzte er, legte den Kopf in den Nacken und schloss die Augen. Seine Frau war ihm ein Rätsel geworden. Wie viel Zeit seines Lebens hatte er damit vergeudet, Jenna zu belauern und zu bespitzeln, und wohin hatte das alles geführt! So etwas konnte er nicht noch einmal durchstehen.

12

Im Krankenhaus machten sie eine Röntgenaufnahme von meinem Schädel, weil ich doch gestürzt war, untersuchten mich auf Gehirnerschütterung und wickelten mir einen Verband um den Kopf. Für die nächsten vierundzwanzig Stunden war ich ganz benommen von den Beruhigungsmitteln, und als die Polizisten mich befragten, redete ich nur wirres Zeug.

In jenen ersten Stunden – die ganz besonders wichtig für die Ermittlungen sind, wie sie behaupteten – konnte ich einfach nicht klar denken. Ich verstand kein Wort von dem, was sie sagten. Und dabei wurde der Vorsprung, den der Entführer meines Babys hatte, immer größer. Dann teilten sie mir mit, dass Andy, mein Mann, zu Hause bei seinen Eltern Sheila und Don wäre. Ich weiß noch, wie sehr ich mich im Krankenhaus nach ihm gesehnt und mich gefragt habe, warum er mich nicht besuchen kam. Ich weiß noch, dass ich jedes Mal brechen musste, wenn ich nur einen Schluck Wasser trank. Aber ansonsten ist dieser ganze erste Tag nichts als eine vage Erinnerung.

Am folgenden Abend – dreißig Stunden ohne Natasha – brachten mich zwei Beamte, Police Constable Miranda Hobbs und Detective Inspector George Lumley, im Polizeiwagen nach Hause. Sie war nett, aber er bedachte mich mit einem Blick, als wäre ich die schlechteste Mutter der Welt. PC Hobbs machte mir Tee, während Lumley mein Telefon präparierte. Ich saß da und schaute auf seinen breiten, vertrauenerweckenden Rücken und auf den leeren Baby-Schaukelsitz.

PC Hobbs blieb bei mir, bis ihre Schicht zu Ende war, weil Andy nicht kam und sie mich nicht allein lassen wollte. Die

Polizistin rief in regelmäßigen Abständen bei Sheila an, bekam aber nur zu hören, dass Andy verschwunden wäre.

Verschwunden. Immer wieder sagte ich das Wort vor mich hin, so lange, bis PC Miranda mir ein Trockentuch vor den Mund band, damit ich aufhörte. Wie können bloß so viele Leute verschwinden? Aber Andy war am nächsten Morgen wieder da. Verdreckt und betrunken stand er schluchzend im Hausflur, dann ließ er sich zu Boden sinken. Gemeinsam lagen wir beide auf dem Teppich und weinten, während neue Polizisten um uns herumstanden und jedes Mal einen Satz zum Telefon machten, wenn es klingelte. Als Andy und ich uns auf dem Fußboden in den Armen lagen, entdeckte ich über seine Schulter hinweg Natashas Haarbürste. Schon bei der Geburt hatte sie eine Menge Haare gehabt, und immer wenn ich mit der weichen Babybürste über ihren Kopf fuhr, gluckste sie vor Behagen. Ich kroch über den Boden und hob die Bürste auf.

»Nicht, Schatz, lass doch«, sagte Andy.

Als ich an den Borsten schnupperte, war mir, als könnte ich einen Hauch von Natashas Duft riechen. Ich zupfte ein paar weiche braune Härchen heraus. Die bewahre ich immer noch in einem Briefumschlag auf. Sonst ist mir nichts von meinem Baby geblieben.

Als Nächstes kamen Sheila und Don – ein paar Stunden, bevor die Reporter die ganze Straße belagerten. Sheila hatte einen mit Alufolie abgedeckten Topf dabei. Don drückte mich ganz fest und Sheila starrte mich an und streichelte Andys Schulter. Du hast Glück, dachte ich. Du hast dein Baby noch.

Sheila hatte mich nie gemocht. Sie hatte mich nur Andy zuliebe akzeptiert. Nicht, dass Andy etwas Besonderes gewesen wäre, er war bloß ein Automechaniker. Aber Sheila war ganz vernarrt in ihren Sohn. Nichts war ihr gut genug für ihn, vor allem ich nicht. Und jetzt hatte sie recht behalten, denn ich hatte ihr einziges Enkelkind verloren.

Sheila übernahm das Kommando. Sie schickte die Polizistin,

die auf mich aufpassen sollte, in den Lebensmittelladen, hundert Teebeutel, zwei Pfund Zucker und drei Liter Milch holen. »In den nächsten Tagen werden wir eine Menge Tee kochen müssen. Da sollten wir vorbereitet sein«, sagte sie.

Innerhalb weniger Minuten hatte Sheila alle Spuren von Natasha aus dem Wohnzimmer unseres Reihenhäuschens entfernt. Ich sah zu, wie sie Kuscheltiere, leuchtend buntes Plastikspielzeug und Stoffbilderbücher in einen Müllsack stopfte. Das meiste Spielzeug war noch nagelneu. Schließlich war Natasha erst zwei Monate alt und konnte noch gar nichts festhalten. Sheila baute die Babyschaukel, die Andy gekauft hatte, auseinander. Ich hatte ein paar Mobiles über die Wickelkommode gehängt, und auch mit denen machte Sheila kurzen Prozess.

Bald gab es im Zimmer keine Spur mehr von einem Baby. Natashas Spielzeugkiste wanderte auf den Dachboden, und Sheila stellte die Stühle am Esstisch anders hin. Dann packte sie unseren künstlichen Weihnachtsbaum und die Glitzergirlande ein, die ich aufgehängt hatte, als Natasha einmal ausnahmsweise zu brüllen aufgehört und längere Zeit geschlafen hatte. Sheila stellte die Weihnachtssachen für die Müllabfuhr nach draußen. »Schluss mit Weihnachten!«, verkündete sie und wischte sich den Staub von den Händen.

Mitten in der Nacht weckte ein Telefonanruf Andy und mich aus unserem unruhigen Schlaf. Es war zwei Uhr, achtunddreißig Stunden ohne Natasha. Man teilte uns mit, dass ein Lastwagenfahrer mit einem weinenden Säugling an einer Autobahntankstelle gesehen worden war. Ein älteres Ehepaar, das nach seinem Weihnachtsurlaub in Schottland auf dem Heimweg war, hatte beobachtet, wie der Mann mit dem schreienden Kind in der Herrentoilette verschwand. Sie wunderten sich darüber, meldeten es aber erst der Polizei, als sie in die Midlands kamen und im Lokalradio von der Entführung hörten. Danach passierte nichts mehr. Der Mann wurde nie gefunden.

Der Gedanke, dass Natasha geschrien hatte, setzte mir sehr

zu. Sie hatte nach mir geschrien, so wie sie es immer tat. Immerzu schrie und heulte und wimmerte sie, bis ihr Körper ganz steif und verkrampft war.

Im Krankenhaus hatte man mir Tabletten gegeben, die meine Milch zum Versiegen bringen sollten. Sie wirkten nicht. Meine Brüste waren schwer und hart und taten schon weh, wenn ich die Arme nur hängen ließ. Einmal, als PC Miranda wieder Dienst hatte und vor der Badezimmertür wartete, beugte ich mich über das Waschbecken und ließ es einfach tropfen. Wie schade um die ganze Milch, dachte ich. Der Geruch brachte mich zum Weinen, und so mischten sich Tränen und Milch im Waschbecken, als würde sich mein ganzer Körper vor Kummer verflüssigen.

PC Miranda musste dann Hilfe holen, weil ich weggesackt war und sie die Tür nicht aufbekam. Mit vereinten Kräften drückten Miranda, Don und Andy gegen die Tür und schoben meinen schlaffen Körper über den Badezimmerteppich. Als Andy mir beim Aufstehen half, fing ich hysterisch an zu lachen. Ich hatte kein Oberteil an.

Ein paar Stunden später kam wieder eine Meldung. Die Polizei von Hertfordshire hatte zwei Anrufe von Autofahrern bekommen. Ihnen war am Zubringer zur M1 in Richtung Süden ein Anhalter aufgefallen, der ein Baby dabeihatte. Die Gestalt war gegen die Kälte so dick eingemummelt gewesen, dass man nicht sagen konnte, ob es sich um einen Mann oder eine Frau handelte. PC Miranda hielt meine Hand, während sie mir berichtete, dass die verdächtige Person nicht mehr da war, als die Polizei eintraf. Es tröstete mich ein wenig, dass sie mir aufmunternd zulächelte und mir erzählte, dass jetzt die umliegenden Felder und Dörfer abgesucht würden und dass man dabei auch Suchhunde einsetze. Die Polizei der angrenzenden Kreise war ebenfalls in Alarmbereitschaft versetzt worden. Es werde bestimmt nicht mehr lange dauern, bis wir etwas Neues hörten, sagte PC Miranda und schluckte mit abgewandtem Blick.

»Haben Sie Kinder?«, fragte ich. Vielleicht hatte sie ja zwei und konnte eines davon entbehren. Sie nickte.

»Er ist vier. Seine Großmutter passt auf ihn auf, wenn ich arbeiten muss.«

Ich bin froh, dass PC Miranda mir von ihrem Kind erzählt hat. Es brachte ein Stückchen Normalität in mein unwirkliches Leben, so wie eine klebrig-süße Medizin. Ich weiß nicht, wie ich diese ersten Tage ohne PC Miranda durchgestanden hätte. Jetzt sehe ich sie nicht mehr.

Am Dienstagmorgen – drei Tage ohne Natasha – kam Detective Inspector George Lumley und sagte, wir sollten im Fernsehen sprechen. Sein Gesicht war ganz braun und runzelig, und er roch nach Zigarettenrauch. Später erfuhr ich, dass er erst vierzig war, aber er wirkte viel älter. Aufgrund der bisherigen Ermittlungen, sagte er, sei die Polizei der Auffassung, dass Natashas Entführung keine geplante Tat, sondern eine Affekthandlung gewesen sei. Höchstwahrscheinlich werde der Täter das schreiende Baby bald sattbekommen.

Eine Reihe von Fällen, teilte er Andy und mir mit, als wir klein und elend auf dem Sofa saßen, während er so groß und selbstsicher vor uns stand, eine Reihe von Fällen habe ein gutes Ende genommen, nachdem sich die Eltern an die Öffentlichkeit gewandt hatten. Erst ein Jahr zuvor sei ein Kleinkind, das aus einem Kindergarten entführt worden war, zwei Tage nach dem rührenden Appell der Mutter in einem McDonald's-Restaurant gefunden worden, wo es glücklich und zufrieden in der Ecke mit den bunten Bällen spielte. Ich musste denken, dass Natasha erstickt oder erwürgt in irgendeinem Winkel lag, wo man sie nie finden würde.

»Wären Sie also bereit zu einer Pressekonferenz?«

Andy sagte, wir wären einverstanden.

Heute kommt eine neue Klientin. Am Telefon sagte sie, ihr Name sei Sarah, aber ihren Nachnamen oder die Telefonnummer wollte sie mir nicht nennen. Sie klang sehr jung und schüchtern. Ich habe eigentlich gar nicht damit gerechnet, dass sie tatsächlich kommt, aber als ich gerade den Tee aufbrühe – ich biete meinen Klienten immer Tee und einen Keks an –, klopft es an der Tür. Ich ziehe mir das Gummiband aus dem langen Haar, streiche mit den Zeigefingern über die Haut unter den Augen und stopfe mir die Bluse in den Hosenbund. Als ich die Tür öffne, steht da ein asiatisches Mädchen, wohl nicht viel älter als fünfzehn.

»Sarah?«

Sie nickt und wirft einen prüfenden Blick die Straße hinauf und hinunter, bevor sie eintritt. Dabei schluckt sie andauernd, als müsste sie gegen Übelkeit ankämpfen. Ich biete ihr lächelnd einen Platz an. Ich bediene meine Kundschaft immer im Wohnzimmer. Dabei sitzt der Kunde im Sessel, ich auf dem Sofa, und das Teetablett steht tröstlich wie eine Brücke zwischen uns.

Beim ersten Mal sind sie immer nervös, bis sie merken, dass es nicht wehtut und dass ich mit meinen Voraussagen meistens richtig liege. Aber ich überlege mir sehr genau, was ich ihnen erzähle. Schließlich trage ich eine große Verantwortung, und wenn ich zu viel sage, könnte sogar die kosmische Ordnung irgendwie aus dem Gleichgewicht geraten.

»Also, wie heißt du wirklich?«, frage ich und füge hinzu: »Tee?« Zwei Fragen auf einmal scheinen das Mädchen zu überfordern; es schweigt. Ich gieße ihr trotzdem eine Tasse ein. Erst nachdem ich selbst ein paar Schluck Tee und einen halben Verdauungsschnaps getrunken habe, sagt sie: »Wenn Sie wirklich so gut wären, wüssten Sie es doch.«

Ihre kugelrunden zimtbraunen Augen sind glanzlos. Sie hat Sorgen. Das hat sie mir schon am Telefon verraten und außerdem gilt es für die meisten meiner Klienten. »Du vergeudest deine Sitzung, wenn du mich raten lässt.«

»Nennen Sie mich einfach Sarah.« Sarah senkt den Kopf

und faltet die Hände im Schoß. Auf ihren Handrücken sind Spuren von hübschen Henna-Tattoos. Sie trägt kirschroten Nagellack.

»Was möchtest du also wissen, Sarah?« Ich habe mich noch nicht entschieden, was ich benutzen soll. Tarot? Die Kristallkugel? Was passt zu ihr? Vielleicht nehme ich ja die Runen oder werfe mal einen Blick auf ihre Handlinien.

Bewegungslos sitzt sie da und starrt auf ihre Hände. Ihr langes dunkles Haar fällt ihr ins Gesicht. Nach ungefähr vier oder fünf Minuten hebt sie mühsam den Kopf, als zöge ein Gewicht ihn nach unten, und schaut mich mit ihren riesigen Augen an.

»Ich bin schwanger und möchte wissen, ob es ein Junge oder ein Mädchen wird, weil, wenn es ein Junge wird, bringt mich mein Vater vielleicht nicht um.« Sie ist vom Reden ganz außer Atem und holt tief Luft. »Dann wird er mich hassen, aber nicht umbringen.«

Das Thema ist kein Problem für mich. Ich habe mich daran gewöhnt, über Babys zu sprechen. Immerhin ist es dreizehn Jahre her. Das Leben geht weiter. Seither sind schon viele Frauen schwanger geworden und außer meinem sind noch andere Babys gestorben. Ich bin schon lange nicht mehr das Tagesgespräch.

»Dann wird es ein Junge«, sage ich. Ich atme ebenfalls tief durch, denn diesmal muss ich Therapeutin und nicht Medium spielen. Das ist etwas Neues für mich. Verflixte Sarah. »Weiß deine Mutter Bescheid?«

Erneut lässt Sarah den Kopf hängen. »Sie ist tot.«

»Dann wollen wir sie doch mal fragen, was sie von der ganzen Sache hält.«

»Nein, nein!« Sarah rutscht vom Sessel, fällt auf die Knie und bedeckt ihr Gesicht mit beiden Händen. »Diese Schande, diese Schande!«, jammert sie immer wieder.

»Aber wenn sie doch tot ist …« Dann ist es doch egal, will

ich gerade sagen. Aber für Sarah ist es natürlich nicht egal. Ihre Mutter ist tot, und sie ist schwanger.

»Wie alt bist du?«

»Fünfzehn.«

Zwei Jahre älter als Natasha.

»Wann ist deine Mutter gestorben?«

»Bei meiner Geburt.« Sarah wischt sich mit dem Ärmel die Tränen ab und setzt sich wieder hin. »Warum fragen Sie mich das alles? Das müssten Sie doch wissen. Oder sind Sie etwa eine Schwindlerin?«

»Ich weiß nur, was sich mir zeigt, Sarah.« Jetzt lasse ich mich vor ihr auf die Knie sinken, nehme ihre linke Hand und drehe sie mit der Innenseite nach oben. Sie hat sechs Kinderlinien, drei davon ausgezackt und unterbrochen. Ich fasse mir ein Herz und lege eine Hand auf ihren Bauch. Ich spüre, dass sie wahrscheinlich schon im sechsten Monat ist. Bei ihrem schlanken, jungen Körper ist die Schwellung nicht sehr stark ausgeprägt und lässt sich leicht unter weiten Sommersachen verstecken.

»Es ist ganz bestimmt ein Junge.« Angesichts der Erleichterung auf Sarahs Gesicht muss ich mich abwenden.

»Wirklich?« Sie hält sich mit beiden Händen den Bauch und lächelt. »Wenn ich Vater sage, dass ich das Baby nach ihm nennen will, wird er mir vielleicht irgendwann verzeihen. Aber ich werde nicht Farhad heiraten können, so wie Vater es geplant hat. Jetzt will mich bestimmt kein Junge mehr haben.«

Ich hole meine Tarotkarten, mische sie und halte sie Sarah hin. »Heb ab.« Wenn diese Therapiesitzung doch bloß schon zu Ende wäre! Als sie abgehoben hat, lege ich fünf Karten in Kreuzform neben dem Teetablett aus. Der Tod, der Narr, der Prinz der Kelche, die drei Schwerter und die Kraft. Auch ohne die Karten kommt mir plötzlich die Erleuchtung.

»Du liebst ihn, stimmt's?«

Sarah nickt mit niedergeschlagenen Augen.

»Aber er ist weiß, und dein Vater erlaubt dir nicht, dich mit einem Jungen zu treffen, außer dem, den er dir als Ehemann ausgesucht hat.«

Wieder nickt sie. Ich ärgere mich über mich selbst, weil es so einfach ist. Das hier ist keine Wahrsagerei, es ist einfach so, als wäre ich ihre Mutter. Ich biete ihr einen Keks an.

»Was bedeuten die Karten? Der Tod da macht mir Angst.« Sarah zeigt auf die Karte und lässt dabei Krümel auf den Narren fallen.

»Vor der Karte mit dem Tod braucht man keine Angst zu haben. Er bedeutet auch einen Neuanfang, musst du wissen. Oder das Ende von allem, was bisher dein Leben ausmachte.«

Die Pressekonferenz sollte am folgenden Tag in einem Hotel im Zentrum von Northampton stattfinden. Ich war verblüfft, wie schnell alles ging. Innerhalb weniger Stunden nach der Ankündigung fielen Reporter und Fernsehteams aus dem ganzen Land in unsere Stadt ein. Ich brauchte die nächsten vierundzwanzig Stunden, nur um mich zu waschen und anzuziehen. Mein Körper fühlte sich an wie ein nasser Sandsack, und ich schleppte mich nur mit Mühe durchs Haus. Ich konnte gar nicht glauben, dass alle diese Leute nur meinetwegen gekommen waren.

Sie brachten Andy und mich in einem Polizeiwagen ins Marriott-Hotel und führten uns in einen gesonderten Raum. Ich hörte, wie die Pressevertreter draußen ihre Ausrüstung aufbauten. Sie suchten sich einen Platz, an dem mein Flehen und Weinen besonders gut wirkte.

Ich wünschte, ich hätte nicht gerade das hellblaue Kostüm angezogen, das ich mir für Natashas Taufe gekauft hatte. Auf der rechten Schulter hatte Natasha einen kleinen milchigen Sabberfleck hinterlassen. Ich presste die Wange darauf. DI Lumley drückte mir ein Blatt Papier in die Hand.

»Ihre Erklärung für die Presse, Mrs Varney. Lesen Sie sie bitte laut und deutlich vor. Dieser Mistkerl soll genau hören, was Sie zu sagen haben.« Wieder dieser Blick, als steckte ich mit dem Täter unter einer Decke. Hilfesuchend schaute ich mich nach Andy um. Er las über meine Schulter gebeugt die Erklärung mit und nickte zustimmend.

»Das habe ich nicht geschrieben«, sagte ich.

»Ich weiß, aber wir müssen genau aufpassen, was wir sagen. Wir wollen nicht, dass die Täter wissen, was wir wissen. Und vor allem sollen sie nicht merken, dass wir eigentlich gar nichts wissen.«

Ich war ganz durcheinander. Irgendwo, tief in mir drin, flackerte ein Funke auf. Heute weiß ich, dass es Zorn war. Ich wollte, dass Andy protestierte und sagte, wir würden das nicht vorlesen. Aber seine Miene verriet, dass er mit der vorbereiteten Ansprache einverstanden war. Schon als ich die ersten Zeilen überflog, wusste ich, dass es nicht das war, was ich den Leuten sagen wollte. Es klang einfach nicht überzeugend, und darauf kam es doch vor allem an. Alles hing jetzt von mir ab. Ich musste die Herzen der Zuschauer gewinnen und die Leute auf meine Seite ziehen.

»Es ist immer am besten, wenn die Mutter es macht, Mr Varney.« DI Lumley legte eine Hand aufs Herz und spitzte vielsagend die Lippen. Vielleicht hatte er ja wirklich Mitleid mit uns und konnte es nur nicht richtig zeigen.

Eine Kellnerin vom Hotel kam mit einem Servierwagen herein und brachte uns Tee. Ich wollte keinen, aber man riet mir, eine Tasse zu trinken, um meine Nerven zu beruhigen. Ich hätte gerne PC Miranda bei mir gehabt, aber sie sagten, sie habe frei. Klappernd stellte ich die Tasse wieder auf die Untertasse. Wir warteten, dass es zwei Uhr wurde.

Es waren jetzt vier Tage und dreieinhalb Stunden ohne Natasha. Was würde in einer Woche sein, in einem Monat, einem Jahr? Wie würde ich mich an ihrem Geburtstag fühlen oder an Weihnachten oder in dem Jahr, wenn sie zur Schule gekommen wäre?

»Ich will mein Baby wiederhaben ... *bitte*!«, schrie ich und ließ den Kopf auf die Knie sinken. DI fand, jetzt sei der Zeitpunkt gekommen, um mich hinaus vor die Kameras zu führen. Ich machte genau den richtigen Eindruck, erregt und aufgewühlt. Auf einmal stand ich auf dem Podium. Ich zitterte, schwitzte und hyperventilierte angesichts der rund fünfzig Zeitungs- und Fernsehjournalisten, die schweigend darauf warteten, dass ich mich an den Entführer wandte.

Und dann, als ich mich an den Tisch setzte, zum Mikrofon vorbeugte und zum Sprechen ansetzte, flammten zahllose Blitzlichter auf. Ich knüllte das Papier zusammen, das DI Lumley mir gegeben hatte, und ließ es auf den Boden fallen. Mit meinen eigenen Worten wandte ich mich an die Menschen im ganzen Land.

»Vor dem Tod braucht man wirklich keine Angst zu haben. Aber schauen wir uns mal das hier an. Der Narr zeigt, wo du im Augenblick in deinem Leben stehst. Und siehst du, er liegt verkehrt herum.« Ich beobachte Sarahs Reaktionen. Jedes noch so kleine Zucken, jede winzige Bewegung ihres Kopfes oder ihrer Hände kann mir einen Hinweis geben. Mit großen Augen rutscht sie bis zur Kante ihres Sessels.

»Das bedeutet, du steckst in der Klemme.« Wie erwartet, reagiert Sarah sofort darauf. Ich bin auf der richtigen Spur.

»Das kann man wohl sagen!« Wie jemand, der seinen Mantel ablegt, verliert ihr Gesicht den argwöhnischen Ausdruck und sie trinkt zum ersten Mal einen Schluck Tee. Offensichtlich fasst sie langsam Vertrauen zu mir.

»Ich sehe eine Menge Sorgen, Sarah. Du bist erst fünfzehn und schon in schrecklichen Schwierigkeiten.« Wie ich mich selbst dafür hasse! Ich beschäftige mich wieder mit den Karten, weil ich den staunenden Blick aus ihren Zimtaugen nicht ertragen kann.

»Wann wird das Kind zur Welt kommen?« Um diese Frage

zu beantworten, muss man nur ein bisschen rechnen. Ich starre weiter auf die Karten und wünschte, sie wäre zu ihrem Hausarzt gegangen.

»Ich sehe, dass du viel durchgemacht hast.« Das hat sie mir ja schon verraten. »Viel Kummer und Schmerz. Du hattest wirklich ein trauriges Leben, Sarah.« Damit fische ich ein bisschen im Trüben, weil ich nicht so recht weiterweiß, aber sie beißt sofort an.

»Seit ich auf der Welt bin! Sagen Sie mir, wann hat das endlich ein Ende? Werde ich jemals glücklich sein?«

»Aber sicher«, antworte ich und überlege dabei, ob das wohl stimmt. »Dein Baby wird dir viel Freude bereiten, und wenn dein Vater erst einmal sieht, was für ein schönes Kind du der Familie geschenkt hast, wird sein Zorn verrauchen.« Noch nie zuvor habe ich einem Kind die Zukunft vorhergesagt, einem Menschen, vor dem noch so viel unbeschriebene Lebenszeit lag. »Und außerdem ist die Kraft auf deiner Seite. Das zeigen die Karten ganz eindeutig.«

»Tatsächlich?« Sie trinkt noch etwas Tee.

In den folgenden vierzig Minuten spreche ich viel von Sarahs guten Eigenschaften und gebe ihr Ratschläge, was sie ihrem Vater und ihrem Freund sagen und wie sie während der Geburt atmen soll. Und das alles, ohne einmal auf die Karten zu schauen. Es ist ein Gespräch zwischen einer Frau und einem jungen Mädchen. Zwischen Mutter und Tochter. Am liebsten hätte ich sie gebeten, mir das Baby nach der Geburt zu überlassen. Ich kann mich gerade noch beherrschen.

Nachdem ich die Bevölkerung von Großbritannien angefleht hatte, die Augen offen zu halten und mir bei der Suche nach meinem Baby zu helfen, erzählte ich von meiner Dummheit und Nachlässigkeit und warnte alle Mütter davor, ihre Kinder auch nur eine einzige Sekunde lang unbeaufsichtigt im Auto zu lassen. Dann lieferte ich eine eingehende Beschreibung von Natasha bis hin zu ihren winzigen Fingernägeln und der kleinen hellrosa Zunge. Und schließlich, als das alles gesagt war, wandte ich mich unmittelbar an den Entführer meiner Tochter. Jetzt gab es nur noch ihn und mich – mit Hilfe der Kameras standen wir uns sozusagen Auge in Auge gegenüber. Es führte kein Weg daran vorbei.

DI Lumley fasste mich am Ellbogen und öffnete schon den Mund, um etwas zu sagen. Doch dann überlegte er es sich anders. Er trat einen Schritt zurück, blieb ganz still neben mir stehen und ließ mir freie Hand, obwohl ich seinen Entwurf weggeworfen hatte. Da wusste ich, dass er doch ein Herz besaß. Ich starrte in die BBC-Kameras und holte tief Luft.

»Als Sie meinem Baby zum ersten Mal begegnet sind – ihr Name ist übrigens Natasha Jane Varney –, hat ihr Schlafanzug vielleicht noch ein wenig nach mir gerochen, nach meinem Parfum oder meinem Shampoo oder nach dem Waschpulver, das ich immer benutze. Was mir nicht aus dem Kopf geht, ist, dass sie jetzt nach Ihnen riecht. Wenn ich mein Baby zurückbekomme, wird sie Ihren Geruch an sich tragen. Was mir auch noch Sorgen macht, ist, dass eines von Natashas Füßchen kalt werden könnte, weil ich doch einen ihrer Schuhe gefunden habe. Und außerdem habe ich Angst, dass Sie sie nach dem Essen kein Bäuerchen machen lassen.« Ich weiß wirklich nicht, wie ich es fertigbrachte, an dieser Stelle ein wenig zu lachen. »Das heißt, falls Sie ihr überhaupt etwas zu essen geben. Auf jeden Fall sollen Sie wissen, dass sie sechsmal in vierundzwanzig Stunden gefüttert werden muss. Aber weil ich sie immer gestillt habe, wird es vielleicht schwierig werden, sie an die Flasche zu gewöhnen. Sie sollen auch wissen, dass sie es mag, wenn man sie sich an die Schulter legt und ihr sachte auf den Rücken klopft. Am friedlichsten ist sie im Kinderwagen – ich nehme mal an, dass Sie sich einen anschaffen –, aber wenn es kalt ist, packen Sie sie bitte gut ein. Normalerweise wird Natasha etwa neun- bis zehnmal pro Nacht wach. Sie hat noch nie richtig durchgeschlafen. Das heißt, am Tag schon. Aber dann müssen Sie ja auch Ihren Schlaf nachholen ...« Ich spürte eine Hand auf meinem Arm. »Sie könnten ja eine Sozialarbeiterin anrufen, aber die hat möglicherweise keine Zeit ...«

Die Hand greift nach meinem Ellbogen und versucht, mich wieder auf den Stuhl zu ziehen, aber jetzt, da endlich alle zuhören, gibt es für mich kein Halten mehr. »Und wenn Sie wirklich fix und fertig sind, können Sie sie immer noch im Auto lassen und in den Supermarkt gehen.« Ich mache eine Pause und starre an die Decke, um die Tränen zurückzuhalten. »Dann kommt vielleicht jemand und stiehlt sie Ihnen.«

Ich habe einen Kloß im Hals. Deshalb muss ich ständig schlucken und kann nicht mehr weitersprechen. Als dann endgültig die Tränen fließen, klicken die Auslöser wie verrückt. Als Andy mir den Arm um die Taille legt, ruft einer: »So ist's gut, stellen Sie sich dicht neben Ihre Frau, Mr Varney!« Noch mehr Geklicke und so viele Blitzlichter, dass ich ganz geblendet bin und mir blaue Fünkchen vor den Augen tanzen. Es ist, als würde ich durch den Weltraum wirbeln.

Allmählich wird es wieder still im Raum. Ich schließe die Augen und lehne mich gegen Andy. Fragen prasseln auf mich ein, aber ich kann nicht antworten. Noch immer tanzen die blauen Fünkchen um mich herum – ob Natasha auch so ein Funkeln gesehen hat, wenn sie auf das Glasmobile über ihrem Bettchen schaute?

Jetzt rase ich auf das Zentrum des Sternenwirbels zu. Hier gibt es keinen Schmerz mehr, nur schwarze Leere. Und mitten im Nichts sehe ich auf einmal Natasha. Sie trägt ihre hübschen Babysachen, gurgelt fröhlich und weint kein bisschen. Sie wartet auf mich. Ich strecke die Arme nach meinem Baby aus und bitte es, mir zu verzeihen.

Eigentlich wäre es für Sarah Zeit zu gehen, aber sie hat offenbar keine Lust dazu. Da nutzt es auch nichts, dass ich auf die

Uhr schaue und die leeren Tassen aufs Tablett stelle. Ich sollte ihr einfach sagen, dass die Sitzung zu Ende ist und ich fünfundzwanzig Pfund von ihr bekomme, aber das bringe ich nicht übers Herz. Und außerdem hat sie ein Baby in ihrem Bauch. Eines, das vielleicht niemand haben will.

»Heute kommen keine Klienten mehr. Du kannst also hierbleiben und mir Gesellschaft leisten, wenn du willst.« Kann sein, dass ich mich schäme, weil ich ihre Zukunft nicht wirklich voraussagen konnte. Vielleicht ist mir auch einfach nach ein bisschen Reden. Auf jeden Fall wundere ich mich, dass Sarah mir mein schlechtes Gewissen nicht ansieht. Aber sie nimmt mein Angebot ohne Zögern an.

»Gut. Aber nur eine Stunde oder so, weil mein Vater und meine Brüder um sechs ihr Essen bekommen und ich noch nichts gekocht habe.«

Etwas in ihrem Ton verrät mir, dass sie sich in ihr Schicksal gefügt hat. Auch sie hat ein schlechtes Gewissen, weil sie durch ihre Geburt ihre Mutter getötet hat und weil sie ein Kind erwartet, wo sie doch selbst noch eines ist.

»Was ist mit deinen Schulaufgaben?« Ich nehme das Tablett und bitte sie, mit in die Küche zu kommen. In einer Küche lässt es sich immer gut reden. Vielleicht sollte ich ja mit allen meinen Klienten in die Küche gehen. Ich stelle das Geschirr ins Spülbecken und ziehe mir die Gummihandschuhe an. Sarah sitzt am Tisch. Sie wirkt jetzt viel gelöster.

»Mit dem Lernen habe ich mir nie viel Mühe gegeben. Seit ich klein war, hat mein Vater immer wieder gesagt, wie glücklich ich sein werde, wenn ich erst mal verheiratet bin, und wie gut ich dann im Leben dastehen würde.« Sarah verzieht das Gesicht. »Aber jetzt, wo ich bald eine alleinerziehende Mutter bin, ist die Schule auf einmal wichtig. Ich brauche doch einen Job!«

Sie legt sich die Hände auf den Bauch und für einen Augenblick kommen ihre nervösen Finger zur Ruhe. Als ich sehe, wie sich ihre Strickjacke über der Schwellung spannt, bekomme ich unwiderstehliche Lust, noch einmal ihren festen, straffen Bauch anzufassen und vielleicht den Stoß eines kleinen Ellbogens oder Fußes zu spüren. »Ich glaube aber kaum, dass mir jemand im Augenblick einen Job geben würde. Oder mich heiraten. Was soll ich bloß machen?« Dann legt sie den Kopf auf die Tischplatte. Hinter dem Vorhang aus langen dunklen Haaren, der ihr Gesicht verbirgt, weint Sarah zwei Stunden lang.

Als sie aufhört, wasche ich ihr das Gesicht mit Lavendelwasser, koche ihr noch eine Tasse Tee und schicke sie dann nach Hause. Es geht ihr schon viel besser. Sie bringt sogar ein kleines Lachen zustande, als ich mich zum Abschied bücke und ihr einen kleinen Kuss auf den Bauch gebe.

13 Die Wagen standen auf der M23 dicht an dicht. Wie eine bunte Perlenschnur zogen sie sich über das schwarze Band aus Asphalt. Robert stellte den Motor ab und reckte sich ein wenig, um nach der Ursache des Staus Ausschau zu halten. Er überlegte, ob er das Dach wieder schließen sollte – zum Schutz gegen die Sonne, die schon jetzt um halb elf die Straße in einen Backofen verwandelte. Plötzlich wurde die leise Musik im Autoradio von einer Verkehrsdurchsage unterbrochen. Die M23 musste in Höhe der Anschlussstelle 10A vollständig gesperrt werden, nachdem sich ein Lastwagen über alle drei Fahrspuren quer gestellt und dabei seine Ladung verloren hatte.

Der Wagen vor ihm fuhr zwei Meter weiter. Erst als hinter Robert ein Hupen ertönte, ließ er den Motor wieder an und rollte ebenfalls ein Stück vor. Er war fest entschlossen, sich nicht verrückt machen zu lassen, gerade heute nicht. Robert versuchte, auf dem Navigationsgerät eine Ausweichstrecke zu finden. Ein Stück weiter kam eine Ausfahrt, die aber wahrscheinlich auch verstopft war.

Als auf der Spur links neben ihm eine Lücke entstand, zog Robert abrupt hinüber. Ohne die Lichthupe hinter sich zu beachten, schaltete er Scheinwerfer und Warnblinkanlage ein, wechselte auf die Standspur und fuhr mit zunehmendem Tempo Richtung Ausfahrt. Er musste unbedingt nach Brighton und das hieß, runter von der Autobahn, er wollte seinen Nerven keine weitere Verzögerung zumuten. Natürlich war die Standspur nur für Notfälle da, aber nach Roberts Ansicht handelte es sich bei ihm um einen Notfall – er versuchte, seine Ehe zu retten.

Auch auf der Fernstraße herrschte dichter Berufsverkehr. Hupend und mit eingeschalteter Warnblinkanlage raste Robert auf den Kreisverkehr am nächsten Ortseingang zu, wo er, den Anweisungen des GPS folgend, zuerst nach Osten und später nach Süden abbog, bis er endlich eine freie Landstraße erreichte.

Zwanzig Minuten später bog er in einen Feldweg ein und machte den Motor aus. Er war gründlich vom Kurs abgekommen. Seufzend schob er seine Sonnenbrille hoch, wischte sich mit dem Handrücken den Schweiß von der Stirn und ließ den Kopf an die Rückenlehne sinken. Die Hitze hatte ihm so zugesetzt, dass von der wilden Entschlossenheit, mit der er am Morgen das Haus verlassen hatte, nicht mehr viel übriggeblieben war.

Er hatte sich von Erin mit einem flüchtigen Kuss verabschiedet. Dass er vorhatte, an die Südküste zu fahren, erwähnte er nicht. Dann brachte er Ruby zum Bus. Er konnte nur hoffen und beten, dass ihn keine von beiden heute anrufen würde. Wenn Erin erfuhr, dass er in Brighton war, würde sie nur misstrauisch werden. Dann musste er ihr etwas von einem Termin oder einer Sitzung vorschwindeln. Und wäre damit genauso ein Lügner wie sie.

Robert schraubte die Wasserflasche auf und trank sie fast leer. Dann stieg er aus, um sich die Beine zu vertreten und nachzudenken. Er hatte lange überlegt, was er beim Treffen mit dem Liebhaber seiner Frau tragen sollte. Zuerst hatte er seinen üblichen dunklen Anzug mit einem kurzärmeligen Hemd angezogen, doch sobald Ruby und Erin aus dem Haus waren, zog er sich um. Er entschied sich für Jeans, ein weites Hemd, leichte Slipper und dazu eine dunkle Sonnenbrille. Er wollte so jung wie möglich aussehen, denn er hatte den Verdacht, dass Baxter mindestens zehn Jahre jünger und viel attraktiver war als er.

Robert ließ die Faust auf die Motorhaube krachen und bereute es sofort, als er die Delle im Blech sah. In diesem Augenblick hätte er Erin am liebsten gehasst, für ihre Lügen und ihre Heimlichtuerei, aber vor allem dafür, was sie damit Ruby antat, die letzten Endes am meisten leiden würde. Aber er brachte es nicht über sich, sie zu hassen, also hasste er sich selbst – für seinen heimlichen Ausflug nach Brighton.

Eine Stunde später parkte er den Mercedes an der Promenade. Auf dem Kiesstrand lagen Menschen in der Sonne, ihre leicht geröteten Körper waren nahezu nackt. Robert schloss den Wagen ab. Falls er Baxter nicht fand, würde er sich Shorts kaufen und zur Abkühlung ein kurzes Bad im Meer nehmen.

Er zog ein Stück Papier aus der Hosentasche. Im Internet hatte er die Adresse von »King's Blumen« gefunden und sich einen Stadtplan von Brighton ausgedruckt. Das Geschäft lag nicht weit von der Strandpromenade entfernt an der Market Street, und schon nach wenigen Minuten Fußmarsch durch die schattigen Gässchen der Altstadt stand Robert vor der Ladenfront, die ganz in Cremeweiß und Grün gehalten war und in eleganten goldfarbenen Lettern die Aufschrift »King's Blumen, Floristik für jeden Anlass. Inhaber: Baxter King« trug.

Ein rascher Blick ins Schaufenster verriet Robert, dass die Blumen und Dekoartikel selbst im Vergleich zu Erins Londoner Laden sehr teuer waren. Aber es hatte einen anderen Grund, dass er vor Überraschung scharf die Luft einzog: Das minimalistische Arrangement aus gedrehten Bambushalmen und feuerfarbenen Orchideen, die nur grob angestrichenen Holzbretter, auf denen gewagte Kreationen aus Anthurien und Bärengras angeordnet waren, die einzelnen Lilien, wie hingestreut auf einem Untergrund aus Sand und Strandkieseln und mit Zuckerwasser besprüht, das wie Tauperlen wirkte – all das glich fast aufs Haar Erins Schaufenster in London.

Robert lehnte sich gegen einen Laternenpfahl. Er konnte den Anblick des Schaufensters nicht länger ertragen. Hatte Baxter King Erins Ideen kopiert oder war sie so verliebt in den kreativen Mr King, dass ihr Laden in London unbedingt so aussehen musste wie seiner in Brighton? Auf jeden Fall standen sie einander wohl sehr nahe. Robert wurde ganz schlecht bei dem Gedanken. Gegenüber dem Blumenladen befand sich ein Café. Er setzte sich an einen Tisch am Fenster, bestellte einen starken Kaffee und grübelte darüber nach, wie er vorgehen sollte.

»King's Blumen« fand offenbar regen Zuspruch. Im Verlauf von fünfzehn Minuten zählte Robert ebenso viele Kunden, die den Laden mit dekorativ verpackten Blumengebinden verließen. Drinnen konnte er zwei junge Frauen in Jeans und kurzen Tops und lose um die Hüften geschlungenen grünen Baumwollschürzen erkennen. Sie unterhielten sich, bedienten die Kunden und einmal zog die Blonde ihre Schuhe aus und kletterte mit einer Sprühflasche ins Schaufenster, um die Blumen zu befeuchten, eine Tätigkeit, bei der Robert auch Erin schon häufig zugesehen hatte. Wahrscheinlich hatte sie es von Baxter King gelernt. Er fragte sich, wo der Mann wohl stecken mochte. Vermutlich war er zu wichtig, um sich mit dem Alltagskram im Geschäft abzugeben. Vielleicht würde Robert ihn gar nicht zu Gesicht bekommen und dann wäre die ganze Fahrt umsonst gewesen. Robert hatte die Absicht, ihn erst einmal aus sicherer Entfernung zu beobachten, bevor er sich zu erkennen gab. Wissen ist Macht, sagte er sich und schwenkte den Rest seines Kaffees in der Tasse.

Er stand auf und wollte gerade das Café verlassen, als er plötzlich erstarrte. Ein kleiner, untersetzter Mann in einem lila und gelb gemusterten Hemd im Stil der siebziger Jahre betrat »King's Blumen« und umarmte als Erstes die beiden Verkäuferinnen. Dann beugte er sich über den Ladentisch und blätterte einige Papiere durch, bevor er einen Rundgang durch den Raum machte. Dabei zupfte er hier und dort ein paar Blumen zurecht und unterhielt sich lachend mit den Frauen.

»Das ist also Baxter King«, murmelte Robert erleichtert

und ließ sich wieder auf seinen Stuhl sinken. Der Mann war kaum größer als eins siebzig und fast so breit wie hoch. Soweit Robert es von seinem Platz aus erkennen konnte, hatte King ein rotes Gesicht mit einem gelblich-braun gescheckten Bart. Durch ein paar schüttere graue Haarsträhnen schimmerte die sonnenverbrannte Kopfhaut. Robert lachte auf und bestellte sich noch einen Kaffee.

Der Mann war ausgesprochen hässlich. Robert hätte gern gewusst, was Erin an ihm fand. Da sie ihn, Robert, zum Mann genommen hatte, war er immer davon ausgegangen, dass sie eher auf den konservativen Typ stand. Es gab ihm zwar kurz einen Stich, dass er sich selbst so sah, aber er bevorzugte nun einmal konventionelle, wenn auch hochwertige Kleidung und trug, seit er denken konnte, den gleichen Haarschnitt. Trotzdem hatte er immer gehofft, dass Erin ihn für einen attraktiven und außergewöhnlichen Mann hielt.

Doch vielleicht reichte ihr das nicht, fuhr es ihm durch den Kopf. Vielleicht war ja Baxter King genau Erins Typ – einer, der sich schräg und verrückt kleidete und sich nicht darum scherte, was andere von ihm hielten. Der Inhaber des Blumenladens trank gerade aus einem Becher und telefonierte gleichzeitig, wobei er den Hörer zwischen Kinn und Schulter geklemmt hatte. Möglicherweise war dies ja gar nicht Baxter, und der war in Wirklichkeit eins achtzig groß, muskulös und sonnengebräunt und besaß eine Jacht in …

»Nun geh schon hin und mach dich schlau«, sagte Robert ungehalten zu sich selbst, worauf sich einige Gäste nach ihm umdrehten. Er zahlte und trat auf die heiße Straße hinaus. Nachdem er die Sonnenbrille aufgesetzt hatte und sich mit den Fingern durchs Haar gefahren war, holte er noch einmal tief Luft und betrat dann »King's Blumen«.

Ein kühler Lufthauch streifte seine verschwitzte Haut. Erstaunlicherweise machte ihm die Tatsache, dass er sich auf dem Terrain seines Rivalen befand, nicht das Geringste aus. Die sanfte Musik, die aus Lautsprechern in allen vier Ecken des Ladens drang, übte eine ebenso beruhigende Wirkung auf ihn aus wie der kühle Marmorboden unter seinen Füßen und die Mischung aus Blumendüften, die eigens zur Entspannung der Kunden komponiert zu sein schien. Roberts verkrampfte Schultern wurden locker, der Knoten in seinem Magen löste sich auf.

Er betrachtete die verschiedenen Blumenarrangements – da gab es alles, von tropischen Pflanzen mit würzigem Aroma bis zu zart duftenden heimischen Wildblumen. Das hier würde Erin sehr gefallen, dachte er. Er sah förmlich vor sich, wie sie die Farben und Formen der einzelnen Pflanzen und die Dekorationen eingehend betrachtete und dann vor Begeisterung in die Hände klatschte.

»Kann ich Ihnen helfen, Sir?«

Unwillkürlich spannte Robert die Muskeln an. Die blonde Verkäuferin vor ihm war von Nahem noch attraktiver. Offensichtlich hatte King etwas für schöne Frauen übrig.

»Ich möchte meiner Frau ein paar Blumen schicken lassen.« Ohne direkt hinzusehen, wusste Robert, dass King noch immer hinter der Theke telefonierte.

»Haben Sie an etwas Bestimmtes gedacht?« Das Lächeln der Verkäuferin wirkte beinahe, als wolle sie mit ihm flirten. Wahrscheinlich hatte sie ihre Anweisungen. Sie dirigierte Robert zu einer Reihe von Pflanzen, die für ihn wie Kräuter aussahen. »Das hier ist wirklich etwas Ausgefallenes und zurzeit sehr beliebt – Gestecke mit Lavendel oder mit Rosmarin und weiteren Kräutern. Viele Damen stellen es sich gern in die Küche. Oder wünschen Sie eher etwas Schlichteres? Vielleicht Bambus und Lilien oder etwas mit Gräsern?« Sie wartete auf Roberts Antwort, doch der konzentrierte sich auf Baxter King.

»Freesien«, sagte er, ohne die Verkäuferin anzusehen. »Zwei Bund.« Dann ging er hinüber zur Ladentheke. Schließlich war er nur noch ungefähr einen Meter von diesem lächerlichen

Liebhaber seiner Frau entfernt. Er konnte sein Rasierwasser riechen und fragte sich, ob es wohl ein Geschenk von Erin war. Wie pockennarbig Kings Haut aussah! An einer Seite war sein Hals mit weißen, knotigen Brandnarben bedeckt. In diesem Augenblick lachte King schallend und entblößte dabei eine Reihe gelber Zähne. Die Verkäuferin trat hinter den Tresen, schob King sachte beiseite, öffnete ein Auftragsbuch und nahm einen Stift zur Hand.

»Wann sollen wir die Blumen liefern?«, fragte sie, abermals lächelnd. Neben dem hübschen Mädchen wirkte King noch hässlicher.

»Ginge es morgen?«

»Sagen Sie mir bitte den Namen Ihrer Frau?«

»Erin Lucas«, antwortete Robert laut und vernehmlich in Kings Richtung. Er kam sich vor wie ein Schmierenkomödiant, der seine Rolle übertrieb. Die Verkäuferin schrieb etwas in das Buch, doch bevor sie noch weitere Fragen stellen konnte, beendete Baxter King sein Telefonat und beugte sich über die Theke.

»Um diese Bestellung kümmere ich mich selbst. Danke, Sally. Bitte besprühe jetzt mit Alison draußen die Sträuße.« Er schob sie in Richtung Tür und wandte sich dann an Robert. »Sie wollen also einer gewissen Erin Lucas Blumen schicken?«

Wie er da in seinem geschmacklosen grellbunten Hemd vor Robert stand, gab Baxter King wahrhaftig eine traurige Figur ab. Die Haut an Gesicht und Händen war faltig, die grauen Augen blickten trübe wie Regenwolken und über die pockennarbigen Wangen zog sich ein Geflecht leuchtend roter Äderchen.

»Ja. Ich schicke meiner Frau Blumen.« Langsam nahm Robert die Sonnenbrille ab.

»Geht es ihr gut? Sie ist doch nicht etwa krank?« Nervös befingerte King seine Lippen und zupfte an dem schütteren Bart. »Habe ich ihren Geburtstag vergessen?«

Mit einem leisen Schnauben starrte Robert ihn an, stützte sich mit beiden Händen auf die Ladentheke und beugte sich vor. »Nein, sie ist nicht krank, und sie hat auch noch nicht Geburtstag. Ich schicke ihr Blumen, weil ich Lust dazu habe. Weil ich sie liebe.«

»Da bin ich aber erleichtert.« Baxter King lächelte schwach. »Aber Sie können ihr auf keinen Fall Freesien schicken. Nein, nein, nein …« Mit breitem Grinsen kam er hinter dem Ladentisch hervor und streckte Robert seine fleischige Hand entgegen. »Ich bin übrigens Baxter King. Und Sie müssen Robert sein. Ich habe schon viel von Ihnen gehört.«

Als King so bereitwillig zugab, Erin und sogar ihn selbst zu kennen, war Robert derart verdutzt, dass er ihm wortlos die Hand schüttelte. Bei einem Rundgang durch den Laden erklärte ihm der Blumenhändler wortreich, welche Schnittblumen Erin bevorzugte.

»Ich persönlich würde ihr ja Helikonien kaufen, am besten die Sorte Mexican Gold. In einer hohen Vase mit Glasperlen machen sie sich einfach fantastisch! Ein paar Stängel roter Ingwer ginge auch. Entsetzlich teuer, weil sie aus Puerto Rico eingeflogen werden.« King fuhr sich mit dem Handrücken über die Nase. »Aber Erin ist es wert.«

»Danke, aber ich bleibe bei den Freesien«, erwiderte Robert entschlossen.

»Keine Helikonien?« Mit theatralischer Geste trat Baxter King einen Schritt zurück und zog die Augenbrauen hoch. Er spitzte verwundert die rissigen Lippen und blickte Robert aus seinen wässrigen Augen so beschwörend an, dass der beinahe versucht war, doch die Helikonien zu nehmen.

»Ich habe ihr Freesien geschenkt, als wir unsere erste Verabredung hatten.« Robert war entschlossen, in diesem Blumenwettstreit keinen Deut nachzugeben. »Wie ich Erin kenne, bin ich mir sicher, dass sie ihr gefallen werden.«

»Sie sind sich also sicher. Sehen Sie, das ist ein Problem,

mit dem ich jeden Tag konfrontiert werde. Andauernd kommen Männer in meinen Laden und wollen für ihre Frauen, Freundinnen und Geliebten Chrysanthemen kaufen.« Baxter King machte eine Kunstpause und reckte in hilfloser Geste die Arme. »Chrysanthemen führe ich noch nicht einmal! Schreckliche Dinger. Es ist meine Aufgabe, dafür zu sorgen, dass Männer die Blumen kaufen, die Frauen wirklich wollen. Und das sind *Exoten.* Ich frage meine Kunden immer: Wenn Sie sich die Frau Ihres Lebens als Blume vorstellen, was für eine wäre sie dann? Ich bitte die Männer, etwas über sie zu erzählen – wie sie aussieht, wie sie riecht, über ihre Farben und ihre Größe ... Dann frage ich sie, wie die Frau im Bett ist und wie als Mutter oder ...«

Nicht nur, dass King, der wie eine große Schüssel Wackelpudding aussah, dicht vor ihm stand, jetzt hatte er auch noch Roberts Hände ergriffen, hielt sie fest und redete dabei ohne Unterlass auf ihn ein. Dieser Mann ist ja wie eine Schlingpflanze!, dachte Robert. Von seinem Beruf verstand er allerdings etwas, das musste ihm der Neid lassen. Wäre Robert ein ganz normaler Kunde gewesen, hätte er sich bestimmt den puertoricanischen Ingwer aufschwatzen lassen und auf den Preis gepfiffen.

Er warf einen unbehaglichen Blick auf seine Hände, die fast aus Baxter Kings schweißfeuchten Fingern rutschten.

»Sie sehen also, meiner geliebten Erin können Sie einfach keine Freesien schenken. Für eine so außergewöhnliche Frau wie sie sind diese Blumen viel zu gewöhnlich.« Endlich ließ King Roberts Hände los und lehnte sich mit dem Rücken gegen die Theke. Er wischte sich die Stirn mit einem Taschentuch ab, während er auf Roberts Antwort wartete.

Der wusste nicht, was er sagen sollte. Gedankenverloren wanderte er noch einmal durch den kleinen Laden und tat so, als überlege er, für welche Blumen er sich nun entscheiden sollte. Ihm fiel wieder der Brief ein, den er in Erins Arbeitszimmer gefunden hatte. Es gab keinen Zweifel, dass zwischen seiner Frau und King schon seit geraumer Zeit eine ganz besondere Beziehung bestand.

»Seit wann kennen Sie meine Frau?«, fragte Robert in anklagendem Ton, die Arme vor der Brust verschränkt.

Baxter schaute nachdenklich an die Decke. »Ach, schon seit Jahren. Seit ihre Tochter drei oder vier war.« Da Baxter King den Kopf in den Nacken gelegt hatte, konnte man deutlich die narbige Haut an seinem dicken Hals erkennen. Er röchelte ein wenig beim Atmen. »Ich habe sie erwischt, als sie meine Blumen klauen wollte.« Robert setzte zum Sprechen an, doch Baxter redete schon weiter. »Und als sie dann schluchzend vor mir auf dem Boden kauerte und mir ihre traurige Geschichte erzählte, tat sie mir furchtbar leid. Sie war so schrecklich verzweifelt, das arme Ding! Und dann musste sie ja auch noch für das Kind sorgen.«

Robert öffnete seinen Mund, schloss ihn jedoch sogleich wieder. Jedes einzelne Wort wäre ihm wie ein dicker Klumpen im Halse stecken geblieben. Das konnte doch nicht wahr sein! Als Baxter King verstummte und gedankenverloren in ein Gesteck mit purpurfarbenen Rhododendren starrte, fing Robert an zu lachen.

»Offensichtlich liegt hier ein Missverständnis vor.« Er atmete erleichtert auf. »Anscheinend sprechen wir von zwei völlig verschiedenen Frauen.« Aber Roberts Erleichterung war nur von kurzer Dauer. Immerhin hatte King eine Tochter erwähnt und da war auch noch der Brief, den King, den *dieser* Mann hier an Erin geschickt hatte. »Ich meine Erin Knight – oder Lucas. Ungefähr eins siebzig groß, helle Haut, blondes Haar, ungefähr so lang.« Robert deutete mit einer Hand die Haarlänge an. Schon wieder bildete sich dieser Kloß in seiner Kehle. Erin und Blumen klauen? Das war einfach unvorstellbar.

»Ja, Erin Lucas. Ich weiß, dass sie jetzt Knight heißt. Sie hat mir von Ihnen erzählt. Ich war ja so erleichtert, als ich hörte, dass sie einen ordentlichen Mann geheiratet hat! Endlich hat sie mal Glück.«

Robert trat Schweiß auf die Stirn, der von der Klimaanlage unangenehm gekühlt wurde. Dieser Mann, den er verdächtigte, eine Affäre mit seiner Frau zu haben, stritt seine Bekanntschaft mit Erin nicht etwa ab, sondern gab sie offen zu! Robert wusste nicht, was er von alldem halten sollte. Ihm wurde so schwindlig, dass er sich unbedingt setzen musste.

»Könnte ich wohl ein Glas Wasser haben? Ich habe eine lange Fahrt hinter mir und ...«

»Aber sicher. Kommen Sie mit nach hinten, da können wir uns ungestört unterhalten.« Baxter holte die Verkäuferinnen wieder herein und führte Robert anschließend durch eine Art Küche in einen schattigen Hof mit Kopfsteinpflaster. Ringsum standen so viele Eimer mit Blumen und Zierbäumchen in Terracottakübeln, dass nur ein kleines Fleckchen Platz für einen Tisch und zwei Stühle übrig war.

Verwirrt setzte sich Robert, nahm dankend das Glas mit dem kalten Wasser und trank. Dann wischte er sich mit der Hand den Mund ab und beugte sich vor, die Ellbogen auf die Knie gestützt. Er wägte seine Worte sorgfältig ab.

»Ja, Sie haben recht. Unsere Ehe ist wirklich ein Glücksfall für sie. Und ihr Laden hilft ihr, auf dem Pfad der Tugend zu bleiben.« Er bemühte sich um einen leichten, scherzhaften Ton, und falls King den leisen bitteren Beiklang in Roberts Worten herausgehört hatte, ließ er es sich nicht anmerken.

»Stimmt genau, mein Lieber. Gleich vom ersten Tag an, als sie für mich arbeitete, wusste ich, dass sie Talent hat. Und einen Blick für Farben und Schönheit. Ihre Blumenarrangements haben sie hier in der Gegend ziemlich bekannt gemacht. Patrick war schon ganz vernarrt in sie, als sie bei uns einzog. Gott sei Dank, denn immerhin ist sie ja fast acht Jahre geblieben.« Baxter King stieß ein Lachen aus, wie es Robert noch nie zuvor gehört hatte. Es erinnerte ihn an Eselsgeschrei.

»Armer Patrick.« Baxter seufzte und warf einen Blick auf Robert, der zu Boden starrte und versuchte, das Gehörte zu verarbeiten. »Wie schrecklich, dass er so enden musste.«

Wenn er alles von diesem merkwürdigen Mann erfahren wollte, musste er ihn bei Laune halten, erkannte Robert. »Patrick?«, fragte er also in einem Ton, als könne er sich gerade nicht recht an ihn erinnern.

»Mein Partner. Er ist bei dem entsetzlichen Brand umgekommen.« Wie ein Schauspieler auf der Bühne senkte Baxter pietätvoll den Kopf.

»Ihr Geschäftspartner?«

»Lebensgefährte, mein Guter. Mein *Lover*.«

Robert nickte übertrieben langsam, um Zeit zu gewinnen. Auch diese Information musste er erst einmal verdauen. Baxter King hatte einen Liebhaber gehabt?

Vielleicht steht er ja jetzt auf Frauen, schoss es Robert durch den Kopf, doch dann gingen ihm die Augen auf. Der Mann war klar und eindeutig schwul. Robert hatte sich derart in die Vorstellung verrannt, dass Baxter und Erin eine Affäre hatten, dass er blind für das Offensichtliche gewesen war.

Doch diese Erkenntnis warf nur noch mehr Fragen auf. Er war zwar mittlerweile davon überzeugt, dass sie beide dieselbe Erin meinten, doch warum hatte sie etwas aus Kings Laden stehlen wollen? Das sah seiner Frau so gar nicht ähnlich! Aber was wusste er schon? Inzwischen schien ihm alles möglich.

»Das tut mir leid«, sagte Robert teilnahmsvoll.

»Danke. Anfangs musste ich mich zwingen, darüber zu reden, aber jetzt macht es mir nichts mehr aus. Zumindest sind Erin und Ruby unverletzt davongekommen.« Als Baxter King nachdrücklich seinen Hals massierte, starrte Robert unwillkürlich auf die vernarbte Haut, so als läge dort die Antwort auf seine Fragen.

»Erin fällt es schwer, darüber zu sprechen.« Robert wollte unbedingt noch mehr erfahren und sein Gesprächspartner schien zum Glück bereit, ihm die gewünschten Auskünfte zu liefern. »Ich war gerade in Brighton«, fügte er noch hinzu. »Und weil Erin mir so viel von Ihnen erzählt hat, wollte ich Sie unbedingt mal persönlich kennenlernen …« Robert verstummte. Er musste aufpassen, was er sagte, damit Baxter King nicht misstrauisch wurde.

Doch der schaute auf die Uhr und fragte mit breitem Lächeln: »Hätten Sie Zeit für ein frühes Mittagessen, mein Guter? Ich möchte so gern hören, wie es ihr geht! Und von Ruby müssen Sie mir auch alles erzählen.«

Robert erwiderte das Lächeln und erhob sich. »Darf ich Sie einladen?«

Die beiden Männer bestellten einen Salat mit warmem Hühnerfleisch und einem Pesto-Dressing.

Während der Kellner ihnen zwei kühle Bier und das Essen servierte, plauderten sie über den Blumenladen, das Leben in Brighton im Vergleich zu London und Patricks hoffnungsvolle Karriere als Schauspieler, die durch seinen Tod ein jähes Ende gefunden hatte. Baxter beäugte sein Essen, als wäre es ein Strauß Sommerblumen, bevor er es gierig vertilgte. Dann wandten sie sich wichtigeren Themen zu. Im Laufe des Gesprächs wurde Baxter King Robert immer sympathischer. Der Blumenhändler hatte eine Offenheit und Ehrlichkeit an sich, die Robert bei dem mutmaßlichen Liebhaber seiner Frau nicht erwartet hätte. Trotzdem musste er Gewissheit haben.

»Bitte verzeihen Sie mir meine Offenheit, aber weil Erin immer in den höchsten Tönen von Ihnen spricht, habe ich mich gefragt, ob … nun, ob Sie und meine Frau jemals eine Beziehung miteinander hatten. Sind Sie mal Ihr Liebhaber gewesen? Oder sind Sie es noch?« Kaum hatte er die Worte ausgesprochen, merkte Robert, wie albern seine Frage klang. Energisch säbelte er an seinem Hühnerfleisch herum.

Da war es wieder, dieses laute, wiehernde Lachen, das irgendwo aus Baxters umfangreichem Bauch zu kommen schien. »Erins Liebhaber? Ich?«, rief er ungläubig. »Sie ist doch viel zu hübsch für eine alte Schwuchtel wie mich. Ich würde ihr nie im Leben zu nahe treten. Keine Angst, mein Guter, von Onkel Bax hat Ihre Frau nichts zu befürchten. Prost!« Baxter King hob sein beschlagenes Bierglas, stieß mit Robert an und leerte es fast in einem Zug. Robert tat es ihm nach.

»Erzählen Sie mir von Ruby. Sie muss ja schon eine richtige junge Dame sein.« Baxter wischte sich ein wenig Salatdressing aus dem Mundwinkel.

»Richtig, und sie wird ihrer Mutter immer ähnlicher.« Robert wusste nicht, warum er das gesagt hatte. Es stimmte überhaupt nicht. »Sie wird langsam erwachsen.« Er hatte keine Lust, Rubys Schulprobleme vor Baxter auszubreiten.

»Aber?« Baxter schien zu spüren, dass sein Gesprächspartner ihm etwas verschwieg.

»Kein Aber. Wirklich nicht. Wir haben sie vor kurzem in einer neuen Schule angemeldet. Die Entscheidung ist Erin nicht leicht gefallen, aber Ruby macht sich dort sehr gut.«

»Haben diese Rüpel sie immer noch schikaniert?«

Erleichtert stellte Robert fest, dass King bereits Bescheid wusste. Offenbar hatte Erin in ihren Briefen davon berichtet. Er nickte. »Sie geht jetzt auf ein privates College, wo die musikalische Ausbildung gefördert wird. Demnächst steht eine Klassenfahrt nach Wien an und …«

»Und Erin will nicht, dass Ruby mitfährt, stimmt's?«

Robert war verblüfft. »Sie haben recht. Sie wollte auch nicht, dass Ruby auf dieses College geht. Ruby dürfe nicht vor ihren Problemen davonlaufen, hat sie gesagt.«

»Das überrascht mich nicht. Erin ist in ihrem Leben oft genug weggelaufen. Außerdem ist sie unglaublich besorgt um Ruby. Als das Kind noch jünger war, wollte Erin es buchstäblich nie aus den Augen lassen. Nicht einmal, wenn es zur Toilette musste.«

Robert stutzte, die Gabel auf halbem Weg zwischen Teller und Mund. Noch ein Mosaiksteinchen.

»Was, glauben Sie, hat das für einen Grund?« Er ahnte, dass dies die entscheidende Frage war – und jetzt vielleicht die einzige Gelegenheit, eine Antwort darauf zu bekommen.

»Na ja, den Grund dafür kennen wir doch«, antwortete Baxter. Offenbar nahm er an, dass Robert genauso viel über Erin wusste wie er. Er legte sein Besteck behutsam auf dem Tellerrand ab, stützte die Ellbogen auf den Tisch und bettete das Kinn auf die gefalteten Hände.

Robert nickte zögernd. »Ja, sicher.« Er gab sich Mühe, glaubhaft zu klingen, und blickte King erwartungsvoll an.

Mit leiser Stimme redete Baxter weiter, doch schon nach wenigen Sekunden vernahm Robert nichts anderes mehr als das laute Rauschen des Blutes in seinem Kopf. In seinen Schläfen kündigte sich mit stechenden Schmerzen ein Migräneanfall an. Ihm verschwamm alles vor Augen, bis das ganze Restaurant auf einmal so verzerrt wirkte, als befände er sich unter Wasser. Kalter Schweiß brach ihm aus.

Baxters Worte brachten das Gebäude seines Lebens zum Einsturz, und er wusste nicht, ob aus den Trümmern jemals wieder etwas Neues entstehen konnte. Reglos starrte er an die gegenüberliegende Wand und konzentrierte sich darauf, ruhig und gleichmäßig zu atmen.

Er musste unbedingt Louisa anrufen.

14

Robert zuliebe sagte Louisa ihre Konferenz in Birmingham ab. Bei dem kurzen Telefongespräch, das Robert von der belebten Promenade in Brighton aus mit ihr geführt hatte, hatte er ihr in kühlem Ton und ohne auf Einzelheiten einzugehen mitgeteilt, dass er sie als private Detektivin engagieren wollte. Da wusste sie, dass es um weit mehr ging als um ein vages Misstrauen seiner Frau gegenüber. Das Verhängnis nahm wieder einmal seinen Lauf.

Robert wartete am Bahnhof Euston auf Louisa. Er hielt eine halb volle Kaffeetasse in der Hand und sah aus, als hätte er seit zwei Tagen weder geschlafen noch sich gewaschen. Wären da nicht die Designer-Sonnenbrille und die Schlüssel für den Mercedes gewesen, mit denen er nervös herumspielte, hätte man ihn für einen Obdachlosen halten können.

Mit langen Schritten bahnte sich Louisa einen Weg durch die Menge bis zu Robert. »Also«, sagte sie in ihrem gewohnt munteren Ton, »da bin ich.«

Während ihrer kurzen Umarmung schien das geräuschvolle Treiben um sie herum zu verstummen. Es versetzte Robert einen kleinen Stich, ihr üppiges Haar, das ihr lose auf die Schultern fiel, an seiner Wange zu spüren. Sie duftete nach Himbeeren.

»Ja, da bist du.« Mit einem leisen Lachen wandte sich Robert ab und strich sich mit der Hand über sein stoppeliges Kinn. Er war bestimmt ein schöner Anblick für Louisa! »Mein Wagen steht unten. Gehen wir?«

Da er keine Lust hatte, ihr die Geschichte mitten im Getümmel ins Ohr zu schreien, wollte Robert einen ruhigen

Platz finden, wo sie ungestört miteinander reden konnten. Als sie in den Mercedes stiegen, nahm Louisa einen Chiffonschal vom Beifahrersitz.

»Erins?«

Robert nickte. Er erwartete beinahe, dass Louisa an dem Schal schnupperte, so als könne der Geruch ihr bei ihren Ermittlungen helfen. Wenn sie denn überhaupt bereit war, den Auftrag zu übernehmen. Robert überlegte krampfhaft, wie er ihr die ganze Sache beibringen sollte, damit sie nicht auf die Idee kam, alles würde wieder genau so anfangen wie bei Jenna.

»Ich war mir nicht sicher, ob du jemals wieder mit mir reden würdest.« Als Robert den Wagen aus der Tiefgarage lenkte, setzten sie beide ihre Sonnenbrillen auf.

»Ich hätte es auch beinahe nicht getan«, erwiderte sie und berührte ganz leicht seine Hand, die auf dem Schalthebel lag.

In der Weinbar, die gerade erst geöffnet hatte, war es dunkel und kühl. Sie sagten der Kellnerin, dass sie nichts essen wollten, nahmen auf einer lederbezogenen Sitzbank im hinteren Teil des Lokals Platz und bestellten sich je ein Glas Weißwein der Hausmarke. Über ihnen summte die Klimaanlage.

»Ich weiß, was du denkst, aber damit hast du unrecht.« Robert stellte sein Glas auf den Tisch und legte die Unterarme auf seine Knie. Louisa saß neben ihm, die schlanken Beine übereinandergeschlagen. Ihre kurze Leinenhose war ein wenig hochgerutscht und ließ die glatten Knie sehen.

»Aber du wirst zugeben, dass du ein außergewöhnlich misstrauischer Mensch bist, Robert.«

»Habe ich bei Jenna vielleicht nicht recht gehabt?«

»Diese Nachricht auf dem Anrufbeantworter war kein Beweis.« Louisas Seufzen ging im Brummen der Klimaanlage unter.

»Es war zumindest ein Beweis dafür, dass sie sich ohne mein Wissen mit einem Mann traf, oder?«

»Weiß Erin, dass wir beide hier sind?«

»Natürlich nicht.«

Louisa machte eine Handbewegung, als wolle sie sagen: Siehst du? Dann griff sie nach ihrem Glas. »Dann könnte sie doch auch behaupten, du hättest eine Affäre mit mir.«

»Der Unterschied dabei ist, dass wir beide eben *keine* Affäre haben.« Er verstummte kurz, als ein anderer Gast auf dem Weg zu den Toiletten an ihrem Tisch vorüberging. »Aber was hat das damit zu tun, dass du einen Job für mich übernehmen sollst? Wirst du nun für mich arbeiten oder nicht?« Um sich zu beruhigen, trank Robert einen großen Schluck Wein.

»Wie in alten Zeiten, was?« Louisa lachte. »Aber ich habe das Gefühl, dass es diesmal nicht darum geht, Unterlagen zu finden oder einen Vermissten aufzuspüren.«

Robert hatte ihr noch nichts von seinem Gespräch mit Baxter King erzählt. Er hatte am Telefon nur gesagt, dass er sie brauche und dringend mit ihr reden müsse.

»Doch, in gewisser Weise sollst du eine vermisste Person ausfindig machen. Jemanden, den ich mal kannte. Das dachte ich zumindest«, fügte er hinzu. »Rubys Geburtsurkunde ist nirgends aufzutreiben und …«

»Ja, ich weiß, Robert. Das hast du mir schon erzählt. In diesen Fällen wende ich mich immer an eine Agentur, die landesweit nach solchen Unterlagen forscht, auch wenn man nur wenige Anhaltspunkte hat. Ich nehme an, du hast einfach beim falschen Standesamt nachgefragt. Was gibt es sonst noch für ein Problem?«

»Es geht um Erin.« Er stieß einen tiefen Seufzer aus. »Sie war nicht ehrlich zu mir. Und Rubys neue Schule hat schon ein paar Mal angerufen und nach ihren Anmeldeunterlagen gefragt. Erin hat sich überhaupt noch nicht darum gekümmert.«

»Du hast doch selbst gesagt, dass sie nicht davon begeistert war, Ruby auf diese Schule zu schicken.«

»Doch, anfangs war sie durchaus dafür«, antwortete Robert

mit einem kleinen verwunderten Lachen. »Sie war es ursprünglich sogar, die sich die Prospekte schicken ließ und einen Termin mit der Direktorin vereinbart hat. Erst als es um die Formalitäten ging, machte sie auf einmal einen Rückzieher. Und wenn man die Fahrt nach Wien nur erwähnt, ist es so …«

»Als würde man gegen eine Mauer rennen.«

Robert bemerkte, wie Louisas schlichter goldener Ehering im Lampenlicht glänzte. »Genau«, sagte er.

»Die arme Frau hat wahrscheinlich mit ihrem Geschäft und dem Alltag mit ihrer Tochter so viel um die Ohren, dass sie die Formalitäten einfach vergessen hat.«

»Deswegen habe ich ja Tanya gebeten, sich um Rubys Pass zu kümmern. Aber sie kann nichts ausrichten, weil es eben keine Geburtsurkunde gibt.«

»Rob, wenn ich dir diese Urkunde besorge, ist es dann gut? Gibst du dann Ruhe?« Louisa legte ihm die Hand auf die Schulter.

»Gestern um diese Zeit hätte ich noch ja gesagt und mich davon überzeugen lassen, dass Erin die Geburtsurkunde verloren und nie die Zeit gefunden hat, eine neue ausstellen zu lassen. Oder dass sie eine übermäßig besorgte Mutter ist, die Ruby einfach nicht allein nach Wien fahren lassen will. Damit hätte ich umgehen können.« Als Robert nach seinem Weinglas griff, ließ Louisa den Arm sinken. Die Stelle auf seiner Schulter, wo ihre Hand gelegen hatte, fühlte sich auf einmal ganz kalt an. »Aber nach dem, was ich gestern erfahren habe, weiß ich nicht mehr, was ich glauben soll.«

Louisa winkte die Kellnerin herbei und im Handumdrehen stand eine ganze Flasche Wein auf dem Tisch. »Am besten, du erzählst mir alles«, sagte Louisa seufzend, öffnete ihre Ledermappe und nahm einen silbernen Stift heraus.

»Ohne Kommentare? Ohne Unterbrechungen deinerseits?«

Louisa nickte, strich sich das Haar hinter die Ohren und nahm unwillkürlich den Stift zwischen die Lippen.

»Wie ich schon sagte«, begann Robert, »bin ich gestern nach Brighton gefahren. Ich war auf der Suche nach einem Mann namens Baxter King, der sich seit ein paar Jahren mit Erin Briefe und E-Mails schreibt. Das habe ich herausgefunden, als ich in Erins Büro nach einer Kopie von Rubys Geburtsurkunde suchte. Ruby hat mir gezeigt, wo ihre Mutter solche Papiere aufbewahrt. Aber ich fand nicht viel – außer Erins abgelaufenem Reisepass und eben diesen Briefen von Baxter King.

Aus ihnen konnte ich entnehmen, dass er der Inhaber eines Ladens in Brighton namens ›King's Blumen‹ ist. Die Briefe wirkten an manchen Stellen ziemlich verfänglich. Es ging darum, wie sehr er sie liebt und vermisst und dass sie schon mal das Bett für ihn machen soll. Also fuhr ich zu ihm.«

»O Rob«, flüsterte Louisa, doch er hörte es nicht.

»Wie auch immer, es stellte sich heraus, dass King kein Verhältnis mit Erin hat.« Kleine Lachfältchen bildeten sich in Roberts Augenwinkeln, und seine Stimme klang leicht amüsiert. »Er ist nämlich schwul.«

»Siehst du, es gibt immer eine Erklärung …«

»Das Beste hast du ja noch gar nicht gehört. Erin hat ein paar Jahre bei King und seinem Partner – der offenbar bei einem Brand umgekommen ist – gewohnt, und vorher lebte sie in London. King hat sie damals beim Stehlen erwischt. Doch als er ihre traurige Geschichte hörte, bekam er Mitleid und nahm sie und Ruby unter seine Fittiche. Sie waren eine glückliche, wenn auch etwas ungewöhnliche Familie.«

»Und was weiter?«, fragte Louisa, die sich ein paar kurze Notizen gemacht hatte. Robert trank sein Glas aus, schenkte sich gleich noch eines ein und leerte auch das zügig.

»Es stellte sich weiterhin heraus«, fuhr er fort, »dass Erin vor ihrer Karriere als Blumendiebin für ihren Lebensunterhalt die Beine breit gemacht hat.«

Rasch stürzte er sein drittes Glas hinunter, lehnte sich gegen das weiche Polster und streckte die Arme links und rechts auf dem Rand der Rückenlehne aus. Dann legte er einen Fußknöchel auf das andere Knie und schaute Louisa von der Seite an. Er wartete auf ihre Reaktion, darauf, dass sie sagen würde, es sei alles ein Irrtum oder pure Einbildung.

Doch sie sagte gar nichts, sondern saß nur steif da, den Silberstift in der Hand. Die einzigen Geräusche waren das leise Surren über ihren Köpfen und das Stimmengemurmel der übrigen Gäste. Schließlich fügte Robert hinzu: »Meine Frau war eine Prostituierte, Louisa. Eine Nutte. Eine Hure. Ein Callgirl.«

Robert nahm Louisas schockierten Gesichtsausdruck wahr. Er selbst fühlte sich dagegen schon ein wenig besser, weil er ihr sein Herz ausgeschüttet hatte.

»O Mann!«, sagte sie nach einer Weile. »Das ist aber eine schwere Anschuldigung. Glaubst du wirklich, dass es stimmt?« Sie griff nach ihrem Weinglas.

Robert zuckte die Achseln. »Wenn ich jetzt ja sage, wirst du behaupten, ich wäre paranoid. Sage ich nein, was wohl jeder vernünftige Mensch täte, der seine Ehe retten will, werde ich mich immer fragen, ob sie mir sonst noch etwas verheimlicht.«

»Vielleicht verheimlicht sie dir ja gar nichts.«

»Siehst du? Ich wusste, dass du das sagen würdest.« Robert fuhr sich mit den Fingern durch seine ohnehin schon verstrubbelte Frisur, mit der er wie ein alternder Rockstar aussah.

»Gut. Nehmen wir mal an, Erin hat ihren Lebensunterhalt wirklich als Prostituierte verdient. Als alleinerziehende Mutter mit einem kleinen Kind blieb ihr möglicherweise nichts anderes übrig.«

Plötzlich wünschte Robert, er hätte Erin zehn Jahre früher kennengelernt oder sogar noch vor Rubys Geburt. Dann hätte er sie retten und Rubys richtiger Vater werden können. »Willst du damit etwa sagen, dass alle jungen Mütter Prostituierte werden sollten, um ihre Kinder ernähren zu können?«

»Natürlich nicht, Rob. Aber vielleicht hatte Erin wirklich keine Wahl. Und anscheinend hat sie dieses Leben ja irgendwann aufgegeben. Und hat sich stattdessen aufs Stehlen verlegt.«

Robert blickte nachdenklich drein. Offensichtlich erwog er diese Möglichkeit. Doch dann verzog er auf einmal schmerzlich das Gesicht. »Und was ist mit Ruby?«, fragte er, als müsste Louisa auf alles eine Antwort haben. »Glaubst du, sie weiß, womit ihre Mutter ihr Geld verdient hat?«

In diesem Augenblick klingelte Louisas Handy. Mit einem ungehaltenen Kopfschütteln zog sie es aus der Tasche, warf einen Blick auf das Display und schaltete das Gerät einfach aus. Es gefiel Robert, dass sie ihn für wichtiger hielt als den Anrufer. »Wer weiß? Es kommt darauf an, wie alt das Kind damals war.«

»King sagt, Ruby war erst ungefähr drei, als Erin nach Brighton kam. Damals konnte die Kleine es wohl noch nicht verstehen, aber irgendwas hat sie bestimmt mitbekommen. Mein Gott, wahrscheinlich hielt sie sich sogar im selben Haus auf!« Robert wurde blass, als ihm noch etwas anderes einfiel. Offensichtlich hatte Louisa den gleichen Gedanken, denn sie sagte: »Denk nicht daran, Rob. Schließlich kann Ruby doch nichts dafür, oder? Jetzt ist sie deine Tochter, und ihr Vater, wer immer er sein mag, weiß bestimmt gar nicht, dass es sie gibt.«

»Richtig, er hat seine fünfzig Piepen auf den Tisch gelegt und dafür bekommen, was er wollte. Und hat nebenbei Ruby gezeugt.« Auf Roberts gequältes Stöhnen hin drehten sich mehrere Gäste zu ihnen um. Er beugte sich vornüber und legte den Kopf zwischen die Knie. Ihm war schlecht. Wie sollte er jemals wieder seine Stieftochter ansehen, ohne daran denken zu müssen, dass sie womöglich das Ergebnis eines längst vergessenen, geschäftsmäßigen Aktes war? Wie sollte er jemals wieder seine Frau berühren, ohne sich zu fragen, wie viele Männer es vor ihm gegeben hatte? Mit leerem Blick starrte er vor sich hin. »Wenn diese Ehe nicht auch in die Brüche gehen soll, brauche ich deine professionelle Hilfe, Louisa. Du musst der Sache auf den Grund gehen«, sagte er und stand auf.

Auf dem Weg zur Toilette fragte sich Robert, ob sich Louisa wirklich alle Mühe geben würde, seine Ehe zu retten. Außerdem wusste er, dass sie bei ihrer Arbeit dem Grundsatz »Der Zweck heiligt die Mittel« folgte. War eine solche Einstellung wirklich moralischer als Erins Dasein als Prostituierte? Wahrscheinlich schon.

Als er an den Tisch zurückkam, sagte Louisa: »Ich brauche eine Unterkunft, einen Wagen, einen Internetanschluss, fünfhundert Pfund im Voraus und noch mal tausend als Entschädigung für den Job, der mir durch die Lappen geht.« Sie nahm die Brille mit dem dunklen Rahmen ab und blickte ihn mit ihren geradezu unnatürlich grünen Augen an. Da musste Robert einfach ja sagen.

Eine Stunde später hatte sich Louisa ein Zimmer in einem Hotel genommen. Robert folgte ihr durch das Foyer und betrachtete dabei ihre durchtrainierten Beine. Sie rief in ihrem bisherigen Hotel an und bat darum, dass man ihr das Gepäck nach London nachschickte. Eigentlich hatte er nicht vorgehabt, mit in ihr Zimmer zu gehen, doch da sie immer noch auf dem Handy telefonierte und er sich von ihr verabschieden wollte, folgte er ihr. Er schaute auf die Uhr – er wurde sicher noch nicht vermisst.

15

Es ist kalt. So kalt, dass ich mein Baby unter meinem schmutzigen Parka ganz fest an mich presse. Sein Gesicht liegt an meinem Hals, und ich spüre seine winzig kleinen Atemzüge auf der Haut. Die Kleine duftet süß nach Milch und reißt die Augen verwundert auf, vermutlich weil ich so renne. Wir sind auf der Flucht, rasen über den gefährlich eisglatten Parkplatz am Supermarkt, schlängeln uns durch die Menschenmassen auf der Hauptstraße und stürmen mit Volldampf durch die Holt's Alley bis zu der Reihenhaussiedlung dahinter. Das sollte wohl genügen, um sie abzuschütteln. Ich gebe meinem Baby durch die kleine Wollmütze hindurch einen Kuss auf den Kopf.

»Keine Angst, mein Schätzchen. Mummy lässt nicht zu, dass sie uns kriegen.«

Ich habe keine Ahnung, wohin wir gehen sollen, aber nach dieser wilden Flucht an einem blauen, eisigen Wintermorgen bin ich so erschöpft, dass ich mich unbedingt ausruhen und mein Baby stillen muss. Wir machen uns auf den Weg zum Bahnhof. Auf Bahnsteig zwei gibt es ein Café, und außerdem wäre es eine gute Idee, in einen Zug zu steigen und so weit wie möglich wegzufahren.

Vom Laufschritt falle ich in schnelles Gehen, um wieder zu Atem zu kommen. Mit dem Kind auf dem Arm kann ich unmöglich durch die ganze Stadt rennen. Die Geburt liegt erst eine Woche zurück und noch immer fühlt sich mein Körper wie ausgeleiert an. Meine Brüste sind so angeschwollen von der Milch, dass mir das Laufen schwerfällt. Aber wenn wir hier rauskommen wollen, müssen wir unbedingt weiter.

In den Illustrierten sagen sie immer, dass sich junge Mütter schonen und die Arbeit ihren Angehörigen und Freunden überlassen sollen. Und was mache ich? Ich renne durch die Gegend und errege wahrscheinlich überall Aufmerksamkeit. Aber sie kriegen mich nicht. Mein Baby gehört ganz allein mir.

Ich habe sie Ruby genannt, weil sie so rote Lippen hat. Es heißt immer, dass man die Strapazen einer Geburt schnell vergisst. Sonst würde wohl keine Frau das Ganze ein zweites Mal auf sich nehmen. Aber ich kann mich noch an jede Einzelheit erinnern. Was in meinem Kopf durcheinandergeht, sind die Tage danach.

Mutter und Vater kamen erst von der Silvesterfeier bei Onkel Gustaw und Tante Anna zurück, als die Sonne schon am Himmel stand. Ich wachte auf, vielleicht von den Sonnenstrahlen, die mir ins Gesicht schienen, oder von der fröhlichen Stimme meiner Mutter unten im Flur (Neujahr ist der einzige Tag, an dem meine Mutter fröhlich ist). Ein paar Sekunden lang dachte ich nicht an das, was in der Nacht zuvor geschehen war.

Doch dann spürte ich eine leichte Bewegung dicht neben mir und da fiel mir wieder ein, dass mein Baby nicht mehr in meinem Bauch war. Die Kleine hatte sich weiter nach unten unter die Decke verkrochen. Vielleicht wollte sie ja wieder zurück in meinen Leib oder sie suchte nach meiner Brustwarze. Instinktiv zog ich sie nach oben an meine Brust, wo sie gleich gierig zu saugen anfing. Nach ein paar Minuten hatte sie genug getrunken und schlief friedlich ein.

Jetzt sind wir am Bahnhof. Ich bin erst zweimal mit dem Zug gefahren. Einmal, als ich zehn war, fuhren wir nach London zu Vaters Cousin, der erst kurz zuvor aus einem Dorf bei Warschau gekommen war. Das zweite Mal fuhren wir in den Ferien nach Broadstairs. Wir sind aber schon zwei Tage später wieder nach Hause gekommen, weil Mutter Vater dabei ertappt hat, wie er auf dem Treppenabsatz in unserer Pension einem Zimmermädchen an die Brust fasste.

Ich gehe in das Bahnhofscafé und setze mich an einen Tisch. Dabei lege ich mir Ruby so auf den Schoß, dass sie unter meiner Jacke kaum auffällt. Ich taste in meiner Jackentasche nach dem Geld. Zwei Zwanzigpfundnoten und ein bisschen Kleingeld. Das war alles, was Mutter in ihrer Börse hatte – der Rest vom Haushaltsgeld.

Ich gehe mit Ruby unter der Jacke zum Tresen und kaufe mir eine heiße Schokolade und einen Schokoriegel. Ruby ist so brav! Sie schläft noch immer tief und fest und macht keinen Mucks, sodass die Kellnerin sie gar nicht bemerkt. Sonst würde sie sich bestimmt über die Theke beugen und ihr was in dieser albernen Babysprache vorsäuseln. Aber so knallt sie mir nur das Wechselgeld auf den Tresen und wendet sich dann der Kundin hinter mir zu. Mich beachtet sie nicht weiter.

An meinem Tisch trinke ich mit kleinen Schlucken die Schokolade und schaue mir den Fahrplan an, den jemand in einer Lache aus verschüttetem Tee liegengelassen hat. Alle halbe Stunde geht ein Zug nach London, der nächste in zwölf Minuten. Den nehme ich.

Mutter klopfte erst kurz nach Mittag an meine Tür und stellte wie gewöhnlich das Essentablett auf den Treppenabsatz. Ich hatte kaum die Kraft, mich aus meinem durchnässten Lager auf dem Fußboden herauszuarbeiten, aber vor lauter Hunger schaffte ich es doch, auf allen vieren zur Tür zu kriechen. Niemand wusste, dass ich mein Baby bekommen hatte. Heißhungrig verschlang ich das Essen und stellte das Tablett wieder vor die Tür. Dann schlief ich weiter, ich weiß nicht mehr, wie lange. Gott sei Dank war Ruby ganz still, nuckelte oder schlief auch. Wahrscheinlich hatte sie noch gar nicht richtig begriffen, dass sie auf der Welt war.

Ich stehe ganz nahe an der Bahnsteigkante. Einen Meter von Ruby und mir entfernt rauscht ein Zug mit viel Wind und Getöse durch den Bahnhof. Ich bin ganz aufgeregt, weil wir jetzt bald unterwegs sein werden. Eine undeutliche Stimme aus dem Lautsprecher sagt den Zug nach London an. Ich weiß noch nicht, was wir dort anfangen sollen, aber Hauptsache, wir sind erst einmal in Sicherheit.

In London weiß keiner, dass ich von zu Hause weggerannt bin, weil meine Eltern wollen, dass ich mein Baby zur Adoption freigebe. In London interessiert sich keiner für uns, und deswegen sind wir dort sicher.

Ich halte mein kostbares kleines Baby im Arm und bin unablässig auf der Hut. Ich weiß, dass meine Flucht jeden Augenblick zu Ende sein kann. Dann wird sich Vaters schwere Hand auf meine Schulter legen und Mutter wird schluchzend und jammernd neben ihm stehen und mich mit Vorwürfen überschütten. Dann verhaftet mich die Polizei, nimmt mir mein Baby weg und gibt es einer anderen Frau. Und meine Eltern wären froh darüber. Dann komme ich ins Gefängnis und der Einzige, der mich besuchen darf, ist Onkel Gustaw …

Als der Zug langsam zum Stehen kommt, steige ich ein, mein Kind fest an mich gepresst. Rubys Augen blicken über den Rand der Decke. Was sie mit ihrem verschwommenen Blick von der Welt wahrnimmt, weiß ich nicht. Ich habe gelesen, dass Babys nichts scharf sehen können, was weiter entfernt ist als das Gesicht ihrer Mutter.

Auf einmal wird Ruby munter. Sie rumort in ihrer Umhüllung und bewegt den Kopf, als würde sie alles verstehen. Lächelnd küsse ich sie auf die Stirn, stolz darauf, dass sie so ein kluges Baby ist. Dann schiebe ich mich seitwärts durch den schmalen Gang.

Der Zug ist voll. Trotzdem finde ich einen leeren Sitz neben einem jungen Mann, der einen Kopfhörer aufhat und eine Zeitschrift liest. Er schaut nicht hoch, als ich mich neben ihn setze, sondern legt bloß seinen Ellbogen auf die Armlehne, sodass ich meinen Arm nicht abstützen kann. Ich packe Ruby aus, die immer unruhiger wird. Ich sehe, dass sie eins ihrer kleinen gestrickten Schühchen verloren hat, und reibe ihren Fuß, der ganz kalt geworden ist. Mir tun die Arme vom Schleppen weh und überhaupt fühle ich mich nicht recht wohl. So als ob ich eine Grippe bekäme.

Ich rutsche ein wenig herum, bis ich bequem sitze, und der junge Mann wirft erst mir, dann Ruby einen Seitenblick zu. Ich presse sie an meinen Körper, aber sie versucht, die Arme aus der Decke zu befreien. Dabei stößt sie einen kleinen ungeduldigen Schrei aus. Erstaunlicherweise lächelt der junge Mann, dann schaut er wieder weg. Ich kann gedämpft die Bässe seiner Musik hören. Irgendwo klingelt ein Handy, und weiter hinten im Waggon greint ein anderes Baby.

Wenn ich nicht auf der Flucht wäre und mich verstecken müsste, würde ich mich neben dieses andere Baby setzen, damit Ruby es anschauen kann. Ich könnte mich mit seiner Mutter darüber unterhalten, welche Sorte Windeln man kaufen soll und ob es besser ist, zu stillen oder die Flasche zu geben. Ich bin jetzt auch eine Mutter, aber mir ist, als hätte ich mit fünfzehn irgendwie nicht das Recht dazu. Bestimmt würde die andere Mutter mich von oben herab ansehen und ihr Baby wegziehen. Als der Zug anfährt, merke ich, dass ich mit dem Rücken zur Fahrtrichtung sitze.

Nach zwanzig Minuten fängt Ruby an zu schreien. Der junge Mann stellt seine Musik lauter und die Dame auf der anderen Seite des Gangs starrt zu mir herüber. Ich schwitze in meinem Parka. Die Schiebetür am Ende des Waggons geht auf und der Schaffner lehnt sich gegen die erste Sitzreihe, während die Fahrgäste in ihren Taschen nach der Fahrkarte kramen. Noch fünf Reihen, dann ist er bei mir. Ich habe keine Fahrkarte. Ich stehe auf, mein Baby auf dem Arm, und gehe schwankend auf den Schaffner zu. Dabei halte ich mich mit einer Hand an den Sitzlehnen fest.

»Entschuldigen Sie.« Seitwärts drücke ich mich an ihm vorbei, als er gerade jemanden nach seiner Fahrkarte fragt. Ich gehe durch die Schiebetür zur Toilette. Dort stinkt es, und der Boden ist ganz nass. Mit dem Fuß gebe ich dem Toilettendeckel einen Schubs, dass er herunterfällt, und lasse mich darauf nieder. Das Klo hat ein ganz kleines Fenster. Ich könnte hinausklettern. Das habe ich auch zu Hause gemacht. Ich habe mich aufs Fensterbrett gesetzt und mich in den Busch darunter fallen lassen. Wahrscheinlich sehe ich meine Familie nie wieder.

»Was ist?«, sage ich zu Ruby. Sie windet sich und schreit. Sie hat die Arme aus der Decke gezogen und strampelt mit den Beinen. Ich halte sie hoch vor mein Gesicht. Für einen langen, unglaublichen Moment sehen wir uns in die Augen, dann wird ihr Gesicht ganz rot und schrumpelig und sie brüllt weiter, als hätte sie schreckliche Schmerzen. Ich dachte, ich wäre eine gute Mutter.

»Hast du Hunger?« Ich fummele am Reißverschluss meiner Jacke herum, schiebe mehrere Pullover und T-Shirts hoch und hole schließlich eine meiner schmerzhaft gespannten Brüste hervor. Ruby hört auf zu schreien und brummelt nur noch. Dabei schnüffelt sie ein bisschen, als könnte sie die Milch riechen, die mir über die Kleider gelaufen ist. Kurz danach hat sie meine Brustwarze gefunden, aber sie kaut nur ein bisschen darauf herum, so als würde sie gern trinken, wüsste aber nicht, wie. Irgendetwas passt ihr nicht. Ihre kleinen Fäuste boxen in die Luft. Mit dem Zipfel der Decke wische ich ihr ein paar Tropfen Milch vom Gesicht. Es kommt mir so vor, als würde ihr meine Milch nicht schmecken.

»Dann eben nicht«, sage ich und ziehe meine Sachen wieder herunter. Ungefähr zwanzig Minuten sitzen wir in der Toilette und warten, dass der Schaffner weitergeht. Das regelmäßige Ruckeln des Zuges wirkt einschläfernd auf Ruby. Vorsichtig, um sie nicht zu wecken, verlasse ich die Toilette und stelle mich in den kleinen Raum zwischen den beiden Waggons. Am besten bleibe ich hier, bis wir in London sind.

Ich bin weggelaufen, weil Mutter und Vater mich reinlegen wollten. Die ganzen Monate über, als ich in meinem Zimmer eingesperrt war, haben sie Pläne geschmiedet, um mir mein Baby wegzunehmen.

»Du musst das Kind abgeben, Ruth«, sagte meine Mutter in strengem Ton. Als wäre es Abfall, den man noch schnell hinunterbringen muss, bevor die Müllabfuhr kommt.

»Jetzt sei doch vernünftig, Ruthie. Was soll denn aus deiner Schule werden? Und aus dem Rest deines Lebens?« Mit verschränkten Armen blickte Vater auf mich herab. Er ähnelt seinem Bruder so sehr.

Solange ich eingesperrt war, tat ich so, als wäre ich einverstanden. Dabei habe ich die ganze Zeit nach einem Ausweg gesucht. Ich habe schon viel zu lange gemacht, was sie wollten. Jetzt bin ich eine erwachsene Frau mit einem Kind und brauche einen Job und eine Unterkunft. Ich fange ein neues Leben an. Wenn sie gedacht haben, ich würde wieder zur Schule gehen … Gerade als ich verächtlich schnaube, sehe ich, wie der Schaffner den Waggon vor mir betritt.

Mit quietschenden Bremsen verliert der Zug an Fahrt. Ich schiebe ein Fenster hinunter und stecke den Kopf hinaus. Dabei halte ich Ruby gut fest. Wir sind ungefähr fünfhundert Meter vor einem Bahnhof. Noch einmal werfe ich einen Blick in den angrenzenden Waggon. Der Schaffner hat ihn schon halb durchquert und kontrolliert keine Fahrkarten mehr, weil er denkt, er hätte alle gesehen. Statt an zerzaustem Buschwerk fahren wir nun an einer Bahnsteigkante entlang und die ersten Werbetafeln tauchen auf. Wir sind im Bahnhof. Meine Hand liegt auf dem Türgriff, und in dem Moment, als der Zug zum Stehen kommt, in dem Moment, als der Schaffner die Zwischentür aufschiebt, drücke ich den Hebel hinunter. Die Tür geht auf, und ich springe hinaus. Dabei schlägt Rubys Köpfchen leicht gegen meine Brust. Sie erwacht mit einem schrillen Schrei, und wir rennen abermals, weg von dem Zug zu einem trübseligen, aber warmen Warteraum.

Dort sitzen wir nun und warten. Ich zittere, das Baby

wimmert. Endlich, nachdem ich es fast eine halbe Stunde lang versucht habe, fängt Ruby an zu saugen. Während sie trinkt, fällt mir mein Schokoriegel wieder ein. Ich ziehe ihn aus der Tasche und wickele ihn mit einer Hand aus. Wie eine kleine Kugel liegt Ruby mit hochgezogenen Knien in meiner linken Armbeuge. Ich sammle ein paar Schokoladenkrümel auf, die ihr auf den Kopf gefallen sind, und muss daran denken, dass auch sie eines Tages Schokolade essen kann. Ich habe allerdings keine Ahnung, wann das sein wird. Ich weiß nicht, wann sie normales Essen bekommen muss, wann sie laufen und sprechen lernen sollte oder zur Schule gehen, ein Instrument lernen, ihr Examen machen oder schwanger werden.

Ruby saugt jetzt weniger heftig. Das ist schön, weil mir der Nippel höllisch wehtut. Bis jetzt war ich allein im Warteraum, aber nun kommt ein Mann herein und setzt sich ausgerechnet mir gegenüber. Ich will nicht, dass ein Fremder meine Brust sieht.

»Wie alt?« Der Mann, der so um die vierzig ist, stellt einen Haufen Einkaufstüten ab und beugt sich vor, damit er besser sehen kann. Er ist außer Atem und riecht nach der kalten, erdigen Winterluft. Ich bin nicht sicher, ob er mein oder Rubys Alter meint, also antworte ich nicht.

»Meine Tochter ist jetzt vierzehn.« Mit einem Seufzer lehnt er sich zurück.

Ich lasse meinen Arm ein paar Zentimeter sinken in der Hoffnung, dass Ruby dann meine Brustwarze freigibt und wir gehen können, aber sie nuckelt immer weiter. Ich könnte schreien, so weh tut es. Ich ziehe die Decke über Rubys Kopf und meine Brust.

»Man muss die Zeit genießen, wenn sie noch so klein sind«, fängt der Mann wieder an. »Das ist so schnell vorbei.« Er reißt eine Coladose auf. »Ist doch wirklich praktisch, dass Sie die Milch immer dabeihaben.« Er deutet mit dem Kinn auf meine Brust, nimmt einen Zug aus der Dose und lacht. Anscheinend findet er das witzig. Ich bekomme langsam Angst. Weit und breit ist niemand zu sehen, und obwohl es erst halb drei ist, wird es schon dunkel. Es sieht aus, als würde es Schnee geben. Ich friere und mir läuft die Nase.

»Wohin soll's denn gehen?« Er starrt mich an.

»Eigentlich will ich nur meinen Mann abholen. Er kommt mit dem nächsten Zug. Dann gehen wir nach Hause.« Für einen wunderschönen Augenblick glaube ich selbst, was ich sage. Ich stelle mir einen gut aussehenden jungen Mann mit flott gestyltem Haar und einem teuren Anzug vor, der von seinem gut bezahlten Job in der City nach Hause kommt. Er steigt aus dem Zug, läuft über den Bahnsteig und umarmt mich und seine Tochter. Dann sagt er, lass uns noch irgendwo etwas essen, bevor wir nach Hause gehen. In unser warmes, gemütliches Heim …

»Dann kommt er sicher mit meinem Zug. Der müsste gleich da sein.« Er steht auf. »Na, dann noch viel Glück mit dem Baby.« Als er weggeht, will ich ihm zuerst nachrufen, dass er eine seiner Tragetaschen unter dem Sitz vergessen hat, aber dann lasse ich es doch bleiben. Ich warte, bis er in den Zug gestiegen ist und Ruby schläft, dann ziehe ich die Tüte mit dem Fuß zu mir heran und schaue hinein: Sie ist voller Lebensmittel. Ich frage mich, ob er das wohl mit Absicht getan hat.

Ruby und die Einkaufstüte zu tragen ist ganz schön schwer und ich merke, dass ich wieder zu bluten anfange. Ich weiß nicht, ob das schlimm ist, aber ins Krankenhaus gehe ich auf gar keinen Fall. Die schicken mich nach Hause oder rufen vielleicht sogar die Polizei.

Mit dem Bus fahre ich ins Stadtzentrum von Milton Keynes. Einmal vor Weihnachten war ich mit meiner Mutter und mit Tante Anna zum Einkaufen hier, aber den beiden gefiel es nicht. Sie fanden alles viel zu teuer, doch ich fand es einfach zauberhaft.

Heute ist es gar nicht zauberhaft. Überall auf den Straßen Schneematsch und in jedem Schaufenster ein »Schlussverkauf«-Schild. Ich gehe in die Babyabteilung eines Kaufhauses, wo es schön warm ist. Dort gibt es alles für Babys, was man sich nur vorstellen kann – Lampenschirme und Bettdecken und Handtücher und kuschelige Schlafanzüge, alles mit demselben Muster. An der Decke hängt noch die Weihnachtsdekoration und ein geschmückter Baum steht schon ganz schief, so als hätte er es satt und würde gern weggeräumt werden.

»Sagen Sie mir Bescheid, wenn Sie Hilfe brauchen.« Die Stimme der Verkäuferin klingt freundlich, aber ich wette, sie glaubt, dass ich was klauen will. Ich hebe Ruby etwas höher und lege sie an meine Schulter, damit jeder sehen kann, dass ich ein Baby habe und mich hier aufhalten darf.

»Ich schaue mich nur um.«

»Da drüben ist ein Wickelraum, falls Sie dem Baby die Windeln wechseln wollen.« Sie rümpft lächelnd die Nase. Sie hat recht, Ruby stinkt. Und ich habe keine Windeln.

»Ach, Ruby, du brauchst wirklich eine neue Windel, aber ich Dummerchen habe sie zu Hause vergessen.« So rede ich sonst eigentlich nie.

»Sie finden alles, was Sie brauchen, im Wickelraum. Ein Service des Hauses.«

Der Raum ist leer und riecht nach Talkumpuder und abgestandener Milch. Ich lege Ruby auf den Wickeltisch und schüttele meine verkrampften Arme aus. Als ich die Decke auseinanderfalte, sehe ich, dass ihr Strampelanzug ganz feucht ist. Kein Wunder, dass sie so unruhig war. Ich schäle sie aus ihren Kleidungsstücken, bis sie nur noch einen Body mit Druckknöpfen zwischen den Beinen anhat. Dann betrachte ich ihre Sachen genauer. Trotz der stinkenden Windel riechen sie noch ganz schwach nach Waschpulver.

»Mummy macht dich schnell sauber, mein Schätzchen.« Ich kitzele ihr den Bauch. Mir kommt es vor, als fixiere sie mich mit ihrem Blick. Wieder ist mir, als würden sich unsere Seelen berühren. Unbeholfen wechsele ich ihr die Windel, muss ihr aber wieder die schmutzigen Kleider darüberziehen. Bei meiner überstürzten Flucht hatte ich keine Zeit, was zum Wechseln für sie mitzunehmen. Gerade noch lag ich auf meinem Bett, und im nächsten Augenblick sprang ich schon in den Busch unter meinem Fenster. Da blieb keine Zeit, Winterkleidung einzupacken.

Wie ich so dasitze und Ruby stille, fällt mir siedend heiß ein, dass wir keine Unterkunft für die Nacht haben. Meine Freundin Rachel ist auch mal weggelaufen, aber nur für drei Tage. Sie ging in ein Haus für misshandelte Frauen. Obwohl sie keine misshandelte Frau und damals erst dreizehn war, wurde sie aufgenommen. Aber weil sie den Verdacht hatten, dass sie eine Ausreißerin war, benachrichtigten sie die Polizei und die brachte sie zu ihren Eltern zurück.

Rachel ist weggelaufen, weil sie keinen Hund haben durfte. Ich bin weggelaufen, weil ich mein Baby nicht behalten durfte.

Eine andere Mutter kommt herein und sagt nur kurz »Hallo«, nachdem sie einen Blick auf mich und Ruby geworfen hat. Ich glaube, sie wollte sich ein bisschen unterhalten, hat es sich dann aber anders überlegt. Sie zieht ihr Baby aus. Ihr Kinderwagen ist wirklich schön, riesengroß und bequem und mit passender Windeltasche. Sie redet mit ihrem Baby, als könnte es jedes Wort verstehen. So einen Kinderwagen hätte ich gern für Ruby, dann würden mir wenigstens nicht bald die Arme abfallen.

Nachdem ich mit Stillen fertig bin, wickele ich Ruby wieder in ihre Decke, nehme sie fest in den linken Arm, und als die andere Mutter gerade nicht herschaut, stopfe ich ein halbes Dutzend Windeln und ein Päckchen Reinigungstücher in meine Plastiktüte.

»Tschüss«, sage ich und gehe hinaus in den Laden, wo ich eine Stunde lange herumspaziere. Ich stehle einen Lippenstift, obwohl ich es gar nicht vorhatte. Aber ich habe noch nie einen besessen. Ungehindert verlasse ich das Kaufhaus, und kurz darauf sitze ich mit einer Tasse Tee bei McDonald's und muss lachen.

Draußen ist es dunkel. Ruby und ich haben Spaß miteinander. Sie ist froh, weil sie jetzt trocken und satt ist. Als ich mir die Lippen leuchtend rot bemale, gurgelt sie noch lauter. Anscheinend gefalle ich ihr so.

Ich hätte nie gedacht, dass ich weglaufen würde, und dass es so leicht wäre. Vielleicht war das ja schon immer mein Fehler – ich denke einfach nicht nach. Ich hätte nie gedacht, dass ich schwanger werden könnte oder dass irgendjemand mich unscheinbares Geschöpf gern genug haben könnte, um mich schwanger zu machen. Aber daran will ich nicht denken, also kneife ich ganz fest die Augen zusammen, bis die Erinnerung verschwunden ist.

Ich sitze an einem großen Fenster. Weil es draußen dunkel ist, kann ich in der Scheibe mein Spiegelbild sehen. Tiefe dunkle Augenhöhlen und blasse Haut, über Wangenknochen gespannt, die irgendwie, na ja, zu knochig sind. Mein Pony ist fransig, und eine richtige Frisur hatte ich sowieso noch nie. Mutter hält nichts von Eitelkeit. Seit ich denken kann, leiert sie mir immer wieder die alte Geschichte vor, wie schlimm es dem polnischen Volk im Krieg ging und wie das mit dem Einmarsch der Nazis war und dem Warschauer Ghetto und dem Aufstand. Seit damals, sagt sie, gibt es in unserer Familie keine Eitelkeit mehr. Meine Vorfahren hätten gelitten, damit ich leben kann, aber ich würde nie im Leben so viel Mut aufbringen wie meine Großeltern, als sie aus Polen flüchteten.

Was sie damit sagen wollte, habe ich nie verstanden. Im Geschichtsunterricht haben wir den Krieg durchgenommen, und es ist sicher schrecklich gewesen, aber das ist doch nicht meine Schuld! Ich schwöre mir, dass ich einmal eitel werden will, weil Mutter nicht da ist und weil der Krieg mittlerweile vorbei ist.

Mir geht es ganz gut. Ruby und ich sind im Holiday Inn. Wegen dem Baby musste ich unbedingt einen Platz für die Nacht finden. Schließlich hatte ich keine Lust, bei dieser Kälte in einen Ladeneingang zu kriechen. Auf dem Weg vom Kaufhaus entdeckte ich auf einmal wie ein rettendes Licht die Neonschrift des Hotels. Ich wollte schon immer mal in einem richtigen Hotel wohnen, aber Mutter und Vater fuhren in den Ferien immer nur in diese Familienpensionen mit den muffigen Laken und den wild gemusterten Teppichen. Das hier ist viel schöner.

Ein bisschen komisch sehe ich sicher aus, in meinem alten Parka und den Turnschuhen, aber ich glaube, mit dem Lippenstift gehe ich für zwanzig durch. Hier gibt es eine nette Bar mit Sofas und Lampen und durch alle Räume flattert leise Musik, wie Schmetterlinge mitten im Winter. Ruby gefällt es jedenfalls. Als sie die Musik hört, beruhigt sie sich sofort und hört auf zu schreien.

Onkel Gustaw hat mal zu mir gesagt, dass man vor allem eines braucht, wenn man etwas erreichen will, und das ist Selbstvertrauen. Er muss es ja wissen. Also gehe ich lächelnd und mit erhobenem Kopf an der Rezeption vorbei und halte Ruby so, dass jeder sie sehen kann. Ich habe festgestellt, dass man mit einem Baby gleich vertrauenswürdiger wirkt.

Auf dem Schild über meinem Kopf steht »Zum Schwimmbad«. Ein bisschen Schwimmen wäre jetzt nicht schlecht. Im Damen-Umkleideraum zwängen sich gerade zwei ältere Frauen in ihre Badeanzüge. Es riecht nach warmen Körpern und Chlor. Ich setze mich auf eine Bank und spiele ein bisschen mit Ruby herum, bis die beiden ihre Sachen in einem Schließfach verstaut haben. Sie fluchen leise, weil das Schloss ihre Münze nicht annimmt. Das bringt mich auf eine Idee. Die Frauen gehen ins Schwimmbad und unterhalten sich dabei über ihre Enkelkinder.

Ruby und ich duschen lieber. Ich presse ihren nackten Körper ganz fest an mich und wasche uns mit der Seife aus dem Spender, bis wir strahlend sauber sind. Es gibt dort sogar weiche Handtücher. Ich hoffe, die beiden Frauen nehmen es mir nicht allzu übel, dass ich die Gelegenheit nutze, aber schließlich kann ich ja nichts dafür, dass das Schließfach nicht zuging. Sie hätten sich eben ein anderes suchen sollen.

In ihrer Sporttasche finde ich zwei Garnituren riesengroßer Unterwäsche, einen Frottee-Trainingsanzug, ein paar T-Shirts, einen Rock in Größe 44 und eine Kulturtasche mit echt hübschen Sachen drin. Ich behalte fürs Erste meine Kleider an, wickele Ruby aber in den Frotteeanzug, weil ihr eigenes Zeug stinkt. Im Waschbecken spüle ich ihre schmutzigen Sachen aus, packe die Lebensmittel, die der Mann am Bahnhof vergessen hat, in meine neue Tasche und mache mich auf den Weg durch das Gewirr der Hotelflure.

Es wirkt ganz normal, wenn man in einem Hotel Gepäck mit sich herumträgt. Alle paar Meter ist eine Tür; meistens führt sie zu einem ganz gewöhnlichen Zimmer, aber manchmal steht ein Name dran, wie Balmoral Suite oder Windsor Room. Ich rüttele an ein paar Türknäufen, aber überall ist abgeschlossen. Mit dem Aufzug fahren wir ein Stockwerk höher und probieren auch da, ob eine Tür offen ist. Auf halber Höhe des Korridors halten zwei Putzfrauen ein Schwätzchen. Dabei lehnen sie sich an ein Wägelchen mit Bettwäsche und Kaffeetütchen und einzeln eingepackten Keksen. Sie stehen vor einem Raum, der wie eine Vorratskammer aussieht. Anscheinend wollen sie gerade Feierabend machen.

»Das erledige ich morgen früh, Sandra«, sagt die eine gerade. Ich gehe langsam an ihnen vorbei und spitze die Ohren. Und weil ich mich ganz selbstbewusst gebe, so wie es Onkel Gustaw gesagt hat, merken sie nicht, dass ich einen verstohlenen Blick in die kleine Kammer werfe. Ein paar Meter von ihnen entfernt bleibe ich stehen und tue so, als würde ich etwas in meiner Tasche suchen, und als sie ihren Wagen in die Kammer geschoben haben und weggegangen sind, mache ich einen Satz und klemme einen Fuß zwischen Tür und Rahmen, bevor sie zufallen kann.

»Was hältst du davon, Ruby?« Zwischen all den Stapeln von Bettwäsche und Handtüchern klingt meine Stimme ganz dumpf.

Ich bin richtig stolz auf mich, weil ich einen Unterschlupf für die Nacht gefunden habe. Die Putzfrauen kommen bestimmt nicht vor morgen früh zurück, also können wir es uns in Ruhe gutgehen lassen – mit den Kissen und Bettdecken und Laken und den Mini-Whiskyfläschchen und den Tütchen mit Zucker, den man mit dem feuchten Zeigefinger aufstippen kann.

Nachdem ich Ruby auf einem Kissen abgelegt habe, lasse ich meine Arme wie Windmühlenflügel kreisen. In dem kleinen Raum mit den Regalen und dem Wägelchen ist gerade genug Platz dafür. Dann streife ich die Turnschuhe ab und mache uns auf dem Fußboden ein Nest aus Kissen und Bettdecken, genau wie eine Vogelmutter. Aus der Sporttasche hole ich eine Packung mit Keksen, reiße sie auf und esse gleich drei auf einmal. Außerdem ist da noch eine Büchse Erbsen, mit der ich ohne Öffner nichts anfangen kann, ein Eisbergsalat, eine Tüte Möhren, eine Dose Frühstücksfleisch, das ich so gern mag, und ein Päckchen Kräcker.

»Das wird vielleicht ein Festessen!«, jauchze ich, und Ruby spuckt ihre ganze Milch auf unser Nest. Also hole ich eine neue Decke aus dem Regal.

Ich mache mir ein frühes Abendessen aus Kräckern mit Dosenfleisch und Salat und einer schönen knackigen Möhre dazu. Zum Nachtisch gibt es mit Whisky beträufelten Zucker. Danach schlafe ich stundenlang. Ruby liegt an meinen Körper geschmiegt. Sie ist wirklich ein braves Baby.

Am Ende musste ich doch von dort weg. Ich faltete am Morgen die bespuckte Decke zusammen, legte die Kissen wieder an ihren Platz und schob die Sachen auf dem Wägelchen so zurecht, dass niemand merkte, dass etwas fehlte. Aber nachdem ich zwei Nächte in der Vorratskammer verbracht hatte, war es nur eine Frage der Zeit, wann man mich entdecken würde.

Als ich am Morgen nach meinem Festessen aufwachte, fühlte ich mich elend. Ich räumte die Kammer auf und lungerte den ganzen Tag in einem Einkaufszentrum herum. Ich gab ein bisschen Geld für Damenbinden und eine heiße Schokolade aus und betrachtete unschlüssig einen leeren Kinderwagen, der vor der Tür zur Damentoilette stand. Wenn sie nicht so schnell zurückgekommen wäre, wäre es meiner gewesen.

Der zweite Abend verlief genauso wie der erste. Wir duschten noch mal und kuschelten uns dann in der Vorratskammer zusammen. Ich träumte davon, wie es wäre, wenn ich ein hübsches Haus hätte und einen Job, bei dem ich ein paar hundert Pfund die Woche verdienen würde. Am frühen Morgen verschwanden wir, ohne eine Spur zu hinterlassen. Schließlich soll man sein Glück nicht herausfordern.

Jetzt trotten wir also am vereisten Straßenrand entlang und versuchen, per Anhalter nach London zu kommen. In der Nähe muss eine Autobahn sein; ich kann das Rauschen des Verkehrs hören. Ein paar Autofahrer bremsen ab und starren mich an, halten aber nicht. Dann fährt ein Lieferwagen vorbei. Seine Bremslichter gehen immer an und aus, als wüsste der Fahrer nicht, ob er anhalten soll. Schließlich tut er es aber doch und ich renne mit Ruby im Arm die etwa hundert Meter zum Wagen hin. Beim Laufen schlägt mir die Sporttasche gegen den Rücken und die eisige Luft brennt mir mit jedem Atemzug in der Kehle.

»Wohin soll's denn gehen, Kleine?« Er ist blond und schmutzig, wahrscheinlich ein Bauarbeiter.

»London«, keuche ich und stütze mich auf die Beifahrertür.

»Ich kann dich bis zur Autobahnauffahrt mitnehmen, aber

weiter nicht. Dann bist du schon mal ein paar Kilometer näher dran.« Der Arbeiter grinst und zeigt dabei ein paar schauerliche Zähne, die genauso gelb sind wie seine Haare. Aber weil er sonst einen netten Eindruck macht, steigen wir ein. In dem Lieferwagen ist es warm; es riecht nach Öl und Kaffee.

»Was macht ein junges Mädchen wie du schon so früh am Montagmorgen auf der Landstraße?« Beim Fahren schaut er mich ein paar Mal von der Seite an und grinst wieder. Wahrscheinlich interessiert es ihn gar nicht besonders und er fragt einfach nur so.

Ich starre geradeaus und überlege krampfhaft, was ich ihm erzählen soll. Ruby greint und zappelt auf meinem Schoß.

»Süßes Baby«, sagt er. »Wie alt?«

»Noch ziemlich jung«, antworte ich, froh darüber, dass er das Thema gewechselt hat. Der Fahrer summt die Melodie aus dem Radio mit und trommelt im Takt mit den Fingern aufs Lenkrad, aber ich kann sehen, dass er nachdenkt.

»Du willst also mit einem ziemlich jungen Baby per Anhalter fahren.« Das Lied ist zu Ende.

»Ja«, sage ich und knabbere an meinen Nägeln. Weil ich schon die Autobahnauffahrt sehen kann, hebe ich Ruby hoch, die daraufhin zu schreien anfängt, und nehme meine Tasche in die Hand. Ich will jetzt nur noch raus. Der Bauarbeiter lässt mich ohne weitere Fragen an einem Parkplatz aussteigen, hupt einmal kurz und fährt weg.

Eine ganze Stunde stehe ich mit Ruby an der Auffahrt, bis mir die Wangen von dem scharfen Wind brennen und meine Zehen fast erfroren sind. Endlich hält wieder einer. Diesmal ist es ein Sattelschlepper mit mindestens hundert Rädern, die qualmen und quietschen, als der riesige Laster neben mir zum Stehen kommt.

»London?«, rufe ich zum Führerhaus hoch und der Fahrer gibt mir zu verstehen, dass ich einsteigen soll. Ich brauche fast eine Leiter, um hinaufzukommen, aber der Mann zieht uns hoch und schnallt mich an. Hinter den Sitzen ist ein Bett. Ich frage ihn, ob er bis nach London fährt. Meine Lippen sind so steif vor Kälte, dass ich kaum ein Wort herausbekomme. Der Lastwagenfahrer hebt beide Hände hoch, als wollte er den Verkehr anhalten.

»Ich nix Englisch.« Dann brüllt er vor Lachen und fährt los.

Zweieinhalb Stunden später sind wir in Nordlondon und ich verabschiede mich auf einem Fabrikgelände von dem Fahrer. Ein Lagerarbeiter erklärt mir den Weg zur nächsten U-Bahn-Haltestelle. Ich wollte schon immer mal mit der U-Bahn fahren und bin wahnsinnig stolz, dass ich es allein bis hierher geschafft habe. Der Zug rattert mit uns mitten ins Herz der City – in Sicherheit.

Ohne besonderen Grund steigen wir an der Haltestelle Tottenham Court Road aus und gehen über den Bahnsteig zum Ausgang. Ich breche fast unter Rubys Gewicht zusammen und habe schreckliche Bauchkrämpfe. Unter meinen Schichten von Kleidung schwitze und glühe ich. Ich bin außer Atem und ein bisschen schwindlig und mein Herz hämmert, aber ich schleppe mich weiter, froh über die Rolltreppe, die uns bis nach oben an die Erdoberfläche bringt. Ich bleibe auf der Treppe stehen und ruhe mich ein bisschen aus, während alle anderen Leute an mir vorbei die Stufen hinaufhasten.

In der kalten Luft draußen fühle ich mich ein wenig besser und kann weitergehen, auch wenn ich nicht weiß, wohin und mein Baby so schwer ist, dass ich es kaum noch tragen kann. Ich muss weg von der Menschenmenge und dem Dröhnen in meinem Schädel, also biege ich in eine Seitenstraße ein. Aber das Geräusch wird immer lauter; es ist, als wenn ein Zug durch meinen Kopf braust, und auf einmal habe ich das Gefühl, dass die Häuser über mir zusammenbrechen. Am anderen Ende der Straße stehen ein paar stinkende Müllcontainer. Ein Mann in einer Kochuniform kommt aus einer Hintertür und wirft zwei schwarze Plastiksäcke hinein. Bevor er die Tür wieder zuschlägt, sieht er mich scharf an. Weil ich so schwanke, glaubt er bestimmt, ich wäre betrunken mit einem Baby unterwegs.

Dann merke ich nur noch, wie ich nach hinten kippe und mit dem Hinterkopf auf das Pflaster schlage. Danach ist alles dunkel und still.

Später – wann genau, weiß ich nicht – versucht mir jemand die Augenlider hochzuschieben, aber ich kann nichts erkennen, weil mich das Licht von der Lampe, die an der Decke hängt, furchtbar blendet.

»Wach auf! Nun werd schon wach!«

Mit einem Ruck richte ich mich auf. Mir fährt ein stechender Schmerz durch den Schädel. Hektisch taste ich nach Ruby.

»Wo ist mein Baby?« Ich fange hysterisch an zu schreien. In meinem Mund ist der Geschmack von Blut. Und von meiner eigenen Angst.

16

Robert saß in seinem Drehstuhl und hatte die Füße auf die lederbezogene Schreibtischplatte gelegt. Er war direkt von Louisas Hotel in sein Büro gefahren. Während Louisa unter der Dusche stand, hatte er in ihrem Zimmer eine Tasse Kaffee getrunken, in der Kanzlei angerufen und Erin eine Nachricht auf der Mailbox hinterlassen. Als Louisa in einen hoteleigenen Bademantel gehüllt und in einer Wolke von Orangenduft ins Zimmer trat, verabschiedete sich Robert nur widerstrebend von ihr. Sie versprach ihm, ihn am nächsten Morgen anzurufen.

Seit er am Tag zuvor nach Brighton aufgebrochen war, hatte er sich nicht wieder zu Hause sehen lassen. Er hatte die Nacht im Büro verbracht und trug noch die Kleidung vom Vortag. Es war, als gäbe es seine Familie gar nicht mehr, als hätten Baxter Kings Worte sie aus seinem Leben getilgt.

Seine Frau war eine billige Nutte gewesen – Robert versuchte, diese Tatsache mit der gleichen professionellen Sachlichkeit zur Kenntnis zu nehmen, mit der er seine Fälle anging. Doch wie er es auch drehte und wendete, eines war sicher: Erin hatte ihn betrogen. Er wollte und musste die Wahrheit aus ihrem eigenen Mund hören.

Obwohl er vor lauter Schlafmangel und zu viel Koffein schon ganz aufgedreht war, wies Robert Tanya durch die Wechselsprechanlage an, noch mehr Kaffee zu kochen und ihm auf der Stelle die Bowman-Akte zu bringen. Um sich auf andere Gedanken zu bringen, kam ihm Jeds Fall gerade recht.

»Sie sehen ziemlich erledigt aus, Mr Knight«, sagte Tanya, als sie die Unterlagen brachte. Statt wie üblich zu einem straffen Pferdeschwanz gebunden trug sie ihr Haar heute offen.

»Hab die Nacht durchgemacht, Tan«, antwortete Robert mit müder Stimme. Er konnte sich vorstellen, wie sein Stoppelbart, das zerzauste Haar und die verknitterten Kleider auf seine Sekretärin wirken mussten. Außerdem roch er nicht besonders gut, aber das war ihm inzwischen gleichgültig. »Keine Anrufe, keine Besucher, keine Störungen. Verstanden?«

Tanya nickte und ging.

»Und bringen Sie mir noch Kaffee!«

Robert schlug die Bowman-Akte auf und starrte zehn Minuten lang auf die erste Seite, ohne ein Wort zu lesen. Dann erhob er sich und ging ans Fenster. Er lehnte sich mit der Stirn an die Scheibe und schaute auf die Straße hinunter. Ob all die Leute, die dort unten vorübereilten, auch Probleme hatten? Sehr fröhlich sahen sie jedenfalls nicht aus, dachte er.

Dann musste er an Mary Bowman denken, die schluchzend hier in seinem Büro gesessen hatte. Sie habe nicht mehr die Kraft, um ihre Kinder zu kämpfen, hatte sie erklärt. Sie war bereit, Jed vor Gericht gewinnen zu lassen, nur damit die Sache endlich ein Ende nahm und sie keine Prügel mehr einstecken musste, so wie fast an jedem einzelnen Tag ihrer elfjährigen Ehe. Sie gab zu, dass sie mit Jeds Bruder geschlafen hatte. Nur ein einziges Mal, weil sie sich so verzweifelt nach Trost und Zuneigung gesehnt hatte. Und nach ein wenig Liebe, die sie von Jed nie bekommen hatte.

Als Jed dahinterkam, schlug er seine Frau halb tot. Seinem Bruder dagegen verzieh er. Er brachte sogar Mitgefühl für ihn auf, weil die verdorbene Mary Bowman ihn verführt hatte. Aber etwas Gutes wusste Mary doch über ihren Mann zu berichten. Ihr verschwollenes Gesicht in beide Hände gestützt erzählte sie, dass Jed ihr, als es ihr einmal besonders dreckig ging, ein Mittel mitbrachte, das er dem Bekannten eines Bekannten abgekauft hatte. Wenn sie das brav einnahm, würde er sie in Ruhe lassen, versprach er ihr. Mittlerweile war Mary vom Valium abhängig, doch Jed ließ sie noch immer nicht in Ruhe.

Die nächste Stunde verbrachte Robert damit, sich eine Verteidigungsstrategie für seinen vulgären Mandanten auszudenken. Aber von welcher Seite er den Fall auch betrachtete, er hinterließ bei ihm stets einen üblen Nachgeschmack. Hätte er Mary Bowman nicht persönlich kennengelernt und erfahren, wie Jed sie behandelte, hätte er wahrscheinlich Den bekniet, den Fall zu übernehmen. So aber fühlte sich Robert für diese Frau verantwortlich. Ebenso wie für Ruby, besonders jetzt, da er die Wahrheit über ihre Mutter, seine Frau, herausgefunden hatte. Wie verzweifelt musste Erin gewesen sein, um sich zu prostituieren? Noch verzweifelter als Mary Bowman? Bei dem Gedanken schauderte ihn und er überlegte, wie er es drehen konnte, dass Jed seine Kinder auf keinen Fall bekam.

Da er sich sowieso nicht ernsthaft auf den Fall konzentrieren konnte, verließ Robert das Büro und fuhr zu »Floristik taufrisch«. Während er gegenüber von Erins Geschäft eine Münze in die Parkuhr warf, dachte er unwillkürlich an den Tag, als er ihr den Blumenladen geschenkt hatte.

Für Erin war es eine große Überraschung gewesen. Damals hatten sie fast an derselben Stelle geparkt, bevor Robert seiner frisch angetrauten Ehefrau die Augen zugehalten und sie so über die Straße geführt hatte. Als sie vor dem kleinen heruntergekommenen Laden standen, hatte er ihr ein in Geschenkpapier gewickeltes Kästchen überreicht und sie gebeten, es gleich an Ort und Stelle zu öffnen. Sie hatte keine Ahnung gehabt, dass der Blumenladen, der erst vor kurzem zugemacht hatte, nun ihr gehören sollte. Als Erin das Kästchen öffnete und den Schlüsselbund sah, schaute sie Robert mit einem kleinen fragenden Lächeln an. Sie war so aufgeregt, dass er beinahe meinte, ihr Herz schlagen zu hören, und blickte sich verwundert und ratlos um. Da deutete Robert mit theatralischer Geste auf das Ladenlokal und rief: »Tataa!« Erin war sprachlos, als ihr klar wurde, dass sie nun tatsächlich ein eigenes Geschäft besaß. Ein lebenslanger Traum war in Erfüllung gegangen.

Jetzt, in der Rückschau, meinte sich Robert zu erinnern, dass Erin damals für einen kurzen Augenblick traurig gewirkt hatte, bevor sie die Ladentür aufschloss und hineinging. Vielleicht, dachte er, war sie ja der Meinung gewesen, dass sie ein so außergewöhnliches Hochzeitsgeschenk gar nicht verdient hatte.

Mit raschen Schritten überquerte Robert die Straße und betrat Erins duftendes Reich, das ihn an Baxter Kings Geschäft in Brighton erinnerte. Es kam Robert so vor, als sei es schon eine Ewigkeit her, dabei war er erst gestern dort gewesen. In seiner Verwirrung und Wut war ihm jedes Zeitgefühl abhandengekommen. Er fühlte sich, als stecke ihm eine Grippe in den Knochen; sein Kopf war wie mit Watte gefüllt und die ganze Welt um ihn herum wirkte trotz des Sonnenscheins gedämpft und düster.

»Schatz, das ist aber eine Überraschung!« Die Sprühflasche in der Hand sprang Erin von der kleinen Trittleiter. »Du hast doch gesagt, du würdest den ganzen Tag unterwegs sein!« Sie schlang Robert die Arme um den Hals. »Es war wirklich gemein von Den, dich so kurzfristig auf die Konferenz zu schicken. Ich habe dich letzte Nacht vermisst.« Gerade wollte Erin ihrem Mann einen Kuss geben, als sie stutzte. »Du musst aber dringend mal duschen, Mr Knight.« Grinsend besprühte sie Robert mit feinem Wassernebel. »Erinnere mich nachher daran, dass ich dir ordentlich den Rücken schrubbe.«

Zwischen seiner Zuneigung zu Erin und dem Gedanken an ihre Vergangenheit hin- und hergerissen wandte Robert ihr den Rücken zu und machte ein paar Schritte von ihr fort. Dabei stieß er an einen Eimer mit gelben Blumen. Am liebsten hätte er mit beiden Fäusten auf die Theke geschlagen, doch stattdessen stand er verkrampft und mit hochgezogenen Schultern da und atmete stoßweise. Bei dem Gedanken daran, wie Erin ihn umarmt hatte, wie tüchtig sie das Geschäft führte, brachte er es nicht übers Herz, etwas zu sagen. Mit routiniert ausdrucksloser Miene drehte er sich um und brachte sogar ein schwaches Lächeln zustande. »Duschen wäre jetzt wirklich das Richtige. Ich bin fix und fertig.«

Erin erwiderte sein Lächeln. »Lass mich nur eben die Blumen reinholen, dann schließe ich für den Rest des Tages.« Sie zwinkerte Robert vielsagend zu, bevor sie die schweren Behälter in den Laden zog. Statt ihr zu helfen, starrte Robert seine zierliche Frau an. Unter ihrem hautengen T-Shirt und den modischen Jeans zeichnete sich ihr schlanker Körper ab. Der Körper einer schönen, intelligenten, selbstbewussten Frau. Der Körper einer Prostituierten.

Robert sah ein, dass es unklug gewesen wäre, seine Frau im Geschäft mit der Wahrheit zu konfrontieren. Wahrscheinlich wären sie von Kunden gestört worden, und Erin hätte sich dabei zu leicht aus der Affäre ziehen können. Während sie, jeder in seinem Wagen, nach Hause fuhren, wuchs Roberts Anspannung noch. In seinem Kopf pochte es und von den unzähligen Tassen Kaffee hatte er einen bitteren Geschmack im Mund. Erins Mazda befand sich unmittelbar vor ihm. Mit zusammengebissenen Zähnen fuhr er ganz dicht auf, als ihm einfiel, dass er ihr den Wagen einfach so nebenbei geschenkt hatte.

»In ein paar Wochen hast du Geburtstag«, knurrte er, die Hände krampfhaft um das Lenkrad gekrallt. »Und, was soll ich dir schenken?« Jetzt brüllte er und der Druck in seinen Schläfen wurde noch stärker. »Eine rote Laterne, damit du sie dir hinter die Windschutzscheibe klemmen kannst?« Vor Wut knirschte er mit den Zähnen und grub die Fingernägel ins Lenkrad, während er sich mühsam einen Weg durch den stockenden Verkehr bahnte.

In der Kühle seines Hauses beruhigte sich Robert ein wenig.

In der Annahme, dass Erin mitkommen würde, ging er ins Wohnzimmer, doch gleich darauf hörte er oben die Dusche rauschen. Mehrere Male rief Erin nach ihm, doch er tat so, als hörte er es nicht. Wenn sie mit dem Duschen fertig war, würde er sie zur Rede stellen. Robert fragte sich, wie er jemals wieder mit dieser Frau schlafen sollte.

»Robert, Hilfe! Komm schnell!« Erins Stimme klang so eindringlich, dass er auf der Stelle nach oben ins Bad rannte, immer zwei Stufen auf einmal nehmend. Eigentlich ärgerte er sich darüber, dass er so prompt auf ihr Rufen reagierte, und als er dann inmitten des warmen Dampfes im Badezimmer stand, bekam er sofort wieder bohrende Kopfschmerzen.

»Was ist denn los?« Durch die beschlagene Glaswand der Duschkabine konnte er Erins schlanke Gestalt nur undeutlich sehen.

»Sieh mal hier!«, sagte sie. »Mach die Tür auf.«

Robert schob die Duschtür zur Seite. Heiße Tropfen spritzen zu ihm heraus. Seine Frau stand nackt unter dem Wasserstrahl. Sie hatte den Kopf zurückgelegt und fuhr sich mit der Seife zwischen die Beine.

»Zieh dich aus und komm rein!« Als sie mit den Händen über ihre Brüste strich, musste sie kichern. »Du bist so verschwitzt! Komm, lass dich von mir waschen.« Erin warf ihm einen Kuss zu. Ihr blondes Haar war dunkel vor Nässe und klebte ihr am Kopf.

Robert blinzelte. In dem Schleier aus Wasserdampf wirkte Erin noch schöner als sonst. Noch geheimnisvoller. Dieses Geheimnisvolle, das sie umgab, war es auch gewesen, was ihn angezogen hatte. Er hatte nichts von ihr gewusst und ihr folglich nach Belieben Eigenschaften zuschreiben können. Erin hatte nie viel über ihre Vergangenheit erzählt, höchstens, wenn er sie direkt danach fragte. Bisher war das kein Problem gewesen, sondern hatte eher einen ganz besonderen Reiz für ihn gehabt. Anfangs hatte es ihn so fasziniert, dass er immer mehr Zeit mit

Erin verbringen wollte, bis er schließlich zu einer festen Beziehung bereit war. Als sie heirateten, fühlte sich Robert, als wäre er mit einer schnittigen Jacht in See gestochen, auf dem Weg in unbekannte Gefilde. Ihr gemeinsames Leben hatte ihm so viel Glück geschenkt, dass er sich Tag für Tag nach mehr sehnte.

Jetzt, im Badezimmer, hatte er das Gefühl, als befände er sich auf einem sinkenden Schiff mitten auf stürmischer See. Er beobachtete die lasziven Gesten seiner Frau und fragte sich, ob es überhaupt genug Seife geben konnte, um Erin in seinen Augen wieder vollständig reinzuwaschen.

Plötzlich packte sie ihn beim Arm und zog ihn näher. Er verlor das Gleichgewicht und stolperte vollständig bekleidet in die Dusche. Erin warf den Kopf in den Nacken und lachte laut auf. Das Wasser strömte ihr über Gesicht und Hals.

»Ich habe doch gesagt, dass ich dich sauber kriege.« Kichernd presste sie ihren eingeseiften Körper an ihn. »Zieh das Hemd aus.« Erin machte sich an den Knöpfen zu schaffen, doch Robert schob ihre Hände weg und knöpfte sein Hemd selbst auf. Da es sowieso schon völlig durchweicht war, blieb ihm gar nichts anderes übrig, als es auszuziehen – auch wenn er eigentlich nicht vorgehabt hatte, Erin zur Rede zu stellen, während er halbnackt mit ihr unter der Dusche stand.

»Aber, aber«, sagte sie, »nun sei doch nicht so grantig. Du wirst schon sehen, was du davon hast, wenn du unbedingt ein schmutziger Junge sein willst …« Wieder dieses Lachen, dieser verführerisch zurückgelegte Kopf. Nur mit Mühe löste Robert den Blick vom Körper seiner Frau. Sie war schön wie immer – sanfte Kurven an den richtigen Stellen und stramme Muskeln am Bauch und an den Schultern. Wider Willen fand Robert es erregend, wie das Seifenwasser ihr über Körper und Beine lief.

»Es gibt etwas, worüber wir reden müssen.« Robert stemmte die Handflächen zu beiden Seiten von Erins Kopf gegen die gekachelte Wand, sodass sie in der Falle saß. »Es ist was Ernstes.«

Wieder kicherte Erin. »Was Versautes fände ich schöner«, sagte sie und verteilte Duschgel auf seiner Brust. »Du willst doch wohl nicht ausgerechnet jetzt irgendwelche langweiligen Sachen besprechen! Was Ernstes kann warten.« Sie nahm den Duschkopf und spülte den Seifenschaum von Roberts Brust, bevor sie ihre Lippen über seine saubere Haut wandern ließ. Robert wich so weit zurück, wie es die enge Duschkabine zuließ. Er stieß schon mit den Ellbogen gegen die Glaswand, doch Erin küsste ihn nur noch leidenschaftlicher. Bevor er wusste, wie ihm geschah, hatte sie seine klatschnasse Hose geöffnet und bis zu seinen Knöcheln hinuntergeschoben.

»Wo ich schon mal hier unten bin …« Grinsend blickte sie zu Robert hoch und begann, seine Hinterbacken einzuseifen.

Sein Körper reagierte sofort. Wenn er dem jetzt nicht ein Ende machte, würde er sich nicht mehr beherrschen können. Mit äußerster Willensanstrengung packte er Erin unter den Achselhöhlen und zog sie hoch, bis ihre Gesichter nur noch wenige Zentimeter voneinander entfernt waren. Um sie herum waberten der feuchte Dunst und ein Hauch Zitrusduft. Robert starrte Erin in die Augen, als könnte er darin lesen, dass alles nur ein Irrtum war.

»Wie oft, glaubst du, haben wir schon miteinander geschlafen?«, hörte Robert sich fragen. Er wusste nicht, wohin das führen würde, aber er konnte einfach nicht anders.

»Mal sehen.« Erin, die das für ein Spiel hielt, zählte zuerst an ihren Fingern ab und nahm dann Roberts zu Hilfe. Danach ließ sie sich auf die Knie nieder und zählte an seinen Zehen weiter. »Zwei- oder dreihundert Mal?«, fragte sie, den Blick nach oben gewandt, bevor sie ihn erneut zu küssen begann.

Wieder zog Robert sie hoch, dieses Mal ziemlich unsanft. Mit gerunzelter Stirn rieb sich Erin die schmerzenden Schultern.

»Hey!«

»Was, glaubst du, bin ich dir für diese ganzen Male schuldig, so alles in allem?« Robert schob Erin zur Seite und drehte das Wasser ab. Mit einiger Mühe zog er sich die nasse Hose hoch und fuhr sich mit den Händen durchs Gesicht. Dann blickte er seine Frau prüfend an. Er suchte nach einem Beweis dafür, dass Baxter King sich geirrt hatte. Doch vergeblich. Reglos stand Erin da und starrte auf die Tropfen an der Glaswand.

»Wird wohl langsam Zeit, dass ich meine Schulden begleiche.« Robert trat einen Schritt vor und drängte Erin gegen die Wand. Ohne genau zu wissen, was er tat, packte er sie bei den Handgelenken, zog ihre Arme hoch und presste sie gegen die Kacheln. Dann starrte er ihr aus nächster Nähe ins Gesicht, doch sie drehte den Kopf zur Seite und schloss die Augen. »Wie viel schulde ich dir für den ganzen Sex? Sag mir, was ist dein üblicher Satz?« Seine Stimme hallte von den Wänden wider. »Sag's mir!«, brüllte er.

»Ich weiß nicht, was du meinst, Robert. Hör auf damit, du machst mir Angst.« Vorsichtig öffnete Erin die Augen. Die Adern an Roberts Hals waren dunkelrot angeschwollen, und sie bemerkte Falten auf seiner Stirn, die ihr noch nie aufgefallen waren. »Lass mich ein Handtuch holen. Mir ist kalt.«

War es der Klang ihrer Stimme oder der Anblick ihres zitternden Körpers? Was auch immer, etwas in ihm gab nach, und er ließ sie frei. Er wusste, dass sie in dem drückend heißen Raum unmöglich frieren konnte. Sie zitterte vielmehr vor Angst.

Robert folgte ihr. In seiner triefenden Hose stand er mitten im Badezimmer, während sich Erin ihren weißen Frotteebademantel anzog und den Kragen hochschlug. Sie warf einen Blick auf die Tür zum Schlafzimmer, doch Robert versperrte ihr mit ausgestreckten Armen den Weg.

»Wie viel?«, fauchte er.

»Robert, was ist letzte Nacht passiert? Du benimmst dich so komisch.« Erins Stimme war viel höher als gewöhnlich und drohte zu kippen.

»Ich war nicht auf einer Konferenz«, erwiderte er, entschlossen, Erin so lange im Badezimmer festzuhalten, bis sie alles zugab. »Ich bin nach Brighton gefahren.«

Es war, als wäre die Luft im Raum plötzlich zu Eis erstarrt. Robert wollte Erins Reaktion beobachten, aber gegen das Licht, das durch das Milchglasfenster fiel, konnte er nur ihre Silhouette erkennen.

»Nach Brighton?«

»Ich war bei Baxter King.« Gespannt wartete er auf ihre Antwort, doch sie stand nur fröstelnd da und zog den Bademantel enger um sich. Das Wasser aus ihrem Haar lief ihr in kleinen Rinnsalen über das Gesicht. Sie machte keine Anstalten, es wegzuwischen. Die Sekunden zogen sich endlos hin.

»Ist das ein Anwalt? Oder ein Mandant?«, fragte sie schließlich gelassen. Robert erkannte seine Frau nicht wieder. Von einer Minute zur anderen war sie wie verwandelt. Sie machte einen selbstsicheren Eindruck und wirkte beinahe ein Stück größer als sonst. Ganz ruhig kam sie auf ihn zu, duckte sich gewandt unter seinem Arm hindurch und ging ins Schlafzimmer.

»Du hast den Namen noch nie erwähnt!«, rief sie zurück, während sie Kleidungsstücke von der Garderobe nahm und aufs Bett legte.

Robert drehte sich zu ihr um. Er traute seinen Ohren nicht. Mit dem Rücken zu ihm schlüpfte Erin in Jeansshorts und ein rückenfreies Top und wickelte sich ein Handtuch um das nasse Haar. Dann setzte sie sich an den Toilettentisch, um sich das Gesicht einzucremen und die Wimpern zu tuschen. Sie wirkte geradezu fröhlich und beschwingt, so als habe sie noch nie von Baxter King gehört. Als bedeute es nichts, dass Robert ihn erwähnt hatte.

Nur zu gern hätte Robert ihr geglaubt. Sein Körper, der seit vierundzwanzig Stunden unter Hochspannung stand, sehnte sich nach Ruhe und Frieden. Am liebsten wäre er mit ihr ins

Bett gegangen und hätte sich ihren Zärtlichkeiten überlassen. Doch er konnte jetzt einfach nicht aufgeben, auch wenn die Erinnerung an Jenna jedes Wort überschattete.

»Du willst also behaupten, dass du noch nie etwas von einem Mann namens Baxter King gehört hast?« Robert tigerte im Schlafzimmer auf und ab wie vor einer Geschworenenbank.

»Genau«, sagte Erin, ohne die Lippen zu bewegen, weil sie gerade Lipgloss auftrug.

»Gehe ich dann auch recht in der Annahme, dass du noch nie in Brighton gelebt hast?«

»Voll und ganz. Ich bin überhaupt noch nie dort gewesen.« Erin band sich ihre Uhr um.

»Was würdest du sagen, wenn ich behaupte, dass ich etwas anderes gehört habe, nämlich dass du Baxter King sehr wohl kennst und einige Jahre in Brighton gewohnt hast?« Robert stand jetzt unmittelbar hinter seiner Frau und starrte ihr Spiegelbild an.

»Ich würde sagen, dass du etwas Falsches gehört hast.« Reglos, die Hände im Schoß gefaltet, saß Erin da und blickte ihn offen an. Nur unter ihrem linken Auge zuckte es leicht.

Roberts geübtem Auge entging die winzige Bewegung ebenso wenig wie ihr krampfhaftes Schlucken und die angespannten Kiefermuskeln. Nicht umsonst hatte er schon viele Stunden bei Polizeiverhören zugebracht. Erin wirkte unnatürlich beherrscht.

»Wenn ich dir jetzt eine Frage stelle, von der unsere ganze gemeinsame Zukunft abhängt, wirst du mir eine ehrliche Antwort geben?«

»Sicher, aber …«

»Hast du dein Geld schon mal mit Sex verdient?«, stieß er hervor. Das Wort »Prostituierte« wollte ihm nicht über die Lippen. Sie fuhr herum, sprang auf und starrte ihn an. In ihren Augen standen Tränen, und ihre Lippen öffneten sich leicht wie zu einem stummen Protest. Alles nur ein Trick, um Mitleid zu erregen und Zeit zu gewinnen, dachte Robert und fragte sich, ob sie wohl gleich den Handrücken an die Stirn pressen und ohnmächtig zu Boden sinken würde.

Doch in diesem Augenblick schlug unten die Eingangstür zu, und sie fuhren beide zusammen. Eine fröhliche junge Stimme erklang im Hausflur, und wenige Sekunden später hörten sie, wie Ruby ihre neueste Komposition spielte.

Der entscheidende Augenblick war vorüber. Robert war ratlos; er fühlte sich wie der Befehlshaber einer Armee, die zum Angriff bereit hinter ihm stand, ehe unverhofft ein Unbeteiligter auf das Schlachtfeld geriet. Um diesen unschuldigen Menschen zu schonen, ließ Robert Erin aus dem Schlafzimmer entkommen. Von der Treppe aus rief sie ihre Tochter und fragte, warum sie schon so früh nach Hause gekommen sei.

Robert setzte sich auf den Hocker vor dem Toilettentisch und starrte in den Spiegel. Ein erschöpftes, verzerrtes Gesicht schaute ihm entgegen. Dann richtete er seinen Blick auf die Tür, durch die gerade seine Frau verschwunden war. Er konnte ihren Duft noch riechen und die Wärme ihres Körpers auf dem Hocker spüren. Robert ließ die vergangenen Minuten noch einmal Revue passieren.

»Ich gebe also zu bedenken«, murmelte er seinem Spiegelbild zu, »dass Ihre geliebte Frau eine ausgemachte Lügnerin und eine gemeine Hure ist. Weiterhin gebe ich zu bedenken, dass Sie ein Idiot sind, weil Sie es nicht eher gemerkt haben. Die Verhandlung ist geschlossen.« Er schlug mit der Faust auf den Toilettentisch. Durch ihr Schweigen hatte Erin seine Frage beantwortet. Daran gab es nichts zu rütteln. Er beschloss, ins Büro zu fahren und über einen gerechten Schuldspruch nachzudenken. Doch wahrscheinlich würde er wieder nur dasitzen und die Bilder an der Wand anglotzen.

Robert zog sich trockene Sachen an und ging hinunter. Er wollte gerade das Haus verlassen, als er außer Rubys Klavierspiel noch eine tiefe, lachende Stimme hörte. Er ging ins Esszimmer. Ruby saß am Klavier, und ein Junge lehnte linkisch neben ihr. Die beiden kicherten miteinander und waren so vertieft, dass sie Roberts Anwesenheit gar nicht bemerkten.

»Ist es aber nicht!«, rief Ruby gerade mit Nachdruck und hielt sich die Augen zu, sodass nur noch ihr lächelnder Mund zu sehen war.

»Hört sich aber so an«, neckte der Junge sie und klimperte ein paar Töne.

»Na ja, vielleicht ein bisschen«, gab Ruby zu. »Aber es ist jedenfalls kein normales Liebeslied. Dafür kenne ich dich noch viel zu wenig. Es ist mehr ein Bewunderungslied.« Erneut kicherten sie, und Ruby warf mit einer typischen Bewegung das Haar zurück. Offensichtlich mochten sich die beiden. Robert war sich nicht sicher, ob er noch genug Energie besaß, um den ungepflegten Burschen zu verscheuchen.

»Dad!«, rief Ruby plötzlich. Der Junge drehte sich um und richtete sich auf. Sein fettig wirkendes Gesicht wurde ernst. »Das ist Art. Ich habe dir von ihm erzählt, weißt du noch?«

Robert nickte knapp und warf dem schlaksigen Jungen einen prüfenden Blick zu. Er trug zerfetzte Jeans, die ihm fast von den Hüften rutschten, und ein ausgeblichenes T-Shirt mit dem Aufdruck »Nuke« quer über der Brust. Sein schlammbraunes Haar hing ihm wirr und schmuddelig ums Gesicht. Auf die Haarspitzen hatte er sich irgendein gelbes Glitzerzeug geschmiert. Robert war erstaunt, als der Junge ihm die Hand reichte.

»Sehr erfreut, Sie kennenzulernen, Mr Knight.« Seine Stimme war erstaunlich tief für ein so mageres Bürschchen. »Ruby hat mir gerade ihr neues Stück vorgespielt. Wirklich cool.«

Robert schüttelte Art die Hand, antwortete jedoch nicht. »Warum bist du nicht in der Schule, Ruby?« Seine Worte klangen rau und abgehackt.

»Freie Hausarbeit, Mr Knight«, sprang Art ein, als er merkte, dass Ruby nur mit offenem Mund dasaß.

»Na gut. Solltet ihr dann nicht auch arbeiten?« Robert verabscheute sich dafür, dass er Ruby die gute Laune verdarb.

Endlich fand sie ihre Stimme wieder. »Wir wollten gerade zum Arbeiten in mein Zimmer gehen«, sagte sie und wurde rot.

»Ich glaube, deine Mutter und ich würden es lieber sehen, wenn ihr hier unten arbeitet.«

»Ach Unfug, Robert.« Erin kam mit einem Tablett voller Pizza und Getränkedosen aus der Küche. »Oben haben sie ihre Ruhe. Also los, Liebes. Kannst du das tragen?« Sie gab Ruby das Tablett und warf Robert einen raschen Blick zu. Kaum waren die beiden jungen Leute verschwunden, ging Erin zurück in die Küche, wo sie lautstark mit Geschirr und Töpfen klapperte und die Schranktüren zuknallte.

»Und ich habe mehr Ruhe im Büro!«, brüllte Robert in Richtung Küche, schlug die Tür hinter sich zu und fuhr zu Mason & Knight.

Den telefonierte ganz offensichtlich mit einer Frau. Er hatte seine rote Krawatte gelockert und lümmelte mit lang ausgestreckten Beinen im Schreibtischsessel. Ein zufriedenes Grinsen lag auf seinem gebräunten Gesicht. Er fuhr sich mit den Fingern durch das ohnehin schon strubbelige Haar und schlug einen neckischen Ton an.

»Ich wette, das sagen Sie zu allen Männern, die Sie anrufen.« Dens Grinsen wurde noch breiter. »O nein, das ist ungerecht! Ich bin ein vollendeter Gentleman. Hoffentlich kann ich Sie eines Tages davon überzeugen.« Als er Robert in der Tür stehen sah, winkte er ihn zu sich und bedeutete ihm, sich ihm gegenüberzusetzen. »Ja, gern. Na, vielleicht. Ich rufe später noch mal an, dann können wir einen Termin ausmachen. Jetzt muss ich los. Bye!«

Den lehnte sich zurück, löste seine Krawatte vollends und hängte sie sich lose um den Hals. »Mann, das ist vielleicht ein heißer Feger«, sagte er und erwartete offensichtlich eine anerkennende Bemerkung von Robert. Doch als er sah, dass sein Partner nur steif und wortlos dasaß, verstummte er und schaute ihn stirnrunzelnd an. »Robert?«

Robert holte tief Luft und atmete mit einem Seufzer aus. Es kam ihm so vor, als habe er stundenlang die Luft angehalten. Dann knetete er mit beiden Händen seine verspannten Schultern. »Wieder eine Ehe im Eimer«, hätte er am liebsten gesagt, doch er riss sich zusammen und sagte stattdessen: »Es geht um den Bowman-Fall. Du musst ihn übernehmen.« Er nannte keinen Grund für seine Bitte. Erst einmal wollte er Dens Reaktion abwarten.

»Jetzt erzähl mal, was du *wirklich* auf dem Herzen hast, du Strahlemann.« Den machte die Bürotür zu, holte eine Flasche Jack Daniel's aus dem Mahagoni-Barschrank und goss ihnen beiden ein Glas ein. »Da, trink mal was und erzähl mir dann alles.« Den hockte sich auf die Armlehne des Ledersofas und wartete.

Es dauerte eine ganze Weile, bis Robert überhaupt etwas sagen konnte. Als er schließlich sprach, kamen seine Worte zögernd und stockend. Da er es nicht über sich brachte, die Dinge beim Namen zu nennen, sagte er nur: »Es läuft nicht so gut mit Erin und mir. Ganz schön vertrackte Sache, um ehrlich zu sein. Hat was mit ihrer Vergangenheit zu tun.« Robert kippte seinen Drink hinunter.

Den rutschte unbehaglich auf der Lehne herum, sagte aber nichts. Aus seiner langjährigen Erfahrung mit schwierigen Mandanten wusste er, dass es keinen Zweck hatte, sie zu bedrängen, selbst wenn man unbedingt Informationen für die Gerichtsverhandlung brauchte. Es war besser, man ließ ihnen Zeit, dann kam nach allen Lügen und Ausflüchten meistens doch die Wahrheit ans Licht.

Doch als er ein paar Minuten später immer noch nichts Genaueres aus Robert herausbekommen hatte, wurde ihm klar, dass seine gewöhnliche Taktik hier versagte. In einem Ton, der keinen Widerspruch duldete, sagte er: »Du isst heute bei uns zu Abend. Ich rufe Tula an und sage ihr Bescheid. Wenn du willst, kannst du auch über Nacht bleiben.«

Robert nickte und hielt ihm sein Glas zum Nachschenken hin. Nach dem zweiten Whisky löste sich langsam der Knoten in seiner Magengrube, und die Gedanken an Erin und Baxter King und Jed Bowman und Rubys neuen Freund verloren an Schärfe und wurden ein wenig verschwommen.

Den befahl Robert, einen Spaziergang zu machen, damit er wieder einen klaren Kopf bekam. Währenddessen wollte er sich mit einem Fall beschäftigen, der am folgenden Morgen anstand. Sie würden um sechs Uhr Feierabend machen, weil Tula das Essen immer um sieben servierte. So bliebe ihnen noch Zeit für einen Aperitif und ein Gespräch unter vier Augen.

Folgsam machte sich Robert auf und spazierte durch den Greenwich Park. Als er zu den römischen Ruinen kam, musste er daran denken, wie Erin und er in der ersten Zeit ihrer Beziehung hier öfter ein Picknick veranstaltet hatten. Während sie danach den Lover's Walk entlanggeschlendert waren, hatte er sich ausgemalt, wie es wohl wäre, mit dieser attraktiven, geheimnisvollen Frau zu schlafen. Wenn er damals mit Erin zusammen war, erregte ihn alles, was mit Liebe zu tun hatte, ganz gleich, ob in einem Film, einem Buch oder einem Lied. Doch das Beste – Erin ganz und gar zu besitzen – sparte er sich auf, um die Vorfreude richtig auskosten zu können. Sie war für ihn wie eine dieser exotischen Blüten in jenem Laden, in dem er sie zum ersten Mal gesehen hatte. Er hatte sie beobachtet, wie sie Blumen steckte und Schreibkram erledigte, und dabei so getan, als würde er einen Strauß aussuchen. Schon damals hatte er sich in sie verliebt. Und schon damals hatte er gewusst, dass alle Blumen irgendwann welken mussten.

Robert wanderte zum Bootsteich und fuhr dann, ganz gegen seine Gewohnheit, mit dem Bus zurück ins Büro. Den hatte recht gehabt. Dank der windstillen Sommerluft und der milden Sonne waren seine Kopfschmerzen weniger geworden. Er dachte an die schöne Zeit, die er bisher mit Erin gehabt hatte. Mittlerweile erschien ihm alles nicht mehr ganz so hoffnungslos. Selbst wenn es stimmte, was Baxter King gesagt hatte, und Erin wirklich eine turbulente Vergangenheit besaß, hatte Robert doch ein Fünkchen Hoffnung, dass er darüber hinwegkommen würde.

Bald darauf stand er in der Küche der Masons, einem großen Raum mit schimmernden Stahlarmaturen und schwarz-weiß gemustertem Fußboden. Den entkorkte soeben eine Flasche Faustino.

Flink wie ein Wiesel huschte Tula in dem Raum hin und her, in dem alles überlebensgroß war, wie es Robert schien. Sogar der Kühlschrank hatte die Ausmaße eines doppeltürigen Kleiderschranks. Tula trug eine enge schwarze Hose und dazu ein Spitzentop, dass sich über ihren neuen, verschönerten Brüsten spannte. Ein Haufen Goldschmuck betonte ihren Hals, der für eine Frau ihres Alters auffällig faltenlos war. Sie hatte sich eine blauweiß gestreifte Küchenschürze umgebunden, die der kleinen Person bis unter die Knie reichte.

»Armer Schatz«, gurrte sie, als Den und Robert eintrafen. Robert, der zunächst dachte, sie meinte ihren Mann, fand sich unversehens in ihren Armen wieder. Sie musste sich auf die Zehenspitzen stellen, um ihm einen Kuss zu geben. »Den hat mir erzählt, dass du wieder Eheprobleme hast. Und dabei seid ihr doch erst so kurz verheiratet.« Tula begab sich an ihren riesigen Herd, um die Sauce umzurühren. »Mach doch einfach dasselbe wie Denny, wenn wir uns mal kabbeln. Schick sie auf eine Schönheitsfarm, das wird ihr guttun. Wahrscheinlich hat sie Stress und braucht mal eine richtig schöne Wellnessbehandlung.« Tula tunkte den Finger in die Sauce und schmeckte ab. »Ich kann dir eine gute Adresse nennen.«

Robert lächelte über Tulas Ungezwungenheit und das oberflächliche Geplapper, das ihm so vertraut war. Alles an dieser Frau war umgemodelt, geliftet, verschönert, implantiert oder abgesaugt. Wenn sie sich nicht gerade in einer Klinik in der Harley Street aufhielt und ihren Lieblingschirurgen bekniete, ihr doch noch ein winziges bisschen von der Nase wegzunehmen oder ihre Haut noch eine Idee mehr zu straffen, war sie in dem Privatclub, wo Den und er Squash spielten, und ließ sich massieren, in feuchte Tücher einwickeln oder die Haut reinigen. Oder sie aß mit Freunden zu Mittag und plante dabei ihre nächste Fernreise. Kinder waren für dieses Paar nie in Frage gekommen, selbst wenn Den sich welche gewünscht hätte. Sie hätten Tula nur die Figur verdorben.

Robert liebte Tula heiß und innig. Sie war das genaue Gegenteil von dem, was er an einer Frau mochte, und sie kamen fabelhaft miteinander aus.

»Komm her«, sagte er und stellte sein Weinglas auf die Arbeitsplatte aus Marmor. »Ich bin wirklich ein ungehobelter Klotz.« Er ging zu Tula, fasste sie um die Schultern, hob sie ein wenig vom Boden hoch und gab ihr einen Kuss auf das blonde spraygestärkte Haar. »Tut mir leid, aber im Moment bin ich ein richtiger alter Griesgram. Lieb von dir, mich einzuladen. Das Essen duftet ...« Er nahm Tula den Holzlöffel aus der Hand und kostete die mit roten Johannisbeeren und Rosmarin gewürzte Sauce. »Es duftet und schmeckt einfach göttlich. Genau das, was ich jetzt brauche.«

»Weidelamm.« Sie lächelte ihn an. »Was Besseres gibt's nicht.«

Den ging mit Robert in die Bibliothek. Ihre Schritte hallten auf dem Travertinboden der Empfangshalle, die sie durchqueren mussten, um zu dem eichengetäfelten Raum, Dens ureigenster Domäne, zu gelangen. »Willkommen in der botoxfreien Zone«, hatte Den gesagt, als er Robert zum ersten Mal durch sein neues Haus im pseudo-georgianischen Stil führte.

»Hier ist für Tula und ihre Busenfreundinnen der Zutritt verboten.«

Das Zimmer war mit allem Notwendigen ausgestattet – hinter einem Ölgemälde mit Jagdszene befand sich ein LCD-Fernseher, es gab eine gut bestückte Bar mit eingebautem Kühlschrank, einen Mahagonisekretär, in dem sich ein hochmoderner Computer verbarg, sowie einen kleinen Billardtisch. Eine Sitzgarnitur aus dunkelgrünem Leder war vor dem Kamin gruppiert und eine Wand bedeckten gut bestückte Bücherregale. Roberts Ansicht nach brauchte sein Partner dieses Zimmer eigentlich niemals zu verlassen, außer wenn er etwas essen oder sich waschen wollte.

Doch er war nicht neidisch auf Dens Wohlstand. Dessen Vater, der verstorbene Edmond Frederick Mason, hatte vor fast fünfzig Jahren zusammen mit seinem eigenen Vater die Kanzlei Mason & Mason gegründet. Als Dens Großvater starb, trat Den, der gerade sein Jurastudium beendet hatte, automatisch in seine Fußstapfen.

Robert hatte zur selben Zeit seinen Abschluss gemacht, doch im Gegensatz zu Den musste er sich mühsam seine Sporen in kleinen Anwaltskanzleien in Nordengland verdienen. Dabei sammelte er wertvolle Erfahrungen, und als Dens Vater an einem Herzinfarkt starb, wählte Den ihn als neuen Geschäftspartner und aus Mason & Mason wurde Mason & Knight.

Allerdings hatte der gute Ruf der Kanzlei bereits in den letzten Lebensjahren des alten William Mason gelitten. Mason senior war zu krank gewesen, um die großen Firmen halten zu können, die über Jahrzehnte hinweg zu ihren Mandanten zählten. Außerdem überließ er das Geschäft zunehmend seinem Sohn Dennis, der jedoch mehr damit beschäftigt war, sein Leben zu genießen, als sich um die Kanzlei zu kümmern. Da war es kein Wunder, dass es mit Mason & Mason langsam bergab ging. Mittlerweile befassten sie sich vorwiegend mit Scheidungsfällen, aber sie lebten gut davon. Inzwischen sogar sehr gut, denn Mason & Knight hatte sich zu einem anerkannten Spezialisten für internationales Familienrecht entwickelt.

Mit zunehmendem Alter hatte sich Den mit seinem gleichförmigen Leben abgefunden. Dennoch gönnte er sich nach wie vor ein- oder zweimal im Jahr einen kleinen Seitensprung. Und da Robert ein loyaler Freund und Verbündeter war, sagte er nichts dazu.

»Holt sie es sich woanders?« Den ließ sich in einen Sessel fallen.

»So einfach ist die Sache nicht.« Robert hatte nicht die Absicht, Den alles zu erzählen, was er über Erin herausgefunden hatte. Vor allem sollte sein Partner nicht wissen, dass Robert in den Briefen seiner Frau herumgeschnüffelt hatte. Das erinnerte doch zu sehr an sein Verhalten Jenna gegenüber.

»Sagen wir mal, sie hat mich angelogen. Und selbst als ich ihr die Wahrheit ins Gesicht sagte, wollte sie es nicht zugeben.«

»Wo ist sie jetzt?«

»Mit Ruby zu Hause. Ich hoffe, sie behält ihre Tochter gut im Auge. Die hat nämlich einen Freund. Einen Zigeuner, ob du es glaubst oder nicht.« Robert beugte sich vor und fragte ernst: »Was soll ich bloß machen, Den? Meine Frau ist nicht die, für die ich sie hielt, und meine Tochter, die ich auf eine der teuersten Privatschulen Londons schicke, hat sich in einen bekifften Hippie verliebt.« Er stieß ein kleines freudloses Lachen aus.

»Nicht die, für die du sie hieltst?«, hakte Den nach.

»Sie hat mir nicht die Wahrheit über ihre Vergangenheit gesagt. Und ich weiß nicht, ob ich nun ihren Beteuerungen oder meinem Informanten glauben soll.«

»Soll das heißen, dass sie ihre …« – Den suchte nach dem richtigen Wort – »… ihre Unschuld beteuert?«

Genau das war der springende Punkt. Erin hatte zwar abgestritten, dass sie Baxter King kannte oder jemals in Brighton gelebt hatte, doch seine andere Anschuldigung hatte sie nicht direkt geleugnet. Im Grunde genommen hatte sie nichts dazu gesagt.

Robert seufzte. »Nein, eigentlich beteuert sie gar nichts.«

»Verstehe«, erwiderte Den nachdenklich. Er wusste immer noch nicht, worauf Robert hinauswollte, beschloss jedoch, nicht weiter in ihn zu dringen. »Hast du schon mal daran gedacht, den Typ zu engagieren, der für Critchley arbeitet? Wie heißt er noch – der Kerl, der die Nachforschungen für ihn anstellt …«

Nach kurzem Zögern antwortete Robert: »Ich habe mich mit Louisa in Verbindung gesetzt, nachdem du mir erzählt hattest, dass sie wieder in England ist. Wir haben uns neulich in einem Hotel auf dem Land getroffen, und heute Morgen habe ich ihr hier in London ein Hotelzimmer besorgt.«

»Jetzt mal langsam, Kumpel.« Den war sich nicht sicher, ob er alles richtig verstanden hatte. »Du hast dir ein schönes Wochenende mit Louisa gemacht, hast dich heute schon wieder mit ihr in einem Hotel getroffen und dann regst du dich über Erin auf?« In Dens Lachen schwang fast so etwas wie Anerkennung mit.

»Nein, es ist nicht so, wie du denkst.« Egal was er sagte, dachte Robert, Den würde doch immer seine eigenen Schlüsse daraus ziehen. »Ich habe sie engagiert, damit sie dieses ganze Durcheinander aufklärt. Ich mische mich am besten so wenig wie möglich ein. Nicht so wie beim letzten Mal«, fügte er hinzu. »Aber behalte es für dich. Wenn Erin herauskriegt, dass ich Louisa angeheuert habe, ist es sofort aus zwischen uns.«

Bei diesen Worten wurde Robert klar, dass er nicht wollte, dass es aus war. Er erkannte jetzt auch, dass es von Anfang an genügend Anzeichen dafür gegeben hatte, dass Erin ihm etwas verheimlichte. Doch in seiner Verzweiflung über Jennas Tod hatte er die Hinweise einfach übersehen. Wie betäubt hatte er sich damals von einem Tag zum nächsten geschleppt, bis er Erin kennenlernte, die seinem Leben wieder einen Sinn gab.

Tula rief sie zum Essen. Bei Tisch drehte sich das Gespräch

um die unfähigen Gartenarchitekten, die nach Tulas Meinung den japanischen Ahorn an die falsche Stelle gepflanzt hatten, und um den Bowman-Fall. Robert bat seinen Partner noch einmal, ihn zu übernehmen, doch Den lehnte ab.

»Tut mir leid, aber ich habe zu viel zu tun. Damit musst du schon allein klarkommen.«

»Na gut, dann werde ich ihn eben vertreten. Wenn ich Glück habe, ist es mit einer Anhörung getan. Mir tun nur die Kinder leid. Die sollen bei dem Mann leben, der ständig ihre Mutter verprügelt hat!« Im selben Augenblick merkte Robert, was ihm da herausgerutscht war.

»Hat dein Mandant das zugegeben?«, fragte Den mit vollem Mund.

Mit einem Seufzer legte Robert sein Besteck hin. »Seine Frau, Mary Bowman, kam neulich zu uns ins Büro, um mir zu sagen, dass sie ihrem Mann die Kinder überlassen will. Sie sah aus, als wäre sie unter einen Bus gekommen.«

Während Den schweigend und gedankenverloren kaute, dachte Robert über seine eigenen Worte nach. Mary Bowman wollte ihrem Mann die Kinder *überlassen*. Was gab ihr eigentlich das Recht dazu? Und wie konnte Jed Bowman sich anmaßen, das Sorgerecht für seine Kinder zu verlangen? Robert war sich plötzlich ganz sicher: Man musste die Kinder selbst entscheiden lassen, bei wem sie leben wollten. Schließlich waren sie mit elf und dreizehn alt genug dazu. Er dachte an Ruby. Falls Erin und er sich trennen sollten, würden sie es ihr, obwohl Robert keinen juristischen Anspruch auf sie hatte, freistellen zu wählen, da war er sich ganz sicher. Kinder waren kein Eigentum, besonders wenn es sich um Eltern wie Mary und Jed Bowman handelte.

»Ich weiß nicht, ob es gut ist, wenn du dich mit der gegnerischen Partei …«

Robert hob abwehrend die Hand. »Lass nur, Den. Ich mache das schon.« Damit war das Thema beendet.

Robert bezahlte das Taxi und stieg langsam die Stufen zu seiner Haustür hinauf. Nach dem guten Essen und diversen Gläsern Wein und Cognac fühlte er sich entspannt und besänftigt genug, um noch mal im Guten mit Erin zu reden.

Nach dem Lamm hatte Tula Obstgratin mit Crème fraîche serviert. Danach gingen Den und Robert wieder in die Bibliothek, wo sie Brandy tranken und sich noch lange unterhielten. Den, der immer noch nicht ganz im Bilde war, hatte Robert davon überzeugt, dass auch für Erin der Grundsatz »im Zweifel für den Angeklagten« galt. Als Anwalt durfte sich Robert nicht ausschließlich auf die Aussage eines völlig Fremden verlassen. Den redete ihm gut zu, sich bei seiner Frau zu entschuldigen und am nächsten Morgen noch einmal in aller Ruhe mit ihr zu sprechen.

Wie erwartet war das Haus dunkel und still. Die grünen Leuchtziffern am Herd zeigten elf Uhr dreißig. Robert trank noch einen Schluck Wasser, bevor er nach oben ging. Bestimmt würde er morgen einen heftigen Kater haben, nachdem er an diesem Abend mehr Alkohol getrunken hatte als sonst in einer ganzen Woche.

Weil Erin vergessen hatte, im Schlafzimmer die Vorhänge zuzuziehen, lag der Raum in dem unheimlichen orangegelben Licht der Straßenlaternen. Robert stutzte – Erins Bett war leer. Spontan schlug er die Decke zurück, als wollte er nachsehen, ob sie sich darunter versteckt hatte. Wahrscheinlich schlief sie im Gästezimmer oder bei Ruby. Er schlich über den Treppenabsatz und schaute nach. Auch das Gästebett war unbenutzt. Als er die Tür zu Rubys Zimmer einen Spaltbreit öffnete, stockte ihm vor Schreck der Atem. Sie war ebenfalls nicht da!

Fluchend marschierte Robert zurück ins Schlafzimmer, schaltete das Licht an und riss den Kleiderschrank auf. Die meisten von Erins Sachen waren fort, bis auf ein Häufchen Kleidungsstücke auf dem Boden des Schrankes. Auch die

Schmuckschatulle vom Toilettentisch war weg, ebenso wie Erins Zahnbürste und ihre Kosmetika im Badezimmer. Er sah in Rubys Zimmer nach. Auch von ihren Kleidungsstücken fehlten einige.

Robert ließ sich auf Rubys Bett fallen und vergrub das Gesicht in ihrem Kissen. Ihm war zumute wie an dem Tag, als er es endlich fertiggebracht hatte, Jennas Sachen aus dem Haus zu schaffen. Stück für Stück hatte er alles eingepackt und es teils zur Kleiderkammer, teils zu Jennas Angehörigen gebracht. Ein paar Sachen hatte er auch weggeworfen. So schnell wanderte ein ganzes Leben auf die Müllkippe.

Robert, sagte sie.

Er fuhr hoch, weil er dachte, es sei Erin. Doch er hatte Jennas Stimme gehört, die ihn beschwor, nicht wieder die gleichen Fehler zu machen. In diesem Augenblick erst wurde ihm richtig bewusst, dass Erin und Ruby ihn verlassen hatten.

17

Sarah besucht mich einmal die Woche. Das ist uns beiden mittlerweile ein Bedürfnis. Ich lege ihr jedes Mal umsonst die Tarotkarten und schwindele ihr etwas vor, um ihr ein bisschen Mut zu machen. Sie hat ihrem Vater noch nicht erzählt, dass sie ein Baby erwartet. Da kann man mal sehen, wie viel Aufmerksamkeit er seiner schönen Tochter schenkt, denn ihr Bauch geht auf wie ein Hefekuchen.

Diesmal will sie am Samstag um sechs kommen. Ihr Vater und ihre Brüder gehen zu einer Familienfeier, zu der sie, wie es sich für Aschenputtel gehört, nicht eingeladen ist.

»Es ist nur für Männer«, erklärt sie mir, als endlich Samstag ist. Die letzte Woche zog sich hin; ich hatte kaum Kunden. Schon zwei Stunden, bevor sie kommt, mache ich mich fertig. »Ich bin froh, dass ich nicht mitgehen musste«, sagt Sarah. »Mir ist nicht besonders gut.«

Ich führe sie zum Sessel und schalte einen Heizstab vom elektrischen Kamin an. Es ist so dunkel, als wäre die Sonne schon untergegangen, und ungewöhnlich kühl für Juni. Andy und ich hatten immer vor, den kleinen Kamin wieder so herzurichten, dass wir ein echtes Feuer mit Holz hätten machen können, aber wir sind nie dazu gekommen.

Ich umfasse Sarahs Bauch mit beiden Händen und heiße ihr Baby willkommen. Sarah lächelt.

»Ich kann seine Umrisse fühlen«, sage ich ihr. »Das hier ist sein Fuß und der Knubbel da könnte ein Ellbogen sein.« Als ich Sarahs Hand auf ihren Bauch lege, damit sie es selbst spüren kann, wird ihr Lächeln noch breiter. So kann ich sie glücklich machen. Und ich bin glücklich, weil wieder ein Baby im Haus ist. »Du wirst mich doch noch besuchen kommen, wenn er auf der Welt ist, oder?« Womöglich braucht sie meine Freundschaft ja nicht mehr, wenn sie ein Kind zum Liebhaben hat.

»Ich möchte, dass du seine Patin wirst«, sagt sie. Da ist mir, als würde sich die Zimmerdecke öffnen und strahlend gelber Sonnenschein auf mein armseliges Leben fallen.

Nach der Pressekonferenz ließen Andy und ich das Telefon und den Fernseher nicht aus den Augen. Sheila zog zu uns, ließ Don aber zu Hause. Vielleicht weil er Mitleid mit mir hatte, was ich ihrer Ansicht nach nicht verdiente.

Am nächsten Tag stand unsere Geschichte auf den Titelblättern der meisten regionalen und überregionalen Zeitungen. Als sich jedoch abzeichnete, dass es so schnell keine Neuigkeiten – wie zum Beispiel eine Leiche – geben würde, verschwanden wir aus den Schlagzeilen und nach und nach rückten auch die Reporter vor unserem Haus ab.

In den nächsten Tagen wurde der Fall noch am Rande in den Abendnachrichten erwähnt, und dann war Schluss. Eine Woche später brachten mehrere große Zeitungen noch einmal einen Folgeartikel mit Bildern von Natasha, doch bald hatte das Land uns vergessen. Nur die Polizei befasste sich noch mit uns.

Wenn Natasha heil und unversehrt wieder aufgetaucht wäre, hätten die Medien wahrscheinlich einen Tag lang darüber berichtet, doch worauf sie wirklich scharf waren, war eine Leiche. Eine tote Natasha wäre die Sensation gewesen, doch so gab es wichtigere Nachrichten, zum Beispiel die Atomwaffenlager der Russen.

Sheila mit ihrer strengen Frisur und dem verkniffenen Mund war ziemlich kurz angebunden, aber sie half uns, die ersten Wochen nach Natashas Verschwinden zu überstehen. Sie kochte, machte sauber, kaufte ein, wusch die Wäsche, ging ans Telefon und wimmelte unerwünschte Besucher ab, damit

Andy und ich in Ruhe trauern konnten, als nach und nach das letzte Fünkchen Hoffnung verlosch. Ende Februar, nach sieben Wochen ohne Natasha, war uns klar, dass wir unser Baby nie wiedersehen würden.

Andy verlor seinen Job in derselben Woche, als ich merkte, dass sie mich verdächtigten, Natasha umgebracht zu haben. Ich erinnere mich nicht mehr, ob Detective Inspector Lumley und Police Constable Miranda mich zum Verhör mitnahmen, bevor oder nachdem Andy wutentbrannt nach Hause kam und erzählte, sie hätten ihn gefeuert, weil er zu viel Zeit auf der Toilette verbrachte. Als ich die hellen Streifen auf seinen schmutzigen Wangen sah, wusste ich, dass er in der Toilette geweint hatte. Wir weinten beide jeden Tag, aber nicht voreinander und nicht aus demselben Grund.

Schließlich ging Sheila wieder nach Hause, kam aber weiterhin regelmäßig vorbei, vor allem um Andy zu besuchen, und brachte eingefrorenen Eintopf oder Suppe mit. Auch an dem Tag, als man mich zum Verhör abholte, war sie unverhofft gekommen und hatte mir was zu essen gebracht, weil sie wusste, dass ich noch immer nicht einkaufen konnte. Aber als sie hörte, dass Andy nicht da war, wollte sie nicht hereinkommen.

Ein paar Minuten, nachdem sie gegangen war, klopfte es wieder an der Tür. Ich dachte schon, sie hätte es sich anders überlegt und wäre zurückgekommen. Vielleicht gab sie mir ja nicht länger ganz allein die Schuld am Verschwinden ihrer Enkelin. Voller Hoffnung lief ich zur Tür – ich sehnte mich so sehr danach, von Sheila geliebt zu werden –, aber es war die Polizei. Detective Inspector George Lumley und PC Miranda forderten mich mit ernster Miene auf, sie zu einem Verhör aufs Präsidium zu begleiten. Wieder einmal brach für mich eine Welt zusammen.

Ich durfte noch Schuhe und meinen Mantel anziehen und die Tür abschließen. Dann saß ich neben PC Miranda im Polizeiwagen. Am liebsten hätte ich sie bei den Schultern gepackt, an ihren Haaren gerissen, ihr das Gesicht zerkratzt, die Augen ausgestochen – nur damit sie sich an die Tage erinnerte, die wir unmittelbar nach Natashas Entführung miteinander verbracht hatten. Damals war sie meine Verbündete gewesen, die mir geholfen und mich getröstet hatte. Immer wieder hatte sie mir versichert, dass es eine Zukunft für mich gab, und einmal, als ich mich übergeben hatte und mein Haar ganz verfilzt war, hatte sie mich sogar gebadet. Damals hatte PC Miranda weit mehr getan, als sie musste. Jetzt tat sie nur ihre Pflicht.

»Wir verhaften Sie nicht, Cheryl. Der Detective Inspector möchte nur noch einmal hören, was an jenem Tag genau passiert ist.« Als PC Miranda mir das Knie tätschelte und mir gezwungen zulächelte, wusste ich, dass ich doch so gut wie verhaftet war.

Auf dem Revier brachten sie mich in ein Vernehmungszimmer und sagten, ich sollte warten. PC Miranda blieb bei mir, sprach aber kein Wort. Es war kalt, und der ganze Raum war grau in grau. Als sie sah, dass ich zitterte, holte sie mir eine grobe Decke. Die war auch grau. Sie gab mir eine Tasse Tee, aber ich konnte nichts trinken. Bin ich jetzt auf einmal eine Verbrecherin?, dachte ich.

DI Lumley kam mit einem anderen Polizisten zurück, den ich nicht kannte. Lumley war groß und hatte breite Schultern und ein ungeduldiges Gesicht mit erstaunlich zarten Gesichtszügen. Seine Augen sahen aus wie gelutschte Bonbons, und seine gebogene Nase war viel zu schmal für so einen kräftigen Kerl. Jetzt, wo er nicht mehr auf meiner Seite stand, gefiel er mir auch nicht mehr besonders.

PC Miranda führte mich zu einem Resopaltisch, die Polizisten setzten sich mir gegenüber. Sie hielten beide einen Notizblock in der Hand, und auf dem Tisch zwischen uns stand ein Kassettenrekorder. Einer von ihnen schaltete ihn ein und nannte das Datum und die Nummer des Falls und wer im Zimmer anwesend war. So etwas hatte ich schon mal in einem

Krimi gesehen, wenn ein Verbrecher verhaftet wurde. Ich überlegte krampfhaft, was ich getan haben sollte, aber mir fiel nur ein, dass ich mein Baby verloren hatte.

Mein Baby verloren, mein Baby verloren … Immer wieder sagte ich es mir vor.

Vielleicht verhörten sie mich, weil ich fahrlässig gewesen war und den Wagen nicht abgeschlossen hatte. Vielleicht war es ja überhaupt ein Verbrechen, ein Baby allein im Auto zu lassen. Vielleicht war ich eine schlechte Mutter und verdiente es, eingesperrt zu werden.

»Es dauert nicht lange, Mrs Varney. Wir müssen nur ein paar Dinge klären über …« DI Lumley zögerte und warf einen Blick zu seinem Kollegen hinüber. »Über den Tag, an dem Ihr Baby entführt wurde. Ich weiß, dass es schwer für Sie ist, und ich versichere Ihnen, dass einige meiner besten Männer an dem Fall arbeiten. Aber damit wir weiterkommen, brauchen wir noch ein paar Auskünfte von Ihnen.«

»Natürlich«, sagte ich. Meine Schultern waren gebeugt und schmerzten, egal wie ich mich hinsetzte. Seit Natasha nicht mehr da war, schien mein Körper zu schrumpfen und zu verdorren. Ich brachte zwar jeden Tag ein paar Bissen hinunter und trank auch etwas Wasser und Tee. Trotzdem standen meine Knochen hervor und taten so weh, als wollten sie im nächsten Moment zerbrechen. Außerdem fielen mir die Haare aus. »Ich werde versuchen, behilflich zu sein.«

»Kommen wir zunächst zu dem Babyschuh.« Lumley schaute seinen Partner an und nickte. Der andere Mann zog eine versiegelte Plastiktüte unter seinem Notizblock hervor. Darin lag Natashas gestrickter Schuh, den ich auf der Straße gefunden hatte. Er war ganz plattgedrückt und sah grauer aus, als ich ihn in Erinnerung hatte. »Erkennen Sie dieses Beweisstück wieder, Mrs Varney?«

Nur zu gern hätte ich ihnen unter dem Tisch einen Tritt vor das Schienbein gegeben, einen Kinnhaken versetzt, ihnen die

Finger in die Augen gestoßen, damit sie eine vage Vorstellung davon bekamen, wie ich leiden musste und immer leiden würde. Aber damit hätte ich mir nur selbst geschadet. Ich käme ihnen als Verdächtige gerade recht, weil sie nicht weiterwussten. DI Lumley hatte bestimmt nicht gern einen Haufen ungelöster Fälle auf seinem Schreibtisch. Er hatte ohnehin nie viel Verständnis für mein traumatisches Erlebnis aufgebracht und jetzt, wo sie nicht weiterkamen, verfielen sie auf mich. Ich nahm die Plastiktüte in die Hand. Der Babyschuh darin war ein bisschen schmutzig, aber mit Sicherheit derjenige, den ich an jenem grauenvollen Tag gefunden hatte.

»Natürlich erkenne ich ihn wieder. Das habe ich Ihnen doch schon alles erzählt.«

»Schauen Sie ihn sich genau an, Mrs Varney. Könnte es sein, dass er nicht Ihrem Baby gehört?«

»Nein, es ist ganz bestimmt Natashas.« Ich warf erneut einen kurzen Blick auf den Schuh. »Sheila, meine Schwiegermutter, hatte diese Babyschuhe und eine passende Mütze gestrickt. Den hier habe ich auf der Hauptstraße gefunden, nachdem ich bemerkt hatte, dass Natasha fort war. Ich sah jemanden mit einem Baby auf dem Arm über den Parkplatz laufen. Wahrscheinlich hat Natasha den Schuh verloren, als der …« – das Wort auszusprechen fiel mir so schwer – »… der Entführer sie mitnahm. Sie hat öfter ihre Schuhe verloren.«

»Ich verstehe.« DI Lumley machte sich ein paar Notizen und sagte dann leise etwas zu seinem Kollegen. Der reichte ihm ein Blatt Papier. »Was würden Sie sagen, Mrs Varney, wenn ich Ihnen erzählte, dass Sie sich irren? Dies hier ist nicht der Schuh Ihres Babys. Selbstverständlich haben wir Ihre Schwiegermutter, Sheila Varney, ebenfalls vernommen und sie gebeten, uns eine Probe der Wolle zu überlassen, aus der sie die Schuhe und die Mütze gestrickt hat. Glücklicherweise hatte sie noch welche übrig, sodass wir die Wolle analysieren konnten. Es stellte sich heraus, dass es sich um eine völlig andere Wollzusammensetzung handelte als bei diesem Babyschuh.« DI Lumley nahm mir die Tüte aus der Hand, hielt sie hoch und schüttelte sie. Das Schühchen rutschte hin und her. »Die Laborergebnisse sind eindeutig. Dieser Schuh ist nicht derselbe, den Sheila Varney gestrickt hat.«

DI Lumley schob mir das Blatt Papier über den Tisch zu. Ich las den Bericht der forensischen Abteilung, verstand aber kein Wort von dem ganzen Wissenschaftler-Kauderwelsch.

»Aber es ist Natashas, ich schwöre es!« Meine Stimme zitterte, und mir kamen die Tränen. Wie konnten sie mir das antun? Es war mein letzter Hoffnungsschimmer, die einzige Spur, die vielleicht zu Natasha führte, und jetzt machten sie alles kaputt. »Wie viele solcher Babyschühchen kann es denn schon geben? Vielleicht hat Sheila Ihnen die falsche Wolle gegeben. Sie hat einen ganzen Korb voller Wollreste.« Sie mussten mir unbedingt glauben.

»Diese Möglichkeit haben wir natürlich auch in Betracht gezogen. Deshalb haben wir zusätzlich eine DNS-Analyse der Hautzellen durchführen lassen, die sich an dem Schuh fanden.« Lumley verstummte und presste die Lippen zusammen, so als könnte er sich kaum beherrschen, mir die nächsten Worte ins Gesicht zu schleudern. Sein Partner schob mir noch ein Blatt zu, dessen Text mir ebenso schleierhaft war. »Wir haben gehofft, dass sie mit der DNS-Probe aus Natashas Haarbürste übereinstimmt.«

Ich zwang mich zur Aufmerksamkeit. »Und?«, fragte ich mit gepresster Stimme. DI Lumley sollte nicht merken, wie aufgewühlt ich war.

»Der Vergleich war negativ, Mrs Varney. Keine Übereinstimmung. Dieser Schuh gehört eindeutig nicht Ihrem Baby.«

Wie können sie das alles wissen?, dachte ich. Warum glauben sie mir nicht einfach?

Ich kam aus dem Laden und mein Baby war weg. Das Auto war leer. Ich sah jemanden rennen … fand das Schühchen …

»Außerdem haben wir noch Fragen zu dem Kuchen, Mrs Varney.«

»Haben Sie den vielleicht auch noch hier? Der dürfte mittlerweile ein bisschen verschimmelt sein.« Ich legte meine Stirn auf die Tischplatte und stieß den Atem aus. Auf einmal stand PC Miranda neben mir und strich mir über den Rücken. Wahrscheinlich wollte sie mir ein Zeichen geben, dass ich aufpassen sollte, was ich sagte. Es soll ja schon vorgekommen sein, dass jemand unschuldig festgenommen wurde. Vielleicht würden sie ja aus meinen verzweifelten Worten einen Beweis basteln und mich dann verhaften. Aber was für ein Verbrechen sollte ich denn begangen haben? Wie sollte ich denn mein eigenes Baby entführen? Worauf wollten sie hinaus?

»In Ihrer Aussage vom Nachmittag des vierten Januar steht, dass Sie Ihren Wagen auf dem Parkplatz des Supermarkts abstellten – zum genauen Standort des Pkw siehe beigefügten Plan – und mit Ihrer Geldbörse in der Hand in das Geschäft gingen, um einen Kuchen zu kaufen, den Sie mit zu Ihren Schwiegereltern nehmen wollten. Sie ließen Ihren Säugling Natasha schlafend im Wagen zurück. Nachdem Sie den Kuchen an der Schnellkasse bar bezahlt hatten und zu Ihrem Wagen zurückkamen, war Natasha nicht mehr da.« Sein forschender Blick bohrte sich in meine Augen.

»Das ist richtig«, sagte ich.

»Nun, Mrs Varney, könnten Sie uns dann erklären, warum Sie laut den Belegen der Supermarktkasse den Kuchen mit Ihrer Kreditkarte bezahlt haben, und zwar volle zwanzig Minuten später, als von Ihnen angegeben?«

Wie sollte ich nur Detective Inspector Lumley und seinem schweigsamen Assistenten erklären, dass ich den Kuchen zweimal bezahlt hatte? Würden sie mich nicht erst recht verdächtigen, wenn sie hörten, dass die jämmerliche Person, die da vor ihnen saß, tatsächlich zweimal denselben Kuchen gekauft hatte, anstatt die Polizei wegen ihres vermissten Babys zu alarmieren?

»Sie sollte den Kuchen gar nicht noch mal einscannen. Ich wollte es ihr gerade sagen …«

»Wem?«, blaffte Lumley.

»Dem Mädchen an der Kasse.«

»Was wollten Sie ihr sagen?«

»Dass ich mein Baby verloren hatte.«

»Und warum haben Sie es nicht getan?«

»Weil …« Die Worte fielen mir schwer. Ich wusste, dass ich mich damit ganz schön reinreiten würde, aber sie wollten ja unbedingt die Wahrheit hören. »Weil ich dachte, ich hätte mich geirrt. Als die Kassiererin den Kuchen über den Scanner zog, kam es mir plötzlich vor, als hätte ich mir alles nur eingebildet. Ein paar Minuten lang war ich davon überzeugt, dass Natasha noch im Wagen läge und ich nur mal eben den Kuchen gekauft hätte.«

»Zum ersten Mal?«, fragte Lumley.

»Ja, ich dachte, ich würde ihn zum ersten Mal kaufen und Natasha wäre noch im Auto.«

»Aber in Wirklichkeit war Natasha zu diesem Zeitpunkt bereits vermisst und Sie kauften den Kuchen zum zweiten Mal.«

»Ja.« Ich hasste mich selbst. Ich wollte der Kassiererin doch sagen, dass sie die Polizei holen sollte! Aber ich hab's nicht getan. Das war mein erster Fehler.

»Warum, glauben Sie, waren Sie so verwirrt, Mrs Varney? Nachdem Sie doch festgestellt hatten, dass Ihr Baby nicht mehr im Wagen war, warum glaubten Sie dann trotzdem, es sei noch dort, als Sie an der Kasse standen und den Kuchen ein zweites Mal kauften?«

Ich schluckte und musste husten. PC Miranda schob mir die Tasse Tee zu und ich nahm einen kleinen Schluck. Er war kalt.

»Ich weiß es nicht«, flüsterte ich. »Ich war müde. Ich war die ganze Nacht auf gewesen und völlig durcheinander.«

»Warum waren Sie denn die ganze Nacht auf?« Lumley

lehnte sich zurück, und der Stuhl ächzte unter seinem Gewicht. Wahrscheinlich musste er sich seine Kleidung in einem Geschäft für Übergrößen kaufen.

»Natasha wollte nicht schlafen. Ich konnte sie nicht zur Ruhe bringen.« Vielleicht, dachte ich, hat sie ja geahnt, was ihr bevorstand, und deswegen wie am Spieß geschrien.

»Kam das oft vor? War sie ein Kind, das gut oder eher schlecht schlief?«

»War?«, fragte ich.

»Das ›war‹ bezog sich auf die Zeit, bevor Ihr Baby entführt wurde, Mrs Varney. Mehr wollte ich damit nicht ausdrücken. Also, schlief sie gut?«

Als ich nickte, begannen beide wie besessen auf ihren Notizblöcken zu kritzeln. Lumley warf seinem Kollegen einen Blick zu.

»Uns liegt die Aussage der zuständigen Sozialarbeiterin vor, Mrs Varney. Danach schlief Natasha keineswegs gut. Offensichtlich haben Sie seit der Geburt des Kindes im November siebendunddreißigmal die Sozialarbeiterin aufgesucht oder angerufen, da Sie Probleme mit Natasha hatten. Dabei ging es in erster Linie um Durchschlafen und Schreien. Hat Natasha viel geschrien, Mrs Varney?«

Ich zuckte die Achseln. »Sie war ein Baby, und Babys schreien nun mal.« Sie *ist* ein Baby, verbesserte ich mich im Stillen.

»Haben Sie Natasha jemals dafür bestraft, dass sie ständig schrie oder nicht schlafen wollte?«

Ich starrte Lumley mit kaltem Blick an. Wie konnte er es wagen! Man hatte mir mein Baby gestohlen!

»Vielleicht haben Sie sie ja geschüttelt, damit sie ruhig ist. Oder ihr das Kissen einige Sekunden zu lange aufs Gesicht gedrückt, damit Sie endlich ein paar Minuten Ruhe hatten.« Lumley beugte sich über den Tisch. Sein Atem roch nach Kaffee. »Ist es so gewesen, Mrs Varney?«

Ich nahm meine ganze Kraft zusammen und beugte mich

ebenfalls vor, bis unsere Gesichter nur noch wenige Zentimeter voneinander entfernt waren. »Ich habe meine Tochter nicht umgebracht, wenn Sie das damit andeuten wollen, Detective Inspector. Und das Einzige, was mich davon abhält, Sie anzuschreien, ist die Tatsache, dass ich kaum noch den Willen zum Weiterleben aufbringe. Wenn Sie wüssten, wie viel Kraft es mich kostet, auch nur den nächsten Atemzug zu tun, würden Sie Ihre Anschuldigungen zurücknehmen. Und wenn Sie auch nur eine Spur Mitgefühl hätten, würden Sie mich nach Hause gehen lassen, damit ich zusammen mit meinem Mann trauern kann.«

Doch Lumley war unnachgiebig. »Trauern, Mrs Varney? Ist das nicht ein bisschen verfrüht? Es besteht immer noch die Hoffnung, dass wir Natasha wohlbehalten wiederfinden. Sie haben selbst gesagt, dass die Hoffnung Sie aufrecht hält.«

»Ja schon, ich meinte nur …«

»Die Vernehmung von Mrs Cheryl Varney wurde um siebzehn Uhr beendet.« Lumley erhob sich und blickte wie eine finstere Regenwolke auf mich herab. »Sie können jetzt gehen. Wir danken Ihnen für Ihre Hilfe und werden Sie sofort benachrichtigen, wenn es etwas Neues gibt.«

Die beiden Polizisten verließen das Zimmer. PC Miranda ging mit mir in die Eingangshalle und sagte, dass mich ein Wagen nach Hause bringen würde. Ich wartete anderthalb Stunden vergeblich, dann rief ich ein Taxi. Ich fuhr nach Hause und legte mich schlafen.

Zwei Tage später stand Lumley mit drei anderen Polizisten um sechs Uhr morgens vor unserer Tür. Er hatte einen Durchsuchungsbefehl. Zwölf Stunden lang sah ich zu, wie sie Schränke und Schubladen durchforsteten, Möbelstücke zerlegten und dabei Dinge fanden, die ich schon längst vergessen hatte. Sie krochen auf dem Dachboden herum und stöberten in alten Fotos und Büchern, dann wühlten sie in meinen Kleidern und meiner Unterwäsche und hielten sich erstaunlich lange in Natashas Zimmer auf, wo sie Sachen in verschiedene Beutel stopften.

Anschließend ging es im Garten weiter. Ich machte mir eine Tasse Tee und beobachtete vom Küchentisch aus, wie sie durch mein verwildertes Stückchen Grün krabbelten wie riesige Käfer. Es herrschte große Aufregung, als sie auf das Skelett unserer lange verstorbenen Katze stießen. Sonst fanden sie nichts.

Ich frage Sarah, was wohl ihr Vater dazu sagen wird, dass sie ihr Kind taufen lassen will. Sie meint, wenn es so weit ist, wäre sie schon längst aus der Familie verstoßen. Er würde von der Taufe also gar nichts mitbekommen. Sie hat sich dem Vater ihres Kindes zuliebe, der Engländer ist, für die Taufe entschieden. Jonathan ist in der Schule eine Klasse über ihr, sagt sie, und Jonathan ist nicht sein richtiger Name, so wie ihrer nicht Sarah ist. Trotzdem will sie mich weiterhin besuchen kommen, weil sie sich bei mir wohl fühlt.

»Wirst du mir denn den richtigen Namen deines Babys verraten?«

»Sicher«, erwidert sie und beißt in einen von meinen selbstgebackenen Scones. Ein paar Krümel fallen auf ihren gewölbten Bauch. Ich ärgere mich ein wenig darüber, dass Sarah mir nach sechs oder sieben Wochen noch immer nicht ihren echten Namen sagen will. Ich weiß, sie hat Angst, dass ich ihr Geheimnis ihrem Vater verrate, aber wenn seine Tochter mit einem Baby nach Hause kommt, weiß er es sowieso.

»Warum bringst du Jonathan nicht mal mit? Ich würde ihn gern kennenlernen.« Mit niedergeschlagenen Augen isst Sarah ihr Scone. Sie antwortet nicht.

Wir unterhalten uns eine ganze Weile lang und sehen fern, und dann hole ich ein paar Fotos aus dem unbenutzten Zimmer. Ich setze mich dicht neben Sarah und lege den Arm um sie. Weil sich ihre Schultern so knochig anfühlen, biete ich ihr noch ein Scone an. Ihr Baby soll doch nicht untergewichtig zur Welt kommen. Obwohl ihre Schwangerschaft schon weit fortgeschritten ist, sieht man ihr nicht sehr viel an. Eine ganz bestimmte Schachtel mit Fotos habe ich oben gelassen. Es sind die Bilder von Natasha.

»Hier sind Andy und ich im Urlaub. Wie ich da ausgesehen habe!«

»War er dein Mann?«, fragt Sarah.

»Ja, aber wir sind schon lange geschieden.«

»Du hattest einen Mann und hast ihn tatsächlich gehen lassen?« Sarah schaut mich mit großen Augen an. Sie hat ein paar Krümel am Mund. Sie ist schön, und ihr Baby wird bestimmt ebenso schön werden.

»Wir hatten viele Probleme«, erkläre ich ihr. »Die hätten wir nie lösen können.«

Ich erzähle ihr nichts davon, wie Andy sich in ein hasserfülltes Nervenbündel verwandelte. Wie er mich anspuckte und schlug und meine Kleider zerriss und mir das Haar abschnitt, als ich schlief.

Ich erzähle Sarah auch nicht, dass Andy meinen Wagen manipulierte, sodass ich in eine Hecke krachte, und wie er versuchte, mich mit Terpentin zu vergiften. Wahrscheinlich würde sie nicht verstehen, dass seine Wut auf mich schließlich so riesengroß wurde, dass ich sie noch spüren konnte, wenn er gar nicht da war. Sie wuchs und wuchs in ihm wie ein Tumor, aber er wollte sich von niemandem helfen lassen. Andy machte mich allein für Natashas Verschwinden verantwortlich.

»Jonathan und ich werden nie Probleme haben. Wir lieben uns.« Sarah hebt die Füße hoch und wärmt sich die Zehen am elektrischen Kamin. Heute trägt sie einen Sari, um ihren Babybauch zu verstecken, und dazu leuchtend rosa und grüne Zehensocken. Der bestickte Stoff des Saris fällt in großen Falten über das Baby. Er ist smaragdgrün und purpurrot und hat eine goldene Kante. Sarah trägt kein Make-up und in diesem letzten Stadium der Schwangerschaft wirkt ihre Haut wie feines Wildleder. Ihr Haar ist lang und glänzend. Ich bin so aufgeregt wegen des Babys!

»Lies noch mal meine Hand«, sagt Sarah lachend und kuschelt sich enger an mich. »Zeig mir die Kinderlinie.« Sarah duftet nach Kardamom und Kreuzkümmel und Zimt. Wie ein großer Tandoori-Kochtopf. Ich nehme ihre Hand und studiere die krakeligen braunen Linien in ihrer hellen Handfläche.

»Schau, das hier ist dein Baby.« Von den unterbrochenen Linien und all den anderen Kindern, die sie noch bekommen wird, sage ich nichts.

Lächelnd greift sie nach meiner linken Hand und fährt mit ihrem langen Fingernagel über meine Handfläche. »Also muss das hier *deine* Kinderlinie sein. Schau nur, Cheryl, du wirst noch ein Baby bekommen!«

Ich lächle ebenfalls und schaue hoch. Unsere Gesichter sind sich so nahe, doch unsere Gedanken so weit voneinander entfernt …

»Ja«, sage ich, hebe ihre Hand an meinen Mund und drücke einen kleinen Kuss darauf.

18

In dieser Nacht schlief Robert vollständig bekleidet auf Rubys Bett. Als er erwachte, schmerzte sein Nacken und seine Beine waren völlig verkrampft. Er blinzelte benommen in die Morgensonne und brauchte einige Sekunden, bis ihm wieder einfiel, dass Erin und Ruby nicht mehr da waren.

Als er sich aufsetzte, wurde ihm übel. Dens Cognac vom Vorabend im Zusammenspiel mit Tulas üppigem Essen und dem Schock schlugen ihm auf den Magen. Betont ruhig ging Robert unter die Dusche, zog sich frische Sachen an und trank etliche Tassen schwarzen Kaffee. Dabei überlegte er die ganze Zeit, was er machen sollte. Er rief Den zu Hause an, erreichte jedoch nur den Anrufbeantworter. Jetzt, um halb acht, schlief Den bestimmt noch, und vor halb zehn würde er sich nicht im Büro blicken lassen. Robert hinterließ seinem Partner eine kurze Nachricht, dass er sich den Tag freinahm. Dann sprach er auf Tanyas Mailbox und bat sie, seine gesamten Termine abzusagen.

Danach rief er Louisa an. Nach dem zweiten Klingeln ging sie an den Apparat. Ihre Stimme klang munter und ein wenig atemlos.

»Ich bin gerade reingekommen«, sagte sie. »Ich war im Fitnessraum des Hotels. Bei dem Regen hatte ich keine Lust zu laufen.«

Robert sah aus dem Fenster. Die dicken Tropfen eines Sommerschauers klatschten gegen die Scheiben. Es gab ihm einen Stich, als er daran dachte, dass Erin und Ruby jetzt vielleicht draußen unterwegs waren.

»Du bist eine Powerfrau, Louisa.« Er wartete, aber es kam keine Antwort. Vielleicht konnte sie ja hören, unter welchem Druck er stand. Wie einer von diesen Lügendetektoren, die auf die Stimme reagierten. »Es ist etwas passiert«, gab er schließlich zu.

»Was denn?«

Sie schien an einem Getränk zu nippen. »Erin und Ruby haben mich verlassen.«

»Oh«, sagte sie und schluckte. »Das ist schlecht.«

»Kommst du her?« Robert ärgerte sich, dass seine Stimme so flehend klang, denn er wollte Louisa gegenüber auf keinen Fall Schwäche zeigen. Er fuhr sich mit der Hand über das stoppelige Kinn, was ihn daran erinnerte, dass er sich unbedingt rasieren musste. Warum war es ihm so wichtig, was Louisa von ihm hielt?

Schließlich war er ein verheirateter Mann. Den seine Frau soeben verlassen hatte.

Resigniert fuhr er fort: »Ich möchte, dass du dich so bald wie möglich mit dem Fall befasst. Ich will wissen, wohin Erin und Ruby gegangen sind und was es mit Erins Vergangenheit auf sich hat. Wenn ich selbst Nachforschungen anstelle, schieße ich nur wieder über das Ziel hinaus und mache alles noch schlimmer, als es schon ist. Ich brauche unbedingt deine Hilfe, Louisa.«

»Lass mir eine halbe Stunde Zeit. Ich bringe meinen Laptop mit, denn bis dahin habe ich bestimmt schon Nachricht wegen der Geburtsurkunde.« Jetzt kaute sie etwas.

»Das ging aber schnell.« Robert goss sich noch einen Kaffee ein. Er wünschte, er würde ebenso viel Disziplin aufbringen wie Louisa.

»Es war kein großer Aufwand. Weißt du, Robert, ich glaube, wir sollten nichts weiter unternehmen. Wenn wir Rubys Geburtsurkunde haben und Erin ganz kleinlaut wieder zurückkommt, dann gibst du ihr einfach einen Kuss und …«

»So einfach geht das wohl nicht.«

»Schau mal, ich weiß natürlich nicht, wohin die beiden gegangen sind, aber ich kann dir zumindest ein paar Fakten liefern. Dann wirst du sehen, dass alles gar nicht so schlimm ist.« Robert wollte etwas sagen, aber Louisa ließ ihn nicht zu Wort kommen. »In einer halben Stunde bin ich bei dir«, sagte sie und legte auf. Er seufzte. Sie verhielt sich noch immer mehr wie eine Freundin statt wie eine professionelle Detektivin.

Trotz Louisas tröstlichen Worten fühlte Robert, wie sich in ihm ein altbekanntes Gefühl regte, das seit Jennas Tod in seinem Unterbewusstsein geschlummert hatte. Nun erhob sich dieses Gemisch aus Zorn, Argwohn und Besessenheit wie ein Phönix aus der Asche und ergriff erneut von ihm Besitz. Es kam ihm so vor, als sei Jenna zurückgekehrt und würde ihn zwingen, die ganze Qual noch einmal zu durchleben. Vielleicht wollte sie ihm ja die Chance geben, es diesmal besser zu machen.

Auf dem Weg die Treppe hinauf in Erins Arbeitszimmer nahm Robert immer zwei Stufen auf einmal. Er wollte Erins Kassette holen, um sich die Briefe von Baxter King noch einmal genauer anzusehen. Aber sie waren nicht mehr da. Erin hatte sie mitgenommen.

Während er auf Louisa wartete, durchforstete Robert erneut Erins Computerdateien, fand jedoch nichts Außergewöhnliches. Er blätterte in den Unterlagen auf ihrem Schreibtisch, doch das meiste war nur Papierkram für den Laden. Ob Erin ihn wohl wie gewöhnlich öffnen würde? Und was war mit Rubys Schule? Er konnte nur hoffen, dass das Leben zumindest für Ruby so normal wie möglich weiterging, und nahm sich vor, zum Blumenladen zu fahren, sobald Louisa an die Arbeit gegangen war.

Vierzig Minuten später war Louisa noch immer nicht da und Robert hatte Erins gesamtes Büro erfolglos durchstöbert. Er ging über den Treppenabsatz zu Rubys Zimmer. Betrübt blickte er sich in dem leeren Raum um und ließ sich dann auf das Bett fallen. In der Luft hing noch ein Hauch von Rubys süßlich duftendem Deospray. »Erin, Erin«, seufzte er und rieb sich die müden Augen. Er musste lächeln, als sein Blick auf die Poster von Rockstars, Schauspielern und niedlichen Tierkindern fiel, mit denen Ruby die Wände verziert hatte. Das bunte Sammelsurium verriet, dass sie sich auf der Schwelle zwischen einem kleinen Mädchen und einer jungen Frau befand.

Robert starrte nach oben. Von diesem Blickwinkel aus hatte er das Gewirr von glitzernden und funkelnden Mobiles noch nie betrachtet, die Ruby an der Decke aufgehängt hatte. Ein paar von den Dingern hatten ihm immer im Weg gehangen, wenn er Ruby gute Nacht sagte. Doch erst vom Bett aus konnte er erkennen, warum sie Ruby so gut gefielen. Sie waren wirklich zauberhaft und entführten den Betrachter – vielleicht in die Traumwelt, in die Ruby sich immer wieder zurückzog.

Ein Mobile fiel Robert besonders ins Auge. Es bestand aus etwa zwanzig oder dreißig Quarzbröckchen, die wie ein altmodischer Kronleuchter über dem Bett baumelten. In der Mitte, sodass man es von der Seite aus nicht sehen konnte, hing etwas Ovales aus mattem Gold. Wie eine reife Frucht, die nur darauf wartete, gepflückt zu werden.

Robert stand auf und besah sich das Ding näher. Es war ein großes Medaillon aus billigem Rotgold, das an einer Kette hing und offensichtlich nicht zum Mobile gehörte. Es war sicher erst später hinzugefügt worden.

Behutsam löste er die Kette, nahm das Medaillon in die Hand und bemerkte, dass es von einer Staubschicht und ein paar dünnen Spinnweben bedeckt war. Anscheinend hatte es lange niemand mehr angefasst. Es trug ein eingraviertes Muster auf der Vorderseite und hatte hinten einen Deckel, der an einer Seite mit einem kleinen Scharnier versehen war. Mit den Fingernägeln versuchte Robert, ihn zu öffnen. Da das

Medaillon eine leichte Delle hatte, dauerte es eine Weile, bis der verklemmte Deckel nachgab. Drinnen befand sich das verblichene Schwarzweißfoto einer jungen Frau, deren akkurate Locken unter einer Pelzmütze hervorsahen. Um den Hals trug sie einen dicken Pelzkragen. Der Hintergrund war völlig verschwommen. Robert vermutete, dass das Foto aus den 1940er Jahren stammte, war sich aber nicht sicher. Auch das Alter der Frau konnte er nur schätzen. Sie war vermutlich nicht älter als fünfundzwanzig.

Robert löste das Foto aus dem Medaillon, wo es zweifellos seit vielen Jahrzehnten seinen Platz hatte. Auf der Rückseite stand etwas in einer altmodischen Handschrift. Er kniff die Augen zusammen, um die winzigen verblassten Buchstaben entziffern zu können.

»Babka Wystrach« murmelte er, nicht sicher, ob er den fremdartigen Namen richtig ausgesprochen hatte. Abermals warf er einen Blick auf die junge Frau. Ihr Lächeln wirkte nervös, ein Eindruck, der durch die kleine steile Falte zwischen ihren Brauen noch verstärkt wurde.

Robert schob das Bild wieder an seinen Platz und ließ den Deckel zuschnappen. Dann steckte er das Medaillon in die Hosentasche und ging hinunter. Bevor er im Greywood College anrief, hielt er am Fenster noch einmal nach Louisa Ausschau. Die Schulsekretärin teilte ihm mit, dass seine Tochter von der Lehrerin als abwesend gemeldet worden war. Er bat um Entschuldigung und erklärte, dass Ruby mit einem Magen-Darm-Virus zu Hause bleiben musste.

Nach dem Telefongespräch ließ er sich seufzend auf einen Küchenstuhl fallen. Während er die Nummer von »Floristik taufrisch« wählte, fiel sein Blick auf zwei schmutzige Teller und eine Kasserolle im Spülbecken – die Überreste von Erins und Rubys letztem Abendessen. Wenn er nicht so krankhaft misstrauisch gewesen wäre, befände sich Ruby jetzt in der Schule und Erin in ihrem Geschäft.

Im Laden meldete sich niemand. Er war also noch geschlossen. Ohne sich viel davon zu versprechen, wählte Robert anschließend zuerst Erins, dann Rubys Handynummer, wurde jedoch beide Male auf die Mailbox umgeleitet. Er hinterließ keine Nachricht.

»Meine Güte«, sagte Louisa, als sie in die Küche trat und ihren Laptop auf den Tisch stellte. Sie ließ ihren Blick über das schmutzige Geschirr und den überquellenden Mülleimer wandern. »Du solltest vielleicht eine Putzfrau einstellen.«

Robert ignorierte ihre Bemerkung und schenkte ihr einen Kaffee ein. Er wusste, dass sie keine Milch nahm. »Das hier habe ich heute Morgen in Rubys Zimmer gefunden. Es könnte uns vielleicht weiterhelfen.« Er schob ihr das Medaillon zusammen mit der Tasse über den Tisch zu.

»Hast du keinen Kräutertee? Vielleicht Pfefferminz oder Kamille?«

Robert schüttelte den Kopf, irritiert über ihre Sonderwünsche. »Mach das Medaillon mal auf. Da steht ein Name drin.«

»Eins nach dem anderen, Rob«, sagte sie bedächtig und neigte sich über ihren Laptop. »Gut …« Sie nagte an ihrer Unterlippe, während sie eine gerade eingetroffene E-Mail öffnete. »Das ist von der Agentur.« Robert stützte sich mit beiden Armen auf die Tischplatte, sah ihr mit angehaltenem Atem über die Schulter und las den Text so rasch er konnte mit.

»Die Suche war erfolglos. Was soll das heißen?« Im Grunde wusste er genau, was das bedeutete, doch er wollte es von Louisa hören.

»Damit habe ich nicht gerechnet«, murmelte sie wie zu sich selbst. »Die haben sich bestimmt geirrt.«

Ein kurzer Anruf bei der Agentur ergab jedoch, dass sie Rubys Geburtsurkunde trotz aller Bemühungen nicht ausfindig machen konnten. Sie waren noch nicht einmal generell auf den Namen Ruby Lucas gestoßen. Louisa machte ein enttäuschtes

Gesicht. »Und du bist sicher, dass Ruby tatsächlich unter dem Namen Lucas registriert ist?«

»Ganz sicher«, erwiderte er und dachte daran, wie er Erin die Information mit viel Mühe entlockt hatte. Er zog sich einen Stuhl näher und setzte sich neben Louisa, sorgfältig darauf bedacht, mit seinem Knie nicht an ihr Bein zu kommen. Wie gebannt starrten sie auf den Monitor.

»Dann verstehe ich aber nicht –«, begann Louisa.

»Ist doch klar«, unterbrach Robert sie. »Erin hielt es nicht für nötig, die Geburt ihrer Tochter anzumelden, da das Kind bloß das Ergebnis einer schnellen, geschäftsmäßigen Nummer war. Vielleicht wollte sie Ruby ja sogar zur Adoption freigeben, hatte dann aber keine Lust auf den ganzen Papierkram.«

Louisa trank einen Schluck Kaffee. »Lass uns noch mal darüber nachdenken, Rob.« In diesem Augenblick klingelte ihr Mobiltelefon. Nach einem Blick auf das Display nahm sie den Anruf zögernd entgegen. »Hi«, sagte sie und lauschte dann. »Ich kann nicht. Bin bei der Arbeit.« Wieder hörte sie zu. »Mindestens noch ein paar Tage.« Sie holte so tief Luft, dass es fast wie ein Seufzen klang. »Ich weiß. Tut mir leid. Tschüss.« Sie klappte das Handy zu und nahm das Gespräch mit Robert wieder auf, als hätte es keine Unterbrechung gegeben. »Wir müssen uns das gründlich durch den Kopf gehen lassen, Rob –«

»War das Willem?«

»Ja.« Die Antwort kam ein wenig widerstrebend.

»Du scheinst dich nicht besonders über seinen Anruf gefreut zu haben.«

»Er wollte, dass ich nach Hause komme.«

»Das ist nur verständlich.« Robert dachte daran, wie sehr er wünschte, dass Erin und Ruby wieder bei ihm wären.

»Es geht dir gar nicht mehr in erster Linie um die Geburtsurkunde, sondern um Erins zweifelhafte Vergangenheit, stimmt's?« Louisa hatte offenbar keine Lust, über Willem zu reden.

Als Robert seine Beine ausstreckte, stieß er versehentlich gegen Louisas Oberschenkel. Sie trug eine schwarze Hose, die sich eng an ihre durchtrainierten Beine schmiegte und ein wenig hochgerutscht war, sodass Robert ihren Knöchel mit dem silbernen Fußkettchen sehen konnte.

»Ja«, antwortete er geistesabwesend. Im Augenblick war er mehr an dem Verhältnis zwischen Louisa und ihrem Mann interessiert. »Willst du denn nicht nach Hause?«

Louisa seufzte. »Ich bin bei der Arbeit. Für dich. Wenn ich diesen Auftrag erledigt habe, fahre ich nach Hause zu Willem.« Robert registrierte, dass sie den Namen ihres Mannes fast widerwillig aussprach. »Allerdings weiß ich gar nicht genau, was ich eigentlich noch für dich tun soll«, setzte sie mit einem kleinen Lächeln hinzu.

»Zunächst einmal könntest du herausfinden, wer diese Frau ist.« Er tippte mit dem Finger auf das Medaillon. Louisa drehte es um und öffnete den Deckel. Auch sie holte das Bild heraus. »Und dann kannst du dafür sorgen, dass einer von deiner tollen Agentur sich Erins Computer vornimmt und gelöschte Dateien wiederherstellt. Das soll doch angeblich möglich sein.«

»Findest du nicht, dass das ein bisschen zu weit geht, Robert? Erinnert dich das nicht allzu sehr an das letzte Mal?« Sie schaute sich die Rückseite des Fotos an. »Ungewöhnlicher Name. Da sollte sich doch etwas in Erfahrung bringen lassen. Für die Nachforschungen brauche ich einen Tag.«

Robert nickte. Die Sache mit dem Computer ging ihm nicht aus dem Kopf. »Du kannst mein Haus gern als Stützpunkt für deine Recherchen und … na ja, was auch immer benutzen. Wenn du willst, gebe ich dir einen Schlüssel.«

»Danke. Macht es dir etwas aus, wenn ich mal einen Blick in Erins Büro werfe?«

»Nur zu. Die pikanten Briefe hat sie mitgenommen, aber ich kann dir was zu Baxter King sagen, dem Mann der mir erzählt hat, dass … du weißt schon.«

»Könnte gut sein, dass sie heute Abend schon wieder zu Hause ist. Und wie stehst du dann da, Robert Knight, mit einer anderen Frau im Haus?« Louisa lächelte ihn so strahlend an, als nehme sie an einem Schönheitswettbewerb teil. »Geh jetzt ins Büro oder mach sonst was und lass mich weiterarbeiten. Du musst dir nicht auch noch den Kopf hier zerbrechen.«

Robert zerbrach sich aber sehr wohl den Kopf über die Sache. Gedankenverloren stand er da und starrte vor sich hin, während Louisa auf ihre Tastatur einhämmerte, als wäre er gar nicht vorhanden.

19

Robert überlegte, ob er Erins und Rubys Verschwinden der Polizei melden sollte. Aber die Polizei war für Verbrechen zuständig, und wie man es auch drehte und wendete, Erin hatte nichts Unrechtes getan, jedenfalls nicht im Sinne des Strafgesetzbuches. Wenn eine Frau ihren Mann verließ, weil er ihr nachspionierte, ging das die Polizei nichts an. Sie würden ihn nur auslachen und wieder nach Hause schicken.

Robert nahm ein Taxi zu Dens Haus, wo sein Auto stand. Dann fuhr er zu »Floristik taufrisch« und schloss die Ladentür mit dem Ersatzschlüssel auf. Zum Glück hatte Erin den Alarmcode nicht geändert. In dem dunklen Verkaufsraum roch es nach Blumen und abgestandenem Wasser.

Durch die große Schaufensterscheibe blickte Robert in den prasselnden Regen hinaus. Er war froh, dass sich die tüchtige Louisa der Angelegenheit angenommen hatte. Dennoch wurden seine Schuldgefühle immer größer, als er darüber nachdachte, wie sie jetzt trocken und sicher in seinem Haus saß, während sich Erin und Ruby womöglich irgendwo draußen herumtrieben.

Ob Erin wohl auch gerade zu den dunklen Regenwolken hinaufblickte? Hatte sie die Blitze gesehen, die quer über den Horizont zuckten? Lief sie vielleicht ziellos und durchnässt durch die Straßen, Ruby hinter sich herziehend? Robert trommelte mit den Fingern gegen die Fensterscheibe. Ein weiterer Blitz erhellte den Himmel.

»Hol dich der Teufel, Erin Knight!«, stieß Robert hervor. Vor lauter Liebe zu ihr tat ihm das Herz weh.

Er wusste nicht recht, was er jetzt tun sollte. Die Arbeit in der Kanzlei konnte warten. Zunächst einmal wollte Robert den Blumen neues Wasser geben. Er hatte eine ungefähre Idee davon, was der Warenbestand wert war. Wenn die Blumen verdarben, war das ein teurer Spaß. Robert hoffte insgeheim, dass Erin auf irgendeine Weise spüren konnte, dass er sich um ihre Blumen kümmerte. Dann würde sie wissen, dass die Liebe zwischen ihnen trotz allem noch nicht erloschen war.

Robert hatte sich auf den ersten Blick in Erin verliebt und bald gemerkt, dass ihre Liebe wie eine zarte Blüte war, die gehegt und gepflegt werden wollte. Während er jetzt behutsam ein Dutzend safrangelbe und kirschrote Orchideen aus einem Eimer nahm, hatte er das Gefühl, als hielte er schöne Frauen in seidenen Saris in seiner Hand, Frauen, die sanft die Köpfe neigten, als er sie auf dem Ladentisch ablegte. Er ging ins Hinterzimmer, goss das alte Wasser aus, füllte den Eimer neu und stellte die Blumen dann vorsichtig wieder hinein. Das Gleiche machte er mit allen zwanzig Eimern, bevor er die Blüten besprühte und verwelkte Blumen aus dem Schaufenster entfernte. In der Zeit rüttelten mehrere Kunden an der Tür, an der noch immer das »Geschlossen«-Schild hing.

Als Robert fertig war, setzte er sich auf Erins Stuhl hinter den Ladentisch und sehnte sich nach einer Zigarette. Er fühlte sich so leer wie noch nie zuvor.

Beim Anblick des Strafzettels unter dem Scheibenwischer versetzte Robert dem Autoreifen einen wütenden Tritt und ließ den Wagen, wo er war. Er wanderte ziellos durch die Straßen, bis er in einer Kneipe landete. Dort trank er mehrere Bourbon und steckte ein paar Münzen in den Zigarettenautomaten. Gleich darauf inhalierte er tief den Rauch und genoss den leichten Schwindel, den ihm diese erste Zigarette seit langer Zeit verursachte. Seit er Erin kannte, hatte er nicht mehr geraucht. Stundenlang saß er schweigend da und bedauerte sich selbst, weil sein Schicksal eine so grausame Wendung genommen hatte.

Als Robert schließlich aus der Kneipe trat, spürte er den Regen gar nicht. Erst als er sich mit der Hand über das Gesicht strich, merkte er, dass er völlig durchnässt war. Die Straßen, durch die er abermals aufs Geratewohl lief, waren ihm fremd und fern, wie die Linien auf einem Stadtplan. Sein nasses Hemd klebte ihm am Körper und er dachte unwillkürlich daran, wie er Erin unter der Dusche zugesetzt hatte. Er hätte wissen müssen, dass sein Verhalten sie aus dem Haus treiben würde.

Er steckte sich eine neue Zigarette an und sog den scharfen Rauch tief in die Lungen. Der Rauch hinterließ einen bitteren Geschmack in seinem Mund, so bitter wie an dem Tag, als er nach Brighton gefahren war und die Wahrheit über Erins Vergangenheit herausgefunden hatte. In seinem vom Alkohol benebelten Hirn formte sich der Gedanke, dass er auf der Stelle Baxter King anrufen sollte, um noch mehr über Erin herauszubekommen.

Robert kauerte sich in einem Ladeneingang zusammen und kramte in der Tasche nach seinem Mobiltelefon. Es war nicht da. Vor Wut fluchend trat er kräftig gegen die Hauswand. Nach und nach dämmerte es ihm, dass er das Handy wohl in der Kneipe vergessen hatte, doch er wusste nicht mehr, welche Kneipe es gewesen war und wo sie sich befand. Seine Brieftasche war jedoch noch da. Er schaute sich nach einer Telefonzelle um.

Die Zelle war eng und stank nach Urin, doch zumindest war er im Trockenen. Durch die feuchten Kleider und seinen Atem beschlugen die Scheiben im Handumdrehen. Er nahm den klebrigen Hörer ab und wollte gerade die Auskunft anrufen, als sein Blick auf ein halbes Dutzend rosafarbene, rote und schwarze Visitenkarten fiel, die an der Wand über dem Telefon hingen.

Heiße Massagen … Scharfe Krankenschwester … Domina … Dicke Titten … Exotische Mädchen … Blonde Mädchen … Junge Mädchen …

Die Worte verschwammen Robert vor den Augen. Auf einigen der angeschmuddelten Karten waren Mädchen abgebildet, die nicht viel älter aussahen als Ruby. Willkürlich riss er eine Karte ab und schaute sich das Foto näher an. Die stark geschminkte Frau, die hier ihren Körper anbot, schien älter als die anderen zu sein. Auf einmal verwandelten sich ihre Züge und er sah Erins Gesicht, glücklich lächelnd am Tag ihrer Hochzeit.

»Helena verwöhnt dich im privaten Ambiente«, las er leise. Trotz ihrer aufreizenden Pose und der dicken Schicht Makeup war Helena eine attraktive Frau mit einem wohlgeformten Körper.

Ohne nachzudenken wählte Robert ihre Nummer. Er war noch immer so betrunken, dass er gar nicht recht wusste, was er tat. Er wusste nur, dass er irgendeinen Menschen brauchte, der ihn tröstete und ihm Antworten auf seine Fragen gab. Womöglich war Helena dieser Mensch.

Robert rief ein Taxi und ließ sich zu Helenas Adresse bringen. Ihre Stimme hatte am Telefon angenehm geklungen, und sie war offenbar sehr darauf aus gewesen, sich diesen Kunden zu sichern. Auch Robert konnte es kaum erwarten, sie zu treffen. Doch die Gründe für ihrer beider Ungeduld hätten unterschiedlicher nicht sein können: Ihr ging es ums Geld, er suchte nach Erklärungen.

Während der Fahrt malte er sich aus, wie die Frau ihre Kleider abstreifte und in ihrem Boudoir zwischen seidene Betttücher glitt. Wie sie seine Sinne mit Vanille- und Moschusparfums kitzelte und sich alle erdenkliche Mühe gab, ihren Kunden zufrieden zu stellen – genauso wie es Erin wohl hunderte Male getan hatte.

»Macht dreizehn Pfund, Kumpel.« Der Taxifahrer hatte vor

einigen Reihenhäusern gehalten und die Trennscheibe heruntergelassen. Robert bezahlte und stieg aus. Im strömenden Regen ging er bis zu Helenas Haustür und klingelte. Er fühlte sich schon jetzt beschmutzt.

Die Übergardinen vor den Fenstern waren zugezogen, obwohl es erst Nachmittag war, und die Eingangstreppe war mit Abfall und Zigarettenkippen übersät. Im Laufe der Taxifahrt war Roberts Kopf etwas klarer geworden, doch nicht klar genug, um den Rückzug anzutreten. Er musste um jeden Preis etwas über Erins früheres Leben in Erfahrung bringen.

Robert glättete mit den Händen sein nasses Haar. Unrasiert, wie er war, bot er vermutlich einen traurigen Anblick, aber das spielte jetzt keine Rolle. Er brauchte ja keinen guten Eindruck zu hinterlassen. Da wurde die Tür geöffnet, und eine Frau in einem dunkelblauen Männerbademantel stand vor ihm.

»Robert Knight?«, fragte sie. Ihre Stimme war tief und rau. Sie hielt eine Zigarette in der Hand. Robert nickte. »Dann kommen Sie mal rein.« Es war nicht die Frau auf dem Foto. Das konnte unmöglich Helena sein.

Robert folgte ihr die Treppe hinauf nach oben. Im schummrigen Licht konnte er nicht viel erkennen, doch er roch Bier und hörte, dass irgendwo unten ein Fußballspiel im Fernsehen lief. »Hier rein«, sagte die Frau und ließ ihm den Vortritt.

»Nett, Sie kennenzulernen, Mr Knight«, sagte sie mit breitem Lächeln. »Mein Name ist Helena, wie Sie ja wissen.« Sie schloss die Tür und lehnte sich dagegen, wie um ihm zu verstehen zu geben, dass es kein Entkommen gab.

Doch Robert wollte gar nicht entkommen, ganz gleich, wie Helena aussah. Er brauchte sie – vermutlich dringender als ihre sonstigen Kunden –, denn er musste unbedingt etwas über das geheime Leben seiner Frau herausfinden. Dabei lag ihm nichts daran, sie zu berühren. Im Gegenteil, allein der Gedanke widerte ihn schon an. Worum es ihm ging, waren ihre Gedanken und Gefühle. Und ihre Beweggründe. *Warum* tat sie das hier?

»Nehmen Sie Platz und machen Sie es sich bequem.« Helena deutete auf das Bett und schob den Riegel vor die Tür.

Allmählich gewöhnten sich Roberts Augen an das Zwielicht. Obwohl die dunkelroten Nylongardinen zugezogen waren und nur eine Lampe brannte, sah er, dass das Zimmer klein und – abgesehen von dem Bett – lediglich mit einem Stuhl voller Kleider und einem hölzernen Garderobenständer hinter der Tür möbliert war. Mit Schaudern erkannte er, dass Peitschen, lederne Kleidungsstücke und mehrere Paar Handschellen daran hingen. Helena hatte seinen Blick bemerkt.

»Haben Sie Lust darauf?« Sie zwinkerte ihm zu.

»Ist nicht unbedingt mein Ding«, krächzte er, worauf sich Helena neben ihn auf die Bettkante setzte.

»Was ist denn Ihr Ding, Mr Knight? Was kann Helena heute Nachmittag für Sie tun?«

Statt einer Antwort musterte er sie und fragte sich, wie sie wohl zur Prostitution gekommen war. Er sah den leeren Augenausdruck, die wächserne Haut, die sich über den Wangenknochen spannte, und das lange, zu häufig gebleichte Haar, das dringend einen Friseur nötig gehabt hätte. Obwohl sie noch immer ihren Bademantel trug, konnte Robert sehen, dass Helena sehr dünn war. Ihre knochigen Finger, die die Zigarette im Aschenbecher ausdrückten, ihr magerer Hals, der aus dem Kragen des Bademantels ragte, und ihre Stirn, die sich über den eingefallenen Zügen wölbte, all das verriet ihm, dass sie zu wenig aß.

»Ich weiß nicht … Vielleicht könnten wir uns ein bisschen unterhalten.« Robert schluckte. Warum weckte Helenas ausgemergelter Körper nur diesen Beschützerinstinkt in ihm? Im Augenblick interessierte sie ihn mehr als jede andere Frau auf der Welt, dabei fand er sie so anziehend wie eine tote Ratte. Stand sie in seinen Augen für Erin? War es das?

Helena drückte ihn sanft auf das Bett, knöpfte sein Hemd auf und wollte ihm gerade die Hosen ausziehen, als Robert ihre

Hand festhielt und ihr damit Einhalt gebot. Plötzlich drang der Lärm des Fernsehers noch lauter nach oben. Helena sprang auf und lief zur Tür.

»Stell das verdammt noch mal leiser, Josh!« Sie trat wieder ans Bett, legte ihren Bademantel ab und lächelte auf Robert hinunter, der wie erstarrt dalag. Dann begann sie mit schnellen, kreisenden Bewegungen seine Brust zu massieren. »Schauen Sie doch nicht so ängstlich, Mr Knight. Ich werde Ihnen schon nichts tun.« Helena bekam einen Hustenanfall. Es klang, als würden sich ganze Schichten von Teer und Schleim in ihrer Kehle lösen.

»Nein!« Er richtete sich auf und starrte auf ihren Körper, vor den sich jetzt Erins wunderschönes Bild schob. Er wollte diesen Körper berühren, um herauszufinden, ob es wirklich Erin war. Mit der Hand über den flachen Bauch streichen, dessen Haut schon lange ihre Spannkraft verloren hatte.

Doch da löste sich Erins Bild auf, und Robert starrte auf Helenas schlaffe Brüste, deren riesige Nippel aussahen, als hätte sie sie in geschmolzene Schokolade getunkt.

Ohne auf Roberts Einspruch zu achten, drückte Helena ihn mit ihren sehnigen Armen zurück aufs Bett und begann, ihn kraftvoll zu massieren. Als sie um ihn herumging, erhaschte er einen Hauch ihres natürlichen Geruchs, einer Mischung aus dem Duft regennasser Erde und altem Schweiß.

»Das da unten ist mein Sohn, er stellt den verdammten Fernseher immer so laut.« Helena stieß ein gackerndes Lachen aus, ohne von Robert abzulassen. »Darf's jetzt vielleicht ein bisschen mehr sein, mein Schatz? Du bist scheinbar nicht mehr ganz so verkrampft.«

»Ihr Sohn?« Wieder setzte Robert sich auf. Er fühlte sich unbehaglich.

»Mach dir keine Gedanken. Er ist daran gewöhnt. Wie sonst sollte ich das Geld beschaffen, um ihn zu ernähren und auf die Universität zu schicken? Ich selbst gehe auch wieder zur

Schule, musst du wissen. Weil ich was Gescheites lernen will.« Helena drückte Robert abermals aufs Bett und machte sich an seiner Hose zu schaffen.

»Auf welche Schule gehen Sie denn?«, fragte er ungläubig.

»Ich mache das Abitur nach. Meine Hauptfächer sind Psychologie und Englisch. Anschließend will ich Therapeutin werden, damit ich all den verkorksten Weibern da draußen helfen kann.« Sie lachte und musste erneut husten. »So wie ich eins bin«, fügte sie hinzu, als sie wieder sprechen konnte.

Dann, mit einer behänden Bewegung, legte sich Helena plötzlich auf Robert und begann, aufreizend mit ihren Hüften zu kreisen. Er hatte das Gefühl, als läge ein dünnes Ledertuch auf ihm.

Angesichts ihrer Worte war Robert wie erstarrt. Wie verzweifelt und zugleich wild entschlossen musste diese Frau sein, dass sie ihren Körper an fremde Männer verschacherte, während unten ihr Sohn fernsah? Als sie abermals versuchte, seine Hose zu öffnen, zog er rasch die Beine an und rollte sich auf die Seite.

»Tut mir leid, aber ich kann nicht. Wegen Ihrem Sohn und … überhaupt.«

Im selben Augenblick wurde Robert klar, dass Erin der eigentliche Grund war. Dass sie sein ganzes Leben bedeutete und er sie um jeden Preis wiederhaben wollte.

»Und überhaupt?« Helena war nicht böse. Sie schien sich über seine Weigerung eher zu amüsieren.

»Mir geht so viel im Kopf herum«, antwortete Robert. »Ich bin in Wahrheit auch gar nicht hergekommen, weil ich Sex mit Ihnen haben wollte.«

»Ich richte mich ganz nach den Wünschen meiner Kunden. Dann eben nur die Massage, wenn Ihnen das lieber ist.« Helenas Stimme bekam einen verzweifelten Unterton. »Sie können mir auch die Peitsche geben, wenn Sie wollen.«

»Ich werde natürlich bezahlen. Es ist nur so, dass …« Robert vergrub die Hände in seinem Haar. »… Ich würde gern mehr über Ihre Arbeit wissen. Über Prostituierte ganz allgemein.« Es fiel ihm schwer, dieses Wort zu benutzen. Es erinnerte ihn zu sehr an seine Frau – und gleichzeitig wehrte er sich dagegen, Erin mit Helena auf eine Stufe zu stellen.

»Was gibt es da schon zu wissen?« Helena zog sich den Bademantel über und setzte sich ans Fußende des Bettes. »Ich tue es für meinen Lebensunterhalt. Vielleicht auch aus Verzweiflung. Aber eigentlich bin ich gar nicht verzweifelt«, fügte sie nachdenklich hinzu und zog ihre Zigaretten aus der Tasche. Nachdem sie Robert eine angeboten hatte, saßen sie beide in einer Wolke aus blaugrauem Rauch und unterhielten sich darüber, wie Helena zu ihrem Gewerbe gekommen war.

»Ich finde nichts Schlimmes dabei. Dank dieser Arbeit kann ich meine Rechnungen bezahlen, meinem Sohn eine Ausbildung ermöglichen und ich habe ein Dach über dem Kopf. Ich biete euch armen, zu kurz gekommenen Männern meine Dienste an, damit ihr euch nicht an jungen Mädchen vergreift.« Robert räusperte sich und wollte gerade protestieren, da fügte sie augenzwinkernd hinzu: »Anwesende natürlich ausgenommen. Ich fing damit an, als mein Mann mich verließ«, fuhr sie fort. »Anfangs ergab es sich nur gelegentlich unten im Pub. Wenn jemand mit mir anbändeln wollte, machte ich ihm gleich klar, dass er dafür bezahlen musste. Wenn ich im Pub einen Maurer kennenlerne, der mir einen Anbau ans Haus machen soll, dann erwarte ich doch auch nicht, dass er es umsonst tut.«

Robert verkniff es sich, solche Nebensächlichkeiten wie Liebe und Ehe, Vertrauen und Respekt zu erwähnen. Vor seinem inneren Auge sah er Erin, wie sie sich mit einem Kunden traf, sich auszog, mit ihm schlief und hinterher Geld dafür einstrich. Hatte sie es für Ruby getan? Wusste Ruby, dass ihre Mutter eine Nutte war? Wortlos knöpfte Robert sein Hemd zu und schickte sich an zu gehen.

»Warum fragen Sie das überhaupt?«

Robert starrte Helena an. Er fröstelte – wegen des feuchten Hemdes und weil er das Bild von Erin mit einem Freier einfach nicht loswurde. »Eine Frau, die ich liebe, hat mal auf diese Art ihr Geld verdient. Ich wollte den Grund dafür herausfinden.« Er stieß den Atem aus.

»Und? Haben Sie ihn herausgefunden?«

Robert zögerte für einige Sekunden, den Blick noch immer auf Helena geheftet. Er betrachtete ihre offenen, ehrlichen Augen und ihren verbrauchten Körper und wusste auf einmal, dass er wirklich etwas über Erins früheres Leben erfahren hatte. Er hatte dem neuen Bild seiner Frau ein weiteres winziges Mosaiksteinchen hinzugefügt. Doch das Bild gefiel ihm nach wie vor nicht.

»Ich glaube schon«, antwortete er. »Sie ist Ihnen nämlich ähnlich. Eine Überlebenskünstlerin.« Robert beugte sich vor und gab Helena einen flüchtigen Kuss auf die Wange. Dann nahm er fünfzig Pfund aus seiner Brieftasche. »Das war der teuerste Kuss meines Lebens«, sagte er lakonisch und gab ihr das Geld. Sie stopfte es in die Tasche ihres Bademantels.

»Sie können sich noch glücklich schätzen, Mr Knight. Küssen ist bei mir normalerweise nicht drin.«

»Danke«, fügte Robert hinzu und fragte sich im selben Augenblick, ob er für die neuen Einsichten in Erins Vergangenheit wirklich so dankbar war. »Und viel Glück bei Ihrer Ausbildung.«

»Ihnen auch viel Glück«, sagte Helena leise und brachte ihn zur Tür.

Als er endlich wieder einigermaßen nüchtern war, bekam Robert schreckliche Sehnsucht nach seiner Frau. Er wollte sie in den Armen halten, sie berühren und lieben, ganz egal, ob sie schon mit zahllosen anderen Männern geschlafen hatte oder nicht. Wenn ja, hatte sie es bestimmt nicht ohne triftigen Grund getan, sagte er sich.

Zu Hause erinnerte ihn alles an Erin. Die halb verwelkten Blumen, der volle Wäschekorb, ihre Jacke, schief über eine Stuhllehne gehängt, der Einkaufszettel, der sie daran erinnern sollte, Tamarindenpaste und Mandelsplitter zu kaufen – beim Anblick dieser alltäglichen Dinge wusste er plötzlich, dass er es jetzt, nach dem Besuch bei Helena, fertigbringen würde, Erin zu verzeihen. Es würde ihn viel Kraft und Überwindung kosten, doch es war möglich. Wenn sie nur wieder nach Hause käme.

Robert schaute sich noch einmal in dem leeren Haus um – Louisa war gegangen, ohne eine Spur zu hinterlassen – und legte sich dann hin, um die letzten Reste seines Rausches auszuschlafen.

Er hatte das Gefühl, gerade erst eingenickt zu sein, als ihn am nächsten Morgen das Klingeln des Telefons weckte. Einen Augenblick lang hoffte er, Erin würde ihn anrufen, doch es war Louisa. Sie amüsierte sich über seine verschlafene Stimme und teilte ihm auf ihre ruhige, besonnene Art mit, dass sie interessante Neuigkeiten für ihn habe.

20

Ich bin vielleicht dumm! Erst jetzt, wo ich in eine Decke gewickelt vor dem Feuer sitze und gesüßten Tee trinke, geht mir auf, dass Ruby in Sicherheit ist und dass er mich weder umbringen noch mir mein letztes bisschen Geld abnehmen will. Als er sich auf die Armlehne eines zerschlissenen Sessels hockt und mich eingehend mustert, bringe ich ein Lächeln zustande. Er leckt sich über die Lippen.

»So wie du jetzt aussiehst, wirst du garantiert nichts reißen können, Süße«, sagt er und ich frage mich, was er damit meint. Schließlich kennt er mich doch gar nicht und er hätte mich auch nicht von der Straße aufzulesen brauchen. »Mir scheint, dir geht's nicht besonders«, setzt er hinzu. »Das ist jammerschade, denn du bist eigentlich ein hübsches Mädchen.«

»Wo ist mein Baby? Was ist mit mir passiert?« Ich habe gar nicht gemerkt, dass ich krank bin.

»Ich bin kein Arzt, Süße, aber Freda war früher Krankenschwester. Wenn sie zurückkommt, wird sie dich mal anschauen und dir ein bisschen Medizin geben.«

»Freda?« Das muss seine Frau sein, denke ich. Obwohl er nicht aussieht, als wäre er verheiratet. Die Flammen werfen seinen flackernden Schatten an die Wand. Seine Nase sticht vor wie ein Geierschnabel, und seine Mundwinkel sind nach unten gezogen. »Ich will mein Baby sehen. Wo ist es?«

»Um so was kümmert sich hier Freda.« Der dürre Mann starrt mich an, als versuche er sich zu erinnern, woher er mich kennt. »Deinem Baby geht's gut.«

»Oh«, sage ich nur. Ich finde, dass er nett ist. Auf jeden Fall hatte ich Glück, dass mich nicht die Polizei aufgegriffen hat. Die hätte mich schnurstracks nach Hause gebracht.

»Freda und ich, wir führen eine Art Wohnheim für hübsche junge Frauen.« Er spitzt den Mund beim Sprechen, wodurch seine Gesichtszüge noch schärfer wirken. Er ist sehr braun und dünn.

»Meinen Sie obdachlose Frauen?«, frage ich und setze mich gerade hin. Ich kann mein Glück noch gar nicht fassen, aber ich muss vorsichtig sein. Immerhin wurde meine Freundin Rachel damals, als sie von zu Hause ausgerissen ist, von dem Frauenhaus wieder zu ihren Eltern geschickt. Ich beschließe, mich älter zu machen; dann wirkt es auch normaler, dass ich ein Baby habe. Wer weiß, was sie in den Nachrichten über mich gebracht haben.

Während er nachdenkt und ich auf seine Antwort warte, fährt mir auf einmal ein stechender Schmerz durch den Leib. Mir ist, als würde mir jemand den Bauch aufreißen, und außerdem ist meine linke Brust steinhart.

»Ja, genau, für obdachlose Frauen.« Grinsend kommt er zu mir herüber und geht neben meinem Stuhl in die Hocke. Wieder spitzt er die verkniffenen Lippen. »Du brauchst nicht zufällig eine Bleibe?«

Ich nicke, versuche aber, mir meine Erleichterung nicht anmerken zu lassen, damit er den Preis nicht in die Höhe treibt. Ich bin ja nicht blöd. Wenn er mir nur endlich mein Baby bringen würde!

»Ich weiß aber nicht, ob wir noch was frei haben, Süße. Das musst du mit Freda besprechen, wenn sie zurückkommt. Wir platzen nämlich aus allen Nähten, bei den ganzen obdachlosen Mädchen, um die wir uns kümmern müssen.«

Mir wird auf einmal ganz kalt. »Ist es wegen meinem Baby? Sie ist ganz brav und schreit fast gar nicht.«

»Es hat nichts mit deinem Baby zu tun, Süße. Ein paar von den Mädchen haben auch Kinder gekriegt und helfen sich jetzt gegenseitig. Aber ich kann noch nichts versprechen. Trink mal deinen Tee.«

»Können Sie mir nicht mein Baby holen? Als ich ohnmächtig wurde und Sie mich gefunden haben, hatte ich doch ein Baby bei mir! Sie heißt Ruby. Geben Sie sie mir bitte wieder!«

Er steht auf und geht weg. Dabei ruft er mir über die Schulter zu: »Was für ein Baby, Süße? Ich hab kein Baby gesehen.« Er schließt die Tür hinter sich ab.

In meinem Kopf formt sich ein stummer Schrei. Wie eine scharfe Klinge geht er durch mich hindurch und teilt mich für den Rest meines Lebens in zwei Hälften, auch wenn ich es zu dem Zeitpunkt noch nicht weiß. Ich renne nicht zur Tür und trommele mit den Fäusten dagegen. Jedenfalls nicht sofort. Ich werfe mich auch nicht schluchzend zu Boden oder schlage eine Fensterscheibe ein und flüchte und mache mich auf die Suche nach meinem Baby. Ich habe ihn noch nicht einmal gefragt, wie er heißt oder wo ich bin. Schließlich bin ich nur eine Ausreißerin mit einem neugeborenen Kind. Da kann ich es mir nicht leisten, Fragen zu stellen.

Ich bin auf der Straße ohnmächtig geworden, und er hat mich gerettet und hierhergebracht, wo immer das auch sein mag. Es ist ganz nett hier, nur ein bisschen schäbig im Vergleich zu unserer Doppelhaushälfte, die meine Mutter so ordentlich hält, dass es schon steril wirkt. Der Mann kommt mir auch ganz nett vor, und ich könnte mir vorstellen, dass Freda in Ordnung ist. Ich hoffe, dass ich in ihrem Wohnheim bleiben darf und vielleicht auch mein Baby zurückbekomme.

Mir ist heiß, und meine Stirn klebt vor Schweiß. Ich erhebe mich mühsam und wanke zur Tür. Mit letzter Kraft rüttele ich an der Klinke und schlage mit den Fäusten gegen das Holz. Dann presse ich die Stirn gegen die abgeplatzte Farbe und schreie nach meinem Baby, bis mir die Stimme versagt. Ich lasse mich zu Boden sinken und überlege, ob es Tränen sind oder Blut, was mir da über die Wangen läuft. Dann wird es wieder schwarz um mich.

Ich weiß nicht, wie viel Zeit vergangen ist, als mich jemand an der Schulter rüttelt. Ich öffne die Augen. Neben mir kniet eine Frau, und im ersten Moment denke ich, es ist meine Mutter. Aber dann fällt mir wieder ein, dass der dünne Mann mich von der Straße aufgelesen hat. Er ist aber nicht da, nur diese Frau, die nach süßlichem Parfum riecht. Jetzt erinnere ich mich auch wieder, dass sie mein Baby haben.

»Hallo«, sagt sie, »ich bin Freda.« Sie beugt sich so tief über mich, dass ich ihr in den weiten Ausschnitt schauen kann. »Wer bist du denn?«

»Wo ist mein Baby?«, flüstere ich. Ich habe es schon so oft gefragt, dass ich gar nicht mehr sicher bin, ob Ruby überhaupt existiert.

»Was für ein Baby, Schätzchen?« Ihre Worte flattern wie Schmetterlinge durch den Raum. »Du siehst aber gar nicht gut aus!« Sie holt ein Kissen und legt es mir unter den Kopf. »Jetzt sag mir mal, wie du heißt.«

Ich bin müde und fiebrig, ich zittere und habe Hunger, auch wenn ich nichts runterkriegen könnte. Ich bin krank und wund und verängstigt, aber ich bin nicht so blöd, ihr meinen richtigen Namen zu verraten. Schon im Zug habe ich mir überlegt, dass keiner wissen darf, wie ich heiße. Ich wette, meine Eltern haben der Polizei schon gemeldet, dass ich weggelaufen bin. Eine fünfzehnjährige Ausreißerin – das ist ein gefundenes Fressen für die Zeitungen und das Fernsehen. Bestimmt sind sie alle hinter mir her.

»Ich bin Milly«, sage ich und hoffe, dass es sich überzeugend anhört. Der Name Milly stand auf dem Namensschildchen eines Mädchens, das bei McDonald's arbeitet. Sie war hübsch und trug Ringe und eine Halskette mit einem Kreuz. Sie lächelte und war nett zu mir, im Gegensatz zu den meisten anderen Leuten.

»Das ist ein hübscher Name.« Freda zieht sich einen Schemel heran und setzt sich neben mich. »Becco sagt, er hat dich ohnmächtig auf der Straße gefunden. Wie kommt ein Mädchen wie du dazu, bei diesem Wetter draußen herumzulaufen?« Fredas Stimme ist wie heiße Schokolade. Als sie die Jacke auszieht, kann man ihr runzeliges Dekolleté noch besser sehen. Sie zündet sich eine Zigarette an. Im Schein der Feuerzeugflamme erkenne ich die Falten an ihrem Mund und den Augen. Ihr Haar ist kurz und grau, aber ganz glatt und nicht so spröde, wie graues Haar manchmal ist, und ihre Haut hat eine Farbe wie Räucherfisch. Fredas Augen sind ganz dunkel, man kann fast kein Weiß sehen. Sie kommt mir vor wie die gute Fee im Märchen.

»Weiß nicht«, antwortete ich und knabbere an den Nägeln. Das zumindest ist wahr. »Ich glaube, dieser Mann hat mein Baby irgendwo hingebracht. Könnten Sie ihn danach fragen?« Mein Herz hämmert zum Zerspringen.

»Wo wohnst du?« Sie macht einen Zug an der Zigarette und bläst den Rauch aus, der zum Kamin zieht.

»Weiter im Norden.« Vorsicht jetzt, denke ich. »Mein Baby …?«

»Bist du neu in London?«

Ich nicke. Ich mag ihre Art, Dinge zu erraten. Meine Mutter erriet nie etwas. Meine Schwangerschaft fiel ihr erst auf, als ich schon im sechsten Monat war. »Geht's meinem Baby denn gut?«

»Hast du eine Bleibe? Einen Job?«

Eine Menge Leute kommen jeden Tag nach London, um hier ihr Glück zu machen. Dann werde ich das doch wohl auch schaffen. Wenn ich nur erst mein Baby wiederhätte! »Nein, aber ich finde schon was. Ich bin nur umgekippt, weil mir nicht gut war. Mein Bauch tut so weh.« Kaum habe ich es gesagt, ist mir, als würde mir jemand einen Spieß durch die Eingeweide bohren und mich über einem Feuer rösten. »Ich bin bald wieder gesund. Holen Sie mir jetzt mein Baby?«

»Dein Baby?« Sie inhaliert den Zigarettenrauch. Dann sagt sie: »Dein Baby wird gut versorgt, Schätzchen. So ist es am besten, bis es dir wieder besser geht.«

»Ist sie krank? Kann ich sie sehen?«

»Sie wird wieder gesund, aber sie braucht Ruhe. Und du auch, Schätzchen.« Ihre Stimme ist wie Balsam. Wahrscheinlich hat sie recht, denke ich, als mir wieder alles vor den Augen verschwimmt. Ruby und ich, wir müssen uns beide ausruhen. Ich vertraue der Frau. Sie ist so nett.

Wir reden noch ein bisschen. Dann muss ich zur Toilette. Doch als ich aufstehe, dreht sich mir alles. Mühsam schleppe ich mich bis zur Diele und durch einen dunklen Korridor zum Klo. Das große alte Haus hat einen Fliesenboden. Es ist nicht besonders hübsch hier, aber wenigstens habe ich ein Dach über dem Kopf. Wegen der Schmerzen ist mir sowieso alles egal. Als ich mir die Hosen runterziehe, rutscht ein blutiger, wabbeliger Klumpen aus mir heraus. Er sieht aus wie die Leber, die Mutter immer beim Metzger gekauft hat. Von dem Geruch wird mir schlecht und ich schreie nach Freda.

Sie bringt mich nach oben ins Bett, macht mich sauber und wischt mir mit einem nassen Lappen durchs Gesicht. Dann drückt sie mit den Fingern fest auf meinen Bauch, in dem noch vor einer Woche mein Baby war. Jedes Mal, wenn ich vor Schmerz aufschreie, spitzt sie die Lippen und macht »Hmm.« Sie fragt mich, ob mir sonst noch etwas wehtut, und ich erzähle ihr, dass meine linke Brust wie Feuer brennt. Sie schaut sie sich an und bekommt einen Schreck, weil die Brust knallrot ist. Sie sieht aus wie eine riesige Erdbeere.

»Na, du bist ja ganz schön daneben, mein Mädchen«, sagt sie. Ich bekomme Angst, denn das war mir gar nicht klar. »Hat die Hebamme kontrolliert, ob die Nachgeburt richtig rausgekommen ist?«

Ich schaue sie mit offenem Mund an, so wie in der Schule, wenn die Lehrerin mich was fragte und ich nicht aufgepasst hatte. Dann starrte sie mich immer ganz böse an, und die ganze Klasse kicherte. Ich zucke mit den Schultern und schaue mich rasch im Zimmer um. Da stehen noch drei weitere Betten mit weißer Bettwäsche und gelben Überwürfen. Von der Decke baumelt eine nackte Glühbirne, deren Licht meine Augen blendet. Die orangefarbenen Gardinen sind halb zugezogen, und es ist kalt hier drin. Ich muss wieder daran denken, was Rachel von dem Frauenhaus erzählt hat, als sie wieder daheim war. Ein Teil von mir möchte nach Hause.

»Ich weiß nicht«, flüstere ich.

»Hast du dein Baby im Krankenhaus bekommen?«

»Zu Hause«, sage ich und bereue meine Worte im selben Augenblick.

»Und wo ist das?«

»Oben im Norden.« Mehr kriegt sie nicht aus mir heraus.

»Wer hat dir bei der Geburt geholfen?« Freda sitzt jetzt auf der Bettkante. Ihr Gewicht drückt die Matratze ein, sodass ich fast zu ihr hinrolle.

»Keiner. Ich war allein.« Ich schließe ganz kurz die Augen, weil mir einfällt, dass Onkel Gustaw da war und mich betatschte, während ich mich krümmte und schrie wie ein wildes Tier. Aber das verrate ich ihr nicht.

»Du hast eine Gebärmutterentzündung, und zwar eine ziemlich schlimme. Und obendrein noch Mastitis. Ich muss dir Antibiotika besorgen.«

»Der Mann hat gesagt, Sie wären Krankenschwester gewesen und könnten mich wieder gesund machen.« Ich bin froh, dass sie weiß, was mir fehlt.

»Das hat Becco gesagt? Na ja, ich bin wohl eher ein Kindermädchen.« Sie grinst. »Für alle unsere Mädchen hier. Ich bringe dir auch Tabletten mit, die die Milchproduktion stoppen. Solange dein Baby anderweitig versorgt wird, brauchst du ja keine Milch. Jetzt bleibst du erst mal ein paar Tage im Bett. Was für ein Glück, dass noch eines frei war, was?« Freda strahlt mich an.

»O ja«, antworte ich. Ich bin froh, dass sie mich gesund machen wird, damit ich mich wieder um mein Kind kümmern kann. Es ist auch schön, dass noch andere Mädchen hier wohnen, mit denen ich mich anfreunden kann. »Darf ich wirklich noch ein bisschen hierbleiben?«

»Ich kann dich ja schlecht auf die Straße werfen, nicht? Und wenn du brav bist, haben wir hier auch einen Job für dich. Irgendwie musst du schließlich deinen Unterhalt verdienen.« Freda streicht mir über die Stirn und steckt mir eine Haarsträhne hinters Ohr. »Jetzt schlaf ein bisschen. Ich besorge die Medikamente und später stelle ich dich den anderen Mädchen vor.«

Sie beugt sich vor und gibt mir einen Kuss auf die Wange. Ich kann mich nicht erinnern, dass meine Mutter jemals so etwas getan hätte. Dann schlafe ich ein und träume von Zügen und Erdbeeren und Hotels und meinem Sprung aus dem Fenster und von der lauten großen Stadt.

Ich werde von einem Riesengetöse im Erdgeschoss wach. Poltern und Fluchen und Türenschlagen und Gekreische, als hätten sich ein paar Katzen in die Haare gekriegt. Das ganze Haus wackelt. Außerdem dringt ein sonderbarer Geruch zu mir herauf. Es riecht nach Bonbons und Lippenstift und Schweiß und Tabak und nach ungewaschenen Kleidern. Und außerdem nach Onkel Gustaw und noch nach etwas anderem, von dem sich mir der Magen umdreht. Ob er etwa hier ist?

Ich bekomme die Augen noch nicht richtig auf und blinzle wie ein Maulwurf, der sich gerade an die Erdoberfläche gearbeitet hat. Dabei taste ich im Bett nach Ruby, bis mir einfällt, dass sich jemand anderes um sie kümmert. Nur für ein Weilchen, sage ich mir immer wieder. Da tritt Freda leise ins Zimmer. Ich reiße die Augen auf, um zu sehen, ob sie mir mein Baby bringt, aber sie hat nur ein Päckchen Tabletten in der Hand.

»Konntest du ein wenig schlafen?« Sie setzt sich wieder auf mein Bett und reicht mir ein Glas Wasser und eine winzig kleine weiße Pille. Kein Baby. »Von denen hier musst du eine Woche lang viermal am Tag eine nehmen. Ein Arzt, den ich kenne, hat gesagt, dass du dann in null Komma nichts wieder auf den Beinen bist. Vielleicht lernst du ihn ja eines Tages kennen, wenn du ein braves Mädchen bist.« Freda schiebt mir die Tablette zwischen die Lippen und hält mir das Glas an den Mund. »Die Mädchen essen jetzt. Ich würde dich ihnen gern vorstellen, bevor sie wieder an die Arbeit gehen.«

»Haben Sie Ruby gesehen? Geht es ihr gut?«

Als Freda lächelnd nickt, fühle ich mich schon ein wenig besser. Immer noch leicht schlaftrunken stehe ich auf und muss mich an Freda lehnen, um nicht umzufallen. Sie führt mich die Treppe hinunter in das Zimmer mit dem Kamin.

Ich habe es vorher nicht bemerkt, aber vor dem Erkerfenster steht ein Tisch mit zwei Holzbänken rechts und links. Auf dem Tisch liegt ein halb ausgepacktes geschnittenes Weißbrot und eine Großpackung Margarine, in der ein Messer steckt. Die Mädchen sind noch nicht da, aber ich höre, wie sie über den Flur kommen. Was muss ich für einen Anblick bieten, wie ich so vor Schmerzen gekrümmt dastehe, mit meinen schmutzigen Kleidern und den schweißverklebten Haaren!

Da geht die Tür auf und sie kommen hereingeschlurft. Als die ersten mich sehen, bleiben sie wie angewurzelt stehen, sodass die nachfolgenden gegen ihren Rücken prallen. Alle verstummen und starren mich mit schmalen Augen an. Ihre Blicke wandern an mir hoch und runter, als wollten sie prüfen, ob ich gefährlich bin oder so wie sie oder besser oder schlechter. Genau wie die in der Schule. Oder wie die Kinder, die sich vor meinem Fenster versammelt haben, als ich schwanger war. Wie die Gaffer bei einem Autounfall.

Becco lehnt rauchend am Kaminsims, seine schmalen Hüften sind eine dunkle Silhouette vor dem roten Feuerschein.

Die Nase ragt wie ein Felsvorsprung aus dem eingefallenen Gesicht. Er grinst mich an oder lächelt vielmehr – das will ich wenigstens hoffen –, dann lässt er seine staubgrauen Augen über das kleine Grüppchen wandern und deutet mit dem Kopf knapp in Richtung Tisch. Da erwachen die Mädchen aus ihrer Erstarrung und setzen sich wieder in Bewegung.

»Milly«, sagte Freda laut und überdeutlich und bohrt mir dabei den Zeigefinger in die Schulter. Dann schiebt sie mich näher an die Gruppe der jungen Mädchen heran, bis ich mitten zwischen ihnen stehe. »Das ist Milly.« Und zu mir gewandt: »Sag einfach hallo. Das verstehen sie. Sie sind nämlich alle Ausländerinnen.«

»Ich nicht«, widerspricht eine und tritt vor. »Hallo, Milly. Ich bin Maggie.« Sie kichert. »Milly und Maggie. Passt ja gut zusammen.«

Maggie sieht ein bisschen älter aus als ich. Sie trägt zerrissene Jeans und ein rotes T-Shirt, auf dem vorn steht »Ich vögle schon beim ersten Date«. Sie trägt ihr lockiges Haar zurückgebunden und hat dunkle Ringe unter den Augen und verschmierte Wimperntusche. Kann sein, dass sie hübsch ist.

»Hi«, sage ich. Ich kann mich noch gar nicht an den Namen Milly gewöhnen. Wenn ich nicht aus meinem Zimmerfenster gesprungen wäre, wäre ich jetzt nicht hier. Wenn ich zu Hause geblieben wäre, hätte ich wieder zur Schule gehen und meine Abschlussprüfung machen können. Und dann hätte ich einen Job annehmen oder zur Uni gehen oder heiraten können. Es ist schwer, sich allein durchzuschlagen. Ich will mein Baby wiederhaben. Ich glaube nicht, dass ich zurückkann.

»Milly hat ein Baby, und wir kümmern uns darum, bis es ihr wieder besser geht.« Auf einmal verwandelt sich Fredas runzeliges Gesicht in das blasse, gepuderte Gesicht meiner Mutter.

Wir kümmern uns schon um dein Baby …

Warum wollen mir bloß alle mein Kind wegnehmen?

»Milly braucht eine Bleibe«, fährt Freda fort. »Sie wird bei uns arbeiten und du, Maggie, wirst sie anlernen.« Sie fasst mich bei den Schultern, als wolle sie mich hochheben und herumzeigen. Als sie mir einen Platz am Kopfende des Tisches anweist, tuscheln die anderen Mädchen miteinander. Sie sprechen wirklich eine fremde Sprache.

Maggie setzt sich ans andere Ende, worauf sich die sechs übrigen Mädchen zögernd in die Bänke schieben. Zwei von ihnen gehen hinaus und kommen gleich darauf mit einem gefüllten Kochtopf zurück. Nachdem Freda und Becco den Raum verlassen haben, fangen die Mädchen an, miteinander in ihrer Sprache zu schwatzen. Mich beachten sie gar nicht. Obwohl ich kein Wort verstehe, bin ich sicher, dass sie schlecht über mich reden. Ich breche in Tränen aus und werde schon wieder ohnmächtig.

Freda hatte recht. Nachdem ich ein paar Tage die Tabletten genommen habe, ist meine entzündete Brust wieder normal, außer dass sie alle paar Stunden fast platzt vor Milch, trotz der Tabletten, die ich dagegen einnehme. Aber zum Glück tut mir der Bauch nicht mehr weh. Heute hat Freda gesagt, dass sie mit mir neue Kleider kaufen gehen will, weil ich in meinen alten Klamotten unmöglich arbeiten kann. Ich trage immer dasselbe, seit ich hier bin; meine Unterwäsche wasche ich im Bad. Als Becco mich in dem kleinen Sträßchen fand, hat er die Sporttasche mit den großen Sachen dort stehenlassen. Ich hoffe, dass Freda auch was für Ruby kauft, damit sie was zum Anziehen hat, wenn es ihr wieder besser geht. Anscheinend ist sie im Krankenhaus, aber ich darf sie nicht besuchen, weil ich diese Infektion hatte. Ich vermisse sie sehr, tröste mich aber damit, dass man gut für sie sorgt. Keiner versteht, wie sehr ich mich nach meinem Baby sehne. So sehr, dass mir das Herz wehtut.

Becco schleicht durchs Haus wie ein krummer, knorriger

Schatten. In jeder Ecke lauert er und hinter jeder Tür, und ich könnte wetten, dass er mich beim Pinkeln durch ein Guckloch beobachtet. Ich habe mich bei Maggie nach ihm erkundigt, aber sie hat nur gelacht und gesagt, dass ich ohne Becco kein Dach über dem Kopf und nichts zu essen hätte, wie so viele andere Obdachlose, die draußen in der Kälte leben müssten. Damit hat sie natürlich recht. Also kümmere ich mich nicht weiter darum, wenn sich Becco in einen finsteren Winkel drückt oder seine Augen durch einen Türspalt funkeln und sich sein Blick in meinen Rücken bohrt.

An einem klirrend kalten Winternachmittag gehen Freda und ich auf Einkaufstour. Ich fühle mich frei und ungebunden, auch wenn ich das Haus nicht ohne Begleitung verlassen darf. An meinem ersten Morgen versuchte ich die Haustür zu öffnen, doch sie war mit drei Vorhängeschlössern versperrt und zusätzlich noch mit einem Metallgitter gesichert. London ist ein gefährlicheres Pflaster, als ich dachte, und ich bin Freda und Becco dankbar, dass sie ihre Mädchen so gut beschützen.

Zweimal im Jahr ging meine Mutter mit mir was zum Anziehen kaufen, einmal im Frühjahr und einmal im Herbst. Immer war Tante Anna mit ihrem scharfen Blick dabei. Ich wusste, es war zwecklos, mir etwas zu wünschen, was mir gefiel; es gab sowieso immer die gleichen vernünftigen festen Schuhe und dazu einen karierten Wollrock mit einer passenden weißen Bluse. Kordhosen durfte ich auch tragen und kratzige Pullover und Unterwäsche, die schon nach der ersten Wäsche grau und ausgeleiert war.

Und dann natürlich die Schuluniform. Die anderen Mädchen in meiner Klasse wandelten sie nach ihrem Geschmack ab, indem sie den Kragen hochstellten oder den Rockbund umkrempelten, damit der Rock kürzer wurde. Außerdem trugen sie Make-up und bemalten sich die Augen mit Kajal. Als ich mal den obersten Knopf meiner Bluse offen ließ, bekam Mutter fast einen Anfall.

Freda packt mich bei der Hand und zieht mich in den Bus. »Wir fahren zur Oxford Street, da gibt es Sonderangebote!«, ruft sie mir über das Dröhnen des Motors hinweg zu. Als wir aussteigen, kann ich vor lauter Menschen kaum die Geschäfte sehen, doch Freda weiß offenbar genau, wo sie hin will, und ich halte mich dicht hinter ihr. Wir betreten ein Geschäft, wo laute Musik wummert und die Schaufensterpuppen rosa Haare haben. Für die Sachen, die sie tragen, hätte meine Mutter nur einen abfälligen Blick übrig gehabt.

»Sag mir, wenn dir was gefällt, Schätzchen. Wie wär's damit?« Freda zwängt sich durch eine Gruppe Teenager und zeigt auf eine Puppe mit einem superkurzen Jeansrock und dazu einem lose hängenden Ledergürtel und kniehohen Stiefeln. Ihr knallig pinkfarbenes Top ist bauchfrei und hat zerfetzte Ärmel. Ich finde es einfach toll.

»Wie soll ich denn in so was arbeiten?«, frage ich aufgeregt und überlege, ob mir überhaupt etwas steht, weil ich doch um die Taille noch immer so dick bin.

»Das ist sogar ideal dafür, Schätzchen. Was hast du denn für eine Größe, sechsunddreißig oder achtunddreißig?« Freda holt die Sachen in verschiedenen Größen und dazu noch ein paar andere, ebenso ausgefallene. Aber nach dem, was ich alles erlebt habe, kann ich auch verrückte Klamotten tragen. Wenn schon nichts mehr normal ist, warum soll ich mich dann normal kleiden?

Wir verlassen den Laden mit drei vollgestopften Tragetaschen, aber das war noch nicht alles. Denn danach geht Freda mit mir in einen Schuhladen und kauft mir Stilettos und Stiefel und schließlich noch in ein Wäschegeschäft, wo ich Unterhosen bekomme, wie ich sie noch nie zuvor gesehen habe. Sieben solche String-Dinger in Schwarz und Rot und Lila und zwei BHs, in die meine schweren Brüste kaum hineinpassen. Ich verrate der Verkäuferin nicht, dass mir beim Anprobieren ein bisschen Milch auf einen BH getropft ist.

Auf dem Rückweg kommen wir an einem Geschäft für Babyausstattung vorbei. Ich bleibe stehen und schaue mir den burgunderroten Kinderwagen im Schaufenster an. Er kostet 299 Pfund. Ich werfe Freda einen schüchternen Blick zu, und sie lächelt verständnisvoll.

»Warte damit, bis es deinem Baby besser geht und du dein erstes Geld verdient hast. Wenn du deine Arbeit gut machst, zahlt Becco dich jede Woche aus.«

Als ich Maggie fragte, was das für eine Arbeit ist, zeigte sie nur auf ihr ordinäres T-Shirt. Da versuchte ich es bei den anderen Mädchen. Ich sprach ganz langsam und machte die entsprechenden Gesten mit den Händen, doch sie starrten mich bloß ausdruckslos an.

»Rina gut blasen«, sagte auf einmal eine und erntete damit bei den anderen ein freudloses Kichern.

»Was du wollen, Mister?«, sagte eine andere.

»Lili dich streicheln.«

»Oh, fick mich, Mister.«

Eine nach der anderen spulten die Mädchen ihre auswendig gelernten Phrasen ab. Ihr leises, bitteres Lachen klang, als würde es in einem großen Kessel brodeln. Meine Kehle war so ausgetrocknet, dass ich mein Essen kaum hinunterbekam. Das Puzzle, das in meinem Kopf entstand, zerschlug ich rasch wieder in tausend Teile.

»Was muss ich für das Geld tun?«, frage ich Freda, während wir uns durch das Gewühl drängen. Es kommt mir so vor, als wären wir die Einzigen, die in diese Richtung gehen. »Was wird mit Ruby, wenn sie aus dem Krankenhaus kommt und ich bei der Arbeit bin?«

»Fragen über Fragen.« Freda grinst. »Gehen wir einen Kaffee trinken, dann können wir über alles reden.«

In einem Café in einer Seitenstraße holen wir uns was zu trinken und setzen uns dann nach draußen, weil drinnen kein Platz mehr ist. Irgendwie ist es aufregend, in der Kälte zu sitzen, bei der man die Atemwolken sieht, und die eisigen Finger am heißen Becher zu wärmen. Freda hat uns Biscotti gekauft und ich rühre mit meinem den Milchschaum auf dem Kaffee um. Ich bin so froh, dass der Spieß in meinem Bauch weg ist, und kann es kaum glauben, dass ich endlich in Sicherheit bin.

Wenn Ruby und ich in einem Ladeneingang hätten schlafen müssen, wären wir bestimmt beide umgekommen. Bei meiner Unerfahrenheit hätte ich gar nicht gemerkt, dass Ruby krank war und ins Krankenhaus musste. Mich schaudert bei dem Gedanken, was alles hätte passieren können. Freda hat sich um uns gekümmert und mir umsonst Essen und eine Unterkunft gegeben. Und jetzt hat sie mir auch noch eine komplette neue Garderobe gekauft. Für mich ist sie die Mutter, die ich mir immer gewünscht habe.

»Also, was muss ich tun?«, frage ich sie.

Fredas Gesichtszüge werden weich wie frischer Biskuitkuchen. Lächelnd greift sie über den Tisch nach meiner Hand. »Es ist eine wichtige Arbeit. Du leistest Männern gute Dienste, und wenn du richtig scharf bist, geben sie dir ein dickes Trinkgeld und kommen wieder. Die meisten sind Stammkunden. Ärzte und Rechtsanwälte, Lehrer, Banker. Maggie hat sogar einen Politiker.«

Wieder formt sich das Puzzlebild in meinem Kopf, und wieder reiße ich es auseinander. Denn wenn das letzte Teilchen an seinem Platz liegt, dann liegt auch mein neues Leben deutlich vor mir. Ich habe Angst, dass Onkel Gustaw auch eine Rolle darin spielt.

»Aber was ist mit Ruby?«, frage ich mit bebender Stimme. Eine Träne quillt aus meinem Auge und bleibt an den Wimpern hängen.

Erneut nimmt Freda meine Hand. »Ich wollte es dir eigentlich nicht erzählen, aber dein Baby ist sehr krank, mein Schatz. Es liegt auf der Intensivstation und bekommt die beste Behandlung, aber …« Sie senkt die Augen, zündet sich eine

Zigarette an und bläst den Rauch in meine Richtung. »Aber die Betreuung eines so kleinen Babys kostet eine Stange Geld, und deshalb biete ich dir diesen Job an. Ich könnte jede Menge anderer Mädchen bekommen, aber ich weiß ja, dass du das Geld für dein Kind brauchst. Damit du es bald wiederhast.« Sie schiebt mir die Zigarettenschachtel zu. »Und außerdem mag ich dich, und ich bin sicher, deine Kunden werden dich auch mögen.« Als Freda mir mit dem linken Auge langsam zuzwinkert, muss ich lächeln und schlucke die Tränen hinunter.

»Aber sie wird doch wieder gesund, nicht?« Ich vertraue Freda mehr als meiner eigenen Mutter.

»Wenn du hart arbeitest und immer tust, was ich dir sage, dann wird sie wieder gesund.« Fredas Stimme hat auf einmal einen ganz anderen Klang. Sie nimmt einen letzten Schluck Kaffee und steht auf, obwohl ich noch nicht ausgetrunken habe. Dabei wollte ich doch gerade eine Zigarette probieren.

»Ich werde hart arbeiten, Sie werden schon sehen. Mehr als alles andere auf der Welt wünsche ich mir, dass es meinem Baby besser geht. Ich will Ruby zurückhaben und ihr einen Kinderwagen kaufen.« So plappere ich vor mich hin, während ich in Fredas Schlepptau durch die Menschenmenge haste.

Am nächsten Abend verkündet Freda, dass ich jetzt mit Maggie zur Arbeit gehen soll. Maggie ist anders als die übrigen Mädchen, weil sie das Haus verlassen darf. Vielleicht liegt es ja daran, dass ich auch Engländerin bin, aber auf jeden Fall ist es eine Art Vorrecht, draußen zu arbeiten. Die anderen Mädchen sind ganz aufgeregt und eine von ihnen fährt mir mit dem Finger die Wirbelsäule hinab und flüstert mir in ihrer Sprache etwas ins Ohr. Es hört sich an wie das, was Onkel Gustaw immer zu mir gesagt hat.

Als ich mich bei Freda erkundige, sagt sie, dass es sicherer ist, wenn man zu zweit arbeitet. Außerdem spricht sie wieder davon, dass Ruby im Krankenhaus liegt. Vor meinem geistigen

Auge sehe ich dieses winzig kleine Baby, wie es in seinem Bettchen an den ganzen Schläuchen hängt und mich ansieht. Ich muss unbedingt Geld verdienen, damit es wieder gesund wird.

»Warum dürfen sie denn nie nach draußen?«, frage ich und meine damit die ausländischen Mädchen. Freda antwortet nicht, und als ich zu Becco hinüberblicke, schüttelt er den Kopf und fährt sich mit dem Finger quer über die Kehle. Dann spitzt er die Lippen und wirft mir einen Kuss zu.

Maggie sagt, wir hätten heute Nacht nur vier Termine. Doch darüber, was ich zu tun habe, schweigt sie sich aus. Wir machen uns zusammen fertig. Maggie leiht mir ihr Make-up und zeigt mir, wie man es in dicken Schichten aufträgt. Dann hilft sie mir in mein kompliziertes Unterhöschen und die Strapse. Als ich mir den BH anziehe, müssen wir beide lachen, weil meine eine Brust das Körbchen gar nicht ausfüllt, die andere dagegen überquillt wie ein Pudding. Endlich bin ich fertig. Trotz Maggies aufmunternden Bemerkungen komme ich mir in meinen neuen Sachen ein bisschen albern vor.

Um acht Uhr gehen die ausländischen Mädchen durch eine Reihe verschlossener Türen in einen anderen Teil des Hauses. Nachdem ich einmal einen kurzen Blick in den Korridor hinter der Tür geworfen habe, bin ich froh, dass ich draußen arbeiten darf. Mit zusammengekniffenen Augen sehe ich zu, wie Becco die Mädchen an die Arbeit scheucht, und frage mich, warum sie wohl hier sind. Vielleicht haben sie ja auch kranke Kinder.

Zum Abschied winke ich Freda zu. Dabei bemerke ich, wie sich Becco an die Wand hinter ihr drückt, bis er sich beinahe im Schatten auflöst. Seine Augen funkeln und sein Mund verzieht sich zu einem höhnischen Grinsen.

»Pass auf sie auf, Maggie!«, ruft Freda. »Denk dran, wie dir beim ersten Mal zumute war.«

»Als wäre es mein letztes Mal!«, ruft Maggie zurück und

zieht die Haustür hinter sich zu. Jetzt geht es endlich los; ich bin schon sehr gespannt.

»Zuerst fahren wir zu einem schicken Hotel. Norris ist schon seit drei Jahren mein Stammkunde. Er ist wirklich süß und wird von dir ganz begeistert sein.« Maggie hält ein Taxi an und nennt einen Namen, den ich noch nie gehört habe. Ich mag Maggie. Sie ist sehr selbstsicher und weiß genau, was sie will. Sie sagt, mit zwanzig hat sie genug Geld gespart, um nach Kalifornien gehen und Schauspielerin werden zu können. Vielleicht begleiten Ruby und ich sie ja.

Eine Viertelstunde später sind wir am Hotel. Maggie bezahlt das Taxi und lässt sich eine Quittung geben. »Regel Nummer eins«, sagt sie. »Lass dir immer einen Beleg geben. Wenn Becco nämlich denkt, dass du ihn übers Ohr haust, wird er sauer und kürzt dir den Lohn.« Sie lockert mit den Händen ihr Haar ein bisschen auf, dann geht sie hocherhobenen Hauptes zum Portier und flüstert ihm etwas ins Ohr. Als der Portier uns in den Aufzug einsteigen lässt, schiebt Maggie ihm eine Zehnpfundnote zu. Ich frage mich, ob wir dafür nicht auch eine Quittung brauchen.

»Heute Zimmer 487, Mags«, sagt er, bevor die Türen zugehen. Gespannt folge ich Maggie über den Flur, der mit einem dicken Teppichboden ausgelegt ist. Auf einmal dreht sich Maggie zu mir um. Ihr hübsches Gesicht hat einen ganz ernsten Ausdruck.

»Er ist ziemlich alt und kann manchmal ein bisschen schwierig sein, aber halte dich nur an mich, dann wird nichts schiefgehen. Im Vergleich zu anderen ist es ein Klacks, ihn zufriedenzustellen.« Sie zwinkert mir zu.

Verwirrt runzle ich die Stirn. Sollen wir sein Zimmer putzen? Ihm das Essen servieren oder ein Diktat aufnehmen? Oder will er womöglich Sex? Plötzlich sehe ich Onkel Gustaw, wie er mit seinem schwabbeligen Körper den Korridor entlangwatschelt. Aber bevor ich noch genauer hinschauen kann, ist er schon um eine Ecke gebogen. Da bleibt Maggie vor einer Tür stehen und klopft einmal kräftig an.

»Er ist ein bisschen schwerhörig.« Sie muss noch einmal klopfen, dann geht die Tür auf. Norris ist ungefähr siebzig und die Haut in seinem Gesicht ist ganz fleckig, wie bei einem alten Hund am Bauch.

»Maggie, Maggie«, sagt er und tritt beiseite, um uns einzulassen. »Dein Anblick wird mich eines Tages noch umbringen.« Norris hat einen irischen Akzent. Sein Altmännergeruch nach Pfeifentabak und fettiger Kopfhaut erinnert mich an Onkel Gustaw. »Wer ist denn deine Freundin? Willst du uns nicht miteinander bekannt machen?« Norris streichelt mit seiner schrumpeligen Hand über Maggies Schultern. Sie zieht ihren Mantel aus und setzt sich aufs Bett. Ihre langen Beine sind auf Norris gerichtet. Ich bleibe an der Garderobe stehen und warte nervös darauf, dass sie mich vorstellt. Was soll ich bloß hier?

»Norris, das ist die hübsche junge Milly. Sie ist noch ganz neu bei uns und Freda dachte, dass dir eine kleine Vorschau gefallen könnte.« Maggie sieht mich grinsend an und mir krampft sich der Magen zusammen. Ich denke an Ruby.

»Also eine Premiere«, sagt Norris und kommt zu mir herübergeschlurft. Er berührt mein Haar. »Wie alt bist du?« Seine Stimme klingt nicht ganz so freundlich wie bei Maggie. Ich will schon fünfzehn sagen, überlege es mir aber anders. In dem Outfit wirke ich viel älter.

»Neunzehn, Sir.« Norris wirkt ein bisschen enttäuscht.

»Aber sie könnte auch bedeutend jünger sein, findest du nicht?«, fragt er an Maggie gewandt. Die kommt jetzt zu mir, nimmt meine Hand und führt mich zum Bett. »Stimmt, sie wirkt wie fünfzehn.« Dann flüstert sie mir zu: »Setz dich«, und mir fällt wieder ein, dass Norris schwerhörig ist. »Und lächle. Er bezahlt gutes Geld für uns.« Sie schiebt meinen ohnehin schon kurzen Rock noch weiter hoch.

»Sie sieht einfach fantastisch aus«, brummt Norris. Er setzt sich zwischen Maggie und mich aufs Bett und nimmt uns bei der Hand. »Welche ist zuerst dran?«, überlegt er laut, wobei er seinen Kopf von einer zur anderen dreht. Als sein Blick an mir hängenbleibt, fühle ich mich, als wäre ich wieder mit Onkel Gustaw allein.

Norris nimmt meine Hand und legt sie sich auf den Hosenschlitz. Es scheint nicht viel darunter zu sein; nicht so wie bei Onkel Gustaw. Aber ich weiß, was ich tun soll. Ich weiß, dass man so etwas einfach manchmal im Leben machen muss. Ich denke wieder an meine arme kranke Ruby und daran, was sie alles braucht, um gesund zu werden, und tue, was sich eben so ergibt. Ab und zu gibt mir Maggie flüsternd einen Tipp, bis Norris' Körper unter meiner leichten Berührung erbebt.

»Du warst einsame Spitze, meine Süße.« Weil bis zu unserem nächsten Termin noch etwas Zeit ist, lädt Maggie mich zu einem großen Milchshake ein. »Er war ganz hingerissen von dir. Du wirst bald mehr verdienen, als Freda es sich träumen lässt.« Maggie blättert in dem Stoß Banknoten, die Norris ihr gegeben hat, und bezahlt unsere Milchshakes. »Erzähl Becco nichts davon«, sagt sie lachend. Obwohl ich kräftig an meinem Strohhalm sauge, kommt fast gar nichts, so dick ist der Shake. Aber ich muss unbedingt diesen Geschmack aus meinem Mund bekommen.

Zu unserem nächsten Termin, wieder in einem Hotel, können wir zu Fuß gehen. Diesmal ist es ein Geschäftsmann. Er sieht gut aus und ist reinlich und höflich. Und hinterher dürfen wir uns an seiner Minibar bedienen. Ich suche mir ein Täfelchen Schokolade und eine Miniflasche Gin aus. Er wollte sein Ding in mich reinstecken, aber Maggie untersagte es ihm freundlich und bot sich selbst stattdessen an. Er wollte zweihundert extra bezahlen, damit er es doch bei mir tun konnte, also erklärt Maggie ihm, dass ich vor kurzem ein Baby bekommen hätte und in den nächsten Wochen noch nicht voll einsatzfähig wäre. Als er sieht, wie Milch aus meiner Brust tropft, begnügt er sich damit, daran zu saugen, und sagt, er würde mich lieben. Ich wische ihm den Mund mit einem Kleenex ab.

Als Nächstes ist Maggies Politiker an der Reihe. Wir fahren zu seiner Londoner Wohnung, in der er sich wochentags aufhält. Ich kenne seinen Namen zwar nicht, aber er lässt mich trotzdem Diskretion schwören. Auch er will es mit mir machen, und Maggie muss wieder ablehnen. Hinterher sagt sie lachend zu mir, ich würde ihr richtig die Schau stehlen. Angesichts des dicken Banknotenbündels, das sich Maggie in die Manteltasche steckt, geht mir durch den Kopf, dass das hier doch etwas Besseres ist als Putzen oder Kellnern – die einzigen Jobs, die ich hätte finden können, wenn Freda und Becco nicht gewesen wären. Und außerdem habe ich in dieser Tätigkeit ja seit vielen Jahren Übung. Ich bin fest davon überzeugt, dass ich genug verdienen werde, um Ruby gesund machen zu lassen und ihr den Kinderwagen zu kaufen, und überlege, was wäre, wenn wir ein paar Geldscheine für uns behalten würden.

Bei unserem letzten Termin sitzen wir in einer Hotelbar und unterhalten uns mit einem Ausländer, den Maggie auch noch nicht kennt. Er ist wie eine Frau angezogen, aber ich merke doch, dass es ein Mann ist. Er ist ungefähr fünfzig und trägt einen roten Rock und weiße Schuhe und hat einen so starken Akzent, dass ich mich ganz nahe zu ihm beugen muss, um ihn zu verstehen. Wir sitzen links und rechts von ihm auf einem quietschenden Ledersofa, und er bestellt große blaue Cocktails für Maggie und mich. Auf der Bühne singt eine schöne Dame, und ein Mann spielt dazu Klavier.

Der verkleidete Mann will, dass wir schmutzige Sachen sagen. Außerdem sollen wir unseren Körper beschreiben und davon erzählen, wie wir zur Toilette gehen. Als er mal nicht hinsieht, verzieht Maggie das Gesicht. Ich bin sicher, dass sie sich insgeheim genauso über ihn amüsiert wie ich, aber sie hat mir eingeimpft, dass wir die Wünsche unserer Kunden respektieren müssen, weil sie einen Batzen Geld dafür bezahlen. Trotzdem finden wir ihn komisch. Dann sagt er, ich sollte pinkeln gehen. Ich gehorche, und als ich gerade die Damentoilette verlassen will, kommt er herein. Ich frage mich, wo Maggie ist. Er packt mich beim Rock, zerreißt mir die neuen Strümpfe und das Höschen und drückt mich bäuchlings über das Waschbecken. Ich weiß, dass er jetzt seinen roten Rock bis über die Taille hochgezogen hat und ihm die Unterhosen um die Knie baumeln, denn ich rieche warmes Hühnchen und Salz. Ich habe das Gefühl, den Boden unter den Füßen zu verlieren, ich höre den Mann mit seiner fremden Stimme grunzen, und ich weiß, dass mir eigentlich der Kopf wehtun müsste, weil er wieder und wieder gegen die Wand knallt, aber ich habe mich automatisch an den sichersten Ort zurückgezogen, den ich kenne und wo mich nichts und niemand jemals erreichen kann.

Als er weg ist, hebe ich mein zerrissenes Höschen auf und gehe zu Maggie zurück, die noch immer an ihrem blauen Cocktail nippt. Der Ausländer ist fort, und sie zählt verstohlen ein paar Scheine. Ich stehe vor ihr, tropfend und zerzaust, und als sie mich bemerkt, öffnet sie die Arme. Ich setze mich neben sie, lege den Kopf an ihre Schulter und denke an Ruby. Ganz langsam wage ich mich aus meinem geheimen Versteck hervor.

»Wenigstens hat er bezahlt«, sagt sie schließlich.

In den nächsten Tagen mache ich mit meiner Folgsamkeit und meinem Pflichteifer großen Eindruck auf Freda. Wenn sie wüsste, wie leicht mir das fällt, weil ich ja schon mein ganzes Leben lang gewohnt bin zu gehorchen …

Am Ende meiner ersten Arbeitswoche gibt Becco mir einen Briefumschlag. Er fixiert mich eine Idee zu lange, bis ich schlucken muss. Dann renne ich hinauf in den Schlafraum und reiße den dicken Umschlag auf. Ich habe fünfzig Pfund verdient. So viel Geld habe ich noch nie zuvor gesehen. Meine Eltern besaßen nie viel – Vater verdiente als Büroangestellter wenig, und Mutter sagte immer, ihr Beruf wäre der Haushalt, auch wenn Vater abends oft noch lange über den unbezahlten Rechnungen brütete.

Ich überrede Maggie, mit mir zu Woolworth zu gehen und eine Geldkassette mit einem Schloss zu kaufen. In dieses glänzend schwarze Kästchen lege ich das Geld, das ich für Rubys Behandlung spare. Maggie sagt, sie hätte ein Bankkonto, aber ich erzähle ihr nicht, dass ich mir keins einrichten kann, weil mir dann die Polizei sofort auf die Spur käme.

Nach der zweiten Woche gibt Becco mir wieder einen Umschlag. »Na, schon eingearbeitet?«, fragt er. Die Asche an seiner Zigarette ist ganz lang. Ich nicke, noch immer dankbar dafür, dass er mich von der Straße aufgelesen hat. Aber ich habe viel zu viel Angst, ihm das zu sagen.

Oben in meinem Zimmer zähle ich das Geld. Wieder fünfzig Pfund. Ich überschlage im Kopf, was Maggie und ich in der vergangenen Woche nach Hause gebracht haben. Achthundert, vielleicht sogar tausend Pfund jede Nacht. Da nehme ich mir vor, vom Geld meiner Kunden etwas abzuzweigen. Für Ruby.

Wenn ich nicht gerade an Ruby denke – Freda sagt, sie ist immer noch schrecklich krank und darf nicht besucht werden –, stelle ich mir vor, wie meine Eltern und Tante Anna und Onkel Gustaw panisch nach mir suchen. Jetzt ist es schon sechs Wochen her, dass ich weggelaufen bin, und sie haben noch nicht die kleinste Spur von mir gefunden.

Ich denke an unser Haus und an mein Zimmer und daran, wie sie mich während meiner ganzen Schwangerschaft gefangen gehalten haben. Ich weiß noch, wie sicher und geborgen Ruby an meinen Bauch gekuschelt lag. Seit ihrer Geburt haben alle versucht, sie mir wegzunehmen. Ich denke an meine Schulfreunde. Bestimmt wird auf dem Schulhof über mich getratscht und die Geschichten werden mit der Zeit immer schauerlicher werden, so als hätte ich eine abstoßende Krankheit. Ich denke an Gustaw und seinen haarigen Körper und wie ich jedes Mal den Brechreiz unterdrücken musste, wenn er mir zu nahe kam. Und daran, wie ich aus dem Fenster gesprungen bin, weil sie das Baby adoptieren lassen wollten. Ich denke daran, wie allein ich bei Rubys Geburt war. Ich denke daran, ob ich zurückgehen soll. Ich denke, ich werde es nicht tun.

21

Frisch wie ein Frühlingsstrauß stand Louisa vor der Tür. Als Robert sie hereinbat, rümpfte sie die Nase und runzelte leicht die Stirn.

»Mach mal das Fenster auf, Robert. Hier stinkt's.« Ein Hauch von Parfum wehte hinter ihr her, als sie an ihm vorüberging. Aus den Augenwinkeln bemerkte sie die zerknüllten Decken auf dem Sofa und die schmutzigen Teller auf dem Fußboden. »Keine Bange, du warst schon mal schlimmer dran«, sagte sie, zog ihren flachen Laptop aus der Tasche und stöpselte ihn ein. »Ich möchte dir etwas zeigen.«

Die Köpfe dicht nebeneinander, starrten sie auf den Bildschirm und warteten darauf, dass der Computer hochfuhr.

»Der Name, der auf dem Foto im Medaillon stand, ist ziemlich ungewöhnlich. *Babka* ist Polnisch und bedeutet Großmutter. Babka Wystrach war also irgendjemandes Oma.« Lächelnd bewegte Louisa ihren Finger über das Mousepad und klickte ein gespeichertes Lesezeichen an.

Jemandes Großmutter?, dachte Robert. Vielleicht Rubys oder Erins? Möglicherweise hatte Erin das Medaillon aber auch auf einem Flohmarkt gekauft und es Ruby geschenkt. Er sah Erin vor sich, wie sie einer ihrer Lieblingsbeschäftigungen nachging – dem Stöbern in altem Schmuck und irgendwelchem Krimskrams –, und fühlte sich auf einmal sehr einsam.

»The Chronicle and Echo?«, fragte er, als die Internetadresse im Browserfenster auftauchte.

»Einen Moment noch«, sagte Louisa. Sie wartete, bis sich die Seite öffnete, und fuhr dann fort: »Hör dir das an: ›Der sechzig Jahre alte Gustaw Wystrach aus Northampton wurde wegen des Verdachts auf Kindesmissbrauch und sexuelle Belästigung einer Vierzehnjährigen verhaftet. Die Polizei nahm den Mann in den frühen Morgenstunden in seiner Wohnung fest, nachdem die Mutter des Mädchens Anzeige gegen ihn erstattet hatte. Wystrach, dessen Familie ursprünglich aus Polen stammt und der seit siebzehn Jahren den Knowle Hill Jugendclub leitet, wird morgen gegen Kaution aus der Haft entlassen, muss sich jedoch für weitere Ermittlungen zur Verfügung halten.‹«

Mit einem Seufzer richtete sich Robert auf. »Der Artikel ist von Juni 2001. Wie hast du den gefunden?«

»Ganz einfach. Ich habe nur den Namen Wystrach bei Google eingegeben.« Louisa stemmte die Hände in die Hüften und schnitt ihm eine Grimasse. Ein Sonnenstrahl fiel ihr auf Rücken und Schultern und ließ ihren Pferdeschwanz wie eine Flamme leuchten. »Es gab Hunderte von Ergebnissen, aber bei den meisten ging es nur um Ahnenforschung. Diese Geschichte hier stand ganz am Anfang der Liste. Es ist natürlich möglich, dass im Internet gar keine Informationen zu dem Medaillon zu finden sind – es ist schließlich schon alt, vermutlich hat nie jemand etwas darüber ins Netz gestellt.«

»Ich bezahle dich also dafür, dass du im Internet surfst.« Robert tigerte in der Küche auf und ab. »Wie auch immer, es geht uns doch auch um Ahnenforschung! Schließlich wollen wir etwas über Erins Familiengeschichte herausfinden. Ich kann mir nicht vorstellen, dass dieser Mann etwas mit ihr zu tun hat. Glaubst du trotzdem, dass es sich lohnt, die Spur weiterzuverfolgen?« Robert öffnete die Hintertür und schaute hinaus in den Garten. Das Gras war fast fünfzehn Zentimeter hoch und wogte im sanften Wind.

»Aber sicher. Ich bin doch nicht umsonst Detektivin.« Louisa trat hinter ihn. »Ich werde jetzt die Zeitungen nach dieser Geschichte durchstöbern und versuchen herauszubekommen, was aus dem alten Dreckskerl geworden ist. Bestimmt finde ich seine Adresse, und wir können ihm einen Besuch abstatten, wenn du willst. Die Frau auf dem Foto könnte durchaus eine Verwandte von ihm sein, immerhin ist der Name relativ selten.« Sie kam noch einen Schritt näher, bis Robert die Wärme ihres Körpers im Rücken spüren konnte. Ihr Atem streifte seinen Nacken. »Andererseits steckt vielleicht auch gar nichts dahinter, und Erin ist heute Abend wieder da, kuschelt sich an dich und bittet dich um Verzeihung.«

Robert drehte sich um. »Glaubst du wirklich?«, fragte er bedrückt. Er sehnte sich so sehr nach Erin und Ruby! »Ich danke dir«, sagte er aufrichtig und nahm Louisas Hand. »Ich weiß nicht, was ich ohne dich täte.«

Lächelnd entzog sie ihm ihre Hand. »Während ich versuche, im Internet noch mehr über diesen Mann zu erfahren, könntest du dich zum Beispiel ein bisschen frisch machen, etwas essen, eine Partie Squash spielen oder sonst was tun. Es wird nicht lange dauern.« Sie ging zu ihrem Laptop. »Und Rob, sei nicht enttäuscht, wenn ich nichts herausfinde, ja?«

»Ich hoffe aber, dass es dir gelingt, das muss ich gestehen«, erwiderte er und ging duschen.

Nachdem Louisa Robert später zu seinem Wagen gebracht und ihm kommentarlos geholfen hatte, sein Handy wiederzufinden, machten sie sich auf den Weg nach Northampton. Gegen Mittag erreichten sie die unscheinbare Stadt. Zum Lunch besorgte Robert Kaffee, zwei Wurstbrötchen und eine Schachtel Zigaretten. Louisa wollte nichts essen und nippte nur an ihrem Kaffee. Die angebotene Zigarette lehnte sie mit einem derart verächtlichen Schnauben ab, als würde sie selbst Zigarettenqualm ausstoßen.

Von dem vielen Alkohol am vergangenen Tag dröhnte Robert noch immer der Kopf, doch das war nichts gegen die Traurigkeit, die ihm förmlich das Herz zerriss.

Louisa hatte einen Stadtplan mitgebracht. »Und was ist,

wenn er immer noch im Gefängnis sitzt?« Robert stand an die Motorhaube seines Wagens gelehnt, während sich Louisa auf die einzige Bank auf dem Parkplatz gesetzt hatte, und zwar so weit von Roberts Zigarettenqualm entfernt wie möglich. Robert steckte sich den letzten Bissen seines Brötchens in den Mund, bürstete sich die Krümel vom Hemd und zog noch einmal an seiner Zigarette, bevor er den Stummel wegwarf und mit dem Absatz austrat. »Hast du daran mal gedacht?«

Louisa schüttelte den Kopf. »Er ist nicht im Gefängnis.« Mit einem Blick auf die Zigarettenkippe setzte sie hinzu: »Muss das sein?« Robert beachtete die Bemerkung nicht.

»Aber du hast doch gesagt, dass er vierzehn Jahre bekommen hat.«

»Stimmt.«

»Wenn ich verspreche, nicht mehr zu rauchen, erzählst du mir dann, was du herausbekommen hast?« Wegen des grellen Lichts setzte sich Robert die Sonnenbrille auf.

»Gustaw Wystrach ist tot.« Louisa erhob sich von der Bank und zog ihre Jeans hoch. Ihr weißes T-Shirt reichte nicht ganz bis zu der Schmuckschnalle ihres Ledergürtels. »Er hat sich im Gefängnis erhängt.«

»Konntest du mir das nicht sagen, bevor wir losgefahren sind?« Robert zog eine neue Zigarette aus der Schachtel und steckte sie sich zwischen die Lippen.

»Du hast doch gesagt …«

»Ich habe sie ja noch nicht angezündet. Also, wen zum Teufel besuchen wir denn jetzt?«

»Keine Ahnung. Seine Mutter, Tante, Frau, Tochter – ich weiß es nicht.«

Louisa zupfte Robert die Zigarette von den Lippen und warf sie in einen Abfalleimer. Dann öffnete sie die Wagentür und stützte sich auf das Stoffverdeck des Mercedes. »Können wir nicht oben ohne fahren?« Grinsend bückte sie sich und stieg ein.

Im warmen Sommerwind fuhren sie durch die Stadt. Roberts Hände am Lenkrad wurden durch die Sonne ganz heiß, und auch sein Nasenrücken brannte schon. Wenn nicht die Sache mit Erin und Ruby gewesen wäre, hätte er den schönen, warmen Tag genossen. Nach der Karte dirigierte Louisa ihn zu einem gesichtslosen Vorort im Norden der Stadt.

»Es ist noch zwei Straßen weiter«, sagte sie und blickte mit zusammengekniffenen Augen auf die trostlosen Reihen der Wohnhäuser aus den sechziger Jahren. In diesem grauseligen Viertel fielen sie bestimmt auf wie ein bunter Hund, dachte Robert. »Hier links.«

Bell Grove Gardens Nummer 72 war das unansehnlichste Haus in der ganzen Straße. Die Fassade aus Waschbeton ließ vermuten, dass es im Gegensatz zu den übrigen Häusern noch immer Eigentum der Stadt war. Während die Nachbarn ihre Wohnungen mit bunten Balkonpflanzen geschmückt und Gartenzwerge und Steinfiguren in die Vorgärten gestellt hatten, wirkte Nummer 72 so schäbig und vernachlässigt, als sei es gar nicht bewohnt.

»Hübsch«, bemerkte Louisa nach einem Blick auf den abfallübersäten Vorgarten. »Soll ich hier warten?«

»Du willst dir wohl nicht die Schuhe schmutzig machen, was?«, antwortete Robert und ließ das Verdeck hochfahren. »Los, komm schon. Schließlich bist du meine Detektivin und weißt bestimmt, wie du mit den Bewohnern reden musst.«

»Meinst du?« Sie stiegen aus und überquerten die Straße.

Robert marschierte so entschlossen über den Gartenweg bis zur Haustür, als würden sich dahinter Erins sämtliche Geheimnisse verbergen, und klopfte energisch an. Da nach einer Weile noch immer niemand öffnete, traten sie durch ein kleines Tor in den unkrautüberwucherten Garten. Auf dem Nachbargrundstück balgten sich ein paar Kinder um einen Ball. Robert und Louisa gingen um einen morschen Anbau herum und stellten fest, dass die Hintertür offen stand. Aus dem Haus drang mit Knistern und Rauschen untermalte Radiomusik. Robert klopfte an die offene Tür.

»Jemand zu Hause?«

Wie aus dem Nichts stand plötzlich eine alte Frau mit einem Wäschekorb vor ihm. Ein paar Sekunden lang musterten sie einander wortlos. Robert hatte das Gefühl, einer typischen alten Ehefrau gegenüberzustehen. Sie war vermutlich schon jahrzehntelang verheiratet, und ihr Dasein erschöpfte sich darin, Wäsche aufzuhängen und tagaus, tagein Würstchen mit Kartoffelbrei aufzutischen. Eines Tages würde sie dann unbeachtet und vergessen in irgendeinem Altersheim sterben. Auf ihrer Haut lag ein leichter Schweißfilm, und ihre Augen, die vermutlich einmal blau gewesen waren, wirkten ausgeblichen, so als habe sie zu viel geweint. Um die alte Frau nicht zu ängstigen, schob Robert seine Sonnenbrille hoch und fragte: »Mrs Wystrach?« Er wusste nicht, ob er den Namen richtig ausgesprochen hatte. Die Frau nickte fast unmerklich. »Hätten Sie ein paar Minuten Zeit? Ich möchte etwas Wichtiges mit Ihnen besprechen.« Plötzlich wirkte sie beunruhigt. Sie runzelte die Stirn und warf einen furchtsamen Blick auf Louisa, die hinter Robert stand. »Es wird Sie bestimmt interessieren«, fügte Robert hinzu, als wollte er einem Kind eine Leckerei schmackhaft machen.

»Warten Sie«, sagte sie brüsk, schloss die Tür und verschwand im Dunkel des Hauses. Gleich darauf kam sie mit einem großen, dicken älteren Mann zurück, der ebenso grimmig blickte wie sie. Er füllte die gesamte Tür aus und überragte Robert noch ein wenig, da er auf der Schwelle stand.

»Guten Tag«, sagte Robert und streckte ihm die Hand entgegen. Hinter ihm räusperte sich Louisa. »Ich bin Robert Knight und würde Ihnen gern ein paar Fragen stellen, wenn Sie ein wenig Zeit haben.« Zögernd nahm der andere die dargebotene Hand. Sein Griff war zu kraftlos für einen so stattlichen Mann, dachte Robert. Außerdem fühlte sich seine Haut kalt und leblos an. »Dürfen wir hereinkommen?« Die beiden alten Leute musterten die Besucher noch immer wortlos. Ihre Augen huschten ständig zwischen Robert und Louisa hin und her. Die Frau hielt nach wie vor den Wäschekorb an ihre Hüfte gepresst.

Schließlich trat der Mann beiseite und bat Robert mit einem Nicken in die düstere Küche, die im Stil der 1960er Jahre möbliert war. Schließlich standen die vier um einen hellblauen Resopaltisch herum. Mrs Wystrach stellte den Korb auf den Boden und strich sich den geblümten Rock glatt. Robert betrachtete sie aufmerksam, so als stünde er im Gerichtssaal und müsste sie gleich als Zeugin ins Kreuzverhör nehmen. Er registrierte die kleinen Fusselknötchen auf ihrem grauen kurzärmeligen Pullover, den blassen Fleck auf ihrer Schürze, das im Nacken zusammengebundene gelblich-graue Haar und die bräunlichen Altersflecken auf ihren Wangen, die aussahen, als hätte ihr jemand Tee ins Gesicht gespritzt. Krampfhaft suchte er nach einer Spur von Ähnlichkeit mit Erin und Ruby, nach einem Zugang zu der geheimnisvollen Vergangenheit seiner Frau.

Doch die Frau vor ihm erinnerte ihn an nichts und niemanden.

»Sind Sie von der Polizei?« Der Mann sprach mit einem starken Akzent.

»Aber nein. Ich wollte Ihnen nur etwas zeigen.« Robert öffnete die linke Hand, in der er das Medaillon hielt. Sein Anblick hatte eine bemerkenswerte Wirkung auf das alte Paar. Die Frau schnappte nach Luft und tastete haltsuchend nach der Stuhllehne. Der Mann sagte kein Wort, schluckte aber mehrmals hintereinander. Sein Nacken wurde ganz steif und seine Hände ballten sich zu Fäusten. Auf seiner bleichen Glatze bildeten sich Schweißperlen.

»Erkennen Sie es wieder?« Schon während er die Frage stellte, kannte Robert die Antwort. Sein Herz begann vor Aufregung schneller zu pochen, aber er rief sich selbst zur Ordnung. Selbst wenn die alten Leute das Medaillon kannten, musste es noch lange nichts mit Erin zu tun haben.

»Edyta«, flüsterte die Frau, als wollte sie die Geister der Vergangenheit heraufbeschwören.

Als Robert den Deckel hochklappte und das Foto sichtbar wurde, schlug die Frau eine Hand vor den Mund und bekreuzigte sich mit der anderen. Der Mann wandte sich mit einem unterdrückten Stöhnen ab, doch Robert sah, wie die Adern am Hals des Alten unvermittelt hervortraten.

»Mr Wystrach?« Robert nahm an, dass das sein Name war. »Kennen Sie die Frau auf dem Bild?«

Wortlos schaltete der Angesprochene das Radio aus.

»Sicher kennt er sie.« Die alte Frau trat einen Schritt näher und wischte sich rasch mit einem Finger über die Wange. »Es ist seine Mutter, Edyta Wystrach. Sie lebt nicht mehr.«

»Das tut mir leid.«

»Sie war schon alt und …«

»Wo haben Sie das her?«, rief der Mann wütend und schlug mit der Faust auf den Tisch. Sein Akzent war jetzt so stark, dass er kaum zu verstehen war.

»Ich wollte Sie nicht beunruhigen.« Robert wich ein wenig zurück. »Ich wusste nicht, dass Ihre Mutter verstorben ist.«

»Es hat nichts mit dem Foto seiner Mutter zu tun.« Achselzuckend nahm Mrs Wystrach den Teekessel zur Hand, ließ ihn voll Wasser laufen und schaltete die Herdplatte ein. Sie wirkte resigniert, als sei gerade etwas Unangenehmes geschehen, womit sie ihr Leben lang gerechnet hatte. »Meinen Mann interessiert das Medaillon.«

»Bitte, schauen Sie es sich ruhig näher an.« Robert hielt dem noch immer reglos dastehenden Mann das Schmuckstück hin.

»Ich sollte wohl eher sagen, ihn interessiert, *woher* und vor allem *von wem* es kommt.« Mrs Wystrach wischte sich die Hände an der Schürze ab.

»Es gehörte Ruth, müssen Sie wissen.«

22

Als Andy mich verließ, wusste ich, dass mir recht geschah. Jetzt blieben mir nur noch Einsamkeit und Verzweiflung und eine ganze Jauchegrube voller Schuld, in der ich mich suhlen konnte. Aber meistens war mir ohnehin alles egal. Die Sonne schien für mich nicht mehr, und es gab Tage, an denen ich mit keiner Menschenseele redete. Ausgenommen Natashas Seele natürlich. »Es tut mir so leid«, sagte ich dann zu ihr, oder »ich liebe dich«, aber sie gab mir nie eine Antwort. Ich spürte nur ein leichtes Kribbeln im Rückgrat und einen kalten Hauch im Nacken. Eine Zeit lang genügte mir das.

Dann, nach einer Weile, fing ich an, ihr Briefe zu schreiben. Sie liegen noch alle in der Natasha-Schachtel oben auf dem Dachboden. Doch nach wie vor konnte ich keine Verbindung zu meinem Baby herstellen, also ging ich zu einer Frau mit übersinnlichen Kräften, deren Werbezettel seit einiger Zeit in unserem Viertel hingen. »Nehmen Sie Kontakt mit ihren lieben Verstorbenen auf« – das klang vielversprechend.

Ich rief Madame Luna an und machte mit ihr einen Termin aus. Als es so weit war, steckte ich fünfundzwanzig Pfund und einen Notizblock mit Bleistift ein und fuhr mit dem Bus zu ihrer kleinen Doppelhaushälfte am anderen Ende der Stadt. Sie führte mich die Treppe hinauf in ein Zimmer, das wie das Zelt einer Kirmeswahrsagerin ausstaffiert war. Ganz in roter und lila und goldener Seide und mit brennenden Kerzen überall. Auf einem Tischchen stand eine Kristallkugel. Die Frau bat mich, auf einem der beiden Stühle Platz zu nehmen. Madame Luna war dick und sah aus wie ein Mann, aber sie veränderte mein Leben.

»Jemand, der Ihnen sehr teuer ist, versucht, mit Ihnen in Verbindung zu treten«, sagte sie mit ihrer rauen Stimme und ich tauchte ein in ihre schwarzen Augen, ganz begierig darauf, Natasha wiederzusehen. Als ihre Hände um die Glaskugel glitten, hätte ich schwören können, dass von ihren Handflächen Lichtstrahlen ausgingen, die geradewegs bis in die Welt der Toten reichten. Ich fing an zu weinen. »Sie sagt, Sie sollen nicht traurig sein, weil sie sonst auch weinen muss.«

»Sie?«, fragte ich.

»Ein kleines Mädchen will den Kontakt herstellen. Ein kleines Mädchen, das Sie sehr liebhat.«

Mein ganzer Körper wurde steif und mir trat der Schweiß auf die Oberlippe. Das war der Augenblick, in dem Madame Lunas Worte ihre verderblichen Wurzeln tief in meinen geschwächten Körper senkten. Später wurde mir klar, dass das alles zu ihrem Job gehörte.

»Wie alt ist sie?«, fragte ich.

»Drei, vielleicht vier.«

Ich sackte vor Enttäuschung förmlich in mich zusammen.

»Obwohl … Warten Sie mal …« Wie gebannt starrte Madame Luna mich über ihre Kristallkugel hinweg an. Ihr geübter Blick registrierte jeden zuckenden Muskel, jeden gespannten Atemzug. »Vielleicht ist sie auch jünger … oder älter …« Ich muss ihr unbewusst ein Zeichen gegeben haben, denn auf einmal rief sie: »Das Kind ist noch sehr klein! Ein Baby, glaube ich.«

Mir war es egal, dass im Grunde ich selbst es war, die ihr die Antworten verriet. Ich nickte eifrig, worauf Madame Luna eine Fülle von Informationen hervorsprudelte. Einige kamen der Wahrheit sehr nahe, andere waren so weit hergeholt, dass ich sie einfach ignorierte. Ich erfuhr, dass Natasha im Himmel war und dass sie mich liebte und mir verziehen hatte und zu mir sprechen würde, wann immer ich als zahlende Kundin zu Madame Luna käme.

Bevor ich ging, die Augen ganz verquollen vom Weinen, machte Madame Luna einen Fehler: Sie sagte, dass ich ein überaus einfühlsamer Mensch wäre und möglicherweise selbst übersinnliche Kräfte hätte. Wahrscheinlich wollte sie mir nur schmeicheln, damit ich wiederkam, doch stattdessen brachte sie mich zur Hellseherei.

Bald darauf hängte ich selbst Anzeigen ins Schaufenster des Lebensmittelladens und innerhalb einer Woche hatte ich schon drei Kunden. Das gab mir das Gefühl, etwas Sinnvolles zu tun und gleichzeitig Natasha nahe zu sein.

Im Grunde genommen bin ich gar nicht übersinnlich veranlagt. Es ist mir nur gegeben, die Traurigkeit aufzuspüren, die auf dem Grunde so vieler Seelen schlummert. Und wenn man ein wenig daran zieht und zupft, geben die Menschen bald preis, was sie bedrückt.

Heute kommt Sarah zu Besuch. Sie wollte schon vor zwei Stunden da sein und ich werde langsam so kribbelig, dass es in meinen Schläfen unangenehm zu pochen anfängt.

Vielleicht hat sie ja schon ihr Kind bekommen und mir nichts davon erzählt. Das könnte ich nicht ertragen. Ich muss das kleine Ding unbedingt sehen, meine Nase an seinen weichen Hals drücken und ihm die zarten Fingernägel abknabbern, wenn sie zu lang geworden sind. »Tu mir das nicht an, Sarah!«, rufe ich und renne zwischen der Küche, wo unsere Teeplätzchen backen, und der Haustür hin und her. Immer wieder werfe ich einen Blick auf die Straße, ob sie nicht doch noch kommt.

Da fällt ein Sonnenstrahl durch die geöffnete Tür; er sieht aus wie eine Brücke zwischen meiner düsteren Behausung und dem Ort, wo Natasha und all die anderen Babys leben. Ich schaue hinauf in den Himmel und überlege, was wohl geschehen würde, wenn ich über diese Brücke ginge. Dann würde ich mein Baby wiederbekommen.

Nach einiger Zeit beschränkte sich mein Kontakt zu PC Miranda Hobbs und Detective Inspector George Lumley darauf, dass sie mich einmal im Jahr darüber informierten, was es Neues gab. Nur dass es nie etwas Neues gab. Drei Jahre nach Natashas Verschwinden wurde der Fall offiziell zu den Akten gelegt.

In gewisser Weise war mir das eine Erleichterung. Nun konnte ich nach vorne blicken und mein Baby vergessen. Keine bohrenden Fragen mehr wegen irgendwelcher Wolle und Kuchen; sie hatten endlich eingesehen, dass sie auf der falschen Spur gewesen waren. Ich versuchte, ein neues Leben anzufangen, doch die Erinnerung hing mir wie ein Klotz am Bein, der mich auf Schritt und Tritt behinderte.

Jedes Mal, wenn ich beim Einkaufen am Kindergarten vorbeikam, bildete ich mir ein, ich würde Natasha abholen. Ich stellte mir vor, wie sie auf mich zugelaufen kam, um mir das Bild zu zeigen, das sie gemalt hatte, oder das Ungeheuer, gebastelt aus leeren Pappkartons. Ich sah die Mütter dort stehen und auf ihre kleinen Lieblinge warten und dachte, was wohl geschehen würde, wenn ich einfach durch das Tor marschierte und mal nachschaute, ob nicht ein Kind übrig war. Aber das tat ich nie. Ich ging immer vorbei.

Nach meiner Scheidung von Andy, die zügig vonstattenging, zersplitterte mein Leben wie gesprungenes Glas. Jetzt hatte ich alles verloren. Ich stürzte mich in meinen neuen Beruf und schaffte mir einen Stamm fester Klienten – verzweifelte Menschen, die ihre Trauer hegten und pflegten und um keinen Preis loslassen wollten. Das war auch der Grund, warum ich so erfolgreich in diesem Geschäft war: Auch ich konnte nicht loslassen. Mühelos ertastete ich die Traurigkeit in den Seelen der anderen, zog und zupfte jedes Mal ein wenig mehr und bekam jedes Mal fünfundzwanzig Pfund dafür. Davon konnte ich die Hypothek bezahlen.

So profitierte ich vom Kummer meiner Klienten und machte mir einen Namen. Man bat mich sogar, einen Stand beim Schulfest zu übernehmen, was ich seither regelmäßig tue. Außerdem gab ich ein Interview im Lokalradio und schrieb Kolumnen für Illustrierte. Ich mache auch bei der Kneipenrunde mit, bei der Hellseher und Heiler aus der Umgebung in Pubs ihre Dienste anbieten. Zuerst stellen sich die Kunden an der Theke an und dann bei mir. Ich erzähle ihnen, was sie hören wollen, nachdem ich ihnen geschickt die erforderlichen Informationen entlockt habe. Ich weiß, ich bin eine Schwindlerin, die ein falsches Spiel mit ihnen treibt. Trotzdem habe ich manchmal das Gefühl, dass eines Tages etwas geschehen wird, das mein ganzes Leben verändert. Dann werde ich nur dastehen und mit offenem Mund staunen können. So wie jetzt.

Sarah ist nicht gekommen. Als die Brücke aus Sonnenlicht hinter den gegenüberliegenden Häusern verblasst und die Plätzchen im Ofen zusammengefallen sind, ziehe ich mich um für den Abend im Pub »Zum Hirschkopf«.

Jeden ersten Samstag im Monat können die Leute für zehn Pfund eine Eintrittskarte kaufen und sich in einer Schlange anstellen, um sich die Zukunft vorhersagen zu lassen. Ich nehme mir vor, mich bei der Arbeit nicht von meinem Ärger beeinflussen zu lassen, kann aber nicht dafür garantieren, dass ich nicht doch dem einen oder anderen eine kleine Tragödie oder Enttäuschung prophezeien werde. Mit einem Ruck ziehe ich die Gardinen zu, obwohl es fast bis zehn Uhr hell bleibt und ich es ansonsten ganz gern habe, wenn Passanten einen Blick auf mein einsames Dasein werfen. Ich will einfach nicht, dass Sarah durchs Fenster schauen kann, falls sie später noch vorbeikommt. Sie soll den Babytragekorb nicht sehen, den ich für sie gekauft habe. Ich habe lauter Schleifen darumgebunden und noch ein paar winzige flauschige Schlafanzüge als Überraschung hineingelegt. Außerdem käme ich mir dumm vor, wenn sie herausfinden würde, dass ich das Hinterzimmer, Natashas ehemaliges Kinderzimmer, renoviert habe. Die Wände sind jetzt ganz in modernen Pastelltönen gehalten und ich habe eine Lampe mit Häschen darauf besorgt und die Kiste mit Spielzeug vom Dachboden geholt, die Sheila so hastig verschwinden ließ, als ich mein Baby verlor. Bevor ich aus dem Haus gehe, falle ich auf die Knie und drücke die neuen Babysachen an mein Gesicht und weine und lache zugleich.

Im »Hirschkopf« ist es schon voll. Der ganze Raum dröhnt vom lauten Stimmengewirr und vereinzelten Lachsalven und es riecht nach Rauch und Bier und hoffnungsvoller Erwartung. Über die Köpfe der Gäste hinweg winke ich dem Wirt einen Gruß zu. Er führt mich eilig in das Hinterzimmer, wo schon drei andere Hellseher bei der Arbeit sind. Anscheinend kann er die Massen bald nicht mehr bändigen, so versessen sind sie darauf, einen Blick ins Jenseits zu tun.

Ich habe das ungute Gefühl, dass etwas auf mich zukommt. Etwas, das nichts mit lange verstorbenen Tanten und der trostlosen Zukunft irgendwelcher Leute zu tun hat. Sarah und ihr Baby schießen mir durch den Kopf. Ich schaue auf die Uhr, und als ich wieder hochblicke, nimmt gerade die erste Kundin an meinem Tisch Platz. Meine unterschwellige Angst lähmt mich so sehr, dass ich gar nicht weiß, was ich ihr erzählen soll.

»Hi«, sagt sie, aber ich gebe keine Antwort, sondern starre nur auf meine Hände, die mit den Handflächen nach oben auf dem lilafarbenen Tischtuch liegen. Meine Haut ist so blass, dass sich die Handlinien rötlich abheben. Eine Landkarte aus Lügen und Wahrheit. Mir fällt wieder ein, wie Sarah einmal so getan hat, als lese sie mir aus der Hand. Lachend hat sie mir damals vorhergesagt, dass ich ein Baby bekommen würde. Genau in diesem Augenblick schaue ich hoch, geradewegs in die Augen eines Fremden, der an der Theke sein Bier trinkt und mich anstarrt.

23

Robert und Louisa sahen zu, wie die alte Frau sich umständlich daranmachte, Tee zu kochen. In der Küche roch es nach Desinfektionsmittel und auch ein bisschen nach Gas. Als der Tee fertig war und Mrs Wystrach alle Utensilien fein säuberlich auf einem Tablett angeordnet hatte, ging sie den Besuchern voraus ins Wohnzimmer, während ihr Mann mit dem Teetablett folgte. Robert und Louisa hockten sich nebeneinander auf die Kante eines geblümten Sofas und nahmen ihre Tassen mit dem bitteren Gebräu in Empfang.

»Wohnen Sie schon lange hier?«, fragte Robert aus reiner Höflichkeit. Das Einzige, was ihn wirklich interessierte, war das Bild in dem Medaillon und seine mögliche Verbindung zu Erin. Darüber wollte er etwas erfahren und dann nichts wie raus aus diesem bedrückenden Haus. Das alte Paar schwieg.

»Woher haben Sie das?«, fragte der alte Mann nach einer Weile und richtete sich mühsam zu seiner vollen imposanten Größe auf. Dabei ließ er das Medaillon vor Roberts Gesicht hin- und herbaumeln, als wollte er den unerwünschten Besucher hypnotisieren.

»Es gehört meiner Stieftochter.« Robert verlieh seiner Stimme jenen besonderen Ton von Aufrichtigkeit, der skeptischen Mandanten vorbehalten war. Mit einem beruhigenden Lächeln langte er nach dem Medaillon, doch der Alte zog es ruckartig weg. Es blitzte in der Sonne auf, die durch die schmuddeligen Gardinen fiel. Robert trank einen Schluck Tee und musste sich zwingen, nicht das Gesicht zu verziehen. Er bemerkte eine Träne in Mrs Wystrachs Augenwinkel. Draußen fuhr ein Wagen vorbei. »Wer ist Ruth?«, fragte er. »Sie sagten, der Schmuck hätte Ruth gehört.« Ein leichter Geruch nach Abgasen wehte durch das offene Fenster herein.

Wieder keine Antwort. Mr Wystrach ließ sich an der Seite seiner Frau in einen Sessel nieder, der unter seinem Gewicht ächzte. Die beiden alten Leute neigten sich einander unwillkürlich so weit zu, dass sich ihre Schultern berührten. Sie wirkten ziemlich hinfällig.

»Ruth war unsere Tochter«, sagte Mrs Wystrach nach einem um Erlaubnis heischenden Blick auf ihren Mann.

»Sie *ist* unsere Tochter«, brummte er. Unter seinem Auge begann ein winziger Muskel zu zucken.

»Ich glaube, ich verstehe nicht ganz. Ist oder war?« Louisas klare Stimme durchschnitt die stickige Luft.

Mrs Wystrach legte ihrem Mann eine knochige Hand aufs Knie, und als sie schließlich sprach, war ihre Stimme vor Traurigkeit ganz belegt. »Nach all den Jahren wird Ruth wohl tot sein.«

»Nein!« Ihr Mann sprang aus dem Sessel auf. »Ruth lebt noch!« Er wollte etwas hinzufügen, doch die Stimme versagte ihm.

»Wenn sie noch am Leben ist, möchte Ruth vielleicht ihr Medaillon zurückhaben.« Roberts Stimme war sanft, geübt in der Kunst, seinem Gegenüber Informationen zu entlocken – auch wenn er sich keineswegs sicher war, ob es hier überhaupt etwas zu erfahren gab. »Ich bin sicher, dass meine Frau und meine Tochter wollen, dass die rechtmäßige Eigentümerin es wiederbekommt.«

Abermals folgte ein langes Schweigen. Robert hörte draußen Kinder spielen und fragte sich, warum sie nicht in der Schule waren. Immer wieder prallte ein Ball mit dumpfem Geräusch auf den Asphalt. Dann begann ein Kleinkind durchdringend zu schreien. Als Robert die erboste Stimme eines Erwachsenen hörte, reckte er den Hals, um einen Blick aus dem Fenster zu werfen. Eine sanfte Brise bauschte die alten Gardinen und in der warmen Sommerluft ertönten die vertrauten Geräusche in fast schmerzhafter Klarheit. Von irgendwoher kam der Geruch nach verbranntem Toast und ein weiteres Auto blies seine Auspuffgase ins Zimmer. Robert hatte plötzlich die Vision, die beiden Alten wären gestorben, so unbeweglich saßen sie in ihren Sesseln.

»Ob wir Ruth wohl ausfindig machen können, um ihr das Medaillon zurückzugeben?«, fragte er. Als hätte jemand einen Schalter umgelegt, kam plötzlich Bewegung in Mrs Wystrach. Sie beugte sich vor und ließ den Blick durch das ganze Zimmer schweifen. Dabei hatte sie die Augen zu Schlitzen verengt und die dünnen Lippen so zusammengekniffen, dass sie kaum noch zu sehen waren.

»Ruth finden Sie nie. Das haben schon ganz viele versucht.« Ein Blick auf ihren Ehemann erweckte auch ihn zum Leben, und er nickte zustimmend. »Ruth ist weg, verstehen Sie? Einfach verschwunden.« Mit den Händen deutete die alte Frau eine Art Explosion an und stieß dabei puffend den Atem aus.

Für einen Augenblick sah Robert vor seinem inneren Auge ein Mädchen ohne Gesicht, das sich in Luft auflöste. Hatte sie sich vielleicht weggezaubert so wie Erin und Ruby?

»Das tut mir leid«, hörte er sich selbst sagen. »Hat die Polizei nach ihr gesucht?«

»Natürlich. Die Ermittlungen sind aber schon seit vielen Jahren abgeschlossen.« Mrs Wystrach zog den gestrickten Teewärmer von der Kanne und rührte den restlichen Tee um. »Möchten Sie noch was?« Robert hielt ihr seine Tasse hin. Er wollte unbedingt noch mehr erfahren. »Sie ist seit dreizehn Jahren fort. Da kann man nichts mehr machen.« Die alte Frau legte den Teelöffel neben die Kanne. »Sie sagen, sie ist wahrscheinlich tot.«

Robert konzentrierte sich auf seinen Tee, um nicht mitansehen zu müssen, wie es im Gesicht des alten Mannes arbeitete. Offensichtlich teilte er die Resignation seiner Frau nicht. Sein gesunder Menschenverstand sagte Robert, dass es jetzt besser wäre, zu gehen. Dass es nicht gut für ihn war, wenn er noch hierblieb. Dass er womöglich etwas über seine Frau erfuhr, was er gar nicht wissen wollte, und dass ihn dieses Wissen noch tiefer in seine Ängste und Zwänge verstricken würde.

»Mr und Mrs Wystrach, kennen Sie jemanden namens Erin Lucas? Und hat dieser Name irgendetwas mit dem Medaillon zu tun?«, fragte Louisa nach einem raschen Blick auf Robert und stellte ihre Teetasse ab.

»Ich habe ein Bild von ihr dabei«, fügte Robert hinzu, zog seine Brieftasche heraus, klappte sie auf und zeigte Mrs Wystrach das Foto darin. Kaum hatte sie einen Blick darauf geworfen, lehnte sich die alte Frau unwillkürlich an ihren Mann und fasste sich an die Stirn. Ihr Kopf begann, heftig zu zittern, und ihre Lippen waren erneut so fest zusammengepresst, als wollte sie damit erreichen, dass ihnen kein unbedachtes Wort entschlüpfte. Sie rang augenscheinlich um Fassung.

»Er will wissen, ob wir diese Frau kennen«, sagte sie schließlich zu ihrem Mann, so als sei er mit einem Mal schwerhörig geworden.

»Nein, kennen wir nicht«, erwiderte er ein wenig zu rasch, während sich sein Gesichtsausdruck verhärtete, seine Wangen rot anliefen und ein Mundwinkel verräterisch zuckte. Mit zitternden Händen hielt Mrs Wystrach das Bild von Erin fest. Robert erinnerte sich an den Tag in Wales, als er das Foto auf der Insel Anglesey geschossen hatte. Erin legte darauf eine Hand an den Hals und strich sich mit der anderen das windzerzauste Haar aus dem Gesicht.

Mr Wystrach fuhr sich mit seinen dicken Fingern durch die spärlichen, fettigen Haarsträhnen und seufzte. »Haben Sie auch jemanden verloren?«, fragte er. Sein Akzent war jetzt nicht mehr ganz so stark, als hätte er sich wieder in der Gewalt. Aus irgendeinem Grund schien er vom eigentlichen Thema ablenken zu wollen.

»Kann sein. Ich weiß es noch nicht genau.« Robert merkte sofort, wie albern seine Antwort klang – schließlich ist jemand entweder weg oder nicht –, aber das Verhalten des Mannes hatte ihn völlig durcheinandergebracht. »Meine Frau«, fügte er noch hinzu, doch die beiden hörten nicht mehr hin. Aufgeregt flüsterte Mrs Wystrach in einer fremden Sprache mit ihrem Mann. Auf ihren Gesichtern spiegelten sich wechselnde Gefühle wider – so als wäre ihnen zumindest ein Teil einer großen Last genommen worden. Robert entschloss sich, ihnen nichts über Erin zu erzählen. Sie war schließlich immer noch seine Frau.

Endlich bekreuzigte sich Mrs Wystrach und stand auf. »Warten Sie einen Augenblick.« Lautlos ging sie auf ihren Gummisohlen aus dem Zimmer und kam bald darauf mit einem Pappkarton wieder, den sie an die Brust gepresst hielt. »Wir möchten Ihnen ein paar Sachen über Ruth zeigen.«

Sie stellte die Schachtel auf den Tisch und öffnete sie behutsam. Eine kleine Staubwolke stieg vom Deckel auf. Mrs Wystrach blätterte in den Papieren, die darin lagen, und Robert sah, dass es sich fast ausschließlich um Zeitungsausschnitte handelte. Louisa beugte sich ebenfalls vor, wobei ein Sonnenstrahl ihr Haar zum Leuchten brachte. Seite an Seite spähten sie in den Karton, offenbar mit den gleichen Gedanken beschäftigt.

»Das hier ist Ruth. Und das hier auch und das.« Aufgeregt drückte ihnen Mrs Wystrach die Zeitungsausschnitte in die Hand. Als sie sich gleichzeitig über die vergilbten Papiere beugten, vermochte Robert Louisas Anspannung zu spüren.

Von einem Foto, das offensichtlich in einer Schule aufgenommen worden war, sah ihnen ein unscheinbares Mädchen entgegen. Über dem Bild lasen sie die Schlagzeile: *Schülerin verschwunden.*

Robert krampfte sich das Herz zusammen. Es war Erin als Kind. Er zweifelte nicht eine Sekunde daran, dass das Mädchen auf dem Zeitungsfoto seine Frau war. Was sollte er jetzt bloß tun? Die alten Leute als seine Schwiegereltern umarmen oder die Entdeckung für sich behalten, falls sie sich weiterhin so zugeknöpft gaben? Ihre ganze Haltung verriet Robert, dass sie irgendetwas vor ihm verbargen. Also musste er behutsam vorgehen. Und falls nötig, lieber noch einmal wiederkommen.

Plötzlich drängte sich ihm die Vorstellung auf, dass Erin und Ruby für immer spurlos verschwunden waren, und der Schweiß brach ihm aus. Er malte sich aus, wie er der Polizei und den Medien Fotos von den beiden aushändigte und die Menschen im ganzen Land beschwor, ihm bei der Suche nach seiner Familie zu helfen.

»Es tut mir sehr leid«, sagte er automatisch und löste den Blick von dem jungen Mädchen auf dem Foto. »Es muss sehr schlimm für Sie gewesen sein.«

Neben ihm las Louisa halblaut den Zeitungsartikel, wobei einzelne Wörter an sein Ohr drangen – *Ausreißerin, entführt, Appell, Polizei …*

»Sie war erst fünfzehn. Noch ein Kind.« Es schien widersinnig, doch in der Stimme der alten Frau schwang so etwas wie Hoffnung mit, als sei dieser Fremde geschickt worden, um ihren Verlust ungeschehen zu machen. »Jeder hatte sie gern.« Sie legte ihrem Mann eine abgearbeitete Hand auf den Rücken. »Unsere Familie hielt immer zusammen.«

Bei diesen Worten erhob sich Mr Wystrach und verließ abrupt den Raum. Mit einer eilig gemurmelten Entschuldigung folgte Mrs Wystrach ihm. Das gab den beiden Besuchern unverhofft die Gelegenheit, in den Zeitungsausschnitten zu kramen.

Es waren mehrere Artikel von ein und derselben Zeitung darunter; ein weiterer Ausschnitt stammte von einer überregionalen Tageszeitung. Und alle waren sie zur selben Zeit erschienen – im Januar 1992.

»Was hältst du davon?«, fragte Robert Louisa mit gesenkter Stimme.

»Gerade wollte ich dich dasselbe fragen.«

»Schau dir nur das Muttermal an! Und diese Wangenknochen. Ihre Haare sind heute anders, aber im Wesentlichen hat sich ihr Gesicht nicht sehr verändert«, flüsterte Robert.

»Ich habe auch ein Muttermal«, flüsterte Louisa zurück und deutete auf ihre Schläfe. »Deswegen muss ich noch lange nicht das Mädchen auf dem Bild sein.«

»Dir sieht das Mädchen kein bisschen ähnlich«, antwortete Robert und hielt das Schwarzweißfoto prüfend hoch, »aber es könnte durchaus Erin sein!« Am liebsten hätte er mit dem Mädchen leise Zwiesprache gehalten. In ihren Augen lag Furcht und ihre Lippen waren leicht geöffnet, so als sei sie im Begriff, ein Geheimnis preiszugeben. Ob sie wohl gewusst hatte, dass die Zeitungen im ganzen Land über sie berichteten?

»Pass mal auf«, sagte Louisa. »Das Mädchen hier war im Jahr 1992 fünfzehn Jahre alt. Also wäre sie jetzt siebenundzwanzig oder achtundzwanzig, je nachdem, wann sie Geburtstag hatte. Wie alt ist Erin?«

»Zweiunddreißig. Okay, Sherlock Holmes, ich habe nur gesagt, was ich denke. Zwischen diesem jungen Mädchen und meiner Frau besteht eine frappierende Ähnlichkeit.«

»Du lässt dich eben leicht beeinflussen. Genau wie die alten Leute, als du ihnen das Medaillon gezeigt hast.« Seufzend lehnte sich Louisa zurück. »Mir kommt das alles sehr unwahrscheinlich vor, Rob. Versteif dich nicht darauf.«

Robert antwortete nicht. Da die beiden Wystrachs immer noch nicht zurückgekehrt waren, nutzte er die Gelegenheit und zog ein paar Artikel aus dem Papierstapel. Er faltete sie klein zusammen und schob sie in seine Hemdtasche. Kurz darauf betraten die beiden alten Leute wieder den Raum.

»Vielleicht wird Ruth ja noch gefunden«, sagte Robert zu ihnen. »Man darf die Hoffnung niemals aufgeben.«

»Aber das Medaillon ...«, sagte Mrs Wystrach mit bittender Stimme. Ihre Pupillen waren ganz klein geworden, weil sie so lange in die Helligkeit gestarrt hatte. »Sagen Sie uns doch bitte, wo Sie es herhaben. Ruths Großmutter hat es ihr zum zehnten Geburtstag geschenkt. Ruth hat es immer getragen. Die Frau auf dem Bild ist Edyta Wystrach, die Mutter meines Mannes Vasil und seines Bruders Gustaw.«

»Vielleicht können Sie uns doch noch mehr über das Verschwinden Ihrer Tochter erzählen?« Mrs Wystrach kam Louisas direkter Aufforderung bereitwillig nach.

»Ruth war keine normale Ausreißerin.«

»Nein, Irena, lass …« Vasil Wystrach legte seiner Frau die Hand auf den Arm und schüttelte warnend den Kopf.

»Was kann es schon schaden? Damals stand sowieso alles in der Zeitung.« Irena entzog ihm ihren Arm. »Die Polizei nahm an, dass Ruth ein Baby entführt hat, nachdem sie von zu Hause weggelaufen war.«

»Warum denn das?«, fragte Louisa interessiert und holte Notizblock und Stift aus ihrer Schultertasche. »Warum sollte eine Fünfzehnjährige so etwas tun?«

Die Frau zögerte. Es schien, als schlucke sie die Antwort hinunter, die ihr auf der Zunge lag. »Das haben wir auch gesagt«, sagte sie schließlich. »Aber anscheinend hatte die Polizei Beweise gegen unsere Ruthie.« Irena Wystrach war jetzt ganz bleich, wodurch sie noch älter wirkte. Wieder schluckte sie ein paar Mal hintereinander. »Wir können nicht glauben, dass unsere Tochter so etwas getan hat, nicht wahr, Vasil?«

»Die Polizei gab sich mit den Indizien zufrieden und die trauernde Mutter des entführten Babys auch. Sie dachten nicht darüber nach, dass auch wir um unser Kind trauerten.« Vasils Stimme war jetzt ganz dünn und leise.

»Was für Indizien sprachen denn gegen Ihre Tochter?«, erkundigte sich Louisa, während sie sich einige Notizen machte. »Keine Angst, wir sind wirklich nicht von der Presse. Aber es gibt unter Umständen eine Verbindung zwischen Ihrer Tochter und jemandem, den wir suchen.« Sie schenkte den beiden Alten ein gewinnendes Lächeln.

Irena kramte noch einmal in der Schachtel und zog ein paar jüngere Zeitungsausschnitte hervor. »Lesen Sie das und entscheiden Sie selbst, ob es wirklich Beweise sind. Ich finde, wenn sie so sicher waren, dass unsere Ruthie ein Kind entführt hat, dann hätten sie gründlicher nach ihr suchen sollen.«

Robert rückte näher zu Louisa, die ihre Brille abnahm und zu lesen begann.

Baby von Ausreißerin entführt?

Die Polizei vermutet eine Verbindung zwischen der jugendlichen Ausreißerin Ruth Wystrach, die von ihren Eltern Vasil und Irena zuletzt am vierten Januar gesehen wurde, und dem verschwundenen Baby Natasha Jane Varney.

Ebenfalls am vierten Januar wurde das Kind aus dem Renault 5 seiner Mutter entführt, den diese auf dem Parkplatz eines Supermarktes in Northampton abgestellt hatte.

Mehreren Zeugen war dort ein junges Mädchen aufgefallen, auf das die Beschreibung der vermissten Ruth passte. Zwei von ihnen konnten sich sogar erinnern, dass zur fraglichen Zeit ein Mädchen mit einem Baby auf dem Arm über den Parkplatz rannte. Die Jugendliche machte einen verstörten Eindruck. Ein weiterer Zeuge beobachtete eine junge Anhalterin mit einem Baby an der M 1.

Dazu Detective Inspector George Lumley, der mit dem Fall betraut ist: »Wie verfolgen verschiedene Spuren, würden uns aber vor allem gern mit Ruth unterhalten, um jeden Verdacht gegen sie ausräumen zu können. Die Mutter des entführten Babys ist verzweifelt und wird sich in Kürze mit einem Appell an die Presse wenden. Sachdienliche Hinweise nimmt die Polizei von Northamptonshire gern entgegen …«

»Mann!«, sagte Robert, als er zu Ende gelesen hatte. »Komischer Zufall, findest du nicht?« Tief im Herzen spürte er einen Stich wie von einer Messerklinge.

»Die Polizei verrät der Presse nicht immer alles, was sie weiß.« Louisa reichte Mrs Wystrach den Zeitungsausschnitt und setzte ihre Brille wieder auf.

»Sagen Sie uns doch bitte, wo Sie das Medaillon herhaben! Es kann nur von unserer Ruth kommen, denn sie hätte es niemals hergegeben.« Bei dieser dringlichen Bitte errötete Vasil Wystrach.

Robert antwortete an Louisas Stelle. »Wahrscheinlich hat meine Frau es auf einem Flohmarkt erstanden und es ihrer Tochter Ruby geschenkt.« Die Klinge steckte noch immer in seinem Herzen. »Haben Sie schon mal daran gedacht, dass Ihre Tochter das Medaillon verkauft haben könnte? Schließlich brauchte sie doch Geld.« Der Schmerz wollte einfach nicht nachlassen. »Hat sie Drogen genommen, Mrs Wystrach? War Ihre Ruth drogensüchtig?«

»Rob!«, warf Louisa warnend ein.

»Vielleicht hatte Ihre Ruthie ja ein schreckliches Geheimnis, das sie zu diesem Verbrechen trieb. Etwas, von dem Sie keine Ahnung hatten. Haben Sie mal daran gedacht?« Robert rutschte unbehaglich auf seinem Sitz hin und her.

Vasil ballte die Fäuste und wollte einen Schritt auf Robert zu machen, doch seine Frau hielt ihn zurück. Der erste Hoffnungsschimmer nach fünfzehn Jahren – diese Chance wollte sie nicht aufs Spiel setzen.

»Schauen Sie noch mal hin, ja? Sehen Sie sich Ruth genau an.« Mrs Wystrach schob Robert ein weiteres vergilbtes Foto zu.

Eingehend betrachtete er die ausdruckslosen Augen des Mädchens. Dann warf er einen flüchtigen Blick auf das Datum am oberen Rand des Bildes – Samstag, 11. Januar 1992. Er überlegte, was er selbst an jenem Tag wohl getan hatte.

An Einzelheiten konnte er sich natürlich nicht mehr erinnern. Damals war er vierundzwanzig und gerade mit dem Jurastudium fertig geworden. Erin war neunzehn und Ruby gerade erst geboren, ein unwillkommenes Geschenk für eine so junge Mutter, die in Schwierigkeiten steckte. Immer tiefer bohrte sich das Messer in seine Brust. Nur mit Mühe konnte Robert den Blick von den Augen des jungen Mädchens auf dem Foto lösen. Erins Augen.

»Bedaure, aber ich kenne Ihre Tochter nicht«, log er und strich mit dem Finger über Ruths mausbraunes Haar. Bevor Louisa nicht mehr herausbekommen hatte, wollte er nichts von Erin erzählen, zumal er immer noch das Gefühl hatte, dass das alte Paar ihm etwas verschwieg. »Sie ist sehr hübsch«, fügte er wie zum Trost hinzu. »Mittlerweile muss sie ja längst erwachsen sein.« Es kam Robert gar nicht in den Sinn, dass er die beiden Alten mit seinen Worten quälen könnte. Jetzt brauchte er unbedingt eine Zigarette und Zeit zum Nachdenken. Er gab Mrs Wystrach den Zeitungsausschnitt zurück und erhob sich. »Wir gehen jetzt lieber«, sagte er zu Louisa und warf ihr einen Blick zu, der keinen Widerspruch duldete.

Robert war klar, dass Louisa gern noch geblieben wäre und die alten Leute weiter befragt hätte. Doch im Augenblick hätte er es nicht ertragen, noch mehr von alldem zu hören. Solange dieses Messer in seinem Herzen steckte, wollte er allein sein, um in Ruhe über Ruby und ihre ungewisse Zukunft nachzudenken.

Robert wandte sich noch einmal an Mrs Wystrach. »Die Sache mit Ihrer Tochter tut mir leid«, sagte er, zog eine Visitenkarte aus der Brieftasche und legte sie auf das Teetablett. »Wenn Ihnen noch etwas Besonders einfällt oder wenn Sie reden möchten, rufen Sie mich einfach an.« Er nickte Irena Wystrach kurz zu und trat durch die Hintertür hinaus. Dabei hoffte er inständig, dass Louisa ihm folgte.

Ohne sich nach ihr umzudrehen, ging er um das Haus herum zur Straße und entriegelte den Mercedes. Er wollte sich keine Minute länger als nötig in dieser tristen Umgebung aufhalten.

»Du siehst aus, als hättest du ein Gespenst gesehen«, sagte Louisa, als sie ihn eingeholt hatte. Sie stieg ein, schnallte sich an und setzte ihre Sonnenbrille auf.

»Hab ich auch!«, erwiderte er schroff und ließ den Motor aufheulen.

Robert rief Louisa auf ihrem Mobiltelefon an, obwohl sie im Zimmer nebenan war. Eigentlich hatte er nicht vorgehabt, die Nacht in Northampton zu verbringen. Doch da sie beide dringend Ruhe brauchten, hatten sie sich ein Hotel gesucht und sich gleich nach einem eilig eingenommenen und faden Abendessen im Hotelrestaurant gute Nacht gesagt. Doch jetzt musste er sie noch einmal stören.

Er ließ den Kopf auf das Kissen in seinem Bett sinken und wartete darauf, dass Louisa ans Telefon ging. Die Frau am Empfang war ein wenig erstaunt gewesen, als sie zwei Einzelzimmer verlangten, da sie sie für ein Paar gehalten hatte. Eher Komplizen, hatte Robert gesagt. Was für eine Idee!

»Du bist also auch noch wach.«

»Nein«, sagte Louisa. »Was gibt's denn?« Obgleich es noch früh am Abend war, klang ihre Stimme verschlafen.

»Natasha Jane Varney – das gibt's.«

»Das hatten wir doch schon, Rob. Gute Nacht.«

»Warte!«

»Was ist denn noch? Ich bin müde. Ich bin nur über Nacht mit hiergeblieben, damit wir gleich morgen früh zum Standesamt gehen können. Danach kannst du dich in aller Ruhe mit den Problemen herumschlagen, die dir durch den Kopf gehen.«

»Ich will die Mutter des entführten Babys finden.«

»Ihr Name stand ja in dem Zeitungsartikel. Schau doch im Telefonbuch nach.« Louisa gähnte. »Und jetzt lass mich schlafen, Rob. Sonst bin ich morgen unausstehlich.« Sie legte auf.

Robert strich die Zeitungsausschnitte glatt, die er bei den

Wystrachs hatte mitgehen lassen, und breitete sie auf dem Bett aus. Dabei kam er sich vor wie ein Historiker, der die Lebensgeschichte eines Menschen mühsam zusammensetzt. Der entscheidende Unterschied war, dass er, Robert, bereits das ganze Puzzle beisammen hatte, jedes Teil fein säuberlich geordnet und nummeriert. Wie durch ein Wunder und zugleich tragischerweise war er der einzige Mensch auf der ganzen Welt, der es zusammensetzen konnte, der wusste, was es darstellte und was es bewirken konnte.

Baby auf Parkplatz entführt

Die Polizei von Northamptonshire hat eine Großfahndung eingeleitet, nachdem am Samstag, dem 4. Januar, ein Baby von einem Supermarktparkplatz entführt worden war.

Mrs Cheryl Varney, 23, ging kurz einkaufen und ließ währenddessen ihre acht Wochen alte Tochter Natasha Jane im Auto zurück. Als sie wiederkam, war das Baby verschwunden, worauf die Mutter die Polizei alarmierte.

Detective Inspector George Lumley geht davon aus, dass das Kind entführt wurde, und bittet die Öffentlichkeit um erhöhte Aufmerksamkeit und zweckdienliche Hinweise. »Der Säugling trug einen hellrosa Strampelanzug und eine weiße Wollmütze und war in eine dazu passende Decke gewickelt. Da das Kind noch gestillt wird, darf es nicht lange von seiner Mutter getrennt sein. Natürlich sind die Eltern, Andrew und Cheryl Varney, völlig verzweifelt und bitten die Bevölkerung ebenfalls um Mithilfe bei der Suche nach ihrem Kind.«

Ein paar kärgliche Zeilen zu einer furchtbaren Tragödie. Über der Meldung befand sich ein Foto des Kindes. Robert starrte lange und eindringlich auf das schwarze Haar und die dunklen Augen. Das Baby umfasste mit einem Händchen den Rand seiner Decke und schien träumerisch in die Ferne zu schauen.

Natürlich konnte es ein Zufall sein, doch der Blick des Babys erinnerte Robert an Rubys Art, geistesabwesend vor sich hin zu starren. Die Mutter, Cheryl Varney, war auf dem Bild kaum zu erkennen.

Robert wusste, dass Louisa sein Vorgehen nicht gutheißen und ihm Paranoia unterstellen würde. Trotzdem nahm er das Telefonbuch zur Hand, das neben dem Telefon lag, und schlug es beim Buchstaben V auf. Es gab nur eine Hand voll Varneys und nur einen, dessen Vorname mit C begann. Robert speicherte Adresse und Telefonnummer in seinem Handy, auch wenn er nicht vorhatte, dort anzurufen. Das wäre wohl kaum der richtige Weg gewesen, um einer Mutter mitzuteilen, dass ihr entführtes Baby inzwischen seine Stieftochter war.

Während er die Minibar öffnete, malte er sich aus, was damals im Januar 1992 geschehen sein musste. Bei dem Gedanken an Ruby fragte er sich unwillkürlich, ob es auch in diesem Fall so etwas wie Gewohnheitsrecht gab.

Die untergehende Sonne verschwand hinter dem Wolkengebirge, das sich im Westen auftürmte. Es wird Regen geben, vielleicht sogar Sturm, dachte Robert, während er sich die Zähne mit der Bürste putzte, die er zuvor an der Rezeption erstanden hatte.

Doch nichts war ihm im Moment gleichgültiger als das Wetter. Er grübelte darüber nach, warum seine Anrufe bei Erin sofort auf ihre Mailbox umgeleitet wurden. Aber eigentlich hätte er sowieso nicht gewusst, was er ihr sagen sollte. Er klatschte sich mit beiden Händen Wasser ins Gesicht und strich sich die feuchten Haare aus der Stirn. Dann steckte er seinen Autoschlüssel ein, nahm den Zimmerschlüssel, und nachdem er sich an der Rezeption noch einen Stadtplan hatte geben lassen, verließ er das Hotel. Louisa schlief bestimmt schon, dachte er. Oder sie hatte es sich in der Badewanne oder vor dem Fernseher gemütlich gemacht.

Zwanzig Minuten später bog Robert in Windsor Terrace ein, einem schmalen Sträßchen mit winzigen roten Backsteinhäusern, die wie Bauklötzchen aneinandergefügt waren. Von dem einzigen Fenster zur Straßenseite blickte man unmittelbar in das des gegenüberliegenden Hauses. Robert bemerkte, dass vor allen Fenstern Gardinen hingen, außer vor einem. Dafür waren hier die Vorhänge zugezogen. Robert hielt nach einer Parklücke Ausschau, doch am Bordstein standen die Autos dicht an dicht. Schließlich fand er einen Platz ganz am Ende der Straße. Er schwitzte, als er wieder vor dem Haus der Varneys stand, denn die Luft war drückend und hier, zwischen den engen Häuserreihen, noch um einiges heißer als auf dem offenen Land. Robert fragte sich, wie viel die Bewohner, die hier auf so engem Raum zusammenlebten, voneinander wissen mochten. Ob die Nachbarn wohl Cheryls tragische Geschichte kannten?

Haus Nummer 18 war klein und gepflegt, aber merkwürdig steril. Vor vielen anderen Häusern hingen Ampeln mit Sommerblumen oder Balkonkästen voller Geranien. Aus den geöffneten Fenstern drangen Musik oder Stimmen aus dem Fernseher, und wie in der Straße, wo die Wystrachs wohnten, vernahm Robert auch hier Babygeschrei und das Wutgeheul eines kleinen Kindes. Doch aus diesem Haus drang kein Kinderlärm. In diesem Haus schien Traurigkeit zu herrschen.

Ohne über die Folgen seines Handelns nachzudenken und ohne dass er sich passende Worte zurechtgelegt hätte, trat Robert durch das Gartentor von Nummer 18 und klopfte an die Tür. Niemand öffnete. Es war das Haus mit den zugezogenen Vorhängen, deshalb konnte er keinen Blick durch das Fenster werfen, um zu sehen, ob jemand zu Hause war. Da es sich um ein Reihenhaus handelte, gab es von außen auch keinen Zugang zur Hintertür. Er klopfte noch einmal lauter, worauf sich die Tür des Nachbarhauses öffnete. Auf der Schwelle erschien eine Frau mittleren Alters, der ein kläffender Hund auf den Fersen folgte. Sie starrte Robert an, als habe er bei ihr geklopft.

»Die kommt so bald nicht nach Hause«, sagte sie kurz angebunden. »Rufen Sie sie an und machen Sie einen Termin aus.«

Robert wandte sich der Frau zu und stützte sich dabei auf das niedrige Mäuerchen, das die beiden winzigen Vorgärten voneinander trennte. Erst als seine Füße in die Erde einsanken, bemerkte er, dass er nicht mehr auf dem Gehweg stand. »Wissen Sie, wann sie zurückkommt?«

»Nicht so bald, wie ich schon sagte.« Die Frau trocknete sich die seifigen Hände an einem Geschirrtuch ab. »Wenn es dringend ist, finden Sie sie im ›Hirschkopf‹ weiter oben an der Straße, die in die Stadt führt. Vielleicht können Sie ja dort mit ihr reden, falls sie nicht zu beschäftigt ist.« Mit einem eigentümlichen Grinsen zog sich die Nachbarin ins Haus zurück und schloss die Tür hinter sich.

Im »Hirschkopf« war es voll, und es roch nach gebratenem Steak und Zigarettenqualm. Robert musterte die Kellnerinnen hinter der Theke und im Lokal, auf der Suche nach Ähnlichkeit mit der Frau auf dem Zeitungsfoto. Aber vielleicht würde er Mrs Varney auch gar nicht erkennen. Immerhin war das Bild dreizehn Jahre alt und zudem ziemlich unscharf, was sie betraf. Hinzu kam, dass sie sich nach all den Jahren voller Kummer und Leid bestimmt sehr verändert hatte. Dennoch glaubte er nicht, dass sie eine der Kellnerinnen war. Er ging zur Theke und bestellte sich ein Bier.

»Können Sie mir sagen, wo ich Cheryl Varney finde?«, fragte er und schob eine Zehnpfundnote über den Tresen. Die junge Kellnerin, die alle Hände voll zu tun hatte, deutete nach hinten in die Wirtsstube.

»Sie ist dort drüben. Wollen Sie eine Karte? Aber die Warteschlange ist schon ganz schön lang. Sie können ja auch zu jemand anderem gehen.« Die Kellnerin wuselte zwischen der

Zapfanlage und der Kasse hin und her, während Robert versuchte, aus ihren Worten schlau zu werden. In dem Moment sah er erst die Tafel über dem Tresen und was mit Kreide darauf geschrieben stand: *Heute Abend des Übersinnlichen! Tarot, Runen, Wahrsagen …*

»Ich möchte eine Karte für sie. Auch wenn ich warten muss«, sagte Robert, als ihm aufging, dass Cheryl Varney eine Art Medium sein musste – auch wenn ihre übersinnlichen Kräfte offenbar nicht ausreichten, um ihr eigenes Kind aufzuspüren.

Gerade als ihm die Kellnerin eine Karte mit der Nummer zweiunddreißig aushändigte, rief eine Stimme irgendwo hinten im Raum: »Nummer fünfundzwanzig bitte!« Eine junge Frau wedelte mit ihrer Karte, als hätte sie das große Los gezogen, und machte sich auf den Weg zu einem Hinterzimmer des Pubs.

Robert drängte sich durch die vielen Gäste jedweden Alters und folgte ihr bis zu der Tür, hinter der die Wahrsager ihre Sitzungen abhielten. Er sah, wie die junge Frau an einem Tisch mit lilafarbener Decke Platz nahm. Mitten auf dem Tisch stand eine Kristallkugel und dahinter saß eine Frau, der das dunkle Haar in langen Strähnen um den alabasterweißen Hals hing. Es war unverkennbar Cheryl Varney.

Gedankenverloren nahm Robert einen Schluck aus seinem Bierglas. Während er ein Päckchen Zigaretten aus der Hemdtasche zog und sich die letzte ansteckte, ließ er Cheryl nicht aus den Augen. Eigentlich bin ich ja Nichtraucher, dachte er. In diesem Augenblick stieß ihn jemand an, sodass ein wenig Bier auf sein Hemd schwappte. Der andere entschuldigte sich und gab Robert auf seine Bitte hin Feuer.

Robert tat einen langen Zug, blies den Rauch aus und sah mit zusammengekniffenen Augen erneut zu Cheryl hinüber – zu der Frau, die vor dreizehn Jahren ihr Baby verloren hatte. Dieser Frau, die schon lange alle Hoffnung aufgegeben hatte, das Kind wiederzufinden. Dieser Frau, deren Kind er gefunden hatte und der er nun die geheime Nachricht bringen konnte, dass ihre Tochter heil und gesund und außerdem ein hübsches Mädchen war.

Robert trank sein Bier, rauchte und wartete, dass er an die Reihe kam. Wenn es sein musste, würde er die ganze Nacht warten. Er fragte sich, ob Cheryl wirklich übersinnliche Fähigkeiten besaß. Er selbst glaubte nicht an so etwas, doch er konnte verstehen, dass sie es tat. Unverwandt beobachtete er sie.

Seltsamerweise betrachtete sie ihre eigenen Hände, die mit nach oben gekehrten Handflächen auf dem Tisch lagen. Plötzlich, als spüre sie seinen Blick, hob sie die Augen und schaute ihn an. Für einen Augenblick schienen alle Geräusche um ihn herum zu verstummen. Als wären plötzlich keine anderen Gäste mehr im Pub und sie beide ganz allein. Er und Rubys Mutter.

24

Ich brauchte drei Jahre, um elftausend Pfund zu sparen. Obwohl ich versuchte, so wenig wie möglich für Kleidung und Spielzeug für Ruby auszugeben, konnte ich es mir oft nicht verkneifen, ihr ein Geschenk zu kaufen, für den Fall, dass ich sie bald wiederbekäme.

Nachdem ich sechs Monate lang in jenem Haus gearbeitet hatte, das – wie mir bald klar wurde – ein ganz gewöhnliches Bordell war, wies Freda mir und Maggie ein gemeinsames Zimmer an. Es war als Belohnung gedacht, weil wir ihre besten Mädchen waren. Wir staffierten es mit Gardinen und Kissen und Bildern vom Flohmarkt aus und kauften auch einen kleinen Teppich, auf dem Ruby herumkrabbeln konnte, wenn es ihr besser ging und sie zu mir zurückkam.

Nun ist es nicht so, dass ich dumm gewesen wäre oder leichtgläubig, oder dass ich nicht gemerkt hätte, was sie mit mir machten. Ich wusste genau, dass ich meinen Körper verkaufte und den größten Teil meines Verdienstes an Becco ablieferte. Und mit der Zeit, als die Wochen zu Monaten wurden und die Monate schließlich zu Jahren, wurde mir auch klar, dass mit dem Geld keineswegs Rubys Arztrechnungen bezahlt wurden. Es gab nämlich gar keine Arztrechnungen, auch wenn ich das lange nicht wahrhaben wollte. Ich machte einfach immer weiter und redete mir ein, dass Ruby eines Tages wieder gesund sein und sich in meinen Arm kuscheln würde, wenn ich mit der Arbeit fertig war.

Ich weiß nicht mehr, an welchem Tag, zu welcher Stunde oder Minute mich wie ein Schlag die Erkenntnis traf, dass ich mein Baby nie wiedersehen würde. Ich weiß nicht mehr, was ich in jener Nacht anhatte oder welcher Freier gerade bei mir war. Es war ein bisschen so, als wenn man einen Milchzahn verliert. Man wackelt und wackelt daran herum und auf einmal ist er draußen. Nur dass bei einem verlorenen Milchzahn ein neuer Zahn nachwächst.

Mein Wochenlohn war also, wie gesagt, oft schneller ausgegeben als verdient. Daher gewöhnte ich mir an, ein bisschen von dem Geld meiner Freier abzuzweigen, oder ich bot ihnen für einige Scheinchen mehr ein paar Extras an – Sachen, die die anderen Mädchen nicht machten. Wenn ich mein Geld besser zusammengehalten hätte, hätte ich es nicht nötig gehabt, Freda und Becco zu bestehlen, aber ab und an brauchte ich einfach ein wenig Luxus, um den Schmerz zu betäuben und mich vergessen zu lassen, dass Nacht für Nacht zehn Männer ihre haarigen Körper auf mich wuchteten. Dafür brauchte ich eben Geld – und auch für Rubys Zukunft.

Dann fing Becco auf einmal an, mir noch mehr als sonst nachzusteigen. Er ist einfach an mir interessiert und möchte mich auch mal für sich haben, dachte ich, und bot mich ihm an. Als Antwort versetzte er mir einen Schlag ins Gesicht – es war das einzige Mal, dass er mich schlug – und heftete von nun an seine schwarzen Knopfaugen noch hartnäckiger auf mich. Sie verfolgten mich sogar bis in meine Träume.

Die ausländischen Mädchen beobachtete er auch, doch auf eine andere Art und Weise. Mit seinen Blicken hielt er sie wie an einer langen Leine. Falls solch eine Leine einmal zu reißen drohte, hätte Becco mit Sicherheit Mittel und Wege gefunden, das betreffende Mädchen klammheimlich an einen Ort zu schaffen, den nur er kannte.

Ich bin, wie gesagt, nicht dümmer als andere. Trotzdem brauchte ich eine ganze Weile, bis ich begriff, dass all diese Mädchen, die so schlecht Englisch sprachen, die Mädchen aus Albanien oder Serbien oder wo auch immer Becco sie aufgetrieben hatte, gegen ihren Willen festgehalten wurden. Es kann aber auch sein, dass sie gar keinen eigenen Willen mehr hatten. Als mir das klar war, wusste ich auch, dass Maggie und ich eine Art Tarnung waren, die offizielle Fassade für die Außenwelt.

Norris starb. Nach jener ersten Nacht, die ich gemeinsam mit Maggie bei ihm verbracht hatte, war er mein Stammkunde geworden. Freda und Becco wussten, dass er nicht viel bezahlte, doch sie ließen ihn gewähren, weil er ein regelmäßiger Freier war und uns Mädchen gut behandelte. Als ich erfuhr, dass er tot war, sagte ich den beiden nichts davon. Ich ließ sie in dem Glauben, dass ich noch immer zu ihm ging und lieferte seine üblichen mageren hundertfünfzig bei ihnen ab, während ich in Wirklichkeit einen Anwalt in seinem todschicken Apartment bediente und dafür zweimal so viel kassierte. Wenn ich nicht die Grippe bekommen hätte und Maggie nicht in letzter Minute für mich bei Norris hätte einspringen müssen, wäre ich damit davongekommen.

So allerdings gab es Ärger. In jener Nacht hing der Geruch nach Sex in der Luft, nach hastigem, verzweifeltem, gewalttätigem oder wortlosem Sex. Es roch wie der Haufen schmutzige Wäsche im Badezimmer. Es roch nach dreckigen Männern, die magere Mädchen bestiegen.

»Das war schön blöd von dir, Milly!« Zuerst knallte Maggie mir eine und dann zeigte sie mir ihre Schenkel, die blutunterlaufen waren. »Als ich erfuhr, dass Norris tot ist, habe ich mir einen Freier von der Straße aufgegabelt. Der hat mich grün und blau geschlagen!«

Wir prügelten uns. Sie ohrfeigte mich und spuckte mir ins Gesicht, und ich biss sie dafür. Dann heulte ich, weil sie mich an den Haaren durchs Zimmer schleifte. Großes Gekeuche, ausgerissene Haare überall, und zuletzt zerschlugen wir den einzigen Fernseher im ganzen Haus, bevor Becco kam und uns trennte. Weil er Maggie aus dem Zimmer zerrte, glaubte ich, ich hätte gewonnen. Ich glaubte, dass Becco mich lieber mochte als sie, dass ich etwas Besonderes war. Dass Maggie wirklich tot war, konnte ich jedoch nicht glauben – später, gegen Morgen, als ich durchs Haus schlich und sie zusammengekrümmt und leblos auf dem Steinfußboden der Speisekammer fand. Ich redete mir ein, dass die klaffende Wunde an ihrer Schläfe noch von ihrem rabiaten Freier stammte, weil ich einfach nicht fassen konnte, dass man sie zusammengeschlagen und in die kleine Kammer gestoßen hatte. Maggie reagierte nicht, als ich sie ansprach, und sie atmete auch nicht mehr. Vergeblich tastete ich nach dem leisen Pochen ihres Pulses.

Folgendes war geschehen: Als Becco Maggie von mir weggerissen und aus dem Zimmer geschleppt hatte, ging ich schlafen, weil ich mich elend fühlte. Schließlich war ich ja krank. Und ich war sicher, dass sich Maggie bald wieder beruhigen würde. Doch um fünf, als das erste schwache Morgenlicht ins Fenster fiel, wachte ich auf und sah, dass Maggies Bett unberührt war. Weil ich Kopfschmerzen hatte, wollte ich mir aus der Küche eine Schmerztablette und ein Glas Wasser holen. Auf dem Weg dorthin entdeckte ich Maggie in der Speisekammer. Halb betäubt vor Entsetzen lief ich durch die Diele, um Freda zu Hilfe zu holen, gerade als die ersten Schläge gegen die Haustür donnerten. Dann setzte ein Radau und Tumult ein, als wäre die Hölle los.

Ich bekam eine Heidenangst und raste hinunter in den Keller. Eine Sekunde später schlugen sie die Tür ein.

Es war die Polizei. Eine Razzia. Lautstark trampelten sie durchs ganze Haus und rissen die Mädchen aus dem Schlaf, die vor Schreck laut loskreischten. Als die Polizisten endlich bis in den Keller vordrangen, war ich längst in der Versenkung verschwunden. Im wahrsten Sinne des Wortes, denn auf das Versteck, eine wassergefüllte Grube im hintersten Winkel des unbeleuchteten Kellerraumes, war ich durch Zufall gestoßen – nämlich als ich hineinfiel. Als zwei Polizisten das höhlenartige Gewölbe mit ihren Taschenlampen absuchten, hielt ich die

Luft an und kauerte mich unter Wasser auf den Boden der Grube.

Dort hockte ich wie ein Frosch in einem Tümpel und beobachtete von unten, wie die Lichtkegel ihrer Taschenlampen im Zickzack über die Wasseroberfläche huschten. Dabei betete ich inständig, dass keine Luftbläschen aus meinem Mund nach oben stiegen. Jetzt kam mir die Selbstbeherrschung zugute, die ich mir in den vergangenen drei Jahren angeeignet hatte – wann immer ein Freier meine Haut Zentimeter für Zentimeter befingerte und dabei eingehend jede einzelne Körperöffnung untersuchte, unschlüssig, was er wo hineinstecken sollte. Ganz vorsichtig schob ich die Nase aus dem Wasser, um Luft zu holen, und bat in einem weiteren Stoßgebet darum, dass das Wasser nicht aus der Toilette stammte. Undeutlich hörte ich, wie sich die Polizisten bei ihrer Razzia mit knappen Worten verständigten.

Viel später, als die Taschenlampen längst verschwunden waren und das alte Haus nur noch unter seinem eigenen Gewicht ächzte und knackte, stieg ich aus der Grube und schleppte mich, pitschnass, wie ich war, nach oben in die Diele. Das Merkwürdigste war die Stille überall. Keine Mädchen, die sich in ihrer unverständlichen Sprache zankten, kein Becco, der sie zur Arbeit antrieb, kein Laut aus den Zimmern im anderen Teil des Hauses, wo die Mädchen ihre Kunden bedienten und den Maggie und ich nie betreten durften. Außer während der Mahlzeiten hatten wir beide überhaupt keinen Kontakt zu den anderen. Ohne seine alltägliche Geräuschkulisse erschien mir das Haus fremd und unheimlich. Ich streckte mühsam meinen Rücken, der im kalten Wasser ganz steif geworden war, und schlich im Dunkeln in Beccos Büro. Im orangefarbenen Licht der Straßenlampen sah ich, dass es weitgehend leergeräumt war. Es kam mir vor, als seien alle ausgezogen und hätten mich vergessen. Die Papierstapel waren vom Schreibtisch verschwunden und der Teppich zeigte hellere rechteckige Flecken, wo die

Pappkartons gestanden hatten. Ich ging um den Schreibtisch herum und setzte mich in den Sessel, von dem aus Becco mir immer meinen Lohn ausgezahlt hatte. Dann zog ich eine Schublade auf, die jedoch nichts enthielt außer einem Gummiband und der Kappe eines Kugelschreibers. Als ich die Beine ausstreckte, stieß ich unter dem Tisch gegen eine Tragetasche, die die Polizei offensichtlich übersehen hatte. Sie kippte um und ein kleines rotbraunes Büchlein fiel heraus. Ein Pass.

Ich steckte ihn ein und ging wieder in die Diele. Die Tropfen von meinem durchnässten Morgenmantel hinterließen eine feuchte Spur auf dem Boden. Mir war eiskalt. Plötzlich hörte ich ein Schniefen und ein Wimmern, schwach und leise wie von einem Mäuschen. Ich ging dem Geräusch nach bis in eine Dachstube in jenem Teil des Hauses, wo die fremden Mädchen untergebracht waren. Aber hatten sie überhaupt da gewohnt? Ich wusste es nicht, wusste gar nichts mehr. Nur das Eine: Wenn ich nicht wollte, dass die Polizei mich schnappte, sollte ich lieber meine Siebensachen packen und so schnell wie möglich verschwinden.

Als ich sie schließlich in einem Wandschrank fand, lachte und weinte ich gleichzeitig und wusste mit meinen Gefühlen nicht wohin. Das kleine Ding lag zusammengekrümmt da, wie zuvor Maggie in der Speisekammer, doch im Gegensatz zu ihr war es quicklebendig, schluchzte jämmerlich und rief nach seiner Mami, nach mir.

»Hier hat dich die böse Freda also die ganze Zeit versteckt«, sagte ich lächelnd zu der Kleinen, ging neben ihr in die Hocke und kitzelte sie am Knie. Sie hatte einen roten Rand um den Mund, wie von Himbeerlimonade, und in ihren Haaren klebten Essensreste. Sie trug ein Windelhöschen, obwohl sie eigentlich schon zu alt dafür war, und ihre nackten Oberschenkel waren mit Pusteln übersät. »Da hat die böse Freda behauptet, dass du krank wärst und ich dich noch nicht wiederhaben dürfte!«

Ich hob das Mädchen hoch und setzte es mir auf die Hüfte. Die Kleine roch nach Pipi und saurer Milch. Vom ersten Augenblick an liebte ich sie, und sie liebte mich auch, obwohl sie kein Wort von dem verstand, was ich sagte.

»Nënë, nënë, nënë«, jammerte sie unablässig. Später fand ich heraus, dass das Mama auf Albanisch hieß.

Als ich mein Gespartes unter der Matratze hervorholen wollte, fand ich die Kassette aufgebrochen und leer. Die Polizei hatte das Geld mitgenommen, und ich bezweifelte sehr, dass sie es als Beweismittel aufbewahren würde. Ich stopfte das leere Kästchen in eine kleine Tasche. Dann zog ich meiner Tochter aufs Geratewohl ein paar Kleider über, die ich in dem Schrank fand, in dem sie sich versteckt hatte.

Zum zweiten Mal in meinem Leben flüchtete ich durch einen Sprung aus dem Fenster. Im selben Augenblick, als die Polizei wieder zur Vordertür hereinkam, kletterte ich durch das Küchenfenster hinaus. In meiner Jeanstasche steckten achtundvierzig Pfund und der Pass, den ich in Beccos Büro gefunden hatte. Mit der kleinen Ruby auf dem Arm machte ich mich auf den Weg, wie schon einmal drei Jahre zuvor. Wir liefen zum Bahnhof, stiegen in den nächstbesten Zug und landeten in Brighton. Während der Fahrt schaute ich in dem Pass nach, wer ich eigentlich war. Da fuhr der Zug in einen Tunnel – und als wir wieder ans Tageslicht kamen, war ich Erin Lucas, geboren am 29. Juni 1972. Ich war mit einem Schlag vier Jahre älter.

Anfangs ging alles glatt. Den Touristen saß das Geld locker, und auch unter den Einheimischen hatte ich viele Stammkunden. Regelmäßig kamen sie zu der Straßenecke vor dem Antiquitätengeschäft und kauften mir meine Blumen ab. Ich war nämlich am billigsten in der ganzen Stadt.

Während des Sommers konnten wir hinter einer der Strandhütten schlafen oder uns für eine Nacht in die Jugendherberge schmuggeln. Niemals klaute ich zweimal am Tag im selben Blumenladen. Ich könnte mir sogar vorstellen, dass die meisten Geschäftsinhaber es überhaupt nicht merkten, wenn sich ein Teil ihrer Straßenauslagen sozusagen in Luft auflöste. Die Tropfenspur, die die Blumen hinterließen, verdunstete rasch auf dem heißen Pflaster.

Ich stellte sie zu prächtigen, duftenden Gestecken zusammen, die mir die Kunden förmlich aus der Hand rissen. Auf diese Weise verdiente ich bis zu zwanzig Pfund am Tag. Das war nicht schlecht, auch wenn es bei Weitem nicht an meinen Londoner Verdienst heranreichte. Trotzdem war ich froh, das alles hinter mir gelassen zu haben, und nach einer gewissen Zeit wirkte auch Ruby nicht mehr so verstört.

Sie lernte Englisch und verzieh mir rasch, dass ich sie so lange im Krankenhaus gelassen hatte. Es tat ihr gut, viel Zeit mit ihrer Mami zu verbringen, und immer, wenn ich nicht gerade die Blumenläden heimsuchte, einen Raubzug durch einen der hochherrschaftlichen Gärten unternahm oder meine Waren auf der Straße verkaufte, gingen wir an den Strand. Wir sammelten runde, bunte Kieselsteine und Muschelschalen und glattgewaschene Glasscherben, die das Meer um die halbe Welt getragen hatte. Die Sonne schien, und wir waren glücklich.

Doch gegen Ende September versiegte der Strom der Touristen und die Hotels bereiteten sich auf die Winterruhe vor. Der auffrischende Wind spülte Seetang an den Strand und wirbelte Unrat durch die engen Gässchen. Da streckte sich mir im wahrsten Sinne des Wortes eine rettende Hand entgegen. Als ich eines Tages gerade drei cellophanverpackte Sträuße aus irgendwelchen exotischen Blumen aus einem Eimer mopsen wollte, schoss eine dicke Hand vor und packte mich beim Handgelenk.

»Ich hab gehört, dass du mir Konkurrenz machst«, sagte der Mann und beugte sich zu mir herunter. Als Ruby dann auch noch anfing, ängstlich zu jammern und an meiner anderen

Hand zu ziehen, war mir, als würde ich mittendurch gerissen. »Da könnte ich dir einen guten Großhändler empfehlen«, setzte der Blumenhändler zu meiner Überraschung ganz freundlich hinzu und führte mich und Ruby in sein wohlriechendes Geschäft. Als ich mich vor ihm zu Boden warf und ihn schluchzend anflehte, nicht die Polizei zu holen, zog er einen Stuhl für mich heran und gab uns beiden Orangensaft und belgische Schokolade. Wir mussten uns zusammenreißen, um sie nicht allzu gierig zu verschlingen.

»Es tut mir leid«, sagte ich. »Ich werde Sie nie wieder bestehlen. Es ist nur einfach so, dass sich Ihre Blumen am besten verkaufen, und außerdem sind wir am Verhungern.« Dem Mann gefiel meine Aufrichtigkeit.

»Ich beobachte dich schon seit einer Woche, seit mir aufgefallen ist, dass meine Anthurien Beine bekommen haben. Ich habe dir an der Strandpromenade sogar eines von deinen Gestecken abgekauft, aber du wirst dich bestimmt nicht an mich erinnern.« Da hatte er recht.

Er sagte, sein Name sei Baxter King, und er suche eine Verkäuferin. Er bot mir den Job an, weil ich ein Auge für Farben hätte, wie er sagte. Dann rief er seinen Partner Patrick, um mich ihm vorzuführen. Arm in Arm stand das Pärchen da und schaute zu, wie ich meinen Saft trank und Ruby ihre Schokolade lutschte. Innerhalb einer Woche hatte ich die wichtigsten Kniffe gelernt, und die beiden boten mir an, mit in ihre komfortable Wohnung zu ziehen und ihnen den Haushalt zu führen.

»Baxter«, sage ich atemlos, als er hereinkommt und den Geruch nach Salz und Wind mitbringt. »Es hat schon wieder jemand angerufen! Ich weiß, dass er es ist.« Ohne den Blick von mir zu wenden, lässt Baxter seine Jacke auf einen Stuhl fallen und legt Patrick zur Begrüßung kurz die Hand auf die Schulter. Dann kommt er zu mir und nimmt mich in den Arm.

»Das ist doch alles schon so lange her«, sagt er. »Manche Dinge im Leben muss man einfach vergessen. Er kann dich unmöglich aufgespürt haben. Wahrscheinlich hat bloß jemand die falsche Nummer gewählt. Aber wenn es dich beunruhigt, lasse ich die Nummer ändern.«

Ich nicke wortlos, als würde ich ihm glauben. Nicht einmal Baxter kennt meine ganze Geschichte.

Ich habe die Leiche gesehen. Ich habe Geld mitgehen lassen und einen Pass und ein kleines Mädchen. Ich weiß einfach zu viel, auch wenn ich gut den Mund halten kann. Obwohl ich ein neues Leben angefangen habe, weit weg von London und von meiner Vergangenheit, werde ich das Gefühl nicht los, dass Becco nach mir sucht und mich zurückholen will …

Fröstelnd schiebe ich den Gedanken beiseite und erzähle Baxter, wie der Tag im Geschäft war und wie gut sich die neue Ware verkauft und wie tüchtig Ruby in der Schule ist.

»Die Rolle als Annie in dem Musical hat sie übrigens nicht bekommen, auch nicht als eines der anderen Waisenkinder. Aber sie freut sich trotzdem riesig.«

»Wie kommt's?«, fragt Baxter mit hochgezogenen Augenbrauen. Er wirkt erleichtert, vermutlich glaubt er, er hätte meine Befürchtungen zerstreut.

»Sie darf im Orchester mitspielen. Als Pianistin.« Vor lauter Stolz wird er ganz rot, als wäre er Rubys Vater.

Vom ersten Tag an, als wir bei ihm einzogen, setzte sich Baxter mit Ruby ans Klavier. Sie lernte rasch, obwohl sie noch nicht einmal zur Schule ging. Das Klavierspielen, angefangen mit den einfachsten Kinderliedern, wurde ihre große Leidenschaft. Sie konnte dabei all jene Ängste verarbeiten, die sich in den ersten Jahren ihres Lebens in ihr angestaut hatten. Dafür, dass er ihr das ermöglicht hat, werde ich Baxter ewig lieben.

»Das freut mich sehr für sie«, sagt er, während er aus dem Erkerfenster im ersten Stock hinaus auf die Uferpromenade schaut. »Sieht aus, als würde sich ein Sturm zusammenbrauen«, fügt er hinzu – und damit hat er wohl recht.

Jemand hat mir Blumen geschickt. Blumen an einen Blumenladen. Der Bote wundert sich auch und überprüft noch einmal den Namen. »Doch«, sagt er, »die sind wirklich für Sie.« Ich gehe in den Lagerraum und rufe nach Baxter, aber dann fällt mir ein, dass er noch etwas zu erledigen hatte. Ich bin also ganz allein. Ich reiße den Umschlag auf und werfe einen Blick auf die Karte. Eisige Kälte greift mir ans Herz, als ich in schwarzer Schrift seinen Namen lese. Er hat mich also doch gefunden, nach all der Zeit, und will mich wiederhaben, damit ich den Mund halte.

Ich schließe sofort den Laden, renne zu Rubys Schule und trete ungeduldig von einem Bein aufs andere, bis der Unterricht endlich zu Ende ist. Sie ist ganz verdutzt, als sie mich sieht. Normalerweise kommt sie allein zum Laden, dekoriert ein bisschen die Auslagen um oder bittet mich um Geld für ein Eis. Damit setzt sie sich an die Strandpromenade und scheucht die Möwen weg, bis es Zeit ist, nach Hause zu gehen.

Aber heute nehme ich sie bei der Hand und ziehe sie förmlich hinter mir her. Wir fahren mit dem Bus nach Hause und verriegeln die Tür hinter uns. Für alle Fälle und ohne dass Ruby es merkt, packe ich eine Tasche. Ich stopfe alle Dinge hinein, die wir brauchen könnten, und auch die, die mir ans Herz gewachsen sind. Zweimal schon habe ich bei meiner Flucht mein ganzes Leben hinter mir gelassen. Das Telefon klingelt. Ich gehe nicht ran, sondern höre anschließend die Nachricht auf dem Anrufbeantworter ab. Er ist es. Niemals könnte ich diese Stimme vergessen, diese Wieselaugen, die mich unentwegt verfolgen.

Er will mich wiederhaben, auch wenn ich mittlerweile ein völlig anderer Mensch bin.

Ich werde vom Rauchgestank wach. Ein Feuer greift in Windeseile um sich, heißt es immer, aber in diesem Fall verbreiten sich Angst und Panik genauso schnell im ganzen Haus wie die dichten schwarzen Qualmwolken, die in unser Schlafzimmer dringen.

»Wach auf, Ruby!«, schreie ich. Wir schlafen im selben Raum, doch sie rührt sich nicht und ich habe schon Angst, dass sie im Rauch erstickt ist. Doch auf einmal regt sie sich, schnuppert kurz und blinzelt mich mit tränenden Augen an.

»Was ist los, Mami?«

»Steh schnell auf! Es brennt!« Ich höre Baxter schreien und gegen eine Tür hämmern. Krachend zerbirst Glas. Da reiße ich Ruby aus dem Bett und mache mich am Riegel des Schiebefensters zu schaffen, doch meine Finger wollen mir einfach nicht gehorchen. »Mach die Tür zu!«, rufe ich. So gewinnen wir ein paar kostbare Sekunden.

Endlich gibt der farbverklebte Riegel nach. Ich schiebe die schwere Fensterscheibe hoch und dränge Ruby hinaus auf den Fenstersims. Als sie hinausklettert, klappert und quietscht die eiserne Feuerleiter wie ein altes sinkendes Schiff. Ich zerre die gepackte Tasche unter dem Bett hervor und hänge sie mir über die Schulter. Ohne einen Blick zurückzuwerfen, steigen wir die Feuerleiter hinunter und rennen so schnell wir können über die Straße davon. Ich weiß, dass er in der Nähe ist.

Dann stehen wir keuchend und japsend am Strand. Ein brenzliger Geruch liegt in der Luft, über den Dächern schimmert es rot, und das Heulen der Sirenen gellt durch die ganze Stadt. Zitternd setzen wir uns hin und schmiegen uns eng aneinander. Ruby, im Schlafanzug, hat den Kopf auf meine Schulter gelegt und auch ich habe nur eine Sweathose und ein T-Shirt an. Mal wieder Zeit, den Zug zu nehmen, denke ich.

Die Flut kommt. Als Gischt auf unsere Füße spritzt, ziehen wir uns weiter zurück und kauern uns an der Flutmauer zusammen. Ich denke darüber nach, was es für Folgen hat, wenn ich wieder einmal weglaufe, und was passiert, wenn wir bleiben.

Wir könnten jetzt einfach aufstehen und zu den rauchenden Trümmern von Baxters und Patricks Wohnung zurückkehren. Ich mag gar nicht daran denken, dass ich ihnen das zugefügt habe. Aber sie sind bestimmt unversehrt, und das Haus lässt sich wieder aufbauen. Und sie haben einander. Auf jeden Fall sind sie ohne mich besser dran. Genau wie meine Eltern, die gut auf diese Tochter verzichten konnten – diesen Teenager, der ihnen mit seiner Schwangerschaft Schande gemacht hat. Auch Baxter und Patrick können gut auf meine finstere Vergangenheit verzichten, die immer ihr Leben überschatten würde. Wenn ich es mir recht überlege, wäre sogar Ruby ohne mich besser dran. Aber ich bin jetzt nun einmal ihre Mutter. Sie schläft an meine Schulter gelehnt ein.

Als es Morgen wird, nehmen wir einen Bus zum Bahnhof und fahren mit dem Zug in die einzige Stadt, in der Becco uns bestimmt nicht suchen wird – nach London.

Vom Bahnhof Victoria Station aus rufe ich Baxter an, um ihm zu sagen, dass es uns gutgeht. Mit tränenerstickter Stimme teilt er mir mit, dass Patrick tot ist.

25

Sie rief die Karte Nummer zweiunddreißig auf, offenbar nichts ahnend. Zuerst konnte Robert ihre Stimme gar nicht hören, da er inzwischen auf einer lederbezogenen Bank neben einem Spielautomaten saß, der in regelmäßigen Abständen klirrend Münzen ausspuckte. Doch als er im Gedränge einen Blick auf Cheryls Gesicht erhaschte, verstand er plötzlich, was sie rief. Langsam, als bewege er sich unter Wasser, bahnte er sich einen Weg bis zu der Frau, deren Leben er von Grund auf verändern konnte.

Cheryls Augen flackerten kurz auf, als er näher trat. Unauffällig musterte sie ihn von oben bis unten – das konnte ihr wertvolle Hinweise für ihre Wahrsagerei liefern –, bevor sie ihn mit einer Handbewegung bat, sich zu setzen. In dem Raum herrschte eine erstaunlich friedliche Stimmung. Es duftete nach Sandelholz, und aus den Lautsprechern im Hintergrund ertönte leise, beruhigende Musik. Die drei Tische standen in ausreichend großem Abstand voneinander entfernt, um Diskretion zu gewährleisten.

»Nehmen Sie doch Platz.« Nach all den Jahren der Trauer klang ihre Stimme ruhig und beherrscht.

Den Blick unverwandt auf sie gerichtet, kam Robert ihrer Aufforderung nach. Sie war nicht im herkömmlichen Sinne attraktiv, doch ihre makellose, feinporige Haut verlieh ihr eine gewisse Schönheit. Es war, als spiegele sich ihre Seele in den geröteten Wangen und den unnatürlich geweiteten Pupillen. Mit den großen, runden Augen sah sie fast aus, als sei sie verrückt. Robert hätte es nicht gewundert.

»Ich heiße Cheryl«, sagte sie, und ihre Blicke huschten dabei über seinen Körper. Vielleicht musste das so sein, damit sie in seiner Vergangenheit und Zukunft lesen konnte.

Robert wusste, wie sie es machten, diese so genannten Hellseher. Ein Informationsschnipsel hier, eine Auskunft da – und schon hatten sie dich im Handumdrehen eingewickelt und zogen dir das Geld aus der Tasche. Doch in diesem Fall würde er *ihr* die Zukunft voraussagen – eine völlig neue Zukunft.

»Robert Knight«, sagte er und streckte ihr die Hand hin, was sie zu überraschen schien. Sie ignorierte die Geste.

»Wünschen Sie Tarot, die Kristallkugel oder Runen? Ich kann Ihnen fast alles anbieten.« Beim Sprechen schaute sie ihn nicht an.

»Ich weiß es nicht«, antwortete Robert wahrheitsgemäß. Seine Vergangenheit war ihm egal, und er glaubte nicht recht daran, dass er noch irgendeine Zukunft hatte. Er wollte lieber über sie selbst sprechen, über die Frau, die er für Rubys leibliche Mutter hielt. Die Frau, die durch Erins Schuld unfassbares Leid erfahren hatte. Die Frau, die ihr Kind zurückbekommen würde, wenn er zur Polizei ginge. Dann dachte er an Erin, die er immer noch liebte – oder etwa nicht? Er sah sie verzweifelt und gebrochen im Gefängnis sitzen, unfähig, ihm seinen Verrat jemals zu verzeihen. Sein Herz schlug ihm bis zum Hals.

Konnte es denn Zufall sein, dass im Schein der zahlreichen Kerzen, die im Raum verteilt waren, Cheryls dunkles Haar denselben silbrig-schwarzen Schimmer aufwies wie Rubys? Warum erinnerten ihn ihre vollen Lippen, die langgestreckten Gliedmaßen, die knochigen Finger und der lange, schlanke Hals, der aus dem Kragen der lilafarbenen Chiffonbluse hervorragte, so sehr an seine Stieftochter?

»Was würden Sie denn empfehlen?« Da er ahnte, was sie in ihrem Leben durchgemacht haben musste, sprach er betont sanft und freundlich.

»Geben Sie mir Ihre Hand«, forderte sie ihn auf, den Blick

nach wie vor gesenkt. Ob sie wohl weiß, warum ich hier bin?, fragte er sich. Immerhin gab sie sich ja als Hellseherin aus.

Sie fuhr mit dem Finger über seine schweißfeuchte Handfläche. »Aha, ein Geschäftsmann.« Ihr Lächeln verdrängte für einen Moment ihre innere Traurigkeit. Er überlegte, woher sie das wohl wusste und was sie an dieser Tatsache so belustigend fand. »Und immer im Stress, nicht?« Es war eine Frage, keine Feststellung.

Endlich schaute sie Robert in die Augen. Er nickte nur knapp, um ihr nicht zu viel zu verraten. »So hat jeder seine Probleme, nicht wahr?«

Die leisen Stimmen von den Nachbartischen wurden unhörbar, und die Geräusche aus der Wirtsstube kamen wie aus einer anderen Welt.

Cheryl schloss für einen Augenblick die Augen und seufzte. Bevor Robert recht merkte, dass sie zitterte, hatte sie seine Hand bereits losgelassen. »Also, falls es Sie beruhigt, Sie werden ein langes Leben haben.« Sie lehnte sich auf ihrem Stuhl zurück und schaute ihn lächelnd an.

»Ein langes Leben voller Stress? Hm.« Robert lächelte zurück.

»Es wird nicht immer so schlimm sein.« Sie warf noch einen raschen Blick auf seine Hand. »Jetzt ist gerade die schlimmste Phase. Wenn Sie die erst mal überstanden haben …«

»Gilt das denn nicht für jeden? Haben nicht alle Leute, die zu Ihnen kommen, Probleme?« Im selben Augenblick bereute Robert seine Worte. Er war schließlich nicht hergekommen, um mit ihr ein Streitgespräch anzufangen.

»Wir haben tatsächlich alle unsere Probleme, Mr Knight. Doch wir unterscheiden uns in der Art, wie wir damit umgehen.« Abrupt ließ sie Robert los und legte ihre Hände um die Kristallkugel. Verzerrt und gebrochen spiegelte sich ihr Gesicht im Glas – ein Abbild ihrer Seelenpein.

»Erzählen Sie mir etwas über die Zukunft meiner Familie.«

Damit hatte er ihr verraten, dass er eine Familie besaß, aber das spielte jetzt keine Rolle. Er wollte unbedingt auf Ruby zu sprechen kommen. Vielleicht würde Cheryl ja ihre eigene Zukunft in der seinen lesen. Dann brauchte er ihr die Wahrheit nicht beizubringen und würde nicht vollends zum Verräter an Erin werden.

Während sie sich in die Kristallkugel vertiefte, dachte Robert darüber nach, was wäre, wenn er sich irrte. Doch die Polizei war vor dreizehn Jahren zu demselben Schluss gekommen. Ein und derselbe Kriminalbeamte hatte sowohl im Fall des entführten Babys als auch im Fall von Ruths Verschwinden ermittelt.

Robert sah ebenfalls in die Glaskugel und versuchte sich vorzustellen, wie Ruth, seine Erin, das Kind einer anderen Frau entführte. Doch aus der Kugel starrte ihm nur das Gesicht von Mary Bowman entgegen, der man die Kinder wegnehmen wollte.

»Ich sehe eine Frau. Ihr Leben ist zart wie ein Hauch.« Cheryls Stimme kam von weit her. Sie wandte den Blick nicht von der Kristallkugel. »Ständig hat sie Angst. Ständig läuft sie davon.« Unvermittelt ließ Cheryl die Hände sinken. Mit ausdruckslosem Gesicht und starrem Blick drehte sie sich um, zog eine Mohairstola von der Stuhllehne und legte sie sich um die Schultern. Robert sah, dass sich die Härchen auf ihren Unterarmen aufgerichtet hatten.

»Sprechen Sie weiter«, drängte er. Er glaubte zwar nicht an diesen ganzen Kram, aber womöglich hatte sie ja wirklich etwas gesehen.

Wieder der Blick in die Kristallkugel. »Soll ich aufrichtig zu Ihnen sein?«

»Natürlich.« Er wäre auch gern aufrichtig zu dieser Frau gewesen, aber dann hätte er Erins Leben zerstört.

»Sie haben jemanden verloren, der Ihnen nahe stand. Es ist noch gar nicht so lange her. Sie geben sich selbst die Schuld dafür und drehen sich im Ihren Gedanken und Gefühlen immer im Kreis.« Cheryl zog sich die Stola enger um die Schultern. »So viel Angst«, flüsterte sie mit furchtsamem Blick.

»Und was noch?« Robert war plötzlich so versessen auf Einzelheiten, dass er den Grund seines Kommens fast vergaß. Cheryl hatte eindeutig Jenna gesehen.

»Mehr sehe ich nicht.«

»Können Sie nicht oder wollen Sie nicht?« Roberts Stimme klang viel zu laut. Am liebsten hätte er sie angeschrien und sie geschüttelt und gleich darauf ihr Gesicht in seine Hände genommen und ihr zugeflüstert, dass alles Leid nun ein Ende hatte. Dass er ihr verlorenes Kind wiedergefunden hatte, dass seine Frau Erin es entführt und als ihr eigenes aufgezogen hatte, und dass sie, Cheryl, es zurückbekommen konnte. Und wenn sie wollte, durfte sie es für immer behalten.

Allerdings würde er damit das Leben eines jungen Mädchens zerstören, das gerade erst Zuversicht und Selbstvertrauen entwickelt hatte. Wie sollte er Ruby die einzige Mutter nehmen, die sie jemals gekannt hatte? Wie konnte er die Frau, die er liebte, derart hintergehen? Denn zweifellos würde Erin angeklagt und verurteilt werden, und im ganzen Land würden sich die Leute das Maul über sie zerreißen.

Wie sollte er das fertigbringen?

Robert saß zusammengesunken auf seinem Stuhl und stieß ein so lautes Stöhnen aus, dass sich mehrere Köpfe nach ihm umdrehten. »Tut mir leid«, sagte er, als er Cheryls erstaunte Miene bemerkte. »Ich habe eine harte Woche hinter mir.«

Um ihm über die Verlegenheit hinwegzuhelfen, legte Cheryl einige Tarotkarten aus. Robert betrachtete die bunten Bilder, deren Bedeutung ihm schleierhaft war. Selbst wenn sie ihm vorausgesagt hätte, dass er am nächsten Tag von einem Bus überfahren werden würde, wäre es ihm egal gewesen. Das Einzige, was er wollte, war, dass sie auf ihr Baby zu sprechen kam.

»Wie ich es mir gedacht habe«, sagte sie, nun wieder ganz

geschäftsmäßig, so als hätte es diesen Augenblick der engen Verbindung zwischen ihnen nie gegeben. »Ein langes Leben mit vielen Veränderungen zum Besseren.« Dann fügte sie hinzu: »Sie haben doch bestimmt noch Fragen. Die hat doch jeder.«

O ja.

»Lassen *Sie* sich auch die Zukunft vorhersagen?«, fragte er.

Cheryl lehnte sich belustigt zurück. »Ich kann meine eigene Zukunft lesen. Warum sollte ich dafür jemand anderes engagieren?«

Robert erwiderte nichts. Also fuhr Cheryl fort, die Karten zu deuten, sagte etwas von einer Zwickmühle, einem Scheideweg. Nichts, was nicht ebenso gut auf jeden anderen Klienten gepasst hätte. Dann fügte sie noch hinzu, er habe den falschen Beruf, was eindeutig nicht stimmte. Robert schaute auf die Uhr und überlegte, wie viel Zeit ihm noch blieb.

»Darf ich Sie zu einem Drink einladen, wenn Sie hier fertig sind?«

»Ich bin heute spät dran. Und ich habe noch fünf weitere Klienten.« Sie errötete und vermied abermals den Blickkontakt.

»Wie wäre es morgen Mittag zum Essen?«

»Mr Knight, sind Sie hergekommen, um sich mit mir zu verabreden oder soll ich Ihnen die Zukunft vorhersagen?« Sie schob die Tarotkarten ein Stück von sich und verschränkte die Arme vor der Brust.

»Tut mir leid. Wahrscheinlich sind Sie verheiratet und haben Familie und finden mich ziemlich aufdringlich …«

»Sie haben mir bereits verraten, dass *Sie* eine Familie haben!«

»Ich habe Ihnen nicht etwa ein Date vorgeschlagen, sondern wollte Sie nur zu einem Drink einladen.« Robert schluckte und musste im selben Augenblick daran denken, dass sie ebenso mit der Körpersprache vertraut war wie er selbst. »Sind Sie denn nun verheiratet, oder nicht?« Er erinnerte sich, dass in einem der alten Zeitungsartikel von einem Ehemann – Andrew Varney oder so – die Rede gewesen war. Doch angesichts Cheryls Reaktion bereute er sein Nachfragen sofort. Sie ließ den Kopf hängen und verschränkte die Hände im Schoß. Ihr Atem ging flach.

»Ich bin geschieden.« Die Worte fielen ihr sichtlich schwer. »Schon seit langem.« Verlegen schob sie die Tarotkarten hin und her.

»Ich bin Witwer, aber wieder verheiratet.« Robert hoffte, Cheryl würde erkennen, dass sie etwas gemeinsam hatten. Dass sie beide jemanden verloren hatten, den sie liebten. Er hoffte, dass sie den nächsten Schritt tat. »Haben Sie Kinder?«, fragte er.

Das Schweigen zwischen ihnen zog sich endlos in die Länge. Mit leerem Blick starrte Cheryl vor sich hin, doch Robert wusste, dass sich hinter ihrer Teilnahmslosigkeit, hinter dem schokoladenbraunen Haar, der makellosen Haut, den unergründlichen Augen, hinter all ihrem Leid tiefe Gefühle verbargen.

»Nein!« Wie einen Speer schleuderte sie ihm das Wort entgegen. Was sie damit ausdrücken wollte, war klar: *Frag mich nichts mehr!*

»Ich habe eine Tochter«, sagte er. Jetzt war es heraus! »Sie ist dreizehn.«

Cheryl lächelte. »Schwieriges Alter.« Sie schien dankbar zu sein, dass er das Thema gewechselt hatte.

Robert schnappte ein paar Wortfetzen vom Nebentisch auf, wo ein Wahrsager einer Klientin aus der Hand las. Verstohlen warf er einen Blick hinüber. Die junge Frau lauschte wie gebannt den Worten des älteren Mannes.

»Hat sich schon mal jemand bei Ihnen beschwert, weil Ihre Vorhersagen nicht eingetroffen sind?« Robert wusste selbst nicht, wie er darauf kam.

»Sein Schicksal reklamieren?« Cheryl lachte. »Das geht ja wohl schlecht. Man kann sein Leben doch nicht umtauschen und ein neues verlangen.«

»Aber was ist, wenn Sie so sehr danebengelegen haben – Sie wissen schon, mit Ihren Auskünften –, dass jemand sein Geld zurückhaben will?«

»Wenn jemand so unzufrieden wäre, würde ich wohl kein Geld von ihm verlangen.«

»Und was, wenn Sie etwas ganz Offensichtliches übersehen hätten? Müsste er dann bezahlen?«

»Ich kann meinen Klienten nur sagen, was ich sehe. Und meine Einsichten gewinne ich auf unterschiedliche Art und Weise.« Cheryl deutete auf die Kristallkugel und die Karten. »Wenn Sie solch ein Skeptiker sind, Mr Knight, würde ich vorschlagen, dass Sie keinen Hellseher mehr aufsuchen.« Cheryl hatte sich offenbar wieder völlig gefangen.

»Wie sind Sie überhaupt dazu gekommen? Zur Hellseherei, meine ich.«

»Ich bin selbst mal zu einer Wahrsagerin gegangen, und die hat mir verraten, dass auch ich die Gabe besitze.«

»Warum sind Sie denn zu der Wahrsagerin gegangen?« Scheinbar hatte Robert mit seiner Frage einen wunden Punkt berührt, denn Cheryl stand unvermittelt auf. »Mr Knight, ich berechne Ihnen nichts für diese Beratung, da Sie offensichtlich nicht daran interessiert sind, etwas über sich zu erfahren. Und wenn Sie jetzt so freundlich wären …« Sie machte eine Handbewegung zur Tür. »Auf mich warten noch echte Klienten. Guten Abend.«

Robert war ganz froh über ihre Entrüstung. Das gab ihm wenigstens die Gelegenheit loszuwerden, was ihm auf der Seele brannte. Er erhob sich ebenfalls und stützte sich mit den Händen auf das wackelige Tischchen.

»Ich weiß es«, sagte er mit der leisen, beherrschten Stimme, die er sich in langen Berufsjahren mit schwierigen Klienten,

aber auch in seinen jüngsten Auseinandersetzungen mit Erin angeeignet hatte. »Ich weiß, was geschehen ist.«

Cheryl legte den Kopf schief. Eine steile Falte erschien zwischen ihren Brauen.

»Ich weiß von Ihrem Baby.«

Cheryl taumelte und klammerte sich an die Stuhllehne. Sie griff so fest zu, dass die Fingerknöchel weiß hervortraten.

»Ich habe Ihr Kind gefunden, Cheryl. Jetzt ist alles wieder gut.«

26

Ich fand bald heraus, was es mit den billigen Unterkünften auf sich hatte. Dort wurde nicht viel verlangt, aber auch nur wenig geboten. Ein paar Nächte hier, ein paar dort. Denn sobald ich mich länger an einem Ort aufhielt, fing jemand an, unbequeme Fragen zu stellen. Nachdem es mir gelungen war, einige ehemalige Freier aufzuspüren und ein paar Hunderter zu verdienen, spendierte ich Ruby eine Nacht in einem piekfeinen Hotel. Wir aßen Eis direkt aus der Packung und schauten uns dabei rührselige Filme an, bis wir in dem übergroßen Bett einschliefen.

Dann sah ich die Anzeige. Wahrscheinlich wäre ich achtlos daran vorbeigegangen, wenn Ruby nicht stehen geblieben wäre, um sich ihren Turnschuh zuzubinden. *Verkäuferin gesucht.* Ich ließ Ruby vor dem Blumengeschäft warten, ging hinein und beeindruckte den Inhaber mit meinen umfassenden botanischen Kenntnissen. Am nächsten Tag trat ich die Stelle an, und am Wochenende darauf bezogen wir ein Zimmer in einer Studenten-Wohngemeinschaft. Denen war es egal, wo wir herkamen, weil ich vom Lohnvorschuss die Miete für zwei Wochen im Voraus bezahlt hatte. Irgendwie war es gut, wieder in London zu sein.

Zwei Wochen nachdem das Schuljahr begonnen hatte, meldete ich Ruby an der örtlichen Gesamtschule an. Auch für sie war es ein Neubeginn – ihr erstes Jahr auf einer weiterführenden Schule. Sie war jetzt elf. Es dauerte einen ganzen Monat, bevor ich merkte, dass sie die Schule schwänzte. Einmal fand ich sie weinend im Bett. Ihr Kopfkissen war von Tränen durchnässt, und sie hatte sich einen Zipfel ihrer Bettdecke in den Mund gestopft, damit man ihr verzweifeltes Schluchzen nicht hörte. Als ich ihr das Stoffstück aus dem Mund zog, begann sie zu schreien. Ich ging mit ihr ins Badezimmer, wo ich die blauen Flecken auf ihrem Rücken entdeckte.

Ich machte sofort einen Termin beim Direktor ihrer Schule, doch der hatte nur wenig Zeit für mich.

»Wir haben noch mehr nicht sesshafte Kinder an unserer Schule. Warum spielt sie nicht mit denen?« Er dachte, wir wären Zigeuner.

Eine Zeit lang erlaubte ich Ruby, mit in den Blumenladen zu kommen, wo ich arbeitete. Er lag an einer belebten Einkaufsstraße und jeden Vormittag lief sie zum Bäcker und holte Doughnuts und heiße Schokolade. Bald aber wurde ihr das langweilig, und sie wollte lieber wieder zur Schule gehen. Ich musste sie erneut anmelden, weil die Schulsekretärin gedacht hatte, wir wären fortgezogen.

Nach ein paar Monaten hatte ich so viel verdient, dass ich uns ein möbliertes Zimmer mieten konnte. Endlich hatten wir unser eigenes Zuhause, und das Anstehen vor dem Badezimmer und die gekennzeichneten Lebensmittel im Kühlschrank gehörten der Vergangenheit an. Als die Schule eine Kopie von Rubys Geburtsurkunde verlangte, versprach ich, sie nachzureichen, tat es aber nie. Schließlich fragten sie nicht mehr danach. Wir waren die Mühe einfach nicht wert.

Neben dem Blumenladen befand sich eine Musikalienhandlung. Um Viertel vor vier stieg Ruby immer aus dem Schulbus, der direkt vor dem Laden hielt. Sie bemühte sich, nicht gleich zu lächeln, wenn sie sah, wie ich durch die Schaufensterauslagen hindurch nach ihr Ausschau hielt. Und statt gleich zu mir zu kommen, ging sie in das Geschäft nebenan und strich sachte mit den Fingern über die Tasten der Flügel von Blüthner und Steinway.

Anfangs sah es der Inhaber gar nicht gern, dass ein kleines Mädchen mit seinen klebrigen Fingern die teuren Instrumente betatschte, doch eines Tages, als Ruby den Mut aufbrachte, eine komplizierte Tonfolge zu spielen, zog er einen Klavierhocker heran und stellte die Höhe für sie ein.

»Du kannst spielen?«, fragte er. Ruby nickte nur, ganz starr vor Schreck. Doch gleich darauf hörte ich durch die Wand, wie meine Tochter in Debussy, Chopin und Mozart schwelgte. Sie spielte alles, was Baxter ihr im Laufe der Jahre beigebracht hatte. Von da an durfte sie, wann immer sie wollte, in das Musikgeschäft gehen und spielen. Das wäre gut fürs Geschäft, sagte der Inhaber.

Noch ein paar Monate später konnte ich mir ein gebrauchtes Klavier für Ruby leisten. Ich weiß bis heute nicht, wie die Möbelpacker es schafften, das Ding in unsere winzige Einzimmerwohnung zu quetschen.

Ich gestalte das Schaufenster von »Floristik taufrisch« neu. Mit der Zeit habe ich gelernt, dass die Kunden alle paar Wochen eine ganz neue Dekoration erwarten. Das hält ihr Interesse wach. Baxter hat mir beigebracht, wie wichtig eine gefällige Auslage ist. »Damit präsentierst du dich der Welt«, sagte er immer.

Heute will ich einen Strand mit angeschwemmtem Treibholz nachbilden. Dazu brauche ich außer Strandkieseln noch ein paar knorrige trockene Äste und weiß angestrichene Holzpaletten, auf denen ich verzinkte Gefäße mit Ziergräsern arrangiere. Es ist mir gelungen, ein Fischernetz aufzutreiben, das ich jetzt hinter der Strandszene aufhängen will, doch es fällt immer wieder herunter. Von all den Leuten, die mir im Vorübergehen einen neugierigen Blick zuwerfen, kommt nicht einer auf die Idee mit anzufassen. Schließlich mache ich erst mal eine Kaffeepause. Gegen den Ladentisch gelehnt begutachte ich mein Werk und warte darauf, dass das Wasser kocht.

Am Ende wird das Schaufenster doch noch so, wie ich es haben will. Die Passanten betrachten es beifällig, und eine meiner Stammkundinnen macht mir ein nettes Kompliment.

Sie kommt zweimal die Woche und kauft ein Gesteck für die Steuerberaterkanzlei, in der sie arbeitet. Da einige Blumen die Köpfe hängen lassen, hole ich die Sprühflasche und die Trittleiter, doch bevor ich anfangen kann, kommt Robert herein. Mein Herz macht einen kleinen Sprung; ich habe es gern, wenn er überraschend vorbeischaut.

»Schatz, das ist aber eine Überraschung!« Lächelnd springe ich rückwärts von der Leiter, die Sprühflasche noch immer in der Hand. »Du hast doch gesagt, du würdest den ganzen Tag unterwegs sein.« Er hat mir gestern einen Zettel hingelegt, dass er für Den zu einer Konferenz fahren müsse. »Das war aber gemein von Den, dich so kurzfristig zu dieser Konferenz zu schicken. Ich habe dich letzte Nacht vermisst.« Ich will ihm einen Kuss geben, überlege es mir aber anders. »Du hast dringend eine Dusche nötig, Mr Knight.« Aus Spaß bespritze ich ihn mit Wasser. Er antwortet nicht, sondern schaut mich nur ausdruckslos an. »Erinnere mich nachher daran, dass ich dir ordentlich den Rücken schrubbe.«

Robert sagt noch immer nichts. Er wandert durch den Laden, als suche er etwas, und stößt dabei einen Eimer mit Gerbera um. Dann lehnt er sich an die Ladentheke, die Hände krampfhaft zu Fäusten geballt. Sein Atem geht keuchend, als wäre er gerannt. Endlich dreht er sich zu mir um und sagt ziemlich ruhig: »Duschen wäre jetzt wirklich das Richtige. Ich bin fix und fertig.«

Na also. Ich kann mir das Grinsen nicht verkneifen. »Lass mich nur eben die Blumen reinholen, dann schließe ich für den Rest des Tages.« Ich zwinkere ihm zu und mache mich daran, die Eimer in den Laden zu ziehen. Wenn er mir helfen würde, wären wir schneller zu Hause, aber er tut es nicht. Er starrt mich nur an, als wäre ich eine Wildfremde. Wir fahren in zwei Autos heim. Als ich in den Rückspiegel schaue, sieht es im Sonnenlicht so aus, als stünde Roberts Mercedes in Flammen.

Neun Monate, nachdem ich das möblierte Zimmer gemietet hatte, zogen wir in eine Zweizimmerwohnung um. Mein Lohn reichte gerade für die Miete, doch ich widerstand der Versuchung, meinen Körper zu verkaufen. Davon wollte ich nichts mehr wissen, zumal Becco zum Glück meine Spur verloren hatte.

Die Wohnung war hässlich und roch nach Katzen, doch es dauerte nicht lange, da hatten wir sie nach unserem Geschmack gestaltet. Jetzt duftete es nach Lavendel und selbstgekochtem Essen. Zum ersten Mal im Leben besaß ich eine eigene Küche.

Ruby schien in der Schule besser zurechtzukommen, auch wenn sie noch immer von einigen Kindern gehänselt wurde. Ich konnte nur hoffen und beten, dass es nicht wieder schlimmer wurde. Sie hatte Spaß am Französisch- und Musikunterricht und freundete sich mit einem Mädchen namens Alice an, die hin und wieder mit zu uns kam. Ich arbeitete hart für den Inhaber des Blumengeschäfts. Mit dem, was ich in Brighton gelernt hatte, machte ich aus seinem armseligen Laden eines der beliebtesten Floristikgeschäfte weit und breit.

Ich schrieb Baxter und erzählte ihm von unserem Leben in London, doch eine Zeit lang erhielt ich keine Antwort. Ich hatte schon Angst, er wolle nichts mehr von mir wissen, weil er mich für Patricks Tod verantwortlich machte – womit er in gewisser Weise ja auch recht hatte. Aber ich ließ nicht locker, und schließlich schrieb er mir zurück. Anfangs war er ziemlich kurz angebunden, doch dann berichtete er mir, wie es ihm ging und dass jetzt zwei Verkäuferinnen für ihn arbeiteten. Er hatte mir das Leben gerettet, und zum Dank hatte ich seines zerstört. Doch Baxter war nicht so leicht unterzukriegen.

Als wir endlich zu Hause sind, prickelt mir der Schweiß auf der Haut. Im Haus ist es schön kühl. Robert hat offenbar schlechte Laune, aber ich werde ihn schon auf andere Gedanken bringen. Ich werfe ihm eine Kusshand zu, doch er schaut gar nicht her. Also laufe ich nach oben, ziehe mich aus und hinterlasse mit meinen Kleidungsstücken eine Spur vom Schafzimmer ins Bad. Ich stelle mich unter die Dusche und lasse das Wasser zwischen meinen Brüsten hinabrinnen. Ich bin aufgedreht und übermütig.

Aber da Robert den Köder offenbar nicht geschluckt hat, muss ich wohl noch deutlicher werden. Warum er wohl derart miese Laune hat? »Robert, Hilfe! Komm schnell!« Zehn Sekunden später ist er oben und reißt die Duschtür auf. Ich habe mich von oben bis unten eingeseift und er weiß gar nicht, wo er zuerst hinschauen soll. »Zieh dich aus und komm rein. Du bist so verschwitzt! Komm, lass dich von mir waschen.« Ich werfe ihm noch einen Kuss zu. Ich spüre, wie sehr er mich begehrt, doch er steht nur da und glotzt mich an. Da greife ich nach ihm und ziehe ihn, vollständig bekleidet, wie er ist, zu mir unter die Dusche. Damit hat er nicht gerechnet. Der Anblick ist so komisch, dass ich Tränen lache. »Ich habe doch gesagt, dass ich dich sauber kriege.« Kichernd presse ich meinen glitschigen Körper an ihn. Seine Kleider sind sowieso schon durchweicht. »Zieh das Hemd aus.« Er gehorcht widerwillig. »Aber, aber, nun sei doch nicht so grantig. Du wirst schon sehen, was du davon hast, wenn du unbedingt ein schmutziger Junge sein willst …« Mit zusammengekniffenen Augen betrachtet er mich von oben bis unten. Ganz bestimmt hat er auch Lust darauf.

»Es gibt etwas, worüber wir reden müssen«, sagt er und stemmt beide Hände gegen die Wand. Ich bin zwischen seinen Armen gefangen. »Es ist was Ernstes.«

Da kommt mir zum allerersten Mal der Verdacht, dass er Bescheid weiß.

Ruby war im Laden nebenan und spielte Klavier, ein wildes, wütendes Stück, das sie selbst komponiert hatte. Es war ein

Zeichen dafür, dass sie wieder einmal Ärger in der Schule gehabt hatte. Im Geschäft war nicht viel los, da es schon den ganzen Tag lang ununterbrochen regnete. Bei diesem Wetter konnte ich noch nicht einmal die Eimer mit Blumen vor die Tür stellen. Eigentlich hätte ich genauso gut schließen können, denn der Besitzer des Ladens schaute nicht mehr oft vorbei. Er überließ mir die Bestellungen und vertraute mir völlig bei den Abrechnungen. Ihm war wohl klar, dass ich ihn nicht übers Ohr hauen würde, weil ich auf den Job angewiesen war.

Dass ich so frei schalten und walten konnte, gab mir Selbstvertrauen. Ich fing an, mich anders zu kleiden, legte mir eine modische kinnlange Frisur zu und ließ mir blonde Strähnchen färben. Im Stillen hoffte ich sogar, eines Tages einen Mann kennenzulernen. Einen, der mich liebte und mich nicht bezahlte. Ich versuchte mir vorzustellen, wie es war, sich von einem Mann anfassen zu lassen, ohne vorher den Preis auszuhandeln.

Ich war gerade dabei, die Wocheneinnahmen zusammenzurechnen, als die Ladenklingel ging. Ich schaute auf und schob die Lesebrille hoch. Ich brauchte nicht wirklich eine Brille, aber mir hatte das Schildpattgestell so gut gefallen, also ließ ich mir ein paar ganz schwache Gläser einsetzen und kaufte die Brille. Damit sah ich so entschlossen aus – als hätte ich mein Leben im Griff. Der Mann blieb in der Tür stehen und putzte sich sorgfältig die Füße ab. Das war eigentlich nicht nötig, da ich sowieso jeden Abend den Boden wischte. Er machte seinen Schirm zu und lehnte ihn gegen die Wand. Den wirst du vergessen, dachte ich.

»Hallo«, sagte er und lächelte. Dann wanderte er durch den Laden und ich widmete mich wieder meinem Taschenrechner. Ein-, zweimal schaute ich auf, wie es meine Gewohnheit war, wenn sich Kunden im Laden aufhielten, doch er merkte es nicht.

»Kann ich Ihnen helfen?« Meine Frage schien ihn zu verwirren, denn er starrte mich ein paar Sekunden lang ausdruckslos an. Dann zog er einen Strauß Rosen aus einem Eimer und legte ihn auf den Ladentisch.

»Danke«, sagte er, als ich die Blumen einwickelte, und stützte sich mit der linken Hand auf die Theke. Ich sah, dass er keinen Ehering trug. Er hatte hübsche Hände.

»Das macht bitte acht neunundneunzig.« Unauffällig musterte ich sein Gesicht. Er wirkte müde. Sein dunkles Haar war windzerzaust und seine Augen blickten unendlich traurig. Lächelnd reichte er mir seine Kreditkarte. Ich zog sie durch das Lesegerät, und nachdem ich einen kurzen Blick auf die Unterschrift geworfen hatte, gab ich sie ihm zurück.

»Vielen Dank, Mr Knight. Würden Sie bitte den Betrag prüfen und hier unterschreiben.« Den Stift schon in der Hand, verharrte er plötzlich.

»Ich höre Musik«, sagte er mit leicht geneigtem Kopf.

»Das ist meine Tochter. Sie spielt im Geschäft nebenan Klavier, bis es für uns Zeit ist, nach Hause zu gehen.«

»Sie spielt wirklich gut«, antwortete er. »Sie und Ihr Mann sind sicher sehr stolz auf sie.«

»Ich habe keinen Mann«, sagte ich. Ich wollte, dass er das wusste. Für alle Fälle.

»Nun ja, vielen Dank.« Er ging hinaus in den Regen.

Jetzt heißt es einfach durchhalten. Ich sitze hier wie in einer Falle, während das warme Wasser an uns hinunterläuft, und er will mit mir über was Ernstes reden. Ich habe aber keine Lust dazu. »Was Versautes fände ich schöner«, sage ich und verteile Duschgel auf seiner Brust. »Du willst doch wohl nicht ausgerechnet jetzt irgendwelche langweiligen Sachen besprechen! Was Ernstes kann warten.« Ich nehme den Duschkopf und spüle den Seifenschaum ab, dann fahre ich mit der Zunge über seine Brust. Seltsamerweise zuckt Robert so stark zurück, dass er sich den Ellbogen an der Duschabtrennung stößt. Ich verdoppele meine Anstrengungen, bedecke ihn mit Küssen. Dann löse ich den Gürtel seiner Hose, gehe vor ihm auf die Knie und ziehe ihm das klatschnasse Teil bis zu den Knöcheln hinunter. »Wo ich schon mal hier unten bin …« Endlich reagiert Roberts Körper auf meine Berührungen.

Doch plötzlich fasst er mich mit beiden Händen unter den Achseln und zieht mich unsanft hoch. Unsere Gesichter sind sich ganz nahe. »Wie oft, glaubst du, haben wir schon miteinander geschlafen?« Ich weiß nicht, was die Frage soll.

»Mal sehen.« Ich zähle zuerst an meinen Fingern, dann an Roberts ab. Schließlich kauere ich mich in die Duschtasse und zähle an seinen Zehen weiter. »Zwei- oder dreihundertmal?« Ich fange an, seine nassen Beine zu küssen, doch wieder reißt er mich hoch. »Hey!« Er hat mir an der Schulter wehgetan.

»Was, glaubst du, bin ich dir für diese ganzen Male schuldig, so alles in allem?« Robert dreht das Wasser ab und zieht sich die nasse Hose hoch. Er starrt mich an, während ich reglos dastehe. Die Luft in der kleinen Kabine ist zum Schneiden. »Wird wohl langsam Zeit, dass ich meine Schulden begleiche.« Er drängt mich gegen die Wand, dass sich mir die Armaturen in den Rücken bohren. Dann packt er mich grob bei den Handgelenken und zieht meine Arme bis über den Kopf hoch.

Ich habe Angst und möchte nur noch raus hier. Und dann blende ich alles völlig aus. Es ist nicht das Geringste passiert. Mir geht's gut. Alles in Ordnung.

»Wie viel schulde ich dir für den ganzen Sex? Sag mir, was ist dein üblicher Satz?«

Ich kneife ganz fest die Augen zu und drehe das Gesicht zur Seite.

»Sag's mir!«

»Ich weiß nicht, was du meinst, Robert. Hör auf damit, du machst mir Angst.« Ich blinzle durch einen winzigen Spalt zwischen meinen Lidern und sehe, dass die Adern an seinem Hals geschwollen sind. »Lass mich ein Handtuch holen. Mir ist kalt.«

Endlich gibt Robert mich frei. Ich husche an ihm vorbei aus der Dusche, schnappe mir meinen Bademantel und hülle mich darin ein. Ich will nicht hören, was er zu sagen hat. Ich will einfach nicht.

»Wie viel?« Er versperrt mir den Weg ins Schlafzimmer.

»Robert, was ist letzte Nacht passiert? Du benimmst dich so komisch.« Meine Stimme bebt und ist viel zu schrill. Keine Panik! Er kann es nicht wissen. Völlig unmöglich.

»Ich war nicht auf einer Konferenz. Ich bin nach Brighton gefahren.«

»Brighton?« Ich hauche das Wort nur. Er weiß es nicht. Er *kann* es einfach nicht wissen. Durch die Milchglasscheibe scheint mir die Sonne auf den Rücken, doch sie wärmt mich nicht.

»Ich war bei Baxter King.«

»Ist das ein Anwalt? Oder ein Mandant?« Ich habe meine Stimme wieder in der Gewalt. Nach außen hin gelassen gehe ich auf Robert zu und schlüpfe unter seinem Arm hindurch ins Schlafzimmer. »Du hast den Namen noch nie erwähnt!«, rufe ich zurück. Im Vorbeigehen ergreife ich ein paar Kleidungsstücke. Ich ziehe Shorts und ein Top an und schlinge mir ein Handtuch um die Haare. Es ist nass, aber das ist jetzt egal. Hauptsache, ich komme hier raus. Ich schmiere mir Creme ins Gesicht und tusche mir flüchtig die Wimpern. Das muss reichen. Ich habe jetzt keine Zeit, das blöde Muttermal auf meiner Wange mit Make-up abzudecken. Ich lächle Robert im Spiegel zu und gebe mich ganz lässig.

»Du willst also behaupten, dass du noch nie etwas von einem Mann namens Baxter King gehört hast?«

»Genau.« Jetzt noch ein bisschen Lipgloss, weil er weiß, dass ich das immer benutze.

»Gehe ich dann auch recht in der Annahme, dass du noch nie in Brighton gelebt hast?«

»Voll und ganz. Ich bin überhaupt noch nie dort gewesen.«

Ich binde meine Uhr um. Dabei fluche ich im Stillen über das unpraktische Armband und versuche, nicht auf mein wild klopfendes Herz zu achten.

»Was würdest du sagen, wenn ich behaupte, dass ich etwas anderes gehört habe, nämlich dass du Baxter King sehr wohl kennst und einige Jahre in Brighton gewohnt hast?«

Er steht jetzt unmittelbar hinter mir und wirft mir im Spiegel einen finsteren Blick zu. »Ich würde sagen, dass du etwas Falsches gehört hast.« Ohne zu blinzeln, ohne zu atmen oder mich zu bewegen, starre ich zurück. Ich habe schon Schlimmeres als das hier erlebt.

»Wenn ich dir jetzt eine Frage stelle, von der unsere ganze gemeinsame Zukunft abhängt, wirst du mir eine ehrliche Antwort geben?«

»Sicher, aber …«

»Hast du dein Geld schon mal mit Sex verdient?«

Für mich bricht eine Welt zusammen. Ich kann es förmlich vor mir sehen, wie Ruby und ich die Flucht ergreifen, wieder einmal davonlaufen. Aber ich darf mir jetzt nichts anmerken lassen. Ich stehe auf und drehe mich zu Robert um. *Wie kann er uns das bloß antun?* Warum konnte er nicht alles so lassen, wie es war? Mir steigen die Tränen in die Augen; ich empfinde echtes Entsetzen. Plötzlich ertönen Lärm und laute Stimmen von unten. Es ist Ruby. Sie spielt Klavier.

Ich nutze die Gelegenheit, um aus dem Zimmer zu fliehen. Dabei rufe ich nach meiner Tochter.

Ich wusste gleich, dass er den Schirm vergessen würde. Er brauchte zwei Stunden, um es zu merken. In der Zwischenzeit hatte ich nur wenige Kunden. Dann klingelte erneut die Ladenglocke, und er war wieder da, nicht ganz so nass diesmal, weil der Regen mittlerweile nachgelassen hatte.

»Ich habe meinen Schirm vergessen.« Wieder putzte er sich die Schuhe ab.

»Ich weiß.« Ich langte hinter den Ladentisch. Ich hatte den Schirm ordentlich gerollt und mit dem Bändchen zusammengebunden.

»Eigentlich wollte ich auch noch mehr Blumen«, sagte er.

»Na wunderbar«, antwortete ich und reichte ihm den Schirm. Wir lächelten einander an, während ich ein paar Rechnungen von rechts nach links schob. Dann ging er durch den Laden und warf einen Blick in jeden einzelnen Eimer.

»Was würden Sie denn empfehlen?« Er stand halb versteckt hinter meinem neuen Arrangement aus Lilien. Als ich neben ihn trat, stellte ich fest, dass er größer war als ich.

»Für welchen Anlass soll's denn sein?« Ich stützte die Hände in die Hüften.

»Welche Blumen gefallen Ihnen am besten?«

Da brauchte ich nicht lange nachzudenken. »Schlichte Freesien. Weil sie so intensiv duften.« Ich deutete auf einen Eimer. Es waren nicht mehr viele übrig und er holte sie alle heraus. Sie tropften den Fußboden voll, also nahm ich sie ihm ab, wickelte sie ein und nannte ihm den Preis. Diesmal bezahlte er bar und hielt dabei den Strauß gegen seinen Mantel gepresst.

»Für Sie«, sagte er dann und reichte mir die Blumen zurück.

»Für mich?« Mit zitternden Händen nahm ich sie entgegen. Sollte dies tatsächlich …

»Haben Sie Lust, mit mir zu Abend zu essen?«

Und so fing es an.

Ruby hat einen Jungen mitgebracht. Nur schade, dass sie ihn nie wiedersehen wird. Er sieht interessant aus. Während sie ihm ihr neuestes Stück vorspielt, steht er an den Flügel gelehnt da und lauscht ganz verzückt. Robert unterhält sich mit ihnen. Ich hole in der Küche Pizza und Getränke für die beiden. Sie sollen die Sachen mit nach oben nehmen, damit Robert und ich hier unten allein sind. Doch gleich darauf fällt die Haustür ins Schloss. Robert ist weg. Bei dem Gedanken, dass ich ihn vielleicht zum letzten Mal gesehen habe, muss ich krampfhaft schlucken. Ich spüre, wie sich der Panzer, der in den letzten paar Monaten endlich verschwunden war, wieder um meinen Körper legt.

Als Ruby und ihr Freund Art zum Arbeiten in Rubys Zimmer gegangen sind, sammle ich einen Stapel Notenblätter ein und auch eine Hand voll CDs, die Ruby mit Robert aufgenommen hat. Ich weiß, dass sie die niemals zurücklassen würde. Leise, damit sie es nicht hört, hole ich oben aus dem Dielenschrank zwei große Reisetaschen und stelle sie auf mein Bett. Dabei muss ich daran denken, dass es von nun an nicht mehr mein Bett ist. Die Quiltdecke habe ich ausgesucht, genauso wie die passenden Lampenschirme und den Bettvorleger aus Fell, auf den Robert morgens seine Füße stellt. Auch diesen Gedanken schiebe ich rasch beiseite.

Mit Tränen in den Augen stopfe ich die Taschen mit Kleidungsstücken voll. Ich schaffe es, bei jeder Flucht mehr zu retten. Vielleicht muss ich eines Tages sogar einen Möbelwagen bestellen.

Ich raffe meine Toilettenartikel im Badezimmer zusammen, dazu ein paar Kosmetika vom Ankleidetisch und meine Schmuckschatulle. Einige der Schmuckstücke sind wertvoll und lassen sich bestimmt gut verkaufen. Im Kleiderschrank herrscht ein einziges Durcheinander. Viele Sachen sind von den Bügeln gerutscht, aber das ist mir jetzt egal. Ich gehe hoch in mein Arbeitszimmer, hole den Schlüssel unter dem Teppich hervor und nehme die Kassette aus ihrem Geheimfach im Schreibtisch. Wieder im Schlafzimmer stopfe ich Schlüssel und Kassette in eine der Taschen. Die andere ist für Rubys Sachen.

Eine Weile lang sitze ich einfach ruhig auf dem Bett, ohne zu weinen. Dann sage ich Art Bescheid, dass er jetzt gehen muss, und bringe ihn zur Tür. Natürlich ist das Geschrei groß, als ich Ruby erkläre, dass wir wieder einmal fortmüssen.

»Nur für ein paar Tage, wie ein Urlaub«, tröste ich sie, obwohl ich weiß, dass es für immer ist. Sie stampft mit dem Fuß auf und zerrt ihre Kleider ebenso schnell wieder aus der Tasche, wie ich sie hineinlege. »Es geht nicht anders«, sage ich. Plötzlich habe ich eine Idee. »Wir fahren zu Baxter. Den haben wir schon so lange nicht mehr besucht.« Da gibt Ruby nach und lässt mich ihre Sachen packen. Sie soll noch ein paar Dinge dazulegen, an denen sie besonders hängt. Als wir fertig sind, ziehe ich die Haustür hinter mir zu und werfe noch einen letzten Blick auf mein Haus, bevor der Taxifahrer unsere Taschen im Kofferraum verstaut.

»Victoria Station«, sage ich zu ihm.

27

Nachdem sie vergeblich auf dem Standesamt nachgeforscht hatten, verließen Robert und Louisa Northampton wieder. Drei Stunden lang quälten sie sich im Stau auf der M1 in Richtung Süden. Doch immerhin konnten sie sich so in Ruhe unterhalten, und Robert hatte mehr als genug Zeit zum Nachdenken.

»Würdest du Ruhe geben, wenn du ein für alle Mal wüsstest, dass Ruby Erins Tochter ist?« Louisa streckte den Kopf aus dem Fenster um zu sehen, ob es weiter vorn einen Unfall gegeben hatte. »Nichts. Außer massenweise Autos.«

»Dann bliebe nur noch die Tatsache, dass meine Frau eine Prostituierte war.«

»Angenommen, ihr würdet darüber reden, und angenommen, du könntest Verständnis für sie aufbringen, würdest du endlich Ruhe geben, wenn ich dir beweise, dass Erin und Ruby wirklich zusammengehören?«

»Dazu müsste Erin erst mal zurückkommen und …«

»Beantworte einfach meine Frage, Rob.«

»Ja.«

»Gut. Dann brauchen wir einen DNS-Test.« Louisa zog ihr Handy aus der Tasche. Interessiert hörte Robert zu, wie sie mit jemandem sprach, den sie anscheinend ziemlich gut kannte. »Nein, nicht diese Art von Gefallen.« Sie kicherte. Solch ein pubertäres Gehabe hatte Robert noch nie an ihr erlebt. »Ich brauche einen Mutterschaftstest, und zwar von jetzt auf gleich.« Louisa kicherte erneut und fuhr mit dem Finger über die Lederverkleidung der Autotür. »Haha, sehr witzig. Nein, er ist nicht für mich, und ebenfalls nein, ich bin schon vergeben.

Sag mir einfach, wie lange es dauert, wenn ich dir die Proben noch heute Nachmittag schicke.« Und dann, nach einer Pause: »James, du bist einfach ein Schatz. Du hast was gut bei mir.« Im selben Augenblick, als Louisa das Handy zuschnappen ließ, brach auch ihr albernes Lachen ab. »Vierundzwanzig Stunden, wenn er die Proben heute noch bekommt.«

Robert, noch immer überrascht über Louisas Flirten, dachte kurz nach. Dann sagte er: »Und was ist, wenn der Test ergibt, dass Erin nicht Rubys Mutter ist? Sind wir dann vielleicht schlauer?« Er trommelte mit den Fingern auf das Lenkrad. In dem Moment setzte sich der Wagen vor ihnen wieder in Bewegung. »Na endlich.«

»Ich kann nur etwas zum wissenschaftlichen Vorgehen sagen und nicht zu den moralischen Konsequenzen.«

Robert schnallte seinen Sicherheitsgurt ab und kramte in der Tasche nach Zigaretten, bevor ihm einfiel, dass sie ihm ausgegangen waren. Einige hundert Meter weiter steuerte er eine Tankstelle an.

»Versprich mir, dass du das Rauchen wieder aufgibst, wenn alles vorbei ist.«

Robert saß auf einem niedrigen Mäuerchen am Parkplatz und rauchte schon die vierte Zigarette. Ihr Qualm vermischte sich in der drückenden Hitze mit den Abgaswolken der dahinschleichenden Autos.

Jenna hatte es auch nicht gemocht, wenn er rauchte. Vielleicht hatte er ja deswegen wieder damit angefangen – um sie zu ärgern. Damit er in Gedanken nicht länger von ihrer Stimme, ihrem Duft, ihrem Geist und der Erinnerung an sie heimgesucht wurde. Robert hoffte, der stinkende Tabaksqualm würde sie vertreiben und sein Gewissen betäuben, sodass er tun konnte, was er tun musste.

Er ignorierte Louisas Worte. »Und jetzt sag mir, wie wir eine DNS-Probe von zwei Leuten bekommen, die verschwunden sind.« In seinem Berufsleben waren bereits mehrere Fälle vorgekommen, in denen es um Vaterschaftstests ging, doch von der Methode selbst hatte er keine Ahnung. Ihn hatten – wie jetzt auch – immer nur die Ergebnisse interessiert.

»Du wirst dich wundern, was wir dafür alles bei euch zu Hause finden können. Vielleicht müssen wir ein bisschen suchen, aber uns würden schon, sagen wir mal, einige Haare aus einer Bürste genügen oder ein Briefumschlag, den Erin angeleckt hat.«

Ein Stück von Erin und ein Stück von Ruby, dachte Robert, und schon konnte seine zerbrochene Familie wieder zusammengefügt werden. Ein paar Haare und ein bisschen Spucke, mehr war nicht nötig.

»Und wenn Erin nicht Rubys Mutter ist, was mache ich dann? Soll ich dann zur Polizei gehen oder Cheryl sagen, dass ich ihre Tochter gefunden habe?« Robert fragte sich, ob Cheryl womöglich schon die Polizei von ihrer seltsamen Begegnung unterrichtet hatte. Aber da sie nichts außer seinem Namen wusste, würden sie ihn wohl kaum aufspüren können.

»Wenn du Erin bei der Polizei anzeigst, verlierst du nicht nur deine Frau, und das schon zum zweiten Mal, sondern du nimmst Ruby auch die einzige Mutter, die sie jemals gekannt hat.«

»Ich wollte Cheryl doch nur sagen, wie hübsch Ruby ist, aber ich bin nicht dazu gekommen. Ich wollte ihr erzählen, dass sie dreizehn ist und begabt und eine tolle Pianistin und dass sie gerade ihren ersten Freund hat und schon ihre Periode und …« Er verstummte, zündete sich noch eine Zigarette an und blinzelte zu Louisa hoch, die missbilligend auf ihn herabblickte. »Um ehrlich zu sein, ich wollte Cheryl klarmachen, dass sie ihre Tochter *nicht* zurückbekommen kann.«

Robert musste wieder an Cheryls Gesichtsausdruck denken. Ihre Miene hatte bei seinen Worten zwischen Furcht und Erleichterung geschwankt. Dann war sie ganz blass geworden und hatte zu zittern begonnen. Sie sah aus, als hätte sie einen Geist gesehen. Warum nur, überlegte Robert weiter, war sie nicht auf die Knie gesunken und hatte ihn umarmt und ihn bestürmt, sie auf der Stelle zu ihrem vermissten Kind zu bringen? Warum hatte sie ihn nicht mit Fragen überschüttet, nachdem der erste Schock überwunden war?

Stattdessen war Cheryl nach einigen Schrecksekunden einfach weggelaufen. So gut, wie es in ihrem langen Rock eben ging, war sie aus dem Raum gerannt und in der Menge untergetaucht. Robert war stehen geblieben und hatte vergeblich gehofft, dass sie zurückkommen würde. Bevor er schließlich ging, nahm er eine Tarotkarte vom Tisch und steckte sie sich in die Tasche. Es war »die Gerechtigkeit«, die Karte der Wahrheit.

Louisa vergeudete keine Zeit. »Wenn wir uns nicht beeilen, hat das Institut für Genforschung an der Uni schon zu. Also zeig mir das Badezimmer, das Erin immer benutzt hat.«

Wenn sie ihn nicht am Arm mit sich gezogen hätte, wäre Robert eine Ewigkeit in der Diele stehen geblieben und hätte blicklos auf die Briefe gestarrt, die am Morgen für Erin gekommen waren. Empfänger unbekannt verzogen, dachte er, als er mit Louisa ins Bad hinaufging.

»Den meisten Kram hat sie mitgenommen«, sagte Robert. Louisa suchte Dusche und Waschbecken nach Spuren seiner Frau ab. Statt sie selbst ausfindig zu machen, waren sie nur hinter winzigen Spuren von ihr her. Konnte man in der DNS Unaufrichtigkeit erkennen?, dachte er. Lag die Neigung zum Lügen und Betrügen, zum Stehlen und Morden in den Genen?

»Verflixt!«, sagte Louisa und hielt ein einzelnes blondes Haar ins Licht. »Keine Wurzel. James hat gesagt, sie brauchen eine Wurzel, um Erbmaterial zu gewinnen. Wo hat Erin für gewöhnlich ihre Haarbürste aufbewahrt?«

Wo *hat* sie sie aufbewahrt, wiederholte Robert im Stillen. Früher mal – als ob sie tot wäre. »Hier.« Er führte Louisa zu

Erins Toilettentisch, und sein Blick fiel auf einen Lippenstift, der neben dem Hocker auf dem Boden lag. Als er sich bückte, um ihn aufzuheben, bemerkte er, dass der kleine Abfalleimer unter dem Tisch umgekippt war. Der Inhalt lag verstreut auf dem Teppich. »Schau mal hier.« Behutsam hob Robert ein kleines Knäuel blonder Haare auf und reichte es Louisa. Es sah aus wie ein winziges zartes Nest. »Reicht das?«

»Einfach perfekt.« Mit triumphierendem Lächeln untersuchte sie die Haare, die Erin offensichtlich aus ihrer Bürste gezupft hatte, und zog einige davon heraus. »Ein paar haben bestimmt noch Wurzeln. Sicherheitshalber gebe ich James das ganze Knäuel.« Louisa warf Robert einen prüfenden Blick zu. »Bist du sicher, dass das Erins Haare sind?«

Robert lachte kurz und freudlos auf. »Ruby hat lange schwarze Haare.« Stirnrunzelnd dachte er daran, wie unterschiedlich die beiden waren. »Meine sind es bestimmt auch nicht, und eine andere Möglichkeit gibt es nicht.«

Die Suche in Rubys Zimmer erbrachte keine geeignete Probe. Gerade wollte Louisa von der Küche aus ihren Bekannten im Genforschungsinstitut anrufen, da unterbrach Robert sie. »Ich habe ihr diese eklige Angewohnheit tausendmal verboten, aber jetzt bin ich froh darüber.« Mit einer angewiderten Grimasse zeigte er auf den Klumpen Kaugummi, der seitlich an einem halbvollen Glas Milch klebte. Das Glas stand neben den schmutzigen Tellern, die Erin und Ruby zuletzt benutzt hatten. »Ist Kaugummi geeignet?«

»Ja, aber bist du sicher, dass es wirklich von Ruby stammt?«

Robert lächelte. »Erin würde es nicht im Traum einfallen, so etwas in den Mund zu stecken. Ruby dagegen hatte immer ein Päckchen in der Tasche. Es ist ganz bestimmt ihres.«

Louisa nahm das Kaugummi mit einem Messer vom Glas und ließ es in einen Gefrierbeutel fallen. Dann griff sie nach der anderen Tüte mit den Haaren, sagte: »Die Autoschlüssel, bitte«, und schnappte sie sich, als Robert sie ihr hinhielt.

»Ich bin bald zurück. Bleib bis dahin ruhig hier sitzen und tu nichts Unüberlegtes.« Sie ging zur Tür, blieb jedoch noch einmal stehen, drehte sich zu Robert um und betrachtete sein betrübtes Gesicht, seine traurigen Augen. Sie kam zu ihm zurück und gab ihm einen Kuss auf die Wange. »Ich bin bald wieder da«, wiederholte sie flüsternd und drückte seinen Arm.

Doch Robert hatte keine Lust, allein in dem leeren Haus zu warten. Er suchte Erins Autoschlüssel und fuhr mit ihrem Wagen in den Sportclub. Nach einer wilden Solopartie Squash machte er sich eilig auf den Weg ins Büro.

Dort war alles still und friedlich. Tanya hatte die Computer ausgeschaltet und alle Schreibtischlampen gelöscht. Es war erst zehn nach sechs, doch die Akten der Mandanten mit all ihren Sorgen und Nöten ruhten bereits in den Schränken. Jedes Mal, wenn sie Feierabend machte, legte Tanya einen Finger an die Lippen und sagte: »Pst, Ruhe jetzt.«

Das Leder quietschte, als sich Robert in seinen Sessel fallen ließ. Vor ihm auf dem Schreibtisch lag eine einsame Akte. Robert mochte es, wenn sein Büro aufgeräumt war. Dann wurde er nicht ständig daran erinnert, dass sich in Wahrheit die dringenden Fälle stapelten. Er nahm die Akte zur Hand und las die Aufschrift. Wie er vermutet hatte, handelte es sich um den Bowman-Fall.

Abermals sah er Mary Bowman vor sich, wie sie mit ihrem grün und blau geschlagenen Gesicht hier in seinem Büro gesessen hatte. Sie hatte behauptet, sie würde aufgeben, doch Robert wusste, dass das nicht stimmte. Wie konnte jemand kampflos auf seine Kinder verzichten? Und welches Recht hatte er, den Richter dazu zu bewegen, ihr die Kinder wegzunehmen? Sie waren nur Schachfiguren in einem schmutzigen Spiel, mit dem er nichts mehr zu tun haben wollte. Ihm dämmerte langsam, dass es für eine Mutter manchmal Situationen geben konnte, die ihr ausweglos erschienen.

Robert ging hinüber in Dens Büro und goss sich einen Drink ein. Er schaute sich im Zimmer seines Seniorpartners um: Die echten Gemälde, die antiken Möbel, die Regale mit den ledergebundenen Büchern – all das vermittelte nur die eine Botschaft: Ich bin reich und ich werde deinen Fall gewinnen. Den zog sich die wichtigen Mandanten an Land, von denen es allerdings nicht allzu viele gab, und ihm, Robert, blieb der Abschaum. Die Jed Bowmans dieser Welt.

Am liebsten hätte er die Akte auf Dens Schreibtisch gelegt, versehen mit einem Zettel »Bitte übernehmen«. Doch wenn er das tat, würde Jed gewinnen. Den würde Marys Ansprüche abschmettern, und ihr Mann bekäme das Sorgerecht für die Kinder. Mary Bowman war als Mutter ungeeignet. Sie war medikamentenabhängig und hatte Ehebruch begangen. Außerdem hatte sie weder einen Job noch Durchhaltevermögen. Jed dagegen war immer die Stütze der Familie und der pflichtbewusste Beschützer seiner Sprösslinge gewesen. Er hatte mittlerweile einen Job, besaß einen starken Willen und würde nicht eher ruhen, bis seine Frau in der Gosse lag. Jed Bowman war von Rachsucht getrieben.

Robert nahm einen roten Marker und kritzelte »Fall niedergelegt« quer über den Aktendeckel. An diesem Mann würden sich Mason & Knight nicht mehr die Finger schmutzig machen. Und was Mary betraf, so würde er dafür sorgen, dass sie den besten Anwalt in ganz London bekam.

Während er sich in seinem Sessel zurücklehnte und die Beine auf den Schreibtisch legte, dachte Robert darüber nach, was Erin wohl dazu getrieben haben mochte, die kleine Ruby aus Cheryls Wagen zu entführen. Schon hundertmal hatte er den Zeitungsartikel gelesen. Die Mutter des Kindes war nur ganz kurz im Supermarkt gewesen. Wie sich Cheryl wohl gefühlt hatte, als sie merkte, dass ihr Baby weg war? Er musste an ihre Augen denken und an die Art, wie sie sich über seine geöffnete Hand gebeugt hatte.

Ob Erin Cheryl wohl um Entschuldigung bitten würde?

Nachdem er eine Stunde so dagesessen und gegrübelt hatte, nahm Robert den Telefonhörer zur Hand. Er konnte sich nicht vorstellen, dass Erin ihre Tat bereute. Wieso auch? Wie konnte jemand bereuen, dreizehn Jahre lang ein Kind aufgezogen zu haben? Er wählte die Nummer, die er im Internet gefunden hatte, und fragte sich gleichzeitig, ob Detective Inspector George Lumley wohl noch im Dienst war. Vielleicht war er ja schon pensioniert oder weggezogen oder gestorben.

Er ließ es zweimal klingeln, dann legte er auf. Er brachte es einfach nicht fertig. Vor seinem geistigen Auge sah er, wie man Erin vor Rubys Augen verhaftete. Er versuchte, sich Rubys neues Leben mit Cheryl vorzustellen, doch es wollte ihm einfach nicht gelingen.

Cheryl wusste nicht, dass Ruby samstagmorgens gern Coco Pops vor dem Fernseher aß. Dass sie ihre Hausaufgaben am liebsten bis zur letzten Minute aufschob, wenn man nicht hinterher war. Was würde Cheryl machen, wenn Ruby Albträume bekam oder nach Erin weinte?

Merkwürdigerweise glaubte Robert, dass er am besten geeignet war, Ruby den nötigen Halt im Leben zu geben, doch vor Gericht zählten seine Ansprüche wenig. Noch dreimal nahm er den Hörer ab, ohne zu telefonieren. Dann verließ er das Büro und fuhr nach Hause.

Robert konnte nicht schlafen. Louisa war wieder in ihrem Hotel. Von unterwegs hatte sie chinesisches Essen und eine Flasche Wein mitgebracht, und Robert hatte im Stillen gehofft, dass sie nach dem Essen dableiben und in seinem Gästezimmer übernachten würde. Er war im Augenblick nicht gern allein, und außerdem wäre es eine gute Gelegenheit für eine offene Aussprache gewesen, bevor sich der innere Druck, der sich in ihm aufgebaut hatte, unkontrolliert Bahn brach. Er hätte ihr gern gesagt, was er einmal für sie empfunden hatte. Darüber hätten sie schon vor Jahren reden sollen. Gleichzeitig wollte er ihr klarmachen, dass er jetzt Erin liebte, auch wenn sie im Augenblick meilenweit von ihm entfernt war und die Gefahr bestand, dass er sie für immer verloren hatte.

Aber Louisa war gegangen. Eine Sekunde lang hatte sie auf der Türschwelle gezögert, während schon das Taxi wartete. Fast hatte es den Anschein gehabt, als hätte sie sich mehr erhofft als den flüchtigen Abschiedskuss auf die Wange.

»Ich rufe dich an, sobald ich die Ergebnisse weiß. Das wird mindestens vierundzwanzig Stunden dauern, sagt James. Vielleicht sogar bis übermorgen.« Sie zögerte erneut, und der Blick, den sie Robert zuwarf, war wie eine Rettungsleine in Seenot. Doch dann drehte sie sich um und ging. Robert blickte ihr nach, bis das Taxi außer Sicht war, bevor er sich ins Haus zurückzog und noch einmal Erins und dann Rubys Handynummer wählte. Schließlich legte er sich aufs Bett und starrte an die Decke. Er stellte sich vor, die vielen kleinen Haarrisse im Stuck seien die Fehler, die er in seinem Leben begangen hatte. Dieses alte Haus mit seinen knarrenden Dielen und den klemmenden Schiebefenstern stand schon mehr als hundert Jahre und würde wahrscheinlich noch eine ganze Weile länger stehen.

Unter dem dünnen Laken wälzte sich Robert ruhelos hin und her. Obwohl er nackt war, schwitzte er noch immer, da sich die feuchte Hitze des Tages jetzt im Zimmer staute, woran auch das geöffnete Fenster nichts ändern konnte. Außerdem rasten seine Gedanken wie im Fieber. Wieder drehte er sich um und legte eine Hand auf Erins Kopfkissen. Er wusste, dass es vorbei war. Nach langem inneren Kampf wäre er bereit gewesen, ihr zu verzeihen, dass sie ihren Körper verkauft hatte. Wahrscheinlich hatte sie nur auf diese Art überleben können. Auch dass sie ihn angelogen hatte, wollte er vergeben. Doch was er nie und nimmer vergessen konnte, war, dass sie Ruby entführt hatte.

Allmählich, nach und nach, fügte sich alles zu einer mathematischen Gleichung zusammen, in der sich die Zahlen immer weiter multiplizierten und potenzierten, bis sie schwindelnde Höhen erreicht hatten. Jetzt war ihm klar, warum sich Mutter und Tochter kein bisschen ähnlich sahen. Warum Ruby oft so geistesabwesend wirkte. In seinem tiefsten Inneren wusste das Mädchen bestimmt, dass es nicht dort war, wo es hingehörte. Dass keine Blutsbande zwischen ihm und den Menschen bestanden, bei denen es lebte. Wenn sie erst die Laborergebnisse kannten, würde sich zeigen, wer Rubys richtige Mutter war. Für Robert stand fest, dass es nur Cheryl sein konnte.

Nun verstand er auch, warum Erin Ruby nicht erlauben wollte, auf Klassenfahrt nach Wien zu gehen. Wie sollte sie ohne Geburtsurkunde einen Pass bekommen? Wie hätte sie eine Geburtsurkunde für ein Kind beantragen können, das sie entführt hatte? Robert nahm an, dass der abgelaufene Pass, den er in Erins Kassette gefunden hatte, entweder falsch oder gestohlen war. Wenn er jetzt darüber nachdachte, fiel ihm ein, wie unscharf das kleine Passfoto gewesen war. Auch das Muttermal auf ihrer Wange, das Erin immer so sorgfältig überschminkte, fehlte natürlich. Er hätte gern gewusst, wer die junge Frau auf dem Bild in Wirklichkeit war.

Draußen hielt ein Wagen. Ein Lichtkegel wanderte durch die dünnen Gardinen, dann schlugen Autotüren zu, leise Stimmen, Schlüsselgeklimper. Schlaftrunken setzte sich Robert im Bett auf. Hoffentlich war das nicht wieder ein Hirngespinst – eine lachende Jenna, die wie eine frische Brise zurückgekehrt war, um sich abermals in sein Leben einzumischen. Er schaute auf die Digitaluhr. Zwölf nach zwei.

Als er zum Fenster tappte, sah er gerade noch ein schwarzes Taxi davonfahren. Er warf sich etwas über, trat hinaus auf den Treppenabsatz und spähte durch das Geländer hinunter in die schwach erleuchtete Diele. Ein Matchbeutel plumpste auf den Fliesenboden.

Da stand Ruby, allein, und schaute zu ihm hoch. Robert holte einmal tief Luft und hielt dann krampfhaft den Atem an. Er hatte das Gefühl, nie wieder ausatmen zu können.

28

Ohne jemandem Bescheid zu sagen, renne ich nach Hause. Ich lasse sogar meine Einnahmen liegen. Weil ich vor lauter Tränen nicht richtig sehen kann, stolpere ich über meinen albernen langen Rock, den ich nur anhabe, damit ich zigeunerhafter wirke, irgendwie übersinnlicher. Draußen ist es genauso stickig wie drinnen im Pub, nur ohne den Zigarettenqualm und den Bierdunst. Ich japse nach Luft, doch die Nachtfeuchtigkeit will einfach nicht in meine Lungen dringen. Mir ist, als müsste ich ersticken. Ich bleibe stehen und lehne mich gegen eine Backsteinmauer. Dabei sollte ich lieber weiterrennen, falls er hinter mir her ist.

Was weiß er?

Ein Mann, der seinen Hund ausführt, starrt mich an und fragt, ob mir etwas fehlt. Ob ich einen Asthmaanfall habe. Einen Anfall schon, aber kein Asthma. Er geht weiter. Meine Brust hebt und senkt sich krampfhaft, aber noch immer bekomme ich nicht genügend Luft. Mühsam schlurfe ich nach Hause, wo ich mich bis in alle Ewigkeit verkriechen werde. Endlich, noch immer keuchend, stehe ich vor meiner Tür. Da stelle ich fest, dass ich meine Handtasche im Pub gelassen habe. In der Tasche sind meine Schlüssel.

Ich schleppe mich durch die Unterführung, ein bisschen weiter unten an der Straße, von wo aus man in den Garten hinter meinem Haus gelangt. Ich habe Schmerzen in der Brust, oder vielleicht ist es auch das Herz. Nichts ist zu hören als meine angstvollen, flachen Atemzüge und das empörte Jaulen einer aufgeschreckten Katze, die sich durch meinen langgestreckten Garten davonmacht.

Was weiß er über mein Baby?

Das Küchenfenster ist nicht verriegelt, es schließt nämlich nicht richtig. Ich drücke es mit einem Stock auf und quetsche mich hindurch. Dabei lande ich im Spülbecken. Beim Herausklettern fällt mein Blick auf die Kekse, die noch immer auf dem Tisch stehen. Die Kekse, die ich für Sarah gebacken habe. Ich beiße einen Happen ab, spucke ihn aber sofort wieder aus. Mein Mund ist so trocken, dass der Keks mir an der Zunge kleben bleibt. Im dunklen Wohnzimmer falle ich über den Babykorb mit den Anziehsachen darin. Ich mache das Licht an und knie mich neben meinem Geschenk für Sarah auf den Boden. Weil ich wissen will, ob sie hier war, schaue ich draußen unter der Fußmatte nach einem Zettel. Doch da liegt nichts.

Ich bette meinen Kopf in den Korb mit den Kleidungsstücken, so als sei ich selbst noch ein Baby, und schlafe irgendwann in dieser Haltung ein. Ich träume, der Mann aus dem Pub hätte Natasha gefunden, und ich wache schweißgebadet und mit steifem Nacken auf. Draußen auf der Straße klirrt der Milchmann mit den Flaschen. Ich habe die ganze Nacht auf dem Fußboden verbracht.

Um mich zu beschäftigen, falte ich die Babysachen, denn sie sind ganz verknittert, weil ich mit dem Kopf darauf gelegen habe. Außerdem ist die Haube des Korbes an der einen Seite eingedrückt. Als ich fertig bin, nehme ich den Stapel Babywäsche mit nach oben und lege sie in die Kommode, die ich mit Hilfe von Schablonen passend zur Tapete mit Häschen und Blumen verziert habe.

Dabei male ich mir aus, wie Sarah ihr Kind bekommt. Es tut mir geradezu weh, mir vorzustellen, wie sich ihr zimtbraunes Gesicht vor Schmerz verzerrt und wie ihr Bauch sich hebt und senkt und die Hebamme ruft: »Pressen! Jetzt nicht mehr pressen! Atmen, atmen!«

Da Sarah noch immer nicht kommt, um mir ihr Neugeborenes zu zeigen und meine Kekse zu essen, beschließe ich, sie suchen zu gehen. Ich schlüpfe in meine Sandalen und kämme mir mit den Fingern durch das strähnige Haar. Ich störe mich nicht daran, dass meine verschmierte Wimperntusche schwarze Ringe unter meinen Augen gebildet und schmutzige Streifen auf den Wangen hinterlassen hat. Einem Baby ist es schließlich auch egal, wie seine Mutter aussieht. Alles, was es will, ist Liebe und Milch und Wärme.

Im Park scheint alle Welt mit einem Kind unterwegs zu sein. Überall Mütter und Väter und Großeltern, die Kinderwagen schieben oder ein Kleinkind an der Hand halten oder zusehen, wie sich die Kleinen am Karussell festhalten. Es ist heute wirklich schön im Park.

Ich setze mich auf eine Bank und beobachte die schmuddeligen Brüder und die bonbonrosafarbenen Schwestern, die auf den Spielgeräten herumturnen. Als eine Schaukel frei wird, setze ich mich darauf und schaukele himmelhoch bis in die Wolken. Vielleicht kann ich von da oben ja Sarah erspähen, wie sie gerade einen Morgenspaziergang mit ihrem neuen Baby macht. Der Wind weht mir ins Gesicht, und die Sonne lässt mich die Augen zusammenkneifen. Ich lache laut auf.

Da! Ich glaube, da hinten geht sie gerade über die Straße. Ihr Bauch ist wieder flach, und sie trägt ein kleines Bündel im Arm. Ich könnte schwören, der Mann neben ihr ist dieser Mr Knight aus dem »Hirschkopf«. Lachend zeigt er mit dem Finger auf mich, wie ich auf meiner Schaukel immer höher und höher fliege.

Ich könnte Ihnen Ihre Zukunft vorhersagen!, rufe ich ihm im Stillen zu, aber er kann mich nicht hören.

Ich könnte Ihnen auch meine Zukunft vorhersagen. Aber ich tue es nicht, und als ich beim nächsten Schwung wieder hinschaue, sind die beiden verschwunden.

Ich springe ab und gehe zurück zur Bank. Auf meinem Platz sitzt eine Frau, aber sie lächelt und rückt ein Stück. Sie riecht nach Bratfett und Zigaretten. Ein schmutziger kleiner Junge zupft quengelnd an ihrem Ärmel, während sie damit beschäftigt ist, ein sich windendes Baby wieder in den Kinderwagen zu legen. Der Wagen ist alt und sieht aus, als hätte er schon zahlreiche Kinder befördert. Seine graue Stoffbespannung hat am Rand Flecken wie von Erbrochenem oder verschmiertem Essen. Es ist kein besonders schöner Kinderwagen, und der kleine Junge hat offene Schnürsenkel und Schorf an den Knien, an dem er herumgepult hat.

»Verdammt noch mal, Nathan. Hör auf damit!« Die Frau ist dünn und wirkt erschöpft. Damit passt sie gut zu dem Kinderwagen. Jetzt, wo das Baby flach auf dem Rücken liegt, brüllt es ununterbrochen. Die Mutter wirft mir einen entnervten Blick zu; offensichtlich möchte sie ein bisschen bemitleidet werden.

»Ist es eine kleine Nervensäge?«, frage ich. Ich muss mich räuspern, weil mir ein Kloß im Hals sitzt – vor Kummer und weil ich heute noch kein Wort gesprochen habe.

»Schrecklich, die zwei.« In diesem Augenblick kreischt ein Vogel. Als er mit klatschenden Flügelschlägen aus der Baumkrone über uns auffliegt, zucken wir unwillkürlich zusammen.

»Haben Sie nur die beiden?« Ein Junge und ein Mädchen, vermute ich, da der Säugling rosa angezogen ist.

»Noch drei andere. Die gehen schon zur Schule«, antwortet sie, holt eine Packung Zigaretten aus dem Netz am Kinderwagen und zündet sich eine an. Sie bläst dem Baby den Rauch ins Gesicht. »Haben Sie auch welche?«, erkundigt sie sich dann. Nathan tritt gegen das Rad des Kinderwagens, worauf das Baby erneut zu schreien anfängt.

»Nicht!«, protestiere ich, als die Frau Nathan einen Klaps auf die Beine gibt. Ich sehe, wie das Baby in seinem rosafarbenen Schlafanzug mit den Beinchen strampelt, und denke, dass sie es eines Tages ebenfalls schlagen wird.

»Ich muss mal.« Nathan hampelt von einem Bein aufs andere und fasst sich dabei mit einer Hand in den Schritt. Sein Gesicht ist ganz rot, und vorn auf seinen Shorts bildet sich schon ein feuchter Fleck.

»Ach verdammt, Nathe! Du bist doch gerade erst gewesen.« Die Frau schaut abwägend zu dem Toilettenhäuschen am anderen Ende des Spielplatzes hinüber. Dann sagt sie: »Stell dich einfach hinter einen Baum. Ich muss bei Jo-Jo bleiben.«

Nathan schüttelt den Kopf und deutet stumm auf seinen Hosenboden. Seine Wangen sind mittlerweile vor Anstrengung puterrot. Die Frau packt ihn unsanft beim Arm, gräbt ihre Finger hinein, und mir ist, als würde sie mein Herz zusammenpressen.

»Kann ich vielleicht behilflich sein?«, frage ich sie.

Die Frau verharrt in ihrer Bewegung, schaut auf den Kinderwagen und überlegt, während Nathan immer noch wie verrückt herumzappelt. »Sie könnten mal kurz auf sie aufpassen. Es dauert nicht länger als 'ne Minute.« Sie wirft ihre Zigarette auf den Boden, ohne sie auszutreten. Unter Jo-Jos Wagen kräuselt sich der Rauch.

»Ja, sicher«, sage ich. Ich fasse nach dem Griff des Kinderwagens und schaukele ihn leicht hin und her. Das Baby hört auf zu schreien und stößt verdutzte Laute aus, so als sei es noch nie zuvor geschaukelt worden. Die Frau zerrt Nathan über den Spielplatz und verschwindet mit ihm in dem graffitibeschmierten Betonhäuschen.

»Aber, aber …« Ich beuge mich über den Wagen und schaue Jo-Jo an. Eine Sekunde lang ist sie ganz still und schenkt mir ein vages zahnloses Lächeln. Dann steckt sie sich die Faust in ihr weiches Mündchen. Als sie das Kinn hebt, bemerke ich den Schmutzrand an ihrem Hals. Ich greife in den Kinderwagen und fasse unter ihre Ärmchen. Ihr Kopf wackelt ein wenig hin und her, bevor sich ihr ganzer Körper versteift und sie mich aufmerksam betrachtet. Ich spähe zum Toilettenhäuschen hinüber.

Nur eine Minute, hat sie gesagt.

Ich presse Jo-Jo an mich. Sie riecht nach saurer Milch, und ich merke, dass ihre Windel voll ist.

»Du musst dringend gewickelt werden, meine Kleine«, sage ich zu ihr.

Nur eine Minute.

Ich stehe auf. Meine Beine gehören mir nicht mehr. Ich höre Natasha weinen. Niemand beachtet mich. Jo-Jo sabbert mir auf den Kragen und ich höre, wie sie an ihrem eigenen Fäustchen herumschmatzt.

Dieses Weinen. Immer noch höre ich Natasha weinen und werfe erneut einen Blick zu den Toiletten hinüber. Durch die Baumkrone über uns tröpfelt Sonnenlicht aufs Gras. Ich drücke meinen Fuß auf den glimmenden Zigarettenstummel der Frau. Natasha schreit und schreit. Um dem Lärm zu entfliehen, renne ich mit der erstaunten Jo-Jo auf dem Arm über den Spielplatz davon.

29

Ruby nippte an ihrer heißen Schokolade, und zu einem anderen Zeitpunkt hätte Robert eine witzige Bemerkung über ihren braunen Milchbart gemacht. Doch er traute sich kaum zu atmen, aus Angst, Ruby könnte sich unvermittelt in Luft auflösen.

Er fragte sie noch einmal: »Deine Mama ist also in Brighton?« Das hätte er sich auch denken können.

Ruby nickte, die Hände um den Becher gelegt.

»Und du bist um ein Uhr in Victoria Station angekommen?«

Wieder ein Nicken. Das Haar hing ihr in fettigen Strähnen ums Gesicht.

»Was hast du dann in der letzten Stunde gemacht?«

Ruby trug ihren Becher zum Spülbecken und ließ ein wenig kaltes Wasser hineinlaufen. »Einfach nur dagesessen. Ich hab nachgedacht und so.« Sie sank wieder auf ihren Stuhl und schien kaum den Willen aufbringen zu können, den Becher an ihre Lippen zu führen. »Und Art angerufen.«

»Du hast also einfach nur so nach Mitternacht in London rumgesessen?« Robert mochte gar nicht darüber nachdenken, was ihr hätte zustoßen können. »Ist sich deine Mutter überhaupt darüber im Klaren, was für Sorgen ich mir um euch beide gemacht habe?« Das war noch untertrieben. »Und sie wird sich jetzt Sorgen um dich machen.«

»Ich habe bei Baxter eine Nachricht hinterlassen.« Rubys Stimme war ganz ruhig, doch sie ließ den Kopf so tief hängen, dass ihre Stirn beinahe die Tischplatte berührte.

Robert legte ihr einen Finger unter das Kinn und versuchte, ihr Gesicht anzuheben. »Warum habt ihr mich verlassen?«

Ruby zuckte die Achseln. »Es war Mamis Idee. Ich wollte nicht.« Auf einmal war sie wieder ein Kind, das die Schuld für ein Unrecht auf andere abwälzte.

»Und, hat deine Mami auch gesagt, warum?«

Ruby seufzte. »Sie meinte, wir würden Ferien machen. Aber als wir dann bei Baxter waren, habe ich gehört, wie sie darüber sprachen, dass wir uns eine Wohnung suchen sollten und Mami einen Job. Sie sagte so was wie ›zum letzten Mal weggelaufen‹.« Ruby hob den Kopf; ihre Augen schwammen in Tränen. »Schöne Ferien. Wir sind noch nicht mal am Strand spazieren gegangen, und Geld für Eis habe ich auch nicht gekriegt.«

»Es sollte also auf Dauer sein? Mami und du, ihr seid endgültig weggegangen?« Plötzlich wünschte er, Ruby wäre nicht wiedergekommen. Dann hätte er noch einen Funken Hoffnung gehabt.

»So endgültig, wie bei uns überhaupt etwas sein kann.« Schweigend trank Ruby das Wasser aus.

Es war vier Uhr morgens, als Louisa eintraf. Am Telefon hatte sie zu Robert gesagt, dass es wenig Sinn hätte, wenn sie vorbeikäme, aber um diese nachtschlafende Zeit hatte sie seinen Überredungskünsten wenig entgegenzusetzen. Außerdem wollte er ihr die Zeit extra bezahlen.

»Ruby ist im Bett.« Robert hatte sie fest zugedeckt. Es war, als müsste er sie in Sicherheit bringen, damit sie ihm niemand mehr wegnehmen konnte. Sie war die einzige Verbindung zu seinem normalen Leben, das schon furchtbar weit zurückzuliegen schien.

»Ich glaube, ihr gefällt die ganze Sache genauso wenig wie dir.« Louisa spielte mit ihrem Ehering. »Indem sie zurückgekommen ist, hat sie deutlich gemacht, wo sie leben will.«

»Versuch das mal ihrer Mutter beizubringen.« Robert wusste nicht, ob er Louisa etwas Alkoholisches oder Tee oder Frühstück anbieten sollte. Im Osten begann sich der Himmel aufzuhellen.

»Was soll ich denn genau machen?« Louisa warf einen Blick auf ihr Handgelenk, musste jedoch feststellen, dass sie ihre Uhr im Hotelzimmer liegengelassen hatte. »Um diese Zeit«, setzte sie hinzu.

»Nichts.«

»Du willst mich dafür bezahlen, dass ich hier am frühen Morgen nichts tue?«

»Ja, du kannst mir beim Warten Gesellschaft leisten.« Als sie ihn verständnislos anblickte, fügte er hinzu: »Auf die Ergebnisse des DNS-Tests.«

Sie tranken Kaffee. Dann ging Robert zum Herd und verquirlte ein paar Eier. Louisa, die mit dem Rücken zu ihm saß, sagte: »Dir ist doch wohl klar, dass die Schwierigkeiten erst richtig losgehen, falls sich herausstellt, dass Erin nicht Rubys leibliche Mutter ist?« Sie drehte sich zu ihm um. »Jetzt mache ich uns erst mal Rühreier«, sagte er nur.

Später, als es hell wurde, der Himmel in Rosa-, Blau- und Orangetönen leuchtete und der Straßenverkehr langsam in Gang kam, standen sie beide im Garten. Robert rauchte.

»Ich muss wirklich wieder damit aufhören.« Er hielt die Zigarette zwischen Daumen und Zeigefinger und nahm einen langen Zug. Plötzlich fiel ihm die Tarotkarte ein. Er zog sie aus der Tasche seiner Jeans und drehte sie hin und her.

»Was ist das?«

Lächelnd und verlockend blickte die Gerechtigkeit ihn von Cheryls Karte an, als wollte sie ihm sagen, dass er das Richtige tat.

»Die Antwort«, antwortete er, blinzelte in die aufgehende Sonne und zog wieder an seiner Zigarette.

Der Ärger begann am Vormittag. Robert hatte sich entschlossen, Ruby ausschlafen zu lassen, doch nachdem Louisa vorsichtig in Rubys Zimmer gelugt hatte, um sich zu vergewissern, dass es ihr gutging, bereute er seine Entscheidung.

»Rob! Ruby ist weg!«

»Was meinst du mit weg?« So hatte er Louisa noch nie kreischen hören. Er rannte die Treppe hoch und nahm dabei immer zwei Stufen auf einmal.

»Sie ist nicht in ihrem Zimmer und auch sonst nirgends!« Louisa eilte durchs ganze Haus und schaute in jeden Raum.

»Also, jetzt mal keine Panik. Vielleicht ist sie ja zur Schule gegangen.« Robert lief wieder hinunter und rief beim Greywood College an. Kurz darauf legte er den Hörer auf und schüttelte den Kopf. Dann versuchte er es mit Rubys Handynummer, wurde jedoch direkt auf ihre Mailbox umgeleitet. Er hinterließ ihr eine Nachricht, in der er sie aufforderte, auf der Stelle zu Hause anzurufen.

»Ihr wird schon nichts passiert sein«, sagte Louisa. »Wahrscheinlich ist sie spazieren gegangen, um einen klaren Kopf zu bekommen.«

Eine Stunde später waren Roberts Nerven zum Zerreißen gespannt. Nervös lief er hin und her und versuchte, nicht daran zu denken, was gerade mit seiner Familie geschah.

Gegen Mittag rief Louisa bei James im Genforschungsinstitut an. Er teilte ihr mit, dass die Proben brauchbar gewesen seien, jedoch noch kein Ergebnis vorläge.

Den ganzen Tag über warteten sie, redeten, wichen nicht vom Telefon und lauschten auf Schritte vor der Tür, auf einen Schlüssel im Schloss. Um fünf Uhr nachmittags war Robert schließlich völlig verzweifelt.

Plötzlich rief er: »Aber sicher doch!«, und schlug sich gegen die Stirn. »Sie ist bestimmt bei *ihm*!« Schon hatte er Schlüssel, Jacke und Handy zusammengerafft. »Den wievielten haben wir heute?«

»Den einundzwanzigsten. Warum?«

»Sie war zu einer Sonnwendfeier bei Art zu Hause eingeladen.« Er stieß einen tiefen Seufzer aus, nicht sicher, worüber er sich mehr aufregen sollte – über das Verschwinden seiner Tochter oder die Leute, mit denen sie sich abgab.

»Weißt du, wo er wohnt?« Louisa griff ebenfalls nach ihren Sachen und warf sich eine dünne Strickjacke über. »Ich lasse meinen Laptop an, falls James die Testergebnisse mailt.« Sie legte Robert leicht die Hand auf den Arm. »Jetzt dauert's nicht mehr lange.«

Sie traten aus dem Haus und Robert schaute in den postkartenblauen Himmel. »Ich habe keine Ahnung, wo Art wohnt«, sagte er und zog ratlos die Schultern hoch. Dann schien er einen Entschluss zu fassen. Mit raschen Schritten ging er zu seinem Wagen und entriegelte ihn. »Schnell, wir müssen zu Rubys Schule, bevor sie dort Feierabend machen.« Während er sich mit waghalsigen Manövern durch den Berufsverkehr schlängelte, rief er in der Schule an, doch wie erwartet weigerte sich die Sekretärin, die Daten eines Schülers herauszugeben. Auf dem Lehrerparkplatz standen nur noch zwei Autos. Rasch stellte Robert den Wagen ab. Gleich darauf eilten er und Louisa durch die leeren Gänge und riefen, ob noch jemand da wäre.

Ein Lehrer, den Robert nicht kannte, kam aus einem der Klassenzimmer und nahm seine Brille ab. »Kann ich Ihnen helfen?«, fragte er.

»Ja. Ich brauche auf der Stelle die Telefonnummer eines Schülers. Es ist dringend – ich habe auch bereits die Polizei benachrichtigt.« Er hörte, wie Louisa angesichts seiner dreisten Lüge leicht nach Luft schnappte. Ich hätte wirklich die Polizei rufen sollen, dachte er.

»Gehen Sie ins Sekretariat. Die Sekretärin ist wahrscheinlich noch da. Zweiter Gang links, dritte Tür.« Der Lehrer schlurfte davon und zog eine leichte Whiskyfahne hinter sich her.

Gleich darauf klopften sie an die Tür des Sekretariats, erhielten jedoch keine Antwort. Also traten sie einfach ein.

»Anscheinend hält sie sich noch irgendwo im Gebäude auf.« Robert zeigte auf den weißen Pullover, der über der Stuhllehne hing, auf die Tasse mit dampfend heißem Tee und die Handtasche auf dem Boden. Der Computer war eingeschaltet.

»Lass mich mal ran.« Louisa klickte sich rasch durch ein paar Ordner. In weniger als einer Minute hatte sie das Schülerverzeichnis ausfindig gemacht. Robert stand währenddessen in der Tür und hielt Wache.

»Wie heißt er mit Nachnamen?«

Robert zuckte mit den Schultern, den Blick unverwandt auf den Korridor gerichtet. »Weiß der Himmel. Kannst du nicht einfach nach Art suchen? Er ist mit einem Stipendium hier.«

»Warum hast du das nicht gleich gesagt?« Grinsend öffnete Louisa eine Liste mit Schülern, die finanzielle Zuschüsse erhielten. Sie umfasste etwa dreißig Namen. »Art Gallway, 23 Meakin Avenue.« Louisa notierte die Adresse auf einem Zettel und stellte die ursprüngliche Bildschirmansicht wieder her.

»Oh«, sagte die Sekretärin überrascht. Sie wollte gerade mit einem Arm voll Akten eintreten, doch Robert blieb in der Tür stehen und versperrte ihr so den Weg.

»Entschuldigen Sie bitte, dass wir einfach in Ihr Büro eingedrungen sind«, zwitscherte Louisa und schob Robert beiseite. Dabei steckte sie unauffällig den Zettel in ihre Schultertasche. »Wir haben uns nach Schulprospekten umgesehen. Haben Sie noch welche?«

Nachdem sich die Sekretärin mit einem raschen Blick auf die Hände der beiden versichert hatte, dass sie nichts gestohlen hatten, brachte sie ein schwaches Lächeln zustande. »Natürlich«, sagte sie und reichte ihnen von einem Ständer in der Ecke ein paar Broschüren.

Als Robert und Louisa fort waren, nahm die Sekretärin an ihrem Schreibtisch Platz. Sie stellte fest, dass der Stuhl noch warm war.

Während Louisa die Adresse in das Navigationsgerät eingab, fuhr Robert so rasant vom Schulparkplatz, dass er um ein Haar einen großen Lieferwagen gerammt hätte.

»Du mich auch!«, brüllte er den Fahrer an und wendete mit einer weiten U-Kehre. Dann sagte er in seiner normalen Stimme: »Natürlich wissen wir nicht, ob sie wirklich bei Art ist. Wenn nicht, geht's weiter nach Brighton.«

Zwanzig Minuten lang fuhren sie durch London, bis sie südlich der Themse in eine Gegend kamen, die sie beide nicht kannten. Vor rund hundert Jahren war die breite Meakin Avenue wahrscheinlich eine begehrte Wohngegend gewesen, doch mittlerweile sahen die Häuser aus der Zeit König Edwards baufällig und heruntergekommen aus.

»Hier solltest du dir eine Immobilie kaufen«, sagte Louisa, während sie die einstmals hochherrschaftlichen Gebäude betrachtete. »Ernsthaft«, fügte sie hinzu, obgleich ihr klar war, dass Robert zurzeit alles andere im Sinn hatte als Geldanlagen. »Da, Nummer dreiundzwanzig.« Sie zeigte auf ein Haus, dessen hohe Fenster von hunderten von Kerzen erleuchtet waren. Ihre Flammen waren in der Mittsommersonne fast nicht zu erkennen.

Heute ist der längste Tag des Jahres, dachte Robert. *Und der längste Tag meines Lebens.* Sie stellten den Wagen ab, gingen über den kurzen, unkrautüberwucherten Weg zum Haus und hämmerten an die Eingangstür.

»Überrascht mich nicht«, bemerkte Robert, als niemand öffnete. Die Musik drinnen war so laut, dass die Fenster klirrten und das ganze Haus förmlich in seinen Grundfesten bebte. Das Stimmengewirr ließ darauf schließen, dass die Party bereits in vollem Gange war. Als Robert versuchsweise die Klinke niederdrückte, stellte er fest, dass sich die Tür problemlos öffnen ließ.

Dicht gefolgt von Louisa trat er in die schummrige Diele. Nur mit Mühe bahnten sie sich einen Weg durch die zahlreichen Menschen, die überall herumstanden oder mit dem Rücken an der Wand auf dem Fußboden saßen. Andere lümmelten auf den Treppenstufen herum, tranken aus Dosen, rauchten Joints und beachteten die Neuankömmlinge nicht weiter.

Bei diesem Lärm nach Ruby zu rufen, war zwecklos. Während sie weiter ins Innere des Hauses vordrangen, hätte sich ein Teil von Robert am liebsten einen Drink und einen Joint geschnappt, sich unter die Feiernden gemischt und Erin für immer vergessen. Er griff hinter sich, tastete nach Louisas Hand.

Erin vergessen – das hätte er nicht einmal für eine Sekunde fertiggebracht.

»Weißt du, wo Art ist?«, schrie Robert einem Jugendlichen zu, der sich auf ein schmutziges Sofa geflätzt hatte. Der Junge grinste nur einfältig und zuckte die Achseln. Also drängte sich Robert weiter durch die Menschenmenge und musterte dabei die Umstehenden. Jung und Alt waren auf dieser Party vertreten, die meisten offensichtlich fahrendes Volk oder Aussteigertypen, oder auch New-Age-Anhänger mit Flatterkleidern und verfilztem Haar. Roberts Herz klopfte heftig, als er, Louisa noch immer im Schlepptau, die Küche betrat. Auf einem alten Kieferntisch stand Essen, dazwischen brennende Teelichte. Zwei Männer luden sich gerade Bohnensalat und Fladenbrot auf ihre Teller.

»Da, Rob, sieh mal!« Louisa zupfte an Roberts Hand.

Draußen im Garten war eine Gruppe von Jugendlichen zu sehen. Einige hielten sich eng umschlungen, andere tanzten mit hoch über den Kopf erhobenen Händen und wieder andere tranken etwas aus Dosen und rauchten. Auch Ruby war dabei. Sie warf gerade den Kopf zurück und lachte, dann legte sie die Arme um Arts Hals. Robert marschierte nach draußen.

»Ruby!« Erbost zog er sie von dem Jungen weg. »Was treibst du hier?«

»Hallo, Paps«, sagte Art. »Sie sind doch bestimmt auch mal jung gewesen.« Er steckte eine Hand in die Tasche. Robert spannte die Muskeln an.

»Ist ja gut«, mischte sich Louisa ein. »Lass ihn, Robert. Hauptsache, wir haben Ruby gefunden.«

»Zeit zu gehen, junge Dame.« Seine Worte kamen Robert unecht vor, sie erreichten, dass er sich einmal mehr wie ein unechter Vater fühlte. Welches Recht hatte er schon, Ruby etwas zu befehlen? Sie gehörte ja nicht einmal zu ihrer Mutter, geschweige denn zu ihm.

»Wohin gehen wir denn?«, fragte Ruby und sträubte sich gegen seinen Griff.

»Zu deiner Mutter«, antwortete Robert.

Erst als sie alle drei im Auto saßen, dachte er: Zu welcher Mutter eigentlich?

30

Ich hatte recht. Jo-Jos Po ist klatschnass. Sie liegt nackt auf dem weichen Teppich in dem Zimmer, das ich für Sarahs Baby eingerichtet habe. Wie eine kleine rosige Krabbe sieht sie aus.

Ich kann mir wirklich nicht vorstellen, was mit Sarah ist. Sie hat mir doch versprochen, vorbeizukommen und mir ihr Kind zu zeigen! Aber das ist jetzt auch egal. Jo-Jo macht gerade ein Pfützchen auf den Teppich. Ich hebe sie hoch und gehe mit ihr ins Bad. Eine Hand habe ich unter ihren schrumpeligen Po gelegt, mit der anderen stütze ich ihren schwachen Rücken. So habe ich Natasha auch immer gehalten.

Ich drehe den Wasserhahn auf, gieße ein wenig Schaumbad in die Wanne und warte, bis genug Wasser eingelaufen ist.

Kaum halte ich sie ins Wasser, fängt Jo-Jo an zu schreien. Offensichtlich ist sie es nicht gewöhnt, gewaschen zu werden. Ich knie mich auf den Boden, beuge mich über den Wannenrand und lasse Wasser über ihr dickes Bäuchlein laufen. Dabei stütze ich ihren Kopf mit der anderen Hand. Mit einem Waschlappen rubbele ich an den Schmutzrändern an ihrem Hals herum.

Ihre Mutter hat sich nicht besonders gut um sie gekümmert; deshalb plagt mich auch kein schlechtes Gewissen, dass ich ihr Jo-Jo weggenommen habe. Diese Frau hat noch vier andere Kinder, die wahrscheinlich genauso schmutzig sind. Bestimmt ist sie froh, dass ich ihr eins abgenommen habe. Jetzt muss sie eins weniger verhauen.

Jo-Jo kreischt und brüllt, dass ihre kleine belegte Zunge nur so zittert. Ihr Geschrei wirbelt durch meinen Kopf und bringt Erinnerungen zurück. Albträume.

Nach dem Bad hülle ich sie in ein warmes Handtuch und drücke sie an meine Brust. Ich tanze mit ihr durch die Gegend, bis sie zu schreien aufhört. Dann bringe ich sie in das Zimmer, das jetzt ihres ist. Dort wickle ich sie und ziehe ihr einen von den Strampelanzügen an, die ich für Sarahs Baby gekauft habe. Der Strampler ist ein klein wenig zu kurz, weil er für ein Neugeborenes gedacht ist. Damit Jo-Jo die Zehen nicht krümmen muss, trenne ich den Saum an den Füßen auf.

Sie schreit schon wieder. Vermutlich hat sie Hunger; also lege ich sie in den Weidenkorb und schaue in der Küche nach, was ich ihr geben könnte. Der Keks, den ich ausgespuckt habe, liegt noch auf dem Fußboden und irgendetwas riecht schlecht. Wahrscheinlich der Mülleimer. Im Kühlschrank ist noch ein bisschen fettarme Milch, die gestern abgelaufen ist. Das muss im Augenblick reichen, bis ich richtige Babynahrung kaufen kann. Weil ich keine Nuckelflasche habe, schütte ich ein wenig Milch in eine Schüssel und stelle sie kurz in die Mikrowelle. Dann nehme ich einen Löffel und gehe mit der Milch in Jo-Jos Zimmer. Sie schreit immer noch.

Ich setze sie auf meinen Schoß und bette sie in die Armbeuge. Mit dem Löffel schöpfe ich ein winziges bisschen Milch und streiche ihr damit über die Lippen. Sie verstummt für eine Sekunde, dann schlägt sie mir den Löffel aus der Hand. Die Milch spritzt auf ihren sauberen Strampler.

»Ach, Natasha!«

Schweigend, mit großen, feuchten Augen schaut mich die Kleine an. Sie lächelt zahnlos und quietscht. Ich greife nach einer flauschigen Stoffente und drücke sie gegen ihre Handfläche. Sie hält das Spielzeug für einen Augenblick fest, lässt es aber gleich wieder fallen und schreit los. Ich versuche es mit einem weiteren Löffel Milch – mit demselben Ergebnis. Nachdem ich mich zehn Minuten lang abgemüht habe, hat das Baby noch keinen einzigen Tropfen getrunken. Dafür muss ich sie umziehen, weil ihr Strampler über und über bekleckert ist. Und die ganze Zeit über brüllt sie ununterbrochen.

»Halt die Klappe!«, schreie ich und schlage mir gleich darauf die Hand vor den Mund. Das war wirklich nicht nett von mir. »Tut mir leid. Es tut mir ja so leid!« Ich presse ihr Gesicht gegen meine Schulter und dämpfe so ihr Geschrei. »Gehen wir in den Garten. Die frische Luft und die Sonne werden dir guttun.«

Das hat Sheila immer gesagt. Frische Luft ist gut für Babys. Ich grübele über die Ratschläge nach, die sie mir während meiner Schwangerschaft und nach Natashas Geburt gegeben hat. Ich wünschte, ich hätte sie befolgt. Ich fühle mich nicht in erster Linie schuldig, weil ich mein Baby verloren habe, sondern wegen der vielen Kleinigkeiten, die ich hätte besser machen können. Aber das ist alles nicht mehr schlimm, jetzt, wo ich ein neues Baby habe. Ich nehme Jo-Jo auf den Arm und gehe mit ihr in den Garten.

Das Gras müsste dringend gemäht werden; es ist schon kniehoch. Blumen und Sträucher gibt es nicht. Die sind nicht so mein Ding. Am Ende des Gartens steht ein knorriger alter Apfelbaum, dessen Äpfel ich aber nie esse. Sie sind nämlich sauer und voller schorfiger Stellen und haben jede Menge Maden. Mein Garten ist nur so breit wie mein Haus, also knapp vier Meter, dafür aber fast dreißig Meter lang. Rechts und links bildet ein Drahtzaun die Grenze zu den gepflegten Gärten meiner Nachbarn.

»Eines Tages werde ich mich aufraffen, Tash. Wir quengeln einfach so lange, bis Daddy den Rasenmäher herausholt, was?« Ich kitzle ihr die Wangen, und zum ersten Mal lacht sie. Wegen der Sonne hat sie die Augen zu Schlitzen zusammengekniffen.

Ich streife durch das hohe Gras, wobei ich einen großen Bogen um die Betonplatte mache, die auf dem alten Brunnen liegt, und setze mich in den Schatten unter den Apfelbaum.

Das Baby liegt auf meinen gekreuzten Beinen, schaut zu mir hoch und kaut auf seinem Fäustchen. Zäher, klarer Speichel tropft ihm vom Kinn. Ich wische ihn mit einem Zipfel meines langen Rocks ab.

Die Sonne scheint mir warm auf den Rücken. Mein Nacken ist noch immer ganz steif vom Schlafen auf dem Fußboden, da hilft es auch nichts, dass ich die verspannten Muskeln durchknete. Ich blicke durch den langgestreckten Garten zu meinem Haus und beobachte lächelnd, wie die hellgelben Schlafzimmergardinen in der leichten Brise wehen.

Doch der Friede währt nicht lange, denn schon fängt das Baby wieder an zu schreien. Es dreht und windet sich auf meinen Beinen, bis es ins Gras plumpst. Daraufhin beginnt es noch lauter zu brüllen und ich hebe es hoch und gehe mit ihm zurück ins Haus.

»Ich glaube, du brauchst ein Schläfchen, Miss Natasha.« Ich lege sie oben in den Babykorb und knalle die Tür hinter mir zu.

Sie schreit und schreit, und ich sinke auf dem Treppenabsatz zusammen, den Rücken gegen die Wand. Meine Hände und Beine zittern, weil ich endlich mein Baby wiederhabe.

31

Robert zerrte die fluchende und keifende Ruby aus dem Haus und drückte sie auf die Rückbank des Mercedes.

»Die Wildkatzenmasche kannst du dir sparen, Ruby.« Er verdrehte den Rückspiegel so, dass er ihren giftigen Blick nicht zu sehen brauchte. Dabei stellte er sich vor, wie er ihre wütenden Proteste – »Ich hasse dich! Du hast mein Leben kaputt gemacht!« – einfach mit einem imaginären Squashschläger abschmetterte. Sie war dreizehn, da war das eben normal.

»Bring mich gefälligst wieder zurück!« Ruby drückte Robert durch den Sitz hindurch ihr Knie in den Rücken. »Ich darf auf Partys gehen. Weißt du überhaupt, wie gründlich du mich blamiert hast?« Doch eine Bemerkung traf Robert ganz besonders: »Du bist ja gar nicht mein richtiger Vater und hast mir nichts zu befehlen.«

»Wohin fahren wir, Rob?«, fragte Louisa, als sie bemerkte, dass sie nicht auf dem Weg zu Roberts Haus waren.

»Ich bringe Ruby zu ihrer Mutter. Es wird Zeit, dass sich die beiden kennenlernen.« Robert umfasste das Lenkrad fester und starrte geradeaus. Ihm lag eine Bemerkung über den Bowman-Fall auf der Zunge und darüber, dass Kinder zu ihren richtigen Eltern gehörten, aber er besann sich eines Besseren. Außerdem war er Louisa keine Erklärungen schuldig, solange er sie für ihre Anwesenheit bezahlte.

Nach kurzer Überlegung fuhr Robert auf die M1. Zum zweiten Mal innerhalb von zwei Tagen war er auf dem Weg nach Northampton. Es kam ihm vor, als würde er Schicksal spielen. Die ganze Situation hatte etwas Unwirkliches.

Aus dem Augenwinkel warf er einen verstohlenen Blick auf Louisa. Ruhig und gelassen saß sie da, sogar in Jeans und T-Shirt noch elegant. Sie trug Ledersandalen. Ihre Zehen waren lang und gerade, die Nägel burgunderrot lackiert. Wie sehr wünschte er, Erin säße dort neben ihm! Dann wäre das Leben wieder normal. Sie wären auf dem Heimweg von einem Wochenende in Somerset und er würde sich später an ihren schlanken Rücken kuscheln, wohl wissend, dass Ruby sicher und zufrieden im Nebenzimmer schlummerte.

»Findest du nicht, wir sollten die Testergebnisse abwarten?« Louisa sprach mit gedämpfter Stimme, obwohl sich Ruby die Kopfhörer von Roberts MP3-Player in die Ohren gesteckt hatte. Ihr Kopf nickte im Takt der Musik. Robert umklammerte das Lenkrad so fest, dass seine Fingerknöchel weiß hervortraten. Er war unsanft wieder in der Wirklichkeit angelangt.

»Nein«, antwortete er. »Die Ergebnisse werden nur bestätigen, was ich ohnehin schon weiß. Außerdem kann ich nicht länger warten. Ich will wieder normal leben können. Außerdem wird die Polizei sowieso eigene DNS-Tests durchführen.«

»Die Polizei?«, fragte Louisa, erhielt jedoch keine Antwort.

Robert fuhr schweigend weiter – grübelnd und im Bemühen, Jennas Stimme in seinem Kopf zum Schweigen zu bringen. Sie beschwor ihn, nicht noch einmal den gleichen Fehler zu machen. Er traf eine Abmachung mit ihr. Wenn sie aufhörte, in seinen Gedanken herumzuspuken, würde er das paranoide Verhalten aufgeben, mit dem er sie in den Tod getrieben hatte. Gerade als er die Abfahrt nach Northampton nahm, geschah es. Jennas Stimme sirrte und summte noch immer in seinem Schädel, doch auf einmal entdeckte Robert, dass er sie nach Belieben an- und abschalten konnte. Er drückte im Geist auf einen Knopf, und schon verstummte die Stimme.

Ruby hatte bereits vor einiger Zeit den Kopfhörer abgenommen. Erschöpft von der vergangenen Nacht, hatte sie den größten Teil der Fahrt zusammengerollt auf der Rückbank verschlafen. »Wohin fahren wir, Dad?«, fragte sie nun und strich sich mit dem Handrücken über die Wangen. Sie war aufgewacht, weil der Wagen langsamer fuhr.

»Wir fahren zu jemandem, der seit dreizehn Jahren darauf brennt, dich kennenzulernen.«

Ruby fragte nicht weiter.

Sie durchquerten die Stadt und bogen schon bald in die Straße mit den kleinen Reihenhäusern ein. Mit grellen Reflexen spiegelte sich das Licht der Abendsonne in den Windschutzscheiben und Motorhauben der parkenden Autos. Robert klappte die Sonnenblende herunter und hielt nach einem Parkplatz Ausschau.

Schließlich quetschte er sich in eine enge Lücke, stellte den Motor ab und stieg aus. Da Ruby liegen blieb, öffnete er die hintere Tür, beugte sich vor und streichelte ihr über den Kopf. Sie war verschwitzt, und das schwarze Haar klebte ihr an der Stirn – es war ebenso schwarz wie das ihrer Mutter Cheryl. Mit verschlafenen Augen blickte sie auf die Straße hinaus. Offensichtlich fragte sie sich, wo sie war.

Zu Hause, dachte Robert. Ich habe dich nach Hause gebracht.

Er sah schweigend zu, wie sich Ruby langsam aufrichtete. Sie darf niemals ohne Mutter sein, dachte er. Auf keinen Fall sollte sie sich ungeliebt oder wertlos fühlen, gleichgültig, bei welcher Frau sie fortan leben würde. Die Vorstellung, dass es eine andere Frau als Erin sein könnte, peinigte ihn. Doch ebenso quälend war der Gedanke an das, was Cheryl durchgemacht hatte.

In den vergangenen Tagen hatte er sich immer wieder Cheryls Gefühle während der letzten dreizehn Jahre ausgemalt. Ihre Schuldgefühle, den Verlust, den Selbsthass und Zorn. In Zukunft musste er darüber nachdenken, was seine Frau empfinden würde, wenn man sie verhaftete, vor Gericht stellte, verurteilte. Es war, als hätten die beiden Frauen ihr Leben getauscht.

Nicht dass man sie ins Gefängnis steckte, würde für Erin die schlimmste Strafe sein, sondern dass man ihr Ruby wegnahm. Robert konnte den Gedanken daran kaum ertragen.

Was Ruby anging, nun ja, sie würde es mit der Zeit begreifen. Wenn die Wunden erst einmal verheilt waren und sie sich in ihrem neuen Leben eingerichtet hatte, würde sie sich eines Tages nach ihrem wahren Geburtsdatum erkundigen und danach, wie das Wetter bei ihrer Geburt gewesen war und was ihr Vater gesagt hatte, als er sie das erste Mal im Arm hielt. Doch Cheryl würde ihr nur in Bezug auf die ersten acht Wochen ihres Lebens antworten können. Dann war sie entführt worden. Und was danach kam, wusste nur Erin.

»Hüpf raus, mein Schatz.«

Wenn sie sie einsperren, kann ich sie trotzdem sehen. Ich könnte Besuchsrecht beantragen, dachte Robert. Er erwog flüchtig, Cheryl vor Gericht zu vertreten, doch das erinnerte ihn zu sehr an den Bowman-Fall. Nur dass Erin dann an Marys Stelle stünde. Und er selbst wäre nicht besser als Jed.

»Wo sind wir?« Ruby kletterte aus dem Wagen und blickte Louisa mit gerunzelter Stirn an. »Ich will zu Mami.«

Robert seufzte. Sie konnte nicht ahnen, welche Bedeutung ihre Worte hatten. »Ich möchte dich mit jemandem bekannt machen.« Robert nahm Ruby bei der Hand und ging mit ihr zur Tür von Nummer 18. Cheryls Haus. Das Haus, in dem Ruby früher einmal gewohnt hatte. Er schloss die Augen, holte tief Luft und klopfte an.

Mit quietschenden Reifen raste ein alter Fort Escort vorbei. Die Fenster waren heruntergekurbelt, und laute Musik dröhnte über die Straße. Cheryl machte nicht auf. Erneut klopfte Robert und schaute auf seine Uhr. Er war fast halb neun, doch noch immer hell und warm.

»Der ›Hirschkopf‹«, flüsterte er, als nach ein paar Minuten noch immer niemand an die Tür gekommen war.

Das war zwar nur eine vage Möglichkeit, aber ihm fiel

nichts Besseres ein. Er hatte gar nicht in Betracht gezogen, dass Cheryl nicht zu Hause sein könnte.

Er parkte vor dem Pub im absoluten Halteverbot, ließ Louisa und Ruby im Wagen warten und ging hinein.

»Ist Cheryl Varney heute Abend hier?« Weil heute nur wenige Gäste an der Theke standen, wirkte die Kellnerin ruhiger. Sie wischte gerade die Theke mit einem Tuch ab.

»Nee. Die kommt nur einmal im Monat her.« Die junge Frau griff unter die Theke und holte etwas hervor. »Aber sie hat die gestern Abend hier vergessen. Sehen Sie sie zufällig in der nächsten Zeit?« Die Kellnerin hielt eine braune Ledertasche hoch.

Robert starrte darauf, als wäre es ein Stück von Cheryl selbst. »Ja, ich sehe sie sogar noch heute Abend.« Achselzuckend reichte die junge Frau Robert die Tasche über die Theke. »Na dann tschüss«, sagte er leichthin und ging hinaus, bevor sie es sich anders überlegen konnte.

An sein Auto gelehnt, öffnete Robert den Reißverschluss der Tasche und warf einen Blick auf das Leben, das Erin zerstört hatte. Solch eine Gelegenheit würde er wohl nie wieder bekommen, wenn Ruby erst einmal fort war.

Robert nahm eine kleine Geldbörse heraus und klappte sie auf. Drinnen befand sich das Foto eines Babys. Es war dasselbe Bild, das nach der Entführung in den Zeitungen erschienen war. Er legte die Börse so wieder zurück, als würde er ein kleines Kind zur Nacht betten. Die Handtasche enthielt noch ein Scheckbuch, einen Führerschein, eine Bürste, in der ein paar lange schwarze Haare hingen, und zwei Lippenstifte. Unter einem Päckchen Taschentücher entdeckte Robert einen Schlüsselbund. Der Anhänger war ein kleiner Bilderrahmen mit einem anderen Babyfoto darin.

Lächelnd steckte er sie ein – die Schlüssel zu Cheryl Varneys Haus. Sie würden einfach hineingehen und auf Cheryl warten.

32

Noch am selben Abend gingen wir zum Italiener. Ich versuchte, nicht allzu begeistert zuzustimmen, aber immerhin war der Vorschlag von ihm gekommen. Ich schloss den Laden eine halbe Stunde früher, damit ich mich in Ruhe zurechtmachen konnte. Ehrlich gesagt hatte ich noch nie eine richtige Verabredung gehabt. Ich war achtundzwanzig – auch wenn alle mich für zweiunddreißig hielten, wie es in dem gestohlenen Pass stand – und noch nie mit einem Mann ausgegangen, der sich vielleicht in mich verlieben würde. Ich musste aufpassen, dass ich nicht Geld verlangte, wenn der Abend zu Ende war.

Ich bat die Frau, die unter mir wohnte, auf Ruby aufzupassen. Vom ersten Tag an war sie nett und freundlich zu uns gewesen. Und vor allem stellte sie keine Fragen.

»Für wen war denn der erste Blumenstrauß?«, fragte ich Robert mit schief gelegtem Kopf und einem schelmischen Lächeln. Dabei stocherte ich in meinem Essen herum, weil ich gar keinen Hunger hatte.

»Für meine Sekretärin. Sie hatte Geburtstag.«

»Mir hat noch nie jemand Blumen geschenkt. Es kommt mir vor, als hätte ich auch Geburtstag.« Den Strauß, den mir Becco in Brighton geschickt hatte, zählte ich nicht mit. Erst später fiel mir ein, wie komisch sich das angehört haben musste. Jeder bekam doch irgendwann einmal Blumen.

Im Laufe des Gesprächs erwähnte er, dass er als Anwalt arbeite. Dann fügte er mit gesenktem Blick hinzu, dass er verheiratet gewesen, inzwischen aber Witwer sei. Ich fragte nicht weiter. Außerdem erzählte er mir, dass er Squash spiele, gern ins Kino gehe und ein Haus in Fulham besitze. Er benahm sich ganz normal. Er bezahlte das Essen und auf der Straße küsste er mich.

Auch wenn er sich bemüht, es nicht zu zeigen, kann man sehen, dass Baxter nur noch ein halber Mensch ist. Niemand wird jemals Patricks Stelle einnehmen.

Als wir mit unseren Taschen vor der Tür stehen, heißt er uns willkommen, so als hätte er schon vorher gewusst, dass wir zurückkommen würden. Dann macht er uns Pfannkuchen mit Sirup und drängt uns noch einen Nachschlag auf. Sein Hals ist voller Narben, aber wir reden nicht über den Brand. Darüber haben wir in unseren Briefen schon genug gesagt.

»Ich werde dich nie verstehen, Erin.« Er strubbelt mir das Haar, wie es mein Vater hätte tun sollen. »Und ich werde dich zurückschicken. Du darfst nicht schon wieder davonlaufen. Dein Mann ist doch in Ordnung.«

»Er hat dumme Sachen gesagt«, antworte ich wie ein schmollender Teenager. »Über Dinge, die er eigentlich gar nicht wissen dürfte. Er hat in meiner Vergangenheit herumgeschnüffelt.«

»Du bist schließlich mit ihm verheiratet, da schuldest du ihm Aufrichtigkeit.« Baxter träufelt noch ein wenig Sirup auf meine Pfannkuchen. »Und außerdem hat er nicht geschnüffelt. Es war meine Schuld. Wir haben über dich gesprochen, und weil ich dachte, er wüsste Bescheid, habe ich ...«

»Er wird sich sowieso scheiden lassen, jetzt wo er weiß, was ich mal gewesen bin.« Im Laufe der Jahre habe ich Baxter alles über mich erzählt. Die ganze Geschichte.

Fast die ganze.

Ruby bearbeitet das Klavier. Sie spielt das Stück, das sie für Art komponiert hat, und singt dazu.

»Ich möchte, dass du Robert anrufst und ihm sagst, dass es dir gutgeht. Dann bleibst du ein paar Tage hier, bis du dich ein wenig beruhigt hast, und kehrst dann wieder in dein Leben zurück.« Baxter wirkt traurig. Wahrscheinlich fürchtet er, dass Robert oder ich in einem Feuer umkommen, und damit hat er nicht unrecht. Der Flächenbrand ist schon außer Kontrolle geraten.

Ich rufe Robert nicht an. Ruby und ich schlendern durch die Straßen von Brighton und hängen unseren Erinnerungen nach. Wir setzen uns an den Strand wie in jener Nacht, als das Feuer wütete. Baxters Wohnung ist renoviert, doch Patrick hat er für immer verloren. Ich zeige Ruby sein Grab und lege Blumen aus Baxters Laden darauf. Ich vermisse Robert. Ich vermisse mein Zuhause. Es ist der einzige Ort auf der Welt, an dem ich sein möchte. Doch wegen meiner Vergangenheit kann ich nie wieder dorthin zurück.

Baxter teilt mir mit, dass Ruby fort ist. Er konnte nicht schlafen – seit dem Brand hört er nachts immer splitterndes Glas und Schreie – und fand Rubys hastig hingekritzelte Nachricht auf der Küchentheke.

»Alle Ferien gehen eines Tages zu Ende. So ist das nun mal. Ich fahre nach Hause zu Dad. Einen dicken Kuss, Ruby.«

»Das war's dann wohl«, sage ich. »Und ich habe noch nicht mal ein paar Ansichtskarten geschrieben.«

Baxter trommelt mit den Fingern auf meine Schultern, als wären es Klaviertasten, dann massiert er meine verspannten Muskeln. »Ich habe das Gefühl, als würde Robert verstehen, warum du so handeln musstest. Erzähl ihm alles. Sei schonungslos ehrlich.«

Ich brauche fast den ganzen Tag, um mir ein Herz zu fassen. Meine Entschlossenheit ist wie ein Blatt an einem Herbsttag – beim leisesten Windstoß stiebt sie davon.

Gegen Mittag bekomme ich eine SMS von Ruby. Sie ist gut zu Hause angekommen, und Robert war nicht sauer auf sie. Ich versuche, sie auf dem Handy anzurufen, erreiche aber immer nur die Mailbox.

»Ich komme auch nach Hause, mein Schatz«, murmele ich und lege auf.

Der Zug fährt um kurz nach fünf Uhr nachmittags in Victoria Station ein. Da ich wusste, dass Ruby bei Robert in Sicherheit war, bin ich erst am Nachmittag aus Brighton abgefahren. Vorher habe ich mit Baxter noch einen Spaziergang am Strand unternommen. Ich fasste ihn um die dicke Taille, und er spielte mit meinem Haar.

Vom Bahnhof aus nehme ich ein Taxi nach Hause.

Das Haus riecht nach schmutziger Wäsche und verdorbenem Essen. Robert hat den Müll nicht rausgebracht. Als ich die zerknüllte Zigarettenschachtel auf dem Tresen sehe, frage ich mich, wer hier wohl geraucht hat. Wie ein Geist wandere ich durch das ganze leere Haus.

»Rob?« Vielleicht liegen er und Ruby ja irgendwo auf der Lauer und springen gleich mit Tröten und Luftballons und Knallbonbons aus ihrem Versteck.

»Willkommen, mein Schatz! Ich verzeihe dir.«

Das Dumme ist nur, dass ich gar nicht mehr weiß, was ich überhaupt verbrochen habe.

Ich erstarre vor Schreck, als das Telefon klingelt. Wie eine Löwin auf der Jagd pirsche ich mich zurück in die Küche und bleibe in sicherem Abstand stehen, während der Anrufbeantworter eine Nachricht aufnimmt.

»Rob? Bist du da, Rob?« Eine Pause und dann: »Heb doch ab, wenn du zu Hause bist, oder ruf mich an, verdammt noch mal!«

Das Gerät piept und schaltet sich mit einem Klicken aus. Dens Stimme würde ich überall erkennen. Also ist Robert auch nicht im Büro. Ich beruhige mich mit der Vorstellung, dass er mit Ruby ins Kino gegangen ist und hinterher ein Eis essen. Als Belohnung fürs Nachhausekommen.

Auf meinem Küchentisch steht ein Laptop. Er gehört nicht

Robert. Offenbar wurde er vor kurzem benutzt, denn er ist eingeschaltet, und der Bildschirmschoner, das sich drehende Bild eines Mannes, gleitet über den Monitor. Der Mann sieht nett aus. Wahrscheinlich der Ehemann von jemandem.

Ich streiche mit dem Finger über das Touchpad, worauf der Mann verschwindet und Outlook Express aufgeht. Von den Absendern der E-Mails kenne ich keinen, trotzdem schlägt mein Herz schneller, als ich die Reihe der ungeöffneten E-Mails überfliege. Vielleicht ist mein Unterbewusstsein schneller als ich.

Ohne die Augen vom Bildschirm zu nehmen, ziehe ich mir einen Stuhl heran und lasse mich darauf nieder. Ich habe keine Ahnung, wem der Laptop gehört und warum er hier in meiner Küche steht. Mit klopfendem Herzen lese ich meinen Namen in der Betreffzeile einer Nachricht. Der Absender ist ein gewisser James Hammond.

An: Louisa van Holten
Betreff: Ergebnis Mutterschaftstest Erin Knight

Mit einem Doppelklick öffne ich die Mail. Mein Mund ist wie ausgetrocknet.

Hallo, Lou,
mit dem Test hat alles geklappt. Das untersuchte genetische Material ergab eine Wahrscheinlichkeit von weniger als 0,1%, dass Erin Knight die leibliche Mutter von Ruby Knight ist.
Das ist ziemlich eindeutig. Sie ist nicht die Mutter des Kindes. Ich hoffe, ich konnte Dir bei deinen Ermittlungen behilflich sein. Und denk dran, Du schuldest mir noch einen Drink.
Viele Grüße
James

Ich kann nicht länger still sitzen. Deshalb laufe ich zum Erkerfenster im Wohnzimmer und halte nach Robert und Ruby Ausschau. Vielleicht sind sie ja schon auf dem Heimweg vom Kino, den Bauch voller Eis und Limonade. Oder sie sind zum Bowling gegangen und haben einen Hamburger mit Pommes gegessen. Ich mustere jeden Wagen, der am Haus vorüberfährt, doch keiner hält an.

Ich hätte größte Lust, diesen Computer in Stücke zu schlagen oder abzufackeln, dass sein schwarzes Plastikgehäuse Blasen wirft und verschmort. Dann würde niemand etwas erfahren. Ich gehe zurück zum Küchentisch. Da kauert dieser Apparat, wie ein wildes Tier, das meine Vergangenheit in den Klauen hält. Und meine Zukunft dazu.

Hast du noch die Kraft für ein letztes Gefecht?, frage ich mich selbst.

»Damit ich dich recht verstehe«, rede ich den Computer an, »du willst mir also weismachen, dass ich nicht Rubys Mutter bin? Dass irgendjemand auf der Welt besser für diese Rolle geeignet ist? Dass meine Befähigung als Mutter nicht mehr als *ein Zehntel Prozent* beträgt?« Ich lasse mich auf den Stuhl sinken und breche in Tränen aus. »Wenn du nur wüsstest«, flüstere ich dem Gerät zu, »dann hättest du die Nachricht irgendwo im Cyberspace verloren.«

Ich halte mich nicht lange mit Weinen auf. Das ist nicht meine Art. Wenn dieser Computer Louisa gehört, geht es mir durch den Kopf, dann arbeitet sie für Robert. Er hat doch tatsächlich eine Detektivin engagiert, die mich aufribbeln soll wie einen schäbigen alten Pullover! Offensichtlich hat sich Louisa mit Robert in diesem Haus – *meinem* Haus – aufgehalten, um meinen Gedanken und Taten, meinen Motiven und Absichten auf die Spur zu kommen.

Haben sie in unserem Ehebett miteinander geschlafen?

Louisa wird bald zurückkommen, um ihren Computer zu holen und ihre E-Mails zu lesen, und dann werden sie mit ihren Katz-und-Maus-Spielchen weitermachen, so lange, bis man mich einsperrt und wegen Entführung anklagt.

Ich tippe mit dem Fingernagel auf den Rand der Tastatur. Louisa wird die E-Mail lesen und in der Vorstellung schwelgen, mich ein für alle Mal erledigt zu haben, bevor sie Robert die schlechte Nachricht überaus schonend beibringt.

Es tut mir ja so leid, Rob, aber Erin ist nicht Rubys Mutter. Sie hat dich die ganze Zeit belogen.

Sich selbst hat sie auch belogen, denke ich bei mir.

Und dann wird Louisa meinen Mann trösten, den einzigen Mann, der mich jemals wirklich geliebt hat. Sie wird ihn umgarnen und ihn so geschwind in ihr eigenes interessantes Leben hinüberziehen, dass er gar nicht merkt, wie ihm geschieht. Für ihn wird es ein nahtloser Übergang sein und sie bekommt endlich das, was sie schon immer wollte.

Ich starre auf die E-Mail-Liste. Drei sind von einer gewissen Alexa Lane, eine weitere eine Auftragsbestätigung von Amazon. Vier sehen wie Spam-Mails aus. Dann ist da noch die Mitteilung von James Hammond, die mein ganzes Leben verändern kann, und eine letzte von einem Mann namens Willem van Holten. Ich öffne sie mit einem Doppelklick und lese den Text.

Schnell wird mir klar, dass Willem Louisas Mann ist. Mir wird auch klar, dass sie kürzlich die Scheidung verlangt hat. Das hier ist seine Antwort. Er fleht sie an, ihn nicht zu verlassen, verspricht ihr das Blaue vom Himmel herunter, die Kinder, die sie immer wollte, die Rückkehr nach England, nach der sie sich sehnt. Armer Willem, denke ich. Und arme Erin. Louisa hat sich gerade im richtigen Moment befreit, um sich Robert zu schnappen.

Ohne einen Funken Reue verschiebe ich die Mail in den Papierkorb und lösche sie danach endgültig. Es ist nur eine winzig kleine Rache dafür, dass diese Frau in meinem Leben herumpfuscht, aber es bringt mich auf eine Idee.

Natürlich wäre es ein Unding, die Nachricht von James Hammond, diesem unbeholfen flirtenden Genforscher, zu löschen. Schließlich erwartet Louisa seine Antwort. Diese E-Mail kann über mein Schicksal entscheiden. Sie ist das einzig verbliebene Band zwischen Robert und mir. Diese E-Mail darf ich auf keinen Fall löschen.

Nein, ich muss sie verändern.

Nun bin ich nicht gerade eine Fachfrau, was Computer angeht, aber ich weiß, dass es einen Weg gibt, E-Mails zu manipulieren. Er ist nicht unbedingt narrensicher, aber wer sagt denn, dass sich Louisa gut auskennt? Ich rufe Baxter an.

»Hallo, Bax«, melde ich mich. Jetzt, um kurz nach halb sechs, macht er gerade den Laden zu.

»Bist du zu Hause?«, fragt er. Seine Stimme ist fast so unsicher wie meine.

»Ja.« Ich bemühe mich um einen fröhlichen Ton. »Du musst mir einen Gefallen tun.«

Dann erinnere ich ihn daran, wie wir mal Ruby helfen mussten. Sie war zehn und sehr in einen Jungen verknallt. Alles an ihm fand sie cool – seinen leicht schiefen Gang, die Art, wie ihm die Unterhose ungefähr zehn Zentimeter aus der Jeans guckte und wie ihm eine Haarsträhne über die Augen fiel, die ebenso groß und braun waren wie ihre eigenen. Micky beförderte seine Schulbücher in einer Retro-Adidastasche und nach der Mathestunde lud er Ruby ins Kino ein. Sie schauten sich *About A Boy* an und aßen warmes, gebuttertes Popcorn aus demselben Becher.

»Weißt du noch, wie dieser Micky Ruby mit einer E-Mail den Laufpass gab?«

»Ich habe es immer noch nicht verwunden.« Baxter geht immer alles so nahe, als wenn er keine Haut hätte. »Es war wirklich grausam«, setzt er hinzu.

»Damals haben wir doch die E-Mail verändert, und es sah trotzdem noch so aus, als käme sie von Micky, nicht?« Ich muss gestehen, wenn wir das nicht geschafft hätten, hätte ich die Mail gelöscht. Dafür, dass die beiden nur zusammen ins Kino oder zu Burger King gingen und Strandspaziergänge machten, bei denen ich unauffällig fünfzig Meter hinter ihnen herlief, hat er meine Tochter auf reichlich grobe Art und Weise sitzen lassen. Seine Worte hätten sie todunglücklich gemacht.

»Ja, ich erinnere mich«, sagt Baxter. »Wir haben ihren Sturz ein bisschen abgefedert.«

»Genau. Aber wie hast du das eigentlich angestellt?« Meine Finger liegen auf der Tastatur von Louisas Laptop, während ich Baxter zuhöre und gleichzeitig mit einem Ohr zur Haustür lausche.

»Lass mich mal überlegen. Also, zuerst musst du im Menü auf ›Extras‹ klicken und dann auf ›Konten‹. Dann geht ein Fenster mit den verschiedenen E-Mail-Konten auf.« Er verstummt und stößt einen tiefen Seufzer aus. »Das hat mir Patrick gezeigt, als wir mal einem Exlover von ihm einen Streich spielen wollten.«

»Und wenn nur ein Konto angegeben ist, macht das was?«

»Nein, das ist egal. Übrigens, Erin …«

»Was denn?«

»Ich werde dich nicht fragen, warum du das tust, also sag's mir auch nicht.«

»Ich danke dir.« Das meine ich wirklich so.

»Als Nächstes musst du auf ›Eigenschaften‹ klicken, um die Details des Kontos angezeigt zu bekommen.« Er wartet, bis ich so weit bin. »Jetzt musst du in den Benutzer-Informationen unter ›Name‹ den Namen des angeblichen Absenders einsetzen.«

»Okay.« Ich habe mir den Hörer zwischen Kinn und Schulter geklemmt und tippe James Hammond ein, wo vorher Louisa van Holten stand. Flüchtig kommt mir Willem in den Sinn. »Und jetzt?«

»Drück auf ›OK‹ und dann schließe das Fenster.«

Baxter erklärt mir die weiteren Schritte. Ich öffne die echte E-Mail von James Hammond, klicke auf »Weiterleiten«, setze Louisas eigene E-Mail-Adresse in das Empfängerfeld, lösche die verräterische Angabe »Fw« aus der Betreffzeile und dazu alles im Text, was darauf schließen lässt, dass es sich nicht um eine unveränderte E-Mail handelt.

»Und nun kannst du alles reinschreiben, was du willst. Dann drückst du auf ›Abschicken‹ und fertig. Aber vergiss nicht, die Originalmail ein für alle Mal zu löschen, sonst war alles umsonst. Und dann musst du bei den Kontoeigenschaften wieder den ursprünglichen Namen einsetzen. Alles klar?«

Wir plaudern noch ein paar Minuten und ich verspreche ihm, mich zu melden, sobald es Neuigkeiten gibt.

Dann ändere ich die Nachricht von James Hammond.

Hallo, Lou,
mit dem Test hat alles geklappt. Das untersuchte genetische Material ergab eine Wahrscheinlichkeit von mehr als 99,9 Prozent, dass Erin Knight die leibliche Mutter von Ruby Knight ist.
Das ist ziemlich eindeutig. Sie ist definitiv die Mutter des Kindes. Ich hoffe, ich konnte Dir bei deinen Ermittlungen behilflich sein.
Viele Grüße
James

Den Satz mit dem Drink lasse ich weg. Je weniger die beiden miteinander zu schaffen haben, desto besser. Ich schicke die E-Mail ab und lösche das Original. Dann füge ich unter Kontoeigenschaften wieder Louisas Namen ein.

Innerhalb weniger Minuten trudelt eine neue E-Mail von diesem James Hammond ein. Jetzt kommt es nur darauf an, dass Louisa und Robert nicht noch einmal bei ihm nachfragen.

Da fällt mir etwas ein, was Robert mir einmal über einen

seiner Mandanten erzählt hat, den er vor Gericht verteidigen sollte. Der Richter stand von Anfang an eher auf der Seite des Staatsanwalts und wollte nicht recht glauben, dass Roberts Mandant wirklich obdachlos war. Der hatte sich extra einen Secondhandanzug zugelegt, um einen guten Eindruck auf den Richter zu machen. Doch am nächsten Tag sagte Robert ihm, er solle unrasiert und in zerrissenen Jeans und einem alten T-Shirt vor Gericht erscheinen. Er gewann den Fall.

»Die Leute glauben, was sie sehen«, sagte Robert.

Wollen wir hoffen, dass er recht hat. Ich stehe auf und gehe nach oben, um meine Tasche auszupacken.

33

Robert öffnete die Tür zu Cheryls Haus und schob Louisa und Ruby über die Schwelle. Bevor er selbst eintrat, blickte er aufmerksam nach links und rechts und fuhr sich nervös mit den Fingern durch die Haare. Er war sich über die Tragweite seines Tuns durchaus im Klaren.

»Hier wohnt Cheryl, nicht wahr?«, fragte Louisa.

Mit einem Finger auf den Lippen bedeutete ihr Robert zu schweigen. Auch wenn sie das Haus mit einem Schlüssel betreten hatten, waren sie Einbrecher. Nur dass sie nichts stehlen, sondern etwas zurückbringen wollten. Cheryl ihren Seelenfrieden wiedergeben wollten.

Dann standen sie in dem kleinen, quadratischen Wohnzimmer. Louisa wartete darauf, dass Robert etwas tat, und Ruby runzelte die Stirn und seufzte genervt.

»Cheryl?«, rief Robert. »Sind Sie zu Hause? Ich habe Ihre Handtasche.«

»Und ich sollte still sein«, murmelte Louisa.

»Fasst nichts an«, ermahnte Robert sie, doch Louisa hatte bereits einen Silberrahmen mit ein paar Fotos darin in die Hand genommen.

»Schau mal«, sagte sie. Robert blickte ihr über die Schulter. »Wer ist das?«

Robert zuckte mit den Achseln. Die Bilder zeigten ein hübsches asiatisches Mädchen, das ganz offensichtlich schwanger war. Auf den Fotos war mehr von ihrem Bauch als von ihrem Gesicht zu sehen. Er schaute aus dem Fenster. Draußen schien noch immer die Sonne, doch in Cheryls Welt herrschte trübes Zwielicht.

»Wartet hier«, sagte er. Louisa hatte tröstend Rubys Hand ergriffen. Als er durch das Haus zur Hintertür ging, bemerkte er, dass Louisa und Ruby sich entgegen seiner Anweisung dicht hinter ihm hielten. »Horcht mal! Hört ihr das?«

»Da weint jemand«, flüsterte Louisa.

»Nein, das ist Gesang«, erwiderte Ruby. Robert schloss die Augen und lauschte mit zur Seite geneigtem Kopf.

»Oben?« Mit einem Nicken bestätigte Robert Louisas Vermutung und so stiegen sie vorsichtig die steile Treppe hinauf. Louisa umklammerte nach wie vor Rubys Hand.

Immer lauter wurde das unheimliche Geräusch, das wie nächtliches Katzengeheul klang. Auf dem kleinen Treppenabsatz gab es kein Fenster, daher dauerte es einen Augenblick, bis sich Roberts Augen an das Dämmerlicht gewöhnt hatten.

Plötzlich ging er auf die Knie und kroch über den Fußboden bis zu einer dunklen Ecke. Dort hockte jemand und summte eine Melodie, immer wieder unterbrochen von Schluchzen und Schniefen. Die Luft ringsum schien davon zu vibrieren.

»Cheryl? Was ist los?«, fragte Robert mit belegter Stimme. Das Herz schlug ihm bis zum Hals. Alles hätte er erwartet, nur das nicht.

Als Louisa das Licht anmachte, waren sie für ein paar Sekunden geblendet. Dann schnappte Louisa vor Schreck nach Luft, während Robert nur mit Mühe ein Stöhnen unterdrücken konnte. Mit vor Schreck geweiteten Augen betrachteten sie die Frau, die sich dort auf dem Teppich wie ein Fötus zusammengekauert hatte. Wie Flüsse auf einer Landkarte zeichneten sich auf dem Gesicht der Frau die Spuren von Tränen und Schleim ab. Sie schaukelte vor und zurück, während sie stockend immer weitersang. Im Nu war Robert bei ihr und strich ihr die feuchten Strähnen aus dem Gesicht. Die Frau war völlig eingesponnen in ihren Kummer und nahm die Besucher gar nicht war.

»Louisa, was ist da los?«, flüsterte Ruby. Als Robert aufblickte, sah er, wie Louisas Lippen tonlos die Worte »Keine Angst« formten.

»Cheryl, hören Sie mich? Ich bin's, Robert Knight. Wir haben uns im Pub kennengelernt.« Er versuchte, sie hochzuheben, doch sie war schwer wie ein nasser Sack. Louisa machte einen Schritt nach vorn, um ihm zu helfen, doch er hielt sie zurück. Er wollte Cheryl nicht noch mehr erschrecken. »Kommen Sie mit hinunter«, sagte er. »Ich mache Ihnen eine Tasse Tee.«

Langsam und schwerfällig hob Cheryl den Kopf und ließ ihre Augen blicklos von Robert zu Louisa und Ruby wandern. Sie schien nichts wahrzunehmen. Es sah so aus, als hätte sich ihr Geist weit von der Realität entfernt. Doch sie stieß immer wieder ein paar Worte eines Wiegenliedes hervor. Dabei zitterte sie am ganzen Körper.

Plötzlich sprang sie auf, wachsam wie ein in die Enge getriebenes Tier. Ihre pechschwarzen Augen glitzerten und sie blickte wild um sich.

»Wo ist mein Baby?«, fauchte sie. »Was habt ihr mit meinem Baby gemacht?«

Als Cheryl einen Schritt auf Robert zutrat, fuhr er erschrocken zurück. Sie ballte die Fäuste und starrte ihn mit gefletschten Zähnen an, die Augen ausdruckslos wie feuchte Kieselsteine. Speichel tropfte ihr vom Mund und ihr Kopf zuckte unkontrolliert.

»Ihrem Baby geht es gut«, sagte er beschwichtigend und deutete auf die völlig verwirrte Ruby. »Sehen Sie? Sie ist heil und gesund.« Er sprach wie zu einer Vierjährigen, was in diesem Fall durchaus angemessen schien.

»Na, kommen Sie.« Louisa trat neben Robert und half ihm, Cheryl zu beruhigen. Dabei sprach sie sanft und beschwichtigend auf sie ein. So etwas konnte sie gut; es war Teil ihrer Arbeit.

Robert nahm seine Stieftochter – wenn man sie überhaupt

noch so nennen konnte – beim Arm und schob sie sachte zu Cheryl hin. Nun war Ruby endlich bei ihrer richtigen Mutter, doch Robert musste die ganze Zeit daran denken, welch entsetzlichen Verrat er an Erin beging. Es kam ihm so vor, als würde er Erin bei lebendigem Leibe die Haut abziehen.

Ruby wehrte sich. »Lass mich los!«, protestierte sie und klammerte sich an Louisa. Nach einem kurzen Gerangel um das Mädchen erstarrten plötzlich alle, weil irgendwo ein Baby zu schreien begann. Leise zuerst, doch gleich darauf brüllte es aus Leibeskräften.

Robert ließ Ruby los und stieß die Tür hinter Cheryl auf. Das Geschrei wurde lauter und kurz darauf kehrte Robert mit einem zappelnden Bündel in den Armen zurück. Er hielt es ungeschickt, wie eine Puppe, und strich ihm beruhigend über den Rücken, doch der Säugling brüllte in unverminderter Lautstärke weiter.

»Ist das Ihr Baby?«, rief Robert Cheryl über den Lärm hinweg zu. Die schnappte sich mit einer raschen Bewegung das Kind, dessen Kopf dabei heftig nach vorne fiel, und rannte mit ihm die Treppe hinab.

»O Gott!«, stöhnte Robert.

Sie fanden Cheryl im Wohnzimmer. Mit dem Baby im Arm saß sie da, schaukelte abermals vor und zurück und sang dazu ihr Schlaflied. Das Kind hatte sich beruhigt und blickte zu Cheryl hoch.

»Robert, ich finde, wir sollten wirklich …« Louisas Worte wurden von einem scharfen Klopfen an der Tür unterbrochen. Louisa ging öffnen. Draußen stand ein junges asiatisches Mädchen – die Schwangere von den Fotos.

»Ist Cheryl zu Hause?«, fragte sie. Robert schaute sich um und bat sie hereinzukommen. Als das Mädchen sah, in welchem Zustand sich Cheryl befand, wurden seine Augen ganz groß. »Oh«, flüsterte es und ging zu der verwirrten Frau hinüber. »Warum ist sie so?« Cheryl saß da wie eine seelenlose

Hülle. Sie schien die Anwesenheit der anderen wieder nicht mehr wahrzunehmen. »Wir haben sie schon so vorgefunden«, antwortete Robert und wollte das junge Mädchen gerade wegen des Babys befragen, als Louisa ihn unterbrach.

»Kann ich mal kurz mit dir reden, Robert?«

Mit erhobener Hand bat er sie zu schweigen. Er lauschte, weil Cheryls Lied gerade in gänzlich unverständliches Gebrabbel überging.

»Ich muss aber unbedingt mit dir reden, Robert.« Louisa stand unschlüssig auf der Schwelle der geöffneten Tür, als wollte sie jeden Augenblick die Flucht ergreifen. »Hör mal, Rob, ich rufe jetzt James Hammond im Labor an. Die Testergebnisse dürften inzwischen da sein. Wir müssen die Wahrheit erfahren.«

Sie sah Robert eindringlich an, als könnte sie ihn dadurch von seinem nächsten Schritt abhalten, doch er bemerkte es nicht. Und genauso wenig bemerkte er das kleine, resignierte, traurige Lächeln, mit dem sie sein Verhalten Ruby und Cheryl gegenüber bedachte. Das fremde Mädchen versuchte, zu Cheryl durchzudringen, doch Louisa erkannte, dass ihre Bemühungen vergeblich waren. »Warte nur noch einen Moment, Rob. Ich bin sofort zurück.«

Endlich schaute Robert auf und zeigte mit einem leichten Nicken, dass er verstanden hatte. Jetzt ist es so weit, dachte er. Das ist die Bestätigung dessen, was ich schon längst weiß.

Cheryl saß kerzengerade und hatte die Beine unter sich gezogen. Hin und wieder rührte sich das Baby auf ihrem Schoß ein wenig, doch die meiste Zeit kaute es ruhig an seinem Fäustchen, während Cheryl weiter ihren Klagegesang wimmerte. Als eine frische Brise durch die geöffnete Tür in das stickige Wohnzimmer wehte, hatte Robert geradezu das Gefühl, wiederbelebt zu werden – Cheryls Gegenwart hatte seinen Geist in der kurzen Zeit schon so benebelt, als hätte er Kohlenmonoxid eingeatmet. Die Verzweiflung dieser Frau war förmlich mit

Händen zu greifen. Er bedauerte, ihren Kummer nicht einfach zusammenknüllen und weit fortschleudern zu können.

»Hallo, James …«

Louisa Worte wurden von einem vorüberrumpelnden Lastwagen und danach vom erneuten Jammern des Babys übertönt. Sosehr sich Robert auch anstrengte, er bekam nur einzelne Wortfetzen mit. Wieder einmal stand ihm die Szene vor Augen, wie Erin Cheryls Baby an sich genommen und mit ihm geflohen war.

Meine Frau, die Entführerin, dachte er, doch zugleich nahm er in seiner Fantasie ihre zierliche Gestalt in die Arme. Er wünschte sich so sehr, dass sie wieder da wäre! Dafür hätte er alles gegeben. Doch plötzlich löste sich Erins Bild in Luft auf.

»Wiederhol das noch mal … Ich kann dich nicht verstehen. Der Empfang ist so schlecht!«

Das Gartentor schlug quietschend zu. Durch das Fenster sah Robert, wie Louisa auf der Straße hin und her lief, ärgerlich, weil sie James nicht richtig verstand. Vergeblich versuchte Robert, von ihren Lippen zu lesen.

Was wäre, wenn er sich geirrt hätte? Er wusste sehr wohl, dass jeder einigermaßen tüchtige Anwalt eine Anklage gegen die junge Ruth Wystrach vor Gericht zerpflücken konnte. Nur weil die Polizei vor dreizehn Jahren einen Verdacht gehabt hatte und er selbst regelmäßig unter Anfällen von krankhaftem Misstrauen litt, bewies das noch lange nicht, dass Erin eine Kidnapperin war. Genauso wenig gab es Beweise dafür, dass sie jemals als Prostituierte gearbeitet hatte. Vielleicht hatte Baxter King ja gelogen. Robert war bewusst, dass er sich letzten Endes nur auf seinen Instinkt verließ. Das Dumme war nur, dass dieser ihn noch nie getrogen hatte.

Erneut schaute er zu Louisa hinaus und versuchte, etwas von ihrem Gespräch aufzuschnappen, während Ruby ihn mit Fragen bestürmte. Er war sich ganz sicher, dass der DNS-Test nur bestätigen würde, was er ohnehin schon wusste. Robert berührte Cheryls Hand und dann auch Rubys. Mach, dass sie die Verbindung spüren, flehte er im Stillen.

Louisa kam wieder ins Haus. Sie zog das Band aus ihrem Pferdeschwanz und ihr Haar fiel lose auf ihre Schultern.

Robert sah sie an. Sein Gesicht war kreidebleich. Ungeduldig zupfte Ruby an seiner Hand.

»Dad, lass uns doch endlich gehen.«

Das Baby schrie, und Cheryl stammelte ein neues Schlaflied.

Robert war hin- und hergerissen. Er fühlte sich wie im Auge des Orkans – wohin er auch blickte, toste der Sturm. Dann sah er, wie Louisa am anderen Ende des Raumes mit undurchdringlicher Miene den Kopf schüttelte.

»Dad, ich will hier weg!« Ruby versuchte, Robert wegzuzerren.

Stumm vor Entsetzen fügte Robert langsam Cheryls kalte Finger und Rubys widerstrebende Hand zusammen.

Louisa ließ ihn gewähren.

34

Robert holte einen Wollschal und legte ihn Cheryl um die Schultern. Sein Herz klopfte zum Zerspringen und er hatte das Gefühl, als würde er aus der Wirklichkeit abdriften. So wie Cheryl. Doch um Rubys Willen musste er unbedingt einen klaren Kopf behalten.

»Cheryl, ist das Ihr Baby?« Er kniete sich neben die zitternde Frau und zeigte auf den Säugling. Die Idee, dass Ruby ein Geschwisterchen haben könnte, war ihm nie gekommen.

»Sie ist krank, nicht wahr?«, fragte die junge Asiatin, die sich neben ihn gehockt hatte und gerade ihren dicken Bauch zurechtrückte. Er warf ihr einen Blick zu. Ihr seidiges schwarzes Haar umfloss sie wie ein Wasserfall.

Er nickte. »Und Sie haben auch keine Ahnung, was passiert sein könnte?«

»Ich habe mir in letzter Zeit öfter von ihr aus der Hand lesen lassen. Normalerweise einmal die Woche. Da ging es ihr immer gut.« Sie hatte einen leichten Midlands-Akzent. »Dieses Wochenende konnte ich nicht kommen, weil ich ein bisschen Ärger zu Hause hatte.« Sie legte eine Hand auf ihren Bauch. »Aber vorhin war ich schon einmal hier. Als sie nicht öffnete, ging ich durch die Hintertür. Es war schrecklich … Sie hockte jammernd mit dem schreienden Baby in dem unbenutzten Zimmer. Ich wusste nicht, was ich machen sollte.«

»Und weiter?« Robert streichelte Cheryls schweißfeuchte Hand. Dann versuchte er, ihr das Baby wegzuziehen, doch sie verstärkte ihren Griff und stimmte ein noch lauteres Klagegeheul an.

»Haben Sie jemanden benachrichtigt?«

»Ich bin nach Hause gegangen und habe es meinem älteren Bruder erzählt. Er hat gesagt, er würde erst zur Polizei gehen und dann herkommen. Ich habe dann eine ganze Weile bis hierher gebraucht.« Abermals umfasste sie ihren Bauch. »Wird sie wieder gesund? Sie war immer so nett zu mir.«

Wieder nickte Robert. »Ich glaube schon. Sie hat nur eine Art Schock.« Und das war seine Schuld, daran bestand kein Zweifel. Wenn er die Sache umsichtiger angefangen und Cheryl nicht einfach erzählt hätte, dass er wüsste, wo ihr Baby ist, wäre sie nicht aus dem Pub geflüchtet. Dann hätten sie in Ruhe miteinander reden und ein Treffen zwischen ihr und Ruby vereinbaren können. Er hätte einen Anwalt oder einen Sozialarbeiter hinzuziehen und so den Schock für sie mildern können. Nun konnte er nur noch darauf warten, dass draußen das Blaulicht des Streifenwagens aufflackerte und das Unheil seinen Lauf nahm.

»Das ist nicht dein Kind, stimmt's, Cheryl?« Das Mädchen streichelte Cheryl über den Rücken. »Komm, erzähl es mir. Überleg mal, was ich dir alles von mir erzählt habe, da kannst du mir ruhig auch mal was verraten.« Sie klang so reif und vernünftig, dass Robert und Louisa sie überrascht anblickten.

Cheryl packte das Baby noch fester, bis es aufhörte zu wimmern. »Natasha«, flüsterte sie, beugte sich hinunter und gab dem Kind einen Kuss auf den flaumigen Kopf.

»Nein, Cheryl«, mischte sich Robert ein. »Das Baby hier ist nicht Natasha.«

Jetzt war der Augenblick gekommen. »*Das hier* ist Natasha.« Ruby versuchte, ihm auszuweichen, doch er erwischte sie gerade noch. Wieder zog er sie am Arm näher zu Cheryl.

»Robert, was soll das alles? Lass mich los!« Ruby funkelte ihn wütend an und versuchte sich loszureißen.

Ihre Worte trafen ihn mitten ins Herz – sie hatte Robert zu ihm gesagt und nicht Dad. Obendrein schlug sie mit ihrer freien Hand nach seiner Schulter und bedachte ihn mit einem hasserfüllten Blick. Jetzt war der Zeitpunkt gekommen, sich von ihr zu lösen.

»Ruby, das hier ist deine …«

»Neiiiiin!« Cheryls langgezogener Schrei drang allen durch Mark und Bein, doch im nächsten Moment begann sie schon, mit klarer, deutlich vernehmbarer Stimme zu singen, und wiegte das Baby dabei sanft in den Armen.

Hoppe-hoppe Reiter,
wenn er fällt, dann schreit er.
Fiel's Baby in den Brunnen,
wurd's nie mehr gefunden.
Finden sie's jetzt schnell,
fährt Mami gleich zur Höll'.

Die anderen standen stumm und regungslos da, wussten nicht, was sie sagen sollten, und versuchten zu begreifen, was sie da eben gehört hatten. Von einer Sekunde zur anderen wirkte der Raum kalt und finster.

Als hätte er wie ein Raubtier draußen auf der Lauer gelegen, füllte auf einmal die massige Gestalt eines Mannes die Türöffnung. Er stellte sich als Detective Superintendent George Lumley vor und zeigte Robert kurz seine Dienstmarke. Drei weitere Polizeibeamte, darunter eine Frau, tauchten hinter ihm auf.

Dann ging alles ganz schnell, auch wenn später keiner von ihnen mehr zu sagen gewusst hätte, wie lange das Ganze eigentlich gedauert hatte oder wann er zuletzt etwas gegessen hatte oder geschlafen hatte oder zu Hause gewesen war – so weit hatten sie sich von ihrem normalen Leben entfernt.

Zunächst einmal brachte man Robert, Louisa, Ruby und Sarah in die winzige Küche, wo sie mit der Polizistin warten mussten. Aus dem Wohnzimmer drangen Wortfetzen wie Trommelfeuer, die meisten davon knappe Fragen von Lumley.

»Es ist schon eine ganze Weile her, Cheryl«, sagte er, ein wenig verärgert darüber, dass seine Gegenwart offenbar so wenig Eindruck auf die Frau machte. Erst nach einem eingehenden, zeitraubenden Verhör bekamen sie etwas aus ihr heraus und sie gab – wieder mit Hilfe eines eigenartigen Singsangs – zu, das Baby, das auf ihrem Schoß lag, entführt zu haben.

Schließlich traf ein Krankenwagen ein. Die Sanitäter untersuchten das Kind, bevor sie es ins Krankenhaus brachten, wo seine verzweifelte Mutter, die sofort zur Polizei gelaufen war, sehnsüchtig wartete.

Bald war das kleine Reihenhaus erfüllt vom Quäken des Polizeifunks, den neugierigen Blicken der Nachbarn, die sich vor der Tür drängten, und dem geschäftigen Kommen und Gehen der Polizisten. Und über allem lag der Hauch des Todes.

Als es im Wohnzimmer endlich ruhiger wurde, zwängte sich George Lumley Cheryl gegenüber in einen Sessel und machte sich auf das Geständnis gefasst, auf das er dreizehn Jahre lang gewartet hatte. Er wollte es weder als Lied noch als Gedicht hören, sondern in einfachen, deutlichen Worten.

»Mrs Varney«, begann er und holte noch einmal tief Luft. »Haben Sie Ihre Tochter Natasha am Samstag, den vierten Januar 1992, getötet?«

Die Polizistin öffnete ein paar Schränke und ließ Wasser in den Kessel laufen.

»Wir könnten uns eigentlich einen Tee machen«, sagte sie. Niemand antwortete.

»Dad, was ist denn bloß los?« Ruby rutschte mit ihrem Stuhl näher an Robert heran. Jetzt war er also wieder Dad, dachte er. Ein gutes Zeichen.

»Sagen wir, ich habe einen Fehler gemacht. Einen riesengroßen, schrecklichen Fehler.« Als er Rubys Hand nahm, spürte er, wie Louisa ihn mit kaltem Blick musterte. »Alles in Ordnung mit dir?«, fragte er. Ihre Wangenknochen waren weiß, die

Wangen selbst merklich eingesunken. Sie sah aus, als wüsste sie etwas, was ihm unbekannt war.

»Ja«, antwortete sie geistesabwesend. »Mir geht's gut.«

Es war schon dunkel, als DS Lumley den Befehl gab, den Garten zu durchsuchen. Entlang der Grenze des langen, schmalen Grundstücks wurden Scheinwerfer aufgestellt, die das gesamte Gelände in gleißendes Licht tauchten. Beladen mit Planen, Schaufeln und Kameras trampelten die Polizisten durchs ganze Haus, zur Vordertür hinein und zur Hintertür wieder hinaus. Bald darauf traf das Forensikteam mit Metallkoffern voller Präzisionsinstrumente und anderer High-Tech-Ausrüstung ein. Alle warteten gespannt darauf, was sie zutage fördern würden.

Einzeln holte man Robert, Louisa, Ruby und Sarah ins Wohnzimmer, wo sie gegenüber DS Lumley ihre Aussagen machen mussten. Als Robert an der Reihe war, stellte er fest, dass man Cheryl fortgebracht hatte. Nur ihr grässliches Lied schien noch zwischen den Wänden widerzuhallen. Die Polizeibeamtin setzte sich Robert gegenüber, und Lumley nahm seine Auskünfte über Cheryl Varney mit Interesse zur Kenntnis.

»Und von alldem hat sie gesprochen, als sie Ihnen aus der Hand las?« Lumley machte eine vage Handbewegung, um anzudeuten, dass er die gesamte Situation meinte. Sein Ton war unangemessen spöttisch, sein Grinsen eine Spur zu höhnisch.

»Ein paar Dinge, die sie sagte, haben tatsächlich Eindruck auf mich gemacht. Aber, wie ich bereits erwähnte, bin ich gar nicht wegen der Wahrsagerei zu ihr gegangen, sondern weil ich glaubte, ich hätte ihre vermisste Tochter gefunden.«

»Lassen Sie mich das noch einmal zusammenfassen.« Das Grinsen verschwand und wich einer grimmigen Miene. Schuld daran waren Lumleys angespannter Kiefer, die zu Schlitzen verengten Augen und die rot geäderten Wangen eines Mannes, der zu viel trank. »Aufgrund gewisser Umstände waren Sie zu der Überzeugung gelangt, dass Ihre Stieftochter in Wahrheit das entführte Kind von Cheryl Varney ist?«

»Ja.«

»Nachdem Sie die Eltern Ihrer Frau, Mr und Mrs Wystrach, ausfindig gemacht hatten, teilten diese Ihnen mit, dass ihre Tochter ein Kind entführt –«

»Nein«, unterbrach ihn Robert. »Sie zeigten mir Zeitungsberichte, wonach ihre verschwundene Tochter seinerzeit im Zusammenhang mit dem Entführungsfall Varney verdächtigt wurde. Es geschah nämlich am selben Tag. Sie, das heißt, die Polizei, suchten damals nach der Ausreißerin Ruth Wystrach, meiner jetzigen Frau Erin. Und meine Frau hat eine Tochter im selben Alter wie Cheryls Kind. Jetzt brauchen Sie nur noch zwei und zwei zusammenzuzählen, Superintendent.«

»Mache ich.« Lumley schluckte und fuhr dann fort: »Es bestand tatsächlich Grund zu der Annahme, dass der vermisste Teenager mit der Entführung zu tun hatte. Ein Mädchen, auf das die Beschreibung passte, wurde gesehen, wie es mit einem Baby über genau den Parkplatz lief, auf dem Cheryl Varney ihr Kind unbeaufsichtigt im Auto gelassen hatte.« Erneut machte er eine Pause. Aber es gibt Hinweise darauf, dass es sich bei dem Baby auf dem Arm des Mädchens nicht um Cheryls Tochter handelte.«

Robert wurde unsicher. Vielleicht hatte der Detective recht. Offenbar hatte er Louisas Kopfschütteln nach ihrem Gespräch mit James Hammond missverstanden. Ruby war wohl doch Erins leibliche Tochter. Die Identität von Rubys Vater dagegen war nach wie vor unbekannt und würde vielleicht für immer ein Geheimnis bleiben. Doch für Robert machte das keinen Unterschied. Er würde sie lieben, als wäre sie sein eigen Fleisch und Blut. Als wäre ihr gesamtes Leben, die Vergangenheit und die Gegenwart, in seine Hände gelegt.

»Verraten Sie mir eines, Mr Knight. Sie sind doch Anwalt, ein vernünftiger, gerechter Mann mit klarem Urteilsvermögen.

Einer, der die Wahrheit erkennt, wenn er sie vor Augen hat.« DS Lumley nahm der Polizistin Stift und Notizblock aus der Hand und legte beides auf den Tisch. »Jetzt mal nicht fürs Protokoll: Was hat Sie eigentlich auf die Idee gebracht, dass Ihre Frau eine Verbrecherin sein könnte?«

Müde beugte sich Robert vornüber und stützte die Ellbogen auf die Knie. Er starrte DS Lumley an.

»Ganz ehrlich?«, fragte Robert und zog die Augenbrauen hoch. »Es war die Angst, sie zu verlieren.«

In diesem Augenblick rannte ein junger Constable an ihnen vorüber und zur Vordertür hinaus. Er hielt die Hand vor den Mund gepresst, sein Gesicht war aschfahl.

»Ich glaube, ich werde gebraucht«, seufzte Lumley und erhob sich. »Bleiben Sie bei Ihrer Frau, Mr Knight. Von zu Hause wegzulaufen ist doch kein Verbrechen. Jemandem mit seinem Misstrauen zu verfolgen sollte dagegen eigentlich strafbar sein.«

Um 2.25 Uhr morgens tat sich endlich etwas.

Nachdem Ruby es aufgegeben hatte, Robert mit Fragen zu löchern, auf die er keine Antwort wusste, war sie schließlich eingeschlafen.

Sarah hatte man mit ihrem Bruder nach Hause geschickt. Zum Abschied hatte sie Robert mit bleichen Lippen und müden Augen zugelächelt.

»Rob«, begann Louisa. Sie saßen noch immer in dem kleinen Wohnzimmer, hofften jedoch, jeden Augenblick von DS Lumley entlassen zu werden. Er war nach wie vor im Garten beschäftigt, den außer der Polizei niemand betreten durfte.

»Ja?« Robert gähnte. Er fragte sich, wie er sich auf der Rückfahrt nach London wach halten sollte. Rubys Kopf lag auf seinen Knien.

»Es gibt etwas, das ich dir sagen sollte.« Auch Louisa war die Erschöpfung deutlich anzumerken. Ihre Augen wirkten trübe, und ihr Haar hatte seinen natürlichen Schimmer verloren. Vor Schlafmangel fröstelnd hatte sie sich Roberts Jacke übergehängt. Sie starrte über seine Schulter hinweg; offensichtlich suchte sie die richtigen Worte.

Zwei Polizisten mit weißen Schutzanzügen, Mundschutz und Handschuhen gingen an ihnen vorbei durchs Zimmer. Sie trugen einen Metallkasten von der Größe eines kleinen Koffers. Ihre Augen waren ausdruckslos.

Der Kasten, unter dessen Deckel ein Zipfel Klarsichtfolie hervorsah, trug die Aufschrift »Polizeieigentum«. DS Lumley folgte den beiden Beamten. Wenige Minuten später fuhr ein Polizeiwagen mit Blaulicht, doch ohne Martinshorn davon. DS Lumley trat wieder ins Haus und wandte sich an Robert.

»Sie können jetzt gehen, aber halten Sie sich in den nächsten Tagen bitte für weitere Aussagen zur Verfügung.« Der Superintendent wirkte mitgenommen, sein Gesicht unter dem grauen Haar zeigte tiefe Furchen. Dreizehn lange Jahre …

Bevor Robert zur Tür ging, fragte er zögernd: »War das …?«

»Es war Natasha«, sagte Lumley feierlich, als könne der Name den sterblichen Überresten nach all der Zeit noch eine Identität verleihen. »Sie lag in einem Korb, der tief unten im Brunnenschacht hing. Nach Ansicht der Forensiker wurde sie stranguliert. Eine erste Untersuchung ergab, dass mindestens drei Halswirbel gebrochen waren.«

Robert senkte den Kopf und tastete nach Louisas Hand, bemüht, die Bilder, die sich ihm aufdrängten, gleich wieder zu verbannen. Lumley beantwortete seine unausgesprochene Frage: »Wir hatten von Anfang an Cheryl in Verdacht. Daraufhin durchsuchten wir damals den Garten, fanden jedoch nichts außer einer toten Katze, die man dort begraben hatte. Die Platte, die auf dem Brunnenschacht lag, war derart von Gras und Unkraut überwuchert, dass man sie nicht sehen konnte. Außerdem besaßen wir ja nur vage Anhaltspunkte.«

Lumley richtete sich auf, als müsste er sich gegen Vorwürfe wappnen. Doch das Baby war damals schon tot gewesen. Sie hätten es auf keinen Fall retten können. »Cheryl plädiert bereits auf Unzurechnungsfähigkeit. Sie sagt, ihre postnatale Depression sei weder erkannt noch behandelt worden.«

»Gehen wir«, sagte Robert. Er musste hier raus. Bevor Ruby überhaupt richtig wach war, hatte er sie schon auf die Füße gestellt und bugsierte sie zum Auto. »Was wolltest du mir eben sagen?«, fragte er Louisa, während sie die kleine Straße hinunterfuhren.

Louisa warf einen Blick nach hinten zur Rückbank, wo sich Ruby mit den Kopfhörern in den Ohren zusammengerollt hatte. »Ach nichts«, sagte sie und legte Robert leicht die Hand auf den Arm. »War nicht so wichtig.«

Bald fuhren sie auf der M1 in Richtung Süden. Robert hielt den Blick auf die Straße gerichtet, nur ab und an warf er einen verstohlenen Blick zur Seite, um zu sehen, ob Louisa eingeschlafen war. Doch sie blickte die ganze Zeit unbeweglich und schweigend hinaus in die Nacht.

35

Robert spürte sofort, dass sie wieder da war. Die Luft atmete sich so leicht und die rosige Morgendämmerung schien von einem verheißungsvollen Raunen erfüllt …

Nachdem er Ruby und Louisa hatte eintreten lassen, zog Robert den Schlüssel ab und schloss leise die Tür. Er wollte sich erst vergewissern.

»Geht schon mal in die Küche«, sagte er zu Louisa. »Ich komme sofort nach, und dann machen wir uns was zu essen.«

»Ich will ins Bett«, jammerte Ruby, die die Augen kaum noch aufhalten konnte.

»Na gut, mein Schatz. Dann geh ruhig nach oben. Ich bin gleich bei dir.« Als sie sich anschickte, die Treppe hinaufzusteigen, strich Robert ihr über den Kopf. Auf einmal war die alte Vertrautheit wieder da. Er folgte Louisa ins Wohnzimmer.

»Was für eine Nacht!«, rief sie aus und legte Robert die Arme um den Hals. Genau in diesem Augenblick richtete sich Erin auf dem Sofa auf, auf dem sie gelegen hatte.

Als sich die Blicke der beiden Frauen trafen, verschwand Erins Schlaftrunkenheit. Ihre Augen blickten hellwach und ungläubig.

»Robert!«, rief sie.

»Erin!« Er löste sich aus Louisas Armen. »Du bist wieder zu Hause!«

Erin warf die Decke zurück und rappelte sich umständlich auf. Ihr Haar war zerzaust, die Haut fast durchsichtig bleich, ihr Blick eisig.

»Schön blöd von mir«, sagte sie leise. »Ich hätte mir denken können, dass du mich hintergehst, sobald ich durch die Tür bin.« Ihre Stimme klang bitter und schneidend.

»Nein, Erin, das ist nicht wahr.« Da entdeckte Robert die leere Weinflasche auf dem Tisch und das bis zur Neige geleerte Glas. Bei dem Versuch, sich gänzlich von der Decke zu befreien, hätte Erin beinahe das Gleichgewicht verloren. Offensichtlich hatte sie sich den Wein vor nicht allzu langer Zeit zu Gemüte geführt.

»Keine Sorge, ich bin schon wieder weg.« Mit zuckersüßem Lächeln schob Erin ihre Füße in die Sandalen. »Wo ist meine Tochter? Wo sind die Autoschlüssel?«

»*Unsere* Tochter ist schlafen gegangen. Sie war fix und fertig. Und du gehst nirgendwohin.« Als Erin an ihm vorüberwankte, packte er sie beim Handgelenk.

»Dann eben morgen.« Erin zog ein Gesicht und machte den schwachen Versuch, sich loszureißen. Ihr Atem, ihr Haar, ihre Kleider, alles roch nach Alkohol. Um sie zu beschwichtigen, zog Robert sie an sich. »Du redest Unsinn«, sagte er. »In diesem Zustand lasse ich dich nicht gehen. Ich lasse dich überhaupt nie wieder weg.« Und mit sanftem Druck schob er sie in Richtung Küche.

Das hätte er damals auch mit Jenna tun sollen. Stattdessen hatte er zugelassen, dass sie aus dem Haus rannte und in betrunkenem Zustand losfuhr. Er hatte sie dazu getrieben.

»Du trinkst jetzt erst mal eine große Tasse Kaffee, und dann reden wir.«

Robert schwieg und lauschte, ob Jennas Stimme zu vernehmen war. Nichts. Prüfend blickte er sich um. Abermals nichts. Nur das vertraute Zimmer. Also warf er einen Blick in den dämmerigen Garten, doch alles, was er sah, war sein eigenes und Erins Spiegelbild in der Fensterscheibe.

Im Stillen sagte er Jenna Lebewohl.

»Ich setze schon mal Wasser auf«, sagte Louisa, die sich vorkam wie der Funke in einem Pulverfass.

Robert führte Erin zum Küchentisch, dann beugte er sich über Louisas Laptop und tippte gegen die Maus, um die Bildschirmanzeige zu aktivieren.

»Schau mal deine E-Mails an, Louisa.«

»Ach, Rob, lass uns doch erst mal Kaffee …«

»Bitte jetzt, Louisa, sonst tue ich es.« Robert sehnte sich nach dem endgültigen Beweis dafür, dass sein Verdacht gegen Erin einfach lächerlich gewesen war. Nun, da die Polizei die grausige Wahrheit in Bezug auf Cheryls Baby herausgefunden hatte, blieb nichts mehr zu befürchten. Selbstverständlich war Erin Rubys Mutter.

»Rob, warum …«

»Schau mal, da ist sie. Die E-Mail von James Hammond.«

Er schob Louisas Hand vom Mousepad und öffnete die Mail selbst. Louisa ließ sich in einen Sessel fallen, von dem aus sie den Bildschirm nicht sehen konnte. »Sie gehört ganz und gar zu uns!«, verkündete Robert nach wenigen Sekunden beglückt, bevor ihm einfiel, dass Erin ja gar nicht wusste, wovon er sprach. Gott sei Dank hatte sie keine Ahnung, dass er auch noch Rubys Herkunft angezweifelt hatte! »99,9 Prozent«, fügte er mit gedämpfter Stimme hinzu und gab Erin so behutsam einen Kuss auf den Hals, als sei sie soeben erst Mutter geworden. Für Robert war sie das in gewisser Weise auch.

Kerzengerade saß Erin auf ihrem Stuhl und beobachtete die anderen schweigend und wachsam.

Louisa streckte abrupt den Arm aus und drehte den Laptop zu sich herum, um einen Blick auf den Monitor werfen zu können.

»Mami!«, ertönte in diesem Augenblick Rubys Stimme. »Du bist wieder da!« Das Mädchen warf sich in die Arme seiner Mutter. »O bitte, lass Dad nie wieder allein. Ihr dürft euch niemals trennen!« Überglücklich, dass ihre Familie wieder vereint war, zog sie Robert mit in die Umarmung.

Louisa schaute auf. Schweigend beobachtete sie, wie das

Geplapper des glücklichen Mädchens seine Eltern wieder zusammenschweißte – wie die beiden Enden eines zerbrochenen Halsbandes.

Ihre Tochter zwischen sich, fassten Erin und Robert einander bei den Händen, verflochten ihre Finger miteinander und erneuerten mit dieser kleinen Geste das Versprechen, das sie sich bei ihrer Hochzeit gegeben hatten.

Im selben Moment trafen sich die Blicke der beiden Frauen, und eine stumme Bitte ging von einer zur anderen. Einen Atemzug lang hielt Louisa die Luft an, dann nickte sie Erin fast unmerklich zu, bevor sie die Augen abwandte.

»Und jetzt der Kaffee«, sagte Louisa, als der bedeutsame Augenblick vorüber war. Rasch und unauffällig löschte sie James Hammonds E-Mail und schaltete den Computer ab. Mit einem Seufzer ging das Gerät aus.

36

Es ist kalt und regnerisch, und ich muss die Tür festhalten, die der Wind mir aus der Hand zu reißen droht. Als ich drinnen meinen Schirm gegen die Wand lehne, schießt mir durch den Kopf, dass ich ihn wohl vergessen werde. Ich lächle bei der Erinnerung daran, wie Robert und ich uns kennengelernt haben – durch einen liegengebliebenen Schirm. Dann blicke ich mich im Café um, weil ich wissen will, ob sie schon da ist.

Zwischen den Köpfen der zahlreichen Gäste reckt sich ein Arm in die Höhe. Er gehört Louisa, die mich mit einem breiten Grinsen begrüßt.

»Toll, dass du einen Tisch ergattert hast.« Ich ziehe den Mantel aus und hänge ihn über meine Stuhllehne. »Wird hier am Tisch serviert?«

Sie nickt und winkt der jungen Kellnerin, die gleich darauf neben uns steht und meine Bestellung aufnimmt.

»Wie ist es gelaufen?« Louisas grüne Augen unter den grau geschminkten Lidern blitzen erwartungsfroh.

»O Mann«, antworte ich. »Wo soll ich da anfangen?« Ich lasse sie ein bisschen schmoren und trinke erst einmal einen Schluck Kaffee.

Sie wartet.

»Schau mal.« Ich ziehe ein kleines Album mit etwa einem Dutzend Fotos aus meiner Handtasche und reiche es ihr. Ausgiebig betrachtet Louisa jedes Bild, registriert jedes Detail. Genauso, wie ich es hundertmal am Tag tue.

»Sie hat deine Augen«, sagt Louisa. »Und deine Nase auch und den Mund und –«

»Sie ist einfach wunderschön«, falle ich ihr ins Wort. Ich weiß, wie eingebildet das klingt.

»Hast du es ihr gesagt?«

Ich trinke noch einen Schluck Kaffee und schlage die Beine übereinander.

»Ich habe gar nicht mit ihr gesprochen.«

»Hat ja auch keine Eile«, sagt Louisa.

Stimmt. Das hat jetzt keine Eile mehr.

Es dauerte mehrere Monate, bis wieder Normalität eingekehrt war. Wenn man allerdings nie Normalität erlebt hat, kann man eigentlich gar nicht genau wissen, ob sie herrscht oder nicht.

Robert traf jedenfalls eine wichtige berufliche Entscheidung. Er spezialisierte sich auf Kinderrechte und trat von nun an unermüdlich für Minderjährige ein, die sonst keinen Fürsprecher hatten. Alles habe mit zwei Kindern, Alice und Joe Bowman, begonnen, sagte er. Er half ihnen, sich von ihren Eltern zu lösen, die in Dauerfehde miteinander lagen. Zurzeit befinden sich die Kinder, glaube ich, in einer Pflegefamilie, bis sie sich entschieden haben, wo sie leben wollen. Rob sagt, sie lernen gerade, dass Glück auch etwas mit Verzeihen zu tun hat. Das lernt er selbst wohl auch im Moment.

Ein weiterer Grund für Robs berufliche Neuorientierung war meine Geschichte. Das behauptete er wenigstens eines Abends im Bett, etwa eine Woche, nachdem Ruby und ich von Brighton zurückgekommen waren. Die Situation war noch immer ein wenig heikel, daher fassten wir einander mit Samthandschuhen an. Robert musste sich mit der Tatsache auseinandersetzen, dass mein Onkel mich als Kind missbraucht hatte und dass Ruby aus dieser Beziehung hervorgegangen war. Aber vielleicht hatte es ja auch sein Gutes, sagte ich zu ihm. So musste er wenigstens nicht mit einem leiblichen Vater wetteifern, den Ruby womöglich angehimmelt hätte. Ich sagte

Robert nie, dass unsere Tochter keineswegs das Ergebnis von Gustaws Übergriffen war.

»Wir werden darüber hinwegkommen«, sagte er und strich mir mit der Hand über den Bauch – wie ein Künstler, der einen Werkstoff begutachtet. »Wenn ich daran denke, wie schlecht ich mich während deiner Abwesenheit gefühlt habe, bin ich da ganz sicher.«

»Aber gleichzeitig waren deine Gefühle an meiner Abwesenheit schuld.« Ich drehte mich auf die Seite, sodass seine Hand auf meiner Hüfte ruhte. Er sah mich mit gerunzelter Stirn an. »Du reitest schlimmer auf der Wahrheit herum als jeder Anwalt.« Ich musste wegschauen. Es gab eine Wahrheit, die er nie erfahren würde. »Mein ganzes Leben habe ich damit verbracht, eine Barriere zwischen mir und den anderen Menschen zu errichten«, fuhr ich fort. »Das war mir schon zur zweiten Natur geworden, bis du kamst und die Schranke niedergerissen hast.« Hoffentlich verstand er, was ich damit sagen wollte. »Stell dir vor, wie jemand das Pflaster von einer Wunde abreißt und nicht nur ein wenig mit dem Finger an das rohe Fleisch tippt, bis der andere zusammenzuckt, sondern richtig zupackt und die Fingernägel hineingräbt.«

Robert stieß einen erschrockenen Laut aus. »Und so etwas habe ich dir angetan?«

Ich nickte. »Die Wunde war immer da, doch nie zuvor hat jemand darin herumgestochert.« Jetzt hatte er begriffen. Ich sah es daran, wie sich seine Augen verengten und dunkler wurden, während er seinen Blick über meinen Körper wandern ließ.

»Aber jetzt kann diese Wunde doch endgültig heilen, nicht wahr?«, fragte er.

Um nicht antworten zu müssen, rollte ich mich auf meinen Mann und lenkte ihn auf die einzige Art und Weise ab, die mir einfiel. Er drang in mich ein – als könnte er so die Antwort auf seine Frage finden und dann in einen geruhsamen Schlaf hinübergleiten.

Wir bestellen Panini mit Mozzarella, Basilikum, Rauke und einem Pestodressing, das mir beim Hineinbeißen über die Finger läuft. Louisa lacht.

»Wisch dir mal das Kinn ab«, sagt sie und lächelt, als ihr das gleiche Missgeschick passiert. »Ist Rubys Geburtsurkunde angekommen?«

»Ja, endlich«, antworte ich. »Das schmeckt gut!« Ich lecke mir über die Lippen, bevor ich weiterrede. »Die Urkunde kam vor ein paar Wochen. Robert hat sich um den ganzen Papierkram gekümmert.« Bei dem Gedanken, wie erleichtert ich war, als ich endlich das Dokument in der Hand hielt, muss ich seufzen. Dann zeigte ich es Ruby, als Beweis dafür, dass sie nun auch offiziell auf der Welt war. Lächelnd umschlang sie meine Taille und legte den Kopf an meine Schulter. Sie wird einmal sehr groß werden.

»Und die Adoption?«

»Das Verfahren läuft. Theoretisch benötigen wir die Einwilligung von Rubys leiblichem Vater, dass Robert sie adoptieren darf.« Während ich den Rest von meinem Panini auf den Teller lege, frage ich mich, was uns eigentlich das Recht gibt, Ruby zu behalten. Als ich sie damals in dem Schrank fand, glaubte ich wirklich, sie sei mein krankes Baby. Ich könnte verrückt werden, wenn ich mir ausmale, wie ihre richtige Mutter verzweifelt im ganzen Land nach ihr gesucht hat. Doch im Grunde meines Herzens weiß ich, dass Ruby einfach zurückgelassen wurde, so wie Becco mein erstes Kind einfach beseitigt hat. »Aber da sich mein Onkel an mir verging, seit ich vier war, und er jetzt sowieso tot ist, steht seine Erlaubnis gar nicht zur Debatte«, setze ich hinzu und zwinge mich zu einem Lächeln.

Ich habe mich daran gewöhnt, mit Louisa über all das zu sprechen. Sie ist der einzige Mensch, der die ganze Wahrheit kennt. Langsam schaffe ich es auch, offener mit meiner Therapeutin zu reden, doch wenn ich ihr die Wahrheit erzählen würde, bestünde die Gefahr, dass man mir Ruby wegnimmt. Andererseits hätte ich ohne diese Therapie die vergangenen Wochen nicht überstanden. Und unsere Ehe hätte auch nicht gehalten. »Und wie ist es mit dir?«, frage ich. »Bleibst du noch ein bisschen hier?«

»Ja, mit Willem«, erwidert sie und beißt herzhaft in ihr Brot.

In jener Woche geschah eine Menge. Zunächst einmal bekam ich einen Preis für »Floristik taufrisch«. Schon komisch, wenn man bedenkt, dass ich gar nicht bei einem Wettbewerb mitgemacht hatte. Später stellte sich heraus, dass Baxter mich für einen landesweiten Floristenwettbewerb angemeldet hatte, bei dem mein Laden dann für die originellste Schaufensterauslage prämiert wurde. Mein Bild war sogar in der Zeitung. Diesmal habe ich den Ausschnitt aufbewahrt.

Dann, eines Morgens, als der Herbst allmählich in den Winter überging und der Himmel sich wie eine eisige Glocke über der Stadt wölbte, winkte ich gerade der fröstelnden Ruby zum Abschied, als die Post gebracht wurde. Zusammen mit der Gasrechnung und einem Schreiben von der Bank kamen meine ärztlichen Unterlagen.

Aus ihnen erfuhr ich, dass ich ein bemerkenswert gesundes Kind gewesen war. Doch dann, als ich fünfzehn war, brachen die Berichte auf einmal ab. Der letzte Untersuchungsbefund unseres Hausarztes stammt von dem Tag, als Mutter mit mir zu Dr. Brigson ging, weil ich so dick geworden war. Wenn ich zurückdenke, glaube ich, dass ich damals schon Bescheid wusste. Und Dr. Brigson offensichtlich auch.

Deutlich erkennbare Narben und lokale Traumata im Vaginalbereich … Kind eindeutig verstört und nicht bereit/in der Lage, über die Schwangerschaft zu sprechen … möglicherweise Vergewaltigung/Missbrauch? Sozialamt verständigen …

Während ich die Notizen überflog, wurde mir klar, dass ich

Sehnsucht nach meinen Eltern hatte, wie ein Kind, das sich nach Geborgenheit und Anerkennung sehnt. Geborgenheit werde ich bei ihnen nicht mehr finden, dafür ist es zu spät – wahrscheinlich muss ich mich bald eher um sie kümmern –, doch ich möchte ihnen zeigen, dass ich überlebt habe und was aus mir geworden ist. Ich will sie fragen, warum sie mein Baby zur Adoption freigeben wollten, warum sie mir nicht zutrauten, eine gute Mutter zu sein, und warum sie nie mitbekommen hatten, was Onkel Gustaw mir antat.

Ich will, dass sie mich sehen und wieder als ihre Tochter annehmen. Nachdem ich mir das eingestanden hatte, nahm ich mir fest vor, in absehbarer Zeit einmal zu dem tristen Haus zu fahren, in dem ich mein Kind zur Welt gebracht habe. Ich versprach mir, wieder nach Hause zu gehen.

Das Sozialamt erfuhr nie etwas von dem Missbrauch. Dennoch hatten diese ausführlichen ärztlichen Unterlagen einen enormen Wert für mich. Sie waren der Beweis dafür, dass ich damals mit einem einzelnen Kind schwanger war und der errechnete Geburtstermin in der ersten Januarwoche 1992 lag. Was anschließend mit mir geschah, interessierte den obersten Standesbeamten nicht weiter. Um eine – wenn auch verspätete – Geburtsurkunde ausstellen zu lassen, benötigte er nur diese Angaben, die ich jetzt vorlegen konnte. Dank Louisa.

Zwei Tage nach meiner Rückkehr aus Brighton rief ich sie an. Robert und ich kamen wieder besser miteinander aus, dennoch musste ich unbedingt mit ihr reden. Mir war klar, dass sie wusste, dass ich die E-Mail von James Hammond manipuliert hatte, und ich wollte sichergehen, dass dieses Wissen bei ihr gut aufgehoben war. Nie wieder wollte ich Gefahr laufen, Robert zu verlieren. Und außerdem wollte ich Louisa alles erklären.

»Na hör mal«, sagte sie, »schließlich bin ich Detektivin. Da weiß ich auch, wann ich aufhören muss zu wühlen.« Anscheinend war es der Anblick von Ruby, Robert und mir, als wir eng umschlungen dastanden wie die Teile eines Puzzles, bei dem ihr plötzlich einiges klar wurde. »Es interessiert mich nicht, wer Ruby ist«, sagte sie. »Wichtig ist nur, was aus ihr werden kann.«

Über ihre Gefühle für Robert sprach sie nicht. Das war auch nicht nötig.

Also beauftragten Robert und ich Louisa damit, meine Arztberichte aufzutreiben. Mit dem, was damals zwischen mir und Onkel Gustaw geschehen war, fand sich Robert schließlich ab – er hatte im Laufe seines Arbeitslebens weiß Gott oft genug mit Fällen von Kindesmissbrauch zu tun gehabt – und er versucht auch so gut es geht, zu akzeptieren, wie mein Leben dann weiter verlief. Und ich gehe mittlerweile zu einer Therapeutin. Einmal die Woche, immer mittwochs.

Und schließlich, ohne dass ich Robert etwas davon sagte, bat ich Louisa herauszufinden, was aus Ruby geworden ist. Meiner ersten Ruby.

»Lass mich noch mal sehen«, bittet sie. Ich schiebe ihr das Album über den Tisch, wobei ich aufpasse, dass kein Dressing darankommt.

»Mir war schon ein bisschen komisch dabei, heimlich ein junges Mädchen zu fotografieren«, sage ich und recke den Hals, um auch noch einen Blick auf die Bilder zu werfen. »Hier kommt sie gerade mit ihren Freunden aus dem Kino. Wir haben uns *Oliver Twist* angesehen …«

»Wir?«

»Ich saß hinter ihr, sah zu, wie sie Popcorn aß, und belauschte ihre Gespräche.« In Wahrheit bin ich ihr so nahe auf die Pelle gerückt, dass es ein Wunder ist, dass sie nicht die Polizei gerufen hat.

Ich habe mich auf den ersten Blick in meine Tochter – meine leibliche Tochter – verliebt. Sie ist noch viel außergewöhnlicher, als ich gehofft hatte. Wie eine Löwin unter Katzen, eine schlanke Jacht, umringt von Ruderbooten, eine Orchidee in einer Wiese voller Gänseblümchen, ein Rubin in einer Schale mit Glasperlen.

»Wirst du's Robert erzählen?«

»Was, dass ich mein Baby verloren habe?«

»Du hast damals nicht nur dein Baby verloren, Erin, sondern auch den Verstand.« Mit einer abrupten Bewegung schlägt Louisa das Album zu. »Jemand hat dir dein Kind gestohlen und es einfach weggeworfen.«

Sie rief mich im Laden an, ganz atemlos vor Aufregung. Knisternd drang ihre Stimme durch die Leitung. »Ich habe sie gefunden!«, sagte Louisa, und ich wunderte mich, wie einfach es gewesen war. »Sie lebt in London.« Der Schock war so groß, dass ich mich hinter dem Ladentisch setzen musste. Die ganze Zeit über war sie nur einen Katzensprung entfernt gewesen.

Als wir uns das erste Mal in dem Café trafen, brachte Louisa die Zeitungsausschnitte mit. Es war damals wirklich die Nachricht des Tages gewesen, diese rührende Geschichte über das Baby im Müll. Ich hatte nur nichts davon mitbekommen, weil ich weder Zeitungen las noch Fernsehen schaute. Ich hatte zu viel damit zu tun, Geld für mein krankes Kind zu verdienen.

»Nach deinem Bericht war mir klar, dass es in der Zeitung gestanden haben musste, falls man dein Baby gefunden hatte.« Louisa strich sich eine feuerrote Strähne hinters Ohr.

»Sie haben mir erzählt, es sei krank«, sagte ich noch einmal, damit Louisa nicht auf die Idee kam, ich selbst hätte mein Kind beiseitegeschafft. »Und dass ich sie wiederbekommen würde, sobald es ihr besser ging.« Aber warum rechtfertigte ich mich eigentlich? Ich war damals doch selbst noch ein Kind. »Sie haben behauptet, Ruby sei im Krankenhaus, und ich habe ihnen geglaubt.«

5. Januar 1992

Neujahrsbaby auf den Müll geworfen

Gestern Nachmittag wurde in einer Mülltonne ein wenige Tage altes Mädchen gefunden. Ein Passant, der ungenannt bleiben möchte, hörte gegen drei Uhr das Baby schreien und rief die Polizei.

Die Krankenschwestern gaben dem Kind, das zurzeit im St. Thomas Krankenhaus ärztlich betreut wird, den Namen Felicity, da es nach den Worten der Oberschwester »trotz seines Fehlstarts ins Leben ein fröhliches kleines Wesen« sei.

Ein Sprecher der Polizei äußerte sich wie folgt zu dem Vorfall: »Wir haben die gesamte Umgebung des Fundortes abgesucht, können aber bislang keine Informationen an die Öffentlichkeit geben. Wir sind sehr besorgt um das Wohlergehen der Mutter und bitten sie dringend, sich zu melden.«

Felicity, dachte ich, während ich vor ihrem Haus auf sie wartete. Es war kurz nach sechs Uhr morgens, und ich hatte Robert gesagt, ich wolle zu einer Fachmesse. Er versprach, sich um Ruby zu kümmern, während ich mich in Wahrheit daranmachte, dem Baby vom Müll nachzuspionieren.

Das Haus, in dem Felicity wohnte, war hübsch und lag in einer gutbürgerlichen Gegend mit Bäumen und sauber gestutzten Hecken. Es war weiß gestrichen, mit unechten Fachwerkbalken, die sich kreuz und quer über die Fassade zogen, und wurde zu Weihnachten bestimmt mit jeder Menge Lichterketten geschmückt. Ein Volvo Kombi stand in der Einfahrt, und um Punkt zehn nach acht kam Felicitys Mutter aus dem Haus. Sie trug einen Stapel Schulbücher und rief etwas über ihre Schulter, um das Mädchen zur Eile anzutreiben.

Mit ihrer ordentlichen Bob-Frisur und den vernünftigen Laufschuhen wirkte sie mütterlicher als ich.

Dann kam Felicity heraus. Sie hatte ihre Schulkrawatte

schief gebunden und trug eine schwarze Hose, deren Saum auf dem Boden schleifte. Sie sah aus wie jedes andere junge Mädchen auch – nur dass sie eben *mein* Mädchen war. Nachdem sie in aller Seelenruhe in den Volvo gestiegen war, brauste ihre Mutter mit ihr davon.

Ich ließ den Wagen an und folgte ihnen dichtauf. Eine Viertelstunde später hielten wir vor der Schule und Felicity stieg aus, ohne ihrer Mutter einen Abschiedskuss zu geben.

Ich habe dich zum Abschied auch nicht küssen können.

An diesem Tag sah ich sie noch dreimal. Als es um halb elf zur Pause klingelte, marschierte sie an der Spitze einer Gruppe von fünf Mädchen über den Schulhof zu einem anderen Gebäude. Sie war die Größte, die Hübscheste und auch die Beliebteste, nach der Art und Weise zu urteilen, wie die anderen ihr wie eine Eskorte folgten. Nichts an ihr erinnerte an Onkel Gustaw. Ihr blondes Haar flatterte im kalten Wind.

Zieh deinen Mantel an, junge Dame.

Um die Mittagszeit schlenderten Felicity und ein anderes Mädchen zu der Imbissbude ein Stück die Straße hinunter. Ich stieg aus, um mir auch eine Portion schön fettige Pommes zu genehmigen. An die Wand gelehnt aß ich sie, während Felicity und ihre Freundin auf einer Bank saßen und sich Fisch und Pommes teilten. Ich konnte nicht alles verstehen, was sie sagten, aber sie lästerten über irgendwelche Jungen, bis sie sich vor Lachen krümmten und Cola durch die Nase prusteten.

Mir wurde ganz warm ums Herz. Felicity war glücklich.

Um halb vier sah ich sie noch einmal, als sie am Straßenrand auf ihre Mutter wartete. Ich war froh, dass Felicity abgeholt wurde und nicht, wie so viele andere Kinder, mit dem Schulbus fahren musste. Nachdem sie ihre Schultasche auf den Rücksitz geschleudert hatte, gab sie ihrer Mutter einen flüchtigen Kuss auf die Wange.

Ich blieb stehen und sah dem Wagen nach, bis er in der Ferne verschwand. Das nächste Mal würde ich einen Fotoapparat mitbringen.

»Die Yorks sprachen ganz offen darüber. Sie nahmen sogar an einer Talkshow teil, in der es um die Frage ging, ob man ein Baby adoptieren sollte, dessen Herkunft man nicht kennt. Darauf käme es doch gar nicht an, sagten sie damals. Viel wichtiger sei es, mit der Zeit eine liebevolle Beziehung zu dem Kind aufzubauen.«

»Tatsächlich?« Das klingt ja gut, denke ich und sage mir im Stillen den Namen meines Kindes vor: Felicity York. Hört sich nett an und passt gut zu ihr. Vor meinem geistigen Auge sehe ich, wie sie in der Mülltonne liegt und später von einer anderen Frau in den Arm genommen wird. »Louisa«, sage ich, »du wirst doch Robert ganz bestimmt nichts davon erzählen, nicht wahr?« Das ist eher eine rhetorische Frage.

Sie schaut mich groß an. »Natürlich nicht«, sagt sie ernsthaft und wischt sich einen Krümel vom Mund. »Warum sollte ich ihm wehtun wollen? Oder dir und Ruby?«

Ich glaube ihr. Wir essen unsere tropfenden Panini auf, schwatzen noch ein bisschen über den Krach der Espressomaschine hinweg und sehen zu, wie die silberglänzenden Regentropfen an den Scheiben hinabrinnen. Dann ist es Zeit für mich, nach Hause zu gehen.

Gerade muss Robert an der Playstation eine gewaltige Schlappe von Ruby einstecken. Wie ein verletzter Käfer lässt er sich stöhnend auf den Rücken fallen und legt zum Zeichen der Kapitulation seinen Joystick weg.

»Ha! Ich bin einfach unschlagbar!«, ruft Ruby und kitzelt Robert mit den Zehen in den Rippen. Er schnappt sich ihren Fuß und kitzelt sie ebenfalls. Vor lauter Toberei hören sie mich gar nicht hereinkommen. Ich gehe in die Küche und packe die Lebensmittel aus, die ich auf dem Rückweg von meinem Treffen mit Louisa eingekauft habe.

Ob Robert wohl irgendwie spürt, dass ich mit ihr zusammen war? Riecht er ihr Parfum, das mich umgibt, hört er ihre Worte in meinen Ohren, ahnt ihren leichten Abschiedskuss auf meiner Wange? Sicherheitshalber gehe ich mir die Hände waschen.

»Huch, hast du mich aber erschreckt!« Ich fahre zusammen, weil Robert plötzlich hinter mir steht und mir die Arme um die Mitte legt.

»Na, mein Dickerchen, wie geht's dir?«

»Nimm dich in Acht«, antworte ich. »Sollen wir etwas kochen oder essen gehen?« Robert braucht keine Sekunde, um zu entscheiden, dass er lieber ausgehen möchte.

»Aber leg dich doch vorher noch ein bisschen hin oder nimm ein Bad!« Er massiert mir sanft den Bauch. Demnächst wird er ihm noch klassische Musik vorspielen.

»Leistest du mir dabei Gesellschaft?« Er versteht, was ich meine, und folgt mir nach oben. Ruby sitzt inzwischen am Klavier. Ob Felicity wohl auch ein Instrument spielt?

»Schaust du das bitte noch mal durch?« Robert deutet auf eine gepackte Tasche auf dem Treppenabsatz.

»Sie ist so aufgeregt, dass sie gestern schon gepackt hat, obwohl die Klassenfahrt erst in einer Woche beginnt«, sage ich. Robert führt mich in der Hand ins Schlafzimmer und legt mich aufs Bett. Die Wäsche riecht nach Weichspüler. Als Robert leise die Tür schließt, muss ich lächeln.

»Was ist?«, fragt er und zieht sich das Hemd über den Kopf, ohne es aufzuknöpfen.

»Nichts«, antworte ich und denke dabei: Wie gut, dass meine drei Kinder in Sicherheit sind. Ruby, Felicity und das Baby, das mit atemberaubendem Tempo in meinem Bauch heranwächst.

Danksagungen

Als ich dieses Buch zu schreiben begann, war ich ganz allein. Mittlerweile sind eine Menge Leute direkt oder indirekt daran beteiligt und ihnen allen möchte ich von ganzem Herzen danken.

Chris d'Lacey, du großartiger Kinderbuchautor, Drachenkönig, wunderbarer Freund und bester E-Mail-Verfasser aller Zeiten – ich danke dir für deine Einweisung und dafür, dass du den Stein ins Rollen gebracht, deinen Hals hingehalten, mir die Leicester Cafés gezeigt und mit deinen Büchern die Fantasie meiner Töchter angeregt hast. Merel Reinink, mein cooler, ruhiger und schrecklich furchteinflößender Agent – danke dafür, dass du an mich geglaubt hast, das Risiko eingegangen bist und alles ganz vorzüglich geregelt hast. Und danke für deine Freundschaft. Ohne dich wäre ich verloren gewesen. Sherise Hobbs, meine Lektorin bei Headline – aufrichtigen Dank für das herzliche Arbeitsklima, für Ihr Engagement, die feinfühlige Bearbeitung meines Manuskripts und dafür, dass Sie so unerwartet viel Vertrauen in mich gesetzt haben. Die Zusammenarbeit mit Ihnen und Ihrem tüchtigen Team war mir wirklich eine Freude. Mein besonderer Dank gilt dem begabten und einfühlsamen Designer Richard Green für die kongeniale Gestaltung des Einbands. Darüber hinaus danke ich allen bei Headline, die an der Entstehung des Buches mitgewirkt haben. Ich habe wirklich gestaunt, wie glatt und mühelos alles vonstatten ging.

Überaus dankbar bin ich auch Emma Dean, der schönen Sängerin und Liedermacherin aus Brisbane (www.emmadean.com), die zufällig auch noch meine Nichte ist. Sie weiß gar nicht, wie oft ihre wundervolle Musik mir beim Schreiben Auftrieb gegeben hat.

Ich danke Angela Witcher, Jennifer Clugston und Dan Leigh für ihre prompte Hilfe bei Fragen zur DNS und Genforschung.

Besondere Liebe und Dankbarkeit empfinde ich für meine Angehörigen – meinen Mann Terry und meine Kinder Ben, Polly und Lucy, die bereitwillig das Chaos ertragen und mich immer wieder ermutigt haben; meine Eltern Avril und Graham für ihr Vertrauen und ihre Zuversicht; Joe und Heidi für die anregenden Gespräche über den Gartenzaun sowie Edward und Emily für ihre Späße.

Danke auch an Neil Ayres, einen sehr talentierten Schriftsteller, für seine E-Mail-Freundschaft, Benny Rossi, diese wunderbare Frau, die immer für mich da ist, Stephen Gallagher, der mit jedem Jahr mehr Charme entwickelt, und Sandra, die dazu beigetragen hat, dass ein Traum in Erfüllung geht.

Linwood Barclay

Ohne ein Wort

Psychothriller

Deutsche Erstausgabe

ISBN 978-3-548-26743-2
www.ullstein-buchverlage.de

»Ich wollte, ihr wärt tot!« Das wünscht die 14-jährige Cynthia ihren Eltern. Als sie am nächsten Tag aufwacht, sind ihr Vater und ihre Mutter verschwunden. Auch ihr Bruder ist weg. Spurlos. Ohne ein Wort. Kein Hinweis, keine Nachricht bleiben für Cynthia zurück. Erst 25 Jahre später, als sie selbst eine Familie hat, tauchen geheimnisvolle Zeichen aus ihrer Vergangenheit auf.
Mysteriös, gefährlich, tödlich – etwas Böses kehrt zurück.

»Ein Volltreffer – sorgt mit subtiler, sich ständig steigender Spannung für Gänsehaut«
Hamburger Morgenpost

UB413

ullstein

Jo Nesbø

Kakerlaken

Kriminalroman
Deutsche Erstausgabe

ISBN 978-3-548-26646-6
www.ullstein-buchverlage.de

Harry Holes zweiter Fall: In Bangkok wurde der norwegische Botschafter ermordet. Hole soll die thailändische Polizei unterstützen und taucht tief ein in die Unterwelt einer Stadt, in der Moral und Gesetz keine Rolle spielen. Dabei findet er mehr über den Ermordeten heraus, als seinen Vorgesetzten lieb ist …

»Unglaublich spannend, eine originelle Story und meisterhaft geschrieben.« *Berlingske Tidene*

»Nesbø ist einer der absolut interessantesten Krimischriftsteller Skandinaviens.« *Skånska Dagbladet*

UB405

ullstein